SUTTON KRIMI

PSYCHOPATHEN POLKA

LALE PETERSEN ERMITTELT

Ein Dresden-Krimi

SUTTON KRIMI

ÜBER DIE AUTORIN

Christine Sylvester ist Diplomjournalistin und lebt als freie Autorin, Dozentin, Mutter zweier Kinder, Partnerin eines außergewöhnlichen Mannes und Bodyguard eines ängstlichen Schäferhundes in Dresden. Neben ihrer Serie um Lale Petersen kennen Krimifans sie als Herausgeberin von liebevoll komponierten Krimianthologien, u.a. »Mörderische Landschaften«, erschienen im Sutton Verlag.

Sutton Verlag GmbH
Hochheimer Straße 59
99094 Erfurt
www.suttonverlag.de
www.sutton-belletristik.de

Gestaltung und Satz: Sutton Verlag

ISBN: 978-3-95400-320-4

Lektorat: Dorothée Engel, Hamburger Buchkontor, Salzbergen
Druck: CPI books GmbH, Leck

Montagmorgen und die Woche nimmt kein Ende

»Mist, verflucht!« Lale, stellte die tropfende Kaffeetasse zurück auf den Tisch und musterte die Flecken auf ihrer Jeans. Ein Blick zur Uhr bestätigte, dass keine Zeit mehr war, die Hose zu wechseln. Der Minutenzeiger schob sich unerbittlich weiter auf die Neun zu. Sie würde ohnehin zu spät zur Morgensitzung kommen. Mit jeder Minute stieg die schlechte Laune des Chefs. Was mit großer Wahrscheinlichkeit Stallwache in der Mordkommission bedeutete. Gerste würde sie, ohne mit der Wimper zu zucken, zum Berichteschreiben verdonnern. Das wollte sie nicht riskieren. Lale schnappte sich den Schlüssel, griff zur Kaffeetasse und eilte aus der Wohnung. Alle paar Stufen trank sie einen Schluck und hinterließ eine Spur von Kaffeepfützen auf der Treppe. An der Haustür nahm sie einen letzten kräftigen Schluck, ließ die Tasse auf einem der Briefkästen stehen und lief auf die Straße. »Mistkarre! Wo steckst du wieder?«, schnaubte sie und ließ den Blick über die beiden eng zugeparkten Straßenränder wandern. Dann stutzte sie. Ihr alter Audi stand direkt vor dem Haus. Stimmt, hier hatte sie ihn am Freitag abgestellt. Eigentlich hatte sie das ganze Wochenende nur geschlafen. Kein Wunder, dass sie immer noch nicht richtig wach war. Montagmorgen eben …

Lale drehte den Schlüssel im Schloss, trat einmal kräftig gegen die Fahrertür und riss sie auf. »Jetzt keine Zicken«, murmelte sie und startete den Wagen. Die altersschwache Rostlaube sprang sofort an. »Na, dir tut so ein langes ruhiges Wochenende wohl auch gut, mein Alter.« Sie warf einen Blick auf die Uhr. Zehn vor neun. Mit ein bisschen Glück und Tempo schaffte sie es vielleicht noch pünktlich bis zum Präsidium in der Schießgasse.

Lale gab Gas, setzte den Blinker und bremste an der Seitenstraße kurz ab, um links abzubiegen. In diesem Moment tauchte ein Schatten in ihrem Blickfeld auf, und ein dumpfer Aufprall ließ sie anhalten. Was war das für ein Geräusch? Hatte sie jemanden angefahren? Mit fahrigen Bewegungen befreite sie sich aus dem Sicherheitsgurt und stieß die Fahrertür auf. »Dong!« Wieder dieses Geräusch. Als sie ausstieg, sah sie einen jungen Mann am Boden sitzen. Er schüttelte seinen behelmten Kopf. Offenbar hatte sie ihn mit der Tür erneut zu Fall gebracht.

»Ach du Scheiße«, stammelte Lale und beugte sich hinunter. »Das tut mir ganz schrecklich leid. Soll ich einen Krankenwagen rufen?« Sie lief um ihn herum. »Kommen Sie erstmal weg von der Straße.«

Als sie ihm unter die Arme greifen wollte, wehrte er ab. »Nein, lassen Sie das. Es ist ja gar nichts passiert.« Er stand auf und schüttelte erneut den Kopf. Ohne Lale weiter zu beachten, schnappte er sich sein Fahrrad und überprüfte die Funktionstüchtigkeit.

Lale musterte den jungen Mann, dessen blasse Beinchen aus einer viel zu weiten Shorts ragten. Die kaum behaarten Waden betonten weiße Tennissocken, die in modisch nicht ganz aktuellen Sandalen steckten. Er mochte ungefähr im Alter ihres Sohnes Pit sein, wirkte aber in seiner Aufmachung wenig jugendlich. »Guinness« prangte auf dem T-Shirt, das um seine Hühnerbrust schlackerte. Der Fahrradhelm wirkte riesig auf seinem kleinen Kopf mit dem langen Echsenhals. »Und? Ist alles in Ordnung?« Sie deutete auf das Fahrrad, das ebenfalls wenig zeitgemäß wirkte. Es war ein altes Hollandrad, wie Lale es zuletzt vor zwanzig Jahren an der Hamburger Uni gesehen hatte.

Der Junge machte ein verkniffenes Gesicht, nickte aber. »Ja, alles intakt«, murmelte er und stieg auf.

»Hey, nicht einfach abfahren.« Lale nestelte eine Visitenkarte aus der Jackentasche. Dann reichte sie ihm das reichlich zerknickte Exemplar, auf dem Name, Amtsbezeichnung und Dienstanschrift standen. »Geht es Ihnen wirklich gut?«

Er warf einen Blick auf die Karte. »Sie sind von der Polizei«, stellte er fest. »Natürlich geht es mir gut. Tut mir leid, das Ganze war mein Fehler. Schönen Tag noch, Frau Kommissarin.«

Lale sah verwundert hinter ihm her, wie er, ohne sich noch einmal umzusehen, die Straße hinunterradelte. Zu ihrer Erleichterung wirkte er nicht im Geringsten wackelig oder beeinträchtigt. Das war ja eine komische Type.

Die Besprechung, schoss es ihr plötzlich durch den Kopf. Sie hatte mindestens fünf Minuten eingebüßt. Schnell sprang sie zurück hinters Steuer.

Eine Viertelstunde später erreichte Lale mit quietschenden Reifen den Parkplatz in der Schießgasse. Mit einem breiten Grinsen parkte sie den alten Audi auf dem Parkplatz des Polizeipressesprechers. Von hier aus war sie einfach schneller am Eingang. Außerdem hatte Paul Winter es längst aufgegeben, sich über ihre Parkgewohnheiten zu beschweren. Mit zwei Sätzen erklomm Lale die wenigen Stufen zum Eingang der Polizeidirektion und steuerte eilig auf den Aufzug zu. »Außer Betrieb« informierte ein Schild, und sie bemerkte, dass sich ein Techniker an dem Gerät zu schaffen machte.

»Wartung?«, fragte Lale und wandte sich zum Treppenhaus.

»Nee, stecken geblieben.« Der Techniker griente Lale an. »Da ist uns wieder einer von diesen Schlaumeiern in die Falle gegangen, die schon zwei Stunden vor Dienstbeginn kommen.«

Lale lachte. »Na dann. Lassen Sie ihn noch ein bisschen stecken.« Eilig nahm sie die Stufen in Angriff. Immerhin musste sie bis in den vierten Stock klettern, um in ihr Büro zu gelangen. Bereits auf halber Strecke atmete sie schwer. Sie musste unbedingt wieder mehr für ihre Fitness tun. Vielleicht sollte sie selbst mal mit dem Fahrrad fahren. Keuchend stürmte sie kurz darauf ins Büro des Chefs und stammelte eine vage Entschuldigung.

»Nanu?« Verblüfft sah sich Lale um. »Keiner da?« Sie öffnete die rechte Tür. Doch wider Erwarten zuckte dahinter nicht der Kollege Kroko zusammen. Das Büro war ebenfalls leer. Entweder fraß der sich schon wieder durch irgendein Archiv, oder Kroko hatte übers Wochenende eine dieser unglaublich gefährlichen Krankheiten ereilt. Ein handfester Schnupfen löste bei dem Kollegen schon die eine oder andere Todesangst aus. Schmunzelnd warf Lale die Tür ins Schloss und lief hinüber in ihr eigenes Büro. »Mandy?« Nichts. »Frau Schneider, bist du da?« Lales Blick wanderte zur Kaffeemaschine. In der Glaskanne dümpelte ein schaler brauner Rest. Auch der Schreibtisch der Kollegin zwischen ihrem gehegten und gepflegten Blätterwald wirkte noch unbenutzt. Der Käfig von Gräfin Cosel, Mandys stets munterer Wellensittichdame, fehlte. Ein untrügliches Indiz dafür, dass die Kollegin noch nicht aus dem Wochenende zurückgekehrt war.

»Na, dann …« Lale griff zur Kaffeekanne. In diesem Moment hörte sie aus dem Chefbüro ein Schnaufen.

»Oh nee, ne!« Mandys Armreifen klapperten. »Was für ein Scheißtag«, schimpfte sie und nieste. Dann kam sie mit dem Vogelkäfig in der Hand herein. »Wie blöde muss man eischendlisch sein? Ja, nicht du, meine Gudste.« Mit gurrenden Geräuschen zog Mandy ein buntes Tuch vom Vogelkäfig und stellte ihn auf ihrem Schreibtisch ab.

»Guten Morgen, Frau Schneider«, sagte Lale.

»Huch?« Mandy fuhr herum. »Du bist schon da? Da habe ich nun … Wieso das denn jetzt? Noch keiner ist da, aber *du*?«

»Ja.« Lale nickte. »Sehr eigenartig. Und ich war schon spät dran.«

»Du glaubst nicht, was mir heute morgen passiert ist«, hob Mandy an. »Ich war joggen, weißt du, unten an der Elbe …«

Lale schwenkte die Kanne mit dem alten Kaffeerest. »Ich will mal eben Wasser holen und Kaffee machen.« Sie verschwand über den Gang zur Damentoilette.

Mandy folgte ihr. »Also, du glaubst nicht, was mir heute morgen passiert ist«, legte sie erneut los, während Lale die Kanne gründlich ausspülte. »Ich jogge also so an der Elbe entlang, war noch ganz früh. Da springt plötzlich so ein Typ aus dem Gebüsch und hält mich fest.«

Lale stellte das Wasser ab. »Was?«

»Nu, der hält mich fest, etwa so.« Mandy griff so beherzt nach Lales Arm, dass ihr beinahe die volle Kanne aus der Hand gerutscht wäre.

»Vorsicht!«, rief Lale. »Und dann?« Sie musterte Mandy eingehend. Die Kollegin wirkte unverletzt.

»Na, ich habe dem erstmal mein Knie reingerammt.« Mandy stemmte die Hände in die Hüften. »Dann habe ich ihm die Beine weggerissen und ihn einmal – zack – über die Schulter geschleudert.«

»Sehr schön«, lobte Lale grinsend. Sie konnte sich gut vorstellen, dass jemand ihre kleine, stämmige Kollegin unterschätzte, und sah die Szene bildlich vor sich. »Erzählst du den Rest drüben? Ich brauche dringend Kaffee.«

Mandy stapfte hinter Lale her, als sie das Wasser in den Tank der Kaffeemaschine goss und den Filter befüllte. »Nu, und dann kam's dumm«, erklärte Mandy kopfschüttelnd.

»Wie?« Lale drückte den Startknopf der Maschine und sah Mandy an. »Hat er sich noch gewehrt?«

»Ach, der doch nicht.« Mandy winkte ab und zog ein Taschentuch aus der Hosentasche. »Aber er ist die Böschung runtergekullert wie so'n Sack und – platsch – rein in die Elbe.« Sie putzte sich geräuschvoll die Nase.

»Du hast ihn in die Elbe geschmissen?«, fragte Lale amüsiert. »Also, Frau Schneider! Man muss ja Mitleid haben mit der armen Männerwelt.«

»Nein, mit *mir* muss man Mitleid haben«, verkündete Mandy und stemmte erneut die Hände in die Hüften. »Da strampelte der Blödmann dann an irgendeinem Ast herum und jammerte um Hilfe. Und natürlich musste *ich* ihn dann noch retten.«

»Ach du Schreck.« Lale sah sie verwundert an.

»Ich kann den Mistkerl doch nicht absaufen lassen.« Mandy klang verärgert.

Lale nickte. »Ganz richtig, Frau Schneider. Das hast du gut gemacht. Geradezu vorbildlich: Den Angreifer unschädlich machen und ihm gleich eine Lektion fürs Leben erteilen.« Sie grinste breit.

Mandy schien das weniger lustig zu finden. »Scheißkalt und nass, diese Elbe«, schimpfte sie. »Und dann musste ich ihn festnehmen, zum nächsten Revier schleppen, der ganze Formalkram. Ich bin seit sechs Uhr nur noch am Rödeln.«

Die Kaffeemaschine blubberte. Lale zog die Kanne weg und goss Mandy eine Tasse voll. »Hier, dann erhol dich erstmal, du Baywatch-Girl.«

»Dann sagte dieser Idiot auf dem Blasewitzer Revier doch noch, das wäre ja wohl eine unangemessen kraftvolle Notwehr von mir gewesen.« Jetzt war Mandy richtig aufgebracht. »Unangemessen kraftvoll! Ich wäre dem am liebsten kraftvoll über den Schreibtisch gekommen!«

»Wer hat das gesagt?«, fragte Lale. »Der Angreifer?«

»Ach, der konnte doch keinen klaren Satz rausbringen«, schnaubte Mandy. »Der war bis hier oben hin dicht.« Sie deutete mit der Hand auf Nasenhöhe.

»Alkohol?« Lale goss sich ebenfalls eine Tasse Kaffee ein.

Mandy schüttelte den Kopf und nippte an ihrer Kaffeetasse. »Zugedröhnt mit irgendwelchen Drogen. Der Idiot war der diensthabende Kollege.« Sie imitierte den Polizeiobermeister. »Meine liebe Kollegin Kommissarin, das kann ernsthaften Ärger für Sie bedeuten, wenn Sie eine unzurechnungsfähige Person derart unangemessen außer Gefecht setzen und in Lebensgefahr bringen …« Sie schnaufte. »Ich habe mir nur gedacht ›du misch ooch‹ und die Klappe gehalten. Hilft ja nischt, sich mit so einem anzulegen.«

»Sehr vernünftig.« Lale ging um ihren Schreibtisch herum, ließ sich in den Sessel sinken und legte die Füße auf die Arbeitsfläche. »Revier Blasewitz. Sind das nicht die, bei denen nach der Grillparty die Feuerwehr anrücken musste, weil der Grill gebrannt hat?«

Mandy nickte grinsend. »Wenn das mal nicht Gefährdung der öffentlichen Ordnung war …«

In diesem Moment erschien Gerste, der Chef der Mordkommission, in der Tür. »Guten Morgen.«

Lale nahm betont langsam die Füße vom Tisch und warf einen langen Blick auf die Uhr. »Chef, Sie sind eine Stunde zu spät dran«, stellte sie fest. »Ich muss Ihnen leider mitteilen, dass wir schon alle Verbrecher verhaftet haben.«

Gerste runzelte die Stirn. »Dann haben Sie ja jetzt freie Kapazitäten«, erwiderte er missmutig und wandte sich von der Tür ab. »In mein Büro, sofort.«

»Danke der Nachfrage, Chef!«, rief Lale ihm hinterher. »Wir hatten auch alle ein beschissenes Wochenende!«

»Du solltest ihn nicht provozieren«, mahnte Mandy und hängte den Vogelkäfig in einen ihrer Bürobäume. »Ja, Frau Gräfin, wir sind gleich wieder bei dir.«

»Woher soll ich wissen, dass der Chef so schlechte Laune hat«, entgegnete Lale. »Vielleicht hat er sich zur Strafe für seine Verspätung jetzt selbst die Berichte aufgehalst.« Sie schenkte auch für Gerste eine Tasse Kaffee ein und folgte Mandy hinüber in Gerstes Büro.

»Tausche einen frischen Kaffee gegen die Hintergründe Ihrer schlechten Laune«, sagte Lale und stellte dem Chef die Tasse auf den Schreibtisch.

Gerste schmunzelte versöhnlich. »Haben Sie heute wirklich schon jemanden eingebuchtet? Sie sind ja ausgezeichneter Stimmung.«

»Nicht ich.« Lale lehnte sich mit dem Hintern an die Fensterbank und deutete auf Mandy. »Unsere Nahkämpferin hier hat einen frühmorgendlichen Überfall abgewehrt und den Angreifer quasi frisch gewaschen auf dem Blasewitzer Revier abgeliefert.«

»So?« Gerste sah forschend von einer zur anderen. »Dann kümmern wir uns jetzt erstmal um die, die da draußen noch frei herumlaufen.«

»Apropos, wo steckt denn Kroko?«, wollte Lale wissen.

»Den habe ich zum Arzt geschickt«, erklärte Gerste leicht gereizt. »Hätten wir noch zehn Minuten länger in diesem Aufzug gesteckt, hätten Sie mich ebenfalls einliefern können.«

»Sie waren in dem Aufzug, der stecken geblieben ist?«, fragte Mandy.

»Geschlagene zwei Stunden lang«, erklärte Gerste. »Eine Tortur, sage ich Ihnen.«

»Aber Chef«, entgegnete Lale. »Sie haben doch nicht so schlechte Laune, nur, weil Sie mal in einem Aufzug stecken bleiben. Seit wann sind Sie denn so empfindlich?«

»Ich nicht«, bestätigte Gerste. »Aber Kroko. Der war auch dabei und ist klaustrophob.«

»Er hat Platzangst?«, fragte Mandy. »Der Arme.«

»Raumangst«, korrigierten Gerste und Lale im Chor.

»Sie können sich nicht vorstellen, was ich mir in den letzten zwei Stunden anhören durfte«, sagte Gerste seufzend. »Vom Mitansehen ganz zu schweigen.«

»Aber Chef«, mischte sich Mandy ein. »Wenn Kroko solche Angst hat, wieso steigt er dann in einen Aufzug?«

»Das weiß ich doch nicht«, stellte Gerste klar. »Ich bin eingestiegen, und er kam hinterher, um mir irgendwas von einem neuen Fall zu erzählen. Bis zum zweiten Stock klappte das auch ganz gut. Doch dann blieb der Aufzug zwischen Stockwerk zwei und drei stecken ...« Er kramte einige labbrige Blätter hervor und hielt sie mit spitzen Fingern hoch. »Hier ist das, was von seinen Informationen übrig geblieben ist. Er hat sich daran festgeklammert, wie ein Irrer geschwitzt und fürchterlich herumgekeucht.« Dann ließ er die Blätter in den Papierkorb segeln. »Jedenfalls können wir froh sein, dass uns der Kollege nicht kollabiert ist. Viel fehlte nicht.«

»Och, der arme Kerl«, sagte Mandy mitfühlend.

»Und der Fall?«, begehrte Lale zu wissen. »Was liegt denn an?«

Gerste zuckte die Achseln. »Ich würde mal sagen, die Angelegenheit ist Frauensache. Gestern Abend sind zwei Frauen überfallen worden und nur knapp einem offenbar äußerst gewaltbereiten Vergewaltiger entkommen.«

Lale räusperte sich. »Nun, das ist natürlich eine Schweinerei. Aber was haben wir hier in der Mordkommission damit zu tun?«

»Prävention«, sagte Gerste knapp. »Damit es kein Fall für uns wird, sollten wir rechtzeitig eingreifen. Und verstärkte Präsenz durch die Schutzpolizei ist beim derzeitigen Personalmangel einfach nicht drin.«

»Und was wissen wir über den Täter?«, fragte Mandy.

»Es handelt sich um eine männliche Person«, erklärte Gerste. »1,80 bis 1,90 groß, Jeans, Lederjacke, Mütze, zwischen dreißig und vierzig Jahre alt …«

»Wow!«, rief Lale dazwischen. »Das sind doch mal Knüller-Informationen! Davon gibt es sicher höchstens fünf Stück Mann in Dresden. Ich schlage vor, wir verhaften diese markanten Subjekte allesamt, und die Sache ist erledigt.«

»Schluss mit Ihrem Sarkasmus, Petersen«, schnauzte Gerste. »Damit kommen wir nicht weiter. Die beiden Opfer fertigen gerade unabhängig voneinander Phantombilder an.«

»Also, wenn Sie mich fragen, bringt das nichts«, warf Lale ein.

»Ich frage Sie aber nicht«, herrschte Gerste sie an.

»Das sollten Sie aber, wenn ich in dieser Angelegenheit ermitteln soll«, konterte Lale und fuhr unbeirrt fort: »Phantombilder sind eine schöne Sache, aber nicht für die Fahndung, sondern eher für die Opfertherapie.«

»Hören Sie auf damit«, verlangte Gerste. »Auch, wenn ich Ihre Ansicht in diesem Zusammenhang sogar teile.« Er rieb sich die Stirn. »Lassen Sie sich etwas einfallen …«

Phantastisches Phantom

»Sind die Phantombilder fertig?« Lale betrat den Vorraum zum Vernehmungszimmer im zweiten Stock der Polizeidirektion.

»Hängen dort.« Der Kollege deutete mit einem knappen Kopfnicken an die Wand. »Wenn Sie mich fragen, zwei Täter.«

Lale betrachtete stirnrunzelnd die schwarz-weißen Ausdrucke. Eines der Gesichter hatte augenscheinlich Ähnlichkeit mit einem gepiercten Mainzelmännchen. Lale schüttelte den Kopf. So sah doch kein Mensch aus. Und das andere glich der landläufigen Vorstellung von einem Alien, nur mit Pudelmütze. Sie seufzte. »Was sollen wir denn bitte damit anfangen?«

Der Kollege zuckte die Achseln. »Veröffentlichen?«

»Als Karikaturen, oder was?« Lale sah ihm über die Schulter. »Vernehmungsprotokolle?«

Er deutete auf das einwegverspiegelte Sichtfenster. »Sind noch bei der Sache.«

Lale beobachtete, wie Mandy gerade auf einen uniformierten Kollegen zuging, sich bückte und ihn über die Schulter legte. Lautlos ging der Polizist zu Boden. Seine Dienstmütze purzelte durch den Raum. »Was soll das denn werden?« Lale riss die Verbindungstür auf und stürmte ins Vernehmungszimmer.

Vom Tisch starrten sie zwei entsetzte Augenpaare an. Der Polizist rappelte sich stöhnend auf, und Mandy rieb sich zufrieden die Hände. »So Mädels, jetzt seid ihr dran«, verkündete sie fröhlich.

»Was ist hier denn los?«, fragte Lale gereizt. »Ich dachte, ihr macht die Zeugenvernehmung.«

»Ist schon erledigt.« Mandy strahlte. »Wir üben ein bisschen, damit so was nicht noch mal passieren kann.«

Lale schmunzelte. »Du meinst, wenn wir schon zu wenig Schutzpersonal haben, können wir den letzten Rest als Dummys verwenden?«

»Mir reicht's für heute!« Der Uniformierte hob seine Mütze auf. »Sucht euch einen anderen Doofen dafür.« Er setzte die Mütze wieder auf. »Wenn Ihre Kollegin so weitermacht, Petersen, müssen wir in Zukunft die Männer beschützen.«

Lale musterte die beiden schweigenden Frauen. Die sahen nicht so aus, als ob sie demnächst reihenweise Männer umhauen würden. Sie wirkten eher verschreckt. »Wie gut haben Sie den Täter denn erkennen können?«, fragte sie.

Eine der Frauen seufzte. »Kaum. Er kam ja von hinten und hat gleich zugeschlagen«, erklärte sie.

»Genau«, bestätigte die andere mit zittriger Stimme. »Als ich wieder zu mir kam, lag ich im Gebüsch, und der Typ war weg. Zum Glück.«

»Der Tathergang war also der gleiche«, stellte Lale fest. Sie dachte an die Phantombilder. Da gab es nur eine Gemeinsamkeit. »Und Sie beschreiben den Täter beide mit einer Kopfbedeckung. Wie konnten Sie die denn erkennen?«

»Ich habe so einen unförmigen Schatten gesehen«, erklärte die Zitterstimme vage. »Ich vermute mal, dass das eine Mütze war.«

»Und ich habe ihn noch weglaufen sehen.« Die andere Frau zeigte auf ihren Kopf. »Der hatte irgendwas auf dem Kopf. Eine Maske oder so.«

»Er hat auch nichts mitgehen lassen, Taschen, Geld oder so«, ergänzte Mandy. »Deshalb vermuten wir, dass er sexuelle Absichten hatte, aber gestört wurde oder …«

Lale nickte den Frauen zu. »Vielen Dank, Sie können dann gehen, sobald Sie die Protokolle unterschrieben haben.« Sie wandte sich an Mandy. »Sag mal, wie sah denn dein Angreifer von heute Morgen aus? Hatte der auch eine Kopfbedeckung?«

Mandy nickte. »Ja, so eine ausgebeulte Schlumpfmütze.«

»Und sonst?« Lale sah sie eindringlich an.

»Na ja, so 1,85 groß, Jeans, Lederjacke.« Mandy grinste breit. »Aber der sitzt ja nun.«

»Wo eigentlich?« Lale rieb sich die Schläfe. »Den würde ich mir gerne mal anschauen.«

Mandys Miene verfinsterte sich. »Vermutlich noch bei den Blasewitzer Brandstiftern«, sagte sie grimmig. »Ich denke, sie werden ihn im Laufe des Vormittags beim Gerichtspsychiater abliefern.«

»Also Uniklinik. Da fahren wir hin.« Lale wandte sich zum Gehen.

»Gut. Ich kündige uns mal an.« Mandy griff zum Telefon und lief hinaus.

In diesem Augenblick klingelte es in Lales Jackentasche. »Ja. Petersen.« Sie folgte Mandy und schloss die Tür hinter sich.

»Lale, wie gut dass ich dich erreiche«, schmetterte ihr die Stimme des Staatsanwalts entgegen.

»Jobst.« Lale seufzte. Was wollte denn ihr Ex-Mann von ihr? Es gab doch gar keinen aktuellen Mordfall.

»Du, ich muss dich dringend sofort sprechen.« Jobsts sonore Stimme klang sorgenvoll. »Persönlich, verstehst du?«

»Warum?« Lale verdrehte die Augen. Dass dieser Mann sich immer so in den Vordergrund spielen musste. »Ich habe keine Lust, mit dir über endlich vergangene Zeiten zu plaudern.«

»Bitte Lale, es ist wichtig«, insistierte Jobst.

»Geht es um Pit?« Ihr Sohn war der einzige Grund, der Lale freiwillig zu einem Treffen mit Jobst bewegen konnte, mal abgesehen von den leidigen beruflichen Zusammenhängen, die zwischen Staatsanwaltschaft und Mordkommission nun einmal bestanden.

»Nein, es geht nicht um Pit«, erklärte Jobst. »Es geht um dich.«

»Na, dann kann es ja nicht so wichtig sein«, entgegnete Lale. Sie warf einen Blick auf die Uhr. »Aber da du sowieso nicht locker lässt. Ich bin gleich im Uniklinikum. Wir können uns beim Gerichtspsychiater treffen.«

»Machst du schon wieder Doppel-Dates?« Mandy knuffte Lale in die Seite.

»Ach was, ich bestelle einfach jeden, der mich zuquatschen will, direkt zum Psychiater.« Lale schob das Handy zurück in die Jacke.

»Ich hoffe, die haben ein großes Wartezimmer«, erklärte Mandy. »Unser Patient kommt nämlich erst später.«

Lale sah sich im Vorraum zum Vernehmungszimmer um. »Lass uns trotzdem schon mal fahren. Ich muss hier raus.«

Mandy lachte. »Solltest ausgerechnet du diejenige sein, die Krokos Platzangst am besten versteht?«

»Raumangst«, korrigierte Lale und dachte sehnsüchtig an die Kaffeetasse, die sie zu Hause im Treppenhaus zurückgelassen hatte. »Ich könnte allerdings noch einen Kaffee vertragen. Und ein Frühstück.«

Eierschecken-Gespräche I

Als sie über das Gelände der Uniklinik liefen, balancierte Mandy ihren eingewickelten Kuchen wie eine Jagdtrophäe auf der Handfläche. »Onkel Kowalski wird sich freuen.« Sie nahm Kurs auf den Seitenweg zum Gebäude der Rechtsmedizin.

Lale folgte ihr mit knurrendem Magen. Es wurde wirklich höchste Zeit, dass sie etwas zu sich nahm.

»Onkel Kowalski hat ohnehin noch das Messerset von meiner Mutter«, plauderte Mandy. »Ich soll das schon seit einer Woche für sie abholen.«

»Doktor Kowalski leiht sich Küchenutensilien von deiner Mutter?« Lale sah sie amüsiert von der Seite an. »Sind in der Rechtsmedizin die Skalpelle ausgegangen?«

»Ach Lale, das war doch für unser Familien-Grillfest«, erklärte Mandy. »Hoffentlich ist er auch da.«

Sie erklommen die Stufen zum Haupteingang und betraten den kühlen Flur der Rechtsmedizin. Klassische Musik drang aus einem der Seziersäle.

»Was ist das? Die sind hier am Schnippeln, obwohl wir gar keinen Fall haben?« Lale beschleunigte ihre Schritte, klopfte energisch an die Tür des Seziersaales und trat ein.

Der kleine glatzköpfige Mann wandte sich um. »Oh, die große Kommissarin, wie schön.« Dann bemerkte er Mandy im Türrahmen. »Und Mandy, mein Engel!«

»Hallo, Doktor Kowalski«, begrüßte Lale den Rechtsmediziner. »Was ist denn hier los?« Sie deutete auf zahlreichen Bahren am Fenster, auf denen Leichen unter grünen Leintüchern lagen. »Haben wir in der Mordkommission etwas verpasst, oder schnippeln Sie für die Konkurrenz?«

»Oh Gott, doch wohl nicht wieder so ein schrecklicher Pesterreger wie damals vor Weihnachten?« Mandy schlug sich die Hand vor den Mund.

Lale rümpfte bei dieser Geste unwillkürlich die Nase in Erwartung strenger Gerüche. Doch die Luft im Saal war besser als die in den meisten Büros. »Müssen die nicht kühl gelagert werden?«

Kowalski lachte auf. »Unsere Frau Petersen. Immerzu denken Sie so unglaublich praktisch.« Er streifte die Handschuhe von den ungewöhnlich langen und schlanken Fingern und schaltete die Musik aus. »Nein, diese Herrschaften hier sind in ihrer Gesamtheit ganz und gar präpariert. Arme, unglückliche Geschöpfe, die uns in ihrer unendlichen Großzügigkeit einen wunderbaren Dienst erweisen. Wir brauchen nur ihre Köpfe.«

»Können Sie das auch für ›unglaublich praktisch‹ denkende Kommissarinnenköpfe erklären?«, fragte Lale und deutete auf den verpackten Kuchen in Mandys Hand. »Es gibt auch eine Belohnung.«

Die markante Nase des Rechtsmediziners versetzte seine dicken Brillengläser in Bewegung. »Ich wittere eine sächsische Götterspeise. Eierschecke? Nach Originalrezept?«

»Wenn man dem Bäcker glauben darf.« Lale schmunzelte. »Seit dem letzten Stollenfest allerdings sind manche Bäcker nicht mehr ganz so glaubwürdig.«

Kowalski delegierte die Kommissarinnen mit einer galanten Handbewegung hinaus auf den Flur. »Sie sollten nicht immer die negative Seite Ihrer Erfahrungen betrachten, meine liebe Frau Petersen ...«

»Sagt der Mann, der den Alltag mit dem Zerfleddern von Gewaltopfern verbringt.« Lale warf Mandy einen amüsierten Blick zu, während Kowalski die Tür hinter ihnen abschloss.

»Diese armen Seelen haben ihr Leben in freiem Willen ausgehaucht«, erklärte Kowalski. »Nennen Sie sie Opfer oder Täter. Sie sind gewissermaßen beides – Selbstmörder.«

Mandy schien sich gerade kein bisschen zu amüsieren. Sie machte ein betroffenes Gesicht. »Die sind doch aber nicht alle von hier, oder? Wir Dresdner sind doch besonders glückliche Menschen.«

»So, so. Sind wir das?« Kowalski ging voran über den Flur zu einer Tür, hinter der sich die kleine Küche der Rechtsmediziner verbarg. »Nun, im Vergleich zu DDR-Zeiten mag das heute zutreffen, ebenso wie im Vergleich zu etwa gleichgroßen Städten im Westen Deutschlands …«

»Siehste!« Mandy warf Lale einen triumphierenden Blick zu.

»Oder im Vergleich zum Ausland.« Kowalskis Gesicht wirkte einen Moment lang bekümmert, als er ihnen mit schwungvoller Geste Plätze in der Küche anbot. »Vor allem in Osteuropa nistet, statistisch gesehen, die Verzweiflung. Ich werde demnächst Weißrussland bereisen. Zu einem Suizid-Symposium.« Er schüttelte seinen kahlen Schädel. »Dort hat man dreimal so viele Selbsttötungen wie in ganz Deutschland.« Er fischte Tassen aus dem Küchenschrank, während sich Lale und Mandy schweigend auf die Stühle sinken ließen. »Weißrussland ist kleiner als Deutschland und hat vielleicht gerade mal zehn Millionen Einwohner.«

»Und es werden wohl immer weniger.« Mandy entfernte mit betrübtem Blick das Papier vom Kuchen und ließ sich von Kowalski drei Teller reichen. »Ist es nicht schrecklich, wie verzweifelt manche Menschen sind?«

Lale schnappte sich ein Stück Eierschecke und biss hinein. Sie zuckte kauend die Achseln. »Die Menschen sind einfach verschieden. Was bei einem Verzweiflung auslöst, spornt den anderen zu Höchstleistungen an.«

»Und du meinst, die Weißrussen verzweifeln schneller?« Mandy nahm dem Rechtsmediziner die Kaffeekanne aus der Hand und füllte die Tassen.

»Nö, vermutlich haben Selbstmorde so eine Art Sogwirkung«, erklärte Lale. »Ich habe mal in einer Reportage gelesen, dass im Internet Foren von Suizidwilligen existieren. Die geben sich sogar gegenseitig Tipps.«

»Und Drogen«, ergänzte Mandy und biss nun ebenfalls in ein Stück Eierschecke. »Oder eben Alkohol.«

Lale nahm einen Schluck Kaffee. »Was wissen wir schon, was hinter so mancher Stirn vor sich geht? Man kann den Leuten eben nicht in den Kopf gucken.«

Kowalski nickte bedächtig mit seinem kahlen Schädel. »Wir wissen nicht, ob wir es können, doch wir tun es.«

»Was?«, fragte Mandy, und Lale bestätigte kauend: »Genau meine Frage.«

»Wir gucken den Menschen in den Kopf.« Kowalski lächelte versonnen. »Und wir versuchen, etwas zu finden, mit dem wir umgehen können. Wir versuchen, uns Wissen zu verschaffen von dem, was so ein lebensmüdes Geschöpf selbst nie von sich erfahren hat.«

Lale hatte ihre Eierschecke verputzt und leckte sich die Finger ab. »Sie meinen, Sie untersuchen Selbstmörder auf bestimmte Veränderungen hier oben.« Sie tippte sich an die Stirn.

»Genau, meine liebe Kommissarin. Wir versuchen, postum die organischen Dispositionen zu vergleichen«, erklärte der Rechtsmediziner. »Kein ganz neuartiges Unterfangen, da die Psychiatrie sich solchen Anomalien seit geraumer Zeit verschrieben hat.« Er fuhr sich über den kahlen Schädel, als wolle er sein eigenes Gehirn beschwichtigen. »Leider können wir uns nur auf verlässliche Datensätze aus der jüngeren Vergangenheit berufen. Die klinische Forschung aus DDR-Zeiten soll zwar interessante Erkenntnisse geliefert haben, aber dank angeblich unwürdiger Umstände … Sensibles Material, das die Ethikkommission gerne unter Verschluss halten möchte.« Kowalski nahm ein Stück Eierschecke und biss hinein.

Mandy sah ihn mit großen Augen an. »Da verschwinden vierzig Jahre medizinische Forschung einfach in einem Archiv?«

»Das ist doch nachvollziehbar.« Lales Stimme triefte vor Hohn. »Die militärischen Forschungen der Nazis wurden ja auch alle brav vernichtet. Sonst gäbe es heute womöglich Atombomben …«

»Unsere große Kommissarin, immer mit bissfesten Vergleichen zur Stelle.« Kowalski nahm einen Schluck Kaffee. »Es ist ein schwieriges Terrain. Genau genommen sind viele Erkenntnisse der weniger glorreichen Vergangenheit unter fragwürdigen Umständen entstanden. Jedoch werden ethische Bedenken immer gerne angemeldet, um unsere heutigen moderneren Methoden zur Anwendung zu bringen. Eine Frage der Finanzen.«

»Ha, Sie meinen, man verdammt alte Studien, um neue zu bezahlen, die im Prinzip keine neuen Ergebnisse liefern?« Lale schüttelte unwillig den Kopf. »Kleine Beschäftigungstherapie für frustrierte Wissenschaftler, was?«

»Ein sich selbst bestätigendes System«, sinnierte Kowalski. »Und wir wirken alle daran mit.«

»Hilft dabei denn mal irgendjemand diesen armen Menschen?« Mandy klang aufgebracht. »Gibt es dadurch weniger Selbstmörder? Nein! Es wird alles nur immer komplizierter und aufgeblähter.«

»Oh, Mandy, mein Engel«, versuchte Kowalski zu beschwichtigen. »Die psychiatrische Praxis hat sich sehr positiv entwickelt. Man kann medikamentös viel für solche Patienten tun.«

Lale runzelte die Stirn. »Pille rein und Deckel drauf, meinen Sie? Und was ist dann mit Ihrem Totenrudel im Seziersaal? Die waren doch auch alle in Behandlung, oder?«

Kowalski sah sie überrascht an. »Da haben Sie allerdings recht, meine gute Frau Kommissarin.«

»Ich weiß«, sagte Lale. »Aber das macht es nicht besser. Mir ist übrigens ein Selbstmörder immer noch lieber als einer, der Druck ablässt, indem er seine Umgebung quält.« Sie erhob sich. »Und da ich gerade beim Thema bin. Ich gehe schon mal hinüber in die Psychiatrie zu unserem Fidel Meier.«

»Müller«, korrigierte Mandy. »Fidel Müller. Aber es ist doch noch gar nicht gesagt, dass er seine Umgebung quält.«

Lale lachte trocken. »Der vielleicht nicht. Aber ich treffe mich später noch mit Doktor Jobst Petersen. Und da bin ich mir ganz sicher, dass er seine Umgebung quält.«

»Oh, das verspricht offenbar ein ganz wunderbares Tête-à-Tête mit dem Herrn Staatsanwalt zu werden.« Kowalski schmunzelte. »Sehen Sie es ihm nach, er ist nur ein Mann.«

»Ja, ja, das kenne ich schon. Damit versucht er sich auch immer rauszureden.« Lale erhob sich und wandte sich an Mandy. »Kommst du nach?«

Mandy errötete leicht. »Ich finde deinen Ex-Mann gar nicht so quälend.«

Blitzdiagnose

Am Empfang der Psychiatrischen Kliniken schickte man Lale einige Gänge entlang und Treppen hinauf bis zum Zimmer des forensisch-psychiatrischen Gutachters. Die Sekretärin bedeutete Lale zu warten. »Doktor Grabowski ist noch im Patientengespräch. Sie sind die Kommissarin?«

Lale bejahte. »Ich warte draußen auf dem Gang.«

Sie schlenderte über den menschenleeren Flur und schaute sich um. Auf den ersten Blick sah hier alles nach einem üblichen Krankenhausflur aus. Erst auf den zweiten Blick stellte sie fest, dass es weder Stühle noch eine Sitzecke mit Zeitschriften gab. Nur auf dem Fensterbrett am Ende des Flurs vegetierte ein kläglicher Gummibaum einsam seinem Ende entgegen. Schnell wandte Lale den Blick ab und suchte an den kahlen Wänden einen Halt. Vorn hing ein Plakat, das sie – geradezu dankbar für diese Aussicht – studierte. »Prognosebegutachtung und Sicherungsverwahrung – Die Grenzen der forensischen Psychiatrie und Kriminalpsychologie« lautete der sperrige Titel, der sich vermutlich auf eine Tagung oder eine Fortbildungsveranstaltung bezog.

In diesem Moment öffnete sich die Tür, hinter der laut Schild Dr. Grabowski seine Begutachtungen durchführte. Ein älterer Herr im weißen Kittel trat heraus und schloss die Tür hinter sich. »Sind Sie die Kommissarin?«, fragte er und schob seine Brille in Position.

Lale ging auf ihn zu. »Petersen. Guten Tag, Doktor Grabowski.«

Der Arzt nickte ihr zu. »Ich konnte mir jetzt einen ersten Eindruck vom Patienten verschaffen, den ich Ihnen gerne kurz darlegen möchte, bevor Sie mit ihm sprechen.«

Lale sah ihn verwundert an. »Meinen Sie, es gibt da Schwierigkeiten?«

»Nun ja«, hob Grabowski an. »Zweifelsohne haben wir es mit einer gestörten Persönlichkeit zu tun. Genauer gesagt mit verschiedenen Persönlichkeitsstörungen.«

»Was heißt denn das? Ist er schizophren?«, fragte Lale.

»Nein.« Der Arzt schüttelte den Kopf. »Zumindest zeigt er keine Schizophrenie-Symptome. Persönlichkeitsstörung ist der gängige Begriff für das, was man früher als Psychopathie bezeichnete.«

»Er ist also ein Psychopath?«, fragte Lale.

»So kann man das sagen.« Grabowski lächelte milde. »Wobei Schizophrenie und Psychopathie in der Alltagssprache eine wenn nicht falsche, so doch relativ undifferenzierte Anwendung finden.«

»Auch gut. Kann ich dann jetzt mit ihm sprechen?« Lale zappelte ungeduldig herum.

»Nun lassen Sie mich doch erstmal erklären, junge Frau«, verlangte der Arzt mit strengem Blick über sein Brillengestell.

»Dann aber schnell.« Lale wippte mit dem Fuß. »Ich habe gleich noch ein Treffen mit dem Staatsanwalt.«

»Wir haben es hier mit einer narzisstischen Persönlichkeit zu tun, die bisweilen histrionische Symptome zeigt«, erklärte der Arzt. »Ich vermute allerdings dahinter eine tiefere schizoide Persönlichkeitsstörung.«

»Und?«, fragte Lale. »Meinen Sie, er überfällt häufiger Frauen?«

»Ausschließen kann ich das nicht«, fuhr Grabowski unbeirrt fort. »Der Patient trägt ein übertriebenes Selbstbewusstsein zur Schau und hegt ganz offensichtlich den Wunsch, im Mittelpunkt zu stehen.« Er räusperte sich. »Wie bereits erwähnt, vermute ich jedoch eine tiefer liegende Kontaktstörung, die sich in sonderbarem und exzentrischem Verhalten äußert. Auf Fragen reagiert er nicht. Von Ihnen hat er allerdings gesprochen, Frau Petersen.«

»Von mir?« Lale sah ihn ungläubig an. »Bestimmt meinte er meine Kollegin. Mich kennt er gar nicht.«

»Das ist nicht ungewöhnlich für einen Menschen mit histrionischer Persönlichkeitsstörung«, erklärte der Arzt unverdrossen.

»Diese Personen neigen dazu, zwischenmenschliche Kontakte als enger aufzufassen als sie sind.«

»Kann ich dann jetzt mit ihm reden, bevor er weggesperrt wird?«, fragte Lale. Ihr schwirrte der Kopf von all dem Psychokram.

Der Arzt öffnete die Tür. »Einweisen werde ich ihn nicht. Ich halte ihn für geistig einigermaßen intakt und voll schuldfähig.« Lale folgte dem Arzt in sein Sprechzimmer. »Er scheint mir nicht therapierbar.«

»Na, da bist du ja endlich!«, hörte Lale eine bekannte Stimme.

»Jobst?« Lale schaute sich verwundert um. »Wo ist denn Fidel Meier oder Müller?«

»Das weiß ich doch nicht«, entgegnete Jobst. »Ich warte hier schon die ganze Zeit auf dich. Aber ich habe mich nett mit Doktor Grabowski unterhalten.«

Lale sah den Arzt irritiert an, der ihr zunickte. »Sie können ihn mitnehmen.« Er sortierte ein paar Blätter von seinem Schreibtisch.

»Wie sagten Sie noch gleich, Herr Doktor Grabowski«, hob Lale amüsiert an. »Dieser Patient ist nicht therapierbar?« Sie deutete auf Jobst und warf ihm einen triumphierenden Blick zu. »Ein schuldfähiger Psychopath?« Ein sattes Grinsen machte sich auf Lales Gesicht breit. »Ich glaube, jetzt verstehe ich plötzlich, was Sie mir eben erklärt haben.«

Jobst sah sie verwundert an. »Was faselst du denn wieder für einen Unsinn, Lale?« Er schüttelte dem Arzt die Hand. »Sie dürfen die Frau Kommissarin nicht so ernst nehmen.«

Der Arzt lächelte wissend und nickte Jobst zu. »Alles Gute.«

»Komm jetzt!«, kommandierte Lale. »Sonst behält er dich doch noch da, wenn er von deinen Wahnvorstellungen hört.« Sie zog Jobst mit sich hinaus auf den Flur.

»Wahnvorstellungen?« Jobst lachte. »Was denn für Wahnvorstellungen?«

»Zum Beispiel die, dass du ein toller Vater bist«, sagte Lale und verdrehte die Augen.

In diesem Moment spurtete Mandy um die Ecke und über den langen Flur auf sie zu. »Fidel Müller ist getürmt! Heute Morgen schon«, rief sie atemlos und winkte mit einer bunten Plastiktüte. »Der Mistkerl ist einfach abgehauen!« Dann bremste sie ab. »Oh, hallo, Herr Peter Doktorsen, ähm, Herr Doktor Petersen …« Eine zarte Röte ergoss sich über Mandys Wangen. »Was machen Sie denn in der Psychiatrie?«

»Oh, sie hätten ihn beinahe dabehalten«, feixte Lale.

Der Staatsanwalt sah Mandy erschrocken an und deutete auf ihr Gepäck. »Was haben Sie denn vor?«

»Ups!« Mandy raffte ihre Plastiktüte, aus der zwei riesige Messerklingen ragten. »Die Messer sind für meine Mutter.«

Jobst runzelte missbilligend die Stirn. »Und damit rennen Sie hier wie wild herum? Das ist ja lebensgefährlich.«

»Ja, ja …« Lale winkte ab. »Sag mal Jobst, was wolltest du eigentlich so Dringendes mit mir besprechen?«

Die Miene des Staatsanwaltes wurde noch eine Spur missbilligender. »Um euch beide mache ich mir langsam wirklich Sorgen«, verkündete er. »Gegen dich, meine liebe Lale, wurde heute früh Anzeige erstattet.«

»Bei dir? Von wem?« Lale musterte ihren Ex-Mann ungläubig.

Er schüttelte verärgert den Kopf. »Nein, nicht bei mir. Ich habe es nur zufällig im Computer gesehen.«

Mandy schaute Lale entsetzt an. »Warum das denn?«

Lale klopfte Jobst auf die Schulter. »Ich sag's ja, Wahnvorstellungen, der Arme.« Dann hakte sie Mandy unter und deutete auf die Messertüte. »Gut, dass du bewaffnet bist, Jobst hat nämlich eine psychopathische Persönlichkeitsstörung.«

»Was soll der Blödsinn?«, rief Jobst verärgert.

Mandys Wangen glühten. »Was?«

Lale warf Jobst ein zuckersüßes Lächeln zu. »Der Herr Doktor meinte, es sei nicht auszuschließen, dass der Herr Staatsanwalt hin und wieder Frauen überfällt …«

»Wie?« Mandy starrte Jobst an.

»Keine Angst.« Lale tätschelte ihr fröhlich den Arm. »Wir suchen jetzt erstmal deinen Psycho-Fidel, und dann darfst du den Staatsanwalt ein bisschen in die Elbe schleudern.

Jobst strich sich eine blonde Haarsträhne aus der Stirn. »Meine liebe Lale, ich habe dich gewarnt«, verkündete er gönnerhaft. »Nicht, dass du nachher bei mir stehst und jammerst.«

Kleine Fluchten

Als Mandy den Dienstwagen mit quietschenden Reifen auf dem Parkplatz des Blasewitzer Reviers zum Stehen brachte, sah Lale sich verwundert um. Neben der Einfahrt stand ein Einsatzwagen und im Schatten der Bäume ein einziger privater Pkw. Sonst herrschte Leere auf dem Parkplatz. »Kommen die hier alle mit dem Fahrrad zum Dienst?«

Mandy antwortete ihr nicht. Sie war schon ausgestiegen und die Treppen zum Eingang hochgesprungen.

Fahrräder standen ebenfalls keine herum. Lale schob sich vom Beifahrersitz und folgte ihrer Kollegin ins Revier. Dort war die Kollegin bereits in einen Disput verstrickt.

»Erst kommen Sie mir heute Morgen blöde mit unangemessener Notwehr«, schimpfte sie auf den einzigen Beamten weit und breit ein. »Und dann lassen Sie auch noch einen gefährlichen Gewalttäter entwischen!« Sie schlug mit der Faust auf den Tresen.

Der Beamte zuckte die Achseln. »Ich kann mich nun mal nicht zerteilen.«

Mandy zeterte erneut drauflos, und Lale ging schnell dazwischen. »Frau Schneider, ich bin mir sicher, der Kollege wollte sich nur besonders korrekt verhalten.« Dann wandte sie sich dem Polizisten zu. »Wann und wo ist Ihren Kollegen der Mann denn nun entwischt?«

»Meinen Kollegen?«, schnaubte der Beamte. »Welchen Kollegen?«

»Na, den Kollegen, die Fidel Müller zum Gerichtspsychiater bringen sollten«, fauchte Mandy. »Bis zur Uniklinik sind es von hier aus fünf Minuten. Es gibt drei Ampeln und vier Straßenbahnhaltestellen. Wenn es dumm läuft, muss man vielleicht vier Mal anhalten auf nicht mal zwei Kilometern. Also, *wo* ist Fidel Müller getürmt?«

»Nun, er ist aus dem Auto getürmt.« Der Polizeiobermeister zögerte. »Allerdings direkt hier vor der Tür.« Er schaute auf seine Fingerspitzen. »Schon heute morgen.«

Lale verdrehte die Augen. »Sie waren also dabei. Und Ihre Kollegen? Sind die ihm sofort gefolgt?«

»Es gibt keine Kollegen.« Der Beamte seufzte. »Ich schiebe zurzeit allein Dienst. Seit gestern Abend schon.« Dann sah er Lale an. »Wer sind Sie überhaupt?«

»Jetzt nicht ablenken«, verlangte Mandy. »Das ist meine Kollegin Petersen.«

»Petersen? Echt?« Der Beamte musterte Lale eingehender.

»Ja, wie der Staatsanwalt Petersen.« Lale winkte ab. »So, und Sie sind also für das gesamte Revier alleine zuständig? Dann haben Sie selbst diesen Fidel Müller zum Psychiater gebracht – oder eben auch nicht?«

»Ja, und ich hatte ihn schon im Wagen, als dieser junge Mann kam.« Der Diensthabende kratzte sich am Kopf. »Er wollte eine Anzeige machen und sagte, es wäre dringend.«

»Und?« Lale machte eine ungeduldig kreisende Handbewegung.

»Ich musste mit ihm reingehen, um die Anzeige aufzunehmen«, erklärte der Polizist. »Ich muss wohl die Wagentüren offen gelassen haben …«

»Was?« Mandy funkelte ihn böse an. »Sie setzen einen Verbrecher ins Auto und überlassen ihn seelenruhig sich selbst?«

Lale konnte ein Schmunzeln nur schwer verbergen. »Er ist aber nicht mitsamt dem Einsatzwagen getürmt, oder?«

»Aber nein«, protestierte der Diensthabende schnell. »Es war doch nur kurz, wegen dieser Anzeige. Immerhin Unerlaubtes Entfernen vom Unfallort.«

»Fahrerflucht.« Lale zog die Augenbrauen hoch. »Wegen Fahrerflucht riskieren Sie Verbrecherflucht?«

»Nun ja, ich wusste doch vorher nicht, ob es ein schwerer Unfall war, mit Personenschaden oder ohne …« Er kratzte sich hinter dem Ohr.

Mandy schlug erneut mit der Faust auf den Tresen. »Und was für ein Unfall war es?«

Der Beamte zögerte. »Ich weiß nicht, ob ich Angaben dazu machen darf.«

»Immerhin könnte es ja sein Komplize gewesen sein«, mutmaßte Lale.

»Sie meinen …« Der Polizist wirkte bestürzt.

»War es eine Anzeige gegen Unbekannt?« Lale ließ nicht locker. »Gab es Zeugen? Wer wurde geschädigt?«

»Ich weiß wirklich nicht …« Der Diensthabende blickte verunsichert von einer zur anderen.

»Jetzt aber mal Butter bei die Fische!«, verlangte Lale ungehalten. »Wir haben keine Zeit, hier lange herumzuquatschen.«

»Wir müssen Fidel Müller schließlich Ihretwegen wieder einfangen«, setzte Mandy hinzu.

»Also schön.« Der Beamte rang sichtlich mit sich. »Also, der junge Mann war selbst der Geschädigte.«

»Name?« Mandy schnappte sich den Kugelschreiber und eine Polizeibroschüre vom Tresen.

»Ronny Hummel«, sagte der Diensthabende. »Er hatte es eilig, weil er zur Arbeit musste. Er ist Auszubildender, wohnt noch bei seinen Eltern.«

»Autowerkstatt Hummel in Striesen?«, fragte Mandy. »Ein Sohn vom alten Hummel?«

Lale sah sie mit gerunzelter Stirn an.

»Kann sein«, erklärte der Polizist. »Ich sagte doch schon, er hatte es eilig, ich hatte es eilig.«

»Gab es denn nun einen Unfall?«, drängelte Lale.

Der Polizist nickte. »Nach Angaben des Geschädigten.«

»Und Anzeige gegen Unbekannt?« Mandy schob Kugelschreiber und Broschüre zur Seite. »Oder hat er ein Kennzeichen genannt?«

»Nein.« Der Diensthabende fischte ein Formular von seinem Schreibtisch. »Kein Kennzeichen. Der Unfallverursacher war eine Frau, eine gewisse Lale Petersen, Kriminalhauptkommissarin bei der Mordkommission.«

»Wie?« Mandy sah Lale mit offenem Mund an.

Lale schüttelte ungläubig den Kopf. Hatte Jobst nicht vorhin ebenfalls von einer Anzeige gegen sie gesprochen? Aber wie konnte er so schnell davon erfahren haben? »Sind Sie sicher?«

Der Diensthabende nickte eifrig. »Ich habe sofort alles in den Computer eingegeben. Der Geschädigte hatte eine Visitenkarte der Flüchtigen.«

Mandy tippte sich an die Stirn. »Von jemandem, der sich unerlaubt vom Unfallort entfernt hat?«

»Lale Petersen, sind Sie das?« Der Beamte sah Lale misstrauisch an, als das Telefon klingelte. Er warf einen gehetzten Blick auf den Apparat.

»Sie haben also einen Verbrecher alleine im Wagen sitzen und nichts Besseres zu tun, als sofort den Computer mit solch einer läppischen Anzeige zu füttern?« Lale klang gereizt.

Das Telefon klingelte noch immer. Der Diensthabende richtete sich auf und zuckte entschuldigend die Achseln. »Ich muss erstmal ans Telefon.«

»Ist ja wohl der Hammer, den einfach so türmen zu lassen«, raunte Mandy Lale zu.

Lale verdrehte die Augen. Das wurde ihr langsam wirklich zu blöd.

»Im Waldpark? Vor wenigen Minuten?« Die Stimme des Polizisten wurde auf einmal lauter. »Ja, danke, für den Hinweis.« Er beendete das Gespräch und wandte sich wieder den Kommissarinnen zu. »Fidel Müller ist gerade im Waldpark gesehen worden. Einer Erzieherin, die dort auf dem Spielplatz Kinder betreut, kam ein Mann komisch vor. Die Beschreibung passt genau.«

»Genug palavert.« Lale klopfte auf den Tresen. »Komm, Frau Schneider, sonst entwischt uns der Psycho-Fidel noch!« Sie wandte sich zum Gehen. »Um diesen Azubi …«

»Hummel, Ronny Hummel«, half der Diensthabende.

Lale nickte. »Genau, um diesen Ronny Hummel kümmere ich mich später.«

Faxen dicke!

Wenige Minuten später erreichten die Kommissarinnen den Blasewitzer Waldpark. Sie schienen auf der richtigen Fährte zu sein: Fidel Müller war seit dem Morgen nicht weit gekommen, und einige Parkbesucher, mit denen sie sprachen, wollten den Flüchtigen gesehen haben. Auf dem Spielplatz trafen sie dann auf die Erzieherinnen, die auf der Wache angerufen hatten. Der Mann hatte hier offenbar ein Nickerchen gemacht und panisch reagiert, als sie mit ihrer Kindergruppe angekommen waren. Er war Hals über Kopf getürmt und hatte auffallend desorientiert gewirkt.

Lale tippte auf ein handfestes Drogenproblem. Wer bei klarem Bewusstsein aus einem Streifenwagen flüchtete, legte sich doch nicht ein paar Straßen weiter auf die nächste Parkbank, um ein Schläfchen zu halten. Und nach allem, was Mandy von der morgendlichen handgreiflichen Begegnung mit ihm berichtet hatte, war zu befürchten, dass er sich und seine Handlungen kaum lange unter Kontrolle halten würde. Hoffentlich flippte er nicht aus, wenn der Entzug einsetzte.

Unweit des Spielplatzes trafen sie auf einen Mann, der wild gestikulierend vor sich hinschimpfte. Er brüllte allerhand Unflätiges die Seitenstraße hinunter in Richtung Elbe. »Dieses asoziale Arschloch! Kommt einfach an, zockt sich mein Fahrrad und ist weg!«, schimpfte der Beraubte. Der Fahrraddieb, auf den ebenfalls die Beschreibung von Psycho-Fidel passte, war angeblich hinunter zum Elberadweg gebraust.

Kurz darauf parkten die Kommissarinnen den Dienstwagen mit Blick auf die drei Elbschlösser und stolperten nun ebenfalls zur Elbe hinunter.

»Hier wird er nicht weit kommen«, keuchte Mandy. »Wegen der Brücken-Baustelle ist der Radweg gesperrt. Entweder fährt er wieder rauf zum Käthe-Kollwitz-Ufer …«

»Oder er geht baden«, ergänzte Lale schnaufend.

»Diesmal rette ich den Idioten aber nicht.« Mandy klang trotz ihrer Atemlosigkeit richtig sauer. »Warum machen wir uns eischentlisch so verrückt wegen dem blöden Hirni!«

»Da!« Lale deutete auf den Baustellenzaun. Zwischen zwei Metallelementen klaffte eine Lücke. Davor lag ein Fahrrad. »Er ist wohl doch nicht rauf zur Straße geradelt.«

»Haben Sie das gesehen?« Ein Mann mit Helm stand an der Zaunlücke und ballte die Faust. »Der Gnallgopp ist wohl lebensmüde.«

»Ist da gerade einer in die Baustelle reingekrabbelt?« Lale hielt sich schnaufend am Metallgitter fest.

»Nu gloar! Isch gloob's ja ni!« Der Baustellenmann war aufgebracht. »Hat mitten dursch gemacht ... Isch sachs ja: lebensmüde.«

»Okay.« Lale schnappte sich das Fahrrad. »Mandy, du läufst zurück zur Straße und fährst das Käthe-Kollwitz-Ufer entlang. Ich nehme den Radweg.«

Mandy nickte. »Gut, ich nehme dann die nächstbeste Möglichkeit runter zur Elbe und schneide ihm den Weg ab.« Sie flitzte los.

Lale schulterte das Rad. »Helfen Sie mir mal.«

Der Baustellenmann sah sie erstaunt an. »Sie wollen jetze aber ni ooch hier dursch?«

»Doch.« Lale quetschte sich samt Fahrrad durch die Lücke zwischen den Metallgittern. »Kriminalpolizei. Ein Notfall.«

»Oh Gotte nee aber ooch.« Der Mann brüllte ein unverständliches Kommando, stülpte Lale seinen Helm schief auf den Kopf und geleitete sie zügig mitten durch die Baustelle auf die andere Seite.

Als er ein Zaunelement zur Seite drückte, reichte Lale ihm den Helm zurück. »Danke, Sie sind ein echter Kumpel.«

»Nu, isch bin een guter Staatsbürger.« Er grinste schief, während er den Zaun hinter Lale wieder zurechtrückte.

Dann schwang sich die Kommissarin auf das fremde Rad und trat in die Pedale. Zunächst fühlte sie sich wacklig und kam nicht recht auf Tempo. Wie lange hatte sie nicht mehr auf einem Drahtesel gesessen? Seit Jahren nicht mehr. Zumindest nicht, seit sie in Dresden lebte. Der Dresdner Verkehr lud nicht gerade zum Radfahren ein. Der aggressive Fahrstil der meisten Autofahrer hatte Lale bisher immer vor derlei Mobilitätsalternativen zurückschrecken lassen. Ah, jetzt kam sie in Tritt. Sie sauste am Bootshaus vorbei. Na, warte, dachte sie grimmig und trat kraftvoller zu. Dich kriege ich, du Blödmann!

Sie hatte fast den Fährgarten erreicht, als sie einen Mann an der Ausschankbude sah. Er machte sich an einer Tür zu schaffen. Der Biergarten war noch geschlossen, und der Typ sah genau so aus wie Mandy Fidel Müller beschrieben hatte: Schlumpfmütze, Lederjacke … Er wirkte ziemlich abgewrackt.

Lale bremste so scharf, dass sie fast über den Lenker ging. Scheißbremsen! Zu ihrer Fahrradzeit hatte man noch per Rücktritt gebremst. Nun hatte sie offenbar die falsche Handbremse am Lenker erwischt. Sie sprang vom Rad und ließ es achtlos kippen. »Hey, Bürschchen! Schluss damit!«

Der junge Mann sah sich um und flitzte los, quer durch den Biergarten.

Lale hechtete ein paar Holzstufen hinunter und blieb ihm auf den Fersen. Sie spürte Stiche in der Seite. Lange würde sie diese Verfolgungsjagd nicht mehr aushalten. Sie wurde langsam zu alt für solche Scherze. Aber ihn jetzt einfach laufen lassen? Auf keinen Fall.

Plötzlich stand sie am Fähranleger. Nanu? Wo war das Jüngelchen hin? Sie sah sich verdutzt um. Dann bemerkte sie, dass der Fährmann gerade ablegen wollte. Auf der Fähre jedoch war kein Passagier zu sehen … Doch, da hinter einer der Sitzbänke bewegte sich etwas. Ha, der wollte sich ans andere Ufer davonmachen! Lale nahm Anlauf und sprintete auf die Fähre zu.

»Hey!«, brüllte der Fährmann. »Wir legen schon …«

Doch da bekam Lale gerade noch die geschlossene Kette zu fassen, griff nach der Reling, hievte sich mit einem Ruck hinüber und landete polternd auf dem Schiff.

»Sind Sie nicht ein bisschen alt für diesen Hindernissport?«, rief der Fährmann von seinem Führerhäuschen herüber.

»Was für ein Sport?« Lale rappelte sich langsam auf und blickte sich misstrauisch um.

»Pa-, Par-, Parcours, glaube ich, heißt das.« Der Fährmann musterte sie von oben bis unten, während Lale an das Häuschen herantrat.

»Polizei.« Lale sprach leise und legte die Finger an die Lippen. »Sie haben einen Passagier, stimmt's?«

Der Fährmann nickte und steuerte.

Plötzlich hupte es am Ufer. Lale fuhr herum. Da stand Mandy neben dem Dienstwagen und ruderte mit den Armen. »Ich fahr rüber!«, grölte sie.

Lale beschrieb mit einer umfassenden Geste den Weg über die Albertbrücke zum Anleger auf der anderen Seite.

Mandys »Geht klar!« konnte sie nicht wirklich verstehen, sondern nur erahnen. Die Kollegin war schon wieder in den Wagen gesprungen und setzte ihn zurück. Mit dem durchdringenden Quietschen der Reifen zuckte das Blaulicht auf.

Lale schmunzelte unwillkürlich. Sie wusste, dass Mandy solche Fahrten genoss wie ein Kind eine Extraportion Eis. Dann wandte sich Lale wieder ihrer Beute zu. Schließlich war der Gejagte jetzt in Reichweite, und sie durfte nicht riskieren, dass dieser Irre womöglich noch über Bord ging. »So, Freundchen! Ich habe die Faxen dicke!«, rief sie.

Hinter einer Sitzbank zeigte sich ein bemützter Kopf. Der Junge starrte sie an und nahm die Hände über den Kopf.

»Na, siehste, geht doch. Aufstehen!« Lale machte langsam ein paar seitliche Schritte. Sie wollte ihn an den Ausgang zwingen. Das Jüngelchen starrte sie an und bewegte sich seitlich. Wie zwei Raubkatzen schlichen sie langsam und lauernd im Kreis.

Von der Albertbrücke erklang nun Sirenengeheul. Aus dem Augenwinkel sah Lale das Blaulicht rotieren. Vermutlich musste Mandy mal wieder sture Autofahrer in ihre Schranken weisen. Das war so was wie ein Sport für die Rallye-Kollegin.

Erste Hupen ertönten, hatten aber gegen die Polizeisirene wenig Chancen.

Mist, sie hatte sich ablenken lassen. Jetzt war dieser Psycho-Fidel genau auf der falschen Seite des Schiffes. Langsam tigerte Lale weiter im Kreis. Sie bemerkte, dass ihm die Arme schwer wurden vom langen Hochhalten. Gut so, dann würde er den Handschellen wenig Widerstand leisten können. Lale war jetzt auf Höhe des Führerhäuschens, während Fidel Müller mit dem Rücken zur Albertbrücke stand. Im Hintergrund sah Lale, dass Mandys Blaulicht sich nun flink über die Brücke bewegte. Zum Glück, denn die Fähre legte jeden Augenblick wieder an. Nur noch ein Stück im Uhrzeigersinn über das Schiff, dann hatte sie das Jüngelchen mit dem Rücken zum Ausgang. Der Fährmann nahm dem Schiff die Fahrt und steuerte es langsam an die Anlegestelle. Am anderen Ufer knirschten Autoreifen im Sand. Zum Glück konnte man hier mit dem Wagen direkt bis zum Ufer hinunterfahren, zumindest wenn man die Staatsmacht vertrat. Die Sirene jaulte ein letztes Mal auf, und Mandy stoppte den Wagen direkt am Steg.

»Umdrehen!«, kommandierte Lale. Mist, sie hatte keine Handschellen bei sich. Der Typ blieb mit erhobenen Händen stehen und starrte sie an. »Umdrehen jetzt! Und Hände auf den Rücken!«

Mit einem Satz war Lale bei ihm, griff nach seinen Handgelenken und drückte seinen rechten Arm nach oben. Der Typ gab keinen Mucks von sich. Lale griff fester zu.

»Au«, stöhnte er.

»Ich habe echt die Schnauze voll«, knurrte Lale und beobachtete, wie der Fährmann vorsichtig die Kette entfernte. Er musterte den Festgenommenen argwöhnisch und trat dann eilig zurück.

»So, und jetzt gaaaanz langsam den Steg rauf.« Lale schob ihre Beute vor sich her auf Mandy zu, die nun am Ende des Bootssteges mit Handschellen winkte. Als sie näher kamen, bemerkte Lale den ratlosen Gesichtsausdruck der Kollegin.

»Hier ist dein Psycho-Fidel.« Lale schob ihn in Position.

»Das isser nicht«, sagte Mandy und steckte die Handschellen weg.

»Wie? Das isser nicht?« Lale ließ von ihrer Beute ab. »Ausweisen!«, kommandierte sie. »Bist du nicht Fidel Müller?«

Der Angesprochene sah sie erschrocken an. »Nee, wieso?« Dann kramte er in seiner Jackentasche und zog zitternd einen reichlich verbogenen Ausweis heraus. »Mein Name ist Mischa Sörensen.«

Lale überprüfte den Ausweis. Die Angabe stimmte. Verdammter Mist! »Warum bist du dann eben getürmt? Hast du versucht, in den Biergarten einzubrechen?«

»Nein.« Mischa Sörensen schaute verunsichert von einer zur anderen. »Mein Schlüssel hat nicht gepasst.«

»Ach? Meine Schlüssel passen auch nicht an fremden Türen.« Lale fuhr sich durch den Blondschopf. Erst jetzt bemerkte sie, wie stark sie schwitzte.

»Ich jobbe manchmal dort«, erklärte Mischa Sörensen. »Und ich musste die Bestellungen überprüfen. Zum Ende der Saison bestellen wir nicht mehr automatisch alles nach.«

Mandy sah Lale an. »Klingt irgendwie ... plausibel.«

»Und warum bist du dann weggelaufen?« Lale belauerte den jungen Mann noch immer.

»Na, Sie machen mir Spaß.« Er klang jetzt selbstbewusster. »Sie sind doch wie eine Furie auf mich los. Ich hatte Angst.«

Mandy lachte. »Ja, unsere Frau Petersen schlägt ganz gerne mal Männer in die Flucht ...«

»Petersen?« Mischa Sörensen sah Lale neugierig an. »Sind Sie die Kripo-Frau mit diesem ulkigen Vornamen? Die Mutter von Pit?«

»Lale Petersen«, bestätigte Lale automatisch. »Wieso kennst du Pit?«

»Schule. Wir gehen in dieselbe Stufe.« Mischa Sörensen grinste breit. »Und ich glaube, jetzt verstehe ich, warum Pit so ein Streber ist. Bei der Mutter hätte ich auch Angst, was falsch zu machen.«

»Mein Sohn ist kein Streber.« Lale stemmte unwillkürlich die Hände in die Hüften. »Vielleicht ...«

»Ein Überflieger«, ergänzte Mandy. »Pit ist ein Überflieger.« Sie wandte sich an Mischa Sörensen. »Aber mach dir keine Sorgen, von ihr hat er das nicht. Da kommt der Vater durch.«

»So?« Lale kniff die Augen zusammen.

Mischa Sörensen zuckte die Achseln. »Von seinem Vater hat Pit noch nie gesprochen.«

»Guter Junge«, sagte Lale. »Der ist ja auch nicht wichtig.«

»Na, isch weeßes ja ni«, mischte sich Mandy ein. »Doktor Petersen ist immerhin unser Staatsanwalt.«

»Ach du Scheiße.« Mischa Sörensen sah sie an. »Armer Pit.«

»So, genug Familientratsch für heute.« Lale gab Mischa einen Klaps auf den Rücken. »Abflug!«

»War nett, Sie mal kennengelernt zu haben.« Der junge Mann ging los und drehte sich nach wenigen Schritten noch mal um. »Ähm, Frau Petersen?«

»Ja.«

»Könnten Sie bei Pit mal ein gutes Wort für mich einlegen?« Er schien zu zögern, doch Lale sah ihn nur erwartungsvoll an. »Ich spiele Schlagzeug und wäre echt gerne in Pits neuer Band dabei.«

»Was für eine neue Band?«, fragte Lale erstaunt. »Ich kenne nur die ›Annachronicles‹.«

»Nee, die meine ich nicht«, wehrte Mischa ab. »Der Sound ist mir zu schwul, außerdem sitzt Anna da am Schlagzeug. Ich meine die ›Polka-Guerilleros‹.«

»Ach so, die.« Lale zuckte die Achseln. »Richte ich aus.«

Mandy sah Mischa Sörensen nach und wandte sich dann Lale zu. »›Polka-Guerilleros‹? Erzähl mal.«

»Keine Ahnung. Mir hat er nichts davon erzählt.« Lale verdrehte die Augen. »Aber soll ich das bei diesem Schlumpfmützen-Mischa zugeben?«

Mandy schüttelte lachend den Kopf. »Oh, oh, da muss der arme Pit heute wohl noch zur mütterlichen Vernehmung.«

»Worauf du dich verlassen kannst.« Lale riss die Beifahrertür des Dienstwagens auf. »So, nun habe ich aber wirklich die Faxen dicke. Hopp, hopp, zurück in den Stall.«

Informationsverwaltung

In der Mordkommission gähnten den Kommissarinnen leere Räume und verwaiste Schreibtische entgegen. Kroko war offenbar noch immer nicht dienstfähig, und der Chef …

»Gerste ist bestimmt zu Tisch«, mutmaßte Mandy.

Wellensittichdame Gräfin Cosel krächzte aufgeregt in ihrem Käfig vor sich hin. Sie schien froh zu sein über ein bisschen Gesellschaft.

»Etwas zu essen könnte ich jetzt auch vertragen.« Lale zog eine der Keksdosen aus dem Regal und schüttelte sie. »Leer.«

Doch Mandy zauberte sogleich eine weitere Keksdose aus einer ihrer Schreibtischschubladen. »Ich habe da noch etwas.« Sie schüttete ein paar Kekse auf eine Untertasse. »Bitte, bedien dich.«

»Danke.« Lale schnappte sich die ganze Dose und ließ sich ächzend in ihren Sessel sinken. Ihre Glieder schmerzten von den Anstrengungen des Vormittags. »Mal sehen, was wir während unserer grandiosen Einsätze so verpasst haben.« Sie drückte den Startknopf des Computers. »Ist dir übrigens aufgefallen, Frau Schneider, dass heute bisher alles einfach mal gar nicht geklappt hat?«

Mandy schob sich einen Keks zwischen die Lippen. »Ach was, der Aufzug zum Beispiel funktioniert wieder.«

Lale lachte auf. »Stimmt. Wir sollten gleich unseren Presse-Paul informieren. ›Die Erfolgsmeldung des Tages: Im Dresdner Polizeipräsidium konnte der Aufzug entstört werden‹« Sie zerbrach einen ziemlich harten Keks. »Im Ernst: schlimmer kann's heute wohl nicht mehr werden.«

In diesem Moment klopfte es an die offene Bürotür, und Jobst trat ein. »Ihr seid ja doch da«, stellte er fest, und Mandy errötete prompt. »Warum geht denn hier niemand ans Telefon?«

»Oh nein, der schon wieder«, stöhnte Lale und hievte demonstrativ die Füße auf ihren mit Papieren übersäten Schreibtisch. »Ich hätte es wissen müssen: schlimmer geht immer.«

Mandy knabberte hingebungsvoll an ihrem Keks und lächelte den Staatsanwalt selig an. Er wandte seinen Blick irritiert ab zu Lale.

»Also, du Superstaatsanwalt, wem oder was verdanken wir deine penetrante Anhänglichkeit?« Lale hielt ihm die Dose hin. »Keks gefällig?«

»Meine liebe Lale, offensichtlich scheinst du nicht zu begreifen …«, hob Jobst an und setzte sich auf einen Besucherstuhl. Die Keksdose ignorierte er. »Du hast eine Anzeige wegen Fahrerflucht am Bein.«

»Ich weiß.« Lale mümmelte den nächsten Keks an.

»Du solltest das nicht auf die leichte Schulter nehmen. Das kann eine Menge Ärger geben.« Er kramte in seiner Aktentasche. »Du könntest vom Dienst suspendiert werden, wenn es zu einem Verfahren kommt.«

»Echt?«, entschlüpfte es Mandy. Sie hüstelte.

Jobst reichte Lale einen Computerausdruck. »Sieh zu, dass es nicht soweit kommt.«

Lale warf ihm einen grimmigen Blick zu. Sie hasste es, wenn Jobst sie schulmeisterte – und sie hasste es noch mehr, wenn er recht hatte. Widerstrebend nahm sie den Ausdruck entgegen. »Und deshalb kommst du extra vorbei? Es ist schließlich *mein* Ärger.«

Jobst erhob sich kopfschüttelnd. »Natürlich komme ich nicht extra deinetwegen vorbei. Ich bin eigentlich auf dem Weg ins Drogendezernat.« Er wandte sich zum Gehen. »Aber dir muss man ja immer alles drei Mal sagen.«

Lale sog geräuschvoll Luft ein. »Heißt das, du rufst nachher noch mal an, um mir die weiteren Notwendigkeiten zu erklären? Kann ich mich darauf verlassen?« Sie hob mit Schwung ihre Füße vom Tisch. »Aua …« Ihre Beinmuskeln schmerzten.

Jobst winkte genervt ab. »Dir ist wirklich nicht zu helfen. Tschüs, Frau Schneider.« Er verließ federnden Ganges das Büro.

»Pffft«, machte Lale und wandte sich dem Monitor zu, während Mandy schmachtend dem Staatsanwalt nachblickte.

»Also, du kannst sagen, was du willst. Ich finde es großartig, wie er um dein Wohl besorgt ist.« Mandy seufzte. »Toll.«

Lale loggte sich ins Polizeisystem ein. »Du meinst doch nicht, dass er das ganz selbstlos und großzügig tut. Der genießt es doch, wenn ich Ärger habe und er sich aufspielen kann.« Sie klickte sich durch verschiedene Datenbankmasken und schnaufte. Das System wurde von Tag zu Tag langsamer.

»Was machst du denn da?« Mandy kam näher. »Suchst du etwas?«

Lale nickte. »Ich suche mir die Daten selbst heraus. Dazu brauche ich schließlich nicht Doktor Jobst Klugscheißer Petersen.«

»Ach so?« Mandy lugte über den Schreibtisch auf den Bildschirm. »Geht denn das?«

Lale wollte gerade ein vollmundiges »Na klar« ausstoßen, als ihr Computer einen langen Piepton von sich gab. Einen Augenblick später war der Bildschirm dunkel, kryptische Zeichen zuckten auf und verschwanden dann in tiefem Schwarz. Mit einem elektronischen Stoßseufzer schaltete sich der Rechner ab. »Scheißkiste! Schon wieder abgestürzt.« Lale griff zu dem Ausdruck, den Jobst ihr mitgebracht hatte.

»Und? Sind das die Angaben von diesem Hummel?« Mandy linste auf das Blatt.

»Ronny Hummel«, bestätigte Lale. »Jobst hat sogar die Adresse seines Ausbildungsbetriebes herausgesucht. Los, da fahren wir mal hin.« Ein stechender Schmerz durchzuckte Lales Rücken, als sie aufspringen wollte. Sie stöhnte auf.

»Was ist mit dir?« Mandy sah sie besorgt an.

»Nichts weiter«, winkte Lale ab und ging mit eckigen Bewegungen zur Tür. »Ich werde alt.«

Als sie gerade die Mordkommission verlassen wollten, erschien Chef Gerste in der Tür. »Ach, da sind Sie ja endlich, meine Damen.«

»Nee, Chef, da sind *Sie* ja endlich«, entgegnete Lale.

»Wo wollen Sie denn schon wieder hin?« Gerste bedachte sie mit einem missbilligenden Blick.

Lale wedelte mit dem Computerausdruck herum. »Auftrag vom Staatsanwalt. Hat er uns gerade persönlich überbracht.«

Mandy nickte eifrig. »Genau.« Schnell folgte sie Lale durch die Tür.

Eine halbe Stunde später betraten die Kommissarinnen ein Bürogebäude in der Südvorstadt. Eine Tafel mit zahlreichen Schildern kündete von der Residenz diverser Technikfirmen in dem Gebäude.

»Wo müssen wir hin?« Mandy hastete hinter Lale her, die bereits die Tür zum Treppenhaus aufstieß und sich an den Aufstieg machte. »Wieso rennst du denn so? Eben tat dir doch noch alles weh.«

»Mir tut immer noch alles weh«, presste Lale zwischen den Zähnen hervor. »Ich sorge dafür, dass die Bewegung schnell vorbei ist.« Sie stieß eine Tür im zweiten Stock auf. »Dort hinten am Ende des Flurs muss es sein.«

Mandy beeilte sich und erreichte gleichzeitig mit Lale den Eingang zur Firma. »DISSEL GmbH« prangte in Orange auf blauem Grund an der Tür.

»Tag auch, Petersen mein Name. Ich möchte zu Ihrem Azubi Ronny Hummel«, schleuderte Lale zackig über den Empfangstresen.

»Komisch.« Eine junge Frau mit kesser pinkfarbener Haarsträhne sah sie verdutzt an. »Sonst kriegt Ronny nie Besuch und heute gleich zweimal. Also echt zu Ronny?«

»Zu Ronny«, bestätigte Lale. »Echt.«

»Hat er etwas ausgefressen?«, fragte die junge Frau. »Sie sehen so … offiziell aus.«

»Das wirkt nur so.« Lale versuchte es mit einem Lächeln. »Ich muss kurz mit Ronny reden. Unter vier Augen.« Dann sah sie Mandy an. »Na ja, unter sechs Augen.«

»Gut.« Die junge Frau schien zu begreifen, dass sie von Lale keine interessanten Informationen erhalten würde. »Ronny ist hinten im Serverraum. Dort entlang und dann die letzte Tür auf der rechten Seite. Die dicke Stahltür.« Sie deutete auf einen kleinen Gang.

»Danke.« Lale setzte sich in Bewegung, und Mandy folgte ihr.

»Gehen Sie einfach rein!«, rief die junge Frau vom Empfang hinter ihnen her. »Klopfen hört man da drin sowieso nicht.«

Das ließ sich Lale nicht zweimal sagen. Schwungvoll warf sie sich gegen die Stahltür und drückte sie auf. Wieder spürte sie das schmerzhafte Ziehen in allen Gliedmaßen. Abgestandene Luft schlug ihnen entgegen. Es roch nach Plastik und billigem Teppichboden. Ein Mix aus Summen, Sirren und verhaltenem Dröhnen erfüllte den Raum. Auf alten Bürotischen und Kisten lagen und standen Rechner, zum Teil auch nur Gehäuse, Röhrenmonitore in allen Zollgrößen und einige Flachbildschirme. Die Wände waren von hohen Metallregalen verdeckt, in denen allerhand Kartons und Kisten standen, aus denen Kabel hingen. In einer Ecke staubte ein Karton voller Festplatten zu. Lebendig wirkten eigentlich nur die blinkenden Lichter, die in einem hohen schmalen Schrank hinter Glas zuckten.

»Herr Hummel?«, rief Lale. Nichts. »Ronny Hummel, sind Sie hier?« Nichts. »Ronny? Man hat uns am Empfang gesagt, dass wir Sie hier finden.« Schweigen.

Nun betrat auch Mandy den Raum und spähte umher. »Da hinten vielleicht.« Sie deutete auf ein Regal, das als Raumteiler ins Zimmer ragte.

Lale bahnte sich den Weg zwischen Computergehäusen, Tischen und Kartons hindurch ins Hintere des Raumes. Dann sah sie ihn. Es war der junge Mann, mit dem sie am Morgen kollidiert war, darin bestand kein Zweifel. Sie erkannte ihn an seinem seltsamen Kleidungsstil. Er hatte den Kopf auf den Schreibtisch gelegt. Die Tastatur war zur Seite geschoben, und seine rechte Hand hielt die Maus. Der Computer lief.

»Da macht wohl einer ein Nickerchen«, stellte Lale amüsiert fest. »Diese Jugend von heute, tststs, keine Arbeitsmoral …«

Mandy deutete auf die Regale. »Wenn man mich in so eine Abstellkammer setzen würde, wäre ich auch nicht motiviert.«

»Herr Hummel?« Lale hob die Stimme. »Ronny?« Sie berührte ihn vorsichtig an der Schulter, doch der junge Mann reagierte nicht. Sie rüttelte kräftiger an ihm. Wieder nichts.

Mandy schnappte sich ein leeres Metallgehäuse und schlug es einmal kräftig gegen eines der Regale.

Lale fuhr zusammen. »Frau Schneider!«

Mandy schepperte gleich noch einmal gegen das Regal. »So, das sollte wohl genügen.« Sie legte das Metallgehäuse zurück.

Lale schüttelte grinsend den Kopf und wandte sich wieder Ronny Hummel zu. »Nun dürfte er ja wohl …« Noch immer gab der Azubi keinen Mucks von sich. Lale griff nach seinem dürren weißen Arm. Am linken Handgelenk baumelte eine dicke Uhr an einem viel zu großen Gliederarmband. Sie schob die Uhr zur Seite, um seinen Puls zu fühlen. Aber da war nichts. »Mandy, komm mal her!«

Mandy trat hinzu. »Der ist aber dickfellig.«

»Fühl mal! Ich finde keinen Puls.«

Mandy verzog das Gesicht. »Nee, ich mag den nicht anfassen.«

Lale zog die Augenbrauen hoch. Dann tastete sie am Hals von Ronny Hummel herum. »Nichts. Der ist tot.«

»Oh, nee, ne!« Mandy riss die Kulleraugen weit auf. »Erst zeigt der dich an, und nu liegt der tot hier rum.«

»Hallo?«, tönte es plötzlich durch den sirrenden und surrenden Raum.

Die Kommissarinnen sahen sich an. Sie hatten gar nicht mitbekommen, dass jemand hereingekommen war.

»Hallo? Ronny? Wie weit bist du?« Ein Mann mittleren Alters in legerer Kleidung stand ihnen gegenüber. »Ach, dann haben Sie ihn gefunden?« Er hielt Mandy die Hand hin zur Begrüßung. Auch Lales Rechte schüttelte er kräftig. »Hollerbeke. Ich bin Ronnys Ausbilder. Die Susi vom Empfang sagte mir, dass Ronny Besuch hat.«

»Ich fürchte, Herr Hollerbeke, wir sind zu spät gekommen« sagte Lale. »Ihr Azubi ist tot.«

Hollerbeke sah sie mit großen Augen an. Dann kräuselten sich die Fältchen um seine Augen. »Sie wollen mich auf den Arm nehmen, gute Frau!« Er zwinkerte amüsiert. Er schlug Ronny Hummel kräftig auf den Rücken. Erst als keine Reaktion folgte, sah Hollerbeke Lale und Mandy entsetzt an.

Mandy nickte betrübt. »Es sieht tatsächlich nicht gut aus.«

»Und wer sind Sie?«, fragte der Ausbilder. »Ich meine, was wollten Sie eigentlich von Ronny?«

Lale und Mandy zückten fast gleichzeitig ihre Ausweise. »Kripo, Mordkommission«, erklärte Lale knapp. »Wir sind zwar nicht in dieser Funktion gekommen. Aber nun werden wir offenbar gebraucht.«

»Mordkommission?« Hollerbekes Stimme wurde schrill. »Sie meinen also, Ronny ist ermordet worden?«

»Das können wir nicht ausschließen.« Lale klang geschäftsmäßig. »Zunächst mal lassen sich keine äußeren Verletzungen erkennen. Aber das muss alles noch genau untersucht werden.« Mandy hatte schon das Telefon am Ohr und orderte Staatsanwaltschaft, SpuSi und Rechtsmedizin.

Hollerbeke schüttelte fassungslos den Kopf. »Ja, das muss genauestens untersucht werden.« Er ging ein paar unsichere Schritte durch den Raum, und Lale trat zu ihm.

»Herr Hollerbeke, wie gut kannten Sie Ihren Azubi Ronny Hummel?« Lale spürte Angst in sich aufsteigen. Was, wenn Ronnys Sturz vom Fahrrad eine Kopfverletzung ausgelöst hatte? Vielleicht eine innere Blutung? Davon las man doch immer wieder. Was, wenn sie selbst seinen Tod verursacht hatte? Schnell konzentrierte sie sich wieder auf den Ausbilder. »Wer in der Firma war mit Ronny befreundet? Mit wem können wir uns noch über ihn unterhalten?«

Hollerbeke schien den ersten Schreck überwunden zu haben. »Ronny ist jetzt im dritten Ausbildungsjahr. Er sollte seine Ausbildung verkürzen und schon ein halbes Jahr früher die

Abschlussprüfung machen. Er ist gut.« Er ließ sich auf die Kiste mit Festplatten sinken. Ein metallisches Knirschen mischte sich mit dem elektronischen Brummeln des Zimmers.

»Welchen Beruf erlernt Ronny denn?«, fragte Lale.

»Fachinformatiker.« Hollerbeke rieb sich am Ohrläppchen. »Fachinformatiker Fachrichtung Systemintegration.«

»Das ist ein Lehrberuf? Ich dachte, Informatik müsste man studieren?« Lale setzte sich vorsichtig auf eine der Tischkanten.

Der Ausbilder verneinte. »Es gibt so viele verschiedene Bereiche. Sie können auch im Studium nicht alle Gebiete der Informatik umfassend erlernen. Wir brauchen Leute für die Praxis, nicht nur Genies.« Er lächelte. »Die Ausbildung ist allerdings anspruchsvoll.«

»Sollte Ronny nach der Lehre übernommen werden und deshalb früher die Prüfung machen?«, fragte Lale.

»Nein.« Hollerbeke schüttelte langsam den Kopf. »Ronny war zwar gut, sehr gut, eigentlich besser als alle anderen. Aber übernehmen wollten wir ihn nicht.« Er beschäftigte sich erneut mit seinem Ohrläppchen. »Nicht, dass wir niemanden gebrauchen könnten. Wir bilden uns immer die Leute selbst aus. Aber Ronny ... ist, war sehr speziell. Beste Leistungen, doch er kam hier in der Firma mit niemandem klar. So einen können Sie nicht auf Kunden loslassen.«

Lale erinnerte sich an ihre Begegnung mit Ronny Hummel am Morgen. Etwas seltsam hatte er auf sie ebenfalls gewirkt. Und dass er dann offenbar schnurstracks zur nächsten Polizeiwache geradelt war, um sie anzuzeigen ... Oder hatte er tatsächlich eine Kopfverletzung erlitten, und die Anzeige war nur eine erste Folge davon, quasi eine Kurzschlusshandlung?

Der Ausbilder seufzte vernehmlich. »Es klingt schrecklich, ich weiß, aber Ronny war menschlich einfach schwer zu ertragen.«

»Gab es größere Konflikte zwischen ihm und seinen Kollegen?«, hakte Lale nach. »Oder wissen Sie von anderen Schwierigkeiten?« Sie musterte Hollerbeke aufmerksam. »Könnte jemandem daran gelegen sein, Ronny Hummel aus dem Weg zu schaffen?«

Hollerbeke schüttelte langsam den Kopf. »Das kann ich mir kaum vorstellen. Wissen Sie, der Junge war einfach nicht zugänglich. Man konnte sich weder mit ihm freuen noch mit ihm streiten.«

»Woran arbeitete Ronny denn zuletzt?«, mischte sich Mandy ein und sagte zu Lale gewandt: »Kowalski und die SpuSi sind unterwegs.«

»Er hat die Datenbanken eines Kunden optimiert. Archive müssen immer wieder der technischen Entwicklung angepasst werden«, erklärte der Ausbilder. »Wir übernehmen solche komplexen Aufgaben für unsere Kunden. Eine langwierige und verantwortungsvolle Arbeit hinter verschlossenen Türen. Dafür war Ronny genau der Richtige.«

Lale stieß sich vom Tisch ab. »Dürfen wir uns mal ansehen, was er zuletzt gemacht hat?« Sie ging zu dem Toten. Der Bildschirm war jetzt schwarz, doch kaum hatte Lale die Maus ein wenig bewegt, erschien wieder ein Bild: Ein etwa karteikartengroßes Fenster, in dem einige wenige Zeichen vermerkt waren.

»Bitte seien Sie vorsichtig.« Hollerbeke folgte ihr. »Das sind sensible Daten, die nicht für jedermann bestimmt sind.«

»Können Sie damit etwas anfangen?« Lale deutete auf den Bildschirm und zückte Stift und Notizheft.

»Nein.« Der Ausbilder beobachtete, wie sich Lale die Buchstaben, Ziffern und Zeichen notierte. »Sie müssen das nicht abschreiben«, sagte er. »Ich mache Ihnen einen Screenshot.«

»Nichts anfassen!«, rief Mandy noch, doch da hatte Hollerbeke schon Tasten gedrückt. Der Computer gab ein versiegendes Pfeifen von sich, und der Bildschirm wurde schwarz.

Hollerbeke starrte auf den Monitor und dann auf seinen toten Azubi. »Das war wohl nichts.«

Lale schnaufte vernehmlich. »Und ich dachte, nur wir bei der Polizei hätten alte Geräte, die immer abstürzen.«

»Ich kann mir das jetzt gar nicht erklären.« Hollerbeke griff erneut zur Tastatur, doch Mandy hielt seinen Arm fest. Er sah sie überrascht an. »Wir müssen uns neu einloggen.«

»Jetzt nicht«, erklärte Mandy streng. »Jetzt ist erstmal die Spurensicherung dran.«

Hollerbeke sah die beiden Kommissarinnen verwundert an. »Warum wollten Sie Ronny denn eigentlich sprechen? Ist er in einen Kriminalfall verwickelt?«

Mandy schob ihn sanft Richtung Tür. »Das klären wir am besten alles morgen auf der Polizeidirektion, Herr Hollerbeke«, sagte sie freundlich aber bestimmt.

»Genau.« Lale schluckte. »Erst müssen die Todesumstände geklärt werden.«

Nichts als die halbe Wahrheit

»Der Reihe nach«, polterte Gerste. »Nicht alle auf einmal.« Er warf Mandy einen strengen Blick zu, bot Jobst einen Platz an und deutete dann auf Lale. »Das gilt auch für Sie, Frau Petersen.«

Lale lehnte mit dem Hintern am Fensterbrett. »Ich habe doch gar nichts gesagt.«

»Stimmt.« Gerste musterte sie misstrauisch. »Warum? Das ist man gar nicht von Ihnen gewohnt.« Er wandte sich an den Staatsanwalt. »Warum, Herr Doktor Petersen, schicken Sie meine Leute zu einer Firma, in der sie dann völlig unvermittelt auf einen Toten treffen? Ich habe mich erkundigt. Es gab weder einen Notruf noch irgendeinen Hinweis. Haben *Sie* einen Tipp erhalten?«

Jobst strich sich eine blonde Strähne aus der Stirn. »Nein, die Kommissarinnen waren in einer anderen Angelegenheit bei der DISSEL GmbH. Ich hatte ihnen nur die Information besorgt, wo sie diesen Toten, diesen Ronny Hummel, finden konnten.«

»Aha. Und warum?« Gerste sah erst Lale und dann Mandy an. »Nun reden Sie schon.«

Lale holte tief Luft, doch Mandy kam ihr zuvor: »Ronny Hummel war genau zu der Zeit auf dem Blasewitzer Polizeirevier, als Fidel Müller von dort getürmt ist. Es war nicht auszuschließen, dass es da einen Zusammenhang gibt.«

Lale sah die Kollegin überrascht an, doch Mandy fuhr unbeirrt fort: »Und nachdem wir Fidel Müller zwar auf den Fersen waren, er uns dann jedoch durch die Lappen gegangen ist, mussten wir doch handeln.«

»Und? Wo steckt Ihr Fidel Müller jetzt?«, fragte Gerste leicht gereizt.

»Keine Ahnung.« Mandy sah zerknirscht auf ihre Schuhspitzen.

»Dann werde ich es Ihnen sagen«, verkündete Gerste. »Er ist in der Forensischen Abteilung der Arnsdorfer Kliniken. Und wissen Sie, wie er da hingekommen ist?«

Lale sah, wie Mandy den Kopf schüttelte. Selbst Jobst fiel in die Schüttelbewegung ein.

»Die Kollegen von der Schutzpolizei haben ihn einfach in seiner WG in der Neustadt abgeholt.« Gerste sah mit unbewegter Miene in die stille Runde. »Und jetzt will ich wissen, warum der Azubi – so tragisch sein plötzlicher Tod auch sein mag – kurzerhand in der Rechtsmedizin gelandet ist. Haben Sie das veranlasst, Herr Doktor Petersen? Gibt es Hinweise auf Fremdeinwirkung?«

»Genau das soll die Rechtsmedizin klären.« Jobst räusperte sich. »Im Übrigen habe ich mich schlau gemacht. Die DISSEL GmbH operiert mit sensiblem Datenmaterial. Sie verwaltet auch Daten des Freistaates … Sie verstehen?«

»Nein, das verstehe ich nicht«, erklärte Gerste verärgert. »Wollen Sie mir jetzt erzählen, der Azubi sei ein Geheimagent, oder was?«

Lale schmunzelte und sah Mandy an, die schon wieder mit glühenden Wangen auf Jobst schielte.

»Ich will Ihnen damit gar nichts sagen, außer, dass *ich* hier die Ermittlungen leite.« Jobst erhob sich. »Der Fall wird untersucht, und damit basta!«

Lale sah, wie Gerste innerlich mit sich rang. »Hat denn schon jemand die Angehörigen informiert?«, fragte er.

»Nein.« Lale wurde flau bei dem Gedanken. Einer Witwe eine Todesnachricht zu überbringen, war schlimm. Aber ein solches Gespräch mit verwaisten Eltern war wirklich fürchterlich. Vor allem, wenn man noch nicht einmal wusste, ob man nicht Mitschuld am Tod des Kindes trug.

Jobsts Blick streifte sie. Er schien zu ahnen, was in ihrem Kopf vor sich ging. »Das übernehme ich«, erklärte er schnell. »Ihre Kommissarinnen können sich dann ja morgen mit den weiteren Ermittlungen befassen.«

Mandy schenkte dem Staatsanwalt ein seliges Lächeln, und selbst Lale konnte nicht umhin, ihm dankbar zuzuzwinkern.

Knabberndes Gewissen

Dicke Kopfhörer auf den Ohren, drehte Lale die Musik voll auf und schrubbte die Luftgitarre. Mit Verve ging sie zum Schlagzeug über und rockte gegen die Stehlampe, die prompt ins Wanken geriet. Lale zuckte wild und fing die Lampe auf, um sie als Mikrofon zu nutzen. »Easy livin' and I've been forgiven!« Sie schleuderte die Lampe weg und begann, sich zur Musik im Kreis zu drehen, schloss die Augen, wirbelte immer wieder um die eigene Achse und überließ sich dem Orientierungsverlust. Es konnte nur helfen, so durch Raum und Zeit zu taumeln ... »Easy livin'« – plopp!

Die Musik dröhnte dumpf weiter. Lale fuhr herum. Alles drehte sich. Mist, sie hatte mit ihrem Gezappel den Stecker des Kopfhörers herausgezogen und war vom Kabel gefesselt. Fahrig versuchte sie, sich aus ihrer Fessel zu befreien. Ihr war immer noch schwindlig. Dann bemerkte sie Pit.

Grinsend stand er da, hielt die Stehlampe im Arm und brüllte: »Sag mal, Muttertier, was treibst du da eigentlich?«

»Was?«, grölte Lale zurück. »Ich versteh nix! Die Musik.«

»Musik nennst du das also.« Pit drehte den Ton leise.

»Ey, nicht«, rief Lale und fuchtelte in ihrem Kabel herum. »Jetzt kommt ›Gypsy‹!«

»Was hörst du da denn für einen gruseligen Grufti-Groove?« Pit stellte die Lampe wieder auf ihren Platz. »Das klingt ja schaurig.«

»Du hast ja keine Ahnung.« Lale hatte sich endlich aus dem Kabel entwickelt und versuchte vergeblich, es aufzurollen. »Uriah Heep, das ist Kult. Die Band existierte schon, da war ich noch im Kindergarten.«

»Und die leben noch?« Pit klang belustigt.

»Na klar. Scheißteil!« Lale zerrte am Kabel herum und schleuderte sich den Stecker ins Gesicht. »Aua, Mensch! Die sind heute noch auf Tour und ein grandioser Live-Act. Echter Rock, nicht dieser schwule Sound wie bei den ›Annachronicles‹.«

»Wie bitte? Schwuler Sound?« Pit verschränkte die Arme vor der Brust. »Was ist denn bitte ›schwuler Sound‹?«

»Na, dieses alberne Gehopse, das ihr da mit alten Schnulzen veranstaltet«, entgegnete Lale ungehalten. Dann schleuderte sie das verschlungene Kabel samt Kopfhörer in die Ecke.

»Man könnte fast denken, du hast schlechte Laune«, stellte Pit fest, als es an der Wohnungstür klingelte.

»Ich hatte einen Scheißtag«, knurrte Lale. »Mach mal auf, das ist das Essen. Mein Portemonnaie liegt in der Diele.« Sie ließ sich erschöpft auf die Couch sinken. »Wo ist eigentlich Katinka?«

»Die wird sich in Sicherheit gebracht haben, als du hier den Rocker gegeben hast«, rief Pit aus der Diele. Dann hörte Lale ihn mit dem Lieferanten sprechen.

»Katinka!«, rief Lale. »Katinka, wo steckst du, alte Tigerdame?« Sie sah, dass die Katze hinter der Schiebetür zu ihrem Schlafzimmer lauerte. Erst als Pit mit duftenden Schachteln hereinkam, zwängte sich auch Katinka durch den Spalt in der Schiebetür und nahm ganz selbstverständlich neben Lale auf der Couch Platz.

»Asiatisch, lecker.« Pit schnupperte und stellte die Schachteln auf den kleinen Couchtisch. »Soll ich Besteck holen?«

Lale warf seufzend einen Blick auf das Kabelknäuel in der Ecke. »Besser ist das. Und Servietten.« Sie begann die Schachteln zu öffnen. Prompt rieb Katinka den Kopf an Lales Arm. »Lass das, du Stubentigerin, für dich gibt's Katzenfutter.«

Pit kam mit Gabeln und einer Rolle Küchenpapier aus der Küche zurück.

Lale fummelte genervt an einer Aluverpackung herum. »Dass die das auch immer so dicht verschweißen müssen. Und heiß ist es auch.« Sie riss die Verpackung auf. »Wenn ich selbst etwas abhole, sind die Dinger immer undicht, und ich habe die Sauce jedes Mal in der Tasche.«

Pit widmete sich den anderen Kartons und Aluverpackungen. »Ich weiß gar nicht, was du hast.« Er entfernte elegant erst einen und dann den anderen Deckel. »Übung solltest du inzwischen mit diesem Asia-Food haben. »Was hast du denn bestellt? Wieder unsere Telefonnummer?« Er nahm Lale eine weitere Verpackung aus der Hand.

»Nee. Ich mag die Nummer drei nicht, und die einundfünfzig kann ich nicht mehr sehen.« Sie holte die Zeitung hinter ihrem Rücken hervor und warf sie auf den Tisch. »Das habe ich bestellt.«

Pit schaute irritiert auf die Titelseite. »Zahl der Verkehrsunfälle mit Blechschäden dramatisch gestiegen?«

»Nein, daneben.« Lale sah forschend auf die Schachteln. »Wo ist denn der Reis?«

»Die Lottozahlen?« Pit sah sie ungläubig an. »Du hast die Lottozahlen vom Wochenende bestellt?«

»Jetzt haben die den Reis vergessen«, schimpfte Lale. »Ja, Lottozahlen, sind doch mal was anderes.«

»Nee, nicht wirklich«, stellte Pit fest. »Guck mal, alles mit süßsaurer Sauce. Huhn mit süßsaurer Sauce, Ente mit süßsaurer Sauce, Schwein mit süßsaurer Sauce, Fisch …«

»Ja, ja. Iss gebratene Nudeln.« Lale schob Pit eine schmale Verpackung hin. »Kann ich doch nicht wissen, dass die Lottozahlen so langweilig sind.«

»Nun erzähl schon. Was ist los?«

»Ach, nichts weiter.« Lale stocherte lustlos in irgendeiner Schachtel voll süßsaurer Sauce. »Du hast eine neue Band, habe ich gehört?«

Pit sah seine Mutter erstaunt an. »Was du immer so hörst.« Er spießte ein paar Nudeln auf die Gabel. »Aber ich kann mir nicht vorstellen, dass du wegen meiner Polka-Band hier übellaunig den Steinzeitrocker gibst.«

»Tue ich auch nicht.« Lale musterte ihren Sohn. »Polka also? Ich hatte irgendwas mit Guerilla im Hinterkopf.«

»Polka-Guerilleros.« Pit nickte kauend. »Und wer hat dir das erzählt?«

»Ein gewisser Mischa.« Mit ihrer Erinnerung an die voreilige Festnahme war sogleich wieder der Frust über den heutigen Arbeitstag präsent.

»Mischa?«, fragte Pit. »Mischa Sörensen?«

Lale nickte. »Ich habe ihn heute aus Versehen gejagt und festgenommen. Eine Verwechslung. Kennst du ihn näher?«

Pit schüttelte den Kopf. »Der liegt uns immer mit seiner angeblich so genialen Musik in den Ohren. Schwätzer! Zweimal sollte er schon vorspielen und ist jedes Mal einfach nicht erschienen.«

Lale schob Katinka zur Seite, die versuchte, auf den Tisch zu gelangen. »Er meinte, er wolle gerne für deine Guerilleros Schlagzeug spielen.«

»Und deshalb bist du so mies drauf?« Pit nahm seine Mutter ins Visier. »Weil Mischa dir von den Polka-Guerilleros erzählt?«

»Nein.« Lale seufzte. »Ich hatte heute Morgen einen Unfall, das heißt, eigentlich nicht, und dann doch.« Im Telegrammstil erzählte sie ihm von der seltsamen ersten Begegnung mit Ronny Hummel, der Anzeige und der noch unerfreulicheren Begegnung mit seiner Leiche.

»Ach du Scheiße!«, rief Pit. »Meinst du wirklich, er ist an den Folgen des Zusammenstoßes gestorben?«

Lale hob resigniert die Schultern. »Ich hoffe nicht. Und ich hoffe, Doktor Kowalski wird das aufklären. Aber als ob das alles nicht schlimm genug wäre, haben Jobst und Mandy die Anzeige vor Gerste verschwiegen. Und ich Trottel habe mitgemacht.«

»Bist du bescheuert?« Pit steckte seine Gabel in den Nudelhaufen. »Du hast deinen Chef angelogen?«

Lale schrumpfte unter Pits tadelndem Blick regelrecht zusammen. »Nicht direkt. Ich habe einfach meine Klappe gehalten. Und jetzt könnte ich mir in den Hintern beißen.«

Pit stand wortlos auf, ging aus dem Raum und kam nach wenigen Augenblicken mit dem Telefon in der Hand zurück. »Los, anrufen.« Er hielt ihr den Apparat hin.

Lale sah ihn verwundert an und nahm das Telefon entgegen.

»Muss ich dir die Nummer raussuchen, oder ist Gerste eingespeichert?«, fragte er streng. »Und komm mir nicht mit irgendwelchen blöden Sprüchen. Ich gebe nur weiter, was meine Mutter mir beigebracht hat: aufrichtig bleiben ohne Rücksicht auf Verluste.«

Lale grinste schief, wählte Gerstes Nummer aus dem elektronischen Telefonbuch und nickte Pit zu. »Deine Mutter ist stolz auf dich, Sohn.« Dann lauschte sie flatternden Herzens den Signalen aus dem Apparat.

Nach einigen Klingeltönen meldete sich eine weibliche Stimme. Es war seine Frau Anabel. »Gerste.«

»Hallo Frau Gerste, ähm, Anabel«, setzte Lale an. »Hier ist Lale. Lale Petersen. Entschuldigen Sie die späte Störung, aber ich müsste dringend noch mal Ihren Mann sprechen. Ich, nun, ich habe heute etwas Wichtiges vergessen.«

»Hallo, Lale, Sie stören kein bisschen.« Anabel Gerste schien sich zu freuen. »Mein Mann ist leider nicht da. Aber ich freue mich über Ihren Anruf. Wie geht es Ihnen denn? Wir haben uns ja lange nicht mehr gesehen.«

Mist, warum war Gerste denn ausgerechnet heute Abend nicht da? »Ja, wir haben uns wirklich lange nicht mehr gesehen. Wissen Sie, ob ich Ihren Mann auf dem Handy erreichen kann?«

»Auf dem Handy werden Sie ihn wohl nicht erreichen«, erklärte Anabel. »Er hat es hier liegen lassen.«

»Oh …« Lale überlegte, was sie sagen sollte. »Dascha man blöd.«

»Muss ich mir Sorgen machen?«, fragte Anabel.

Lale seufzte. Einer Psychologin konnte man eben nichts vormachen. »Ach, wissen Sie, ich habe da ein Problem, das ich zwar so nicht aus der Welt schaffen kann, aber bisher ist ausgerechnet der Chef nur halb informiert.«

»Was halten Sie davon, mir Ihr Problem zu schildern?«, schlug die Psychologin vor. »Natürlich nur unter uns. Mit meinem Mann können Sie dann morgen ganz in Ruhe sprechen.«

Lale sah sich hilfesuchend um und bemerkte, dass Pit bereits eine Flasche Rotwein entkorkt hatte. Er hielt ihr ein Glas hin und nickte ihr aufmunternd zu. »Ich weiß nicht recht …«

Anabel lachte glockenhell. »Jetzt sagen Sie aber nicht, Sie haben sich wieder mal selbst einen Fall mitgebracht oder sind in einer unmöglichen Situation über eine Leiche gestolpert.«

Lale schnaufte. »Doch, irgendwie schon. Aber ich muss erst mit Ihrem Mann sprechen.«

Diskretion!

Lale konnte förmlich beobachten, wie es hinter Gerstes Stirn arbeitete. Sie rutschte unbehaglich auf ihrem Stuhl hin und her. Auch an diesem Morgen rückte der Minutenzeiger der Uhr unerbittlich auf die Neun zu. Selten allerdings hatte sie der Morgensitzung so entgegengefiebert, würde sie doch heute ihr unerquickliches Vier-Augen-Gespräch mit dem Chef beenden. »Sie sollten jetzt mit Ihrem Anraunzer beginnen. Gleich kommen die Kollegen zur Besprechung.«

Gerste blickte auf die Uhr, dann auf seine Notizen und dann zu Lale. »Es fällt mir fast schwer, das selbst zu glauben«, sagte er. »Aber so wie Sie die Sache schildern, liegt das Fehlverhalten nicht bei Ihnen, sondern …«

»Nein, nein, nein«, protestierte Lale. »So habe ich das nicht gesagt. Ich habe nur gesagt, dass ich diese Anzeige nicht verstehe, denn es war dieser Junge, dieser Ronny, der sich sofort entfernt hat nach unserem Zusammenstoß.«

»Das meine ich nicht.« Gerste rieb sich nachdenklich die Schläfe. »Das ist die eine Sache. Der eigentliche Fehler ist doch, dass man Sie intern überhaupt über diese Anzeige informiert hat.«

Lale schielte auf die Uhr an der Wand. Richtig ausflippen konnte Gerste in den verbleibenden zwei Minuten nicht mehr.

»Jedenfalls ist es gut, dass Sie mich informiert haben.« Gerste nickte ihr wohlwollend zu. »Ich werde mal den Herrn Staatsanwalt ins Gebet nehmen. Was verspricht der sich denn davon? Das gibt doch nur noch mehr Ärger.«

Lale war verwirrt über Gerstes Reaktion. »Und was machen wir jetzt?«

»Nichts.« Der Chef schob seine Notizen in eine seiner Schreibtischschubladen. »Wir ermitteln. Und solange mir nichts Schriftliches vorliegt, sehe ich da keinerlei Zusammenhang oder gar Handlungsbedarf.«

In diesem Moment flog die Tür zum Chefbüro auf, und Mandy kam herein, gefolgt vom Kollegen Kroko, der sich offenbar von den traumatischen Erlebnissen des Vortags wieder erholt hatte. Beruhigt gewahrte Lale die Mappen mit den bunten Zetteln unter seinem Arm. Er schien für eine arbeitsintensive Sitzung gerüstet.

»Morgen allerseits.« Mandy ließ sich auf den einzigen noch freien Stuhl neben Lale plumpsen. »Unten im Vernehmungsraum sitzt schon wieder eine Frau. Sie ist gestern Abend überfallen worden, im Großen Garten.«

»Wie die anderen beiden?« Lale stutzte. »Ich dachte, dieser Fidel Müller sitzt in Arnsdorf.«

»In der Forensik.« Gerste beugte sich vor. »Der gleiche Ablauf?«

Mandy nickte. »Die Frau wurde von hinten niedergeschlagen und fand sich kurz darauf im Gebüsch wieder. Keine Vergewaltigung. Kein Raub.«

»Aber auch kein gefasster Täter«, stellte Lale fest.

Kroko trat von einem Fuß auf den anderen. Er fühlte sich sichtlich unbehaglich.

»Haben Sie mit der Frau gesprochen, Frau Schneider?«, fragte Gerste.

Mandy nickte. »Ja, kurz. Es muss derselbe Täter gewesen sein wie am Abend zuvor.«

»Ähm, Chef«, meldete sich Kroko zu Wort. »Ist das die Geschichte von gestern? Ein Mann schlägt Frauen nieder und verschwindet?«

»Ja, doch, ja.« Gerste machte eine unwirsche Handbewegung.

»Und warum …« Kroko schien zu zögern. »Sind wir jetzt doch zuständig?« Er schlug eine seiner Mappen auf, als wolle er sich vergewissern, noch zur Mordkommission zu gehören.

»Wir leisten Ermittlungshilfe«, erklärte Mandy. »Die Schutzpolizei ist chronisch unterbesetzt.«

»Ach so.« Kroko machte ein ratloses Gesicht. »Und wie?«

»Erstmal gar nicht.« Gerste legte die Stirn in Falten. »Wir haben nämlich einen Mordfall.«

»Ist das denn schon sicher?« Mandys Armreifen klapperten.

Gerste sah sie streng an. »Gestern waren Sie sich da doch ganz sicher, Frau Schneider. Immerhin lässt der Herr Staatsanwalt ermitteln.« Er warf einen Seitenblick auf Lale. »Oder wollen Sie die Anweisungen von Doktor Petersen in Zweifel ziehen, Frau Schneider?«

Mandy errötete. »Aber nein, ich dachte doch nur, weil die Todesursache … Ist denn schon …?« Sie sah Lale an.

»Bisher gibt es noch keine Neuigkeiten von Kowalski.« Gerste holte tief Luft. »Aber wir werden natürlich nicht bis zu den Obduktionsergebnissen Däumchen drehen. Sie!« Er deutete erst auf Mandy, dann auf Kroko. »Sie beide fahren zur Familie des Toten und schauen, ob Sie da etwas herausfinden können.« Dann wandte er sich an Lale. »Und Sie, Frau Petersen, brauche ich für die Vernehmungen der Mitarbeiter.«

Mandy und Lale sahen sich überrascht an. Lale fand als Erste die Sprache wieder. »Sie meinen, ich soll zur DISSEL GmbH fahren?«

»Nein«, sagte Gerste. »Wir haben ein paar Herrschaften herbestellt und werden gemeinsam die Gespräche führen.«

Lale seufzte. Das kam einer Stallwache gleich. Sie hatte zwar schon befürchtet, dass Gerste sie aus der Schusslinie nehmen würde, aber so? Der Gedanke an endlose langweilige Gespräche über den Büroalltag dieser IT-Firma riss ihr die Kiefer auseinander. Nur mit Mühe unterdrückte sie das Gähnen.

»Na, worauf warten Sie noch?« Gerste warf Mandy einen auffordernden Blick zu. »Ich will alles wissen über diesen toten jungen Mann! Freunde, Feinde, Familiengeschichten, Hobbys …«

»Um wen geht es denn überhaupt?«, mischte sich Kroko ein.

»Komm, das erzähle ich dir unterwegs.« Mandy stand auf und lief zur Tür. »Aber *ich* fahre.«

»Oh nein.« Kroko beeilte sich, ihr zu folgen. »Auf keinen Fall. *Ich* fahre.«

»Vergiss es.« Mandy hielt ihm die Tür auf. »*Ich* fahre.«

»Bitte nicht.« Kroko klang entsetzt. »Bitte, Mandy, lass mich …«

Die Tür fiel hinter den beiden ins Schloss, und Lale zog die Augenbrauen hoch. »Wenn Mandy fährt, steht dem Kollegen gleich die nächste traumatische Erfahrung bevor.«

Gerste schien sich nicht wirklich für Krokos Befindlichkeiten zu interessieren. »Gucken Sie mal, was Sie alles über diese IT-Firma in Erfahrung bringen können. In einer halben Stunde kommt unser erster Gesprächpartner.«

Lale erhob sich. »Hollerbeke, der Ausbilder?«

»Nein.« Gerste zog eine Telefonnotiz hervor. »Ein gewisser Tzschilpner, oder so.«

Lale stand zögernd in der Tür zu ihrem Büro. Sie verspürte das unbestimmte Bedürfnis, noch etwas Nettes zu sagen. »Möchten Sie vielleicht einen Kaffee?«

»Danke, nein.« Der Chef hatte schon den Telefonhörer am Ohr. »Ja, Gerste hier. Staatsanwalt Petersen bitte. Jetzt.«

Schnell schloss Lale die Tür hinter sich. Diesem Gespräch musste sie nun wirklich nicht beiwohnen.

Kaum hatte sich Lale ein paar Informationen über die DISSEL GmbH via Internet auf den Bildschirm geholt, gab ihr PC schon wieder eigenartige Geräusche von sich. Also überflog sie zügig den aufgelisteten Mitarbeiterstab. Das waren bestimmt rund fünfzig Leute. Wo war denn der Typ, mit dem sie gestern gesprochen hatte? Hinzmeister, Susi, das Mädel vom Empfang, und da war er schon: Lutz Hollerbeke, im wahren Leben sicher zehn Kilo schwerer als auf dem Foto, Leiter der Abteilung Datenbanken und Ausbilder für drei Jahrgänge von Fachinformatikern. Timo Tzschilpner war der Geschäftsführer. Auf dem Foto wirkte er jung, dynamisch und erfolgsgewohnt. Und ebenso präsentierte sich die gesamte Firma mit ihrem leuchtenden Orange und dem seriösen Blau. Nun ja, man sollte annehmen, dass eine IT-Firma eine ansprechende Internetseite hatte. DISSEL war gar kein Eigenname, sondern ein Akronym. Oje, Lale griff nach Zettel und Stift: Data Information Save System Engineering Logistic … Ob sich die arme Susi Hinzmeister immer mit vollem Firmennamen am Telefon melden musste? Lale klickte das Impressum an und notierte sich die Nummer des Handelsregistereintrags. Der PC surrte, und der Mauszeiger erstarrte. Lale drückte an der Maus herum. Nichts. Dann tippte sie auf die Tastatur ein. Nichts. Komplett eingefroren. Nur schwer widerstand sie der Versuchung, der surrenden Kiste unter dem Schreibtisch einen Tritt zu versetzen. Es klopfte an der Tür. »Ja.«

»Guten Morgen. Bin ich hier richtig bei, ähm …« Der Mann, der in der Tür stand, senkte die Stimme. »Bei der Mordkommission?«

»Ja, immer hereinspaziert.« Lale winkte ihn heran. »Setzen Sie sich, Herr … Tzschilpner, nehme ich an? Petersen.«

»Jawoll! Tzschilpner von der DISSEL GmbH.« Er warf dynamisch eine Pranke über den Schreibtisch und schüttelte kräftig Lales Hand. »Sie wollten mich sprechen. Ich nehme an wegen dieses unappetitlichen Zwischenfalls.« Er öffnete den mittleren Knopf seines Sakkos, setzte sich und schlug die Beine übereinander. »Nun, was kann ich für Sie tun?«

Lale musterte ihn. Das Surren des PCs ging ihr auf die Nerven. »Sie können mir ein paar Fragen beantworten.«

»Gern.« Tzschilpner rieb sich die Handflächen. »Wenn ich Ihnen einen Tipp geben darf? Drücken Sie den Reset-Knopf. Bei diesen alten Gurken hilft nur ein Neustart.«

Lale sah ihn irritiert an und blickte auf den Monitor. »Ach so, ja, klar.« Sie drückte den Knopf, den sie immer drückte, und der Rechner hauchte kurz zum Abschied. »Wie gut kannten Sie Ronny Hummel?«

»Nun ja, er war ein Mitarbeiter«, erklärte Tzschilpner. »Wie man sich eben so kennt, hier eine Weihnachtsfeier, dort ein Betriebsausflug. Er war Azubi in der Technik. Beste Leistungen. Wir hätten ihn gern behalten.«

»Ach?« Lale stutzte. Hatte der Ausbilder nicht gestern etwas ganz Anderes über Ronny Hummel gesagt? »Und Sie sind sicher, dass Sie Ronny jetzt nicht mit einem anderen Azubi verwechseln?« Lale beobachtete den Geschäftsführer genau. Sie bezweifelte, dass er alle Azubis persönlich kannte. Dieser Mann wirkte nicht gerade menschlich betroffen.

Tzschilpner lächelte jovial. »Natürlich verwechsle ich unsere Azubis nicht, meine liebe Frau …«

»Petersen.«

»Genau, Frau Petersen.« Er räusperte sich. »Schließlich bin ich es, der die Gratifikationen für besondere Leistungen unterschreibt. Und ich habe auch Ronnys Antrag auf Ausbildungsverkürzung auf dem Schreibtisch.« Tzschilpner legte seine Stirn in Falten. »Richtig schade um den Jungen.«

»Wenn Sie offenbar so gut über alles informiert sind, können Sie mir doch sicher auch sagen, wie Ronny Hummels Kontakte innerhalb der Firma waren. Hatte er Probleme mit Kollegen? Ist Ihnen da irgendetwas Besonderes aufgefallen?«

»Ein prima Kerl«, dröhnte Tzschilpner prompt. »Nicht unbedingt ein Partylöwe, eher etwas ruhiger, aber sehr beliebt.«

»So?« Lale zog die Augenbrauen hoch. Sie überlegte kurz, ob sie ihn auf die gegensätzlichen Angaben des Ausbilders ansprechen sollte, entschied sich jedoch dagegen. Es war nicht auszuschließen, dass Tzschilpner einfach nur laberte. Sie musste wohl den Druck erhöhen. »Hatte Ronny besondere Aufgaben zu erledigen? Mit wem genau arbeitete er in letzter Zeit zusammen? Wer hat ihn gestern zuletzt gesehen?« Sie bemerkte, dass Tzschilpners Augen immer größer wurden. »Und wie erklären Sie sich, dass in Ihrer Firma während der Arbeitszeit ein Mord an einem Azubi geschieht?«

Jetzt stand sein Mund offen. Doch der Geschäftsführer schien sich schnell wieder zu fangen. »Um Gottes Willen, was reden Sie denn da? Mord? Ich bitte Sie! Wie klingt denn das?«

»Nicht gut in jedem Fall.« Lale tat so, als mache sie sich Notizen. »Der junge Mann ist tot, und wir finden heraus, warum. Auch ohne Ihre Hilfe.«

»Natürlich kooperieren wir auf ganzer Linie«, versprach Tzschilpner eilig. »Nicht, dass hier ein falscher Eindruck entsteht.« Er beugte sich vor und senkte seine Stimme. »Sie verstehen schon, wir operieren mit sensiblen Kundendaten. Ich kann mich doch auf Ihre Diskretion verlassen?«

Lale zog die Augenbrauen hoch. »Ich brauche dann mal eine Liste all Ihrer Kunden.«

»Wie bitte? Aber das geht doch nicht.« Tzschilpner klang entsetzt. »Ich meine, das ist alles streng vertraulich.«

»Ich möchte eine *Liste* Ihrer Kunden«, wiederholte Lale. »Nicht Ihre Steuerunterlagen. Die besorgen wir uns an anderer Stelle.« Sie sah ihn an. »Ihre Mitarbeiter sollen sich in den nächsten Tagen zur Befragung bereithalten.«

»Alle?« In Tzschilpners Gesicht zeichneten sich rote Flecken ab.

Natürlich alle«, entgegnete Lale trocken. »Es haben sich bereits erste Widersprüche ergeben.«

»Sie haben schon interne Befragungen durchgeführt?« Tzschilpners Stimme wurde lauter. »Ohne das mit mir abzusprechen? Ich bin der Geschäftsführer.«

»Hören Sie, Herr Tzschilpner, wenn wir unsere Ermittlungen erst von allen Seiten absegnen ließen, wären es keine mehr.«

Der Geschäftsführer schnappte nach Luft. »Ich werde mich bei Ihrem Vorgesetzten über Sie beschweren.«

»Nur zu.« Lale lächelte breit. »Er will ohnehin noch mit Ihnen sprechen. Allerdings agieren wir nur auf Weisung der Staatsanwaltschaft, wie Sie sicher wissen. Sie sollten sich also direkt beim Staatsanwalt beschweren.«

»Eine bodenlose Unverschämtheit«, schimpfte Tzschilpner. »Das ist doch reine Willkür. Ich werde mich an die Presse wenden.«

»Da sind Sie dann sicher richtig«, sagte Lale schmunzelnd. »Die Presse ist ja für ihre Diskretion bekannt.«

Eierschecken-Gespräche II

Lale schnappte sich ihre obligatorische Lederjacke vom Kleiderständer. Das Kleidungsstück war zwar viel zu warm für die spätsommerlichen Temperaturen, aber ihr Handtaschenersatz für Geld, Papiere, Telefon, Schlüssel und allerhand Utensilien wie Schraubenzieher, Zange und andere Dinge, die sich sonst eher selten in weiblichen Handtaschen fanden.

»Sie wollen weg, Frau Petersen?« Gerste erhob sich und kam um seinen Schreibtisch herum.

»Ja, ich will noch schnell in die Rechtsmedizin«, erklärte sie, »hören, ob es schon Erkenntnisse gibt.«

»So, so.« Gerstes missbilligender Unterton entging ihr nicht. »Halten Sie denn den Ausbilder für glaubwürdig?«

»Hollerbeke?« Lale nickte. »Zumindest finde ich ihn überzeugender als den Geschäftsführer Timo Tzschilpner. Hollerbeke hat genau das Gleiche angegeben wie gestern, als wir den toten Ronny gefunden haben.«

»Aber Tzschilpner wollte Ronny nach der Ausbildung übernehmen«, gab Gerste zu bedenken. »Die Aussagen widersprechen sich. Finden Sie das nicht ungewöhnlich? Normalerweise spricht ein Ausbilder doch für seinen Azubi, und die Firmenleitung betreibt dann ihre kostensparende Personalpolitik.«

»Hollerbeke hatte aber mehr mit Ronny Hummel zu tun und hielt ihn für schwierig trotz seiner guten Leistungen.« Lale überlegte laut. »Bei Tzschilpner habe ich den Eindruck, dass er einfach nur schwafelt und das übliche Blabla ablässt: ›Natürlich haben wir nur die besten Azubis, und natürlich übernehmen wir alle.‹ Der hat mehr Schiss um den Ruf seiner Firma als Mitleid mit dem toten Jungen.«

»Nun ja, der DISSEL GmbH scheint es ausgesprochen gut zu gehen.« Gerste deutete auf seinen Schreibtisch. »Das sind schon fast unanständig gute Bewertungen bei SchuFa, Creditreform und all diesen Auskunfteien. Ich kann gar nicht glauben, dass eine IT-Firma dauerhaft nur schwarze Zahlen schreibt, bei der gegenwärtigen Konjunkturlage.«

»Vielleicht sollten wir uns mal die Auftraggeber genauer anschauen«, schlug Lale vor, als es an der Tür klopfte.

»Herr Gerste, Sie wollten mich sprechen.« Jobst betrat schwungvoll das Büro. Auch bei diesem Wetter trug er einen leichten und auffallend eleganten Mantel. Er sah wie immer aus wie aus dem Ei gepellt.

»Herr Doktor Petersen.« Gerste nickte knapp und bedeutete dem Staatsanwalt, Platz zu nehmen. »In der Tat, ich wollte Sie sprechen. Dringend und daher zeitnah.« Gerste hockte sich auf die Schreibtischkante. »Das war vor mehreren Stunden.«

Jobst lächelte gönnerhaft. »Sie wissen ja, ich bin sehr beschäftigt. Ich konnte mich keine Sekunde früher für Sie frei machen.«

»Du Ärmster.« Lale zog die Augenbrauchen hoch. »Dass du auch immer so viel zu tun hast – im Gegensatz zu uns. Wir sitzen hier herum und warten auf die Gesprächsgnade des gütigen Doktor Petersen. Herr Gerste und ich waren kurz davor, uns die Wartezeit mit Mau Mau zu vertreiben ...«

»Frau Petersen.« Gerste klang tadelnd, doch Lale hatte genau gesehen, dass ein Schmunzeln über sein Gesicht gehuscht war. »Wollten Sie nicht zu Doktor Kowalski? Und zwar jetzt.«

»Gibt es schon Obduktionsergebnisse?«, mischte sich Jobst ein. »Warum weiß ich davon nichts?«

Lale wandte sich wortlos zum Gehen. Der Chef würde das schon regeln. Als sie auf den Gang hinaustrat, hörte sie ihn noch sagen: »Doktor Petersen, es passt mir nicht, wie Sie meine Mitarbeiter behandeln. Auch wenn Sie der leitende Staatsanwalt sind, leite immer noch ich diese Abteilung ...« Mit Schwung ließ Lale die Tür ins Schloss krachen.

Eine gute halbe Stunde später betrat Lale das Gebäude der Rechtsmedizin. Beim Bäcker gegenüber hatte sie gerade noch die letzten drei Stücke Eierschecke erwischt.

»Doktor Kowalski?« Lale steckte den Kopf durch den Spalt der Küchentür.

»Ah, unsere große Kommissarin.« Der Rechtsmediziner reichte ihr die Hand. »Gerade habe ich Kaffee zubereitet. Nehmen Sie doch bitte einen Platz ein. Ich freue mich über Gesellschaft.«

Lale hielt ihm den Kuchen hin. »Und über die hart erkämpfte Eierschecke, hoffe ich.«

»Was verschafft mir die Ehre Ihres unverhofften Besuchs?« Kowalski blinzelte sie durch seine dicken Brillengläser an. »Wir haben doch hoffentlich nicht schon wieder einen Gemeuchelten zu beklagen?«

Lale schüttelte den Kopf. »Heute war alles ruhig. Bis jetzt jedenfalls. Ich wollte nur mal hören, wie denn der Stand der Erkenntnisse bei unserem jüngsten Opfer ist.«

Dr. Kowalski befüllte zwei Kaffeetassen. »Unsere Frau Petersen, immerzu neugierig, immerzu ungeduldig. Sie können meinen Bericht wohl gar nicht abwarten. Gewiss würden Sie am liebsten alles vorab ausermitteln?«

»Am liebsten würde ich einen Mörder fassen, bevor er zu einem solchen wird.« Lale griff zur Kaffeetasse.

Kowalski lächelte versonnen. »Dann hätten wir keine Mörder mehr. Und ohne Mörder bräuchten wir auch keine Mordkommission. Sie würden sich selbst wegermitteln, meine Liebe. Und mich gleich mit.«

Lale seufzte abgrundtief. »Wäre es nicht wunderbar, wenn wir überflüssig wären?«

»Welch ungewohnte Trübsal aus Ihrem Munde.« Der Rechtsmediziner schüttelte den kahlen Kopf. »Ihnen fehlt wohl unsere Mandy, der kleine Sonnenschein. Wo haben Sie sie denn gelassen?«

»Die ermittelt heute mit Kroko«, sagte Lale. »Und ich musste mit dem Chef Vernehmungen durchführen. Und bevor Sie weiter fragen: Ja, ich wollte raus aus dem Büro.« Sie nahm einen großen Schluck Kaffee.

»Waren Ihre Gesprächspartner so schrecklich langweilig?« Kowalski setzte sich.

Lale grinste schief. »Verglichen mit Ihrer Klientel waren sie vermutlich gesprächiger.«

»Sagen Sie das nicht.« Der Rechtsmediziner schaufelte Eierschecke auf die Teller. »Meine Klientel verrät mir manchmal so einiges. Und eines muss man diesen bedauernswerten Geschöpfen dabei lassen: Sie lügen nicht …«

»Mehr«, ergänzte Lale prompt.

»Wie bitte?« Kowalski schaute verdutzt.

»Sie lügen nicht *mehr*«, erklärte Lale und dachte an Ronny Hummel und sein eigenartiges Verhalten nach dem Zusammenstoß. Schließlich war er direkt zum nächsten Polizeirevier geradelt, um sie anzuzeigen. Sie wischte ihre Gedanken mit einer Handbewegung zur Seite. »Können Sie mir schon sagen, woran der Azubi gestorben ist?«

»Konkret?« Kowalski biss genüsslich in sein Stück Kuchen.

Lale schnaufte ungeduldig. »Natürlich konkret.«

»Nein.« Der Rechtsmediziner schmatzte leise und legte die Eierschecke zur Seite. »Bei meiner ersten Besichtigung vor Ort war der junge Mann jedenfalls noch nicht sehr lange tot. Seine Körpertemperatur war nur geringfügig gefallen und legt somit nahe, dass er höchstens zwei Stunden zuvor sein Leben gelassen haben muss.«

»Und woran ist er gestorben?«, fragte Lale. »Verletzungen waren auf den ersten Blick nicht zu erkennen.«

»Auf den ersten Blick, Sie sagen es. Das muss nichts heißen.« Dr. Kowalski biss erneut herzhaft zu. »Vielleicht hat er einfach eins über den Schädel bekommen, oder …«

»Was? Er hat Verletzungen am Kopf?« Lales Stimme klang eine halbe Oktave höher als sonst. »Kann es sein, dass er an den Folgen einer Kopfverletzung … Zum Beispiel eine Gehirnerschütterung. Kann man an einer Gehirnerschütterung sterben?«

Der Rechtsmediziner rückte seine Brille zurecht. »Selbstverständlich kann ein Mensch an den Folgen einer Gehirnerschütterung sterben. Man kann auch an den Folgen einer verschleppten Erkältung sterben.« Er schaufelte Lale das letzte Stück Eierschecke auf den Teller. »Sie können auch an einem Stück Eierschecke ersticken. Doch zunächst einmal ist das nicht sehr wahrscheinlich. Deshalb essen Sie ruhig.« Er lächelte aufmunternd. »Ihr Organismus scheint mir noch ein bisschen Stimmungsaufhellung zu vertragen.«

»Danke.« Lale schob den Teller zur Seite. »Sagen Sie mir lieber, was Sie bisher über den Tod von Ronny Hummel wissen. Hat er Blessuren am Kopf?«

»Rein äußerlich deutet nichts auf eine Kopfverletzung hin«, erklärte der Rechtsmediziner. »Der Tote hat weder ein Hämatom noch sonstige sichtbare Schädigungen der Schädeldecke.«

»Und ein Blutgerinsel?« Lale schnaufte. »Kann sich durch eine Gehirnerschütterung nicht ein Blutgerinsel gebildet haben, das dann zum Tode geführt hat?«

Kowalski runzelte die hohe Stirn. »Sie meinen ein Hirnaneurysma? Das wäre durchaus möglich, denn das ist immer möglich. Aber nur weil es möglich ist, ist es doch nicht sehr wahrscheinlich, noch dazu bei einem solch jungen Menschen.«

»Wann können Sie mir denn mehr sagen?«, drängelte Lale.

»Nun, nach der inneren Besichtigung der drei Körperhöhlen, also Brust, Bauch und Schädel …«

»Könnten Sie mit der Schädelhöhle anfangen?«, unterbrach ihn Lale.

In diesem Moment hörte sie eine bekannte Stimme auf dem Flur. Dieses sonore Gesäusel, das war doch schon wieder Jobst. Sie sprang auf und öffnete die Küchentür. Auf dem Flur begrüßten sich gerade Jobst und Kowalskis Kollege Dr. Wurm.

»Verfolgst du mich eigentlich?«, herrschte Lale den Staatsanwalt an.

»Hallo, Frau Petersen«, sagte Dr. Wurm. »Ich wusste ja gar nicht, dass Sie hier sind.«

»Ja, ja, hallo.« Lale funkelte Jobst böse an. »Nun? Was willst du?«

»Nichts, meine Liebe.« Jobst grinste süffisant. »Jedenfalls nicht von dir. Ich wollte zu Dr. Kowalski.«

Dr. Wurm lachte auf. »Wenn ich es nicht besser wüsste, würde ich denken, Sie sind noch miteinander verheiratet.« Er klopfte Jobst vertraulich auf die Schulter. »Ich muss dann mal wieder. Schönen Tag noch und erfolgreiche Ermittlungen.« Er zwinkerte Lale zu.

»Ah, Herr Doktor Kowalski, da sind Sie ja.« Jobst schob Lale sanft zur Seite, um die Küche zu betreten und dem Rechtsmediziner die Hand zu reichen. »Ich sehe, Sie haben schon interessante Ergebnisse. Schön, Lale, dass du mit den Ermittlungen so gut vorankommst.«

Lale schnitt ihm eine Grimasse und blieb im Türrahmen stehen.

»Und was führt Sie zu mir, Herr Staatsanwalt?« Dr. Kowalski musterte Jobst erwartungsvoll. »Ich habe meine Untersuchungen noch nicht abgeschlossen.«

»Ach?« Jobst warf Lale einen fragenden Blick zu. »Dann ist das hier gar keine offizielle Besprechung?«

»Jobst, lass das Theater. Ich wollte nur schon mal wissen, ob …«

»Genau das will ich doch auch.« Jobst lachte gekünstelt. »Herr Doktor Kowalski, können Sie bislang schon etwas über die Todesursache sagen? Könnte unser Opfer vielleicht an den Folgen eines Unfalls verstorben sein? Vielleicht an einer Kopfverletzung?«

Kowalski fuhr sich mit der Hand über die Stirn. »Nach äußerer Besichtigung der Leiche deutet nichts darauf hin.« Er sah erst Lale und dann Jobst an. »Doch etwas, das ich jetzt nicht näher erläutern möchte, nennen wir es Atmosphäre, macht mich gerade etwas ratlos.« Er erhob sich schnaufend. »Sie entschuldigen mich. Ich werde jetzt die Schädelhöhle öffnen.«

Lale trat zur Seite, um Dr. Kowalski passieren zu lassen. Dann wandte sie sich Jobst zu. »Idiot«, zischte sie und stürmte hinaus.

Kaum hatte Lale das Gelände der Uniklinik verlassen, hatte Jobst sie auch schon eingeholt.

»Nun warte doch mal«, verlangte er keuchend.

Lale blieb abrupt stehen, und Jobst rempelte sie an.

»Was willst du?« Lale ließ den Blick über die Reihen der parkenden Autos schweifen. Wo hatte sie ihren alten Audi abgestellt?

»Ich hatte vorhin ein recht unerfreuliches Gespräch mit deinem Chef«, stieß Jobst hervor. »Hat Frau Schneider sich verquatscht, oder woher wusste er von der Anzeige gegen dich?«

»Nein, natürlich nicht.« Lale hatte ihr Auto entdeckt und marschierte los.

Jobst folgte ihr. »Woher hat er das dann? Kam schon etwas Schriftliches?«

»Nein, auch das nicht.« Lale hatte ihren Wagen erreicht und zückte den Schlüssel. Sie trat einmal kurz gegen die Fahrertür, schloss auf und öffnete.

»Verdammt, warum haut er mich dann so blöde von der Seite an?« Jobst klang verärgert. »Wie kommt er darauf, dass ausgerechnet ich dich informiert habe?«

Lale stieg ins Auto. »Weil ich es ihm gesagt habe.« Sie wollte die Autotür schließen, doch Jobst hielt sie fest.

»Du hast was? Warum das denn?«

Lale dreht den Schlüssel im Zündschloss. Der Anlasser seufzte ein paar Mal auf und verstummte. »Scheiße!« Sie versuchte es erneut. Jetzt stotterte der Wagen zumindest. »Wenn der Junge tatsächlich an den Folgen des Unfalls ...« Sie drehte den Schlüssel zurück. »Jobst, wenn der Junge tatsächlich durch den Zusammenstoß und seine Folgen gestorben ist, kommen wir mit diesem Geklüngel erst recht in Teufels Küche.«

»Na toll. Und jetzt komme nur ich in Teufels Küche. Hast du dir das mal überlegt?«

»Nein, warum?« Lale sah ihn verwundert an. »Der Diensthabende auf dem Blasewitzer Revier hat mir doch ebenfalls von der Anzeige gegen mich erzählt. Nimm dich doch nicht immer so unglaublich wichtig.« Sie drehte erneut den Schlüssel im Zündschloss. Der alte Audi ächzte und rappelte.

Jobst schüttelte den Kopf. »Da will man dir helfen, und du … Das ist wieder so typisch für dich.«

»Na und?« Lale trat behutsam das Gaspedal. Der Wagen blubberte und verstummte.

»Soll ich dich mitnehmen?«, fragte Jobst. »Mit der alten Gurke hier wird das nichts mehr.«

Lale versuchte es erneut. Diesmal sprang der Audi an. Uff! Sie atmete auf.

»Du solltest unbedingt mal eine Werkstatt aufsuchen«, riet Jobst.

»Ja, ja«, erwiderte Lale genervt. »Jetzt geh von der Tür weg. Ich muss weiter.«

»Wir sprechen uns noch.« Er schlug die Tür zu und ging zur Seite.

»Das habe ich befürchtet«, murmelte Lale und gab Gas. Vielleicht war Jobsts Idee ja gar nicht so blöd?

Chill doch mal

Als Lale über die Fetscherstraße fuhr, war sie einen Moment lang unschlüssig. Es wurde bereits dunkel. Sollte sie trotz der fortgeschrittenen Stunde noch mal in der Mordkommission vorbeischauen, oder sollte sie hier an der Ampel links abbiegen in Richtung Heimat? Sie zögerte lange genug, um die Ampel wieder rot werden zu lassen. Hinter ihr brach ein ebenso sinnloses wie empörtes Hupkonzert los. Beinahe hätte sie den schnarrenden Ton ihres Mobiltelefons überhört.

»Ja?« Das Display zeigte »Mandy« an.

»Was sagt Onkel Kowalski?«

»Noch nichts Konkretes. Wie lief es bei euch?«

»Bei den Eltern von Ronny Hummel?« Mandy machte ein schnalzendes Geräusch mit der Zunge. »Eine komische Familie ist das. Die wissen überhaupt nichts von ihrem Sohn. Die Mutter wusste nicht mal genau, in welchem Betrieb er seine Ausbildung macht. Und der Vater hat nur geschimpft, er habe es gleich gewusst und dass das alles zu nichts Gutem führen würde. Höchst eigenartig.«

Die Ampel sprang auf Grün, und Lale fuhr an. »Wo bist du denn jetzt? Soll ich noch ins Büro kommen?«

»Nee, ich bin schon zu Hause. Mir reicht's für heute. Du glaubst nicht, was Kroko …«

»Okay, erzähl mir das morgen«, unterbrach Lale schnell. »Ich bin im Auto. Bis dann.« Sie warf das Handy auf den Beifahrersitz, setzte den Blinker, ordnete sich ein und bog links ab. Langsam lenkte sie den Wagen durch die Straßen von Striesen. Irgendwo hier musste es doch sein. Sie war vor gar nicht so langer Zeit an diesem Gelände vorbeigefahren. Noch einmal links, dann rechts, und sie stand vor einem großen Grundstück, auf dem links Garagentore hoch aufragten. Auf der rechten Seite standen einige Fahrzeuge, und an einem Hausanbau im Hintergrund prangte eine Leuchtreklame: »Autowerkstatt Hummel« – in Gelb und Schwarz, wie sinnig.

Lale stellte den Wagen in der Einfahrt zu den Garagen ab. Im Ladenlokal des kleinen Gebäudes brannte noch Licht. Schnell ging sie auf die Eingangstür zu, die sogleich von selbst aufschwang.

»Guten Abend.« Eine Frau um die Fünfzig kam freundlich lächelnd auf Lale zu. »Was kann ich für Sie tun?«

»Ich habe Probleme mit meinem Auto«, erklärte Lale. »Ein ziemlich altes Modell. Manchmal springt er nicht an.« Sie musterte die Frau. Ob das die Mutter von Ronny Hummel war? Die Frau nickte routiniert freundlich und wartete geduldig Lales Anliegen ab. Benahm sich so eine Mutter, deren Sohn einen Tag zuvor gewaltsam zu Tode gekommen war? Wohl kaum.

Lale dachte an Pit und schluckte. Als er sich mit vierzehn Jahren beim Skifahren den Arm gebrochen hatte, war sie sofort losgefahren, um ihr Kind persönlich aus Tirol abzuholen. Pit selbst hatte sie zwar ausgelacht, denn normalerweise war sie nicht so gluckenhaft. Aber das minderjährige Kind mit anderen Jugendlichen und einer Handvoll Sportlehrern für zwei Wochen in Tirol zu wissen, war schon grundsätzlich gewöhnungsbedürftig gewesen …

»Sie können gleich mit meinem Mann sprechen«, erklärte die Frau lächelnd. »Ich denke, er schaut sich Ihren Wagen auf Wunsch noch heute an. Oder reicht Ihnen morgen früh?«

Lale musste sich sehr zusammenreißen, um nicht wild mit dem Kopf zu schütteln. Das war tatsächlich Frau Hummel. »Nein, nein. Morgen früh reicht vollkommen. Im Dienst habe ich einen Wagen, und der Weg dorthin …«

»Brauchen Sie einen Leihwagen?«, fragte die Frau.

»Aber nein, Frau, ähm«, druckste Lale. »Frau Hummel?«

»Ja, die bin ich.« Frau Hummel lächelte als sei sie besonders stolz auf diesen Namen. »Ich hole mal meinen Mann. Einen Moment bitte.« Sie verschwand durch eine Tür nach hinten. »Hilmar? Kommst du bitte? Kundschaft«, hörte Lale ihre Stimme.

Lale fröstelte, obwohl sie in ihrer Lederjacke eigentlich nicht frieren konnte. Diese Frau war ja gruselig professionell. Ob sie vielleicht noch gar nichts wusste vom Tod des Sohnes? Mandy hatte sie zwar erwähnt, aber vielleicht hatte Jobst nur mit dem Vater …

In diesem Moment öffnete sich an der Seite eine Metalltür, und ein hochgewachsener, hagerer Mann im blauen Overall kam auf sie zu. Er wischte sich die ölverschmierten Hände an einem ebenso ölverschmierten Lappen ab. »N'Abend. Sie haben ein kaputtes Auto? Welcher isses denn?«

»Der alte Audi da vorn.« Lale ließ Hummel senior nicht aus den Augen. Er wirkte älter als seine Frau.

»Hat schon ein paar Jahre auf dem Buckel«, grummelte er. »Was hat er denn?«

»Er springt ziemlich holprig an. Ich habe Bedenken, dass er es bald gar nicht mehr tut. Und vielleicht können Sie ihn ja einfach mal durchchecken.«

»Sofort?« Hilmar Hummel sah sie durchdringend an.

»Nein, nicht nötig.« Morgen im Laufe des Tages reicht völlig.«

Er nickte ausdruckslos. »Rufen Sie gegen Mittag an. Dann weiß ich mehr.« Er wandte sich um. »Maria! Gib der Frau mal unsere Karte mit der Telefonnummer.«

Er trollte sich wortlos, während seine Frau sogleich eine Visitenkarte zückte und Lales Schlüssel und Fahrzeugschein entgegennahm.

»Ui«, stieß Maria Hummel hervor, als sie auf den Fahrzeugschein sah. »Das ist ja fast schon ein Oldtimer.«

»Ja, er ist so alt wie mein Sohn«, entfuhr es Lale. Sie biss sich auf die Unterlippe, doch Frau Hummel verzog keine Miene. »Fast auf den Tag genau«, setzte Lale verlegen hinzu. »Deshalb kann ich mich so schlecht von ihm trennen.«

»Wie nett.« Maria Hummel geleitete Lale zur Tür. »Rufen Sie morgen Mittag an, dann können wir Ihnen mehr sagen. Ich mache Ihnen dann auch gleich einen Kostenvoranschlag fertig.«

»Danke.« Lale ging zügig hinaus. »Schönen Abend noch.« Sie hatte es eilig, weg zu kommen. Diese Hummels waren ihr unheimlich.

Lale sah sich um. Die Straßen waren bereits in Dunkelheit gehüllt. Von hier aus war es zu Fuß nicht allzu weit bis zu ihrer Wohnung. Sie machte sich auf den Weg durch die menschenleeren Straßen. Abendbrotzeit. Der Stadtteil Striesen war mit seinen funzeligen Gaslaternen besonders düster. Es wirkte gemütlich, aber auch ein bisschen zwielichtig. Viel heller konnte es hier vor hundert Jahren auch nicht gewesen sein. Diese Laternen waren doch eher für Museum und Postkarte geeignet denn als Lichtquelle. Jetzt war sie ganz froh, ihre Lederjacke zu haben, nicht nur als Handtaschenersatz. Es wurde abends schon deutlich frischer. Lale lief etwas schneller. Sie musste an die Vorkommnisse des gestrigen Tages denken. Erst der morgendliche Überfall auf Mandy an der Elbe vom offenbar drogenverwirrten Fidel Müller, dann die seltsamen Angriffe auf die Frauen im Großen Garten. Es passierte doch erstaunlich viel dieser Art im beschaulichen Dresden. Das bekam sie sonst vor lauter Mord und Totschlag gar nicht mit.

Vorn war ein schmaler Weg zwischen Häusern und Kleingärten. Sie war sich nicht sicher, ob es ein Durchgang war, wusste nur, dass man von der anderen Seite auf ein privates Garagengelände kam. Möglichweiser würde sie am Ende des Weges vor Garagenwänden stehen. Wenn es allerdings ein Durchgang war, sparte sie mindestens zehn Minuten. Hmh. Lale stand unschlüssig neben einem Schild, das schon im September mahnte, dass es hier im Winter keinen Winterdienst geben würde. War das nun ein gutes oder schlechtes Zeichen?

»Hallo, Sie!«, hörte sie plötzlich hinter sich eine Männerstimme.

Lale fuhr herum. Vor ihr stand ein Mann von kräftiger Statur, der mindestens ihre Größe hatte. Er trug eine Kapuzenjacke und hatte einen eigenartigen Koffer in der Hand. Was war das? Ein Geigenkasten? Bilder aus Mafiafilmen flackerten vor Lales geistigem Auge auf.

»Kommt man zu dieser Adresse, wenn man hier durchgeht?« Er hielt ihr einen Zettel hin, den sie im Dämmerlicht nicht wirklich entziffern konnte.

Lale wich einen Schritt zurück. »Keine Ahnung.«

»So, so.« Der Typ schien sie anzusehen, doch sein Gesicht lag im Schatten seiner Kapuze. »Auf Wiedersehen.« Er drückte sich an ihr vorbei in den schmalen Weg und war wie von der Dunkelheit verschluckt.

Lale befühlte ihre Jackentaschen. Die Dienstwaffe hatte sie heute gar nicht bei sich. Die lag in der verriegelten Schublade im Kommissariat. Sie seufzte und entschloss sich, doch den Umweg über die einigermaßen beleuchteten Straßen zu nehmen. Ein paar Schritte mehr würden ihr sicherlich gut tun.

Eine Viertelstunde später erreichte Lale ihre Wohnung. Die Haustür war wie immer unverschlossen. Auf einem der Briefkästen stand noch ihre Kaffeetasse vom Vortag. Den Henkel zierte ein rosa Klebezettel: »Du hast wohl nicht alle Tassen im Schrank?!« Lale grinste. Da war ja jemand ganz besonders logisch unterwegs. Sie klebte den Zettel an den Briefkasten ihrer Nachbarin Brigitte und nahm die Tasse mit hinauf in den zweiten Stock.

Schon auf der Treppe hörte sie Stimmen und Fetzen von Musik. Schmiss Brigitte eine Party? – Nein, der Krach kam aus ihrer eigenen Wohnung. Sie nestelte nach ihrem Schlüssel, konnte ihn jedoch nicht finden. Na klar, sie hatte ihren Schlüssel in der Werkstatt abgegeben. Vor Schreck und Eile hatte sie der eigenartigen Frau Hummel den gesamten Schlüsselbund in die Hand gedrückt. Oh, oh. Den musste sie morgen schnellstens wieder einsammeln. Mit den Schlüsseln konnte man nicht nur in ihre Wohnung eindringen, sondern auch in den Büros der Mordkommission ein- und ausgehen. Sogar ihre Waffenschublade war mit einem dieser Schlüssel zu öffnen.

Es war wahrlich nicht ihre Woche: Erst der Unfall mit dem Radfahrer, den sie damit womöglich selbst ins Jenseits befördert hatte, und jetzt händigte sie Wildfremden ihre Dienst- und

Wohnungsschlüssel aus. Seufzend drückte Lale den Klingelknopf. Hoffentlich hörte Pit bei dem Lärm das Klingeln überhaupt.

Nach dem zweiten Klingeln öffnete sich die Tür. Lale sah sich einem jungen Mann mit Schlumpfmütze gegenüber, der garantiert nicht Pit war. Aber er kam ihr dennoch bekannt vor, da war etwas mit einem Schiff … Das war der Junge von der Fähre, Mischa Sörensen, der so gerne mit Pit Musik machen wollte.

»Hallo, Frau Kommissarin«, sagte er mit schiefem Grinsen. »Sie klingeln an Ihrer eigenen Tür?«

»Und Sie öffnen eine fremde Tür?«, konterte Lale, drückte ihm ihre Kaffeetasse in die Hand und ging an ihm vorbei, um schnell die Tür hinter sich zu schließen. »Vorsicht, die Katze!« Sie ging weiter ins Wohnzimmer, wo sie auf Pit und zwei andere Jungs traf. Einer davon war Pits Freund Robert. Ein anderer großer, kräftiger Typ öffnete gerade eine Art Koffer, der ein bisschen aussah wie ein Geigenkasten. Wo hatte sie denn heute schon so einen Instrumentenkoffer gesehen?

»Hallo Mama.« Pit kam ihr entgegen und schob sie zurück in die Diele. »Du, wir machen gerade das Casting für unsere Band. Dauert auch nicht mehr lange. Nur noch Holger.«

»Ein Casting?« Lale musterte ihren Sohn. »Kommt vielleicht noch jemand vom Fernsehen? Oder hast du die längst in meinem Schlafzimmer einquartiert?«

»Warum bist du denn so unentspannt?«, fragte Pit. »Chill doch mal …«

In diesem Moment klingelte es an der Tür, und fast zeitgleich tönte im Wohnzimmer ein für Lale undefinierbares Blasinstrument los. Schnelle Tonfolgen sausten durch die Luft.

Als Lale öffnete, stand ihre Nachbarin Brigitte vor der Tür. »Sag mal Lale, was ist denn bei euch los?«, schrie sie. »Das ist entsetzlich laut!«

»Willst du dich beschweren, oder was?«, rief Lale zurück. »Dann wende dich an Pit!«

»Beschweren?«, grölte Brigitte und zog eine Flasche Wein hinter dem Rücken hervor. »Ich wollte mitfeiern!«

Lale betrachtete die Flasche. »Können wir die vielleicht drüben bei dir trinken?«

»Und die Stimmen?« Brigitte reckte den Hals. »Ich habe doch hier Männerstimmen gehört. Darf ich mal gucken?«

»Nix da, die sind alle höchstens halb so alt wie du.« Lale schob Brigitte ins Treppenhaus zurück. »Wir machen es uns bei dir gemütlich, bis der Spuk vorüber ist.«

»Och.« Brigitte zog eine Schnute, als plötzlich heftiges Getrommel einsetzte.

Schnell zog Lale die Tür hinter sich zu.

Imageprobleme

»Morgensitzung!« Kroko erschien kurz in der Tür und verschwand dann wieder nebenan im Chefbüro.

»Ja doch«, entgegnete Lale gereizt.

»Fällt mir nichts zu ein«, sagte Mandy und reichte Lale den Computerausdruck.

Lale starrte auf das Blatt. »Khbxsrzgirv«, murmelte sie. »Und dann noch wzgvmyzmp und sieben-null-acht-sieben. Das kann kein Passwort sein. Ist viel zu kompliziert, um sich das zu merken.«

»So wie der aussah, war er ein echter Computerfreak«, meinte Mandy achselzuckend. »Die sind doch oft ziemlich seltsam.«

»Morgensitzung!«, ertönte erneut Krokos Stimme von nebenan.

»Ja.« Lale erhob sich. »Vielleicht sind irgendwelche schrägen Codes sein Hobby gewesen.«

»Freunde hatte er jedenfalls nicht.« Auch Mandy ging zur Tür. »Zumindest laut seiner Eltern.«

Lale blickte kopfschüttelnd auf das Blatt in ihrer Hand. »Diese Eltern …«

»Frau Petersen! Frau Schneider!«, rief Gerste dazwischen.

Als sie das Büro des Chefs betraten, stutzte Lale. »Herr Winter? Sie sind hier, und man merkt es nicht?« Sie musterte den Polizeipressesprecher eingehend. Für gewöhnlich trat Paul Winter mit einer wahren Verbal-Fanfare auf. »Sie sind doch sonst immer schon von weitem zu hören. Sind Sie krank?«

Paul Winter schüttelte den Kopf. »Erschöpft, Frau Petersen, trifft es besser. Ich bin erschöpft.« Seine sonst wippende Föntolle hing schlapp herunter. »Die Journaille macht mir seit gestern die Hölle heiß.«

Lale zuckte zusammen. Hatte etwa einer von den Presseheinis Wind von ihrer Unfallgeschichte bekommen? Ihr wurde etwas flau. Schnell platzierte sie ihren Hintern auf der Fensterbank.

Den von Mandy angebotenen Kaffee lehnte sie dankend ab. »Ich glaube, unser erschöpfter Presse-Paul hat ihn nötiger.«

»Herr Winter«, hob Gerste an. »Wollen Sie sich noch etwas länger bitten lassen, oder erklären Sie uns endlich, wo das Problem liegt?«

»Die Überfälle.« Der Pressesprecher schnaufte. »Es sind schon wieder Frauen niedergeschlagen worden …«

»Stimmt«, mischte sich Kroko ein. »Diesmal sind es drei.«

»Genau.« Paul Winter nickte. »Ein gefundenes Fressen für die Presse! Und wer ist natürlich schuld? Richtig, wir. Weil wir als Ordnungsmacht nicht in der Lage sind, unsere Bürger vor solchen Übergriffen zu schützen.« Er stützte sein Kinn in die Handfläche.

Lale atmete auf. »Da haben die Presseleute doch aber durchaus recht. Haben Sie denen denn gesagt, dass die Schutzpolizei zu wenig Personal hat?«

»Sicher«, erklärte Winter. »Es gibt auch ein Statement der Polizeigewerkschaft. Aber die treten das Ganze zusätzlich breit.«

»Ich verstehe Ihr Problem nicht, Herr Winter«, erklärte Gerste. »Sie sind schließlich nicht dafür verantwortlich. Sie müssen doch nur die Lage kommunizieren.«

»Vielleicht gibt es ja Trittbrettfahrer«, mutmaßte Mandy. »Und deshalb werden es täglich mehr Überfälle.«

»Also, ich verstehe Herrn Winter durchaus«, meldete sich Lale zu Wort.

»Sie?« Der Pressesprecher sah sie ungläubig an. »Ausgerechnet Sie verstehen meine Situation?« Er schien nachzudenken. »Sie haben doch sonst nie Verständnis für meine Belange. Ach, und Sie stehen heute auch gar nicht auf meinem Parkplatz.«

Lale grinste. »Um Sie nicht zu sehr zu verwirren: Mein Auto ist in der Werkstatt.« Sie wandte sich an Gerste. »Im Ernst, wir müssen etwas tun. Am besten sofort.« Sie stieß sich von der Fensterbank ab.

»Vergessen Sie's«, erklärte Gerste. »Sie kommen nicht um unsere Morgensitzung herum. Aber Sie dürfen gern konstruktive Vorschläge einbringen.«

»Wir fordern Verstärkung an«, schlug Mandy vor. »Ein paar Kollegen aus Leipzig.«

»Damit die sich dann hier des Nachts auf die Lauer legen?«, fragte Gerste. »Gerade in Leipzig brauchen sie jeden Mann.«

»Und jede Frau«, ergänzte Lale. »Frau ist aber gar kein so blödes Stichwort. Wie wäre es mit einem Lockvogel-Einsatz?«

»Das ist ja großartig«, freute sich Winter. »Eine famose Idee. Und das würden Sie tun, Frau Petersen?«

»Wenn ich in die Opferstruktur passe.« Lale trollte sich stirnrunzelnd wieder auf die Fensterbank. Sie war mit ihren 1,85 und dem gesamten Erscheinungsbild vermutlich nicht der Typ Frau, den sich so ein Täter bevorzugt aussuchte. »Statt Phantombilder von irgendwelchen Mützenmännchen anzufertigen, sollten wir uns lieber mal die Opfer genauer anschauen. Bevorzugt der Täter einen bestimmten Typ? Gibt es Gemeinsamkeiten?«

Gerste nickte bedächtig. »Stimmt. Ein Lockvogel sollte gezielt eingesetzt werden. Kroko, wie wär's?«

»Wie wäre was?« Kroko sah verwirrt von seinen Notizen auf. »Ich habe alles notiert. Fürs Protokoll.«

»Sie sollen sich die Opfer genau anschauen, um ein Lockvogel-Profil zu erstellen«, erklärte Gerste. »Dann entscheiden wir, welchen Typ Frau wir als Lockvogel einsetzen.«

»Ach so.« Kroko nickte. »Ja, ich kümmere mich darum.«

»Aber ein bisschen zack-zack«, verlangte Lale. »Damit wir den Kerl bald schnappen.«

»Genau, wir schnappen ihn uns.« Paul Winter war offensichtlich ganz begeistert. »Und dann gibt es eine sensationelle Pressemitteilung: ›Kommissarin überwältigt den Park-Psychopathen.‹ Frau Petersen, Sie haben etwas gut bei mir.«

Lale schmunzelte. »Na, wir wollen mal nicht übertreiben, Herr Kollege.«

»Gut.« Gerste nickte dem Pressesprecher zu. »Sie können dann gehen, Herr Winter.«

Paul Winter verzog das Gesicht. »Wollen Sie mich denn nicht über Ihren neuen Fall informieren?«

»Nein.« Gerste lehnte sich im Schreibtischsessel zurück. »Ich melde mich, sobald wir etwas Offizielles für Sie haben. Bis dahin ist Informationssperre. Anweisung der Staatsanwaltschaft.«

»Nun, wenn das so ist.« Paul Winter erhob sich und rückte sein quietschrotes Brillengestell zurecht. »Produzieren Sie aber bitte keinen Skandal. Wir haben schon genug Imageprobleme.« Er lächelte. »Aber Sie haben ja Frau Petersen, da kann eigentlich nichts schief gehen. Toll.« Er zwinkerte Lale zu und verließ die Mordkommission.

Mandy kicherte. »War das gerade der Beginn einer wunderbaren Freundschaft?«

»Das wird nicht allzu lange anhalten«, prognostizierte Lale. Sie reichte Gerste den Ausdruck mit den seltsamen Buchstabenkombinationen. »Das hat Hollerbeke per Mail geschickt. Es sind die Zeichen, die auf Ronny Hummels Monitor standen.«

Gerste sah sich die Buchstabenfolgen und die Ziffern an und runzelte die Stirn.

»Vielleicht eine Botschaft von seinem Mörder«, sagte Kroko.

»Das ist doch eher unwahrscheinlich«, ließ sich Gerste vernehmen. »Sprechen Sie noch mal mit diesem Ausbilder. Vielleicht fällt ihm doch noch etwas dazu ein.« Er gab Lale den Computerausdruck zurück. »Ich überprüfe dann weiter die Geschäftspartner. Wir haben ein bisschen Schwierigkeiten, die Firma zu durchleuchten. Überall grätscht der Datenschutz rein.«

»Aber das, woran der tote Azubi gearbeitet hat, müssen sie uns doch aushändigen«, warf Mandy ein.

Gerste nickte. »Durchaus, aber das dauert. Ich habe einen Experten aus der Computerkriminalität angefordert. Obwohl nicht gesagt ist, dass da ein Zusammenhang besteht.«

»Viele Sozialkontakte soll er nicht gehabt haben, der arme Kerl.« Mandy machte ein betrübtes Gesicht. »Die Familie Hummel wirkt höchst eigenartig.«

»Aha. Und inwiefern?«, fragte Gerste.

»Nun, die Mutter scheint völlig unbeteiligt und weiß nichts von ihrem Sohn«, berichtete Mandy. »Sie weiß weder, wo er eine

Ausbildung macht noch zu was genau er ausgebildet wird. So exotisch ist Fachinformatiker doch heute gar nicht mehr, oder?«

»Hast du einzeln mit den Hummels gesprochen?«, wollte Lale wissen.

»Den Vater habe ich befragt«, erklärte Kroko. »Der wirkte ziemlich cool. Sein Sohn ist tot, und er erzählt mir nur, dass Ronny sowieso eine Enttäuschung war und die Werkstatt nicht übernehmen wollte.«

»Genau.« Mandy stemmte die Hände in die Hüften. »Die Mutter grinste blöde vor sich hin und sagte immer nur, Ronny sei ein guter Junge gewesen. Und dann hat sie mich gefragt, ob ich denn denken würde, dass er ein guter Junge war. Puh!« Mandy wischte sich über die Stirn. »Irgendwie total durchgeknallt.«

»Ich fand die Hummels übrigens auch gruselig«, sagte Lale. »Richtig unheimlich.«

»Sie? Wieso denn Sie?« Gerste sah Lale durchdringend an. »Was haben Sie denn bei den Hummels gemacht?«

»Ach, nichts weiter. Ich brauchte eine Werkstatt für mein Auto, und die Hummel-Werkstatt ist bei mir quasi um die Ecke.«

Mandy lachte. »Oder auch um zwei bis fünf Ecken.«

»Und dann sind Sie da reinspaziert und haben mal wieder auf eigene Faust ein bisschen herumermittelt.« Gerste schüttelte den Kopf. »Frau Petersen, ich kann das nicht gutheißen.«

»Ich habe ja gar nicht ermittelt«, erklärte Lale. »Ich habe mir die Leute nur mal angeschaut, als Kundin.«

»Das ist doch gut«, ließ sich Kroko vernehmen. »Wie waren die denn so drauf Ihnen gegenüber?«

»Er interessierte sich nur für Auto und Termine«, erinnerte sich Lale. »Und sie? Völlig geschäftsmäßig. Mir wäre das vermutlich gar nicht weiter komisch vorgekommen, wenn ich nicht gewusst hätte, dass gerade erst der Sohn getötet wurde und sie vorher Besuch von der Kripo hatten. Ich meine, ganz offiziell. Frau Hummel lächelte penetrant.«

»Tabletten.« Kroko kritzelte eifrig mit. »Bestimmt stand sie unter Beruhigungsmitteln. Als ich vorgestern meine Panikattacke hatte, hat der Arzt mir irgendein Mittel gespritzt, um mich zu beruhigen. Danach war dann alles watteweich.«

»Das wäre eine Erklärung«, gab Lale zu. »Vielleicht nimmt sie häufiger so was und hat deshalb so wenig mitbekommen vom Leben ihres Sohnes. Psychopharmaka haben bestimmt jede Menge Nebenwirkungen.«

Gerste nickte bedächtig. »Ich gebe zu, dass Ihr unkonventionelles Vorgehen uns hier vielleicht weiterbringen kann, Frau Petersen. Behalten Sie Ihre Rolle erst einmal bei. Wenn ich mich recht an Ihr Auto erinnere, wird es sicher länger in der Obhut der Werkstatt bleiben müssen.«

»Oh ja.« Mandy grinste. »Aber ich fahre dich gern ein paar Tage lang durch die Gegend.«

Lale zog eine Grimasse. Der aggressive Fahrstil ihrer Kollegin verursachte ihr regelmäßig unerwünschte Adrenalinstöße. »Gut, und wie gehen wir nun vor? Ich muss auf jeden Fall heute noch mal bei Hummels vorbei. Ich habe meinen Wohnungsschlüssel versehentlich mit abgegeben.«

»Wir müssen dort ebenfalls noch mal hin«, erklärte Mandy. »Gestern war der andere Sohn, also der Bruder von Ronny nicht da.«

»Ach? Der hat noch einen Bruder?«, fragte Lale. Sie sah auf den Computerausdruck. »Ist das auch so ein Computermensch?«

Kroko wühlte in seinen Unterlagen. »Moment. Nicht direkt, der studiert Mathematik und Musik.«

»Ach, das wussten die Hummels dann doch?« Lale zog die Augenbrauen hoch.

»Der Vater hat sich aufgeregt«, erklärte Kroko. »Weil der ältere Sohn nichts Praktisches tut, sondern studiert, und weil er immer noch zu Hause wohnt.«

Lale schüttelte den Kopf. Dann stieß sie sich von der Fensterbank ab und klatschte in die Hände. »Auf geht's, Frau Schneider.

»Vergessen Sie Hollerbeke nicht«, sagte Gerste, »den Ausbilder.«

Lale duckte sich unwillkürlich als Mandy den Dienstwagen nach tiefem Dunkelgelb über die Wiener Straße jagte und trotz Rechtsfahrgebot links abbog.

»Muss das sein? Kannst du dir das nicht für die nächste Verbrecherverfolgung aufheben?«

Mandy bremste beim nächsten Vorfahrt-achten-Schild kurz ab und preschte dann knapp vor einem Bus geradeaus über die Kreuzung in die Südvorstadt. »Mit einer erfolgreichen Verfolgungsjagd wird das nischt, wenn ich nicht regelmäßig übe. Na los, mach dich da weg, du Schnecke! Haste den gesehen? Latscht da in aller Seelenruhe über die Straße.«

Lale schüttelte den Kopf. »Woher soll der arme Mensch denn wissen, dass du wie eine Rakete um die Ecke geschossen kommst? Los, Captain Schneider, Landung, aber bitte sanft.«

Geschickt lenkte Mandy den Wagen in eine sehr knappe Parklücke vor dem Eingang des Bürogebäudes, in dem unter anderem die DISSEL GmbH residierte. Den Weg zu den Büros kannten sie inzwischen. Am Empfang saß wieder Susi mit der pinkfarbenen Haarsträhne, die ihnen schon zwei Tage zuvor den Weg zum toten Ronny gewiesen hatte. Diesmal wurden sie direkt in Hollerbekes Büro geschickt.

»Haben Sie meine Mail bekommen?«, empfing sie der Ausbilder.

Lale bejahte. »Aber ich kann nicht behaupten, dass ich damit etwas anfangen könnte. Was soll das heißen?«

Hollerbeke fuhr sich durch die Haare. »Noch bin ich nicht dahinter gekommen. Doch ich bin dran.«

»Sie meinen also, das ist wichtig?«, fragte Mandy. »Eine geheime Botschaft oder so?«

Hollerbeke nickte. »Ich denke, dass Ronny uns damit etwas mitteilen wollte.«

»Uns?« Lale legte die Stirn in Falten. »Oder Ihnen?«

»Wem genau, das weiß ich natürlich nicht.« Hollerbeke senkte die Stimme. »Aber hier ist etwas faul. Ich habe heute früh etwas …«

Die Bürotür flog auf, und die pinksträhnige Susi trat mit einem Tablett in den Händen ein. »Herr Tzschilpner meinte, Sie würden bestimmt gern einen Kaffee trinken.« Sie verteilte Tassen, Zuckertopf und Milchkännchen auf Hollerbekes Schreibtisch. »Wollen Sie sich nicht setzen?« Sie schob zwei Stühle zurecht.

Lale und Mandy nahmen Platz.

»Danke, Susi, und beim nächsten Mal klopfen Sie bitte an. Wir sind hier in einem vertraulichen Gespräch.«

»Geht klar, Meister Hollerbeke.« Susi entfernte sich.

»Also ...« Hollerbeke beugte sich über den Schreibtisch. »Heute früh habe ich etwas gefunden, das Sie interessieren sollte.«

»Was?« Lale beobachtete wie Mandy Zucker in ihre Kaffeetasse schaufelte.

Hollerbekes Blick flackerte unruhig. »Ronny arbeitete an einem Projekt mit.«

»Ist das so ungewöhnlich?« Auch Lale griff nun zur Kaffeetasse, allerdings wie immer ungezuckert, und trank. »Mhm, der ist gut.«

»Nein, natürlich nicht.« Hollerbeke wirkte fahrig. »Aber es war ein Projekt, auf das ich keinen Zugriff habe.«

»Ach?« Mandy schlürfte ihren süßen Kaffee. »Aber müssen Sie das denn nicht als Ausbilder? Sie müssen Ihren Azubis doch zur Seite stehen.«

»Normalerweise schon.« Hollerbeke klapperte auf seiner Tastatur herum. »Ronny sprach von einem Geheimprojekt.« Er schnaufte. »Ich habe mir erst nichts dabei gedacht. Ronny war so, großspurig, bisweilen großkotzig. Ich habe ihn nicht ernst genommen, und das habe ich ihm auch gesagt. ›Wenn etwas wirklich so geheim ist, wird man damit wohl kaum herumprotzen‹, habe ich gesagt.«

»Und?«, fragten Lale und Mandy fast gleichzeitig.

»Nun, er hat gelacht.« Hollerbeke schaute konzentriert auf seinen Monitor. »Laut ausgelacht hat er mich und gesagt: ›Wenn Sie wüssten, was ich weiß‹, oder so ähnlich. Auch das habe ich als typisch für Ronny abgetan. Er war wirklich etwas seltsam. Entweder sprach er kein Wort, oder er erzählte irgendeinen Blödsinn und amüsierte sich, wenn ihn niemand verstand. Amüsieren ist vielleicht das falsche Wort. Er war hämisch, schadenfroh, fast bösartig.«

»Was haben Sie denn nun gefunden?« Lale beobachtete Hollerbeke genau. Er wirkte ziemlich gestresst.

»Hier. Kommen Sie.« Er starrte mit weit aufgerissenen Augen auf den Bildschirm.

Lale stellte ihre Tasse ab und ging um den Schreibtisch herum. Auf dem Monitor war eine große Tabelle zu sehen.

»Was ist das?«

»Hier steht etwas von Psychiatrie.« Hollerbeke deutete auf den Bildschirm. »Und dann komische Begriffe wie Frenolon, Chlorprothixen …« Er verstummte, als plötzlich Tzschilpner in der Tür erschien.

»Guten Morgen die Damen Kommissarinnen. Meister Hollerbeke, Sie geben doch wohl keine Kundendaten weiter? Sie kennen meine Anweisungen.«

Auf der Stirn des Ausbilders zeichneten sich Schweißperlen ab. »Nein, ich zeige den Damen nur, was wir mit unserem Knowhow so alles leisten können.«

»Dann ist es ja gut.« Tzschilpner lächelte herablassend. »Meine Damen, wenn Sie mich brauchen, Sie finden mich in meinem Büro gleich nebenan. Als er hinausging, blieb die Tür angelehnt.

»Mach mal zu«, sagte Lale, doch Mandy stand bereits an der Tür und drückte sorgfältig die Klinke herunter.

»Mist! Heute Morgen waren das noch viel mehr Tabellen«, presste Hollerbeke zwischen den Zähnen hervor. »Ein Teil der Daten ist einfach weg.«

»Was sind denn das für Daten?« Mandy sprach leise.

»Da stand doch etwas mit Psycho, Psychiatrie oder so.« Auch Lale hatte die Stimme gesenkt.

»Da stimmt etwas ganz und gar nicht«, murmelte Hollerbeke. »Aber hier im Büro können wir nicht in Ruhe reden.«

Lale und Mandy sahen sich an.

»Ich versuche, diese Daten zu kopieren.« Hollerbekes Stimme war nur noch ein Zischen. »Können wir uns später irgendwo treffen? Nicht im Präsidium.«

Lale nickte. »Ein Café in der Innenstadt?«

Hollerbeke schüttelte den Kopf. »Irgendwo, wo man uns nicht zusammen sieht.«

»Warum?« Mandy sah sich aufmerksam im Raum um.

»Das erzähle ich Ihnen dann. Ich habe einen Verdacht. Aber ich brauche noch etwas Zeit.«

»Heute Abend?«, fragte Lale.

»Besser morgen früh.« Hollerbeke tippte auf seiner Tastatur herum. »Am besten vor sieben Uhr.«

Lale sah Mandy an. Die nickte langsam. »Gut, dann aber bei mir in der Nähe.« Lale seufzte innerlich bei dem Gedanken, dass sie so früh würde aufstehen müssen. »Wie wäre es mit dem Spielplatz am Stresemannplatz? Da ist um die Zeit sicher niemand. Und durch die Bepflanzung sitzt man auch nicht auf dem Präsentierteller.«

»Ich werde um halb sieben dort sein«, versprach Hollerbeke. »Sie sprechen doch nicht mit dem Chef darüber?«

»Nein.« Mandy schüttelte den Kopf. »Aber bei ihm reinschauen müssen wir wohl noch.«

»Sicher.« Lale war mit wenigen Schritten an der Tür. »Bis dann, Herr Hollerbeke.«

Der Geschäftsführer erwartete die Kommissarinnen bereits auf dem Flur. »Bitte, meine Damen.« Er hielt ihnen die Tür zu einem geräumigen Büro auf, in dem sie lederne Sessel vor einem großen gläsernen Schreibtisch erwarteten. Die Atmosphäre war edel bis kühl und passte nicht recht zur sonst eher praktisch wirkenden Einrichtung des Empfangs und des kleinen Ausbilderbüros. »Nehmen Sie doch bitte Platz.« Mit Schwung ließ sich Tzschilpner in seinen riesigen Schreibtischsessel fallen. »Wie weit sind Sie denn mit Ihren Ermittlungen bis jetzt gekommen?«

»Wir stehen noch ganz am Anfang«, gab Lale zu. »Offen gestanden wissen wir noch immer nicht sicher, ob Ronny Hummel getötet wurde oder doch eines tragischen …« Sie räusperte sich. »Ähm, eines tragischen natürlichen Todes gestorben ist. Es ist in seinem Alter natürlich recht unwahrscheinlich, aber eben nicht ganz auszuschließen.«

Mandy sah Lale verwundert an, sagte jedoch nichts.

»Sehen Sie.« Tzschilpner rieb sich die Hände. »Es wäre mir auch vollkommen unerklärlich, warum jemand einem wie unserem Ronny etwas antun sollte. Sicher, der Junge war sehr gut. Aber auch unsere anderen Azubis sind nicht ohne. Konkurrenz belebt, sie tötet nicht.« Er lachte leise. »Meister Hollerbeke hat ein Händchen für gute Leute.«

»Allerdings habe ich nach den Angaben von Herrn Hollerbeke doch den Eindruck, dass er Ronny Hummel im sozialen Umgang als sehr schwierig einstuft.« Lale belauerte den Geschäftsführer. Er war ihr eine Spur zu smart und nonchalant.

»Ach wissen Sie«, winkte Tzschilpner ab. »Meister Hollerbeke ist in seinem Fach ein Ass. Aber diese Computerexperten sind schon ein seltsames Völkchen. Und Lutz Hollerbeke ist da keine Ausnahme. Er ist – wie soll ich sagen? – etwas speziell und ein Anhänger von mysteriösen Geheimbünden und Verschwörungstheorien.« Er lachte erneut leise. »Vielleicht ist das so eine Art Ausgleich zum nüchternen Umgang mit Bits und Bytes. Er ist nicht der erste Informatiker mit einem Hang zu solchen Hirngespinsten. Glauben Sie mir, solche Leute trifft man alle Nase lang. Meine Firma ist quasi voll davon.«

»Wie bitte?« Mandy setzte sich aufrecht hin. »Verstehe ich Sie richtig? Sie meinen, Ihre besten Mitarbeiter haben sowieso alle einen Knall?«

»So habe ich das nicht gesagt.« Tzschilpner lachte künstlich.

»Wissen Ihre Leute, wie Sie über sie denken?« In Mandys Stimme schwang eine gehörige Portion Empörung.

»Jetzt machen Sie doch nicht *mich* zum Buhmann«, verlangte Tzschilpner leicht irritiert. »Gemessen am Praktischen und Kaufmännischen sind diese Leute eben etwas … abgehoben.«

Lale stand auf. »Schon klar. Ich verstehe, was Sie uns sagen wollen.« Sie reichte ihm die Hand. »Wissen Sie was? Wir melden uns einfach wieder, wenn wir wissen, wie Ronny zu Tode gekommen ist.« Sie spürte Mandys verständnislosen Blick. »Frau Schneider, wir müssen los.«

Sehr, sehr seltsam

»Ein bisschen seltsam sind sie in dieser IT-Firma aber fast alle.« Mandy stoppte den Wagen auf dem großen, halbleeren Parkplatz des Arnsdorfer Klinikgeländes.

Lale stieg aus. »Bisher finde ich alle Leute um Ronny Hummel herum eigenartig. Aber am eigenartigsten fand ich ihn selbst.«

»Wetten, dass wir das heute noch toppen können?« Mandy zeigte auf den Eingangsbereich des Klinikgeländes, wo eine große Tafel Orientierung bot. »Auf geht's in die Forensische Psychiatrie.«

Lale folgte Mandy, die sogleich forsch eine Richtung einschlug. »Hast du denn einen konkreten Ansprechpartner?«

»Nein.« Mandy schüttelte den Kopf. »Offiziell gibt es nur eine Telefonnummer. Scheint sehr geheim abzulaufen. Aber die Dame am Telefon sagte, wir sollten uns bei der Pforte melden.«

»Na dann.« Lale seufzte. »Sollen sie es eben spannend machen.«

Mandy wandte sich zu ihr um. »Du bist immer noch unruhig wegen Ronnys Todesursache, was? Du hast seit wir bei dieser IT-Firma losgefahren sind, kaum ein Wort gesprochen.«

»Mhm.« Lale stopfte ihre Hände tief in die Hosentaschen. »Ich frage mich, warum Kowalski so lange braucht, um diesen Schädel zu untersuchen. Das kann doch nur bedeuten, dass er irgendetwas gefunden hat …«

»Ach Lale.« Mandy klopfte ihr aufmunternd auf die Schulter. »Das kann aber auch bedeuten, dass Onkel Kowalski wieder mal besonders gründlich vorgeht und bisher einfach gar nichts gefunden hat. Er hat doch mitbekommen, dass dir der Tod dieses Azubi besonders an die Nieren geht.«

Sie erreichten die Pforte des ersten Forensik-Gebäudes und mussten sich ausweisen. Nachdem sich die erste Tür hinter ihnen geschlossen hatte, durften sie den nächsten Kontrollpunkt passieren. Lale schüttelte sich.

»Gruselig.« Mandy schaute sich um.

Lale nickte nur, als ihnen ein Wachhabender versprach, sie würden gleich im Wartebereich von einem Mitarbeiter abgeholt. Missmutig tigerte Lale zwischen den trostlosen Stühlen auf und ab.

Eine ältere Dame mit flotter Kurzhaarfrisur in edlem Grau kam auf sie zu. »Guten Tag, die Damen.« Sie reichte zunächst Lale und dann Mandy die Hand. »Mein Name ist Nebel, Doktor Lucy Nebel. Folgen Sie mir bitte.« Sie ging voran durch eine dicke Glastür, bog erst rechts ab, dann links, dann wieder rechts, ging eine Treppe hinauf, einen Gang entlang und nahm die nächste Treppe.

Lale hatte längst die Orientierung verloren. »Was ist das für eine Sicherheitsstrategie?«, fragte sie. »Ist das ein Labyrinth, aus dem niemand mehr herausfindet?«

Dr. Lucy Nebel kicherte fröhlich.

»Sind wir hier nicht eben schon vorbei gelaufen?« Mandy deutete auf ein Stationsschild. »Hier waren wir doch schon.«

»Natürlich.« Lucy Nebel kicherte erneut. »Wir müssen sichergehen, dass uns niemand folgt.«

»Ach so?« Lale warf Mandy einen skeptischen Blick zu. »Wer denn? Ich habe außer den Diensthabenden an der Pforte noch niemanden gesehen.«

»Psst.« Dr. Nebel bog erneut links ab, hielt sich dann wieder rechts, und obwohl sie gerade erst eine Treppe nach oben genommen hatten, ging es nun wieder treppab. »Schneller«, rief sie und lief erstaunlich flott voran.

Mandy machte eine kreisende Handbewegung vor dem Gesicht, und Lale schmunzelte. Ob Dr. Nebel sich bemühte, das Klischee vom »irren Psychiater« zu bedienen?

Plötzlich hörte Lale eine bekannte Stimme hinter sich. »Lale, Frau Schneider! Da sind Sie ja! Ich habe Sie schon gesucht ...«

Lale wandte sich um und erkannte Dr. Anabel Gerste. »Anabel! Ich wusste ja gar nicht, dass Sie hier arbeiten.«

Die Psychiaterin und Frau von Kripochef Gerste schüttelte ausgiebig Lales Hand.

»Sie sind also nicht mehr in der Beratungsstelle?«, fragte Lale, denn dort hatte Anabel vor einiger Zeit regelmäßig Gespräche mit ihr und ihrer Nachbarin Brigitte geführt, nachdem sie an einem Wintermorgen einen Leichnam im Schnee entdeckt hatten.

Anabel Gerste schüttelte den Kopf. »Ich bin dabei, mich weiter zu qualifizieren. Die Forensik ist da sehr anspruchsvoll. Man braucht mindestens drei Jahre … Nanu?« Sie sah Dr. Nebel erstaunt an. »Lucy, was tun Sie denn hier? Die Damen von der Kripo sind mit *mir* verabredet.«

»Frau Doktor Nebel war so freundlich, uns am Eingang abzuholen.« Mandy begrüßte nun ebenfalls die alte Bekannte.

Anabel lächelte. »Sie wollten mir wohl Arbeit abnehmen, Frau Kollegin. Sehr schön. Aber Sie wissen doch, dass Sie das vorher mit mir absprechen sollen.«

Lucy Nebel schaute schuldbewusst. »Ich dachte, es sei furchtbar eilig, wenn die Kriminalpolizei vor der Tür steht.«

»Kommen Sie, meine Damen. Mein Büro ist ein Stockwerk tiefer. Dort können wir uns in Ruhe unterhalten.« Anabel Gerste ging voran. Nun ging es eine weitere Treppe nach unten. Am Geländer verharrte sie kurz. »Lucy, Sie gehen bitte zurück auf Station.«

Dr. Nebel verzog das Gesicht. Offensichtlich hätte sie lieber Anabel und die Kommissarinnen begleitet.

»Lucy, ich brauche wirklich Ihre Hilfe auf Station«, sagte Anabel Gerste streng. »Sie sollten den Pflegern bei der Ausgabe des Mittagessens helfen und gleichzeitig einen Blick auf unsere Neuzugänge werfen. Ganz unauffällig, verstehen Sie?«

Ein Lächeln breitete sich auf Dr. Nebels faltigem Gesicht aus. »Das mache ich.«

Sie drehte sich um und schickte sich an, den Gang entlangzugehen, als Anabel rief: »Nicht doch, Lucy. Dort entlang.« Sie deutete in die entgegengesetzte Richtung. Dann nickte sie Lale und Mandy zu. »So, nun aber.«

Die Treppe hinunter erreichten sie zwei weitere Glastüren, hinter denen ein Flur lag. Anabel führte sie in ein hell möbliertes Büro mit einer stattlichen Anzahl an Grünpflanzen auf den Fensterbänken. Lale musste unwillkürlich an ihr gemeinsames Büro im Präsidium denken. Anabels Büro ähnelte Mandys üppiger Pflanzenpracht ungemein. Nur der Vogelkäfig mit Wellensittichdame fehlte.

»Nehmen Sie Platz.« Die Psychiaterin setzte sich ebenfalls. »Sie müssen die Verzögerung entschuldigen. Doktor Nebel ist manchmal etwas übereifrig.«

»Und Sie sind sicher, dass das Ihre Kollegin ist?«, fragte Lale stirnrunzelnd. »Nicht vielleicht doch Ihre Patientin?«

Anabel Gerste lächelte und verschränkte ihre Finger vor der Brust. »Sie sind doch wegen Fidel Müller hier, nicht wahr?«

»Genau.« Mandy nickte. »Er wurde zwangsweise eingewiesen.«

»Vor zwei Tagen bereits.« Anabel warf einen Blick in ihre Unterlagen. »Mir fehlt übrigens noch immer ein richterlicher Beschluss.«

»Und wie lautet Ihre Diagnose?«, wollte Lale wissen.

»Die vorläufige Diagnose«, korrigierte die Ärztin. »Wir können uns noch kein abschließendes Urteil erlauben, aber der Verdacht auf eine schwere Psychose liegt nahe. Derzeit führen wir noch Untersuchungen durch, um nach organischen Ursachen zu suchen.«

Lale schluckte. »Im Kopf?«

»Ja.« Anabel lächelte, und Lale musste sofort wieder an den toten Azubi denken. Ob Dr. Kowalski gerade über Ronnys geöffneter Schädelhöhle hing? Sie bemerkte Anabels forschenden Blick.

»Die Symptome einer Psychose sind die gleichen, egal, ob sie eine organische Ursache hat oder affektiven oder schizophrenen Ursprungs ist. »Wenn ich allerdings seinen AZ berücksichtige …«

»Seinen was?«, fragte Mandy dazwischen.

»Allgemeinzustand.« Die Ärztin räusperte sich. »Sein AZ ist so desaströs, dass Entzugserscheinungen wahrscheinlich sind. Ich vermute deshalb schon jetzt eine drogeninduzierte Psychose. Das müssten meine Kollegen allerdings erst noch bestätigen.«

Lale atmete tief durch. »Drogen also. Aber das sollte man dann doch in den Griff bekommen. Einen gründlichen Drogenentzug – und aus die Psychomaus.«

Anabel Gerste machte ein betrübtes Gesicht. »Wenn es nur so einfach wäre. Leider funktioniert es nicht so, wie Sie sich das vorstellen. Eine Psychose ist eine schwere Ich-Störung. Da ist schon zu viel passiert. Dem Körper die Drogen zu entziehen, bedeutet nicht, damit auch die Wahnvorstellungen abzustellen.«

»Wie?« Mandy rutschte aufgeregt auf ihrem Stuhl hin und her. »Auch, wenn er nischt mehr nimmt, bleibt der Kopp kaputt?«

Anabel nickte. »Je nach Art, Menge und Dauer der Drogenzufuhr und natürlich gemäß Vorbelastungen wie zum Beispiel Prädispositionen in der Familie, können weiterhin heftige Halluzinationen ausgelöst werden. Bilder, Personen, Stimmen, sogar Gerüche oder Geschmackswahrnehmungen lösen manchmal Schübe aus.« Sie blätterte in ihren Papieren. »Sie können sich vorstellen, dass jemand mit diesem Krankheitsbild kaum in der Lage sein wird, sich selbstständig in seiner Umgebung zu orientieren. Wir werden ihn also hier behalten müssen. Allerdings fehlt noch immer der richterliche Beschluss.«

Lale schüttelte die unangenehme Vorstellung von flüsternden Stimmen, Horrorfratzen und ähnlichem Geisterbahn-Kopfkino ab. »Das muss man doch behandeln können, schließlich gibt es für alles Medikamente.«

»Und genau das ist der Punkt, an dem ich skeptisch bin«, erklärte die Psychiaterin. »Der Patient hat sich Unmengen an synthetischen Wirkstoffen über einen langen Zeitraum hinweg zugeführt. Darauf jetzt mit pharmakologischen Keulen zu reagieren, halte ich für gefährlich.« Sie sah Lale ernst an. »Auch Medikamente können Psychosen auslösen, oder eben auch vergleichsweise harmlose Drogen wie Cannabis. Es ist alles eine Frage der Voraussetzungen beim Patienten.«

»Das heißt also, wenn der Knall da oben schon sitzt, kann man es unter Umständen noch schlimmer machen«, stellte Mandy fest.

»Das ist zwar recht rustikal formuliert«, meinte die Ärztin. »Aber im Prinzip haben Sie recht.«

Lale gelang nur ein schiefes Grinsen. Was wohl beim toten Ronny die Voraussetzungen gewesen waren? Schnell zog sie ihr

Handy aus der Jackentasche und warf einen Blick aufs Display. Noch immer kein Anruf aus der Rechtsmedizin. Nicht einmal Jobst bombardierte sie heute mit Anrufen. Sie hätte platzen können vor Ungeduld.

»Lale?« Anabel sah sie an. »Sind Sie noch bei uns?«

»Ja, ja. Ich erwarte nur einen dringenden Anruf.«

»Fühlen Sie sich gestresst?« Die Psychiaterin klang verständnisvoll.

»So ähnlich«, gab Lale zu.

»Und was passiert nun mit einem Patienten wie Fidel Müller?«, wollte Mandy wissen. »Wird er mitsamt seinen Wahnvorstellungen weggesperrt?«

»Nun, es wird nicht ganz so drastisch gehandhabt«, erwiderte Anabel Gerste. »Wir beobachten natürlich genau die Symptome. Psychosen verlaufen ganz unterschiedlich. Manche Patienten verlieren tatsächlich die Grenzen ihres Ichs. Sie leben in der Vorstellung, dass ihre Gedanken von anderen gehört werden, und manche glauben auch, die Gedanken der anderen zu hören.«

»Wie schrecklich.« Mandy stupste Lale an. »Oder?«

»Ziemlich.« Lale schluckte.

Anabel Gerste sah von einer zur anderen. »Manche Ich-Störungen verlaufen auch so, dass ein Patient Zufälle als persönliche Botschaften versteht. Gesten werden fehlinterpretiert und in das Vorstellungssystem integriert, oder auch Radiomeldungen werden auf die ganz persönliche Situation bezogen.« Sie atmete tief durch. »Objektiv ist das natürlich Unsinn, aber subjektiv verharren solche Patienten in unumstößlicher Gewissheit.«

»Also werden sie doch mitsamt ihrer Vorstellungswelt weggesperrt.« Mandy schüttelte sich. »Das ist ja so was von schlimm. Bestimmt hat der arme Fidel Müller mich für ein Monster gehalten, oder etwas in dieser Art.«

Lale lächelte schlapp. Sie war sich gerade selbst nicht sicher, ob sie nicht echte Monsterqualitäten besaß. Je länger sie auf Kowalskis Anruf warten musste, desto sicherer wurde sie, den Azubi doch selbst auf dem Gewissen zu haben. In der DISSEL GmbH waren zwar alle etwas seltsam. Aber was sollte in so einer IT-Firma schon vorfallen, das einen Mord rechtfertigte? Und ein Privatleben oder viele Kontakte schien der arme Ronny nicht gehabt zu haben.

»Lale?« Anabel fixierte sie. »Muss ich mir Sorgen machen?«

»Nein, nein«, entgegnete Lale, »jedenfalls nicht um mich. Erzählen Sie doch mal, wie wollen Sie Fidel Meier ...«

»Müller!«, korrigierte Mandy.

»Gut, also, wie wollen Sie ihn denn nun behandeln?« Lale zwang sich dazu, das schweigende Handy wieder in der Jackentasche zu versenken.

»Sobald sich meine Kollegen ihre Urteile gebildet haben, werden wir über psychotherapeutische, später dann soziotherapeutische Maßnahmen sprechen«, erklärte die Ärztin. »Eine Psychose ist meist hochgradig selbst-, aber nicht grundsätzlich fremdgefährdend.«

»Also, das habe ich anders erlebt«, hob Mandy an.

»Stopp, erzählen Sie mir nichts«, unterbrach sie Anabel sofort. »Ich warte den richterlichen Beschluss ab. Ich möchte so lange wie möglich unvoreingenommen bleiben.«

In diesem Moment flog die Tür auf, und Dr. Lucy Nebel stürmte herein. »Ein Notfall!«, rief sie. »Die narzisstische Störung von hundertneun verliert die Impulskontrolle.«

Anabel sprang auf und verabschiedete eilig die Kommissarinnen. »Bei Ihrem berufsbedingten Spürsinn finden Sie sicher allein hinaus.«

Kaum standen sie draußen auf dem Flur, klingelte es in Lales Jackentasche. Lale riss das Handy ans Ohr.

»Frau Petersen, wir vermissen Sie«, hörte sie Pressesprecher Paul Winter säuseln. »Herr Gerste und ich und eine Überraschung erwarten Sie im Büro. Machen Sie denn keine Mittagspause?«

»Doch«, grunzte Lale in den Apparat. »Und zwar genau jetzt.« Sie machte Paul Winter per Knopfdruck mundtot.

Frau Petersen weigert sich – ein bisschen

Als die beiden Kommissarinnen eine Stunde später die Dresdner Mordkommission betraten, wurden sie bereits erwartet.

»Da sind Sie ja endlich.« Paul Winter breitete die Arme aus, als wolle er beiden um den Hals fallen. »Wie schön.«

Lale wich automatisch zurück und verzog das Gesicht zu einer Grimasse. »Winter, Sie machen mir Angst.«

»Was ist denn hier los?« Mandy deutete auf Kaffeekanne und Kuchenteller, die Gerstes Schreibtisch zierten. Dann schlug sie die Hand vor den Mund. »Um Gottes Willen! Habe ich irgendeinen Geburtstag vergessen?«

»Unwahrscheinlich.« Lale grinste schief. »Bei deinem eingebauten Feiertagsradar. Du kennst doch sogar anderer Leute Hochzeitstage.« Sie deutete auf Gerstes gedeckten Tisch. »Weiß der Chef, dass Sie hier auf seinem geheiligten Schreibtisch einen Kuchenbasar veranstalten?«

»Unser Erfolgsduo ist wieder mal mächtig in Fahrt«, moderierte Paul Winter und deutete auf eine Frau, die sich nun vom Besucherstuhl erhob. »Darf ich Ihnen Ihre Ansprechpartnerin vorstellen? Die Dame mit dem etwas ruppigen Charme ist Kriminalhauptkommissarin Petersen. Ein Ass auf ihrem Gebiet.«

Lale zog die Augenbrauen hoch. »Winter, was soll das? Wollen Sie mich anpumpen?«

Der Polizeipressesprecher ließ sich nicht beirren. »Und das, meine liebe Frau Petersen, ist Frau Peschkowa, Starreporterin bei der NOAZ.«

»Guten Tag.« Lale nickte der Fremden knapp zu. »Herr Winter, ich freue mich ja, dass Sie sich so um den Kontakt mit der Presse kümmern. Nebenbei gesagt ist es natürlich Ihr Job. Aber ich finde, es geht zu weit, wenn Sie die Reporter einzeln durch die

Abteilungen der Polizeidirektion führen.« Sie tastete nach ihrem Handy in der Jackentasche. Sie hatte es doch hoffentlich nicht ausgeschaltet? »Wo ist denn Gerste?« Schnell zog sie das Telefon aus der Tasche, um einen Kontrollblick aufs Display zu werfen.

Paul Winter grinste jovial. »Ich glaube, Sie missverstehen mich ...«

»Das sowieso«, unterbrach Lale.

»Nun lass ihn doch mal«, verlangte Mandy und bot der Reporterin die Hand zum Gruß. »Was soll denn unser Gast von uns denken?«

»Dass wir Verbrechen aufklären und nicht nur Kaffeeklatsch abhalten«, konterte Lale und ließ enttäuscht das Handy wieder in der Tasche verschwinden. Sie wandte sich an die fremde Dame. »Nehmen Sie es nicht persönlich, aber Herr Winter hält uns manchmal für Darsteller in einer Reality-Soap.«

Die Reporterin lachte glockenhell. »Auf den Mund gefallen sind Sie wirklich nicht«, stellte sie fest. »Lassen Sie mich mal.« Sie schob Paul Winter zur Seite und reichte Lale die Hand. »Ich bin Natascha Peschkowa. Und ich bin tatsächlich von der NOAZ, der Nordostdeutschen Allgemeinen Zeitung.«

Lale blieb nichts anderes übrig, als die dargebotene Hand zu schütteln. Sie fühlte sich kalt und metallisch an. Offenbar liebte diese Dame große Ringe. »Ich sage da jetzt mal weiter nichts zu. Wir haben schließlich freie Berufswahl.«

»Sie mögen Journalisten nicht besonders, was?« Die Reporterin lachte erneut glockenhell.

»Merkt man das? Auch gut.« Lale musterte sie. Diese Frau war einfach nur schick. Strenge Hochsteckfrisur, perfektes Make-up, elegante Kleidung, staubkornfreie und schwindelerregend hohe Schuhe. Es war von allem eine Spur zu viel. Und das traf offenbar auch auf ihr Selbstbewusstsein zu.

»Macht nichts, Sie werden sich an mich gewöhnen«, versprach die Reporterin siegesgewiss. »Ich schreibe für unsere immerhin überregional erscheinende Tageszeitung eine Serie über die Polizeiarbeit. Zu diesem Zweck möchte ich Sie und Ihre Kollegin einige

Tage lang begleiten. Mir geht es dabei vor allem um Frauen, die selbstbewusst ihren Mann stehen und sich in einem schonungslosen Alltag durchsetzen. Sie wurden mir diesbezüglich empfohlen.«

»Großartig!«, freute sich Mandy. »Selbstbewusst und schonungslos setzen wir uns durch, jawoll.«

Lale schüttelte den Kopf. »Frau Schneider, im Moment lässt du dich völlig eitel schonungslos einwickeln.« Sie wandte sich an die Reporterin. »Sie sehen, wir können uns nicht mal gegen unseren Presse-Paul durchsetzen. Wir sind da bestimmt nicht die Richtigen für Sie.« Sie wandte sich ab und fingerte erneut nach ihrem Handy.

Die Reporterin ließ nicht locker. »Aber so eine Serie ist doch eine tolle Werbung für Sie und Ihre Mordkommission.«

Lale sah sie stirnrunzelnd an. »Das können Sie irgendwelchen Firmenchefs oder C-Promis erzählen«, erwiderte sie. »Wir brauchen keine Werbung. Unsere Kunden fallen uns quasi vor die Füße. Mir wäre es übrigens lieber, es wären sehr viel weniger ...«

»Da hat Frau Petersen recht«, warf Mandy ein. »Werbung für die Mordkommission ist Quatsch.«

»Aber ...«, meldete sich Winter aus dem Hintergrund.

»Nicht auch noch Sie«, herrschte Lale ihn an. Dann verschränkte sie die Arme vor der Brust. »Meine liebe Frau Peschel ...«

»Peschkowa. Natascha Peschkowa«, ergänzte die Reporterin.

»Wie dem auch sei.« Lale schüttelte den Kopf. »Sie wollen uns gerne in Ihrer Serie darstellen, weil Sie sich davon einen ›Tatort‹-Effekt bei Ihren Lesern versprechen. Zwei Frauen, das ist ja immer noch fast exotisch, nahezu sexy, ein paar Tote, ein bisschen mit der Wumme herumfuchteln.« Sie stemmte die Hände in die Hüften. »Ich verstehe, dass Sie Ihre Auflage verkaufen müssen. Tun Sie das. Aber tun Sie es ohne mich.« Sie wandte sich um und ging hinüber in ihr Büro. Mist, auch auf ihrem Dienstapparat war kein Anruf eingegangen. Missmutig ließ sich Lale in den Sessel fallen.

Durch die geöffnete Tür sah sie Gerste in sein Büro zurückkehren. Dann konnte der diese Pressesippschaft endlich vor die Tür setzen.

»Frau Petersen weigert sich«, jammerte Winter sofort los.

»Das habe ich Ihnen doch gleich gesagt«, ließ sich Gerste vernehmen. »Was soll das hier? Räumen Sie diesen Kram weg. Wir sind doch keine Konditorei.«

»Möchten Sie denn nicht vielleicht ein Stück Kuchen?«, sülzte Winter auf den Kripochef ein.

»Nein, ich habe eine Nussallergie«, entgegnete Gerste. »Weg damit!«

Mandy kam mit dem Kuchenteller um die Ecke. »Ich kümmere mich gerne um die Vernichtung«, verkündete sie. »Wäre doch schade um die Kalorien.« Sie sah Lale an. »Kopf hoch, Onkel Kowalski meldet sich schon noch.« Sie mampfte munter drauflos.

»Mhmpf«, machte Lale und legte ihr Handy auf den Papierhaufen auf ihrem Schreibtisch. Sie hörte Winter leise auf Gerste einreden. Der Mann war wirklich eine Plage.

Dann erschien Gerste und schloss die Tür hinter sich. »Frau Petersen, wir sollten uns unterhalten.«

Ein jäher Schreck durchzuckte Lale. Hatte der Chef längst die Informationen, auf die sie wartete? Das konnte doch nur bedeuten, dass sie tatsächlich, also dass es der Unfall war, der Ronny Hummel … »Ja?« Ihre Stimme klang rau.

Gerste warf einen missbilligenden Blick auf Lales unaufgeräumten Schreibtisch. »Frau Petersen, ich verstehe durchaus Ihre Bedenken angesichts dieser Kripo-Reportage.«

»Ach?« Lale horchte auf. »Woher kennen Sie sie denn, diese Bedenken?«

»Na, ich nehme doch mal an, Sie haben – wie ich selbst übrigens auch – gegen eine krimimäßig inszenierte Sensationsstory argumentiert«, erklärte der Chef.

»Ich habe nicht argumentiert«, entgegnete Lale. »Ich habe ›nein‹ gesagt.«

»Wie gesagt, ich teile Ihre Bedenken«, sagte Gerste.

»Dann ist es ja gut.« Lale schielte aufs Handydisplay.

»Aber ich habe mir das Ganze noch einmal durch den Kopf gehen lassen.« Gerste stützte sich mit den Händen auf die Schreibtischkante und sah Lale eindringlich an. Mit leiser Stimme fuhr er fort: »Diese Reporterin lässt nicht locker. Das zeichnet ihren Berufsstand vermutlich aus. Das heißt, sie wird ihre Serie über Polizeiarbeit machen.«

»Bitte, soll sie doch.« Lale schnaubte. »Schicken Sie sie ins Blasewitzer Revier. Dort sitzt ein armes und völlig überfordertes Mitglied unserer Schutzpolizei und rudert allein gegen den Personalnotstand an. Da hat sie dann gleich die wirklich eklatanten Probleme der Polizeiarbeit.«

Gerste stieß sich vom Schreibtisch ab. »Können Sie mir nicht ein Mal fünf Minuten lang zuhören, ohne sofort Ihren Senf abzusondern?«, fragte er gereizt.

»Dann müssen Sie schneller sprechen«, antwortete Lale nicht minder gereizt. »Meine Gedanken können nicht warten, bis Sie alle Ihre Formulierungen ausgepackt haben.«

Ein Schmunzeln huschte über Gerstes sonst so ernstes Gesicht. »Sie waren schon bei meiner Frau?«, fragte er unvermittelt.

»Oh ja.« Lale sprang auf und begann, auf und ab zu gehen. »Und wenn Sie nicht wollen, dass ich bald als Patientin bei Anabel lande, schaffen Sie mir dieses nordostdeutsche Covergirl vom Hals.«

Gerstes Schmunzeln wurde noch breiter. »Sehen Sie, das ist genau das, was ich meine.« Er machte eine kurze Pause. »Schauen Sie, Frau Peschkowa wird ihre Reportage machen und sich kaum mit der Schutzpolizei zufriedengeben. Vermutlich wird sie als nächstes bei der Sitte anklopfen, wo sie bei den Herren offene Türen einrennt. Dann hat sie Crime und auch noch Sex für ihre Story. Und einen Haufen schlicht gestrickter Männer, die gar nicht in der Lage sind, einer intelligenten und gebildeten Frau wie dieser Reporterin verbal die Stirn zu bieten.«

Lale zuckte die Achseln. »Sie erwarten doch wohl kaum mein Mitgefühl für schlicht gestrickte Männer?«

Mandy kicherte kauend.

»Selbstverständlich nicht.« Gerste lächelte. »Wie könnte ich?« Er stützte erneut die Arme auf dem Schreibtisch ab. »Hören Sie, wenn hier irgendjemand in der Lage ist, dieser Reporterin geistreich und professionell Paroli zu bieten, dann sind Sie das. Sie und Frau Schneider natürlich.« Er nickte der mampfenden Mandy zu. »Sie nehmen diese Reporterin an die Hand und zeigen ihr, wo der Hammer hängt bei unserer Ermittlungsarbeit.« Er räusperte sich. »Wenn Sie die Frau einen Tag lang im Schlepptau haben, wird sie sowieso froh sein, wieder an ihren Schreibtisch zurück zu können.«

»Find'sch guddi«, sagte Mandy.

Gerste grinste. »Na los, Frau Petersen, geben Sie sich einen Ruck.«

In diesem Moment ertönte der langgezogene Ton von Lales Handy. Sie wirbelte herum und griff nach dem Apparat. »Ja!!!«

Es war tatsächlich Rechtsmediziner Kowalski, der sie freundlich und – wie Lale fand – allzu langatmig begrüßte. Sie wedelte ungeduldig mit der Hand. »Ja, ja, Doktor Kowalski, Sie mich auch. Was ist denn nun?«

»Ich kann mit an Sicherheit grenzender Wahrscheinlichkeit – welch seltsamer Ausdruck übrigens – feststellen, dass der tote Körper des bedauernswerten jungen Mannes …« Kowalski räusperte sich. Lale verdrehte die Augen. »Nun, also von Aneurysmen und nachweislichen Prädispositionen für einen natürlichen Tod fehlt jede medizinisch relevante Spur«, erklärte der Rechtsmediziner.

»Uff.«

»Ich habe allerdings weitere interessante Erkenntnisse, die auf Fremdeinwirkung hindeuten und die ich Ihnen gern direkt zeigen würde«, erläuterte Kowalski.

»Sehr gut!«, rief Lale. »Sehr, sehr, sehr gut! Wir kommen.« Sie ließ das Telefon in der Tasche verschwinden. »Kein natürlicher Tod bei Ronny Hummel.«

»Zum Glück!« Mandy sprang auf. »Dann bist du ja endlich wieder die Alte.«

Gerste schaute von einer zur anderen. »Der tote Azubi wurde also tatsächlich ermordet?«

Lale nickte. »So blöde das jetzt klingt, aber ich war selten so entzückt über einen heimtückischen Mord.«

»Dann übernehmen Sie doch jetzt sicher auch diese Reporterin?«, fragte Gerste.

»Na, komm Lale«, bettelte Mandy. »Ist doch mal ein bisschen Abwechslung.

Lale grinste. »Nur, wenn sie sofort mitkommt. Mandy fährt uns in unter drei Minuten in die Rechtsmedizin, und dort wartet dann eine leckere Obduktion …«

Gerste nickte. »Genau so hatte ich mir das vorgestellt.«

Irre ist menschlich

Mandy hatte sich wahrlich selbst übertroffen. Mit wackligen Knien und einem dumpfen Gefühl in der Magengegend stieg Lale aus und beobachtete, wie die Reporterin vom Rücksitz krabbelte. Flink und sicher landete sie auf ihren hohen blitzsauberen Schuhen und warf sich eine Kameratasche über die Schulter. Während Lale noch nach ihrem Gleichgewicht suchte, schritt Natascha Peschkowa munter voran auf das Gelände des Uniklinikums zu. Mandy wuselte hinterher.

Lale folgte ihnen seufzend. So leicht war diese Reporterin offenbar nicht aus dem Gleichgewicht zu bringen. Sie war gespannt, was die Dame zum obduzierten Ronny sagen würde. Immerhin war der arme Kerl nicht an den Folgen ihres Zusammenstoßes gestorben. Also genug gegrübelt. Jetzt konnten sie endlich richtig loslegen. Lale überholte Mandy und die Journalistin auf der Treppe zum Rechtsmedizinischen Institut, stieß die Tür auf, steuerte forsch auf den großen Seziersaal zu und prallte an der verschlossenen Tür ab. Warum war denn hier zu?

Mandy kicherte. »Da hat Onkel Kowalski doch seine Selbstmörderköpfe gestapelt. Der ist bestimmt im kleinen Saal.«

Und richtig, einige Türen weiter hörte man gedämpfte klassische Musik.

Lale klopfte und stieß die Tür auf. »So, da sind wir.«

Der Rechtsmediziner stieg von seinem Trethocker, den er stets für den besseren Überblick neben dem Seziertisch hatte. »Dass Sie immer sehr schnell sind, meine liebe Frau Petersen, ist mir hinlänglich bekannt.« Er deutete auf Mandy. »Aber dass Sie neuerdings durch Dresden fliegen, muss daran liegen, dass unsere Mandy ein Engel ist.«

»Das ist übrigens Frau Peschkowa.« Mandy deutete auf ihre Begleitung. »Sie arbeitet für die … ähm, irgendeine Zeitung.«

»Nordostdeutsche Allgemeine Zeitung, oder auch NOAZ.« Die Reporterin trat auf Dr. Kowalski zu. »Natascha Peschkowa, sehr erfreut. Ich begleite die beiden Kommissarinnen im Rahmen einer Reportage.«

Beflissen streifte der Rechtsmediziner seinen Handschuh ab und reichte ihr die Hand. »Enchanté, Madame.« Dann machte er eine einladende Armbewegung. »Bitte, sehen Sie sich nur um in unserem kleinen morbiden Reich.«

Lale grinste als sie bemerkte, dass auf einem Beistelltisch die Organe des Toten aufgereiht waren. »Sind das die Innereien von …« Sie wandte sich an die Journalistin. »Sie wissen, Frau Peschkowa, dass Sie nicht über laufende Ermittlungen schreiben dürfen?«

»Das ist mir klar.« Natascha Peschkowa nickte. »Informationen nur nach Freigabe und wenn sie der Fahndung dienen.« Sie lächelte. »Das ist nicht meine erste Reportagereihe.«

»Dann ist es ja gut.« Lale musterte die Reporterin. »Doktor Kowalski, was haben Sie denn nun Neues gefunden?«

Der Rechtsmediziner zog neue Einweghandschuhe aus einem Spender und streifte sie über. »Sehen Sie, hier.« Er griff nach dem rechten Arm von Ronny Hummel.

Mandy kam näher. »Ich sehe nischt Besonderes. Blass ist der Tote. Kommt das vom Sterben, oder war er das vorher schon?«

»Der sah schon vorher aus wie ein Schluck Wasser in der Kurve«, sagte Lale. »Ich sehe aber auch nichts.«

»Sie kannten den Toten als er noch Vitalfunktionen besaß?« Dr. Kowalski sah sie erstaunt an. »Waren Sie deshalb so unruhig?«

Lale warf einen Seitenblick auf Natascha Peschkowa, doch die schien eingehend Ronnys ausgelagerte Innereien zu studieren. »Ich war nicht unruhig«, erklärte sie gereizt. »Jedenfalls nicht unruhiger als sonst.«

Der Rechtsmediziner schmunzelte. »Wenn Sie das sagen, muss es wohl so sein.« Er wandte sich erneut der Leiche zu. »Hier in der rechten Armbeuge habe ich eine Einstichstelle gefunden.«

»Vielleicht ist er Diabetiker«, mutmaßte Mandy.

»Das würde das Labor herausfinden«, sagte Kowalski. »Zumindest hätte eine Insulintherapie nichts mit diesem Einstich zu tun. Das Medikament verabreicht ein Patient subkutan, nicht intravenös.« Er machte ein paar eilige Schritte hinüber zur Organsammlung. »Die Bauchspeicheldrüse zeigt außerdem keine nennenswerten Veränderungen. Bei einem Diabetiker würde man aller Erfahrung nach schon am Organ Funktionsstörungen erkennen.«

»Drogen«, sagte Mandy. »Der sieht doch so krank aus, der hing bestimmt an der Nadel.«

»Moment«, bremste der Rechtsmediziner Mandys Vermutungen. »Auch hier verweise ich quasi rein substanziell auf das Labor. Mandy, mein Engel, betrachte seine Hände. Was fällt dir auf?«

Mandy sah sich zunächst Ronnys rechte Hand genau an. Dann eilte sie um den Seziertisch herum und betrachtete die linke Hand. »Also, viel mit den Händen gearbeitet hat der nicht.«

»Doch schon.« Lale verzog das Gesicht. »An Maus und Tastatur.«

Mandys Kulleraugen blitzten auf. »Er war Rechtshänder! Wenn er aber in der rechten Armbeuge den Einstich hat, dann kann er sich kaum selbst eine Spritze gesetzt haben. Dazu wäre er mit links viel zu ungeschickt.«

Kowalski lächelte breit. »Hervorragend kombiniert, mein Engel.«

»Sie meinen also, man hat ihm irgendeine Substanz injiziert?«, fragte Lale sicherheitshalber nach. »Wann? Kurz vor seinem Tod?«

»Vermutlich.« Der Rechtsmediziner strich sich nachdenklich über seinen kahlen Kopf. »Ich habe den Auftrag an das Labor um diverse Substanzen, Medikamente und Gifte erweitert. Wir müssen die toxikologischen Ergebnisse abwarten, um Gewissheit zu erlangen.«

Lale seufzte. »Immer diese Warterei.«

»Darf ich kurz stören?«, fragte die Reporterin. Sie nestelte an ihrer Kameratasche herum. Ich würde gern ein Foto machen, für den Auftakt der Reihe.«

»Jetzt und hier?« Mandy sah sie ungläubig an.

»Ja, warum denn nicht?« Natascha Peschkowa hielt jetzt eine große Spiegelreflexkamera in der Hand. »Die Leiche erkennt man nicht, von der ist ja nicht mehr viel übrig. Wenn sie nur kurz ein Tuch über das Geschlechtsteil legen könnten …«

Lale grinste. »Stimmt, so was will doch keiner sehen.«

»Och, das hatte ich gar nicht bemerkt.« Mandy zupfte an ihren Haaren. »Ich weiß nicht, ob ich gerade so fototauglich bin.«

»Aber sicher, mein Engel.« Kowalski breitete schmunzelnd ein Tuch über den mittleren Teil der Leiche und die offene Bauchhöhle. »Auf mich müssen Sie auf dem Foto allerdings verzichten. Da ich auch als Gutachter vor Gericht fungiere, sollte ich solch öffentliche Selbstdarstellungen tunlichst vermeiden.«

Die Journalistin nickte. »Würden Sie mir denn trotzdem bei Gelegenheit ein paar Fragen über Ihre Arbeit beantworten, Herr Doktor?« Sie zog Mandy auf die andere Seite des Seziertisches, schob Lale den Beistelltisch mit den Organen hin und suchte im Rückwärtsgang einen geeigneten Abstand zu ihrem Motiv.

»Haben Herz und Leber eigentlich auch ein Persönlichkeitsrecht, wenn sie aus der Person ausgelagert sind?«, fragte Lale.

Natascha Peschkowa lachte hinter ihrer Kamera hervor. »Das ist eine interessante Frage. »Soweit mir bekannt, kann man das Persönlichkeitsrecht nicht wirklich zerstückeln.«

Mandy kicherte. »So ein Quatsch. Ich habe doch auch nicht weniger Persönlichkeitsrechte als ihr, nur weil mir Rachenmandeln und Blinddarm fehlen.«

»Meine Damen, Sie sind recht makaber«, mischte sich Dr. Kowalski aus dem Hintergrund ein. »Ich denke, diesen Sachverhalt klären Sie am besten mit unserem kompetenten Herrn Staatsanwalt.«

»Oh nein.« Lale zog eine Grimasse, als zum ersten Mal der Auslöser klickte.

»Oh ja.« Mandy errötete, als zum zweiten Mal der Auslöser klickte.

»Halt, lass mich mal hier raus«, verlangte Lale, als sie noch eine Straßenkreuzung von der Hummelschen Autowerkstatt entfernt waren. »Die müssen uns ja nicht zusammen sehen.«

Mandy fuhr rechts an den Straßenrand. »Ist das nicht etwas übertrieben? Die können mich doch gar nicht sehen.«

»Dich nicht, aber den Dienstwagen«, meinte Lale. »Das sind Automenschen, die merken sich so was.« Sie stemmte die Beifahrertür auf. »Ähm, morgen früh …«

Mandy warf einen Blick auf die Rückbank, wo Natascha Peschkowa die Bilder auf ihrer Kamera überprüfte. »Wir treffen uns.« Sie zwinkerte. »Wie besprochen.«

»Tschüs, Frau Peschkowa.« Lale stieg aus und lauschte, bis Mandy mit quietschenden Reifen um die nächste Ecke verschwunden war. Sie schüttelte unwillkürlich den Kopf. Eines musste man dieser Journalistin durchaus lassen: Sie war alles andere als zimperlich. Trotzdem störte ihre Anwesenheit bei den Ermittlungen. Gerade erst war die blöde Geheimniskrämerei um Ronny Hummels Todesursache erledigt, und nun hatten sie diese Reporterin am Bein und mussten wieder immerzu aufpassen, was sie sagten.

Lale machte sich auf den Weg zur Autowerkstatt. Sie war neugierig, ob Maria Hummel immer noch so aalglatt agierte. Ob sie sie einfach mal in ein Gespräch über Kinder verwickeln sollte? Vermutlich würde die arme Frau dann zusammenbrechen. Aber wahrscheinlich war sie ohnehin längst ein Fall für Anabel Gerste. Lale wurde das Gefühl nicht los, dass irgendwas mit dieser Familie elementar im Argen war.

Als sie die Werkstatt erreichte, lag der Verkaufsraum im Dunkeln. Auch durch die kleinen Fenster zu den Garagen war nur ein schwaches Licht erkennbar. Ihr Auto war nirgendwo zu sehen.

»Mist«, entfuhr es Lale. Sie hatte sich weder nach dem konkreten Zustand ihres alten Autos erkundigt noch ihre Wohnungs- und Dienstschlüssel zurück. Damit, dass hier schon Feierabend war, hatte sie nun wirklich nicht gerechnet. Sie lief zur Eingangstür und drückte die Nase an die Scheibe. Nichts. Hier war kein Mensch. Langsam ging sie um den Anbau herum. Auch das

Hauptgebäude, wo wahrscheinlich der Privatbereich lag, war wie tot. Im Durchgang waren ein paar Mülltonnen abgestellt. Lale lief zurück in den vorderen Teil des Grundstücks und spähte in die Werkstatt. Doch die Fenster waren klein und lagen ziemlich hoch. Sie huschte um die Ecke. Auch hier waren nur kleine Fenster, doch sie lagen tiefer. Im Inneren der Werkstatt sah sie ein Licht, das aber allenfalls den Lichtkegel einer Tischlampe hatte. Sie klopfte vorsichtig an das Fenster. Keine Reaktion. Sie klopfte erneut. Auch jetzt tat sich nichts im Inneren. Vermutlich hatte nur jemand das Licht brennen lassen. So hatte das keinen Sinn. Sie würde es morgen versuchen und konnte nur hoffen, dass Pit zu Hause war. Außerdem hatte ihre Nachbarin Brigitte auch einen Ersatzschlüssel. Und wenn Brigitte nicht gerade mal wieder eines ihrer zahlreichen Dates absolvierte, würde sie die sicher antreffen.

Seufzend machte sich Lale auf den Heimweg. Diesmal würde sie den kürzesten Weg nehmen und sich weder von Lauben noch Garagen noch Wegsuchern abschrecken lassen. Sie war müde, und sie hatte den Tag gründlich satt. Sie dachte an Anabel Gerste und ihre Kollegin Lucy Nebel. Was für eine Aufgabe diese Frauen hatten. Dagegen war sie mit ihrer Verbrecherjagd doch ganz gut dran. Wenn sie jemanden überführte, dann nur mit Beweisen. Was für eine unangenehme Situation, über den Geisteszustand anderer Menschen zu urteilen. Lales Klientel wurde erst zu einer solchen, wenn sie Dreck am Stecken hatte. Wenn sie einen Fall aufklärte, war die Arbeit erledigt. Von Anabel und ihren Kollegen wollte man wissen, ob ihre Patienten zu Taten fähig waren, ob weitere Taten von ihnen zu erwarten waren, ob sie überhaupt sie selbst waren. Was für eine Verantwortung.

Als Lale das Haus betrat, verlöschte gerade das Treppenhauslicht. Sie tastete nach dem Schalter, doch auch mehrfaches Drücken brachte keinen Erfolg. Es blieb dämmrig bis dunkel. Seufzend fingerte sie im Schlitz ihres Briefkastens herum. Sie fühlte, dass Post da war, konnte sie jedoch mit zwei Fingern nicht zu fassen bekommen. Dann mussten die Rechnungen eben warten, bis sie ihren Schlüssel zurückhatte.

Jetzt durfte sie auch noch im Dunkeln die Treppe hoch krabbeln. Lediglich durch die Fenster auf den Treppenabsätzen fiel leichtes Dämmerlicht. Immerhin lief sie so nicht Gefahr, gegen die Pflanzenkübel vor den Fenstern zu stoßen.

Plötzlich hörte sie einen spitzen Schrei von oben, gefolgt von bedrohlichem Knurren. Pit Bull. Lale nahm die nächsten beiden Treppen mit großen Schritten und strauchelte kurz am Treppenabsatz zum zweiten Stock. Brigittes Tür stand offen, und Pit Bull grollte noch immer vernehmlich. Mit einigen wenigen Sätzen war Lale in Brigittes Diele und stutzte. Vor ihrer Nachbarin stand ein großer bulliger Typ, und Brigitte schien zurückzuweichen. Das war neu. Seit wann wich Brigitte zurück, wenn ein Mann auf sie zukam?

»Pit Bull!«, rief Lale, doch der Hund knurrte unbeeindruckt weiter. Speichelfäden hingen an seinen Lefzen. Was ist denn hier los?«

»Dann ist das gar nicht ihr Schlüssel.« Der große Mann sprach seltsam monoton. Lale stutzte. Irgendwo hatte sie die Stimme schon einmal gehört.

»Nein, das ist nicht mein Schlüsselbund, aber …« Brigitte sah Lale an. »Sagtest du nicht gestern etwas von fehlenden Schlüsseln?«

Nun drehte sich auch der Mann zu Lale um. »Ich soll den Schlüssel hier an dieser Adresse abgeben«, sagte er. Lale sah an ihm herunter. Er trug so einen komischen langen Koffer. Natürlich, das war der Typ mit dem Geigenkoffer, oder was immer darin war. »Bei einer Frau«, setzte er hinzu. »Den Namen habe ich vergessen.« Er hielt ihr den Schlüsselbund hin.

»Ja, das sind meine Schlüssel, danke.« Lale nahm den Schlüsselbund entgegen. Es waren alle vorhanden, bis auf ihren Autoschlüssel.

»Ich soll Ihnen das von meiner Mutter bringen«, erklärte der Mann. »Sie sagte, eine Kundin habe wohl aus Versehen alle Schlüssel abgegeben. Die Adresse stand im Fahrzeugschein.«

»Ach, Sie gehören zur Autowerkstatt Hummel.« Lale nickte. »Ich war eben noch dort, aber es war schon geschlossen.«

»Ich gehöre nicht richtig zu der Werkstatt«, sagte er. »Aber ich gehöre zu den ›Polka Guerilleros‹.« Er machte eine kleine Verbeugung.

Pit Bull grollte erneut. »Schscht.« Brigitte griff ihm in den Hundenacken.

»Mein Name ist Holger. Holger Hummel.« Jetzt lächelte der Typ wie ein gestilltes Baby. Ein ungelenkes, zufriedenes Riesenbaby.

Lale zog die Augenbrauen hoch. »Dann waren Sie schon bei uns?«

»Ja.« Das Riesenbaby lächelte. »Sind Sie die Freundin von Pit?«

»Sie ist seine Mutter«, rief Brigitte. »Meine Güte, diese Frau ist mehr als doppelt so alt wie der Junge. So was sieht man doch als Mann!«

Lale schmunzelte. Zumindest Brigitte war wieder ganz die Alte.

»Das tut mir leid.« Das Riesenbaby machte ein bestürztes Gesicht. »Ich dachte nur wegen des Autos. Es sieht so studentisch aus.« Er wandte sich an Lale. »Habe ich etwas Dummes gesagt?«

Lale schüttelte den Kopf. »Nein, nein. Wir sind uns bislang ja quasi nur im Dunkeln begegnet.« Sie deutete ins Treppenhaus. »Das scheint irgendwie dazu zu gehören. Wollen Sie zu Pit?« Sie lauschte kurz hinaus. »Es hört sich an als ob er da ist und Besuch hat.«

»Ja.« Das Riesenbaby nickte mit seinem großen Kopf. »Robert und Mischa.« Er ging hinaus ins Treppenhaus und nickte Brigitte zu. »Guten Abend und auf Wiedersehen.«

Lale tätschelte Pit Bulls breite Stirn. »Bis dann, ihr beiden. Entschuldigt die Störung.«

Brigitte grinste schief. »Was du immer so für Leute kennst … Tststs. Wenn du später wieder flüchten willst. Ich bin da.«

Lale schloss ihre Wohnungstür auf und ließ Holger Hummel eintreten. Dann schloss sie schnell die Tür, denn Katinka lauerte schon auf dem Dielentisch.

»Ich muss dann mal.« Das Riesenbaby deutete auf seinen seltsamen Koffer. »Musik machen.«

»Moment noch«, sagte Lale. »Darf ich Sie noch etwas fragen?«

Er sah sie an und legte den großen Kopf schief. Amüsiert bemerkte Lale, dass die Katze fast die gleiche Kopfhaltung hatte.

»Ähm, wenn Sie der Sohn von den Hummels mit der Autowerkstatt sind, dann haben Sie doch …« Lale überlegte. Ob diese Hummels vielleicht gar nicht die waren, für die sie sie hielt? Vielleicht war das alles eine Verwechslung. Jedenfalls war es eine gute Gelegenheit, das herauszufinden. »Also, Holger, was ich fragen wollte: Haben Sie einen Bruder, der Ronny heißt?«

Das Riesenbaby riss die Augen weit auf. »Sie kennen meinen Bruder Ronny?«

»Na ja, kennen ist zu viel gesagt.« Lale biss sich auf die Unterlippe. »Wir sind uns mal begegnet, so zwei …« Sie schluckte und dachte an die Organe auf dem Beistellwagen. »Oder auch drei Mal …«

»Sie gehören zu diesen Computerleuten?« Holger Hummel sah sie erstaunt an. »Das hätte ich jetzt nicht gedacht.«

»Nein, nein, ich bin alles andere als ein Computerfreak.« Ihr Lachen klang nervös. Ob dieses Riesenbaby gar nichts wusste vom Schicksal seines jüngeren Bruders?

»Ach, dann sind Sie von der Behörde.« Holger Hummel nickte wissend. »Vom Ministerium. Ronny hat mir von dem Auftrag erzählt, den Datenbanken, die er anlegen muss. Die haben es ihm richtig angetan. Aber er ist sowieso so ein Freak mit Geheimnissen und dem alten DDR-Kram.«

»Ach?« Lale spitzte die Ohren, als sich die Tür zum Wohnzimmer öffnete und Pit seinen Kopf herausstreckte.

»Ich habe Ronny schon ewig nicht mehr gesehen«, berichtete das Riesenbaby. »Er hängt nur noch in diesem Geheimprojekt.«

»Hi, Holger. Wir warten schon«, mischte sich Pit ein. »Mama, könnt ihr nicht später noch quatschen? Holger ist hier, um Musik zu machen, und wir dürfen doch nur bis zehn Uhr. Uns rennt die Zeit weg.«

»Hallo Sohn.« Lale runzelte die Stirn. »Ihr probt jetzt aber nicht für den Rest eures künstlerischen Daseins in meinem Wohnzimmer, hoffe ich.«

Die Tür wurde weiter aufgestoßen und der bemützte Kopf von Mischa Sörensen erschien. »Keine Angst, Frau Kommissarin. Wir sind ja noch gar nicht vollzählig. Wenn die ›Polka Guerilleros‹ erstmal komplett sind, wird das viel zu eng hier.«

»Da bin ich aber beruhigt.« Lale schmunzelte. »Wie kommt es eigentlich, dass nicht Anna am Schlagzeug sitzt? Habt ihr euch zerstritten?«

»Nein, nein. Die ist doch mit den ›Annachronicles‹ beschäftigt«, sagte Pit schnell. »Außerdem hat Mischa echt nachgelegt.« Er senkte die Stimme und zwinkerte Lale zu. »Und Mischa hat einen Probenraum in der Neustadt an der Hand.«

Daher wehte also der Wind. »Na, dann macht mal. Es ist ja schon nach acht.« Lale schnappte sich Katinka, ging in die Küche und angelte eine angebrochene Flasche Weißwein aus dem Kühlschrank. Mit den Zähnen zog sie den Korken aus dem Flaschenhals und schenkte sich ein Glas ein. Als sie gerade Katzenfutter in einen der kleinen Näpfe schaufelte, klingelte es an der Tür.

Mit dem Weinglas in der Hand öffnete Lale. »Anabel! Das ist ja eine Überraschung.« Sie bot ihr einen Platz an. »Ich würde Sie ja lieber in den Besuchersalon bitten, doch mein Wohnzimmer wird gerade von einer Horde Nachwuchskünstler gebraucht.« Wie aufs Stichwort jaulte nebenan eine Gitarre auf.

»Wieso das?« Anabel sah Lale neugierig an.

»Mein Sohn probt mit Freunden für eine neue Band«, erklärte sie. »Es könnte also etwas lauter …«

In diesem Moment erklang ein melodisches Jammern aus dem Wohnzimmer.

»Eine Klarinette. Schön.« Die Psychiaterin nahm Platz.

Lale grinste schief. Für mich klingt das, als habe jemand auf die Katze getreten.«

»Nicht doch.« Anabel schaute entsetzt.

»Die hockt in der Küche und futtert«, beschwichtigte Lale und stellte ihr Weinglas auf den Tisch. »Möchten Sie auch einen Wein?«

Anabel zögerte. »Gut, ein Gläschen nehme ich.«

»Weiß oder rot?«, rief Lale, während sie unter gedämpftem Trommelwirbel in die Küche lief.

»Rot bitte.«

Lale schnappte sich eine Rotweinflasche aus der Speisekammer und zog einen Korkenzieher aus der Schublade. Dann klemmte sie sich noch ein Glas unters Kinn.

»Nehmen Sie mir das mal bitte ab?« Sie begann, den Korkenzieher in den Korken zu drehen. »So, dann schießen Sie mal los, was führt Sie zu mir?« Mit einem Plopp war der Korken entfernt, und dunkelrote Flüssigkeit füllte das Weinglas. »Gibt es Neuigkeiten von unserem Drogen-Psychopathen?«

Jetzt mischte sich gedämpftes Getrommel mit ein paar Gitarrenriffs.

»Sie meinen den Psychotiker«, stellte die Ärztin klar. »Psychopathen gibt es medizinisch gesehen gar nicht, nicht mehr.« Leise sang die Klarinette. »Wir sprechen von Persönlichkeitsstörungen, die dann in Subtypologien klassifiziert ...«

»Ja, ja«, unterbrach Lale sie schnell. »Entschuldigen Sie, aber mein Bildungsbedarf an Psycho-Was-auch-immer ist für heute gedeckt.« Sie nippte am kühlen Weißwein, während ein lautes Blasinstrument loslegte. Es klang wie Marschmusik. Lale duckte sich unwillkürlich.

»Ich sagte ja bereits, dass wir noch keine abschließende Diagnose haben«, rief Anabel. »Ich glaube nicht, dass der Maßregelvollzug der richtige Ort ist.« Sie sah Lale an. »Ich mache mir Sorgen um Sie.«

»Wie bitte?« Lale nahm einen kräftigen Schluck.

Anabel wurde lauter. »Ich mache mir Sorgen um Sie!«

In diesem Moment verstummte das Blasinstrument. Nur ein leichtes Trommeln war noch zu hören.

»Um mich? Warum?«

»Sie wirkten heute in der Klinik auf mich so zerstreut, so fahrig, so dezentriert.«

Eine Gitarre jaulte auf.

»Ich wirke dezentriert?« Lale schmunzelte. »Man hat mir ja schon vieles an den Kopf geworfen, und manches durchaus zu Recht. Aber ›dezentriert‹ hat mich noch niemand genannt.« Sie leerte ihr Glas. »Heißt das, dass ich sonst unheimlich zentriert wirke?« Ein Trommelwirbel brandete auf. »Das klingt ja so, als wollte ich immer im Mittelpunkt stehen.«

»So meine ich das nicht«, erklärte Anabel und nippte vorsichtig an ihrem Wein.

Unter beschwingtem Singsang der Klarinette – oder war es das andere Blasinstrument? – stand Lale auf. »Ich hole mir mal Nachschub.« Sie verschwand kurz in der Küche und holte die Weißweinflasche aus dem Kühlschrank, lief zurück und füllte den Rest der Flasche in ihr Glas.

Die Ärztin musterte sie aufmerksam. »Haben Sie Ihren wichtigen Anruf denn noch bekommen?«

»Den Anruf? Ja.« Lale nickte und trank. »Der kam noch. Zum Glück gute Nachrichten.« Als Anabel sie fragend ansah, ergänzte sie: »Mord. Es war fieser und heimtückischer Mord. Zum Glück.«

Die Psychiaterin wirkte erschüttert. »Zum Glück ein Mord?«

»Ja. Ich meine das natürlich rein professionell. So wie Sie sagen: Da liegt ein richterlicher Beschluss vor, den kann ich therapieren.« Sie nahm noch einen kräftigen Schluck. »Wenn ich einen ermordeten Toten habe, kann ich ermitteln. Sie kennen das doch von Ihrem Mann …«

Nun setzten neben dem Trommeln und der Gitarre die Klarinette und ein Bass ein. Es war ein munteres Auf und Ab.

»Gibt es Probleme mit Doktor Petersen?« Anabel brüllte fast.

»Mit meinem Ex?«, rief Lale zurück. »Nicht mehr als sonst!« Sie sprang auf und riss die Wohnzimmertür auf. »Leute, so geht das nicht. Wir versuchen uns hier zu unterhalten.«

Die Musik verstummte abrupt.

»Schluss jetzt«, sagte Lale. »Es reicht.« Sie sah, dass Robert zügig seine Gitarre verstaute. Mischa beeilte sich, seine Trommeln einzupacken.

»Och, Mama«, maulte Pit. »Nur noch zehn Minuten.«

»Nix da«, gab Lale zurück. »Es ist ja nicht nur die Lautstärke, sondern auch dieses unglaubliche Blasmusik-Halligalli.«

»Du hast doch keine Ahnung. Das sind die Wurzeln des Punk.«

Lale lachte auf. »Die Wurzeln des Punk, so, so. Für mich klingt das eher nach einer besoffenen Zirkuskapelle.«

»Mama, wie kannst du so was sagen? Holger ist der Beste an Klarinette und Posaune«, empörte sich Pit. »Wir sind froh, dass er mitmacht.«

»Kann er meinetwegen auch gern.« Lale stemmte die Hände in die Hüften. »Zu einer anderen Zeit, an einem anderen Ort.«

»Sie haben ja recht.« Mischa Sörensen umklammerte seine letzte Trommel. »Pit, ich möchte mich auf keinen Fall mit deiner Mutter anlegen.«

»Sehr vernünftig.« Lale zog sich grinsend zurück und ließ sich wieder auf ihren Stuhl sinken. Ihr Glas war leer, und der Rest aus der Weißweinflasche auch. Sie griff zur Rotweinflasche und schenkte sich ein.

»Lale«, ermahnte Anabel. »Alkohol ist doch keine Lösung.«

In diesem Moment erschien Holger Hummel in der Diele. »Das stimmt.« Er nickte eifrig. »Alkohol ist eine chemische Substanz und eine Bezeichnung für eine Gruppe aus Verbindungen. Eine Lösung wäre …«

»Ähm, das ist ein Missverständnis, denke ich«, unterbrach ihn Lale und schob das Weinglas von sich.

Anabel lächelte Holger milde an. »Medizinisch betrachtet ist Alkohol andererseits sehr wichtig.«

»Abmarsch, Jungs.« Mischa schob Holger zur Wohnungstür. »Danke für Ihre Geduld, Frau Kommissarin. Wir sind dann mal weg.«

Lale schaute den beiden nach. »Na, sammeln Sie schon wieder mögliche Kunden, Anabel?«

Anabel seufzte. »Der junge Mann wirkt in der Tat etwas eigenartig …«

»Tun Männer das nicht immer?« Lale grinste.

»Aber ein Fall für die Forensik scheint er mir nicht zu sein«, fügte die Ärztin hinzu. »Zumindest sagt mir das meine Berufserfahrung.«

»Und meine Berufserfahrung sagt mir, dass so ziemlich jeder das Zeug zum Killer hat.« Sie zog das Rotweinglas wieder zu sich hin. »Da ist es egal, welches Psycho-Etikett man draufpappt.«

Anabel Gerste nahm einen großen Schluck Rotwein. »Sie klären die Tatsachen auf, ich suche die Ursachen. Letztlich kommen wir doch beide immer zu spät.«

Konspirationen I

Lale rieb sich gähnend durchs Gesicht, als sie am nächsten Morgen noch im Dunkeln den Stresemannplatz erreichte. Kurz nach sechs, das war wirklich nicht ihre Zeit.

»Nun mach mal, Dicker!«, feuerte sie Pit Bull an, der sich wild hin und her schnüffelnd auf einem Stück Wiese tummelte. Er schien sich über den ungewohnt frühen Auslauf in neuer Besetzung zu freuen. Und Frauchen sicher auch, dachte Lale und seufzte in einem Anflug von Neid. Brigitte saß bestimmt gemütlich bei einem Kaffee auf dem Sofa und träumte sich langsam in den Tag hinein. In der Anzeigenabteilung der Zeitung hatte sie durchaus annehmbare Arbeitszeiten und musste sich nicht vor dem Wecken heimlich mit angstzerfressenen Ausbildern treffen und anschließend pünktlich zum morgendlichen Appell beim Chef antreten. Ganz zu schweigen von irgendwelchen journalistischen Kletten, die sie neuerdings am Bein hatte.

Pit Bull hatte offenbar den richtigen Platz für sein erstes großes Geschäft des Tages ermittelt und hockte sich majestätisch mitten auf die Wiese.

Lale gähnte erneut und griff dann zur Tüte, um Pit Bulls Hinterlassenschaft in zivilisierter Form der Stadtreinigung zu präsentieren. Sie verzog das Gesicht. Sie sollte für weitere Ausflüge mit dem Nachbarshund unbedingt blickdichte Frühstücksbeutel besorgen. Stolz trabte der kräftige Pit Bull neben Lale her zum Spielplatz, auf dem sie wie vermutet einen Papierkorb fanden.

Zwischen den Bänken vor üppigem Gebüsch schien Lutz Hollerbeke einen Trampelpfad etablieren zu wollen. Er lief hin und her und blickte erschrocken auf, als er Lale mit Pit Bull nahen sah.

Wie ein Geheimagent aus einem schlechten Film sah sich der Ausbilder nach allen Seiten um. »Sind Sie allein?«

Auch Lale sah sich um. »Sieht so aus. Ist meine Kollegin schon aufgetaucht?«

Hollerbeke schüttelte den Kopf und fuhr sich mit der Hand durchs Gesicht. Er sah aus, als habe er die Nacht über kein Auge zugetan.

»Setzen wir uns«, schlug Lale vor und steuerte eine der Bänke an.

Hollerbeke wich zurück, als Pit Bull ihn eingehend beschnupperte. »Beißt der?«

»Bestimmt, wenn Sie sich nicht bald hinsetzen«, gab Lale zurück. »Ihr Hin und Her macht mich ganz irre. Nun setzen Sie sich doch endlich.« Sie bemerkte den ängstlichen Ausdruck im Gesicht des Ausbilders. »Der tut Ihnen nichts. Er ist meine Tarnung.«

Hollerbeke setzte sich vorsichtig auf die Bankkante. »Hoffentlich weiß er das auch. Das ist doch ein ausgewachsener Kampfhund.«

»Sehen Sie, und genau das weiß er nicht.« Lale verkniff sich ein Gähnen. »Er hält sich für einen Dackel oder so was.«

Pit Bull allerdings interessierte sich schon gar nicht mehr für den fremden Mann, sondern quetschte sich unter die Bank und schnüffelte aufgeregt in Richtung Gebüsch. Lale ließ ihn gewähren. »So, Herr Hollerbeke, dann legen Sie mal los. Was wollen Sie mir denn erzählen? Sie sprachen von einem Verdacht …«

»Richtig. Und das Ganze ist ziemlich mysteriös.« Der Ausbilder sah sich erneut gehetzt um. »Vor allem, weil immer mehr Hinweise einfach verschwinden.« Er kramte in seiner Tasche und zog einen USB-Stick hervor. »Als Sie gestern weg waren, habe ich das restliche Material auf den Stick gezogen. Ich glaube, es ist ziemlich brisant.«

Er reichte Lale den Stick, auf dem das Logo der DISSEL GmbH prangte. Offenbar ein Werbegeschenk. Das war ja auch passender für eine IT-Firma als Kugelschreiber oder Basecaps. Sie ließ den Stick in ihrer Jackentasche verschwinden. »Was Sie mir da gestern gezeigt haben, waren doch aber nur irgendwelche medizinischen Fachbegriffe …«

»Medikamente, vermute ich«, warf Hollerbeke ein.

Lale nickte. »Genau. Medikamente und irgendwelche weiteren Angaben.« Pit Bull zerrte an der Leine und knurrte. »Lass das!« Lale zerrte am anderen Ende der Leine. Dann wandte sie sich wieder dem IT-Mann zu. »Was ist denn so verdächtig an Medikamenten?«

Hollerbeke sah sie eindringlich an. »Ich glaube, dass die Daten manipuliert sind. Es gibt diese anderen Datensätze, die Ronny offenbar verschlüsselt hat.« Er schnaufte. »Ich glaube, Ronny hat die Daten frisiert, die Originale aber nicht vernichtet.«

Im Gebüsch hinter der Bank raschelte es, und Pit Bull knurrte lauter. »Lass das«, maulte Lale den Hund an. »Jetzt werden keine Hasen gejagt.« Sie hatte Mühe, den Pit Bull unter der Bank hervor zu zerren. Er bellte.

Hollerbeke sah sich ängstlich um. »Ich werde verfolgt«, sagte er leise. »Lassen Sie sich nichts anmerken, aber da sitzt jemand.«

Lale zog die Augenbrauen hoch. »Meinen Sie nicht, dass Sie etwas übertreiben, Herr Hollerbeke?«

»Psst, keine Namen.« Der IT-Ausbilder legte einen Zeigefinger an die Lippen.

»Moment, das haben wir gleich.« Lale erhob sich. »Na los, Pit Bull, zeig mir das Häschen!« Sie lief einige Schritte, doch der Hund zog immer wieder zurück zum Gebüsch hinter der Bank. Inzwischen war es einigermaßen hell, und Lale spähte durch die dicht bewachsenen Zweige. Es regte sich tatsächlich etwas im Gebüsch.

»Sie müssen mir glauben.« Hollerbeke trat auf sie zu. »In dieser Firma ist etwas faul. Wir haben kaum Aufträge, und der Chef rühmt sich hervorragender Bilanzen.«

Lale dachte an Gerstes Bemerkung über die Wirtschaftsauskunfteien. Er hatte sich ebenfalls über die enorm guten Bewertungen der DISSEL GmbH gewundert. »Haben Sie denn Einblick in die Buchhaltung?«

Hollerbeke schüttelte den Kopf. »Offiziell nicht. Aber über das Netzwerk habe ich natürlich Zugang. Ich bin schließlich für die EDV-Sicherheit zuständig.«

Lale musterte ihn. »Sie wollen mir doch jetzt nicht erzählen, dass Sie noch keinen Blick hinein geworfen haben?«

Der IT-Mann kratzte sich hinterm Ohr. »Das darf ich nicht. Wenn ich jetzt auch noch darüber spreche …«

»Hören Sie, es gibt einen Toten, Sie ergehen sich hier in wilden Andeutungen …« Lale senkte die Stimme. »Wenn an all dem etwas dran sein sollte, sind Sie Ihren Job sowieso los.«

Plötzlich bellte Pit Bull laut los. Lale zuckte zusammen und hatte Mühe, die Leine mit dem ziehenden und zerrenden Hund unter Kontrolle zu halten. Der hatte aber auch eine Kraft. Im Gebüsch blitzte etwas Metallisches auf. Lale schluckte. Da saß tatsächlich jemand. Sie sah sich um. Der Spielplatz war eingezäunt, und der Eingang wurde von Metallstangen begrenzt, vermutlich, um Radfahrer fernzuhalten. Ein heimlicher Lauscher konnte hier nicht unbemerkt verschwinden. Verdammt, wo blieb Mandy? Sie musste erstmal Hollerbeke loswerden.

»Meinen Sie nicht, dass Sie maßlos übertreiben?« Lale sprach bewusst laut und deutlich. »Das sind doch alles wirre Vermutungen.«

Hollerbeke sah sie mit weit aufgerissenen Augen an. »Wie bitte?«

Lale räusperte sich. »Verschwörungstheorien sind ja wieder sehr im Kommen. Und wenn ich mir vorstelle, so den ganzen Tag allein mit Computer und Internet … Da stößt man doch auf die verrücktesten Geschichten.«

»Erlauben Sie mal.« Der IT-Mann war empört. »Wollen Sie mir unterstellen, dass ich eine Meise habe? Meinen Sie, ich ticke nicht mehr ganz richtig, oder was?«

»Das habe ich so nicht gesagt.« Lale hielt jetzt mit beiden Händen Pit Bulls Leine fest.

»Aber gemeint«, stellte Hollerbeke fest. »Sie glauben mir nicht, Sie halten mich für verrückt, was?« Er sah sie beleidigt an. »Dann eben nicht. Sie werden noch an mich denken.« Mit einer ruckartigen Bewegung drehte er sich um und verließ eiligen Schrittes den Spielplatz.

Lale sah ihm kurz nach. Es tat ihr leid, ihn so behandelt zu haben, doch es war die einfachste Möglichkeit gewesen, ihn aus der Gefahrenzone zu bringen. Der würde sich schon wieder einkriegen.

Lale wandte sich um und lockerte ihren Griff um die Leine. »So, und nun zu dir, mein Freundchen!«, rief sie ins Gebüsch. »Mit erhobenen Händen rauskommen, und zwar zackig! Sonst lasse ich den Hund los. Und du hast ja wohl mitbekommen, dass das ein Kampfhund ist.« Lale gab Pit Bull einen leichten Klaps aufs Hinterteil. Sogleich knurrte er noch eine Spur gefährlicher. »Na, wird's bald? Oder sollen wir dich zu Hundefutter verarbeiten?«

»Moment noch«, tönte es aus dem Gebüsch. »Ich bin gleich soweit.«

Eine Männerstimme. Lale schüttelte ungläubig den Kopf. »Du bist gleich soweit? Komm, Pit Bull, du darfst jetzt mal zubeißen.« Sie machte sich an der Leine zu schaffen.

»Nein, bitte nicht!« Zwei Hände tauchten auf, und ein junger Mann hüpfte aus dem Gebüsch.

»Kroko.« Lale musterte ihren Kollegen. »Warum hüpfen Sie denn so?« Pit Bull ging wedelnd auf den Kommissar zu.

»Die Notizen.« Er hielt noch immer die Arme erhoben und deutete mit dem Kopf auf seine Knie. »Ich habe mir meine Notizen zwischen die Beine geklemmt.«

»Nun nehmen Sie endlich die Hände runter.«

Kroko grinste und sah Lale von unten herauf an. Er war einen Kopf kleiner als sie. »Schade, ich dachte, wir wären jetzt beim Du.«

»Wir sind allenfalls beim ›Du mich auch‹. Was soll diese heimliche Beschattungsnummer?« Lale ließ Pit Bull eingehend an Kroko herumschnüffeln.

»Also, das war so.« Kroko nahm seine Notizen zur Hand. »Gestern Abend hat die Mandy noch diese Reporterin …«

»Sitzt die hier auch noch herum oder was?« Lale sah sich um.

»Nein. Sie hat sie doch nur weggebracht. Also abgesetzt, an irgendeinem Hotel«, ergänzte Kroko. »Und dann kam sie in die

Mordkommission und erzählte dem Chef von dem konspirativen Treffen mit dem …« Er blätterte.

»Hollerbeke.« Lale wippte ungeduldig mit dem Fuß. »Und?«

»Der Chef meinte, ich solle Hollerbeke im Auge behalten«, erklärte Kroko. »Und das habe ich gemacht.«

»Und warum erfahre ich davon nichts?«

»Wir haben Sie doch immer wieder angerufen.« Kroko klang pikiert. »Aber bei Ihnen ist ja niemand ans Telefon gegangen.«

Lale überlegte kurz. Vermutlich hatte sie das Telefonklingeln beim gestrigen Lärmpegel völlig überhört. Sie zückte ihr Handy. Richtig. Drei Anrufe in Abwesenheit. »Oh, na gut.«

»Warum sind Sie denn nicht ans Telefon gegangen?«, fragte Kroko, offensichtlich erleichtert, keinen Anraunzer zu bekommen.

»Wissen Sie, ich habe derzeit eine Guerilla der Blasmusik in meinen vier Wänden. Da geht ein Telefonklingeln schon mal unter.«

»Sie mögen Blasmusik?« Der Kollege musterte sie aufmerksam. »Das hätte ich nicht gedacht.«

»Von ›mögen‹ hat auch niemand gesprochen.« Lale seufzte. »Kommen Sie, wir trinken bei mir noch einen Kaffee und dann ab zur Morgenbesprechung.«

Kroko schaute verunsichert. »Ich denke, Sie haben Besuch?«

Lale lachte. »Nein, nein, die Polka-Truppe bin ich inzwischen wieder los.«

Lale stützte den Ellenbogen gegen die Beifahrertür und beobachtete den Kollegen Krokowszic, der konzentriert über dem Lenkrad hing. Immerhin fuhr er für Dresdner Verhältnisse recht ordentlich und im Vergleich zu Mandy geradezu vorbildlich.

»Sagen Sie mir noch mal diesen Code?«, bat Kroko.

Lale grinste. »Na, auswendig kann ich ihn noch nicht.« Sie kramte den inzwischen ziemlich verknickten E-Mail-Ausdruck aus der Jackentasche. »Khbxsrzgirv und wzgvmyzmp und siebentausendsiebenundachtzig oder auch sieben-null-acht-sieben.«

Kroko setzte den Blinker und bog in eine Seitenstraße, wo er rechts hielt. Dann kramte er seine obligatorischen Notizen vom Rücksitz. »Wie war das? Khbx …«

Lale schaute auf ihren Zettel. »Srz, girv.«

»Und dann wzgv …« Kroko notierte.

»Das haben Sie sich gemerkt?« Lale nickte anerkennend. »Myz und mp.«

»Hmh.« Kroko kratzte sich mit seinem Kugelschreiber hinter dem Ohr. »Und sieben-null-acht-sieben.«

»Wieso merken Sie sich so was sofort?« Lale musterte den Kollegen, der sonst eher etwas ungeschickt und umständlich war.

»Ich habe so viel mit Aktenzeichen zu tun.« Er winkte ab. »Man gewöhnt sich daran.« Dann stellte er den Rückspiegel ein und betrachtete sich. »Geben Sie mir mal bitte die Bürste aus dem Handschuhfach?« Er öffnete seinen Haarzopf und zog sich das Haargummi über die Hand.

Lale öffnete das Handschuhfach und grinste. Neben einer Bürste lagen dort eine Hand- und eine Gesichtscreme sowie Zahnpasta und eine originalverpackte Zahnbürste, extra weich. »Gut, dass Sie nicht eitel sind.« Sie reichte ihm die Bürste. »Vielleicht noch ein paar Nasentropfen und eine Kopfschmerztablette?« Sie zog eine Schachtel und ein kleines Fläschchen hervor.

»Nein, nicht nötig«, antwortete Kroko. »Vielleicht eine von den Halspastillen bitte. Ich habe so ein leichtes Kratzen im Hals, seit ich …«

»Schon gut.« Lale klapperte mit einer kleinen Blechschachtel. »Sie haben wirklich bewundernswerten Einsatz geleistet. Ich bin stolz auf Sie.« Sie klappte die Schachtel auf und hielt sie ihm hin.

Kroko hatte seinen Zopf neu drapiert, reichte ihr die Bürste und schaufelte sich einige Pastillen in den Mund.

Lale tippte auf ihre Uhr. »Müssen wir nicht mal langsam? In einer Viertelstunde ist Besprechung.«

»Oh.« Eilige brachte Kroko den Rückspiegel in Position und startete den Wagen. »Sie haben recht. Wir sollten uns beeilen.«

Beim Wendemanöver musste Lale kurz an Mandy denken, doch Kroko fädelte den Wagen ganz ruhig wieder auf der Striesener Straße Richtung Innenstadt ein. An der Ampel über den Rathenauplatz begann er, leise vor sich hin zu brabbeln.

»Khbxrsz … girv. Wzgv … myzmp. Hmh, und siebzig, siebenundachtzig …«

Lale legte die Stirn in Falten. Vermutlich hatte sie mit Anabel und den Ereignissen der letzten Tage zu viel Psychokram inhaliert, aber so langsam hatte scheinbar jeder eine Meise.

»Ich komme noch dahinter«, murmelte Kroko und lenkte den Wagen durch die Schießgasse. »Wenn man die häufigsten Buchstaben durch ›e‹ ersetzt … also khbx … sregirv und wegvmyemp …«

»Warum halten Sie hier nicht?« Lale deutete auf den großen Parkplatz vor der Polizeidirektion.

Kroko schüttelte den Kopf und bog rechts ab. »Nein, ich nehme den Dienstparkplatz.«

»Ja, ja, immer schön korrekt bleiben.« Lale seufzte.

Lale P. und Mandy S. aus D.

»Das haben Sie ja gerade noch geschafft.« Gerste warf ihr einen skeptischen Blick zu.

Keuchend ließ sich Lale auf einen Stuhl fallen. »Erst braucht der Kollege einen korrekten Parkplatz in der allerletzten Ecke«, japste sie. »Und dann weigert er sich standhaft, den Aufzug zu benutzen.«

Auch Kroko schnaufte. »Sie haben aber auch ein Tempo drauf.«

»Dann hat unsere Mission also auch ohne Absprache geklappt«, stellte Gerste fest.

»Wie man's nimmt.« Kroko breitete seine Notizen auf der Fensterbank aus. »Beinahe hätte sie mir einen Kampfhund auf den Hals gehetzt.«

»Du hattest Pit Bull dabei?« Mandy lachte. »Der gute Pittiplatsch ist doch ganz harmlos.«

»Ein Kampfhund namens Pittiplatsch?« Gerste schüttelte den Kopf. »Lassen wir das. Zur Tagesordnung: Es gibt schon wieder zwei Anzeigen wegen abendlicher Überfälle. Wieder im Großen Garten, wieder das gleiche Schema. Die Frauen wurden niedergeschlagen, aber weder vergewaltigt noch beraubt.«

»Das heißt, es wird höchste Zeit für unsere Lockvogelaktion«, sagte Mandy. »Kroko, hast du ein Opferprofil.«

Kroko zog ein Blatt aus seinem Notizstapel. »Ich habe mir die Damen – bis auf die zwei neuen natürlich – genau angeschaut. Eine Systematik ist nicht wirklich erkennbar.«

»Ergebnisse!« Gerste klopfte mit dem Kugelschreiber auf den Tisch.

»Eine Frau ist klein und dick, die andere klein und schlank, die nächste groß und kräftig.« Kroko zeigte auf seinen Zettel. »An Statur, Haarfarbe und Typ ist so ziemlich alles dabei, was man so auf der Straße trifft.«

»Sehr gut.« Mandy rieb sich die Hände. »Dann können Lale und ich gemeinsam antreten. Am besten heute Abend. Es wird Zeit, dass dieser Spinner aus dem Verkehr gezogen wird.«

Lale nickte. »Am besten nehmen wir Ihre Frau gleich mit. Dann kann sie sofort die Diagnose stellen.«

»Anabel hat gestern schon Überstunden gemacht«, sagte Gerste in missbilligendem Ton. »Ich möchte sie nicht noch mehr einspannen in diese unerfreulichen Fälle.«

»Die Forensik scheint doch ihr Steckenpferd zu sein.« Lale schlug die Beine übereinander. »Übrigens hat Anabel gestern nicht direkt Überstunden gemacht. Sie war bei mir.«

»Ach? Das wusste ich ja gar nicht.« Gerste sah sie forschend an. »Warum das denn?«

Lale verschränkte die Arme vor der Brust. »Wenn sie Ihnen von ihrem Besuch bei mir nicht mal erzählt hat, schweige ich lieber.«

»Mmh«, machte Gerste und wandte sich an Kroko. »Wie gehen wir vor?«

»Wir wählen die Punkte strategisch günstig aus«, erklärte Kroko. »Ich besorge noch eine Detailkarte vom Großen Garten. Bisher fanden die Überfälle vor allem nahe des Carolasees statt und in der Nähe der Jungen Garde.«

»Gut.« Gerste nickte. »Zeichnen Sie alle Punkte genau ein. Wo wir uns platzieren, können wir kurzfristig entscheiden, wenn wir wissen, wo die jüngsten Attacken stattgefunden haben.«

»Wir ordern das SEK, und los geht es.« Kroko boxte sich in die Hand.

»Wir brauchen doch kein Sondereinsatzkommando«, sagte Mandy.

»Nein«, stimmte Gerste zu. »Aber Verstärkung brauchen wir, wenn wir zwei Lockvögel an unterschiedlichen Punkten einsetzen.«

»Schutzpolizei?«, fragte Mandy.

»Chronisch unterbesetzt«, antwortete Gerste.

Lale verdrehte die Augen. »Das Kantinenpersonal ist recht hart im Nehmen.«

Mandy kicherte. »Wenn die Chefin zur Kelle greift, ist das schon ziemlich furchteinflößend.«

»Schluss mit dem Unsinn«, verlangte Gerste. »Wir …«

In diesem Moment klopfte es an der Tür, und Natascha Peschkowa und Paul Winter traten ein.

»Einen wunderschönen guten Morgen, meine Herrschaften«, schmetterte Winter in die Runde. »Entschuldigen Sie unsere Verspätung, aber wir haben Ihnen etwas mitgebracht.«

»Na klasse, noch ein Rudel Reporter, oder was?« Lale warf Winter einen spöttischen Blick zu. »Sagen Sie mal, haben Sie nichts Besseres zu tun als uns bei der Arbeit zu stören? Es sind schon wieder zwei Frauen im Großen Garten überfallen worden.«

»Oh nein!«, rief der Pressesprecher und wandte sich an Gerste. »Sie werden doch nun handeln?«

Gerste nickte bedächtig. »Einem Einsatz, wie von Frau Petersen vorgeschlagen, steht offenbar nichts im Wege. Der Täter scheint in der Auswahl seiner Opfer nicht sehr wählerisch zu sein.«

Lale grinste schief. »Das haben Sie jetzt aber charmant ausgedrückt. Der haut eh jede um, die er kriegen kann. Da reichen auch unsere beiden Kommissarinnen als Lockvögel.«

Paul Winter machte ein bestürztes Gesicht. »So hat Herr Gerste das doch ganz gewiss nicht gemeint.«

»Winter, springen Sie doch nicht immer auf jede blöde Bemerkung der Kollegin an«, verlangte Gerste gereizt. »Sie könnten sich aber in der Tat mal nützlich machen. Wir brauchen Verstärkung für den Einsatz heute Abend.«

»Natürlich.« Paul Winter nickte eifrig. »Ich bin dabei.«

Mandy kicherte. »Paul, der Chef meint professionelle Verstärkung von der Schutzpolizei.«

Der Pressesprecher rückte sein rotes Brillengestell zurecht. »Na, das sollte doch zu machen sein«, prognostizierte er. »Ein einmaliger Einsatz, und der Frieden im Großen Garten ist wieder hergestellt. Das organisiere ich gerne für Sie. Ich sehe schon die Pressemitteilung … Morgen ist Freitag. Perfekt! Dann kommt die große Erfolgsstory in die Wochenendausgaben.« Er wandte sich zur Tür. »Ich kümmere mich sofort darum …«

»Moment.« Natascha Peschkowa räusperte sich. »Haben Sie nicht etwas vergessen?« Sie wedelte mit einer Zeitung.

Die Reporterin sah wieder aus wie aus dem Ei gepellt, doch Lale registrierte ihr weitaus praktischeres Schuhwerk: Stiefel mit flachen Absätzen.

Paul Winter wirbelte herum. »Richtig, Ihr wunderbarer Serien-Auftakt.« Er nahm der Peschkowa die Zeitung aus der Hand, blätterte auf Seite 3 und hielt sie in die Höhe. »Heldinnen des Alltags«, las er vor. »Auf jeden Verbrecher lauern knallharte Kommissarinnen.« Er schaute triumphierend in die Runde. »Na, ist das eine Presse? Das ist eine ganz hervorragende Presse!«

Lale versuchte, den Vorspann des langen Artikels zu lesen, doch Winters Herumgehampel ließ das nicht zu. »Geben Sie mal her.« Sie riss ihm die Zeitungsseite aus den Fingern.

»Natürlich habe ich nicht die vollen Namen genannt«, erklärte Natascha Peschkowa.

Lale schmunzelte. »Lale P. und Mandy S. aus D. – das nenne ich mal ein Inkognito.«

»Hey, aber das Foto ist gut geworden«, freute sich Mandy und deutete in die untere Ecke der Seite. »Lale, du guckst ja mal richtig nett. Nur die Organe von unserem Ron … von dem Toten kann man nicht richtig erkennen.«

»Wie bitte?« Gerste wedelte mit der Hand. »Geben Sie mal her.« Er schnappte sich die Zeitungsseite und runzelte die Stirn. »Hätten Sie das nicht vorher absprechen können, Frau Peschkowa?«

»Das habe ich«, entgegnete die Journalistin. »Herr Winter war nicht nur informiert, er hat den Artikel sogar gegengelesen, bevor er in Druck ging. Mehr können Sie nun wirklich nicht erwarten.«

»Das stimmt allerdings.« Der Pressesprecher wirkte irritiert. »Mehr können Sie nun wirklich nicht erwarten.«

»Doch. Von Ihnen, Herr Winter.« Gerste drückte dem Pressesprecher die Zeitungsseite in die Hand. »Damit ist unsere Lockvogelaktion dann wohl gestorben.«

»Och nee.« Mandy schlug sich mit der Hand vor die Stirn. »Paul, soweit hättest du doch denken können!«

Lale schüttelte den Kopf. »Das ist echt mal wieder Presse-Paul spezial. Porträtfotos in die Zeitung bringen, direkt vor dem Undercover-Einsatz.«

»Herr Winter, Sie torpedieren Ihre eigene Arbeit.« Gerste klang verärgert. »Und unsere gleich mit.«

Paul Winter wischte sich seine Haartolle aus dem Gesicht. »Meinen Sie denn wirklich, so einer schaut in die Zeitung?«

»Und ob.« Gerste klopfte wieder mit dem Stift auf den Schreibtisch. »Wahrscheinlich verfolgt er die Berichterstattung über seine Überfälle genau.«

»Jeder macht mal Fehler«, räumte Lale ein. »Wir haben auch fürs Foto posiert und nicht weiter nachgefragt.«

»Um was für einen Lockvogel-Einsatz geht es denn?«, mischte sich die Reporterin ein. »Es ist mir wirklich unangenehm, dass Ihnen meine Veröffentlichung nun solchen Ärger macht. Kann ich vielleicht helfen? Sie brauchen doch eine Frau, nicht wahr?«

»Sie wollen sich als Lockvogel zur Verfügung stellen?« Lale sah die Peschkowa an. Sie schien es ernst zu meinen. Und so, wie sie sich gestern präsentiert hatte, war sie nicht zimperlich. Aber ob sie die Nerven dazu hatte, sich im nächtlichen Park überfallen zu lassen?

»Ausgeschlossen, Frau Peschkowa«, entgegnete Gerste. »Die Verantwortung können wir nicht übernehmen. Sie sind für einen solchen Einsatz nicht ausgebildet und im Übrigen gar nicht versichert. Wenn irgendetwas schief geht, kommen wir alle in Teufels Küche.«

In diesem Moment wirbelte Kroko herum. »Frau Petersen, jetzt habe ich es gefunden!«

Lale beobachtete verwundert, dass der Kollege auf der Fensterbank akkurate Papierstapel aus seinen Notizen gebastelt hatte und schmunzelte. Ein Stapel hellblauer Blätter lag da für die Montagsnotizen, ein gelber für die Notizen vom Dienstag, ein grüner für den Mittwoch und ein rosa Stapel für den Donnerstag. »Was haben Sie gefunden?«

»Rot13!« Krokos Augen leuchteten. Dann nahm er den rosa Papierstapel, legte ihn auf den grünen, diese beiden wiederum auf den gelben vom Dienstag und schließlich alle auf den hellblauen Montagsstapel. »Dass ich darauf nicht gleich gekommen bin.« Er hielt die Papierstapel eng umschlungen, wandte sich zum Gehen und rief: »Ich bin dann in meinem Büro.« Weg war er.

Mandy tippte Lale auf die Schulter. »Was hat er denn gefunden? Rot13 sagt mir nischt.«

Lale zwinkerte Mandy zu. »Nun, vielleicht hat Kroko jetzt endlich die passende Papierfarbe für seine Notizen von den Wochenenddiensten gefunden«, mutmaßte sie achselzuckend. »Das Durcheinander mit weißen Notizzetteln für Samstag *und* Sonntag hat ihn doch schon immer fertig gemacht. Rot Nummer 13 mag da eine willkommene Lösung sein.« Sie bemerkte, dass Gerste die Hand vors Gesicht gelegt hatte und sich den Kopf hielt. Er sah aus, als frage er sich gerade, was der Unterschied zwischen seinem und dem Job seiner Frau Anabel in der Psychiatrie sei.

»Was machen wir denn nun?« Paul Winter schien sich nicht im Geringsten für Kroko und seine Farbkonzepte zu interessieren. »Das ist eine echte Katastrophe.«

Lale erhob sich. »Ich schlage vor, Sie setzen sich jetzt in Ihr Büro und machen einfach mal nichts, damit Sie keinen weiteren Unsinn anrichten, Winter.«

»Und das wunderbare Angebot dieser mutigen Frau?« Der Pressesprecher deutete mit großer Geste auf Natascha Peschkowa.

»Indiskutabel. Punkt«, knurrte Gerste.

Lale scheuchte Winter mit einer eindeutigen Geste in Richtung Tür.

»Und Frau Peschkowa?«, fragte der Pressesprecher, die Hand schon an der Klinke.

»Die bleibt bei uns.« Lale nickte der Reporterin zu. »Sie will schließlich über unsere Arbeit berichten und nicht über Ihre Pannen.«

Verstimmungen

»Puh, diese ganzen Zahlen und Nummern haben mich ganz durcheinandergebracht.« Mandy stellte ihr Tablett auf den Tisch, und etwas Chili schwappte aus dem Teller.

»Mahlzeit.« Ein Kollege ging am Tisch vorbei und nickte ihnen freundlich zu.

»Gerne.« Unwillkürlich überlegte Lale, woher sie ihn kannte, kam jedoch zu keinem Ergebnis. »Ja, ich denke, dass es bei diesen Tabellen um Medikamente geht. Und die Nummern beziehen sich vermutlich auf Patienten, Dosierungen, Zeiträume.« Sie riss die erste der vier Senftütchen auf, die neben ihrer Frikadelle auf dem Teller lagen.

»Mahlzeit«, schallte es erneut.

»Mahlzeit«, antwortete Mandy und begann, in ihrem Chili zu rühren. »Und die Medikamente? Was ist das für Zeug?«

Lale riss die nächste Senftüte auf und drückte den Inhalt auf den Teller. Sie zuckte die Achseln. »Das recherchieren wir nachher. Jetzt habe ich erstmal …«

»Mahlzeit!«, rief eine Beamtin, und ihre jüngere Kollegin ergänzte: »Mahlzeit!«

»Archiv«, brummte Lale.

Mandy nickte kauend. »Wo bleibt denn die Pesch …«

»Mahlzeit!«, tönte es nun im Kanon, denn ein Chor von Uniformierten zog an ihrem Tisch vorbei.

»Ist ja gut. Haut rein.« Lale biss in ihre Frikadelle.

»Mahlzeit«, flötete Mandy grinsend zurück und deutete auf den Thekenbereich. »Da ist sie ja.« Sie winkte der Reporterin zu.

»Aber Mahlzeit, meine Damen«, tönte es nun von der anderen Seite.

»Mahlmpf«, machte Lale.

»Wer war das denn?« Mandy löffelte.

»Keine Ahnung. Ich brauche mehr Senf.« Lale drückte weitere Plastiktütchen aus und tunkte Brötchen hinein.

Natascha Peschkowa hatte den Tisch erreicht und balancierte ein Tablett mit Salatteller und Orangensaft auf den letzten freien Platz. »Guten Appetit.«

»Ebenso.« Lale nickte ihr zu und nahm einen kräftigen Schluck aus ihrer Wasserflasche.

»Mahlzeit, ihr Mörder!« Ein dicker Typ mit überfülltem Tablett schob sich an ihnen vorbei.

»Prost, du Sittenstrolch«, konterte Lale. Sie hatte mit dem unappetitlichen Kerl bei Rotlichtrecherchen mal zusammengearbeitet.

»Du kennst den?« Mandy verzog das Gesicht.

»Nicht wirklich.« Lale biss erneut in ihre Frikadelle.

»Mahlzeit!« Das war doch einer aus dem Revier.

Lale stöhnte auf. »Kommt man hier eigentlich mal zum Essen?«

Mandy schüttelte den Kopf. »Ich weiß auch nicht, was die alle haben. Die meisten kenne ich überhaupt nicht.«

Natascha Peschkowa stocherte in ihrem Salat, während zwei weitere Kolleginnen ihnen freundlich zunickten. »Mahlzeit!«

»Ihr mich auch«, grummelte Lale in ihr Hackfleisch. Sie besuchte zwar nur selten die Kantine, aber derart nervig hatte sie ihren letzten Abstecher hierher nicht in Erinnerung.

»Mahlzeit!« Paul Winter hampelte heran.

»Vergessen Sie es, hier ist alles besetzt«, raunzte Lale ihn an.

Mandy kicherte. »Das sieht er doch. Guten Appetit, Paul.«

»Mahlzeit«, wiederholte der Presseprecher beleidigt und trollte sich.

»Der macht mich aggressiv«, erläuterte Lale, denn die Journalistin musterte sie erstaunt.

Natascha Peschkowa lächelte. »Nein, was Sie aggressiv macht, ist das da. Stresshormone.« Sie deutete auf die Reste von Lales Frikadelle. »Wissen Sie, was da alles drin ist?«

»Nein.« Lale sah auf den Hackfleischklumpen. »Und ich möchte es auch gar nicht so genau wissen.«

»Da wird absolut alles durch den Fleischwolf gedreht«, erklärte die Journalistin. »Reste von Fleisch, Knochen …«

»Ich möchte es nicht wissen«, wiederholte Lale nachdrücklich.

»Und die Medikamente, die diese armen Mastviecher verabreicht bekommen«, fuhr Natascha Peschkowa fort. »Das ist ein Cocktail, der macht Sie mit der Zeit immun gegen alles.«

»Na, das ist doch gar nicht schlecht.« Lale biss trotzig in die Frikadelle und verdrehte die Augen.

»Nicht schlecht?« Die Journalistin fischte ein Gürkchen aus ihrem Salat. »Und was machen Sie, wenn Sie wirklich ein Antibiotikum brauchen? Das wirkt dann nicht mehr. Von den Leberschäden mal ganz abgesehen …«

»Komm, Lale, iss ein paar von meinen Bohnen«, unterbrach Mandy die Peschkowa und schob Lale ihren Suppenteller hin. »Bohnen sind gesund. Zumindest diese, die schmecken schon wie Lebertran.«

»Chili con carne?« Natascha Peschkowa sah Mandy vorwurfsvoll an. »Da ist doch genau das gleiche vergiftete Hackfleisch drin. Ganz zu schweigen von den Zusatzstoffen.«

Lale grinste. »Gut, dann nehme ich das Brötchen.« Sie schob die Brötchenreste an den anderen Rand des Tellers. »Das enthält wenigstens reichlich Konservierungsstoffe. Wenn ich es nur lange genug vom Hack fernhalte, hat es mit Sicherheit eine höhere Lebenserwartung als ich.«

»Sie wissen also genau, wovon ich spreche«, stellte die Journalistin fest.

Lale griff zur Wasserflasche. »Wie ist denn der Salat? Sind die Gene in den Tomaten und Gurken noch knackig?«

Die Peschkowa runzelte die Stirn. »Übrigens sollten Sie Ihr Wasser nicht aus PET-Flaschen trinken. Der Kunststoff verändert Ihren Hormonhaushalt …«

»Mahlzeit!« Kroko trat an den Kantinentisch. »Schmeckt's?«

»Jetzt nicht mehr.« Mandy schob ihr Tablett von sich.

Kroko nickte. »Ich esse hier grundsätzlich nicht. Geschmacksverstärker lösen Allergien aus.«

»Schluss jetzt mit diesem Ernährungssymposium«, verlangte Lale. »Was wollen Sie denn hier, wenn Sie ohnehin nichts essen?«

»Rot13.« Kroko hielt triumphierend einen rosafarbenen Zettel hoch.

»Nee Kroko, das Papier ist rosa«, widersprach Mandy.

»Quatsch, nicht rot wie die Liebe, sondern rot für rotierend«, erklärte der Kollege. »Ich habe den Code geknackt. Die Buchstaben sind nach rot13 verschlüsselt.«

»Aha?« Lale runzelte die Stirn. Krokos Ideen waren manchmal etwas speziell. Wenn sie allerdings daran dachte, wie flott er sich heute früh die Buchstabenfolgen eingeprägt hatte. Vielleicht hatte er wirklich einen Zugang zu Ronnys Verschlüsselungen. »Und was heißt das?«

»Schauen Sie, Sie schreiben die ersten dreizehn Buchstaben des Alphabets auf.« Er deutete auf seinen Zettel. »Dann nehmen Sie die letzten dreizehn Buchstaben und schreiben sie rückwärts auf, also z, y, x, w und so weiter.«

Lale und Mandy beugten sich über das rosafarbene Papier.

»Jetzt werden die Buchstaben einfach durch ihr rotiertes Gegenüber ersetzt, und aus ›khbxsrzgirv‹ wird … Psychiatrie.«

»Wow!« Mandy machte große Kulleraugen. »Das ist ja einfach.«

»Wenn man es kennt.« Kroko nickte. »Und aus ›wzgvmyzmp‹ wird …«

»Datenbank.« Lale rieb sich das Kinn. »Die Passwörter klingen plausibel in diesem Zusammenhang.«

»Das heißt, wir können damit endlich auf den Rechner von Ronny Hummel zugreifen.« Mandy sprang auf und drückte Kroko einen Kuss auf die Wange. »Du bist klasse!«

Der Kollege lächelte verlegen. »Nur für sieben-null-acht-sieben habe ich noch keine Erklärung.«

»Das kriegen wir schon heraus. Schließlich können wir auch mal selbst arbeiten.« Lale klopfte Kroko auf die Schulter. »Gut gemacht.« Sie griff zum Tablett. »Vielleicht könnten Sie sich mal den USB-Stick von Hollerbeke anschauen? Mandy und ich sind an den Nummern und Zahlen schier verzweifelt.«

»Das mache ich.« Kroko nickte eifrig.

»Der Stick steckt an meinem PC«, erklärte Mandy und nahm ebenfalls ihr Tablett.

»Frau Peschkowa«, wandte sich Lale an die Journalistin, »raffen Sie Ihre Gen-Tomaten und Konservierungsstoffe, wir müssen los.«

»Mahlzeit, Mahlzeit, Mahlzeit.« Ein Mann in der Uniform der Schutzpolizei ging vorbei. »Schönes Foto, gut getroffen.« Er lachte. »Aber nicht, dass ihr uns auch noch verlasst und zum Fernsehen geht.«

Mandy grinste. »Jetzt wird mir einiges klar. Die haben heute alle Zeitung gelesen.«

»Ganz falsches Thema.« Lale sah Paul Winter nahen. »Nichts wie weg hier.«

»Hallo, wir wollen zu Herrn Hollerbeke.« Mit diesen Worten rannte Lale an der verdutzten Empfangssusi der DISSEL GmbH vorbei zum Büro des Ausbilders, ohne sich lange mit Klopfen aufzuhalten.

Mandy und Natascha Peschkowa rempelten sie von hinten an, als Lale in der Tür stehen blieb. »Wo ist er?«

Nun kam auch Susi herbeigeeilt. »Meister Hollerbeke ist nicht da.«

»Das sehe ich.« Lale warf einen prüfenden Blick auf seinen Schreibtisch. Warum wirkte der so nackt? »Wo ist Hollerbeke?«

»Das weiß ich nicht«, sagte die Pinkgesträhnte. »Er ist heute noch nicht aufgetaucht. Und abgemeldet hat er sich auch nicht.«

»Gut, dann eben zu Tzschilpner«, schlug Mandy vor und wandte sich eine Tür weiter.

»Der ist auch nicht da«, erklärte Susi. »Auf Geschäftsreise, bis morgen.«

Lale wurde heiß. Wo steckte Hollerbeke? Sie hatte doch heute früh nur das Gespräch abbrechen wollen. Hoffentlich war ihm nichts zugestoßen. »Na gut, dann machen wir es eben selbst.« Sie setzte sich in Bewegung. Am anderen Ende des Flurs war der Raum, in dem sie auf den toten Ronny gestoßen waren.

»Wo wollen Sie denn hin?«, rief Susi ihr nach.

»In den Serverraum. Dort war doch Ronny Hummels Arbeitsplatz.«

»Hey, aber das geht doch nicht«, lamentierte die Pinkgesträhnte und folgte ihr. »Sie können hier doch nicht einfach so …«

»Natürlich können wir«, erklärte Mandy. »Es geht immerhin um Mord.«

»Ach?«, mischte sich Natascha Peschkowa ein. »Ist das hier ein Tatort?«

»Hören Sie, ich komme in Teufels Küche, wenn ich Sie da einfach so reinlasse«, protestierte Susi. »Ich darf das gar nicht ohne die Erlaubnis vom Chef.«

Lale hatte bereits die Metalltür aufgestoßen und den sirrenden und summenden Raum mit den hohen Schränken und Regalen betreten. Die Kisten mit den elektronischen Utensilien waren inzwischen zur Seite geräumt. »Wer hat hier aufgeräumt und warum?«

»Hey, der Rechner ist weg!« Mandy deutete auf die Ecke, in der sie vor drei Tagen den toten Ronny gefunden hatten. »Die haben einfach alles abgebaut.«

»Wer war das?« Lale baute sich vor der schnaufenden Susi auf.

»Das weiß ich doch nicht«, jammerte die. »Ich darf keinen reinlassen. Ich gehe hier gar nicht rein.«

»Was ist das hier?«, fragte die Journalistin und zückte ihre Kamera.

»Keine Fotos!«, herrschte Lale sie an. »So, Susi, und Sie sagen mir jetzt, was hier heute vorgefallen ist.«

»Aber, aber«, stammelte die Pinkgesträhnte. »Ich weiß es doch nicht.«

Mandy stemmte die Hände in die Hüften. »Ein Azubi wurde ermordet, der Ausbilder ist spurlos verschwunden, und Ihr Chef geht ein bisschen auf Geschäftsreise, was?«

Natascha Peschkowa zückte einen kleinen Block und machte sich Notizen. »Hier ist also ein echter Mord passiert?«

»Frau Peschkowa, was soll das?« Lale rieb sich die Schläfe. »Nicht jetzt.«

»Na, dann wollen wir mal«, schlug Mandy vor und machte sich an einem der Schränke zu schaffen.

»Lassen Sie das!« Susis Stimme klang schrill. »Was haben Sie vor?«

»Wir werden die Bude mal ein bisschen umkrempeln«, sagte Mandy. »Irgendwo wird der Rechner ja herumliegen, oder zumindest die Einzelteile. So was löst sich ja nicht in Luft auf.«

»Eine Hausdurchsuchung also«, stellte die Journalistin fest. »Brauchen Sie dafür nicht …?«

»Psst!« Lale hielt sich bereits das Handy ans Ohr. »Jobst? Gut, dass ich dich erwische.«

»Was ist denn mit dir los?« Jobsts sonore Stimme klang höchst amüsiert. »Du kannst ja richtig nett sein.«

»Ich bin nicht nett«, stellte Lale klar. »Hausdurchsuchung bei der DISSEL GmbH. Ich brauche einen Beschluss. Am besten kommst du sofort her. Das geht am schnellsten.«

»Wie bitte?« Lale hörte ihn förmlich grinsen.

»Los, Herr Staatsanwalt, beweg deinen Knackarsch«, rief Lale. »Wir haben keine Zeit zu verlieren.«

»Das nehme ich jetzt mal als Kompliment, liebe Lale«, erwiderte Jobst. »Aber ich kann dich beruhigen. Um die Beschlagnahmung des Materials habe ich mich längst gekümmert.« Er lachte kehlig. »Sofort als klar war, dass dieser Azubi getötet worden ist. Wir haben gleich …«

»Was?«, unterbrach ihn Lale. »*Du* hast den Rechner von Ronny?«

»Nein, natürlich nicht ich«, erklärte Jobst. »Die Geräte aus der DISSEL GmbH sind bei euren Kollegen in der Computerkriminalität. Übrigens nicht nur der des Azubis, sondern auch der des Ausbilders.«

»In der Computerkriminalität also.« Lale holte tief Luft. »Und warum werde ich darüber nicht informiert?«

»Nun, du hattest offenbar andere Prioritäten«, sagte Jobst. »Du musstest dich ja erstmal für die Medien in Szene setzen. Und dann noch inmitten irgendwelcher Innereien.« Er lachte. »Ein wirklich schönes Foto. Genau das richtige Titelblatt für eine Fleischereifachzeitschrift.«

Lale spürte einen seltsamen Druck im Magen. »Aber der Chef wusste auch nichts.«

»Stimmt, denn es gibt leider noch nichts zu informieren.« Jobst klang jetzt ernst. »Eure Kollegen kommen offenbar nicht weiter. Ich hoffe, bis zum Wochenende knacken sie zumindest die Passwörter.«

»Ach?« Lale zog die Augenbrauen hoch. »Die kommen also nicht weiter, unsere Technikgenies.« Sie grinste Mandy an. »Dann wollen wir ihnen doch mal ein bisschen auf die Sprünge helfen. Tschüs, du Staatsanwalt.« Sie steckte das Telefon in die Tasche. »Abflug Mädels!«

»Was ist denn jetzt?« Empfangssusi schaute von einer zur anderen.

»Nichts ist.« Mandy tippte ihr auf die Schulter. »Die Durchsuchung hat wohl schon ohne Sie stattgefunden, und auch ohne uns.«

»Susi, können Sie mir Hollerbekes Privatadresse geben?«, fragte Lale, als sie zurück über den Flur liefen.

»Das darf sie aber nicht so ohne weiteres«, warf Natascha Peschkowa ein.

Lale fuhr herum. »Frau Peschkowa, ohne weiteres ist hier gar nichts. Außerdem verkürzt es nur die Sache. Oder meinen Sie etwa, wir wären nicht in der Lage, uns die Adresse des Ausbilders offiziell zu besorgen?«

Susi stand am Empfangstresen, strich sich die pinkfarbene Strähne aus der Stirn und notierte etwas auf einen Zettel. »Das ist seine Privatadresse. Wenn er da noch wohnt. Ich glaube, er hat sich gerade von seiner Frau getrennt.«

Lale nahm den Zettel. »Danke. Und sagen Sie Ihrem Chef, dass er sich bei uns melden soll, sobald er wieder da ist.«

»Darf ich?« Die Journalistin griff erneut nach ihrer Kamera.

»Keine Fotos!«, riefen Lale und Mandy im Chor.

»Wo sind wir denn hier?«, fragte Natascha Peschkowa, als Mandy den Wagen zwanzig Minuten später vor einem großen Gebäudekomplex im Nordwesten der Landeshauptstadt parkte. »Hier geht es doch zur Autobahn.«

»Ja, die A4 ist gleich hinter dem Gelände«, antwortete Mandy.

»Sie warten bitte im Auto, Frau Peschkowa«, verlangte Lale. »Ich glaube kaum, dass Sie als unangemeldete Reporterin da einfach mit hineinmarschieren können.«

»Beim LKA sind sie etwas eigen mit der Presse«, stimmte Mandy zu.

Die Journalistin seufzte. »Das hatte ich mir etwas anders vorgestellt.«

»Bedanken Sie sich bei unserem Presse-Paul«, sagte Lale. »Der macht gerne mal leere Versprechungen.«

Im Eilschritt näherten sie sich der Pforte. Die Diensthabende erläuterte ihnen den Weg zur Abteilung für Computerkriminalität.

Während sie Sicherheitstüren passierten und durch Flure liefen, dachte Lale unweigerlich an ihren Besuch in Anabel Gerstes aktuellem Wirkungskreis.

»Das wirkt hier nicht sehr viel anders als in der Geschlossenen«, meinte Mandy.

»Sicher ist sicher.« Lale schmunzelte. »Man weiß ja nie so recht, ob die Irren drinnen oder draußen sitzen, hier oder dort, oder doch ganz woanders.« Sie klopfte an die Tür, hinter der sie den ermittelnden Kollegen finden sollten, und trat ein.

»Wow!« Mandy sah sich staunend in dem technikstrotzenden Raum um. »Hat etwas von Raumstation.«

»Seid ihr die Ladies von der Mordkommission?« Ein ziemlich jung wirkender Lockenkopf kam auf sie zu. »Martin.« Er schüttelte Mandy und Lale die Hand. »Ich zerlege gerade den Rechner von eurem IT-Toten.«

»Lale.« Sie nickte dem jungen Martin zu. »Dann bau ihn mal schnell wieder zusammen. Wir haben das Passwort.«

»Echt?« Martin machte sich sofort an der Hardware zu schaffen. »Wie seid ihr da rangekommen? Hat er das irgendwo hinterlegt?«

»Nö.« Mandy sah sich noch immer die vielen Geräte an. »Das hat unser Kroko geknackt. Also Uwe Krokowczik.«

Martin sah vom PC-Gehäuse auf. »So? Da möchte ich aber mal wissen, wie er das gemacht hat. Der Typ an diesem Rechner muss der totale Spinner gewesen sein. Sein Chef sagte, der hat alle achtundvierzig Stunden das Passwort erneuert. Ein Sicherheitsfreak.« Er schüttelte seine braunen Locken. »Das sind immer die Schlimmsten.«

»Schon gut«, sagte Lale. »Du musst dich nicht schämen. Wir wären auch nicht drauf gekommen. Unser Kroko allerdings ist selbst ein bisschen speziell. Er meinte, das System sei ›rot13‹.«

»Echt?« Martin stieß sich den Kopf an der Tischplatte. »Nee, oder?«

Mandy nickte ihm zu. »Doch. Und was er dabei herausbekommen hat, macht inhaltlich Sinn.«

Martin verband den Rechner mit einem Monitor und startete die Geräte. »Das wollen wir doch erstmal sehen.«

Lale fummelte ihren Zettel aus der Jackentasche.

»Das Betriebssystem startet mit dem einfachen Firmenlogin«, erklärte Martin die Vorgänge auf dem Monitor. »Nur an die zuletzt benutzte Software komme ich nicht heran.«

»Ronnys Ausbilder sprach von einem Geheimprojekt«, sagte Lale. »Dazu hatte er selbst keinen Zugang.«

Martin nickte. »Ja, das muss eine Software sein, mit der die Firma irgendwelche Kundendaten verwaltet. Ich vermute, die haben sie selbst entwickelt. Ich finde jedenfalls kein allgemein bekanntes Programm, nur dieses Icon.« Er zeigte auf ein paar verschlungene Linien. »Und wenn ich es starten will, werden mehrere Login-Daten verlangt.«

»Hat denn Tzschilpner nichts dazu gesagt? Also der Chef der Firma?«, fragte Mandy.

Martin winkte ab. »Der hat nur irgendein Marketinglatein ausgespuckt. Nichts Brauchbares.«

»Also, gib mal ein.« Lale hielt ihm den Zettel hin. »Erst ›Psychiatrie‹, dann ›Datenbank‹ …«

»Fehlanzeige.« Martin stöhnte.

»Dann schreib es eben klein.« Lale atmete schwer. Die Luft in diesem Technikkabinett war alles andere als frisch. »Außerdem fehlt da unten noch der vierstellige Zusatz. Nimm mal die sieben-null-acht-sieben. Vielleicht ist das gar nicht verschlüsselt, sondern die Kennung von irgendetwas.«

Mandy griff nach Lales Zettel. »Vielleicht ist das gar keine Null, sondern ein O.«

»Bingo. Da tut sich etwas«, sagte Martin.

»War's das O?« Mandy starrte auf den Bildschirm.

Lale schüttelte den Kopf. »Nein, die Ziffern. Da, das sieht aus wie diese Tabellenfragmente vom Stick.«

»Ja.« Mandy nickte. »Aber da steht noch mehr. Ist das etwas Medizinisches?«

»Echt, dagegen war ja der Chef mit seinem Marketingjargon noch verständlich.« Martin schüttelte erneut seinen Lockenkopf.

»Frenolon, Chlorprothixen«, las Lale laut. »Das kommt mir bekannt vor. »Aber hier stehen auch Namen, versehen mit Datum und irgendwelchen Mengenangaben.«

»Sind das vielleicht Medikamente?«, mutmaßte Mandy.

»Chloral«, murmelte Martin. »Das klingt eher wie ein Pflanzenschutzmittel.«

Lale notierte sich schnell einige Begriffe. »Kannst du uns diese Dateien oder das Programm irgendwie mitgeben?«

Martin grinste breit. »Klar doch.« Er schloss ein kleines Gerät an den Rechner des toten Fachinformatikers an und klickte in Windeseile auf seiner Tastatur hin und her. Dann lehnte er sich zurück und fixierte einen wandernden Ladebalken. »Kann sich nur um Minuten handeln. Der Typ scheint eine Menge Kram zusammengetragen zu haben.«

»Kram, der offenbar nicht bekannt werden sollte.« Mandy sah Lale an. »Aber wieso hatte Ronny so etwas?«

Lale zuckte die Achseln. »Vielleicht hat er etwas entschlüsselt, was gar nicht für ihn bestimmt war.«

»Oder der Spinner hat Drogenexperimente gemacht«, warf Martin ein. »Ihr glaubt gar nicht, was für Freaks da draußen rumsausen.«

Lale lächelte. »Gut, dass du darauf hinweist. In der Mordkommission haben wir immer nur mit Ladendiebstahl zu tun.«

»Ich mein ja nur. Vielleicht ist der nicht umgebracht worden, sondern hat sich selbst zu viele Chemie-Cocktails eingeworfen.« Martin zog die Speicherkarte aus dem Schlitz und reichte sie Lale. »Einmal Geheimnis to go. Macht was daraus.«

Kurz darauf hatten sie die Flure und Sicherheitstüren wieder hinter sich gelassen und meldeten sich bei der Diensthabenden an der Pforte ab.

»Süßer Typ, was?«, meinte Mandy.

»Wer?« Lale dachte nach.

»Dieser Martin.« Mandy sah sie an. »Was heckst du denn schon wieder aus?«

Lale blieb stehen und rieb sich die Schläfe. »Wir müssen die Journalistin loswerden.«

»Aha, und wie?«, fragte Mandy. »Und warum überhaupt?« Sie deutete auf ihren Dienstwagen. »Sie sitzt doch ganz brav …«

»Nein.« Lale lief hinüber zum Dienstwagen. »Sie ist weg.«

Tatsächlich war die Rückbank leer. Sowohl Natascha Peschkowa als auch ihre Kamera waren verschwunden.

»Huch«, machte Mandy. »Und jetzt?«

Lale riss die Beifahrertür auf. »Jetzt fahren wir schnell los, bevor sie wiederkommt.«

Mandy sah sich um. »Meinst du wirklich?«

»Klar.« Lale stieg ein. Und als sich Mandy hinter das Steuer setzte, fügte Lale hinzu: »Das hat sie sich selbst eingebrockt. Fahr los.«

Eine knappe Stunde später hatten sie Arnsdorf erreicht und standen vor den Toren des Maßregelvollzugs. Lale hoffte, mit Anabel in Ruhe reden zu können.

Der Wachhabende avisierte ihren Besuch telefonisch und wies sie erneut an, in der trostlosen Stuhlecke zu warten.

»Eine gute Idee«, lobte Mandy Lales Plan, noch einmal in der Forensik vorbeizuschauen. »Dann kann ich heute endlich mal mit Fidel Müller sprechen.«

»Und was versprichst du dir davon? Unser Täter aus dem Park ist er sicher nicht, wenn er seit Montag hier einsitzt.«

»Ich will trotzdem wissen, was mit dem Jungen los ist«, erklärte Mandy. »Er muss ja schon auffällig geworden sein, wenn sie ihn zu Hause abholen und einliefern.«

In diesem Moment kam Anabel Gerste um die Ecke geflitzt. »Wie schön, dass Sie mich besuchen kommen. Ich muss dringend mal an die frische Luft. Gehen wir rüber in die Cafeteria?«

»Gern.« Lale folgte ihr zum Ausgang.

Mandy schloss sich an. »Ich könnte ein Stück Kuchen vertragen.«

Lale verzog das Gesicht. Der Gedanke an Kuchen verursachte ihr einen leichten Druck in der Magengegend.

»Der Kuchen hier ist gut«, plauderte die Psychiaterin drauflos. »Und auch der Kaffee ist ganz anständig.«

Selbst die Aussicht auf Kaffee konnte Lale nicht wirklich begeistern. »Mir ist mehr nach Tee.«

Anabel sah sie forschend an. »Ihnen ist der Wein gestern Abend nicht bekommen, nehme ich an.«

»Ich weiß nicht. Heute Morgen ging es mir gut.« Lale blinzelte in die schwächer werdenden Sonnenstrahlen. »Können wir das Thema wechseln?«

»Natürlich. Wie geht es denn Ihrem Sohn? Da haben Sie einen tollen Jungen. Was der so alles auf die Beine stellt.«

»Und manchmal auch auf den Kopf.« Lale grinste schief und zwang sich, das Grummeln im Bauch zu überhören.

»Pit ist klasse«, stimmte Mandy zu. »Aber bei den Eltern …«

»Apropos.« Die Ärztin legte Lale die Hand auf den Arm. »Wir wollten doch noch über Ihren Ex-Mann sprechen.«

Lale schüttelte den Kopf. »Sie wollten über ihn sprechen. Ich will nicht einmal *mit* ihm sprechen, wenn es sich denn vermeiden lässt.«

»Ja.« Anabel nickte wissend. »Mein Mann deutete so etwas an.«

»Ihr Mann?« Lale sah sie fragend an. »Was sagt er denn?«

»Nun ja, wie drückte er sich noch aus? Er deutete an, dass Doktor Petersen manchmal etwas übereilt handeln würde.«

Vor dem Verwaltungsgebäude, das sie gerade passierten, blieb Lale abrupt stehen. »Jobst handelt übereilt? Sind Sie sicher, dass Sie Ihren Mann da richtig verstanden haben? Normalerweise kreidet er mir ein solches Verhalten an.«

»Oh ja«, warf Mandy ein. »Ist ja auch oft so.«

»Ich möchte da nichts Falsches sagen. Lassen Sie es mich einfach so interpretieren: Ich hatte den Eindruck, mein Mann habe sich ebenso wie Sie über Doktor Petersen geärgert. Mein Mann meinte jedenfalls, das sei durchaus keine ganz einfache Situation für Sie mit diesem sehr speziellen Staatsanwalt.«

Lale spürte schon wieder den unangenehmen Druck im Magen. Trotzdem konnte sie diese Bemerkung nicht auf sich beruhen lassen. »Das Urteilsvermögen Ihres Mannes in allen Ehren, aber ich habe die Sache mit ihm direkt geklärt. Und ja, ich ärgere mich öfter mal über Jobst.« Sie atmete tief durch. »Aber eines möchte ich hier mal klarstellen: Wenn jemand über Jobst meckert, dann bin ich das.«

»Genau.« Mandys Wangen glühten. »Der Herr Petersen ist nämlich ein wirklich netter Mann und so charmant.«

»Na ja, wir wollen nicht übertreiben«, bemerkte Lale.

»Schon gut«, räumte Anabel ein. »Ich verstehe Sie.«

Lale musterte die Ärztin. »Das wage ich zu bezweifeln. Muss ja auch nicht sein.«

Einen Moment lang liefen die drei Frauen schweigend nebeneinander her. Lale konzentrierte sich auf eine regelmäßige Atmung. Was war nur in ihren Eingeweiden los?

Dann brach Mandy das Schweigen. »Ist das da eine Kirche?«

»Ja.« Anabel nickte. »Die gehört natürlich auch zu den Kliniken.«

»Natürlich?« Mandy wirkte skeptisch. »War das Gelände nicht schon zu DDR-Zeiten Psychiatrie? Was wollten die denn mit einer Kirche?«

Die Ärztin lächelte. »Der ganze Gebäudekomplex ist rund hundert Jahre alt. Zu Kaisers Zeiten war der Glaube noch nicht verpönt.« Sie seufzte leise. »Soweit ich gehört habe, wurde die Kapelle zu DDR-Zeiten als Abstellraum genutzt.«

»Wie pietätlos«, schimpfte Mandy.

»Es war wohl eher großer Platzmangel«, erklärte Anabel. »Es wird hier in Arnsdorf wie in so vielen Landeskrankenhäusern in der 1980er-Jahren gewesen sein: Baufällige Häuser, Überbelegung, Personalmangel, die Leute wurden verwahrt und verwaltet so gut es eben ging. Die Bäder waren noch im Originalzustand von 1912.«

»Wie schrecklich.« Mandy machte große Kulleraugen. »Und das, wenn man psychisch krank ist.«

»Sie sagen es.« Die Ärztin nickte. »*Wenn* man psychisch krank ist. Unterhalten Sie sich mal mit meiner Kollegin Lucy Nebel.«

Lale schnaufte unwillkürlich, als sie den plaudernden Frauen in ein Gebäude folgte, das unter anderem die Cafeteria beherbergte. Eigentlich zog es sie wirklich nicht zu Kaffee und Kuchen oder sonstigem Essbaren.

»Ach, apropos unterhalten«, warf Mandy ein. »Meinen Sie, ich könnte heute mal persönlich mit diesem Fidel Müller sprechen? Ich möchte schon wissen, was sein Überfall auf mich eigentlich sollte.«

»Sein Überfall?« Anabel Gerste runzelte die Stirn. »Der Patient wurde gestern aus dem Maßregelvollzug entlassen. Rechtlich liegt nichts gegen ihn vor, und medizinisch, da waren sich meine Kolleginnen und Kollegen einig, medizinisch kann er durchaus ambulant betreut werden, wenn er seine Medikamente nimmt.«

»Wie bitte? Gegen ihn liegt nichts vor?« Mandy blieb abrupt stehen, und Lale stolperte in sie hinein.

»Tschuldigung«, murmelte Lale. »Wieso denn jetzt doch Medikamente?«, fragte sie Anabel. »Sie sagten doch gestern, bei einer Drogenirgendwas seien Medikamente keine gute Lösung …«

Anabel Gerste sah die beiden an. »Setzen wir uns doch dort drüben hin. Sie wies durch die Eingangshalle auf einen Tisch am Fenster. Dann nickte sie Mandy zu. »Es liegt tatsächlich nichts gegen ihn vor. Der Patient hat Sie angezeigt, wegen Körperverletzung.«

»Aber ich schmeiß doch so einen nicht grundlos in die Elbe und hole ihn dann auch noch raus!«

»Sicherlich.« Die Psychiaterin tätschelte Mandys Arm. »Es wird zu keiner Anzeige kommen, denke ich. Ich habe versucht, dem Richter zu erklären, dass Halluzinationen zum Krankheitsbild der Psychose dazugehören können, auch paranoide Wahrnehmungen sind möglich.«

»Wie jetzt?« Mandy schnaufte. »Ich bekomme vielleicht keine Anzeige, weil der Typ, gegen den ich mich wehren musste, nicht ganz richtig tickt. Isch gloob's ja ni!«

»Und wieso bekommt der Drogen-Fidel nun Medikamente?«, rief Lale ihre Frage in Erinnerung. »Ich denke, das ist …«

»Ja, ja«, beeilte sich Anabel. »Ich halte das auch nicht für die optimale Behandlung. Aber meine Kolleginnen und Kollegen halten eine kontrollierte Medikation mit Neuroleptika für ausreichend.«

Lale verzog das Gesicht. »Und jetzt stapft der Typ mit Psychopillen da draußen herum? Wahrscheinlich pfeift er sich noch dazu Drogen rein und ist völlig unberechenbar.«

»Mir ist schlecht«, verkündete Mandy. »So was geht doch ni. Als ob es nicht blöde genug ist, dass wir immer erst handeln dürfen, wenn etwas passiert ist. Aber ihr Psychiater könntet doch ein bisschen vorsichtiger sein mit solchen gefährlichen Gestalten.«

Lale spürte immer noch einen Druck in der Magengegend. Sie nickte. »Pille rein und Deckel drauf, oder wie?«

Anabel machte ein bekümmertes Gesicht. »Ich verstehe Ihre Bedenken.«

»Nun lassen Sie doch dieses ewige Verstehen«, entgegnete Lale. »Das macht mich rasend. Erklären Sie mir lieber, wieso die Fachleute so auf diese Psychopharmaka schwören.« Sie kramte einen verknickten Zettel aus der Tasche. »Übrigens habe ich mir hier ein paar Namen aufgeschrieben, von denen ich vermute, dass es ebenfalls Psycho-Medikamente sind. Kennen Sie die?« Sie reichte der Ärztin den Zettel.

Anabel runzelte beim Lesen die Stirn. »Das sind Wirkstoffe von Neuroleptika. Einige davon wurden erst in den 1990er-Jahren als Medikamente zugelassen, oder in veränderter Form wieder zugelassen.«

Lale sah sie fragend an. »Das heißt?«

»Nun, die Psychiatrie hat sich in den vergangenen fünfzig Jahren stark verändert. Erst in den 1950er-Jahren wurden Neuroleptika entwickelt, um zum Beispiel Psychosen medikamentös zu behandeln. Damit änderte sich natürlich vieles. Wo man zuvor sogenannte tobende Irre weggesperrt hatte, gab es Alternativen und in manchen Fällen überhaupt erst die Möglichkeit zur Sozialtherapie.«

»Gut, reicht.« Lale hielt sich den Bauch.

»Chloral zum Beispiel kenne ich nicht mehr selbst«, sagte die Ärztin. »Olanzapin aber wurde erst nach meinem Studium zugelassen.« Sie reichte Lale den Zettel. »Clozapin ist schon ein älterer Wirkstoff. Allerdings ist der mit Vorsicht zu verabreichen. Es gab

Fälle, da waren die Psychosen nach dem Absetzen des Wirkstoffs stärker als die ursprünglich behandelte Psychose.« Anabel sah Lale forschend an. »Was ist mit Ihnen? Haben Sie Schmerzen?«

Lale nickte und sah sich um. »Oh, oh, ich glaube, ich muss mal für kleine Kommissarinnen.« Sie sprang auf und rannte.

Etwa eine halbe Stunde später griff Lale zum Toilettenpapier und wischte zum wiederholten Mal die Klobrille ab. Dann spülte sie ab und verließ die Kabine, um sich gründlich Hände und Gesicht zu waschen.

Am Waschbecken lehnte Anabel Gerste. »Geht es Ihnen besser? Das hörte sich ja schrecklich an.«

Lale spritzte sich kaltes Wasser ins Gesicht. »Wie lange stehen Sie denn schon hier und belauschen mich beim Kotzen?«

»Ich habe mir Sorgen gemacht, Lale.« Die Ärztin warf ihr im Spiegel einen Blick zu. »Was ist denn mit Ihnen los?«

Lale stöhnte. »Mir ist schon eine ganze Weile nicht wohl, und jetzt wurde mir richtig schlecht, und dann musste eben alles raus. Geht schon wieder.« Lale spülte sich gründlich den Mund aus.

»Das gefällt mir nicht«, sagte die Ärztin kopfschüttelnd. »Sie gefallen mir nicht. Sagen Sie doch endlich, was Sie bedrückt.«

»Ehrlich?« Lale wischte sich mit einem Papierhandtuch das Gesicht trocken.

»Ehrlich.«

»Mir geht Ihr ständiges Gefrage und Gekümmere gewaltig auf den Keks. Nicht, weil ich Sie nicht mag, Anabel, sondern weil Sie immerzu in mein Inneres gucken wollen, mehr wissen, erfahren, interpretieren wollen.« Lale öffnete die Tür und wandte sich noch einmal um. »Was bitte erwarten Sie in meiner Seele? Eine Neuentdeckung? In meiner Seele schlummert kein Ungeheuer. Und selbst wenn, stören Sie es nicht. So halte ich das selbst auch.«

»Aber …« Anabel sah sie mit offenem Mund an. »Ich mache mir doch nur Sorgen.«

»Lassen Sie das doch einfach«, schlug Lale vor und schlich zurück zu Mandy in die Cafeteria.

Die Ärztin folgte ihr. »Ihre Abwehrmechanismen sind alles andere als gesund.«

»Geht's wieder?«, erkundigte sich Mandy. »Du siehst blass aus um die Nase. Hier, trink einen Kamillentee.«

»Willst du sehen, wie aus blass grün wird?« Lale verdrehte die Augen und griff zur Teetasse. Allein der Geruch von Kamille zog ihr erneut die Eingeweide zusammen. Dennoch nahm sie einen kräftigen Schluck. »Igitt.« Beinahe hätte sie den Tee wieder ausgespuckt. »Der ist ja salzig.«

»Richtig«, erklärte Anabel. »Ich habe einen Löffel Salz hinzugefügt, für Ihren Flüssigkeitshaushalt.«

Lale schüttelte sich. Diese Übelkeit war wirklich schrecklich. Ob sie etwas Falsches gegessen hatte?

»Kommen Sie.« Anabel erhob sich und lächelte aufmunternd. »Wir gehen in mein Behandlungszimmer. Ich gebe Ihnen ein paar Tropfen, dann geht es Ihnen besser.«

»Bin ich jetzt Patientin, oder was?«

»So, wie ich das sehe, kann da nur ein Arzt helfen«, stellte Mandy fest.

»Na gut.« Lale stand auf. »Aber …« In Windeseile stürzte sie erneut zur Toilette.

»Du hast doch gehört, was Anabel gesagt hat.« Mandy schien sich tatsächlich um eine vorsichtige Fahrweise zu bemühen. »Du gehörst ins Bett.«

»Mmh.« Lale drehte das Fläschchen mit den Tropfen zwischen den Fingern: »Propaphenin« stand handschriftlich auf dem Etikett. Was immer das für ein Zeug war, ihre Übelkeit hatte in der letzten halben Stunde nachgelassen, und sie musste sich nicht mehr ständig übergeben. Gut fühlte sie sich dennoch nicht. »Du kannst ruhig etwas Gas geben. Wer weiß, wie lange das Zeug wirkt.«

»Geht klar.« Mandy sauste über die Elbe und passierte die nächste Ampelkreuzung bei Dunkelgelb. »Ist schließlich ein Notfall.«

Lale seufzte. So eine Magen-Darm-Geschichte war so ziemlich das Letzte, was sie jetzt gebrauchen konnte. Aber wann konnte man das schon gebrauchen?

»Mach dich vom Acker!« Mandy hupte den vor ihr bremsenden Fahrer an und überholte beim Linksabbiegen. »Wenn die Leute alle Zeit der Welt haben, sollen sie doch zu Fuß gehen.«

Lale stöhnte auf. »Das war doch nun wirklich nicht nötig.«

»Doch!« Mandy bremste abrupt vor Lales Haustür. »Jetzt muss ich mal …« Sie ließ den Motor laufen und sprang aus dem Auto.

»Halt, der Schlüssel!« Lale riss die Beifahrertür auf und warf ihr den Wohnungsschlüssel zu. Dann rutschte sie umständlich hinüber auf den Fahrersitz und klemmte mit den Knien unter dem Lenkrad. »Mist, wo ist denn der Hebel …« Plötzlich fuhr der Sitz mit einem Ruck nach hinten. »Na, also.«

Langsam lenkte sie den Wagen ums Karree. Parkplätze waren hier am Abend eine Katastrophe. Sie sollte wirklich in Zukunft aufs Fahrrad umsteigen. »Ups.« Mit voller Wucht trat sie auf die Bremse. Zwei Radfahrer schossen unbeleuchtet über die Straße. Im Zwielicht waren sie wirklich kaum zu erkennen. Lales Herz klopfte. »Nicht noch einmal«, murmelte sie vor sich hin. Die Geschichte vom Montag steckte ihr noch immer in den Knochen. Ob da noch etwas kommen würde, wegen ihrer angeblichen Fahrerflucht? Immerhin war der einzige Zeuge ja nun tot.

Da, direkt vor der Fleischerei war noch eine Lücke. Als sie ausstieg, fiel ihr Blick auf die Auslagen des Ladens. Angewidert verzog sie das Gesicht. Wieso stellt man Fleischklumpen im Schaufenster aus? Sogar ein dicker Klops Hack lag dort herum. War der echt? Plötzlich durchzuckte sie die Erinnerung an das mittägliche Essen in der Kantine. Diese widerliche Frikadelle. Natürlich. Davon kam die Übelkeit.

Als sie vor ihrer Wohnungstür stand, musste sie wieder einmal klingeln. Erst nach mehreren Malen öffnete sich die Tür. Eine blassgesichtige und glupschäugige Mandy erschien.

»Scheiße, mich hat's auch erwischt«, sagte sie und fasste sich an den Bauch.

»Na dann.« Lale hielt das Fläschchen mit den Tropfen in die Höhe. »Lassen wir heute Abend mal die Sau raus mit unserer Freundin Propaphenin. Tropfen schlucken und ab ins Bett.«

Eine Nachricht ist keine Nachricht

»Nun sag doch etwas! Hallo? Mein Gott, bist du tot?«

»Ich weiß nicht recht.« Lale öffnete die Augen. Aua, war das grell. »Ich sehe so viel Licht. Kann gut sein, dass ich tot bin.«

»Puh, Mama.« Pit schnaufte. »Wie kannst du mich nur so erschrecken?«

»Häh? Wieso?« Lale stemmte sich vorsichtig auf die Unterarme. »Zieh doch mal die Vorhänge zu. Das ist ja widerlich hell.« Dann hörte sie neben sich ein leises Schnarchen. »Katinka?« Doch die Katze stolzierte hoch erhobenen Schwanzes durch das Schlafzimmer. Als Pit die Vorhänge zuzog, rieb sie sich an seinen Beinen.

»Das da neben dir ist Mandy«, erklärte Pit. »Habe ich sofort überprüft. Aber da sie schnarcht, war klar, dass sie noch lebt. Du hingegen …«

»Quatsch nicht, Sohn.« Lale rekelte sich. »Wo ist der Kaffee?«

»In der Küche im Schrank neben den Filtertüten«, erwiderte Pit prompt.

»Dann mach dich mal nützlich, um deine alte Mutter endgültig wiederzubeleben.«

»Aber nur, weil du mich so liebevoll darum bittest.« Pit schnappte sich Katinka. Im Türrahmen hielt er inne. »Habt ihr heute *beide* keinen Dienst?« Er deutete erst auf Mandy und dann auf den Wecker auf dem Nachttisch. »Es ist gleich Mittag.«

»Waaas?« Lale saß aufrecht im Bett. »Mandy?« Sie rüttelte an ihrer Kollegin herum. »Mandy, aufwachen!«

Murrend krabbelte Mandy aus den Kissen hervor. »Was'n los?«

»Hopp, hopp, Frau Schneider!« Lale sprang auf. »Wir müssen zum Dienst. Wenn Gerste nicht schon eine Fahndung nach uns herausgegeben hat.«

»Och nö.« Mandy blinzelte. »Wieso bist du denn in meinem Bett?«

»Du bist in *meinem* Bett.« Dann besann sie sich auf den vergangenen Abend. »Geht es dir besser?«

»Ich weiß nicht.« Mandy wackelte mit dem Kopf. »Aua. Mein Gehirn brummt so komisch.«

Lale horchte in sich hinein. »Bei mir scheint alles wieder in Ordnung zu sein. Komisch, was?«

»Was habt ihr denn gestern gemacht?« Pit kehrte mit zwei Kaffeetassen zurück. »Habt ihr gefeiert? Ich habe gar nichts gehört, als ich nach Hause gekommen bin.«

Gierig griff Lale nach der Tasse, während Mandy stöhnend das starke Gebräu verschmähte. »Wir haben uns vermutlich irgendeine Magen-Darm-Geschichte eingefangen. Erst ging es bei mir los, dann bei Mandy …«

Pit wich zurück. »Dann gehe ich wohl besser.«

»Das ist eine Lebensmittelvergiftung«, sagte Mandy matt. »Wenn ich an das Chili von gestern … Ich darf gar ni dran denken!«

»Ach was.« Lale winkte ab. »Ich bin schon wieder topfit.« Sie wandte sich an Pit. »Wir waren gestern gerade bei Anabel Gerste, als es losging. Die hat uns gleich ein paar Tropfen gegen den Mist verabreicht.«

»Mmh.« Pit runzelte die Stirn. »Aber bei einer Lebensmittelvergiftung ist es doch nicht mit ein paar Tropfen getan.«

»Dann war es eben keine Vergiftung.« Lale schlürfte. »Hauptsache, vorbei.«

»Staphylokokken vielleicht.« Pit sah Lale aufmerksam an. »Was meinst du?«

Lale zuckte die Achseln. »Die Bakterien haben sich mir nicht mit Namen vorgestellt. Sie haben sich rücksichtslos meiner Eingeweide bedient.« Sie tätschelte Pit den Arm. »Wie gut, dass mein Sohn bessere Umgangsformen hat.« Sie leerte ihre Tasse. »Obwohl du schon genau so ein Klugscheißer bist wie dein Vater …«

In diesem Moment sprang Mandy aus dem Bett und flitzte aus dem Zimmer.

»Bestimmt sind es Staphylokokken.« Pit sah ihr nach. »Die sind oft schon nach vierundzwanzig Stunden wieder weg.«

»Wieso weißt du so was eigentlich? Ich denke, ihr habt ständig nur Unterrichtsausfall und eure Generation geht völlig analphabetisch den Bach runter?« Lale leerte ihre Tasse. »Apropos, wie schreibt man denn diese Staffoloküken?«

»Staphylokokken.« Pit grinste. »Anna. Sie studiert Medizin, und ich muss sie manchmal abfragen.«

»Ha, wusste ich es doch.« Lale drückte ihm die leere Tasse in die Hand. »Hinter jedem klugscheißernden Petersen-Mann steckt eine bildungshungrige Frau.«

Lale zog sich frische Unterwäsche aus der Kommode.

Pit schien sie zu beobachten. »Du, Mama«, druckste er herum.

»Ja?« Lale ging zum Schrank, schnappte sich ein T-Shirt und eine neue Jeans.

»Hat Papa eigentlich eine neue Freundin?«

»Keine Ahnung. Wie kommst du darauf?«

»Ich habe ihn gestern Abend mit einer Frau gesehen. Als wir zu unserem Proberaum in der Neustadt gegangen sind.«

»Und?« Lale warf sich Hose und Shirt über die Schulter.

»Als wir nach der Probe auf dem Weg nach Hause waren, saßen sie immer noch an derselben Stelle. Das fand ich komisch.«

»In der Tat.« Lale lachte. »Normalerweise hält er sich bei seinen Aufrissen nicht so lange mit Gesprächen auf. Vielleicht ist es ja was Ernstes.«

»Das dachte ich mir auch. Sie sah sehr elegant aus. Meinst du, er hat echt eine Neue?«

Lale seufzte. »Wieso fragst du mich das? Frag ihn doch selbst.«

Die Toilettenspülung rauschte. Kurz darauf kam Mandy ins Schlafzimmer. »Ich glaube, das Schlimmste ist überstanden.« Sie sah von einem zum anderen. »Störe ich?«

»Nein, nein. Pit erzählte nur gerade, dass Jobst offenbar eine Freundin hat. Nichts Wichtiges.«

»Nichts Wichtiges?« Mandys Wangen erglühten. »Das ist ja schrecklich. Was für eine Schlampe schmeißt sich denn an *unseren* Staatsanwalt ran?«

»Sind Sie sicher, dass Sie schon wieder einsatzfähig sind?« Gerste sah Lale mit durchdringendem Blick an. »Meine Frau meinte, das könne länger dauern. Sie sprach von den Symptomen einer Lebensmittelvergiftung.«

Lale klappte die Internetseite mit einem Mausklick herunter. »Das meinte mein Sohn auch. Er tippt auf Staphylokokken. Und ich lese gerade, dass man sich von diesen Bakterien schon nach einem Tag erholen kann.« Sie reckte sich ausgiebig. »Wie dem auch sei. Ich bin wieder fit, und Frau Schneider geht es auch schon besser.« Sie deutete auf Mandy, die gerade zur Tür hereinkam.

Gerste legte die Stirn in Falten. »Mir wäre trotzdem wohler, wenn Sie beide einen Arzt aufsuchten.«

»Das haben wir doch«, erwiderte Mandy. »Wir waren doch bei Ihrer Frau.«

Gerste schüttelte den Kopf. »Von Frau Petersen hatte ich diese Antwort ja erwartet. Aber dass Sie nun auch schon so reagieren, beunruhigt mich.«

Lale grinste. »Das ist mein schlechter Einfluss. Oder die große Kompetenz Ihrer Frau.« Sie stemmte sich aus ihrem Schreibtischsessel. »Ich schlage vor, ich mache mich jetzt mit Kroko auf die Suche nach diesem Ausbilder. Es kommt mir sehr komisch vor, dass er noch immer nicht in der Firma aufgetaucht ist.«

»Wie?« Mandy machte große Augen. »Hollerbeke ist immer noch weg?«

Gerste nickte. »In der Firma hat er sich auch heute nicht sehen lassen, oder auch nur angerufen. Und seine Frau weiß von nichts …«

»Murmelte nicht die pinkhaarige Susi von seiner Trennung?«, überlegte Lale laut. »Wir sollten hinfahren und mal mit seiner Ex-Frau sprechen.«

»Besser mit seiner Mutti.« Kroko betrat das Büro der beiden Kommissarinnen. »Zu der müssen wir auf jeden Fall persönlich hin. Ich habe mit ihr telefoniert, konnte aber nicht weiter nachfragen, ohne die alte Dame zu beunruhigen.«

Lale musterte den Kollegen. »Und wenn zwei Kripoleute vor der Tür stehen, ist die Mutti weniger beunruhigt?«

Kroko zuckte mit den Achseln.

»Ihr müsst euch doch nicht zu erkennen geben«, schlug Mandy vor.

Bevor jemand reagieren konnte, flog die zweite Bürotür auf, und Paul Winter stürmte herein. »Ich habe hervorragende Nachrichten.«

»Toll, dann betreffen sie uns wohl nicht.« Lale verdrehte die Augen.

»Natürlich«, widersprach der Pressesprecher. »Seit vorgestern wurde niemand mehr im Großen Garten angegriffen.«

»Sind Sie sicher?« Gerste klang skeptisch. »Woher wollen Sie das wissen?«

»Nun, es gab heute noch nicht *eine* Anzeige«, verkündete Winter strahlend. »Ist das nicht toll?«

Lale schüttelte den Kopf. »Denken Sie doch einfach mal, bevor Sie irgendetwas verkünden. Wir haben keine Ahnung, wie viele Attacken nicht angezeigt wurden.«

Paul Winter holte tief Luft. »Aber tendenziell …«

»Nein, Herr Winter«, unterbrach Gerste. »Auch tendenziell ist das keine gute Nachricht. Es ist einfach nur keine schlechte Nachricht.«

Lale schmunzelte. »Fragen Sie Frau Peschkowa, denn keine schlechte Nachricht ist eigentlich überhaupt keine Nachricht. Nur schlechte Nachrichten sind gute …«

»Ach Papperlapapp«, winkte Winter ab. »Wo ist sie denn, die gute Frau Peschkowa?«

»Das wissen wir nicht«, antwortete Mandy.

Und Lale ergänzte: »Womit wir wiederum eine schlechte Nachricht hätten, die eigentlich eine gute Nachricht ist.« Sie wandte sich an Kroko. »Kommen Sie. Wir starten, bevor sie wieder auftaucht und mit will.«

Paul Winter sah irritiert von einem zum anderen. »Wieso wissen Sie denn nicht, wo Frau Peschkowa ist? Sie soll Sie doch bei Ihren Ermittlungen begleiten?«

Lale wandte sich zum Gehen. »Sie ist uns abhanden gekommen. Bereits gestern.«

»Genau.« Mandy nickte. »Sie sollte im Auto warten, und – schwupp – war sie weg.«

»Wie bitte?« Winter klang empört. »Und da haben Sie nicht nach ihr gesucht?«

»Nein, natürlich nicht.« Lale winkte ungeduldig. »Los, Kroko, hopp, hopp!«

»Aber Sie können doch die Reporterin nicht einfach im Stich lassen«, echauffierte sich der Pressesprecher. »Wenn ihr nun etwas passiert ist?«

»Herr Winter, ich bitte Sie.« Gerste war verärgert. »Diese Reporterin macht ihre Recherchen auf eigene Verantwortung. Meine Mitarbeiterinnen sind nicht die Babysitter Ihrer Presseleute. Vielleicht hat die Dame irgendwo eine interessantere Story entdeckt. Solche Reporter sind doch wie streunende Hunde. Immer dem interessantesten Geruch nach …«

»So ist es.« Lale wippte mit dem Fuß. »Das Verschwinden von Lutz Hollerbeke interessiert uns weit mehr.«

»Und diese Reporterin war einfach plötzlich weg?«, fragte Kroko, als er den Dienstwagen über die Kesselsdorfer Straße lenkte. »Das ist eigenartig.«

Seufzend sah Lale aus dem Fenster. »Presseleute sind eben so. Eigenartig.«

»Und wenn doch etwas mit ihr passiert ist?« Kroko stellte dem Navigationssystem den Ton ab. »Vielleicht ist sie entführt worden.«

»Wer sollte denn eine solche Nervensäge entführen?« Lale verfolgte die Anzeige auf dem Display. Der Pfeil zeigte starr geradeaus. »Ich wüsste nicht, warum.«

»Der ganze Fall um diesen toten Informatiker ist doch sehr mysteriös. Und sein Ausbilder ist ebenfalls verschwunden«, schwadronierte Kroko. »Da könnte es doch einen Zusammenhang geben. Sie verschwinden beide am selben Tag. Vielleicht will sich die Verbrecherbande absichern, falls wir doch etwas zu viel herausfinden. Geiseln, Sie wissen schon.«

Lale schmunzelte. »Haben Sie ein bisschen viel im Archiv für Organisierte Kriminalität geschmökert? Meinen Sie wirklich, so eine Art IT-Mafia will uns erpressen?« Sie legte die Hände zu einem Trichter um den Mund: »Vernichten Sie sofort Ihre Ermittlungsergebnisse, oder wir erschießen unsere Geisel.«

Kroko brachte den Wagen an einer großen Kreuzung vor der roten Ampel zum Stehen. »So in dieser Art. Was machen wir denn dann?«

»Nichts«, erwiderte Lale. »Was sollen wir denn dann machen? Meinen Sie etwa, ich würde Ermittlungen abbrechen, weil jemand diese Journalistin entführt hat?«

»Nicht? Das ist doch aber … Ich meine, das ist für so eine Geisel aber nicht nett.«

»Stimmt.« Lale nickte. »Ich bin Kriminalhauptkommissarin in der Mordkommission. Ich bin nicht nett.«

Die Ampel zeigte Grün, und Kroko fuhr an. »Aber natürlich sind Sie nett«, erklärte er. »Ich finde Sie nett, Mandy mag Sie richtig gern, sogar der Chef mag Sie. Da bin ich mir ganz sicher.«

Lale lachte. »Hat Ihnen Frau Doktor Gerste eine Verbalinjektion für mich verordnet? Sagen Sie Frau Petersen öfter mal etwas Nettes, damit sie weniger aggressiv ist?«

»Nein. Ich kenne die Frau vom Chef doch kaum. Ich mache mir nur so meine Gedanken zu dem Fall. Und wenn die Reporterin als Geisel …«

»Gut, gut, gut. Falls dem so ist, werde ich sie natürlich höchstpersönlich retten.«

Kroko ordnete sich zum Rechtsabbiegen ein. »Ach, Sie haben also schon einen Plan. Wusste ich es doch.«

Lale schüttelte grinsend den Kopf. Kroko war wirklich unverdrossen positiv. »Ich tausche unsere Geisel gegen einen Mitarbeiter aus, den sowieso keiner braucht, nämlich gegen meinen speziellen Freund Paul Winter.«

»Aber …« Kroko nahm abrupt den Fuß vom Gas. »Das ist doch ganz und gar nicht nett.«

»Genau. Ich bin eben nicht nett, sondern denke praktisch.« Amüsiert zeigte Lale auf das Display des Navigationsgerätes. »Sie haben Ihr Ziel erreicht. Wo sind wir hier eigentlich?«

»Altgompitz. Da vorn ist das Haus von Elke Hollerbeke.« Kroko hielt und deutete auf die linke Straßenseite.

»Ist das jetzt die Frau, die Ex-Frau oder die Mutter von unserem IT-Ausbilder?« Lale schwang sich aus dem Wagen.

»Die Mutter«, erklärte Kroko, als sie auf das Haus zuliefen. »Ich habe heute mit ihr telefoniert und gesagt, dass wir nur ein paar Fragen haben.«

»Also weiß sie gar nichts vom Verschwinden ihres Sohnes?« Lale stieß das Tor zum Grundstück auf.

»Ich kann doch eine einsame alte Dame nicht telefonisch in Angst und Schrecken versetzen.«

»Den Dialog hatten wir vorhin schon. Lassen Sie mich reden, bevor Sie uns vor lauter Einfühlungsvermögen als Zeugen Jehovas vorstellen.« Lale drückte energisch den Klingelknopf.

»Ich habe es doch nur gut gemeint.«

»Gut gemeint?« Lale zog die Augenbrauen hoch. »Wenn mein Sohn verschwinden würde, wäre ich als Mutter auch unglaublich beruhigt, wenn ich es als Letzte erfahren würde.«

Die Tür öffnete sich, und eine alte Dame kam zum Vorschein. Sie blinzelte Lale an. »Guten Tag, sind Sie der nette Mann vom Meinungsforschungsinstitut, der meinen Sohn sprechen will?«

»Nein«, sagte Lale. »Ich bin eine Frau und von der Polizei. Ihren Sohn würde ich aber in der Tat gern sprechen.«

Kroko murmelte einen verlegenen Gruß.

»Dann kommen Sie, meine Herrschaften, kommen Sie nur herein.« Die alte Frau schien sich über Abwechslung zu freuen. »Gehen Sie gleich durch in die Stube und nehmen Sie Platz.« Sie schlurfte hinter Lale und Kroko her. »Darf ich Ihnen etwas anbieten?«

»Nein, vielen Dank«, sagte Lale als sie sah, wie schlecht die alte Frau laufen konnte. »Sie sind doch Elke Hollerbeke?«

»Ja, die bin ich.« Frau Hollerbeke nickte und zog sich einen Stuhl heran. »Und Sie wollen also meinen Lutz sprechen. Das ist nu Pech. Hier ist er ja nu nicht. Der ist wohl im Betrieb, möchte ich meinen.« Sie blinzelte Lale an. »Woher kommen Sie noch gleich?«

»Von der Polizei«, sagte Lale erneut. »Ich habe mich gestern mit Ihrem Sohn unterhalten und habe noch ein paar Fragen. Leider konnte ich ihn an seinem Arbeitsplatz nicht antreffen.«

»Zu Hause ist Ihr Sohn auch nicht«, ergänzte Kroko. »Ich habe mit Ihrer Schwiegertochter gesprochen.«

Der Blick der alten Dame verfinsterte sich. »Das Biest. Dieses Frauenzimmer. Diese … Sie hat ihn verlassen. Meinen armen Jungen hat sie verlassen, dieses Biest.«

»Dann stimmt es also, dass Ihr Sohn und seine Frau sich getrennt haben?«, hakte Lale nach. »Kennen Sie genauere Hintergründe?«

»Und ob.« Elke Hollerbeke kniff die Augen zusammen. »Zur Hölle. Sie hat dem armen Jungen das Leben zur Hölle gemacht. Jawohl. Lutz, mache Karriere, Lutz, verdiene mehr Geld!« Sie schüttelte den Kopf. »Elektromonteur hat er gelernt, mein Lutz. Ehrbares Handwerk, ehrliche Arbeit. Und dann kam dieser Computerquatsch. Nee.« Sie erhob mahnend den Zeigefinger. »Junge, habe ich gesagt, Junge, Strom brauchen die Leute. Gib den Leuten Strom, das kannst du. Nicht solche windigen Geschäftemachereien. Solch ein Unfug.«

»Schuster, bleib bei deinen Leisten.« Kroko nickte wissend.

Lale sah ihn von der Seite an. »Wohl eher: Elektriker, bleib bei deinen Kabeln.« Sie biss sich auf die Unterlippe. Sie sollten die alte Frau Hollerbeke nicht unnötig verwirren. »Sie meinen also, dass Ihr Sohn mit seinem Arbeitsplatz nicht sehr glücklich ist?«

»Glücklich?« Die alte Frau machte eine abwehrende Handbewegung. »Glücklich kann der arme Junge gar nicht sein. Er kuscht wie ein Hund, wenn die Madame pfeift. Und jetzt sieht er, was er davon hat. Auf und davon ist sie, mit so einem Rechtsverdreher.«

»Ach, dann ist er gar nicht ausgezogen?«, fragte Lale. »Ich dachte, er habe die gemeinsame Wohnung verlassen.«

»Ach was!«, rief Frau Hollerbeke. »Aus dem Haus gejagt hat sie ihn. Wegen ihrem Neuen. Einem Richter oder Anwalt, irgend so ein Rechtsverdreher.« Sie schüttelte ihren weißen Kopf. »Ausnehmen werden ihn die beiden, wie eine Weihnachtsgans, jetzt, wo das Haus fast abbezahlt ist. So ein Biest. Ich habe es immer gesagt. Junge, habe ich gesagt, Lutz, mein Junge, diese Frau ist ein Biest. Aber er wollte ja nicht auf seine alte Mutter hören.«

»Wissen Sie denn, wo Ihr Sohn jetzt ist?« Lale verlor langsam die Geduld. »Wir suchen ihn. Seit gestern hat ihn niemand mehr gesehen.«

»Also, in der Firma«, ergänzte Kroko schnell und warf Lale einen besorgten Blick zu. »Wo könnte er denn noch sein? Sie wissen das doch sicher am besten.«

»Ich?«, fragte die alte Frau verdutzt. »Ich weiß nischt. Fragen Sie doch Rita, dieses Biest. Die weiß doch immer alles besser. Einfach auf und davon ist sie, nachdem sie meinem armen Lutz das Leben zur Hölle gemacht hat. Hat sich einen von diesen Rechtsverdrehern geangelt und tschüss. Ausnehmen will sie den armen Jungen …«

»Das haben Sie bereits deutlich gemacht«, warf Lale ein und erhob sich. »Wenn Ihr Sohn sich bei Ihnen meldet, möchte ich Sie bitten, ihm mitzuteilen, dass er uns anrufen soll.« Sie gab Kroko ein Zeichen. Der zückte sofort eine Visitenkarte.

»Und machen Sie sich keine Sorgen«, sagte er mit sanfter Stimme.

»Keine Sorgen, keine Sorgen.« Frau Hollerbeke stemmte sich mühsam vom Stuhl hoch. »Haben Sie Kinder? Wahrscheinlich nicht, sonst wüssten Sie, dass man sich immer Sorgen macht.«

»Da haben Sie vollkommen recht, Frau Hollerbeke.« Kroko nickte. »Kleine Kinder, kleine Sorgen, große Kinder, große Sorgen.«

»Wir müssen jetzt wirklich weiter«, erklärte Lale und zog Kroko mit sich zur Tür. »Auf Wiedersehen, Frau Hollerbeke.«

»Auf Wiedersehen und alles Gute.« Kroko stolperte neben ihr her. »Warum drängeln Sie denn so, Frau Petersen?«

»So, so, Kinder haben Sie also auch.« Lale schloss die Haustür hinter sich. »Kleine und große, und Sie kennen sich aus, was?«

»Nein. Aber die alte Frau Hollerbeke tut mir so leid. Sie erinnert mich an meine Oma. Ich wollte ihr doch nur ein bisschen Mut machen.«

»Mut?« Lale lief forschen Schrittes hinüber zum Dienstwagen. »Wozu denn Mut? Auf mich wirkt diese Frau nicht mutlos, sondern nur ziemlich verbittert.«

»Wenn sie doch aber solch eine schreckliche Schwiegertochter hat.« Kroko öffnete den Wagen und ließ sich seufzend auf den Fahrersitz sinken. »Das muss doch schrecklich sein.«

»Kroko, bitte.« Auch Lale nahm im Wagen Platz. »Nur weil die alte Frau so über die Schwiegertochter herzieht, muss das alles noch lange nicht den Tatsachen entsprechen. Ich vermute mal, dass sie recht wenig von ihrem Sohn weiß und dass der seiner ewig zeternden Mutter lieber aus dem Weg geht.«

Kroko beugte sich zu Lale hinüber und öffnete das Handschuhfach. »Sie meinen, sie weiß gar nicht, was ihr Sohn so treibt?«

Lale nickte. »Bürste?« Sie reichte ihm das Utensil.

»Ja, danke.« Kroko löste seinen Zopf und begann, sich sorgfältig die Haare zu bürsten.

»Ist Ihnen eigentlich aufgefallen, dass Frau Hollerbeke mit keinem Wort gefragt hat, was die Polizei von ihrem Sohn will?« Lales Blick folgte automatisch dem Auf und Ab der Haarbürste.

»Mmmh.« Kroko schüttelte seine Haarmähne und warf einen kritischen Blick in den Rückspiegel. »Vielleicht hat sie das auf die Schnelle gar nicht so recht mitbekommen.« Er reichte Lale die Bürste. »Sie dürfen die gern auch benutzen.«

»Danke.« Lale warf die Bürste zurück ins Handschuhfach und fuhr sich grinsend mit den Fingern durch den blonden Schopf. »Meine Frisur ist etwas praktischer.« Sie sah Kroko an. »Aber wenn ich Sie so betrachte …«

»Ja?« Der Kollege fingerte nach seinem Haargummi.

»Mit offenen Haaren wären Sie auch ein guter Lockvogel.« Lale schmunzelte. »Auch Ihre Statur passt. Also, wenn ich im Großen Garten Frauen auflauern würde, würde ich eher Sie als mich überfallen.«

»Echt?« Kroko sah sie erstaunt an. »Sie würden mich überfallen?«

»Nein, natürlich nicht.« Lale verdrehte die Augen. »Aber ich würde Sie von Weitem viel eher für ein weibliches Opfer halten als mich.«

»Ich weiß, dass Sie einen Kopf größer sind als ich.« Kroko klang beleidigt.

»Darum geht es doch gar nicht. Ich meine doch nur, dass Sie für diese Lockvogelaktion viel besser geeignet sind als ich.«

»Meinen Sie wirklich, der Täter merkt gar nicht, dass ich ein Mann bin?« Kroko wirkte noch immer pikiert.

»Doch.« Lale nickte. »Natürlich merkt der Täter das. Aber dann ist es zu spät. Verstehen Sie? Dann schnappen Sie sich den Kerl und sind der Held.«

»Ach so.« Nun machte sich ein Lächeln auf Krokos Gesicht breit. »Das ist eigentlich eine gute Idee.«

»Das ist sogar eine richtig gute Idee. Also, auf geht's. Wir fahren zurück ins Präsidium, bereiten alles vor und starten noch heute Abend unseren Lockvogeleinsatz.«

Kroko ließ den Wagen an, wendete und fuhr los. Vor der nächsten Querstraße blieb er erneut stehen. »Das geht nicht. Der Chef hat mich schon abkommandiert. Ich muss den ganzen Abend diesen Geschäftsführer der IT-Firma beschatten.«

»Tzschilpner? Das ist in der Tat wichtiger. Vielleicht bringt uns das auch bei Lutz Hollerbeke weiter.«

Liebesgeflüster?

Lustlos blätterte Lale in einer Zeitschrift, griff zur Fernbedienung, zappte durch ein paar Programme und schaltete den Fernseher aus. Als sie aufsprang, huschte auch Katinka vom Sofa. Interessiert folgte ihr die Katze in die Küche, trollte sich jedoch gleich wieder, als Lale nur ein Glas mit Wasser füllte. Dann öffnete sie den Kühlschrank, warf einen Blick hinein, schloss seufzend die Tür und begann, in der Küche auf und ab zu wandern. Diese Ruhelosigkeit machte sie noch wahnsinnig. Etwas zappelig und ungeduldig war sie zwar immer, aber heute Abend konnte sie keine fünf Minuten an einer Stelle bleiben.

Lale machte auf der Sockenferse kehrt und lief zurück ins Wohnzimmer. Sie guckte aus dem Fenster. Nichts. Dann sah sie hinüber zur Wanduhr. Gähnend langsam näherten sich die Zeiger der Elf. Doch Lale wurde nicht müde, sondern immer unruhiger. Ob sie nach diesen Übelkeits-Tropfen von Anabel zu ausgeschlafen war? Ob sie noch einmal ein paar Tropfen nehmen sollte, um zur Ruhe zu kommen? Doch ihr war nicht mehr übel. Ihr fehlte eigentlich nichts außer etwas innerer Ruhe …

Lale griff gerade erneut zu einer Zeitschrift, als es an der Tür klingelte. Eine gute Gelegenheit, wieder ein paar schnelle Schritte zu machen. Sie rollte die Zeitschrift zwischen den Fingern zusammen. In Windeseile war sie an der Tür und öffnete – in Erwartung ihrer Nachbarin und Freundin Brigitte.

Doch es war Mandy, die aufgeregt plappernd hereinspazierte. »Dachte ich mir doch, dass du noch wach bist. Kannst du auch nicht schlafen? Also, ich weiß nicht, was los ist, aber ich bin so was von fahrig, rischtsch rappelig. Ich weiß gar nicht so recht …«

»Was ist passiert?« Lale warf die Zeitschrift auf den Dielentisch. Der Schwung fegte einen Zettel auf den Boden.

Die beiden bückten sich gleichzeitig und stießen fast mit den Köpfen zusammen.

»Oh, was ist das?«, fragte Mandy.

»Eine Nachricht von Pit«, erklärte Lale. »Da steht nur, wann er wo zur Probe mit seiner Polka-Truppe ist.« Sie zog ihre Stiefeletten heran und schlüpfte hinein. »Also, wo müssen wir hin?«

»Müssen tun wir nicht«, erklärte Mandy. »Aber ich kann nicht stillsitzen.«

»Ja, das kenne ich.« Lale grinste schräg. »Wir haben vermutlich zu gut ausgeschlafen.«

»Na, dann lass uns doch ein bisschen in die Neustadt gehen.« Mandy deutete auf Pits Notizzettel. »Ein bisschen bummeln und tanzen.«

»Ich bin dabei.« Lale warf sich die Lederjacke über. »Wenn ich hier noch lange auf und ab tigere, gibt's noch einen Trampelpfad auf dem Teppich.«

Mandy grinste. »Du hast doch überhaupt keinen Teppich.«

»Siehste.« Lale stopfte sich Portemonnaie und Schlüssel in die Jackentaschen. »Den habe ich schon weggetrampelt.«

Eine Viertelstunde später stiegen sie in der Görlitzer Straße aus dem Wagen. Mandy schaffte es doch immer wieder, überall und bei größtem Betrieb einen Parkplatz zu ergattern. Selbst am Freitagabend inmitten der Dresdner Neustadt.

Obwohl man die Temperaturen nicht mehr als sommerlich bezeichnen konnte, waren die Straßen voll. Die Leute saßen vor den Lokalen, in Hauseingängen und Einfahrten und sogar auf den Bordsteinkanten. Gelächter war zu vernehmen, und Sprachfetzen aller möglichen Nationalitäten hingen ebenso in der Luft wie die Düfte exotischer Küchen und Rauchschwaden undefinierbarer Tabaksorten und Kräuter.

Lale musste unweigerlich an Anabel denken und ihre Ausführungen über die möglichen psychotischen Auswirkungen mancher Drogen. Lale hatte sich selbst nie sonderlich für weiche Drogen wie Cannabis oder Haschisch interessiert, obwohl diese

Drogen zu ihrer früheren Hamburger Zeit durchaus auf Partys und in Clubs kursiert waren. Sie hatte dieses Zeug nicht als wirklich gefährlich eingestuft, hatte aber Dank ihrer Polizeiarbeit und der späteren Heirat mit einem Juristen kaum eigene Drogenerfahrungen gemacht. Die Akademiker-Riege, die Jobst und sie zuletzt in Hamburg als gemeinsamen Freundeskreis bezeichnet hatten, hatte sich bestimmt längst ganz legal krank gesoffen. Lale sah sich um. Ob sich hier in diesem Moment jemand vor ihren Augen in eine Psychose hineinkiffte?

»Das da vorn muss es sein.« Mandy stupste Lale in die Seite. »Das kleine bunte Haus dort an der Ecke. Ob man da einfach reingehen kann?«

»Klar, sieht doch nach Kneipe aus.« Lale war froh über die Unterbrechung ihrer trüben Gedanken und stieß die Tür auf.

In einem Vorraum lungerten ein paar Leute mit Bierflaschen in der Hand herum. Aus den hinteren Räumlichkeiten dröhnte es dumpf. Lale vermochte nicht abzuschätzen, ob das die Klänge waren, die sie bereits aus dem heimischen Wohnzimmer kannte. Das Gemisch aus Stimmen und Gelächter verzerrte die Geräuschkulisse. Es war nicht nur laut, sondern auch warm, aber immerhin wurde hier nicht geraucht.

Lale machte Mandy ein Zeichen, ihr zu folgen, und schob sich an einigen Plakaten vorbei durch einen Gang tiefer ins Innere des Gebäudes. Es wurde immer wärmer, so als dringe man in die Eingeweide des Stadtteils ein. Prompt waren ihre Gedanken bei Dr. Kowalski und den ausgelagerten Innereien des armen Ronny. Schluss jetzt, ermahnte sich Lale und steuerte die Tür am Ende des Ganges an, hinter der sie ein ähnliches Katzenjaulen vernahm, wie Anabel Gerste es unlängst noch als Klarinettenspiel gelobt hatte.

»Mandy?« Lale drehte sich um. Nanu, wo war denn ihre Kollegin geblieben?

Aber da eilte sie schon den leeren Flur entlang. »Komme.« Sie streckte ihr eine von zwei Bierflaschen entgegen. »Die habe ich noch schnell vorn geholt. 1,20 mit Pfand, das sind fast DDR-Preise.«

Lale stieß die Tür auf. Ein kahler, fensterloser Raum mit unfreundlicher Röhrenbeleuchtung tat sich vor ihnen auf. Weiter hinten sah Lale Pit und Robert stehen. Sie winkte, doch offenbar waren beide zu sehr mit Bass und Gitarre beschäftigt, um sie zu bemerken. Links von ihnen funkelten die Teile eines verwaisten Schlagzeugs. Daneben, durch einen Vorhang fast verdeckt, spielte ein großer klobiger Mensch auf einem langen dunklen Blasinstrument: Holger Hummel, das Riesenbaby mit dem eigenartigen Kommunikationsverhalten. Er schien völlig versunken. Ob er inzwischen wusste, dass sein Bruder tot war?

»Da hört sich doch alles off!« Mandy kniff Lale in den Arm.

»Aua, lass das.« Lale folgte ihrem Blick in die vordere linke Ecke. Zwei junge Männer standen dort herum.

»Der da mit der Mütze, das ist der Drogen-Fidel«, zischte Mandy und deutete auf ein schmales Stück Mensch, dessen Kopf fast vollständig unter einer Mütze verschwand. »Und den anderen hab ich ooch schon mal gesehn.«

Lale musste zweimal hinschauen, da er heute keine Kopfbedeckung trug, aber sie erkannte ihn. »Das ist dieser Mischa Sörensen, den wir fast verhaftet haben. Der gehört jetzt mit zur Band.«

»Ach, jetzt also doch?« Mandy ließ Fidel Müller nicht aus den Augen.

»Na, vermutlich, weil er den Probenraum hier vermitteln konnte.« Lale beobachtete, wie Päckchen die Hände wechselten. Die beiden waren offensichtlich zu beschäftigt, um ihre Umgebung zu beachten.

»So, dem Fidel werde ich jetzt mal ordentlich den Marsch blasen«, verkündete Mandy, sichtlich inspiriert durch Holger Hummels Klarinettenspiel.

»Moment.« Lale hielt sie zurück. »Siehst du, was die beiden dort treiben? Wonach sieht das wohl aus?«

»Die tauschen irgendwas«, sagte Mandy. Dann riss sie ihre Kulleraugen noch weiter auf und sah Lale an. »Ich fass es nicht. Da kauft einer vom anderen Haschisch oder anderen Drogenmüll.«

»Psst«, machte Lale. »Lass uns noch einen Moment warten, bevor wir eingreifen. Ich will erst wissen …« Jetzt konnte sie erkennen, dass Fidel Müller ein Päckchen in seiner Tasche verschwinden ließ. Er war also der Kunde.

»Meinst du, Pit gehört hier zu den Haschern?«, fragte Mandy besorgt.

»Glaube ich nicht. Wenn Pit kiffen würde, hätte er nicht so viel Energie. Er ist nicht der Typ für so was.«

»Na hoffentlich.« Mandy machte ein grimmiges Gesicht.

Lale versuchte es mit einem schrägen Grinsen. Sie hatte Vertrauen zu ihrem Sohn. Und das ließ sich nicht durch ein paar Leute aus seiner Umgebung erschüttern. Auf Möglichkeiten zum Drogenkonsum stießen Jugendliche schließlich an jeder Ecke. Laut ihren Kollegen aus den einschlägigen Dezernaten waren Schulen und Jugendfreizeiten da weitaus größere Umschlagplätze als Clubs oder Szenekneipen. Trotzdem wollte sie diesen Mischa mal genauer unter die Lupe nehmen, zumal Fidel Müller mehr als ein kleines Drogenproblem hatte.

Lale ging direkt auf die beiden Jungs zu. »Hallo.«

Mischa Sörensen sah sie entsetzt an und ließ schnell etwas in seiner Hosentasche verschwinden.

Lale grinste breit. »Na, tauscht ihr beide gerade Pokemon-Karten?« Die beiden starrten stumm. »Mischa, Sie sollten ihm aber kein Cannabis oder Haschisch geben. Fidel hat eine Drogenpsychose und schluckt derzeit Psychopharmaka. Sie nehmen doch regelmäßig Ihre Medikamente, Fidel?«

Der Mützenträger nickte.

»Du kennst sie?«, fragte Mischa den mickrigen Mützenmenschen.

»Nein, persönlich hatten wir noch nicht das Vergnügen«, erklärte Lale freundlich. »Aber *wir* kennen uns ja. Mischa, du wirst Fidel weder etwas verkaufen noch schenken. Und wenn ich dich noch ein Mal beim Dealen erwische, war's das für dich.« Lale klang so sachlich, als würde sie über eine Allergie informieren.

»Du weißt, dass ich jederzeit überall auftauchen kann und dass Flucht zwecklos ist.«

»Klar.« Mischa Sörensen schien sich langsam von seinem Schreck zu erholen. »Frau Petersen, was machen Sie denn überhaupt hier?«

»Eurer Probe beiwohnen. Was denn sonst?« Lale deutete hinüber zum Schlagzeug. »Ich sollte doch bei Pit ein gutes Wort für dich einlegen. Nun lass mal hören, was du so drauf hast.«

»Jetzt? Sofort?« Mischa blinzelte aus glasigen Augen.

»Aber sicher jetzt«, hörte Lale eine sonore Stimme hinter sich. »Deshalb sind wir schließlich hier.« Jobst klopfte Lale auf die Schulter.

Sie zuckte zwar zusammen, ließ sich aber nichts anmerken. »Genau. Wir kommen jetzt öfter mal vorbei. Wegen der Motivation und so.« Lale deutete auf Jobst. »Das ist übrigens Pits Vater.«

»Das sieht man sofort.« Mischa Sörensen fixierte Jobst, hinter seiner Stirn schien es zu arbeiten. »Dann sind Sie der Staatsanwalt?«

»Genau der.« Jobst reichte ihm die Hand. »Jobst Petersen, angenehm, wie ich hoffe.« Er zwinkerte Lale zu.

»Ähm, klar doch.« Mischa Sörensen ergriff sichtlich verlegen die dargebotene Hand.

»Und wir kennen uns auch.« Mandy kam hinzu und wandte sich direkt an Fidel Müller. »Wir haben noch ein Hühnchen miteinander zu rupfen, mein Gudster. Wie kommst du dazu, mich erst anzugreifen und mich dann anzuzeigen, nur weil ich mich erfolgreich wehre? Das nächste Mal lasse ich dich in der Elbe absaufen.« Sie machte einen weiteren Schritt auf ihn zu.

Schnell drängte sich Lale zwischen die beiden. »Immer mit der Ruhe, Frau Schneider«, warnte sie. »Ich bin mir sicher, unser Fidel Meier überlegt sich das noch mal mit der Anzeige.«

»Müller. Mein Name ist Fidel Müller.« Der Junge wirkte verwirrt. Lale war sich nicht sicher, ob er wirklich wusste, wen er da vor sich hatte.

»Sie sind das also«, stellte Jobst fest. »Und Sie möchten also Ihre Anzeige zurückziehen?«

»Wenn nicht, liefere ich diesen Typen höchstpersönlich in der Klappse ab.« Mandy klang kampflustig.

»Sie sind doch in ambulanter Behandlung, Herr Müller?« Lale versuchte, Mandy zu beschwichtigen.

Fidel Müller nickte scheu. »Ich bin manchmal ziemlich, nun ja, irgendwie wirr.«

Lale warf einen Seitenblick auf Jobst. »Oh, dass kenne ich gut. Das geht nicht nur Ihnen so.«

»Lale, bei dir hat das andere Ursachen.« Jobst schien sich zu amüsieren.

Lale atmete tief ein. »Stimmt, so ein Staatsanwalt ist nicht wirklich in der Lage, mich aus dem Konzept zu bringen.«

Jobst winkte betont lässig zu Pit hinüber. »Ach Gottchen, meine Liebe, welches Konzept denn?«

»Jobst, mach dir nichts daraus, dass du meinen Plänen gar nicht so schnell folgen kannst wie ich sie umsetze.« Lale grinste breit. »Da kommt meine langwierigste, aber auch erfolgreichste Umsetzung. Hallo, Sohn.«

Pit hatte den Bass zur Seite gelegt und kam auf die kleine Gruppe zu. »Mama? Papa? Was macht ihr denn hier? Und dann noch gleichzeitig? Und Mandy, hallo!«

Mischa Sörensen klopfte Pit auf die Schulter. »Alter, ich geh dann mal. Mir ist das hier heute etwas zu viel geballte Staatsmacht.« Er nickte in die Runde und trollte sich.

»Bis demnächst«, rief Lale ihm hinterher.

Als sich nun auch Fidel Müller vom Acker machen wollte, stellte Mandy sich ihm in den Weg. »Du bleibst.«

»Nicht anfassen«, warnte Lale leise und behauptete ihre Position zwischen den beiden.

Jobst räusperte sich. »Wann gibt es denn nun mal etwas zu hören, mein Sohn? Ich würde mir doch gern mal ein akustisches Bild von eurer neuen Band machen.«

Pit sah ihn verwundert an. »Holger spielt doch die ganze Zeit. Und unseren Schlagzeuger habt ihr in die Flucht geschlagen. Das ist hier doch kein Konzert …«

»Seit dein Vater von deiner neuen Band gehört hat, sucht er vermutlich schon nach einem passenden Rahmen für die erste goldene Schallplatte.« Lale zwinkerte Pit zu. »Nur Motivation, versteht sich, mit Druck hat das nichts zu tun.«

»Ein bisschen Druck kann doch nicht schaden«, wandte Jobst ein. »Was immer man tut, man sollte es tun, um ganz vorn mitzumischen, nicht wahr?«

»Klar, du konntest ja nicht einmal deinen blöden Studentenjob als Barkeeper machen, ohne dich zum besten Barkeeper Hamburgs hinauf zu mixen und zu rühren.« Lale schnaubte.

»Echt?«, fragte Mandy, und ihre Wangen glühten schon wieder.

»Echt«, sagte Lale und verschränkte die Arme vor der Brust. »Frag ihn doch mal nach den Ranglisten im Golfclub: Oh, mein Handicap, mein Handicap …«

Pit lachte. »Stimmt, das waren Zeiten voller Handicaps.«

Jobst wischte sich eine blonde Haarsträhne aus dem Gesicht. »Ein bisschen Ehrgeiz ist gesund und zeugt von einem gefestigten Charakter. Im Übrigen ist mein Handicap …«

Lale und Pit blähten die Wangen vor unterdrücktem Lachen und hielten sich die Hände vors Gesicht.

»Aber du kannst eben nicht Golf spielen«, sagte Jobst zu Lale. »Lern es doch selbst, dann wirst du schon sehen.«

»Au ja. Ich lasse mir beibringen, wie ich den Golfball genau so schlage, dass er dich auf die Zwölf trifft, damit du mal auf dem Teppich bleibst.« Lale lachte. »Jobst, im Ernst, Du bist nicht ehrgeizig, du bist vor allem eitel.«

»Etwas Eitelkeit würde dir ganz gut stehen«, entgegnete Jobst. »Du bist doch hier diejenige, die ihr Potenzial verschleudert. Du könntest längst selbst Chef der Mordkommission sein.«

»Das sagst du nur, weil Gerste dir auf deine pedikürten Füßchen getreten ist.« Lale verdrehte die Augen.

»Schluss jetzt«, verlangte Pit kopfschüttelnd. »Seid ihr meinetwegen hier, oder wollt ihr euch weiter eure verschrobenen Liebeserklärungen machen?«

»Nein, natürlich sind wir deinetwegen hier«, erklärte Lale schnell. »Also Mandy und ich jedenfalls. Ich wusste gar nicht, dass dein Vater auch kommt.«

»Und du?« Pit sah seinen Vater herausfordernd an.

»Ich bin natürlich deinetwegen hier.« Jobsts Blick streifte Lale. »Und nur deinetwegen, mein Sohn. Außerdem …« Er räusperte sich. »Außerdem war ich gerade in der Nähe.«

»Ach, hattest du wieder ein Date mit deiner neuen Kirsche?« Pit stand direkt vor Jobst und sah ihn aufmerksam an. »Ich habe euch gestern gesehen.«

Lale beobachtete Vater und Sohn. Zwei mal zwei Meter Mann in Blond mit 25 Jahren Altersunterschied. Die Ähnlichkeit hatte sie in diesem gewaltigen Ausmaß noch gar nicht bemerkt. Und sie musste zugeben, dass Jobst nicht wirklich 25 Jahre älter wirkte. Sie schluckte.

»Was denn für eine Kirsche?« Jobst lachte ziemlich aufgesetzt.

»Ich habe euch doch gestern gesehen«, sagte Pit. »Du hast eine neue Freundin. Gib es ruhig zu.«

»Das muss ein Missverständnis sein.« Jobst räusperte sich leise.

»Ach ja, Jobst und diese schrecklich aufdringlichen Missverständnisse.« Lale grinste breit. »Weißt du noch, wie du schon in Hamburg unter den blonden und brünetten Missverständnissen zu leiden hattest? Schlimm war das.«

»So, so, ein Missverständnis.« Pit nahm seinen Vater ins Visier. »Ich finde schon, dass du mit offenen Karten spielen solltest …«

»Das finde ich aber auch.« Mandy stemmte angriffslustig die Hände in die Hüften. »Schließlich sind Sie *unser* Staatsanwalt. Da möchten wir schon wissen, was Sie so treiben und mit wem.«

Jobst sah sie ungläubig an, und Lale musste unwillkürlich grinsen. »Siehst du, Jobst? Da kann ich aufklären und argumentieren, so viel ich will. Die Damenwelt steht einfach auf dich, selbst wenn bekannt ist, was du für einer bist.«

»Und das bei deinem Engagement in dieser Angelegenheit.« Jobst warf den Kopf in den Nacken. »Schließlich bist du eine so unermüdliche Missionarin, dass mich die Dresdner Damenwelt geradezu meidet.«

»Recht so.« Mandys Wangen glühten. »Dann haben Sie also keine Geliebte, oder was?«

»Also Mandy, das geht nun wirklich zu weit«, wies Lale sie amüsiert zurecht.

Pit lachte. »Sag mal, spielst du Schlagzeug?«, wandte er sich an Fidel Müller.

»Vergiss es«, sagte Mandy bestimmt. »Richtig zuschlagen kann der ni. Lass mich mal versuchen.« Sie stapfte durch den Probenraum zum Schlagzeug.

»Und ich dachte, nur ihr beide habt eine Macke«, sagte Pit kopfschüttelnd und folgte Mandy.

»Die macht mir Angst.« Fidel Müller klang kleinlaut.

»Warum wundert mich das nicht?« Lale musterte den Mützenheini. »Ziehst du denn deine blöde Anzeige zurück? Immerhin hat sie dich nicht nur zack-zack in die Elbe befördert, sondern dich auch wieder rausgezogen.«

Ein wütender Trommelwirbel erfüllte den Raum. Der Mützenkopf nickte. »Ja, ja. Ich ziehe alles zurück.« Er sah sichtlich verunsichert von einem zum anderen. »Auch mich selbst. Ich bin dann mal weg.« Er tippte sich an die Mütze und verschwand in Richtung Tür.

Die Becken des Schlagzeugs schepperten.

»So, und jetzt zu uns«, sagte Jobst zu Lale.

»Was?« Lale deutete auf ihre Ohren und sah hinüber zu Holger Hummel, der unbeirrt weiter die Klarinette bearbeitete.

Jobst hob die Stimme. »Du bist derart verbohrt in deinen Vorurteilen«, grölte er. »Ist dir gar nicht aufgefallen, dass ich weder Freundinnen noch Verhältnisse habe, seit ich in Dresden bin?«

Mandy schlug wie wild auf Trommeln und Becken ein und trat immer wieder kräftig die Pauke.

Jobst wurde ebenfalls lauter. »Seit ich hier bin, beschäftige ich mich ständig nur mit dir! Ich passe auf dich auf, helfe dir immer wieder aus der Patsche. Und was bekomme ich von dir? Nichts als Vorwürfe?«

»Na, und! Ich habe dich nicht darum gebeten«, entgegnete Lale unter Trommelwirbeln.

»Natürlich nicht.« Jobsts Augen blitzten auf. »Da kann ich lange warten ...«

Mandy drosch auf das Schlagzeug ein. Die Klarinette lachte höhnisch auf. Lale fröstelte.

»Schau mich an, wenn ich mit dir rede«, verlangte Jobst lautstark. »Du willst einfach nicht begreifen, wie wichtig du mir bist.«

Lale blickte entsetzt zu ihm auf. »Nee du, das will ich wirklich nicht. Ich muss weg.« Sie drückte ihm ihre Bierflasche in die Hand und eilte zur Tür.

Sie lief über den Flur, bahnte sich einen Weg durch den Vorraum hinaus auf die Straße und wandte ihre Schritte die Straße hinunter Richtung Elbe, ohne sich noch einmal umzudrehen. Wenn sie dieses Tempo beibehielt, wäre sie in einer halben Stunde zu Fuß zu Hause.

Konspirationen II

Mit Schwung warf Lale den Feudel in den Eimer, dass das Wischwasser spritzte. Dann griff sie mit feuchten Händen nach dem Staubtuch und jagte es eine letzte Runde über das Regal. So, das musste reichen. Sie schleppte den Staubsauger durch die Küche und quetschte ihn in den Abstellraum. Als sie die Tür schließen wollte, drängte der Schlauch des Staubsaugers wieder heraus. Sie trat nach dem Gerät, drückte die Tür fest zu und drehte den Schlüssel herum. Das war geschafft. Dann warf sie einen Blick auf den Schrubber, der noch in einer Küchenecke lehnte. Nein, sie würde den Abstellraum jetzt nicht noch einmal öffnen. Sie ließ sich nicht von einem Staubsauger tyrannisieren – ebenso wenig wie von einem Staatsanwalt. Und sie ließ sich auch nicht von Jobst Unsensibilität vorwerfen. Vorurteile? Sie? Quatsch! Das waren Erfahrungen. Langjährige Erfahrungen. Dieser Mann würde sich nicht ändern. Der nicht. Da konnte er ihr viel erzählen.

Lale fuhr mit dem Lappen über die Spüle. So blitzblank war ihre Küche schon lange nicht mehr gewesen. Eigentlich nie, seit sie die Wohnung bezogen hatte. Seit sie in Dresden lebte. Keine Verhältnisse und Freundinnen hat er angeblich gehabt hier in Dresden. Wer es glaubt. Außerdem war ihr das egal. Jawohl! Warum sollte sie darauf achten? Warum sollte ihr das überhaupt auffallen? Sie stapfte in den Flur, schnappte sich den Eimer und schüttete den Inhalt samt Feudel in die Badewanne. Sie hatte auch keine Verhältnisse. Und wen interessierte das? Niemanden. Nicht einmal sie selbst. Sie schaute dem bräunlichen Wasser nach, das gluckernd im Abfluss verschwand. Rechtsdrehend oder links? Egal, eben verdreht. Genau, das war verdreht. Alles war verdreht. Warum erzählte ihr Jobst solchen Mist? Was sollte das? Sie griff zur Brause und spülte den Feudel, bis ihr Rücken von der gebückten Haltung schmerzte. Sie hatte wahrlich Wichtigeres zu tun, als über Jobsts Gefasel nachzudenken. Sie hatte einen Fall zu lösen, wenn nicht zwei. Kraftvoll wrang sie den Feudel, bis ihm das Wasser ausging. Dann klatschte sie ihn mit Wucht in den Eimer.

Schluss. Aus. Ende. Sie hatte die Bude geputzt, die Böden gesaugt und gewienert. Sie würde jetzt nicht auch noch Fenster putzen. Sie würde jetzt arbeiten. Der tote Azubi, der verschwundene Ausbilder, die kruden Dateien. Jetzt ging es ab in die Mordkommission. Am Samstag störte sie dort wenigstens niemand. Vor allem kein Staatsanwalt, der blöde Bemerkungen machte.

»Zur Sache, Schätzchen«, sagte Lale zu Katinka, die auf dem Tisch saß und sich hingebungsvoll eine Vorderpfote leckte. Lale sah an sich herunter. Sich selbst würde sie jedenfalls nicht aufputzen. Das hatte sie nicht nötig. Sie fühlte sich in ihrer ausgebeulten Jeans und dem schlabbrigen T-Shirt sowieso am wohlsten.

Sie griff nach Schlüssel und Lederjacke. Wenn sie ein bisschen Tempo machte, würde sie am Fetscherplatz noch die nächste Vier oder Zwölf erreichen, um per Straßenbahn zur Polizeidirektion zu kommen.

Zwanzig Minuten später sprang Lale am Pirnaischen Platz aus der Bahn und lief hinüber zur Schießgasse. Am Samstagvormittag parkten vor allem Stadtbummler auf dem offiziellen Parkplatz gegenüber dem Polizeigebäude. Grinsend bemerkte Lale, dass Paul Winters Parkplatz fremdbesetzt war und sie nichts damit zu tun hatte. Gut, dass die Nervensäge nicht im Präsidium war. Der hatte ihr gerade noch gefehlt. Das war auch so eine Laberbacke …

»Seit ich hier bin, beschäftige ich mich ständig nur mit dir«, hallte Jobsts sonore Stimme in ihrem Kopf. Und? Wen interessierte das? Da war er doch selbst Schuld. »Und was bekomme ich von dir? Nichts als Vorwürfe.« – Ha, und was war das? Natürlich ein Vorwurf, wenn nicht gleich zwei oder drei. Was wollte dieser Blödmann denn? Dass sie bemerkte, was für ein toller Hecht er war? Na, Hauptsache, er hielt sich selbst dafür. Lale lief die Stufen hoch in den vierten Stock. Schlimm genug, dass sie immer wieder beruflich miteinander zu tun hatten. Dass er zu Pits Probe erschien, nun gut, er war nun mal Pits Vater. Aber dass er dann auf sie einredete … Wofür hielt sich dieser Mensch? Und was wollte er ihr überhaupt damit sagen, dass er keine Affären mehr hatte und sich ständig nur um sie kümmerte?

Energisch warf sie die Bürotür hinter sich ins Schloss. Schluss damit! Was er damit meinte, konnte ihr doch egal sein. Das ging sie nichts an. Das interessierte sie überhaupt nicht.

»Hallo Gräfin.« Lale hielt den Finger in den Käfig und ließ Mandys Wellensittichdame zur Begrüßung an der Fingerkuppe knabbern. Gräfin Cosel krächzte.

»Hat unsere Frau Schneider dich denn noch gar nicht abgeholt? Da ist es gestern bestimmt spät geworden. Sie hat nämlich noch Schlagzeug gespielt …« Lale sah schon wieder Jobst vor ihrem geistigen Auge, wie er sich gerade eine blonde Haarsträhne aus dem Gesicht wischte. Eine sehr vertraute Geste. Na klar, Pit hatte die gleiche Angewohnheit. »Weißt du was, meine kleine gefiederte Gräfin?«

Der Vogel drehte den Kopf zur Seite und bewegte seinen Schnabel. Dann schrebbelte er laut los.

»Recht hast du, Frau Gräfin.« Lale zog den Finger zwischen den Käfigstäben hervor. »Wenigstens wir sind uns einig.«

Lale ging an ihren Schreibtisch und kramte die Speicherkarte aus der Jackentasche, die ihr der Computerkriminalist zwei Tage zuvor gegeben hatte. Vor lauter Psychokram und Staphylokokken war sie noch überhaupt nicht dazu gekommen, einen Blick auf die so kunstvoll verschlüsselten Daten zu werfen. Sie schaltete den Rechner ein. Das würde wieder eine Weile dauern. Seufzend begann sie, in ihren Schreibtischschubladen nach einem Lesegerät für die Speicherkarte zu suchen.

Der Computer piepte, und Gräfin Cosel antwortete fröhlich.

In der ersten Schublade fand Lale zwei leere Keksdosen und ein paar Packungen Papiertaschentücher. Auch in der nächsten Schublade stapelte sich nur sinnloser Kram. Dorthin hatte sie so überflüssige Utensilien wie Locher und Tacker verbannt. Was war das für ein Kabel? Ach, das Ladekabel für ihr Handy. Das hatte sie schon vergeblich zu Hause gesucht. Schnell zog sie ihr Mobiltelefon aus der Tasche, stöpselte das Kabel ein und schloss das andere Ende an die Steckdose an. Dann zückte sie ihren Schlüssel und öffnete die verriegelte unterste Schublade. Dienstwaffe und Munitionsverpackungen kamen zum Vorschein. Außerdem eine Akte aus einem alten Fall, die sie sich vor einigen Wochen von Kroko hatte heraussuchen lassen. Die hätte sie ihm längst wieder zurückgeben sollen …

Lale schnappte sich die Akte, trat die Schublade zu und lief hinüber ins verwaiste Büro des Chefs. Von dort führte eine Tür in Krokos Arbeitskabuff. Hoffentlich hatte er nicht abgeschlossen. Sie drückte die Klinke herunter. Die Tür war offen. Glück gehabt. Einen Moment lang zögerte sie vor den sorgsam sortierten Stapeln auf dem Schreibtisch des Kollegen. Selbst die gespitzten Bleistifte lagen in gleichmäßigem Abstand neben den leeren pastellfarbenen Zetteln, die selbstverständlich nach Wochentagen sortiert waren. Wie konnte ein Mensch nur so pingelig sein …

»Hallo, Frau Kollegin«, hörte sie Krokos erstaunte Stimme hinter sich.

Zügig schob Lale die Akte unter einen der Stapel auf dem Schreibtisch und wandte sich um. »Ach, Sie sind doch da.« Lale versuchte es mit einem schrägen Lächeln. »Ich hab Sie schon gesucht.«

»Echt?« Kroko schien sich zu freuen. »Ich war nur kurz am Kopierer …«

»Klar. Wo auch sonst.«

Kroko schien entschlossen, ihre Bemerkung zu ignorieren. »Ich dachte mir, ich schreibe sofort den Bericht. Ich habe auch Fotos gemacht.« Lale runzelte die Stirn. Doch bevor sie nachfragen konnte, setzte Kroko hinzu: »Gestern Abend. Ich habe doch Timo Tzschilpner, den Geschäftsführer der IT-Firma beschattet.«

»Stimmt.« Lale erinnerte sich. »Und? Was ist dabei herausgekommen?«

Kroko blickte auf die Zettel in seiner Hand. »Um 18:35 Uhr hat er die Firma verlassen und ist zur Tankstelle an der Wiener Straße gefahren, danach zu einer Adresse in Kleinzschachwitz. Ich habe das überprüft: Es ist die Adresse, unter der er gemeldet ist. Anzunehmen ist, dass er dort wohnt. Er fährt einen dunkelblauen BMW mit dem Kennzeichen DD …«

»Schon gut.« Lale verdrehte die Augen. »Nur das Wesentliche bitte.«

»Der Wagen ist auf die DISSEL GmbH zugelassen«, erklärte Kroko. »Um 19:53 Uhr hat er sein Zuhause wieder verlassen, diesmal in einem roten VW Golf, zugelassen auf seine Ehefrau Sabine Tzschilpner, geborene …«

»Kroko«, drängelte Lale. »Ich will nicht die Blutgruppen seiner gesamten Verwandtschaft.«

»Schwertfeger«, fuhr Kroko unbeirrt fort. »Das erscheint mir wichtig, weil er zu einer Verabredung fuhr. Wenn er eine heimliche Affäre hat, wird er vermutlich nicht den Wagen seiner Frau benutzen.«

»Hören Sie mir bloß auf mit Affären«, verlangte Lale unwirsch. Sie sah sofort wieder Jobsts Gesicht vor sich. »Mit wem hat er sich getroffen? Und wo?«

Kroko ging um seinen Schreibtisch herum und ruckelte an der Maus, bis ein Bild auf dem Monitor erschien. Dann warf er zunächst wieder einen Blick auf seine Zettel. »Also, er fuhr um 19:53 Uhr in Kleinzschachwitz los und über Laubegast und Tolkewitz nach Blasewitz, wo er die Elbe auf der Loschwitzer Brücke überquerte …«

»Gut, er fuhr also über das Blaue Wunder«, half Lale nach. »Das ist im Übrigen gar nicht blau, sondern graugrün, aber lassen wir das.«

»Jetzt, wo Sie das sagen.« Kroko legte die Stirn in Falten. »Eigenartig, da haben Sie recht.«

Lale schnaufte. »Weiter.«

»In Loschwitz hat er raufgemacht zur Bautzner Straße«, erklärte Kroko eifrig. »Also nicht über den Weißen Hirsch, sondern direkt rauf, vorbei am Wohnsitz unseres Ministerpräsidenten …«

»Hat er bei dem angeklingelt, oder warum erwähnen Sie das?«, fragte Lale ungehalten.

»Nein«, entgegnete Kroko. »Aber man kann ja nie wissen, was wichtig ist.« Er legte den obersten seiner Zettel zur Seite. »Dann ist er auf der Bautzner Straße Richtung Westen gefahren. Sie wissen schon, zur Linken geht es zu den drei Elbschlössern, und zur Rechten liegt der Mordgrund.«

»Kroko, kein Sightseeing«, ermahnte Lale. »Fakten. Wann ist er denn wo angekommen?«

»Um 20:28 Uhr bog er auf der Fischhausstraße, die durch die Dresdner Heide nach Radeberg führt, rechts ab auf einen Parkplatz. Da ist er ausgestiegen und hat eine Zigarette geraucht.« Er schnaufte. »Es war sehr schwierig, dort zu parken, ohne aufzufallen. Zumal ich ihn eigentlich hätte zurechtweisen müssen.«

»Warum?« Lale verdrehte erneut die Augen. »Weil er auf einem Forstweg stand?«

»Nein, nein, der Parkplatz ist offiziell«, erklärte Kroko beflissen. »Aber um diese Jahreszeit herrscht striktes Rauchverbot im Wald und um die Wälder herum. Das Sächsische Forstamt …«

»Kroko.« Lale begann auf und ab zu gehen. »Hat er einen Waldbrand verursacht? Nein. Was ist passiert?«

»Um 20:38 Uhr parkte ein weiterer Wagen auf dem Parkplatz«, fuhr Kroko fort. »Ein Mitsubishi, Geländewagen. Diesem Wagen entstieg ein Mann in legerer Kleidung. Außerdem ein Schäferhund.«

»Und?« Lale lief schneller auf und ab.

»Frau Petersen, Sie machen mich ganz nervös.« Kroko klickte mit der Maus herum. »Der Mann verschwand mit seinem Hund im Wald. Doch dann kam ein weiteres Fahrzeug, ebenfalls ein Geländewagen. Um 20:43 Uhr. Ein Mann mit Hut, Schal und Brille stieg aus …«

»Und verschwand mit Hut, Schal und Brille im Wald?« Lale zog die Augenbrauen hoch.

»Nein. Er unterhielt sich mit Timo Tzschilpner«, sagte Kroko. »Und dann hat er ihm ein Kuvert übergeben. Schauen Sie.« Er winkte sie zu sich heran.

Lale ging nun um den Schreibtisch herum und warf einen Blick auf Krokos Monitor. »Sie haben also Fotos gemacht, sehr schön.«

Kroko strahlte. »Natürlich. Ich würde sagen, ein B4-Kuvert.«

»Häh?« Lale blickte auf ein Foto, in dessen Mittelpunkt eine Versandtasche prangte. »Ach so, das. Ist ja ziemlich dunkel, das Ganze.«

»Ich konnte natürlich keinen Blitz benutzen«, erklärte Kroko.

»Natürlich.« Lale nickte. »Wer ist denn nun wer?«

»Das da rechts ist Tzschilpner.« Er klickte weiter. »Hier wirft er seine Zigarette weg, da tritt er sie aus …«

»Und wer ist der andere?« Lale kniff die Augen zusammen.

»Das kann man leider nicht erkennen.« Kroko legte seine Notizen zur Seite. »Und hier, sein Kennzeichen ist auf dem Bild auch ganz verschwommen.«

»Schiet aber auch«, murmelte Lale.

»Das war in jedem Fall ein höchst konspiratives Treffen«, sagte Kroko. »Schauen Sie nur, die Aufmachung. Wozu braucht der Mann einen Schal und eine dunkle Brille? Es ist zu warm für einen Schal, und es ist zu dunkel für eine Sonnenbrille. Und dieser Hut. Der Mann wollte nicht erkannt werden.«

»So sieht es aus«, meinte Lale. »Ist nur die Frage, ob Tzschilpner ihn nicht erkennen sollte, oder Außenstehende.« Sie begutachtete erneut die Fotoreihe. »Vermutlich wird er dann auch nicht mit seinem eigenen Wagen gekommen sein, sodass uns das Kennzeichen wenig Aufschluss geben würde.«

»Um 20:56 Uhr war das Treffen schon wieder beendet.« Kroko griff erneut zu seinen Notizen. »Erst verließ der Unbekannte den Parkplatz, und zwar in Richtung Radeberg. Tzschilpner selbst wartete noch zwei Minuten und fuhr dann in Richtung Dresden.« Kroko zuckte die Schultern. »Ich hatte Bedenken, ihm direkt zu folgen. Deshalb habe ich erst gegen 22 Uhr festgestellt, dass der rote VW Golf wieder in Kleinzschachwitz auf dem Grundstück Tzschilpners stand.«

Lale rieb sich die Schläfe. Tzschilpner traf sich also mit jemandem, der nicht erkannt werden wollte. »Sind Sie sicher, dass Tzschilpner Sie nicht bemerkt hat?«

»Das will ich doch hoffen«, erwiderte Kroko. »Versprechen kann ich es allerdings nicht. Die Situation auf dem Parkplatz bot wenig Deckung.«

»Gut, wir brauchen Verstärkung.« Lale begann erneut auf und ab zu gehen. »Wir sollten ihn weiter im Auge behalten.«

»Im Moment sitzt er in der Firma. Ich bleibe erstmal an ihm dran.«

»Hallo? Ist jemand da?«, rief eine weibliche Stimme aus dem Chefbüro.

»Wir sind hier«, antwortete Kroko sofort.

Natascha Peschkowa, die Reporterin, steckte ihren Kopf zur Tür herein. »Frau Petersen. Wie schön. Ihr Sohn meinte, ich würde Sie vielleicht hier antreffen.«

»Moin, moin.« Lale musterte die Reporterin. Sie sah mal wieder höchst elegant aus und wirkte dennoch nicht overdressed. »Wieso mein Sohn? Haben Sie mit Pit gesprochen?«

»Ja. Am Telefon. Ich dachte erst, er sei Ihr Mann. Ich hätte nicht gedacht, dass Sie schon einen erwachsenen Sohn haben.«

»Erwachsen? Ich weiß nicht. Er geht noch zur Schule. Aber den Stimmbruch hat er hinter sich.« Sie ging auf die Reporterin zu. »Und woher haben Sie meine private Telefonnummer?«

Natascha Peschkowa lächelte. »Frau Petersen, ich bin Journalistin …«

»Das soll wohl auch erklären, warum Sie vorgestern einfach so verschwunden sind?« Lale zog die Augenbrauen hoch.

»Ich habe recherchiert. Da muss man schnell reagieren.«

»Sehen Sie, Kroko«, wandte sich Lale an den Kollegen. »Frau Peschkowa ist unversehrt.« Sie grinste die Journalistin an. »Kollege Kroko mutmaßte schon, man habe Sie entführt.«

»Wirklich?« Natascha Peschkowa lachte glockenhell. »Na, Sie hätten mich doch bestimmt gerettet, nicht wahr?«

»Kroko, Frau Peschkowa meint Sie.«

»Mich?« Kroko blickte verwirrt vom Monitor auf. »Ich versuche, die Bildausschnitte zu vergrößern. Vielleicht kann man dann doch etwas erkennen.«

»Bildausschnitte?« Die Reporterin horchte auf. »Vielleicht kann ich helfen. Mit Fotos kenne ich mich ganz gut aus.«

»La Paparazza Peschkowa, was?« Lale schmunzelte. »Kroko, wir sollten solch kompetente Unterstützung nicht ablehnen.«

Kroko verzog das Gesicht. Offensichtlich passte es ihm gar nicht, fremde Hilfe in Anspruch zu nehmen. »Wenn es der Wahrheitsfindung dient«, murmelte er und gab seinen Computer frei.

Die Peschkowa sah mit zusammengekniffenen Augen auf den Bildschirm. »Ist das Wald, da im Hintergrund?«

»Hmm«, machte Kroko und verschränkte die Arme vor der Brust.

»Und dann im Dunkeln und alles ohne Blitz.« Die Journalistin nickte. »Alle Achtung, dafür sind die Bilder doch wirklich gelungen ...«

»Finden Sie?« Kroko schien um einige Zentimeter zu wachsen und warf Lale einen triumphierenden Blick zu.

Diese hob abwehrend die Hände. »Ich habe nicht gemeckert. Wenn ich die Bilder gemacht hätte, wären vermutlich nur schwarze Löcher zu sehen.«

»Hey, den kenne ich«, rief die Peschkowa plötzlich.

»Wen?« Sofort waren Kroko und Lale direkt neben ihr.

»Den mit der Zigarette?« Lale deutete auf Tzschilpner.

»Nein.« Die Reporterin schüttelte den Kopf. »Unseren vermummten Herrn Staatssekretär.« Sie deutete auf den Unbekannten. »In dieser albernen Aufmachung erscheint er immer, wenn er Informationen weitergibt.«

Ab geht die Lucy

»Da geht sie hin.« Kroko sah Natascha Peschkowa nach, die mit einem fröhlichen »Bis später.« die Tür hinter sich schloss.

»Sie würden wohl lieber unsere Starreporterin observieren als diesen schmierigen Geschäftsführer?« Lale schmunzelte. Männer. Sobald eine attraktive Frau ihnen ein kleines Lob hinwarf, fraßen sie ihr aus der Hand. »Machen Sie sich nicht zu viele Hoffnungen.«

»Hoffnungen? Was denn für Hoffnungen?«

»Nicht, was Sie denken. Ich fürchte, mit ihren konspirativen Kontakten ist es längst nicht so weit her. Diese Pressemenschen bauschen doch immer alles auf. Ist quasi eine Berufskrankheit.« Sie drehte die Visitenkarte der Peschkowa in den Fingern. »Was sollte Tzschilpner denn bitte mit dem Staatssekretär des Sozialministeriums abkaspern? Wirtschaftsministerium, okay, da würde ich genauer hinschauen ...«

»Und wenn sie recht hat?«

»Dann können wir uns den Herrn Staatssekretär immer noch zur Brust nehmen. Und jetzt Abflug, Kroko, sonst bekommen Sie noch Ärger mit dem Chef. Ihre Aufgabe ist Tzschilpner.«

Kroko raffte seine Kameratasche und verschwand seufzend. »Ich melde mich, wenn es etwas Neues gibt.«

»Aber nur, wenn es wirklich etwas Neues gibt.« Lale wandte sich um und ging in ihr Büro zurück. Sie hatte noch immer die Visitenkarte der Journalistin in der Hand. Vielleicht kannte diese Zeitungstante tatsächlich alle möglichen Minister und Staatssekretäre persönlich. Na und? Albernes Promi-Gehabe. Wie Jobst, der ständig betonte, dass er regelmäßig mit dem Innenminster golfte ... Ah! Nicht schon wieder Jobst.

Sie stopfte die Visitenkarte in ihre Hosentasche und macht sich entschlossen über Mandys Schreibtisch her. Wenn sie das Kartenlesegerät nicht hatte, konnte es ja nur bei Mandy herumliegen. Lale ging in die Hocke und öffnete eine Schreibtischschublade nach der anderen. Meine Güte, was hatte Mandy hier nur alles gebunkert? Die mittlere und größte Schublade war voller Deko-Schnickschnack. Kein Wunder, wo sie doch keine Jahreszeit kannte, zu der man nicht Eier, Blümchen, Bienchen, Schmetterlinge oder Blätter im Büro verteilen musste. In der nächsten Schublade waren allerhand technische Utensilien wie Kabel, USB-Sticks und Ladegeräte. Hier würde sie fündig …

Plötzlich zerrte etwas von hinten an ihr. Sie verlor das Gleichgewicht und fiel nach hinten. Nach einem kurzen Gefühl der Bodenlosigkeit rollte sich Lale nach hinten ab und sprang mit Schwung auf die Füße. Sie schoss empor und riss die Arme hoch. »Du?«

»Oh, mein Gott!« Mandy schlug die Hände vors Gesicht. »Ich dachte …«

»Also Frau Schneider. Dir möchte ich aber nicht alleine im Dunkeln begegnen.«

»Tut mir leid.« Mandy verzog ihr Engelsgesicht zu einer Fratze. »Ich bin derzeit wohl ein bisschen empfindlich.«

»Jedenfalls bist du nicht gerade empfindsam.« Lale schüttelte sich. »Du kannst aber auch zupacken.«

»Apropos im Dunkeln begegnen und so. Was machen wir jetzt mit diesem Typen, der abends durch den Großen Garten schleicht?«

»Den schnappen wir uns bei nächster Gelegenheit«, erklärte Lale. »Sobald Kroko frei dafür ist.«

»Kroko?« Mandy sah sie ungläubig an. »Du willst doch nicht etwa Kroko als Lockvogel einsetzen?«

»Doch. Ich finde, als Frau ist er ein viel besseres Opfer als ich oder womöglich du, du Kampfmaschine.«

»Und was hast du an meinem Schreibtisch zu kramen?« Mandy nieste leise.

»Ich suche ein Lesegerät für die Speicherkarte. Wir müssen uns endlich mal anschauen, was für Daten der tote Ronny da so großartig gesichert hatte.«

»Hm. Und wo ist Kroko hin? Ich habe ihn über den Parkplatz flitzen sehen.«

»Der hat den Auftrag, Tzschilpner im Auge zu behalten.« Lale begann erneut zu kramen. »Gestern Abend hat sich der Geschäftsführer mit einem seltsam vermummten Typen am Rande der Dresdner Heide getroffen. Die beiden haben entweder Informationen oder Geld ausgetauscht.«

»Aha?« Mandy zog ein Taschentuch aus der Hosentasche. »Konnte Kroko den Menschen bereits identifizieren?«

Lale schüttelte den Kopf. »Nein, aber unsere Peschkowa meint, es sei der Staatssekretär des Sozialministeriums. Weiß der Geier, warum …«

Mandy putzte sich geräuschvoll die Nase. Dann schob sie Lale zur Seite und schaltete ihren Rechner ein. »Sozialministerium also.« Sie ließ sich auf den Schreibtischstuhl sinken. »Jetzt geh hier mal weg. Ich habe kein Lesegerät für Speicherkarten. Steck die Karte doch einfach in Krokos Kamera, da gibt's ein Kabel …«

»Fehlanzeige. Die hat Kroko natürlich bei sich, um Staatssekretäre und Schlimmeres abzulichten. Ich glaube, diese Journalistin spielt sich nur auf.«

»Aber ob die Peschkowa sich nun aufspielt oder tatsächlich Kontakte spielen lässt. Wir können doch mitspielen.« Mandy gab Benutzername und Passwort ein. »Schauen wir uns den Herrn Staatssekretär mal an.«

»Wenn du meinst.«

»Warum bist du gestern Abend eigentlich so plötzlich abgehauen? Ich dachte schon, es geht wieder los und du rennst aufs Klo.«

»Nee, nee. Alles wieder gut.«

»Den Eindruck habe ich aber nicht«, widersprach Mandy. »Du wirkst so fahrig. War irgendwas?«

»Nee, nichts weiter. Ich wollte schnell nach Hause.« Lale starrte auf den Bildschirm. »Mein Gott, tut sich da endlich mal was?«

»Du hattest dich mit Jobst in der Wolle, was?« Mandy sah sie mit großen Augen an. »Hat der Mistkerl wirklich eine Freundin?«

»Das war ja gestern mehr dein Part, ihn wegen seiner angeblichen Freundin anzugehen.« Lale zog die Augenbrauen hoch.

»Übrigens, wenn ihn einer Mistkerl nennt, dann ich, ist das klar?«

»Also hat er tatsächlich eine?«

»Das ist mir doch egal, ob er eine Freundin hat. Aber hör bitte auf, ihm deshalb Vorwürfe zu machen. Sonst denkt er womöglich, ich will was von ihm.«

»Echt jetzt? Dir ist das egal?«

»Nun ja, solange er sie gut behandelt. Vorwarnen sollte man die Arme schon.« Lale deutete auf den Bildschirm. »Los, wir wollten arbeiten, nicht tratschen.«

»Aber ich mache mir doch nur so meine Gedanken.«

»Schluss jetzt, du Ersatz-Anabel. Du weißt genau, dass dieser Mann viel erzählt, wenn der Tag lang ist. Deshalb habe ich den gestrigen Tag einfach etwas schneller beendet.« Lale stemmte die Hände in die Hüften. »So viel Aufmerksamkeit hat Jobst nicht verdient. Erzähl mir lieber mal was über den Herrn Staatssekretär.«

»Da ist er.« Mandy deutete auf den Monitor. »Holm Schwertfeger, kommt aus dem Westen und tingelt seit 1991 durch sämtliche sächsischen Ministerien. War ja klar.« Sie unterdrückte ein Niesen. »Der ist auch Jurist.«

»Womit du wieder die Kurve zu Jobst geschlagen hättest.« Lale lachte.

»Er ist schon verdammt gut aussehend.« Mandy schniefte.

»Holm Schwertfeger?« Lale betrachtete das Foto auf dem Bildschirm. »Ich weiß nicht.«

»Nein, dein Ex-Mann.« Mandy tippte auf der Tastatur herum. »Vielleicht gibt's von dem ja auch ein Foto …«

»Vergiss es. Die stellen doch nicht ihre Staatsanwälte aus.« Lale setzte sich rittlings auf den Besucherstuhl und fuhr sich durch den blonden Schopf. »Übrigens sieht Sahnetorte auch gut aus, und trotzdem wird einem schlecht davon.«

Mandy seufzte leise. »Sahneschnitte trifft es.«

»Können wir dieses Thema bitte endlich lassen?« Lale rieb sich die Stirn.

»Ich weiß, was du brauchst«, rief Mandy. »Einen zünftigen Weiberabend …« Sie griff zum Telefon und wählte.

Lale beobachtete Mandy. Wer hier wohl einen zünftigen Abend brauchte?

»Hallo, ich bin's, die Mandy«, säuselte die Kollegin ins Telefon. »Was hältst du von einem spontanen Weiberabend? Ich besorge die Getränke, und du …« Sie zwinkerte Lale zu. »Du kannst die Häppchen doch direkt auf ein Tablett … nu, genau, musst du ja nur nach nebenan tragen.«

Lale spitzte die Ohren. Mit wem sprach Mandy da eigentlich?

»Supi, Brigitte, meine Gudste«, flötete Mandy. »So machen wir das.«

»Brigitte? Du meinst, meine Nachbarin Brigitte?«

Mandy nickte. »Und jetzt ruf ich noch Anabel Gerste an.«

»Der Weiberabend findet also bei mir statt?«, argwöhnte Lale.

»Ja, sicher.« Mandy hatte schon wieder den Telefonhörer am Ohr. »Mandy Schneider, hallo Frau Doktor Gerste …«

Lale zückte nun ebenfalls ihr Telefon. Wenn ihr gerade erst zurückerobertes Wohnzimmer schon zum öffentlichen Raum wurde, wollte sie auch selbst mitmischen. Sie stand umständlich auf und fummelte die Visitenkarte der Reporterin aus der Hosentasche.

»Nein, nein, können Sie ruhig mitbringen.« Mandy hatte ihr Telefonat mit Anabel Gerste beendet.

»Sie bringt den Chef mit?« Lale tippte die Handynummer von Natascha Peschkowa.

»Nein, keinen Mann«, erklärte Mandy. »Männer sind tabu.«

Lale grinste. »Das wird Brigitte aber nicht gefallen.« Sie widmete sich ihrem Telefon. Der Ruf ging raus. »Dann wollen wir doch mal sehen, ob du auch so ein Windei bist wie unser Presse-Winter, oder ob du etwas taugst.« Die Mailbox piepte. »Ja, hallo Frau Peschkowa, hier spricht Lale Petersen. Wenn Sie Ihre Mailbox abhören, rufen Sie mich doch bitte zurück.«

Als Lale die Wohnungstür öffnete, wurde auch nebenan die Tür aufgerissen. Brigitte erschien mit einem Tablett.

»Geht es schon los? Ich hab die ersten Häppchen fertig.« Sie drückte Lale das Tablett in die Hand.

Im Treppenhaus waren Stimmen zu hören. »Offenbar kommen schon ein paar Damen«, sagte Lale. »Ich weiß ja nicht, wen Mandy noch alles mobilisiert hat.«

»Oh, dann muss ich mich beeilen«, rief Brigitte. »Ich bringe gleich noch mehr.«

Lale schaute auf das Tablett voller Salatblätter, die mit Schnittlauch zu Säckchen zusammengebunden waren. »Was ist das denn?«

»›Goldsäcke.‹ Da drin ist selbst gemachter Käsesalat.« Sie verschwand wieder in ihrer Wohnung.

Nun entdeckte Lale Anabel Gerste auf der Treppe. Hinter ihr ging ihre Kollegin Lucy Nebel. »Hallo, die Damen und hereinspaziert.« Lale hielt ihnen die Tür auf und achtete darauf, dass Katinka nicht ins Treppenhaus entwischte.

»Hallo, Lale. Geht es Ihnen besser?«, fragte Anabel Gerste.

»Mir geht es sehr gut, danke.« Lale deutete mit einem Kopfnicken in die Wohnung. »Gehen Sie doch bitte durch ins Wohnzimmer. Schön, dass Sie auch dabei sind, Frau Doktor ähm, Nebel, richtig?«

Lucy Nebel nickte. »Ganz richtig. Und wir haben ein bisschen was mitgebracht. Flüssignahrung, Sie verstehen?« Sie kicherte.

»Lucy, denken Sie an Ihre Medikation«, ermahnte Anabel und zog eine Flasche Weißwein aus der Tasche. »Frau Schneider meinte, weiß wäre passend.«

»Wenn Frau Schneider das meint …« Lale platzierte Brigittes Tablett auf dem Tisch. »Bitte, setzen Sie sich.«

»Wissen Sie, Lucy und ich waren für heute Abend miteinander verabredet, und als Frau Schneider dann anrief, dachte ich, es wäre doch nett, wenn wir alle zusammen den Abend verbringen.«

»Gute Idee.« Lale reichte beiden Gläser. »Mandy besorgt gerade noch Getränke, und meine Nachbarin bereitet ein paar Häppchen vor.«

»Brigitte?«, fragte Anabel. »So eine nette Person.« Sie wandte sich an ihre Begleiterin. »Wissen Sie, Lucy, wir kennen aus der Beratungsstelle. Lale und Brigitte waren da in einen tragischen Fall verwickelt.«

Lucy Nebel sah Lale durchdringend an. »*Wie* tragisch?«

»So tragisch wie immer, wenn man bei der Mordkommission arbeitet«, antwortete Lale

»Wissen Sie Lucy, Lale gehört zur Abteilung meines Mannes«, erklärte Anabel Gerste. »Aber die arme Brigitte …«

In diesem Moment wummerte es an der Wohnungstür. »Das wird sie sein.« Lale sprang auf. »Brigitte ist da nur so mit hineingerutscht. Die hat nichts mit der Kripo zu tun.« Mit wenigen großen Schritten war sie an der Tür.

»Nachschub«, flötete Brigitte und lief mit zwei großen Tellern in den Händen an Lale vorbei. »Wer ist denn schon da?«

»Anabel, und sie hat eine Kollegin mitgebracht«, sagte Lale noch, doch Brigitte hatte längst das Wohnzimmer erreicht.

»Hallöchen.« Sie stellte die Teller ab und begrüßte die beiden Damen.

»Brigitte, wie geht es Ihnen?« Amüsiert beobachtete Lale Anabels argwöhnischen Blick.

»Oh, eigentlich recht gut«, gab Brigitte Auskunft. »Ich bin nur leider immer noch Single.«

»Wenn es weiter keine Probleme gibt.« Lucy Nebel winkte ab. Dann deutete sie auf die Teller. »Was ist das denn? Das sieht gut aus.«

»Das da sind ›Dumme Augusten‹.« Sie deutete auf den Teller mit gefüllten Champignons, deren Dekor aus Karotten, Mayonnaise und Petersilie Clowngesichter andeutete. Sie steckten in Papiermanschetten, wie Lale sie sonst nur von Muffins kannte. »Und hier haben wir ›Spießwürger‹, eigentlich eine Abwandlung von Pelmeni.« Sie hob einen Zahnstocher mit zwei Fingern an den Enden an. »Alles Eigenkreationen.«

Lale staunte. Sie wusste zwar, dass Brigitte das Kochen und eine gewisse Häuslichkeit liebte, aber heute hatte sie sich besonders ins Zeug gelegt. »Wow!«

»Nichts wow«, entgegnete Brigitte. »Wow kommt erst noch.« Sie lächelte verschmitzt und verschwand.

»Lass den Schlüssel einfach von außen stecken«, rief Lale ihr nach. Wer konnte schon wissen, wie viele Häppchenfuhren Brigitte noch anschleppen würde.

»Toll«, sagte Anabel Gerste. »Brigitte kümmert sich ja wirklich rührend.«

»Im wahrsten Sinne des Wortes«, erwiderte Lale. »Sie scheint schon seit Stunden in Töpfen zu rühren.«

»Haben Ihnen die Tropfen geholfen, die ich Ihnen mitgegeben habe?«

»Sie meinen dieses Propf-irgendwas? Ja, doch, vielen Dank. Mandy und ich haben daraufhin ewig geschlummert. Die haben nicht nur unsere Innereien beruhigt, sondern gleich alles abgeschaltet.«

»Mandy?« Anabel horchte auf. »Ging es ihr denn auch schlecht?«

Lale nickte. »Mit einer leichten Verzögerung ging das Ganze auch bei ihr los. War aber alles am nächsten Tag wieder erledigt.«

»Was denn?«, fragte nun Lucy Nebel. »Was war denn los? Sind Sie krank?«

»Nein, nein.« Lale schüttelte den Kopf. Sie hatte überhaupt keine Lust, angesichts von Brigittes Leckereien über Brechdurchfall zu sprechen. »Was darf ich Ihnen denn nun einschenken? Wie gesagt, Mandy bringt noch Getränke mit.« Sie griff zur Weißweinflasche.

»Für mich bitte keinen Alkohol.« Anabel Gerste hielt schützend die Hand über ihr Glas.

Lale zog eine Wasserflasche unter dem Tisch hervor.

Lucy Nebel verzog das Gesicht. »Für mich bitte kein Wasser.«

»Propaphenin wirkt immer«, erklärte Anabel, während Lale ihr eingoss. »Nicht wahr, Lucy?«

»Propaphenin? Sie meinen die Tropfen, die Sie mir gegeben haben?« Lale seufzte. So schnell war das Thema wohl doch nicht vom Tisch.

»Das hatten wir schon in den Achtzigern in der Langzeitpsychiatrie«, erklärte Lucy Nebel. »Da gab's täglich Tabletten für die Psychosekranken.«

Lale schenkte Lucy Nebel Wein ein und mixte sich selbst eine Schorle. »Sie haben schon zu DDR-Zeiten in Arnsdorf praktiziert?«

»Praktiziert, das kann man so sagen.« Lucy Nebel lächelte versonnen. »Es war alles in Weiß, und wir hatten diesen tollen Garten.« Sie blickte in die Ferne. »Der Geist vom Kaiserreich hing in den bröckelnden Gemäuern.« Dann sah sie Lale an. »Dieser Verfall, diese marode Umgebung, das war irgendwie sinnbildlich für das Siechtum.«

Lale stutzte. »Korrigieren Sie mich, wenn ich mich irre, aber es war doch die Psychiatrie. Es gibt ja diese Berichte, dass man in Kliniken oft Patienten mit Medikamenten ruhigstellt und sie mehr verwahrt hat als geheilt. Da mag ja sogar etwas dran sein, aber deshalb sind die Patienten doch keine Sterbenden, oder?« Sie warf einen Seitenblick auf Anabel, die Brigittes Häppchen zu zählen schien.

»Ich spreche von der Vergangenheit. Anfang der 1980er-Jahre, als ich nach Arnsdorf kam, war das alles ein rechtes Durcheinander.« Lucy Nebel guckte an die Decke. »Wir hatten natürlich die chronischen Psychiatriepatienten, aber wir hatten auch geistig Behinderte und Tuberkulosepatienten und natürlich pflegebedürftige Alte.«

»Alle durcheinander?« Lale überlegte kurz, ob es nicht Lucy Nebel war, die hier einiges durcheinanderbrachte.

»Sie waren doch damals selbst …« Anabel verstummte sogleich wieder.

»Ja, ich war damals selbst noch Schwester«, erinnerte sich Lucy Nebel. »Es gab einen solchen Notstand an Pflegekräften, dass man uns anbot, pflegebedürftige Familienangehörige dort mit unterzubringen, wenn man eine Stelle antrat.«

»Ach?« Lale sah, dass Anabel ihr freundlich zunickte. Was hatte das jetzt zu bedeuten?

»Ich habe eine Zeit lang auf dem Klinikgelände gewohnt«, erinnerte sich Lucy Nebel. »Gleich oben über der Station. Ich konnte in Hausschuhen zum Dienst. Es war nicht alles schlecht ...«

Anabel zwinkerte Lale zu. Was sollten denn diese Zeichen? Es war ebenso undeutlich wie ein Tritt unter dem Esstisch. Lale hasste so etwas. Man wurde nur verunsichert, ohne zu wissen, was los war.

»Aber in Arnsdorf müssen doch katastrophale Zustände geherrscht haben«, mischte Anabel sich nun ein. »Das Krankenhaus war für nicht einmal tausend Patienten gedacht, und es waren zu DDR-Zeiten teilweise fast zweitausend dort.«

Lucy Nebel nickte. »Für DDR-Verhältnisse war das aber noch ganz ordentlich. Höchstens zwanzig Leute pro Saal.«

»Wie bitte?«, entfuhr es Lale.

Anabel nickte. »Ich hatte doch schon erzählt, dass die Gebäude damals alle baufällig waren.«

»Aber warum sind Sie ausgerechnet in der Psychiatrie gelandet?«, fragte Lale Lucy Nebel. »Oder konnten Sie sich Ihren Arbeitsplatz nicht aussuchen?«

»Ich wollte in die Psychiatrie«, erklärte Lucy Nebel. »Als Schwester wurde man dort besser bezahlt als zum Beispiel in der Chirurgie. Und wir haben es uns alle zusammen nett gemacht.« Sie grinste breit. »Richtig schön kuschelig. Nur der Badetag war anstrengend. Aber die Patienten haben ihn geliebt.«

Anabel Gerste nickte bedächtig. Eine Geste, die Lale auch schon bei ihrem Chef bemerkt hatte. Ob er sich das Nicken bei seiner allzeit verständnisvollen und gesprächsbereiten Frau abgeschaut hatte?

»Sie hören mir gar nicht zu!«, fuhr Lucy Nebel sie plötzlich an. »Sie müssen schon auf das hören, was man Ihnen sagt, wenn Sie später mitreden wollen.«

»Wie bitte?« Lale sah sie entgeistert an. »Aber ...«

»Nicht jetzt.« Lucy Nebel hob abwehrend den Arm. »Später, wenn Sie dran sind.«

Anabel gestikulierte jetzt wilder.

»Freitags war Badetag«, erklärte Lucy Nebel. »Und es gab frische Wäsche.« Sie beugte sich zu Lale über den Tisch und fügte leise hinzu: »Für alle!«

Lale zuckte zusammen. »Ah, ja.«

»Ja, ja.« Lucy Nebel krümmte die Finger und drehte ihre Hände hin und her. »Da wurden alle unter die Duschen gestellt. Lauter nackte Frauen unter den vielen Duschen.«

Was machte Anabel denn jetzt für eine Handbewegung? Sie fuhr immer mit der Hand vor dem Hals hin und her. Was sollte das bedeuten?

»Und Männer.« Lucy Nebel rümpfte die Nase. »Es gab ja sowieso schrecklich viele Männer. Gründlich waschen, einseifen, abspülen, Fuß- und Fingernägel schneiden.«

Lale sah erneut auf Anabels Handbewegung, die immer noch eine durchgeschnittene Kehle anzudeuten schien.

»Einmal habe ich am Badetag …« Lucy Nebel kicherte und errötete leicht. »Ich habe einen Patienten selbst gewaschen und etwas doll zugefasst. Der war gut in Schuss …«

»So, jetzt ist es aber mal gut!« Lale sprach so laut, dass sie selbst erschrak. Da Anabel noch immer eine durchgeschnittene Kehle signalisierte, entschied sie sich für ihre eigene Interpretation. »Stimmt es, dass sich damals so schrecklich viele Leute umgebracht haben? Es soll doch zahlreiche Suizidopfer gegeben haben?«

»Auf meiner Station hat sich keiner umgebracht«, entgegnete Lucy Nebel empört. »Woher haben Sie denn so was?«

»Ich musste nur gerade an unseren Rechtsmediziner Doktor Kowalski denken«, erklärte Lale schnell. »Er ist derzeit auf einem Suizidsymposium. Es geht um Psychiatriepatienten, die Selbstmord begangen haben.«

Plötzlich tutete es aus dem Flur. Brigitte ahmte einen Elbdampfer nach. »So, und hier kommt die ›Weiße Flotte‹.«

»Ahoi«, sagte Lale und betrachtete eine Kuchenplatte voller Chicoree-Blätter, in denen eine rötliche Creme leuchtete. »Sogar mit Schornstein.« Sie deutete auf die grünen Paprikastreifen, die in den Cremehäufchen staken.

Brigitte strahlte. »Und das ist eine ganz neue Kreation von mir: ›Krustinauten.‹ Selbstgemachter Krusta-Teig mit Häckerle-Füllung und einer Meerrettich-Sahne-Haube.«

»Fisch?«, fragte Lale.

Brigitte nickte. »Nach Dresdner Originalrezept mit Matjes, Gurken, Speck und Senf.«

»Entzückend, diese Schnittlauchantennen auf dem Krustinauten-Helm«, freute sich Anabel. »Sie sind eine Künstlerin.«

»Noch nicht«, erklärte Brigitte vage. »Warten Sie es ab.« Sie verschwand erneut.

»Krusta-Teig.« Lucy Nebel nahm eines der kleinen Krustinauten-Gebilde zur Hand. »Anabel, erinnern Sie sich noch an die Krusta-Stuben in der DDR?«

»Dunkel«, sagte Anabel Gerste. »Das war doch die Ostvariante von Pizza, richtig?«

»Genau.« Lucy Nebels Augen leuchteten auf. »Wir hatten eben doch alles.« Sie biss in einen Krustinauten.

Anabel schüttelte den Kopf. »Krusta-Teig konnte nicht mit Pizza mithalten. Der schmeckte nach gar nichts. Das war so eine pappige Graubrot-Variante.« Sie deutete auf Brigittes Platte. »In Kombination mit Fisch ist Krusta aber bestimmt lecker.« Dann sah sie Lale an. »Und wo sagten Sie, ist Doktor Kowalski gerade?«

»Er ist auf einem Suizid-Symposium, irgendwo in Osteuropa«, erklärte Lale. »Ein Land mit auffällig vielen Selbstmorden. Ich glaube, dreimal so viel wie in ganz Deutschland.«

»Ach, und dort unterstützt er nun die rechtsmedizinischen Untersuchungen?«, fragte die Psychiaterin. »Besteht denn der Verdacht, dass es doch keine Selbstmorde sind?«

Lale zog die Augenbrauen hoch. Hatte die gute Anabel jetzt schon eine Überdosis an forensischer Fachausbildung erwischt? »So kriminell habe ich das nicht verstanden. Es geht wohl eher um den Abgleich von europaweiten Forschungsergebnissen über organische Ursachen im Hirn von Selbstmördern«, erinnerte sie sich. »Doktor Kowalski meinte, solche Studien seien zu DDR-Zeiten schon gemacht worden. Aber das Material bleibt wohl unter Verschluss, weil es unter fragwürdigen Bedingungen entstanden ist.«

Anabel Gerste nickte wissend. »Ja, die Psychiatrischen Krankenhäuser der DDR haben wohl keinen guten Ruf genossen. Das war schon damals so.«

»Alles dummes Zeug!«, warf Lucy Nebel ein. »Das mit den Suiziden ging bei uns erst nach der Wende los.« Sie fuchtelte mit einem Finger vor Lales Nase herum. »Ich habe in den Achtzigern mein Studium nachgeholt und bin Ärztin geworden ...«

»In der Psychiatrie?«, fragte Lale ungläubig.

»In der Psychiatrie«, bestätigte die Ärztin. »Ich wollte zurück zu meinen Patienten auf meine Station. Ich habe schließlich auch in der Klinik gewohnt.«

»Das sagten Sie bereits.« Lale nickte.

»Schwierig wurde es erst mit der Wende. Viele haben sich das Leben genommen.« Lucy Nebel ballte ihre Hand zur Faust. »Den Leuten wurde der Boden unter den Füßen weggezogen. Und auch die Medikamente ...«

»Lucy, bitte beruhigen Sie sich«, beschwichtigte Anabel. »Niemand macht Ihnen einen Vorwurf.«

»Wir haben unser Fachwissen nicht missbraucht«, fauchte Lucy Nebel über die Krustinauten-Platte. »Wir haben keine gesunden Menschen zu Patienten gemacht.«

Anabel Gerste legte ihr beruhigend eine Hand auf die Schulter. »Lucy, es gab Patienten, die so etwas geäußert haben. Aber wollen Sie psychisch kranken Menschen vorwerfen, wenn sie sich als Opfer fühlen?«

»Wir haben doch nicht für das MfS gearbeitet«, ereiferte sich Lucy Nebel weiter. »Wir haben unsere Patienten nicht ausgehorcht, und wir haben keine Menschen weggesperrt.«

Lale runzelte die Stirn. Diese Psychiaterin wirkte tatsächlich irrer als alle anderen. Jetzt begann sie auch noch, sich ständig vor- und zurückzubeugen wie ein Bär, der zu lange in einem zu engen Gehege eingepfercht war.

»Bitte, Lucy …« Anabels Stimme transportierte diese leicht monotone Beratungstonlage. »Psychiatrie-Missbrauch ist immer möglich. Denken Sie nur an Familien, die einfach unbequeme Verwandte entmündigen lassen. Über kurz oder lang werden sie die passenden ärztlichen Gutachten sammeln …«

Lale warf Anabel einen strengen Blick zu. »Vermutlich werden Psychologen und Psychiater bei jedem eine psychische Macke finden.«

In diesem Moment schneite Brigitte wieder herein. »Und nun noch die Hackepeterchen …«

Vor Lales Augen schwebte ein Tablett zu Tisch, das sie stutzen ließ. Fein gewölbte pflaumengroße Mettbällchen erhoben sich auf dem silberfarbenen Untergrund, jeweils garniert mit halben rotbraunen Oliven. Die Hackepeterchen sahen aus wie viele kleine weibliche Brüste. Lale grinste, sah schnell zur Seite und verkniff sich eine Bemerkung.

Mit plötzlichem Türenknallen ächzte Mandy herein. »Puh, schwer, das Ding.« Sie stellte eine klirrende Kiste ab und hielt Lale den Wohnungsschlüssel hin. »Hier, der steckte draußen.« Dann wandte sie sich an die anderen Anwesenden und begrüßte jede mit Handschlag. Brigitte wurde sogar umarmt.

»Nicht so dolle, mein Make-up«, bremste Brigitte Mandys Zutraulichkeit und deutete auf die Teller, Tabletts und Platten. »Ich hab's fast.«

Mandy sah sich um. »Mmmh, das sieht alles sooo lecker aus.« Sie deutete auf die Hackepeterchen. »Und was ist das da? Ein Tablett voller Titten?«

Lucy Nebel kicherte schrill, und auch Anabel schmunzelte.

Brigitte sah Mandy entsetzt an. »Das ist Hackepeter.«

»Falsch«, warf Lale ein. »Das ist eher Hackepetra.«

Alle kicherten, und Brigitte blickte verunsichert in die Runde. Dann machte sich auch auf ihrem Gesicht ein Grinsen breit. »Gut, also Hackepetra.« Sie wandte sich an ihre Ex-Fastschwägerin. »Mandy, hilfst du mir, die letzte Platte zu holen?«

»Na klar.« Mandy war schon an der Tür. »Los, schnell, bevor sie uns alles wegessen. Wir müssen auch noch die zweite Kiste Prosecco aus dem Auto raufschleppen.«

Brigitte eilte hinaus. »Ich bin so gespannt, was du sagst …«

»Wozu?« Mandy zog die Wohnungstür hinter Brigitte zu.

Lucy Nebel griff zum Weinglas und prostete Lale zu. »Auf die gute alte Zeit, also die ganz alte. Die, die älter ist als Sie.« Sie trank in hastigen kleinen Schlucken.

Lale beobachtete sie über den Glasrand hinweg. Sie hätte sich nicht gewundert, wenn Dr. Lucy Nebel nach dem Trinken laut gerülpst hätte. Doch die Ärztin stellte ihr leeres Glas behutsam auf den Tisch, erhob sich und erbat einen Hinweis auf die Toilette.

»Die Tür links von der Küche.« Lale deutete in die Diele. Dann sah sie Anabel Gerste auffordernd an.

Kaum war die Verriegelung der Toilettentür zu hören, beugte Anabel sich über Chicoree-Schiffchen, Spießwürger und Hackepetras. »Hospitalisierungsschäden gibt es sowohl bei Patienten als auch beim Personal.«

»Aha?« Lale legte die Stirn in Falten. »Und zu welcher Gruppe gehört diese schräge Lucy?«

»Hospitalisierungsschäden sind institutionelle Psychosen«, raunte Anabel über die Häppchen. »Lucy hat es wohl mit der Selbstmedikation übertrieben. Man gab den Psychosepatienten dreimal sechs Tabletten Propaphenin täglich. Jemand vom Pflegepersonal hat eine Ration von sechs Tabletten im Selbstversuch getestet und war daraufhin tagelang außer Gefecht gesetzt.«

»Aber …«, warf Lale ein.

»Psst«, machte Anabel und deutete in die Diele. »Sie kommt wieder.«

Lale sah Lucy Nebel beschwingt zurückkommen. Jetzt wirkte sie ganz normal, vielleicht ein bisschen beschwipst. Lale griff zum Wein. Sie hatte vermutlich inzwischen selbst eine Überdosis an Psychogeschichten. Sobald man sich damit beschäftigte, sah man wirklich überall Irre.

Erneut flog die Wohnungstür auf, und Mandy keuchte mit einer Kiste herein. »Sag mal Lale, willst du den Prosecco nicht mal kalt stellen?«

»Gute Idee.« Lale sprang auf, nahm ihr die Kiste ab und steuerte in Richtung Küche. Mit dem Hintern schob sie dabei die Wohnungstür zu. Doch sie sah schon, dass sie sich um eine flüchtende Katze keine Sorge machen musste. Die schlich um die verführerischen Häppchen herum. In der Küche riss Lale den Karton auf und verstaute die sechs Flaschen im Kühlschrank. Zwei Kisten! Wen hatte Mandy denn noch alles eingeladen?

Die betrat gerade mit der zweiten Kiste die Küche. »Hast du noch einen Tisch? Brigitte hat da noch eine große Platte …«

»Noch eine?« Lale sah ihre Kollegin misstrauisch an. »Wer kommt denn noch alles?«

»Ich habe niemanden mehr eingeladen«, entgegnete Mandy. »Du?«

»Unsere Reporterin wird wohl später noch hereinschauen.« Lale schloss den Kühlschrank. »Geht der Balkontisch?« Sie deutete zum Küchenbalkon.

Mandy nickte. »Der ist gut.« Dann stutzte sie. »Du hast die Peschkowa eingeladen? Ich dachte, du kannst sie nicht leiden.«

»Sie hat doch angeblich so gute Kontakte.« Lale öffnete die Balkontür und schnappte sich den wackligen Klapptisch. »Soll sie doch mal zeigen, was sie so herausgefunden hat.«

Mandy lachte. »Das hätte ich mir ja denken können. Du willst natürlich wieder arbeiten.« Sie warf Lale einen Lappen zu. »Kannst du nicht einfach mal einen Abend lang Ruhe geben?«

»Kann ich schon. Will ich aber nicht.«

Während Lale im Wohnzimmer den Klapptisch entfaltete, nahm Anabel Gerste ihrer Begleitung das Weinglas aus der Hand. »Lucy, Sie sollten sich wirklich etwas mäßigen, das ist nicht gut für Sie.« Sie klang streng, schwenkte aber sofort um. »Lale, kann ich Ihnen helfen?«

»Es reicht, wenn Sie darauf achten, dass Katinka nicht die Hackepetras verspeist.«

»Die ist aber niedlich«, warf Lucy Nebel ein. »Wie ein entfärbter Tiger.«

»Was soll das denn sein, ein entfärbter Tiger?«, fragte Anabel missbilligend.

Lale lachte. »Na, eine grau getigerte Katze.«

»Haben Sie die aus dem Tierheim?«, wollte Lucy Nebel wissen. »Ich finde, Sie sind so der Tierheim-Typ. Raue Schale, weicher Kern, finden Sie nicht auch, Anabel?«

»Nein. Ich finde, Lale ist ganz und gar kein Katzen-Typ«, erwiderte Anabel. »Ich finde, sie ist vielmehr ein Hunde-Typ. Wo haben Sie eigentlich diesen Hund gelassen? Sie waren doch schon oft mit so einem Kampfhund unterwegs.«

Der Tisch stand endlich, und Lale nahm noch einen Schluck Wein. »Pit Bull gehört zu unserer Häppchen-Fee. Ich führe ihn nur gelegentlich Gassi.«

»Huh, ein Kampfhund.« Lucy Nebel duckte sich unwillkürlich. »Die sind doch gefährlich, oder?«

Lale schüttelte den Kopf. »Der nicht. Der ist viel zu verhätschelt. Katinka jedenfalls kann sich gut gegen ihn behaupten.«

»Der entfärbte Tiger aus dem Tierheim?«, hakte Lucy Nebel nach.

»Ja, der entfärbte Tiger, der hier unter dem Tisch lauert.« Lale grinste. »Aber sie ist nicht aus dem Tierheim. Sie ist ein Folgeopfer …«

»Wie bitte?« Anabel sah sie neugierig an.

»Schweigepflicht«, verlangte Lale. »Zumindest gegenüber Ihrem Mann.«

»Selbstverständlich.« Anabel nickte ernst. »Er weiß doch nicht einmal, dass ich hier bin.«

Lale runzelte die Stirn. Die Gerstes waren schon ein seltsames Pärchen. Nicht, dass sie früher wirklich immer gewusst hatte, wo Jobst sich aufgehalten oder was er so getrieben hatte. Aber zumindest … Nein! Sie wollte jetzt wirklich nicht an Jobst denken. »Ich habe Katinka mitgenommen, nachdem ihr Frauchen ermordet worden ist.«

Anabel lächelte. »Sie sind ein richtig guter Mensch.«

»Oh ja.« Lucy Nebel bekam einen verklärten Gesichtsausdruck.

Lale atmete tief durch und war froh, als sie jetzt Brigitte und Mandy im Treppenhaus diskutieren hörte. Sie schienen über irgendetwas uneins. Lale lief zur Tür, öffnete und staunte.

Die beiden Frauen hielten eine breite Platte, auf der sich die Häppchen wahrhaft türmten, und diskutierten über dieses Panorama hinweg.

»Brigitte, wir kommen quer damit doch gar nicht durch die Tür«, sagte Mandy vorwurfsvoll.

»Aber durch meine Tür hat es doch auch gepasst. Quer.«

»Ja, weil du beide Flügel der Wohnungstür offen hattest.« Mandy deutete auf Lale. »Hier ist nur eine der beiden Flügeltüren offen. Eine von uns muss vorangehen.«

Lale schüttelte den Kopf. »Ihr seid doch bescheuert.« Mit zwei Handgriffen löste sie die Verriegelungen an der Tür und stieß den zweiten Flügel auf. »Was ist das für ein Ungetüm, das du da aufgebaut hast?«

Die beiden bugsierten ihre Fracht an Lale vorbei.

»Du musst es aus der richtigen Entfernung sehen«, erklärte Mandy. »Das ist so genial.«

Lale verriegelte die Tür wieder und folgte Mandy, Brigitte und dem Ungetüm ins Wohnzimmer.

»Nicht doch, Mandy, andersherum«, nörgelte Brigitte. »Wir gucken doch von der rechten Elbseite drauf.«

»Aber das ist doch blöde. Wir sind hier auf der linken Elbseite.«

Lucy Nebel kicherte, und Anabel Gerste blickte mit weit aufgerissenen Augen auf das Ungetüm.

»Das Sofa ist die andere Elbseite«, erklärte Brigitte und trat einen Schritt zurück. »Passt perfekt.«

Anabel Gerste stand auf und ging langsam auf die Häppchentürme zu. »Das ist ja nicht zu fassen! Brühlsche Terrasse, daneben Albertinum und dahinter die Frauenkirche … Nun seht euch das an.«

Mandy leckte sich die Finger ab. »Die winzigen Teile auf der Hofkirche, lecker. Und den Hausmannsturm verspeise ich von oben bis unten allein, wenn mich niemand aufhält. Was ist das? Brot?«

Brigitte strahlte. »Pumpernickel. Und zwischen den Scheiben sind verschiedene Aufstriche und Pestosorten. Da werden die Canapés stabiler.«

Lale schnappte erst nach Luft und dann nach einem mundgerechten Stück Schloss. Brigitte hatte tatsächlich einen essbaren Mini-Canaletto gezaubert. »Herrlich, Lachscreme. Brigitte, die Häppchen sind sowieso schon ein Gedicht, aber diese Kulisse. Das ist total irre.«

Lucy Nebel erhob sich und ihr Glas. »Auf eine famose Künstlerin. Man verhungert vor lauter Bewunderung vor dem Buffet.«

»Aber nicht doch, greifen Sie zu«, rief Brigitte.

»Nein, wir müssen erst mal anstoßen.« Mandy flitzte in die Küche und kam mit einer nur leidlich gekühlten Proseccoflasche zurück. Der Korken knallte, und Lale hielt Mandy die Gläser hin.

»Auf einen tollen Abend, Mädels!« Mandy stieß mit Lale an.

»Und auf Brigitte und ihr Buffet«, ergänzte Lale und stieß mit Brigitte an.

»Ich finde, wir sollten zum Du übergehen.« Auch Anabel Gerste hob das Glas. »Anabel.«

»Und ich bin die Lucy.« Lucy Nebel war sichtlich erfreut über die allgemeine Verbindlichkeit. Immerhin duzte sie sich jetzt auch mit ihrer Vorgesetzten.

Lale schmunzelte. Sie musste diesen Abend unbedingt in Bildern festhalten. Vor allem das Buffet, bevor die Fassade allzu abgenagt war. Ob Pit die Kamera mit zur Bandprobe genommen hatte? Sie stellte ihr Glas zur Seite. »Ich schaue mal, ob ich unsere Knipse finde.« Lale verschwand in die Diele und öffnete die Tür zu Pits Zimmer. Wieder einmal konnte sie sich nur wundern über die Ordnungsliebe ihres Sohnes. Das war natürlich nicht immer so gewesen. Aber seit er mit 16 dieses Zimmer bezogen hatte, legte er in jeder Beziehung Zuverlässigkeit an den Tag. Seine Noten hatten sich mit dem Umzug nach Dresden schlagartig verbessert, er hielt mehr Ordnung als ... Nun ja, Lale musste zugeben, dass nicht allzu viel dazu gehörte, ihre chaotische Art zu überbieten ... Pit wusch nicht nur selbst, er bügelte sogar seine Kleidung.

Die Kamera lag auf dem Schreibtisch, einem Schreibtisch-Arrangement, von dem sie selbst nur träumen konnte. Moment mal. Als Lale zur Kamera griff, sah sie eine kleine durchsichtige Tüte, auf der ein stilisiertes grünes Blatt prangte. Lale griff nach der Tüte, in der getrocknete Blätter vor sich hin krümelten. Das war doch Marihuana, oder? Vorsichtig öffnete sie das Tütchen. Es war mit Verschlusslippen ausgestattet, wie ein winziger Frühstücksbeutel. Ein scharfer Geruch stieg ihr in die Nase. Das Zeug roch widerlich, so, als habe man einen Haufen völlig unpassender exotischer Gewürze zusammengeschüttet und Harz dazugegeben. Sie verschloss das Tütchen schnell wieder und wog es in der Hand. Pit und Drogen? Hatte er das Gras etwa von diesem Mischa? Rauchte er das Zeug, und sie hatte es nur noch nicht bemerkt? Warum lag das hier unübersehbar mitten auf dem Schreibtisch?

Lale überlegte gerade, ob sie das Grastütchen zurücklegen oder einfach einstecken sollte, als Pits Zimmertür aufflog. Schnell warf sie das Marihuana auf den Schreibtisch.

»Hallo Sohn!« Lale hielt die kleine Digitalkamera in die Höhe. »Ich hole nur die Kamera.«

Pit sah sie mit finsterem Blick an. »Schnüffelst du jetzt in meinem Zimmer herum, oder was?« Er lehnte den Bass in die Zimmerecke.

»Schnüffeln?« Lale zuckte zusammen. Sie hatte gerade genau das getan. »Quatsch.« Sie entschied sich, das Gras nicht jetzt anzusprechen. »Was machst du eigentlich schon hier? Ich dachte, ihr habt Probe.«

»Das dachte ich auch«, schnaubte Pit und ließ sich auf sein Bett fallen. »Blöde Bande. Holger ist so was von unzuverlässig.«

»Holger Hummel, das Riesenbaby?« Lale musterte Pit, und er drehte sich zur Seite.

»Ja, genau der. Er ist ein genialer Musiker, aber sonst …« Pit hieb mit der Hand auf sein Kissen. »So ein Vollpfosten. Wir haben bald unseren ersten Gig, und unser bester Mann sagt eine Probe ab, weil er Mutti helfen muss.«

»Geht es ihr schlecht?« Lale hockte sich auf die Bettkante.

»Wem?« Pit verzog das Gesicht.

»Na, Holgers Mutter? Hat er etwas erzählt?«

»Nö. Er hat nur gesagt, sie brauche seine Hilfe. Am Samstagabend. So ein Bullshit!«

Lale legte ihrem Sohn eine Hand auf die Schulter. »Pit, Holgers Mutter wird derzeit Unterstützung dringend nötig haben.« Sie überlegte kurz. »Ich kann nicht über Einzelheiten sprechen. Nur so viel: In der Familie Hummel gab es einen wirklich tragischen Zwischenfall.«

Pit sah sie aus großen Augen an. »Wie bitte? Ist da wer ermordet worden, oder warum weißt du so was?«

Lale legte den Finger an die Lippen. »Sei ein bisschen großzügig mit Holger, okay? Er hat es nicht leicht.« Sie klopfte ihm auf die Schulter. »Möchtest du was essen?«

Pit rümpfte die Nase. »Bloß nicht.«

»Keine Angst, ich habe nicht gekocht.« Lale lachte. »Brigitte hat sich mal wieder selbst übertroffen. Sie hat den Canaletto-Blick aus Canapés gebaut. Ich könnte dir ein Stück Hofkirche mit einer Ecke vom Residenzschloss und ein paar Happen von der Frauenkirche zusammenstellen.« Sie grinste. »Es gibt auch Hackepetra und irgendwelche Krusten und Augusten …«

Pit verdrehte die Augen. »Manchmal glaube ich, deine Freundinnen sind noch durchgeknallter als du.«

Lale erhob sich. »Ja, mein Sohn, ich liebe dich auch.« Sie schloss die Tür knapp vor dem Kissen, das Pit nach ihr warf. Beinahe hätte sie die Kamera fallen lassen.

Im Wohnzimmer ging es zwischen den Häppchenbergen recht lustig zu. Die Uriah-Heep-CD, mit der sich Lale noch vor ein paar Tagen abreagiert hatte, dudelte, und Brigitte und Mandy legten zu ›Gypsy‹ eine flotte Sohle aufs Laminat.

Lale warf sich einen Krustinauten in den Mund und kaute genüsslich. Dann versuchte sie ein Goldsäckchen und schob ein Chicoree-Schiffchen nach. Schließlich wandte sie sich den Canaletto-Canapés zu. Herrlich, endlich hatte sie wieder richtig Appetit. Nur die Mett-Titten ließ sie liegen. Sie erinnerten sie doch zu sehr an ihren letzten unbekömmlichen Kantinenfraß.

Inzwischen standen einige leere Flaschen herum. Die Mädels feierten munter, nur Anabel lehnte Alkoholhaltiges ab und beobachtete mit unverhohlener Missbilligung, wie Lucy dem Prosecco zusprach. Ihre verbalen Ermahnungen hatte sie offenbar eingestellt.

Lale machte ein paar Schnappschüsse.

Lucy Nebel tänzelte mit dem halbvollen Glas in der Hand vor der Musikanlage herum und begutachtete das CD-Angebot. »Hast du gar keine Schlager?«

»Schlager?« Lale sah verwundert hinter der Kamera hervor. »Nee.«

»Schade.« Lucy zog eine Schnute. »Die meisten Sachen kenne ich gar nicht.«

Lale schwenkte mit der Kamera zu Anabel, die noch immer auf dem Sofa saß. Sie griff zu einem Spießwürger und schob eine Dumme Auguste nach. Na, das war doch ein schönes Bild. Anabel auf dem Canapé zwischen Canapés.

»Das hier, ich glaube, das kenne ich.« Lucy hielt eine Platte von den Rolling Stones in die Höhe. »Warum die so ein altes Klo auf einem Cover abbilden? Sieht aus wie in unserem alten Badesaal.«

Lale blickte durch den Sucher und zoomte auf das Plattencover. Die alte Stones-Platte hatte Jobst ihr mal geschenkt, weil dort einer ihrer Lieblingssongs drauf war. Oder war es Jobsts Lieblingssong? »Beggars Banquet« hieß die Platte … »Sympathy for the devil«, das war der Song.

»Was steht denn hier?« Lucy untersuchte das Plattencover genau. »Das ist aber nachträglich drauf geschrieben worden: Lale, I love you, J.«

Lale sprang auf, legte die Kamera weg und nahm Lucy die Platte aus der Hand. »Ich habe gar keinen funktionierenden Plattenspieler mehr.«

»Dann hebst du die Platte aus reiner Sentimentalität auf?«, fragte Lucy. »Wegen der Liebeserklärung von J.?«

»Das geht dich nichts an.« Lale schob die Platte zurück ins Regal und zog eine CD hervor. »Hier, hören können wir sie trotzdem.«

»Wenn du nicht willst, Lale«, mischte sich Anabel ein. »Wir können auch gern etwas anderes …«

»Nein, ist schon okay. Die Platte ist ja gut, nur eben nicht abspielbar. Die habe ich vor Urzeiten geschenkt bekommen.«

»Von J.«, stellte Lucy fest. »Wer ist das denn?«

»Oh, Lucy«, schnaufte Mandy. »Lass es einfach gut sein.« Sie tauschte Uriah Heep gegen Rolling Stones. Sogleich schallten Samba-Trommeln durchs Wohnzimmer. Ein Piano setzte ein, etwas später Bass und Schlagzeug, und erst mit Gitarrensound begann Mick Jaggers Stimme, dem Hörer den Teufel näher zu bringen.

Lucy hampelte etwas herum und ging bald in wildes Zucken über. Auch Lale wiegte sich im Rhythmus der Musik und lauschte auf den Text. Der Teufel als Mann von Welt mit Geschmack und Höflichkeit, der sein verdecktes böses Spiel mit menschlichen Seelen spielte … Ein Psychopath eben. Es musste damals doch Jobsts Lieblingssong gewesen sein, nicht ihrer. Hatte er ihr die Platte nicht geschenkt, nachdem sie gemeinsam auf dem Stones-Konzert gewesen waren?

Brigitte tippte ihr auf die Schulter und prostete ihr zu. »Vergiss nicht das Essen«, ermahnte sie und deutete auf die Häppchen.

Lale nickte und trank. Dann tänzelte sie zum Regal und zog die Plattenhülle noch einmal hervor. Jobst hatte seine Worte tatsächlich so mit einem wasserfesten Stift auf das Cover geschrieben, dass es aussah, als gehöre es zur bekritzelten Toilettenwand des Motivs. Damals hatte sie das originell gefunden.

»Uh, uuuh!« Mandy und Anabel fielen in den Chorgesang ein, und Brigitte und Lucy schlossen sich an. »Uh, uuuh!«

Lale stellte die Musik leiser und lauschte grinsend, dem begeisterten »Uh, uuuh!«. Na, da hatte Pit doch schon eine nette Notbesetzung für seine treulose Polka-Truppe.

Als Lale wieder zur Digitalkamera greifen wollte, um den Spontanchor vor dem Pumpernickel-Canaletto abzulichten, schrillte die Türklingel. Sie lief zur Wohnungstür, vor der Natascha Peschkowa stand und eine Flasche Wodka wie ein Baby im Arm hielt.

»Sie haben Live-Musik? Ist ja toll.«

»Gehen Sie ruhig durch zu unseren Heulbojen. Das ist mehr so eine spontane Session.«

»Sympathy for the devil.« Natascha Peschkowa drückte Lale die Wodka-Flasche in die Hand. »Das ist doch in so einer Session entstanden.«

»Ach, Sie kennen sich aus?« Lale schmunzelte. »Die Stones kennen Sie sicher alle persönlich, oder?«

»Nein, nicht alle.« Die Journalistin warf ihren schicken Mantel über einen Stuhl in der Diele. »Nur mit Keith Richards hatte ich mal ein Interview, als er vor ein paar Jahren seine Biografie veröffentlich hat.«

Lale grinste breiter. »Sie haben ihm nicht zugetraut, dass er sich nach dem Drogenkonsum noch an alles erinnert, was?« Sie ging voraus ins Wohnzimmer und stellte die Damen einander vor. »Mädels, das ist Natascha Peschkowa. Sie ist eine höchst erfolgreiche Reporterin und hier in Dresden nur auf der Durchreise, um Mandy und mich … ja, was eigentlich?«

Natascha Peschkowa ließ ihr glockenhelles Lachen erklingen. »Ich schreibe über die Arbeit der Kripo, und die beiden haben sich freundlicherweise bereiterklärt, mir Einblick zu gewähren.«

»So, so.« Lucy Nebel musterte sie von oben bis unten. »Sie sehen gar nicht aus wie eine von der Zeitung.«

Brigitte kicherte. »Es gibt doch auch Modemagazine. Wobei mir jetzt der Zusammenhang mit meiner lieben Lale fehlen würde.« Sie schien einen Schluckauf zu unterdrücken.

Mandy schnappte sich ein frisches Glas, goss Prosecco ein und reichte es Natascha Peschkowa. »Wir müssen Brüderschaft trinken, besser Schwesternschaft, also Du! Ich bin die Mandy.«

»Natascha.« Sie prostete in die Runde. »Ich habe Wodka mitgebracht. Hast du Gläser?« Sie nahm Lale die Flasche wieder aus der Hand und öffnete sie.

Brigitte fischte eilig ein paar Gläser aus dem Schrank und drückte sie den anderen in die Hand.

»Danke, für mich nicht«, sagte Anabel Gerste und musterte die Journalistin interessiert. »Ist das nicht sehr belastend, für die Presse zu arbeiten?«

»Belastend?« Natascha sah sie mit großen Augen an. »Nein, nur im Sommerloch.«

Brigitte griff nach dem Teller mit Spießwürgern. »Möchten Sie kosten? Pelmeni, leicht abgewandelt.«

»Danke, kein Fleisch bitte.« Natascha räusperte sich und stupste Lale in die Seite. »Ich habe sie übrigens noch mal getroffen …«

»Sie?« Mandy trat hinzu. »Wen, sie?«

»Meine Quelle.« Natascha erhob das Wodka-Glas. »Nicht ganz sauber, eine undichte Stelle bei den Ermittlungsbehörden.«

»Wieso arbeiten Sie mit solchen Methoden?«, fragte Mandy und korrigierte sich schnell: »Du. Warum arbeitest du mit solchen Methoden?«

»Weil alle anderen nicht funktionieren.« Natascha nahm einen kräftigen Schluck.

»Was denn für Methoden?«, mischte sich Brigitte ein. »Irgendwas mit Männern?«

Natascha lachte auf. »Ja, so was hat doch immer mit Männern zu tun.«

»Und wie kommst du an die Männer ran?« Brigitte schien jetzt wirklich sehr interessiert. Lale nippte amüsiert am Wodka und zwinkerte Mandy zu.

»Wie eine Frau eben so an Männer rankommt. Abchecken, anvisieren, anlächeln. Jeder Typ, der kein kompletter Vollidiot ist, weiß, was er tun muss. Und Vollidioten eignen sich nun mal nicht als Informanten. So einer muss schon durchblicken.«

Lale konnte sich gut vorstellen, wie Natascha einen neuen Informanten an Land zog. »Und was ist mit Frauen? Du hast doch eben nicht von einem Informanten gesprochen, sondern von einer Quelle.«

»Frauen sitzen noch immer viel seltener an Schlüsselpositionen«, erklärte Natascha.

»Oh ja, da sagen Sie etwas«, seufzte Anabel in ihr Saftglas. »Du, meine ich. Du sagst was Wahres.«

Natascha lachte Anabel aufmunternd an. »Siehst du, und genau das sehe ich rein berufspraktisch anders.« Sie warf einen triumphierenden Blick in die Runde.

Lucy Nebel spielte mit zwei Chicoree-Schiffchen der Canapé-Flotte. Lale stutzte. Sie hatte tatsächlich einen Krustinauten und eine Dumme Auguste dazugestellt. Machten die jetzt einen Bootsausflug? Lale nahm noch ein Schlückchen Wodka. Lecker war zwar was anderes, aber man gewöhnte sich daran.

»Männer sind viel leichter auszuhorchen«, erklärte Natascha im Brustton der Überzeugung. »Ihr beide.« Sie tippte erst Mandy und dann Lale auf die Schulter. »Ihr beide seid zum Beispiel zwei echt harte Nüsse. Klar, ihr dürft mir nicht zu viel verraten von euren laufenden Ermittlungen. Aber ihr haltet euch auch daran.« Sie prostete den beiden zu. »Ist ungünstig für mich, aber hochgradig professionell. Männer schaffen so was auf Dauer gar nicht.«

Lucy Nebel kicherte und drückte auf dem Krustinauten herum.

»Sie meinen, Männer sind indiskreter als Frauen?« Anabel nickte. »Frauen sprechen zwar viel mehr, aber eher über Belanglosigkeiten. Die echten Geheimnisse bleiben unter dem Geplauder verborgen.«

»Das hast du jetzt aber schön gesagt«, freute sich Brigitte. »Wie war das mit den Männern? Abchecken ist klar, anlächeln und sie alle möglichen Geheimnisse erzählen lassen, damit man sie in der Hand hat?«

»Och, Brigitte«, entfuhr es Lale. »Du verdrehst es wieder.«

»Echt«, pflichtete Mandy bei. »Natascha zieht sich die Jungs doch heran, um an bestimmte Infos zu kommen. Es geht nicht um die Männer.«

»So ist es. Am besten funktioniert es, wenn sie eitel sind. Von eitlen Männern kannst du alles haben, wenn du an den richtigen Knöpfen drehst.«

Brigitte lächelte. »Wie beim Radio. Aber Knöpfe drehen lohnt sich nur, wenn die Wellenlänge stimmt und der Sender richtig eingestellt ist.«

Natascha nickte und schenkte sich und den anderen Wodka nach. »Den meisten eitlen Männern reicht es doch schon, wenn ein weibliches Wesen auf Empfang ist.«

Lale nippte erneut am Wodka. »Klar, da fängt da oben ja schon etwas an, tiefer zu rutschen.« Sie stellte ihr Glas zur Seite. »Aber was ist denn nun mit deiner Quelle? Und vor allem, was ist mit diesem Staatssekretär? Hast du Infos für uns?«

»Und was bekomme ich dafür?« Natascha sah Lale fragend an. »Ihr schweigt, und ich soll plaudern?«

»Du hilfst uns bei den Ermittlungen und hast die Story exklusiv, bevor Paul Winter auch nur ›Pressemitteilung – es ist ein Skandal‹ sagen kann«, schlug Lale vor. »Außerdem hast du uns einen Undercover-Einsatz vermasselt. Wir haben also etwas gut bei dir.«

»Oha.« Brigitte warf die langen roten Haare nach hinten. »Erzählt doch mal, das hört sich ja spannend an.«

Mandy schüttelte den Kopf. »Brigitte, erstens hat sie unseren geplanten Einsatz vermasselt, es gibt also nichts zu erzählen. Und dann darfst du solche Dinge auch gar nicht wissen.«

»Staatssekretär«, erinnerte Lale. »Ist es derjenige, welcher? Und welche Verbindungen hat er zu unserer DISSEL GmbH?«

»Nun, ihn habe ich noch nicht persönlich getroffen«, erklärte Natascha ausweichend. »Und diese Firma kenne ich auch nur durch euch. Aber ich weiß von Ermittlungen gegen Mitarbeiter in seinem Ministerium, also im Sozialministerium.«

»Ach? Und was für Ermittlungen?« Mandy schluckte schwer am Wodka, das sah man ihr an.

»Der gute Mann soll öfter mal gewisse Geschenke annehmen und auch verteilen.« Natascha leerte ihr Wodkaglas. »Man sagt, er habe Spielschulden und sei damit erpressbar.«

Lale sah, dass Anabel und Brigitte die Ohren spitzten. Nun ja, was sollten sie schon mit den Informationen anfangen. Wer kannte schon den Staatssekretär des Sozialministeriums?

Mandy runzelte die Stirn. »Und woher weißt du das?«

»Aus für gewöhnlich gut informierten Kreisen.« Natascha schenkte sich nach. »Noch jemand Wodka?«

Die anderen lehnten ab, nur Lucy ließ sich ihr Glas auffüllen.

»Und wie überprüfst du, ob diese für gewöhnlich gut Informierten auch wirklich gut informiert sind?«, hakte Mandy nach. »Vielleicht machen die sich ja nur wichtig.«

»Ich habe auch einen Kontakt im Ministerium«, sagte Natascha und trank. »Die Pressesprecherin ist im Moment ziemlich am Rudern.«

Lucy kicherte und ahmte Ruderbewegungen nach. Dabei hatte sie sichtlich Angst, ihr Glas zu verlieren.

»Sie meinen Staatssekretär Schwertfeger«, mischte sich Anabel ein. »verkauft Interna gegen Geld?«

Natascha nickte knapp, und Lale staunte. »Anabel, woher kennst du denn den Mann?«

»Ich kenne ihn nicht wirklich.« Anabel nahm sich ein Stück von der pumpernickelnden Brühlschen Terrasse. »Aber das Sozialministerium ist für die Landeskrankenhäuser zuständig, die sind unser Träger.«

»Vor allem vertuscht er gern mal etwas mit Hilfe von Geld.« Natascha wandte sich Brigittes Häppchen zu. »Sind die alle mit Fleisch?«

»Nein, die Goldsäckchen zum Beispiel nicht«, erklärte Brigitte schnell. »Apropos Goldsack. Woher hat der … Schwertfeger, oder wie er heißt … Woher hat der Mann denn das Geld. Sagtest du nicht eben noch, er hat Spielschulden und macht Illegales, um an Geld zu kommen?«

»Brigitte«, ermahnte Mandy. »Das geht dich nun wirklich nichts an.«

Lale zog die Augenbrauen hoch. »Weißt du, Natascha, viel ist das ja nicht. Ich hatte mir etwas mehr erhofft.«

Es klingelte. Bei Lucy setzte prompt ein Schluckauf ein.

Lale verschwand zur Tür, um zu öffnen.

»Ich weiß, es ist schon spät«, murmelte ein Blumenstrauß mit sonorer Stimme. »Lale, ich muss dringend noch mal mit dir reden.« Der Blumenstrauß sank ein Stück herab und zeigte das besorgte Gesicht von Jobst. »Hast du einen Moment für mich?«

Nicht ohne Genugtuung stellte Lale fest, dass der Herr Staatsanwalt geradezu kleinlaut klang. »Und warum?«

Mit einem unsicheren Lächeln setzte er hinzu: »Ich möchte mich bei dir entschuldigen. Das gestern, das war dumm von mir. Ich wollte dich nicht verärgern.«

Spielte ihr der Wodka einen Streich, oder was war hier los? Da kam ein Jobst zum Vorschein, den sie vermutlich zuletzt vor zwanzig Jahren wahrgenommen hatte.

Er drückte ihr die Blumen in die Hand. »Nimmst du meine Entschuldigung an?«

Unwillkürlich musste Lale grinsen. »Komm erst mal rein. Ich muss dich allerdings warnen. Ich habe die Bude voll.«

»Pits Polka-Kumpane?« Jobst reckte neugierig den Hals.

»Nein, nein. Kleines Damenkränzchen.« Lale ging ins Bad und stellte den Blumenstrauß in ihren Wischeimer. »Geh schon mal rein. Ich komme gleich.« Sie ließ eine Handbreit Wasser in den Eimer. Als sie sich aufrichtete, wurde ihr ein bisschen schwindelig. Sie schnitt sich im Badezimmerspiegel eine Grimasse.

Im Wohnzimmer lächelten Mandy und Brigitte um die Wette auf Jobst ein. Anabel schüttelte Jobsts Hand. Ach ja, die beiden kannten sich ja auch flüchtig. Dann stellte Anabel ihre Kollegin

Lucy Nebel vor. »Lucy«, zischte sie, als die nur blöde grinsend an Jobst herunterschaute.

»Freut mich«, säuselte Jobst.

»Und mich erst.« Lucy unterdrückte einen Schluckauf. »Gut siehst du aus, mein Junge. Und jetzt runter mit den Klamotten!«

»Wie bitte?« Jobst warf Lale einen hilflosen Blick zu.

Lucy kicherte. »Du bist doch der Stripper, oder?«

»Lucy!« Anabels Stimme war schneidend. »Das ist Doktor Petersen!«

Lale amüsierte sich köstlich. Über Lucy, über Jobsts dummes Gesicht und über die entsetzten Blicke von Brigitte und Mandy. Sie konnte sich ein lautes Lachen nicht verkneifen.

Auch Jobst schien die Komik erfasst zu haben und lachte mit. »Ich nehme das mal als Kompliment, Frau Doktor Nebel.«

Anabel schien die Situation jedoch alles andere als witzig zu finden und bemühte sich sichtlich um Umgangsformen. »Natascha, was müssen Sie, ähm was musst du denn von uns denken! Doktor Petersen ist Lales Mann.«

»Genau«, mischte sich Mandy ein. »Natascha, du kannst ihm gleich von dieser undichten Stelle erzählen. Er ist Staatsanwalt.«

Natascha runzelte die Stirn und machte keine Anstalten, Jobst die Hand zu reichen. »Hallo Jobst«, sagte sie tonlos.

Jobsts Miene gefror. »Hallo Natascha.« Er räusperte sich. »Wir, ähm, wir kennen uns bereits.«

»Ach so?« Brigitte war offenbar aus ihrem Entsetzen erwacht. »Das ist aber interessant. Herr Doktor Petersen, was darf ich Ihnen denn zu trinken anbieten?« Ohne seine Antwort abzuwarten, drückte sie ihm ein Glas Prosecco in die Hand. »Und greifen Sie zu.« Jetzt hielt sie ihm die Platte mit Hackepetras unter die Nase.

Lale musterte ihn prüfend. »Was willst du denn mit mir besprechen?«

Sichtlich verwirrt starrte Jobst auf die Mett-Titten. »Ich, ähm, ja. Vielleicht später?«

Lucy kicherte. »Er ist J.«, stellte sie fest und intonierte mehrfach »Uh, uuuh«.

»Nun.« Anabel Gerste erhob sich eilig. »Herr Petersen, wären Sie wohl so lieb, uns heimzufahren? Ich glaube, meine Kollegin und ich, wir haben doch ein bisschen viel getrunken.«

»Du hast doch nur Saft getrunken«, warf Lucy ein. »Ich habe viel getrunken. Uh, uuuh …« Sie erhob sich mit erstaunlicher Leichtigkeit und raunte Lale im Hinausgehen zu. »J. ist heiß … uh, uuuh!«

Lale seufzte.

Heiße Nacht

Eine gute Stunde später folgte Lale Pit Bulls wackelndem Hundehintern durch die spärlich beleuchteten Striesener Straßen.

»Schön, dass du noch eine Runde mit uns drehst«, sagte Brigitte. »Mir ist abends spät allein schon etwas mulmig.«

»Mmh«, machte Lale und blieb stehen, weil Pit Bull eine der Funzellaternen genau beschnuppern wollte.

»Pit Bull freut sich immer, wenn du dabei bist«, behauptete Brigitte. »Siehst du?«

Lale sah ihre Nachbarin mit hochgezogenen Brauen an. »Brigitte, bitte.«

»Ja, was denn? Schau ihn dir doch an. Er ist viel lebhafter, wenn du die Leine hältst.« Sie beugte sich hinunter und tätschelte den Hundekopf. »Nicht wahr, meine Pittiplatsch, unsere liebe Lale ist doch unsere Lieblingslale …«

Der Hund ignorierte sein Frauchen freundlich und schnüffelte weiter.

»Brigitte, hör auf mit diesem Schmu. Was soll der Käse?«

»Immerhin sprichst du mal wieder ein paar Worte.« Brigitte hakte sich bei Lale ein. »Nicht nur ›mmh‹ und ›ach‹ und ›so, so‹.«

»So, so.« Lale atmete die kühle Nachtluft ein. Es roch schon etwas herbstlich. Wie ruhig es doch war, wenn man von Brigittes Geschnatter mal absah.

»Du warst schon den ganzen Abend so wortkarg. Was ist denn los?«

»Nichts ist los. Was soll denn immerzu los sein?«, grummelte Lale. »Hör also bitte auf damit. Anabel geht mir mit ihrem Befindlichkeitsgetue schon genug auf den Keks.«

»Eine tolle Frau, diese Anabel.« Brigitte fuhr sich durch die langen roten Haare. »Sie könnte optisch noch ein bisschen mehr aus sich machen. Aber was soll's? Sie hat ja einen Mann.«

Lale verdrehte die Augen. Brigitte und die Männer. Das ewige Thema. Sie konnte nicht das Wort Frau erwähnen, ohne sofort deren Männerstatus hinzuzufügen.

»Lucy fand ich auch sympathisch«, fuhr Brigitte fort. »Die ist ähnlich direkt wie du – wenn du denn mal wieder mehr sprichst.«

Lale dachte an die seltsamen Erzählungen von Lucy Nebel. Aber das hatte Brigitte vor lauter Häppchenzubereitung gar nicht mitbekommen. Bei ihrer Biografie war es nicht verwunderlich, dass die gute Lucy eine kleine Meise hatte.

»Wie alt ist Lucy eigentlich?«, plapperte Brigitte weiter. »Ich schätze mal, dass sie doch längst das Rentenalter erreicht haben muss.«

»Hier entlang, Pit Bull!«, kommandierte Lale und dirigierte den Hund an der Straßenecke nach links. Notgedrungen musste Brigitte Lales Arm loslassen.

»Aber diese Journalistin …« Brigittes Satz hing in der Nachtluft. »Ich weiß nicht recht, was ich von der halten soll. Sympathisch ist mir diese Frau nicht.«

Lale schmunzelte. »Sie sieht dir zu gut aus, gib es zu.«

»Sie sieht wirklich ziemlich gut aus.« Brigitte hakte sich wieder bei Lale ein. »Elegant, gepflegt, vielleicht eine Spur overdressed …«

»Und genau deshalb kannst du sie nicht leiden«, stellte Lale fest.

»Vielleicht. Mandy mag sie auch nicht.«

»Hat sie das gesagt?« Lale zog Pit Bull aus einem Vorgarten.

»Nein, aber so was spürt man doch.« Brigitte zupfte an Lales Ärmel herum. »Und wie sie sich an Jobst rangeschmissen hat.«

Lale blieb abrupt stehen. »Du redest Blödsinn. Sie hat sich überhaupt nicht an Jobst rangeschmissen. Sie haben kaum drei Worte miteinander gewechselt.«

»Du hast aber schon mitbekommen, dass die beiden sich kennen?« Brigitte klang patzig.

»Das hat er doch gesagt«, entgegnete Lale unwirsch. »Übrigens, wenn sich hier jemand an Jobst ›heranschmeißt‹, dann seid ihr das. Du und Mandy.« Sie schüttelte den Kopf. »Und das, obwohl ihr genau wisst, was für ein verlogener Schürzenjäger der olle Petersen ist.«

»Also, meine Schürze dürfte er gern mal jagen.« Brigitte seufzte. »Übrigens redest du auch Blödsinn. Seit ich Jobst kenne, sehe ich ihn immer nur um dich bemüht. Er kümmert sich um dich und kommt immer wieder auf dich zu, obwohl du ihn wirklich nicht gut behandelst.«

»Stopp!« Lale nahm Brigitte ins Visier. »Dass du Jobst sooft in meiner Nähe triffst, liegt daran, dass ich mit ihm als Staatsanwalt zusammenarbeiten muss und dass du nun mal in meiner unmittelbaren Nähe lebst.« Sie zog Pit Bull mit einem Ruck nach rechts und lief schneller. »Und jetzt will ich nichts mehr davon hören.«

Brigitte hastete hinter ihr her. »Das ist wieder so typisch! Du willst nicht darüber reden. Du willst nichts davon hören. Du bist eine Frau, und du hast die Probleme einer Frau. Sieh das doch endlich ein und steh dazu!«

Lale lachte auf. »Ich soll zu Problemen stehen, die ich gar nicht habe, damit du dich besser fühlst?« Sie sah ihre Nachbarin an. »Du bist doch immer auf Männerjagd und ständig unzufrieden. Ich suche keinen Mann, und ich beschwere mich auch nicht, weil ich gar keinen Anlass zur Beschwerde habe.«

»Siehst du, und das kann gar nicht sein«, verkündete Brigitte. »Du willst es dir nur nicht eingestehen.«

Sie waren auf der Straße, in der auch die Werkstatt der Hummels lag. Lale musste kurz an ihr altes Auto denken und an den ganzen verqueren Fall rund um den toten Azubi. Ob Maria Hummel doch noch zusammengeklappt war? Sie schüttelte sich kurz. Es gab wirklich Wichtigeres als Brigittes Psycho-Plattitüden …

»Natürlich suchst du«, behauptete Brigitte. »Jeder Mensch sucht doch den Partner fürs Leben.« Sie tätschelte Pit Bulls breite Stirn.

»Komm, Pit Bull, dein Frauchen hat einen ganz gewaltigen Schuss.« Lale zog den Hund mit sich die Straße hinunter.

»Jetzt rennst du wieder weg«, rief Brigitte. »Das ist so typisch.«

Lale wurde schneller. Ihr verklebte diese Blubberblase aus Fühlen, Verstehen, Befinden, Versöhnen, Entschuldigen schon völlig das Gehirn. Kitsch, alles blöder Kitsch. Manchmal hatte sie auch Verständnis, sogar für Männer, und zwar für die, die vor dieser ganzen Sülze flüchteten. Sie würde jedenfalls ... Moment mal. Was war denn das für ein eigenartiger Geruch?

Brigitte hatte sie nun eingeholt. »Ich finde, du solltest endlich mal über deinen Schatten ...«

»Riechst du das?« Lale hielt die Nase in die Luft.

Auch Brigitte schnüffelte. »Da grillt bestimmt jemand.«

»Es ist fast Mitternacht. Wer soll denn jetzt noch grillen?« Lale beobachtete Pit Bull. Die Hundenase bebte. »Aber du hast recht, es riecht verbrannt.«

»Das kommt von dort hinten.« Brigitte deutete die Straße hinunter.

»Wir schauen besser mal nach.« Lale trabte los. Nach etwa hundert Metern erreichte sie das Grundstück der Hummels: Flammen loderten aus der Werkstatt.

»Oh, mein Gott!« Brigitte hielt sich schnaufend an einer Laterne fest. »Da stehen doch überall Autos mit Benzin herum. Das explodiert doch gleich alles!«

»Scheiße!« Lale wühlte in ihren Jackentaschen. »Ich habe kein Handy dabei.« Natürlich, ihr Telefon hing noch im Büro am Ladekabel. Dass sie auch ständig alles verschusseln musste.

»Oh nein«, rief Brigitte. »Ich hab auch kein Handy eingesteckt.«

»Los, du da drüben, ich gehe hier rüber«, kommandierte Lale. »Wir müssen die Nachbarn rausklingeln. Die sollen die Feuerwehr rufen. Hopp, hopp!«

Sie zog Pit Bull mit sich zum nächsten Hauseingang und drückte mit der flachen Hand auf alle Klingeln gleichzeitig. Nichts. Noch einmal. Diesmal hielt sie beide Hände lange auf die Klingelknöpfe. Pit Bull wurde unruhig.

»Halt die Klappe, mein Dicker«, verlangte Lale. »Sonst laufen alle vor uns weg.«

In diesem Moment öffnete sich die Haustür, und ein älterer Herr im Bademantel erschien. Auch weiter oben im Haus gingen Türen auf. »Was ist denn los?« Der Mann wirkte mürrisch.

»Es brennt da drüben in der Autowerkstatt«, rief Lale laut in den Hausflur. »Wir sind gerade vorbeigekommen und haben kein Handy dabei. Kann jemand die 112 rufen? Schnell!«

»Gott nee aber auch.« Der Mann rieb sich die Stirn. »Helga, ruf die Feuerwehr, beim alten Hummel brennt es.«

»Wo brennt es?«, tönte eine Frauenstimme oben aus dem Treppenhaus.

»Bei dem komischen Kauz mit der Autowerkstatt.« Der Mann rieb sich erneut die Stirn. »Jetzt dreht er endgültig durch. Musste ja irgendwann so kommen.«

»Ich hab schon angerufen.« Eine Frau mittleren Alters kam die Treppe herunter. »So ein Drama aber auch. Der armen Frau bleibt wirklich nichts erspart … Huuh, der sieht aber gefährlich aus.« Sie wich ein Stück zurück und deutete auf Pit Bull. »Oder sind Sie etwa vom Wachschutz?«

»Nein.« Lale schüttelte den Kopf. »Und der Hund ist ganz harmlos.« Sie sah sich nach Brigitte um. Die kam die Straße entlang, natürlich mit einem Mann im Schlepptau. Typisch.

Lale lief ihr entgegen und drückte ihr die Hundeleine in die Hand. Dann lief sie hinüber zum Grundstück der Hummels und stieg über den Zaun.

»Lale! Lass das!«, kreischte Brigitte hinter ihr her. »Du willst doch nicht da reingehen? Das ist deine alte Rostlaube doch gar nicht wert!«

Rostlaube? Lale winkte ab und lief weiter. Als ob sie zu ihrem Auto wollte. Sie huschte am qualmenden Anbau vorbei nach hinten zum Hauptgebäude, wo sie die Wohnräume der Hummels vermutete. Die Mülltonnen stieß sie zur Seite und lief weiter. Da, die Tür. Sie rüttelte daran. Natürlich verschlossen. Mist. Sie sah an dem Gebäude hoch. Hier waren weder Flammen noch Rauch zu sehen, jedoch auch kein Licht oder andere Hinweise auf wache Bewohner. Von der Feuerwehr war weit und breit nichts zu hören oder zu sehen. Verdammt. Sie musste da rein und nachsehen, ob noch jemand drinnen war und womöglich schlief. Hinter den Mülltonnen entdeckte sie einen Besen. Den schnappte sie sich und rammte ihn ohne Zögern in die Fensterscheibe neben der Tür. Glas splitterte. Lale stieß nach. Nun konnte sie durch das zerstörte Fenster greifen und den Hebel innen herumlegen. Mit einem kräftigen Schwung saß sie auf der Fensterbank und kletterte hinein. Die Scherben knirschten unter ihren dicken Sohlen.

»Frau Hummel? Hallo?« Lale versuchte sich in der Dunkelheit zu orientieren. Offenbar war sie in einem kleinen Toilettenraum gelandet. Sie tapste zur Tür und tastete nach dem Lichtschalter. Doch als sie darauf drückte, gab es nur ein lustloses Klack, kein Licht. Ob die Sicherungen schon blockiert hatten? Womöglich waren sie im Anbau untergebracht, wegen der Maschinen in der Werkstatt.

»Hallo? Ist jemand da?« Lale hatte nun den Eingang erreicht. Rechts führte eine Treppe nach oben, hinter sich ertastete sie eine Garderobe. Rauchgeruch stieg ihr in die Nase. Sie schnappte sich ein Tuch von der Garderobe und presste es einige Atemzüge lang vor Mund und Nase.

»Hallo, ist jemand im Haus? Es brennt! Sie müssen hier raus!« Sie atmete erneut in das Tuch. Es roch nach schwerem Parfüm, etwas intensiv, aber nicht unangenehm.

Lale stieg die Treppe hinauf. Es wurde wirklich höchste Zeit. Ihre Augen brannten und begannen zu tränen. »Halloooo!!!« Lale riss die erstbeste Tür auf und lauschte. Es war ruhig, kein Atmen war zu hören. Sie riss die nächste Tür auf. Ebenfalls ein toter Raum. Es roch nach Mottenpulver. Da, noch zwei Türen. Die erste war ein Badezimmer. Lale rief immer wieder laut nach den Hummels. Dann war sie wieder bei der Treppe angekommen. Noch eine Tür. Wieder nichts. Von hier aus konnte sie die lodernden Flammen aus der Werkstatt sehen. Das Zimmer lag mit Blick auf den Anbau. Lale sah sich kurz um. Das ganze Zimmer stand voller Monitore und Computer. Es sah aus wie bei Martin vom LKA. Das musste Ronnys Zimmer gewesen sein.

Plötzlich hörte sie ein Poltern von unten. Kommandos wurden gerufen, und schwere Schritte waren zu hören. Lale hustete in ihr Tuch. Na endlich, die Feuerwehr!

Nun hörte sie auch Schritte auf der Treppe, lief dem Feuerwehrmenschen entgegen, taumelte jedoch angesichts des blendenden Lichtstrahls.

»Hier oben ist keiner«, keuchte Lale. »Habe ich schon gecheckt.«

»Bist du die Irre, von der sie da draußen gesprochen haben?« Der Mann leuchtete sie von oben bis unten ab.

Lale blinzelte. »Wie bitte?«

»Kurt«, rief der Feuerwehrmann nach unten, »hier ist tatsächlich eine auf eigene Faust unterwegs. Los, komm raus hier!«

Er packte Lale am Arm, und sie widersetzte sich automatisch. »Lassen Sie das!«

»Muss ich dich hier raustragen, oder was?«, motzte der Feuerwehrer.

Lale schnaufte. »Wie reden Sie eigentlich mit mir? Löschen Sie lieber endlich mal!«

»Also gut.« Der Feuerwehrmann ließ die Lampe baumeln und griff mit zwei riesigen Handschuhpranken nach Lale.

Ehe sie sich versah, fehlte ihr der Boden unter den Füßen. Alles drehte sich blitzschnell. Dann hing sie kopfüber, und das parfümgetränkte Tuch war weg. »Hey!«

»Ruhe jetzt!« Er hielt sie geschultert am Hintern fest und machte sich an den wackligen Treppenabstieg. »Kurt, wohin mit ihr?«

»Bring sie raus zu der aufgeregten Lady, die uns hier reingeschickt hat«, sagte der andere. »Diese hübsche Rothaarige.«

Lale kämpfte mit ihrem Schwindelgefühl und ließ es einfach über sich ergehen, aus dem Haus getragen zu werden. Dieser Feuerwehrmann war wahrscheinlich preisgekrönter Bodybuilder oder so was, wenn er ihre 70 Kilo Lebendgewicht einfach so durch die Gegend wuchtete.

»Um Himmels Willen, was ist denn mit ihr?«, hörte sie Brigittes Stimme.

»Nichts, die Dame ist nur etwas widerspenstig.« Er stellte Lale auf die Füße. »Mach solchen Scheiß nicht noch mal, klar?«

Lale wollte gerade zu einer saftigen Entgegnung ausholen, als sie bemerkte, wie Brigitte den Feuerwehrmann anstrahlte, während Pit Bull eingehend Lales Hosenbeine beschnüffelte.

»Danke, Sie sind mein Held«, sagte sie und klimperte mit ihren getuschten Wimpern.

Der Feuerwehrmann tippte sich an den Helm und grinste. »Kurt hat recht, Sie sind wirklich eine hübsche Lady.«

»Wie wär's, wenn Sie endlich mal das Feuer löschen, statt hier neue Brandherde zu legen?«, warf Lale ein, setzte allerdings ein »Trotzdem, danke« hinzu.

Als der kräftige Feuerwehrer von dannen trabte, grinste Lale Brigitte an.

»Was denn?« Brigitte sah dem Mann nach. »Ich habe doch gar nichts gemacht. Aber guck dir doch mal den netten Hintern an.«

»Man sieht doch in dieser Montur überhaupt nichts von seinem Hintern.« Lale fasste sich an den Kopf.

»Mir reicht, was ich da ahne«, gab Brigitte schnippisch zurück. »Er hat dich Riesenfrau mal eben weggetragen.«

Lale verdrehte die Augen. »Wo sind denn nun die Hummels? Da drin waren sie zum Glück nicht.«

Brigitte seufzte dem Feuerwehrhintern nach und zog Lale mit sich auf die andere Straßenseite, wo sich Sanitäter um Maria Hummel kümmerten. Einer von ihnen redete leise auf die apathisch wirkende Frau ein.

Daneben entdeckte Lale Holger Hummel. Er starrte ausdruckslos in die lodernden Flammen. Lichter zuckten, Feuerwehrleute brüllten Kommandos. Pit Bull knurrte vor sich hin. Ihm schien das Getümmel nicht zu behagen, zu viel Lärm, zu viele Gerüche. Lale konnte das gut nachempfinden.

»Wie geht es Ihnen?«, wandte sie sich an den Hummelsohn.

Er reagierte nicht.

»Holger«, versuchte Lale es nun lauter. »Wo ist denn Ihr Vater?«

Erst jetzt schien der junge Mann sie zu bemerken. »Hallo, Frau Petersen. Nett, Sie mal wieder zu treffen.«

»Nett?« Lale musterte ihn ungläubig. Ob sie ihm ein Beruhigungsmittel verabreicht hatten. »Wissen Sie, wo Ihr Vater steckt?«

»Nein.« Holger Hummel schüttelte seinen großen Kopf. »Ich war mit Mutti weg.«

Erst gegen drei Uhr morgens verabschiedeten sich Lale und Brigitte von einander.

»Schlaf gut, Lale«, säuselte Brigitte. »Und träum was Schönes.«

»Von Feuerwehrmännern, oder was?« Lale gähnte und tätschelte zum Abschied Pit Bulls breite Stirn.

Als sie gerade den Schlüssel ins Schloss stecken wollte, wurde ihre Wohnungstür geöffnet.

»Na, endlich.« Jobst machte ein empörtes Gesicht. »Ich dachte schon …«

»Was?« Lale stöhnte. »Und was tust du um diese Zeit in meiner Wohnung?«

»Andersherum«, entgegnete Jobst. »Warum bist du um diese Zeit *nicht* in deiner Wohnung?«

»Weil du mir den Weg versperrst.« Lale schob ihn zur Seite und ging hinein. Im Wohnzimmer ließ sie sich aufs Sofa fallen und zog die Schuhe aus.

Jobst folgte ihr. »Guck dich mal bitte im Spiegel an. Findest du nicht, dass du es mit dem Feiern etwas übertreibst?«

»Nein.« Lale zog sich ein Kissen unter den Kopf. »Wieso?«

»Du siehst aus wie …« Er machte eine unwirsche Handbewegung. »Als wärst du in der Gosse versackt.«

»Das ist mir so was von egal.« Lale schnappte sich ein weiteres Kissen. »Was willst du eigentlich hier?«

Jobst schob ihre Füße zur Seite und setzte sich ans andere Ende des Sofas. »Lale, wir müssen reden.«

»Das heißt vermutlich, *du willst* reden?« Sie stemmte sich auf die Ellenbogen. »Ich nicht.«

»Lale, bitte, es ist mein Ernst«, sagte Jobst. »Wir müssen uns endlich mal mit dieser Situation auseinandersetzen. Ich finde es zunehmend belastend. Und ich habe das Gefühl, dass du mich nicht verstehen willst.«

»Ach, nö.« Lale ließ sich in die Kissen fallen. »Gefühlsmäßig liegst du da ganz richtig. Hol dir einen Termin bei Anabel Gerste. Die wird dir begeistert zuhören.«

Jobst winkte ab. »Aber Lale, du musst doch zugeben, dass das so … Lass mich doch mal erklären …«

Jobst Stimme wurde leiser und mischte sich in Lales Gedanken mit dem alten Stones-Song. Wie hieß der noch gleich? Mit den Trommeln und diesem Teufel … Sie glitt in eine tönende Traumwelt ab. Sympathy for the devil … Sympathie für den Teufel … uh, uuh.

Auf der Lauer

Mussten die so laut sein? Lale schlug die Augen auf. Warum lag sie mit ihrer Bettdecke auf dem Sofa? Hatte sie einer ihrer Besucherinnen ihr Bett überlassen? Sie lauschte. Nein, da waren nur Männerstimmen, davon aber gleich zwei. Die von Pit und das sonore Gesäusel von Jobst ... Lale stöhnte auf. Was wollte der denn hier?

Nur langsam dämmerten ihre Erinnerungen an die letzte Nacht herauf. Die nette Frauenrunde, die sich dann recht abrupt nach Jobsts Erscheinen aufgelöst hatte. Der Spaziergang mit Brigitte und Pit Bull, der Brand in Hummels Werkstatt. Und wie froh sie gewesen war, endlich nach Hause zu kommen, wo dann schon wieder Jobst lauerte.

»Papa, vielleicht kannst du mir einen Tipp geben.« Pits Stimme klang ernst. »Ich weiß einfach nicht mehr, wie ich mich Anna gegenüber verhalten soll.«

»Na, mein Sohn, da bist du doch bei mir an der richtigen Adresse«, sagte Jobst. »Mit Frauen kenne ich mich fast so gut aus wie mit Paragraphen.« Er lachte – blöde, wie Lale fand. Sie verdrehte die Augen.

»Weißt du, Pit«, fuhr Jobst fort. »Ein bisschen sind Frauen sogar wie Paragraphen. Vielseitig auslegbar, oft unklar, unterschiedlich verwendbar, aber letztlich doch leicht festzunageln im jeweiligen Zusammenhang.«

»Ach, Papa«, maulte Pit. »Du redest gequirlten Mist.«

Da hatte der Junge aber so was von Recht. Lale kuschelte sich in die Kissen. Sie würde erst aufstehen, wenn der olle Petersen gegangen war. Und bei dem Müll, den er mal wieder verzapfte, würde Pit bald die Schnauze voll haben vom Vater-Sohn-Gespräch.

»Vielleicht sollte ich Anna einfach mal eine Weile in Ruhe lassen.« Pit wirkte zögerlich. »Oder meinst du, ich müsste mich mehr um sie bemühen? Ich verstehe das nicht. Was soll das heißen? ›Wenn du da bist, ist es gut, wenn du nicht da bist, ist es auch gut?‹ Warum sagt sie so etwas?«

»Das ist doch klar«, tönte Jobst. »Frauen sagen doch nie, was sie wirklich denken. Schau dir deine Mutter an.«

»Mama? Die sagt nicht, was sie denkt?«

Geschirr klapperte. Lale seufzte leise. Die frühstückten offenbar zusammen. Das konnte vermutlich länger dauern. Es duftete nach Toast und Kaffee. Einen Kaffee hätte sie jetzt auch gern gehabt …

»Bei Mama kann man doch eher froh sein, wenn sie nicht sofort raushaut, was sie gerade denkt.« Pit lachte. »Bei Anna bin ich mir unsicher. Sie ist zwar lieb und nett, aber irgendwie …«

»Ja, ja, das wird sich schon wieder einrenken.« Jobst wirkte ungeduldig. »Sag mal, hat deine Mutter eigentlich einen … Gibt es einen Mann in ihrem Leben?«

Lale knurrte in ihr Kissen. Der sollte endlich abhauen. Sie wollte in Ruhe einen Kaffee trinken.

»Och bitte, Papa«, sagte Pit. »Wieso fragst du mich so was? Außerdem: Du kennst doch Mama …«

»Eben nicht«, entgegnete Jobst. »Ich erkenne sie kaum wieder, ich kenne mich gar nicht mehr aus. Und mit mir spricht sie nicht.«

So, das war genug. Lale schoss vom Sofa hoch lief in die Küche und baute sich neben Jobst und dem Frühstückstisch auf. »Worüber soll ich mit dir sprechen? Über meine zahlreichen Lover? Ich glaube, dass du spinnst. Das geht dich gar nichts an.«

Jobst zuckte zusammen. »Ich meine das doch nur im Interesse von Pit. Der Junge muss doch wissen, wo er dran ist und was seine Mutter so treibt …«

»Wie bitte? Nur zu deiner Information, Herr Doktor Petersen: Was immer ich treibe oder auch nicht treibe, ich vergesse bestimmt nicht meinen Sohn. Wer ist denn immer gleich weg, sobald irgendwo ein Röckchen weht?«

»Ihr zwei kotzt mich echt an.« Pit sprang auf. »Ihr seid seit zehn Jahren geschieden. Warum eigentlich, wenn ihr euch schon wieder benehmt wie ein frustriertes Ehepaar? Im Übrigen fing das Gespräch damit an, dass *ich* Probleme mit Anna habe, aber das interessiert ja keinen von euch.«

Jobst schüttelte den Kopf. »Was ist denn das für ein Ton, Herr Sohn?«

»Er hat doch recht. Pit, es ist wirklich nicht so, dass sich hier niemand für deine Probleme interessiert. Aber du siehst ja selbst, dass deine Eltern keine besonders kompetenten Beziehungsratgeber sind.«

»Ach was, ich werde einfach mit Anna selbst sprechen. Mit der kann man wenigstens reden.« Pit warf seine Zimmertür hinter sich zu.

»Also Pit!«, rief Jobst.

Lale schüttelte den Kopf. »Musste das jetzt sein?« Sie füllte sich Kaffee in eine Tasse. Das war nun wirklich überflüssig. Und auch ein bisschen peinlich. Sie trank und musste unweigerlich grinsen.

Auch Jobst schien sich zu amüsieren. »Darf ich noch einen Moment bleiben?«

»Nur wenn du die Klappe hältst.« Lale trank. »Zumindest, bis mein Koffeinpegel auf Normalniveau ist.«

»Du solltest unbedingt mal etwas essen«, erklärte Jobst. »Du siehst wirklich erbärmlich aus.«

»Dein Charme ist auch noch nicht wach, was?«, stellte Lale fest und sah an sich herunter. Ihre Klamotten waren verdreckt und stanken nach dem Qualm der abgebrannten Werkstatt. Ihr hohles Bauchgefühl sagte ihr, dass es tatsächlich an der Zeit war, mal wieder richtig zuzulangen. Sie schaufelte sich Rührei auf den Teller und biss in eine Toastscheibe.

»Hattest du heute Nacht eine Autopanne?« Jobst deutete auf ihr verschmiertes Shirt.

»Auto?« Lale kaute. Ach, du Schreck, das Auto. »Ich fürchte, das gute Stück ist abgebrannt.«

»Um Gottes Willen.« Jobst ließ das Besteck sinken. »Dir ist doch hoffentlich nichts passiert? Warst du im Krankenhaus? Wie konnte das denn …«

»Reg dich ab. Ich saß nicht drin. Das Auto steht in der Werkstatt, und die ist heute Nacht in Flammen aufgegangen.«

»Was sagst du da?«, fragte Jobst, als sich sein Telefon zu Wort meldete. »Moment. Da muss ich rangehen.« Er griff zum Handy. »Petersen.«

Lale genehmigte sich eine Gabel voll Rührei. Warum guckte Jobst denn so kariert?

»Ähm, das ist jetzt …« Er zögerte. »Ja, nein, im Augenblick ist es schlecht, lieber später, oder …« Er wirkte richtig verlegen.

»Ist das Natascha?«, mischte sich Lale ein. »Gib mal her.« Sie schnappte sich das Handy. »Hallo Natascha?«

Es war tatsächlich die Journalistin. »Lale, du?«

Lale grinste breit. »Ja, ich. Wir sitzen gerade noch beim Frühstück. Aber wenn Jobst sich mit dem Abwasch beeilt, können wir uns in einer halben Stunde treffen. Wir kommen zu dir ins Hotel.«

»Ja, wenn du meinst. Ich erwarte dich, ähm, euch unten in der Halle.«

»Bis gleich.« Lale drückte den Anruf weg, reichte Jobst das Handy und stand auf. »Beeil dich mit dem Abwasch. Ich hüpfe solange unter die Dusche.«

Jobst parkte seinen Geländewagen vor dem großen Hotel nahe dem Straßburger Platz. Vorher waren sie noch am Präsidium vorbeigefahren, damit Lale ihr Handy holen konnte. Trotzdem waren sie früher als verabredet hier. Das Petersen-Turboteam, dachte Lale grinsend, obwohl ihr die letzte Nacht noch ziemlich in den Knochen steckte.

Dann sah sie die Journalistin aus dem Hotel kommen. »Guck mal, da ist Natascha. Wo will die denn hin?«

Die Journalistin sah kurz nach rechts und links und verschwand in einem Taxi.

Lale stutzte. »Das wirkt aber nicht so, als ob sie auf uns wartet, sondern eher, als ob sie vor uns flüchtet.«

Jobst nickte. »Sie scheint etwas Besseres vorzuhaben.«

»Die weiß sowieso mehr als sie uns erzählt.« Lale kniff die Augen zusammen. »Los, fahr dem Taxi nach.«

»Okay.« Jobst lenkte den Wagen zurück auf die Straße und ordnete sich einige Wagen hinter dem Taxi zum Linksabbiegen ein.

Lale hielt Ausschau nach der Wagennummer. Sie mussten schließlich dem richtigen Taxi folgen.

»Wie gut kennst du diese Journalistin eigentlich?«, fragte Jobst.

»Nicht gut.« Lale verfolgte den fließenden Verkehr. »Kannst du nicht ein bisschen näher ranfahren?«

»Wir fahren gerade auf den Sachsenplatz zu. Wenn du dich erinnerst? Da kenne ich mich aus.« Jobst schmunzelte. »An der Kreuzung können sie nur geradeaus über die Brücke fahren. Wie gut?«

»Was?« Lale sah hinaus, während sie über die Albertbrücke fuhren. »Da hinten fährt er, rechts Richtung Rosengarten.«

»Wie gut du sie kennst?«, wiederholte Jobst. »Gestern Abend wirkte es so, als gehöre sie schon zu deinen Freundinnen.« Er blickte sie durchdringend an.

»Schau lieber, wo du hinfährst. Jetzt biegt er links ab. »Wenn Natascha eine Freundin von mir wäre, würden wir jetzt wohl kaum ihrem Taxi folgen. Denk logisch, Petersen.«

Jobst steuerte nach rechts auf die Bautzner Straße und folgte dem Taxi weiter in einigem Abstand. »Hat sie denn irgendetwas gesagt?«, fragte er. »Natascha, meine ich.«

»Wieso gesagt?« Lale schüttelte den Kopf. »Sie quatscht viel, wenn der Tag lang ist, aber mit brauchbaren Informationen rückt sie nicht heraus. Presse eben, viel heiße Luft.«

Es ging immer weiter die Bautzner Straße hinauf. Ob sich die Journalistin auch mit jemandem auf einem Heide-Parkplatz treffen wollte? Vielleicht auch mit diesem angeblichen Staatssekretär? Lale konzentrierte sich auf das Taxi, das nun nur noch drei Fahrzeuge von ihnen entfernt war. Sie ließen das

Waldschlösschen-Areal links liegen und fuhren geradeaus zwischen Mordgrund und Elbschlössern entlang. An der nächsten Ampel wurde die Straße zur Bautzner Landstraße.

»Kannst du mal ein bisschen näher ranfahren? Vielleicht sitzt ihr Informant im Taxi, und sie drehen nur eine Runde.«

Jobst räusperte sich. »Das halte ich für eine schlechte Idee. Dann bemerkt sie uns womöglich.«

»Quatsch«, winkte Lale ab. »Hier fahren so viele mit solchen albernen Angeberkarren durch die Stadt.«

Jobst hüstelte. »Sie kennt mein Auto.«

»Ach so?« Lale legte die Stirn in Falten. »Ihr kennt euch also doch besser.«

»War das eine Frage?« Jobst bremste.

»Nein. Eine Feststellung.« Lale sah das Taxi blinken. »Hey, der fährt kurz vor dem Parkhotel rechts rein.«

Jobst folgte dem Wagen in sicherem Abstand in die Seitenstraße. »Ich habe nichts mit ihr, falls du das glauben solltest.«

Lale stöhnte. »Meinst du wirklich, das würde mich interessieren?«

Sie bogen einmal links ab, gleich darauf zweimal rechts.

»Interessiert dich das nicht?«, hakte Jobst nach.

»Nein«, erwiderte Lale. »Wirklich nicht.«

Das Taxi hielt vor einem schmucken alten Haus mit blauen Zierfensterläden. Jobst hielt einige Häuser weiter am Straßenrand.

»Duck dich, damit sie uns nicht sieht.« Er lehnte sich zu Lale hinüber und zog sie mit in die Sitze.

Lale seufzte. Jobsts Rasierwasser duftete ebenso dezent wie exklusiv. Natürlich hatte er etwas mit der Journalistin. Sonst wäre die gar nicht vor ihrem Treffen abgehauen. Sie hatte sicherlich nur Jobst treffen wollen. Aber was tat sie nun hier oben am Weißen Hirsch?

Vorsichtig hob Lale den Kopf und konnte sehen, dass Natascha die Eingangstür geöffnet wurde. Eine Frau stand in der Tür und wirkte nicht so, als ob sie die Journalistin kennen würde oder erwartet hätte. Es dauerte eine Weile, bis sie sie ins Haus bat.

Jobst zog ein Fernglas vom Rücksitz und spähte über die Kopflehne hindurch.

»Du hast ein Fernglas im Auto? Bist du jetzt unter die Spanner gegangen?«

Jobst winkte ab. Das Taxi fuhr davon.

»Weißt du, wer dort wohnt?« Lale griff nach dem Fernglas. In der Einfahrt des Grundstücks stand eine dunkle Limousine. Sie ließ das Fernglas sinken, zog einen Kugelschreiber aus der Jackentasche und notierte sich das Kennzeichen auf den linken Arm.

»Ich vermute, jemand, der mit dem Fall zu tun hat.«

»Mmh«, machte Lale. »Tzschilpner ist es jedenfalls nicht. Der wohnt in Kleinzschachwitz. Egal, das ist Krokos Job.«

»Ich hatte wirklich nichts mit Natascha«, erklärte Jobst unvermittelt. »Aber sie hat, na ja, sie hat es versucht.«

Lale atmete tief durch. »Na gut. Also, was hat sie versucht?«

»Sie hat mich angemacht.« Jobst sah aus dem Fenster. »Und ich habe mich geschmeichelt gefühlt.«

»Ja, ja, die liebe Eitelkeit.« Lale schmunzelte. »Und warum erzählst du mir das jetzt? Soll ich dich bewundern, weil du sie nicht sofort vernascht hast.« Sie warf ihm einen prüfenden Blick zu. »Obwohl ich das kaum glauben kann.«

»Ich, ähm, ich sagte ja, ich habe mich geschmeichelt gefühlt.« Jobst klang unsicher. »Und dann habe ich mich hinreißen lassen …«

»Also doch.« Lale legte das Fernglas auf den Rücksitz.

»Nein, doch nicht so«, beeilte sich Jobst zu versichern. »Ich habe ein paar Informationen preisgegeben, die ich besser für mich behalten hätte.«

Lale sah ihn ungläubig an. »Du selbst bist die undichte Stelle bei den Ermittlungsbehörden? Das ist ja ein Ding.«

»Und dann hat sie mich immer wieder bedrängt.« Er seufzte. »Ich habe mich aber sehr bedeckt gehalten.«

»Wie? Du hast weiter geplaudert? Bist du bescheuert?«

»Sie hat mich quasi erpresst.« Jobst wirkte kleinlaut.

»Petersen, du wirst alt. Früher hättest du nicht mit deinem Job gespielt, nur weil irgendein Frauenzimmer auf dich einflirtet, noch dazu so berechnend.« Sie musterte ihn. »Das hast du doch gar nicht nötig.«

»Vielleicht.« Jobst strich sich eine blonde Strähne aus dem Gesicht. »Mitgespielt habe ich vor allem, damit sie es dir nicht erzählt. Es war also eigentlich deinetwegen.«

Augenblicklich saß Lale aufrecht. »Meinetwegen? Meinetwegen. Ich fasse es nicht. Du lässt dich von dieser attraktiven und gewieften Pressefrau aushorchen, denkst mal wieder mit dem falschen Körperteil, und dann behauptest du, das machst du meinetwegen?« Sie schnaubte. »Ich glaub, ich spinne. Jetzt bin ich auch noch schuld, oder was?«

»Aber Lale.« Jobst legte ihr die Hand auf die Schulter. »Ich wollte doch nur ...«

Lale schüttelte seine Hand ab. »Vergiss es. Ich muss hier raus.« Sie stieß die Beifahrertür auf und schwang sich aus dem hohen Wagen. »Du bist wirklich noch blöder als ich dachte.« Sie warf die Tür zu und lief los. »So ein Vollidiot!« Sie lief die Straße hinunter, die bald schon stärker abfiel. Reichte dieser Blödmann Ermittlungsergebnisse weiter! Und das, wo sie und Mandy sich so bemühten, diese Journalistin außen vor zu lassen und gleichzeitig höflich zu bleiben.

In diesem Moment klingelte ihr Handy in der Jackentasche.

»Petersen. Wer stört?«

»Hallo, Kroko hier. Ich stehe gerade bei Ihnen vor der Tür. Wo sind Sie denn?«

Lale sah sich um. »Das weiß ich selbst nicht so genau. Wieso stehen Sie vor meiner Tür? Ich denke, Sie beschatten Tzschilpner.«

»Ich soll mir Verstärkung holen«, erklärte Kroko. »Mandy ist nicht aufzufinden, und ich muss öfter mal eine Runde drehen, um nicht aufzufallen. Ich kann schlecht den ganzen Tag im Auto vor seiner Tür herumlungern.«

»Da ist was dran.«

»Und wo sind Sie nun?«, drängte Kroko.

»Irgendwo auf dem Weißen Hirsch.« Lale betrachtete das nächstbeste Straßenschild. »Plattleite, ich laufe gerade nach Hause.«

»Sie laufen? Wieso das denn?«

»Das ist eine längere Geschichte.« Lale dachte an ihr Auto, den Brand in der Werkstatt – und an Jobst, diesen Idioten.

»Frau Petersen, gehen Sie bis zum Luisenhof und nehmen dann die Standseilbahn«, schlug Kroko vor. »Ich hole Sie unten am Körnerplatz ab.«

Ein Stunde später saß Lale mit Kroko im Dienstwagen und beschattete das Eigenheim von Timo Tzschilpner. »Und Sie sind sicher, dass er zu Hause ist?«

Kroko nickte. »Doch, doch. Sein Wagen ist da. Und seine Frau ist heute früh weggefahren und noch nicht zurück.«

Kaum hatte sich Lale für ein kleines Nickerchen im Sitz zurückgelehnt und die Augen geschlossen, schlug Kroko Alarm: »Da ist er. Es geht los.«

Lale duckte sich in den Fußraum.

»Was machen Sie denn da?«, fragte Kroko.

»Tzschilpner kennt mich doch. Was tut er denn?«

»Er steigt in sein Auto.« Kroko ließ den Wagen an.

Lale rappelte sich gähnend wieder auf und schnallte sich an. Sie hatte gehofft, etwas vor sich hindösen zu können. Doch Krokos Fahrstil näherte sich heute dem von Mandy. Wie der Teufel heizte er auf den Schillerplatz zu.

»Was machen Sie denn?« Lale klammerte sich an den Türgriff.

»Tut mir leid.« Kroko wirkte angestrengt. »Die Zielperson fährt wie ein Irrer.«

Timo Tzschilpner schien es tatsächlich sehr eilig zu haben. Er raste über Schillerplatz und Blaues Wunder trotz Dreißigerzone mit Blitzer.

»Langsam, Kroko. Er wird kaum von der Brücke springen. Wir holen ihn schon ein.«

Doch es wurde knapp, als er kurz vor dem Körnerplatz nach links den Berg hinauf raste.

»Der nimmt den gleichen Weg wie beim letzten Mal.« Kroko klang grimmig. »Bestimmt trifft er sich wieder mit so einem vermummten hohen Tier.«

Doch oben am Mordgrund angekommen, bog Tzschilpner plötzlich rechts ab auf die Bautzner Landstraße. Kroko folgte ihm, und Lale staunte nicht schlecht, als der Verfolgte genau zu dem Haus fuhr, bei dem sie zuvor mit Jobst Natascha Peschkowa beschattet hatte. Automatisch hielt Lale Ausschau nach Jobsts Geländewagen, aber der Herr Staatsanwalt war natürlich verschwunden, mitsamt seiner Angeberkarre und vermutlich auch der attraktiven Journalistin.

»Wer wohnt denn hier?« Lale sah Kroko an. Schließlich war der Kollege ein wandelndes Protokoll-Archiv.

»Das ist die Adresse der Hollerbekes«, erklärte Kroko trocken. »Nach allem, was wir bisher wissen, allerdings nur noch die von Rita Hollerbeke.«

Dann war Natascha also tatsächlich auf der gleichen Fährte wie sie. Und Jobst, dieser Mistkerl, hatte das nicht nur geahnt, sondern war ihr sogar noch dabei behilflich. Lale schob die Ärmel hoch. Sie würde durchgreifen. Diese ganze Geheimniskrämerei ging ihr gewaltig auf den Geist.

»Was haben Sie denn da, ein Tattoo?« Kroko deutete auf Lales linken Unterarm.

»Nein, das ist doch das Kennzeichen … Moment!« Lale sah hinüber zur Hollerbekeschen Einfahrt. Die Limousine war verschwunden. »Kroko, machen Sie doch mal bitte über Funk eine Halteranfrage.« Sie hielt ihm ihren Arm vor die Nase.

Was hatte Natascha herausgefunden? Und was tat Tzschilpner hier? Suchte er Hollerbeke, oder wusste er längst, wo der Ausbilder war? Hollerbeke hatte Angst gehabt, und sie hatte es nicht ernst genommen. Tzschilpner war ganz offensichtlich eine Schlüsselfigur in diesem Projekt, in das der tote Azubi verwickelt gewesen war. Hatte Ronny Hummel freiwillig oder unfreiwillig seine Finger im Spiel gehabt? War der Brand in der Autowerkstatt Zufall, oder hatte jemand Spuren verwischen wollen? Sie musste sich mit den Kollegen von der Brandermittlung kurzschließen …

»Nichts.« Kroko schaltete am Funkgerät herum. »Die Zentrale ist tot.«

»Was? Ist unsere Steinzeittechnik mal wieder abgestürzt?«

Kroko hob die Schultern und deutete auf die Straße. »Da kommt unsere Zielperson wieder.«

»Oh.« Lale ging in Deckung. »Ich wüsste zu gern, was der da gemacht hat.«

»Sollen wir mit Rita Hollerbeke sprechen?«, fragte Kroko. »Oder sollen wir am Geschäftsführer dranbleiben?«

Lale überlegte kurz. Die Ex des Ausbilders konnte sie sich immer noch zur Brust nehmen, wenn sie Natascha Peschkowa in die Mangel genommen hatte. »Nein, wir sind heute ganz brav und folgen der Anweisung des Chefs. An Tzschilpner dranbleiben.«

»So, jetzt habe ich aber die Faxen dicke!« Lale sprang aus dem Wagen. »Los, jetzt nehmen wir uns den Kerl zur Brust.«

Seit einer Viertelstunde warteten sie in Altgompitz vor dem Haus von Elke Hollerbeke, nachdem Tzschilpner – wiederum wie ein Irrer – hierher gebrettert war. Die alte Frau hatte nicht einmal überrascht gewirkt, als sie dem Chef ihres Sohnes die Tür geöffnet hatte.

Die Warterei zerrte an Lales Nerven. Sie wippte ungeduldig mit dem Fuß, bis auch Kroko ausgestiegen war.

»Sie wollen da reingehen?« Kroko hastete hinter Lale her. »Ich habe mir ja gedacht, dass Sie diese Beschatterei nicht lange aushalten, aber wir sollten uns doch erst einen Überblick verschaffen.«

»Mir reicht mein Überblick völlig aus.« Lale marschierte durchs Gartentor. »Dieser Geschäftsführer ist seit einer Viertelstunde da drin, und er ist eine Schlüsselfigur. Und die alte Frau

Hollerbeke weiß mehr als sie zugibt.« Sie drückte energisch den Klingelknopf.

Kroko machte ein bestürztes Gesicht. »Meinen Sie, er tut ihr etwas an?«

In diesem Moment wurde die Haustür aufgerissen. Elke Hollerbeke sah sie irritiert an. »Wir kennen uns doch.«

»Ja, guten Tag. Wir sind es noch mal, Krokowszic und Petersen von der Mordkommission.« Sie drückte die Tür weiter auf, und Frau Hollerbeke wich zurück. »Sie haben Besuch?«

Die alte Frau nickte. »Ja, gehen Sie nur durch, Sie kennen sich ja aus.«

»Ach, der Herr Tzschilpner.« Lale reichte dem Geschäftsführer der DISSEL GmbH die Hand. »Besuchen Sie immer gleich alle Angehörigen, wenn einer Ihrer Mitarbeiter mal ein paar Tage ausfällt?«

Timo Tzschilpner wirkte nicht überrascht, sie hier anzutreffen. »Hallo, Frau Kommissarin. Ja, ich mache mir ernsthafte Sorgen. Seit Donnerstag ist Lutz Hollerbeke nicht zur Arbeit erschienen, und krank gemeldet hat er sich auch nicht.«

Lale ließ ihren Blick durch den Raum schweifen, während Tzschilpner über fehlende Ausbildungsbetreuung und Projektplanung schwadronierte. Das Haus wirkte sonntagsfein, doch offenbar hatte Elke Hollerbeke dem Chef ihres Sohnes weder einen Platz noch ein Getränk angeboten. Ein gemütlicher Kaffeeklatsch schied als Grund für die Dauer seines Besuchs schon mal aus. Auf dem Tisch lag lediglich ein dickes, an einer Seite geöffnetes Kuvert. Auch Kroko schien es bemerkt zu haben und hatte vermutlich schon die korrekte Formatbezeichnung im Kopf.

»Herr Tzschilpner hat mir nur seine Unterstützung angeboten«, erklärte die alte Frau.

»Wobei?«, fragte Lale. »Hat Ihr Sohn sich bei Ihnen gemeldet?«

Elke Hollerbeke schüttelte den Kopf. »Nein, sonst hätte ich Ihnen doch längst Bescheid gesagt. Mein Lutz hat sich bestimmt weggemacht, hat's nicht mehr ausgehalten mit dem Biest.«

»Moment«, warf Kroko ein. »Sie haben doch gesagt, seine Ex-Frau hat ihn vor die Tür gesetzt.«

»Ja, ja.« Frau Hollerbeke machte eine vage Handbewegung.

Tzschilpner sah Lale durchdringend an. »Ich denke, wir stören die liebe Frau Hollerbeke jetzt nicht weiter. Er reichte der alten Frau die Hand. »Ihr Sohn war doch immer ein zuverlässiger Bursche. Der meldet sich bestimmt bald. Wir bleiben in Kontakt.«

»Was wird denn aus seinem Arbeitsplatz?«, fragte Lale. »Wenn er nicht bald wieder erscheint, werden Sie ihm doch bestimmt kündigen.«

»Aber nicht doch, Frau Petersen.« Timo Tzschilpner lächelte breit. »Lutz Hollerbeke ist ein langjähriger Mitarbeiter und hat sich nie etwas zuschulden kommen lassen.«

Lale dachte an die abfälligen Bemerkungen, die Tzschilpner noch vor wenigen Tagen über seine IT-Experten gemacht hatte. Der Mann war so widerlich geländegängig, dass sie ihm am liebsten ins Gesicht gespuckt hätte.

Sie verabschiedeten sich von der alten Frau Hollerbeke und verließen gemeinsam mit Tzschilpner das Haus. Lale beobachtete ihn, als er vor ihr herlief. Seine Körperhaltung verriet eine enorme Anspannung, die so gar nicht zu seinem souveränen Gesichtsausdruck passen wollte, als er ihr nun auf der Straße die Hand reichte.

»Ich bin froh, dass Sie das Verschwinden meines Mitarbeiters so ernst nehmen. Man hört da ja immer wieder ganz andere Geschichten von der Polizei.«

»Nun machen Sie aber mal halblang«, mischte sich Kroko ein. »Wir geben immer unser Bestes.«

Lale wunderte sich nicht über die Empörung in Krokos Stimme. Schließlich fuhr er gerade wegen dieses Kerls eine Sonderschicht. »Herr Tzschilpner, wir ermitteln in einem Mordfall«, erinnerte Lale. »In dem Sie übrigens erwiesenermaßen eine zentrale Rolle spielen. Sie können Ihre aalglatte Fassade noch so sehr polieren. Verlassen Sie sich darauf, dass wir Sie und alles, was Sie tun oder getan haben, genauestens durchleuchten.« Sie atmete tief durch. »Und Sie haben nicht nur uns an sich heften, glauben Sie mir. Das LKA befasst sich intensiv mit den Machenschaften Ihrer Firma.«

»Nanu?« Über Tzschilpners joviale Mimik huschte ein Hauch von Irritation. »Ist das eine Drohung?«

»Nein.« Lale stemmte die Hände in die Hüften. »Das ist die Realität.«

In diesem Moment hörten sie hinter sich ein Poltern. Lale fuhr herum. Das Geräusch war zweifelsfrei aus dem Haus gekommen. Und prompt erschien die alte Frau in der Haustür. »Wie ungeschickt von mir«, rief sie.

»Kann ich Ihnen helfen?«, fragte Kroko sofort.

»Nein, nicht nötig, mir ist nur der Schrubber umgefallen«, erklärte Frau Hollerbeke und schloss schnell die Tür.

»Komisch«, murmelte Kroko.

Lale stutzte kurz und wandte sich wieder Tzschilpner zu. »Sie haben keine Chance, denken Sie daran.«

Wortlos ging der Geschäftsführer zu seinem Auto, und auch Kroko und Lale stiegen in ihren Wagen.

»Fahren Sie los«, sagte Lale als Kroko zögerte. »Im Moment müssen wir ihn nicht mehr beschatten. Der hat erstmal genug.«

Kroko ließ den Motor an. »Meinen Sie, es war gut, ihn so unter Beschuss zu nehmen?«

»Keine Ahnung. Es war mir einfach ein Bedürfnis, diesem Arschloch reinzuwürgen, dass ich ihn für ein solches halte.«

Kroko lachte. »Und Sie sind doch ein netter Mensch.«

Lale grinste. »Bitte sehen Sie von Sympathiebekundungen ab.«

Sie fuhren zurück in Richtung Innenstadt, und Lale sah nachdenklich aus dem Fenster. Sonntägliche Ruhe lag über den Straßen. Sie ließ sich die vergangene Situation bei Elke Hollerbeke noch einmal durch den Kopf gehen. Ob Tzschilpner ihr Geld angeboten hatte? Dieses Kuvert auf dem Tisch erinnerte sie doch sehr an die Fotos, die Kroko auf dem Heide-Parkplatz gemacht hatte. Doch das Kuvert auf dem Tisch konnte natürlich auch einfach nur Post gewesen sein. Die Vorderseite hatte sie nicht gesehen. Trotzdem wurde sie das Gefühl nicht los, dass die alte Frau mehr über die ganzen Zusammenhänge wusste als sie zugab. Den Eindruck hatte sie schon bei ihrem ersten Besuch gehabt. Menschen, die so offenkundig über Privates und Nebensächliches plauderten, hatten meist etwas zu verbergen. Und dann dieses Poltern! Die alte Frau war schlecht zu Fuß, ihr Sohn war verschwunden, sie hatte den Chef des Sohnes im Haus und bereits zum zweiten Mal die Polizei. Welche alte Dame würde in so einer Situation am Sonntagnachmittag zum Schrubber greifen? Im Übrigen war das Haus blitzsauber gewesen …

»Stopp! Drehen Sie um, wir fahren zurück.«

Kroko wendete abrupt. Die Kesselsdorfer Straße war zu dieser Zeit kaum befahren.

»Los, los!«, feuerte Lale den Kollegen an. »Machen Sie uns die Mandy. Es eilt.«

Kroko gab sein Bestes und reichte tatsächlich nahe an Mandys rasanten Fahrstil heran. Innerhalb von wenigen Minuten bremsten sie mit quietschenden Reifen vor dem Haus der alten Frau Hollerbeke.

»Ha!« Lale deutete auf den Wagen vor dem Haus. Tzschilpners BMW stand immer noch am Straßenrand. Der Geschäftsführer schien gerade sein Auto verlassen zu wollen, schloss die Fahrertür jedoch wieder, als er sie anbrausen sah.

»Ich wusste es.« Lale sprang aus dem Wagen, rannte zu Tzschilpner und riss die Fahrertür auf. »Was machen Sie denn noch hier?«

Er wirkte nicht besonders überrascht. »Ich hatte noch ein wichtiges Telefonat zu führen.« Er deutete auf sein Mobiltelefon auf dem Beifahrersitz. »Telefonieren während der Fahrt mag ich nicht, auch nicht mit Freisprechanlage. Das sollte Ihnen und Ihren Kollegen von der Verkehrspolizei doch nur recht sein.«

Lale unterdrückte nur mühsam ihren Groll. »Abflug, Tzschilpner, und zwar sofort«, zischte sie.

Der Geschäftsführer verzog das Gesicht. »Also, ich glaube kaum, dass Sie mir vorschreiben können …«

»Hauen Sie ab. Sonst nehme ich Sie vorübergehend fest.«

Sie warf die Tür zu, und er fuhr tatsächlich los. Mit wenigen Schritten war Lale bei Kroko, der die Scheibe herunterließ. »Folgen Sie ihm, und zwar so auffällig wie möglich.«

Kroko streckte den Kopf heraus. »Und Sie? Was ist mit Ihnen?«

»Ich melde mich.« Lale nahm Kurs auf das Hollerbekesche Haus und drückte auf die Klingel. Es schien endlos zu dauern. Sie zappelte ungeduldig herum.

Endlich erschien die alte Frau in der Tür. »Sie schon wieder?«

»Wen haben Sie denn erwartet? Tzschilpner?« Lale drückte sich an Elke Hollerbeke vorbei und ging weiter ins Wohnzimmer. Das dicke Kuvert lag noch auf dem Tisch. »Hat er Ihnen Geld geboten?« Lale musterte die alte Frau, die sich schwerfällig auf den Stuhl sinken ließ. Von Putzeimer und Schrubber war weit und breit nichts zu sehen. »Ist es das?« Lale deutete auf das Kuvert.

Elke Hollerbeke nickte. »Ich habe nichts genommen.«

Lale zog einen Einweghandschuh aus der Jackentasche und streifte ihn über. »Das heißt, wir haben Ihre Verhandlungen gestört?«

Die alte Frau strich sich über die Stirn. »Ich will das nicht.«

Lale nahm den Umschlag und kontrollierte kurz den Inhalt. Er bestand aus einer beachtlichen Anzahl großer Geldscheine. »Wofür hat er Ihnen so viel Geld geboten?« Lale beobachtete die Frau. Wenn sie das Geld tatsächlich nicht angenommen hatte, dann war Tzschilpner nur geblieben, um sich seine Kohle wiederzuholen. »Nun reden Sie schon. Von mir haben Sie nichts zu befürchten. Von Typen wie diesem Tzschilpner allerdings …«

»Ich sollte«, hob Elke Hollerbeke am. »Ich sollte ihm sagen, also nein, ich sollte Lutz …«

»Sie sollten ihm sagen, wo Ihr Sohn sich aufhält?«, half Lale nach. »Also wissen Sie, wo Lutz ist. Weiß Tzschilpner, wo er ist?«

Elke Hollerbeke nickte, dann schüttelte sie plötzlich den Kopf. »Ich soll dafür sorgen, dass Lutz noch eine Zeit lang untertaucht.«

»Was? Lale war überrascht. »Dann weiß Ihr Sohn also doch etwas über die krummen Geschäfte und den Mord.«

»Lutz hat Angst«, stieß die alte Frau hervor. »Er sagt nichts Genaues, aber ich glaube, er hat Angst vor seinem Chef und vor irgendetwas, was mit der Firma zu tun hat.« Sie seufzte. »Ich verstehe das alles nicht. Und dann kommt dieser Tzschilpner hier an und bietet Geld dafür, dass Lutz verschwunden bleibt.« Sie sah Lale aus traurigtrüben Augen an. »Ich bin so verwirrt.«

»Frau Hollerbeke!« Lale sah sie eindringlich an. »Wo ist Ihr Sohn jetzt? Wo ist Lutz?«

In diesem Moment ertönte ein dumpfes Rumpeln. Elke Hollerbeke sah Lale entsetzt an.

»Erzählen Sie mir nicht wieder etwas von umgestürzten Schrubbern. Er ist hier im Haus, nicht wahr?«

Die alte Frau senkte den Blick. Dann hielt sie sich die Hände vors Gesicht, ihre Schultern zuckten, und kurz darauf hörte man ihr leises Wimmern. »Ich weiß nicht, was mit dem Jungen los ist«, stieß sie zwischen ihren Fingern hervor. »Er benimmt sich so ... eigenartig.«

»Wo?«

»Im Keller.« Elke Hollerbeke sah sie aus geröteten Augen an. »Sie kommen von hinten durch den Garten über eine kleine Treppe hinunter.«

Lale hatte die Treppe schnell gefunden. Die Tür zum Keller war nicht abgeschlossen. Vorsichtig betrat sie einen spärlich mit Tageslicht versorgten Raum, in dem Wäscheleinen hingen, und gelangte in eine Art Flur. Sie lauschte. Hinter der Stahltür dort rauschte etwas; vermutlich verbarg sich dahinter der Heizungskeller. Sie drückte die Klinke der nächstbesten Tür herunter. Verschlossen. Also klopfte Lale an. Nichts regte sich. Sie wandte sich er nächsten Tür zu, bis sie bemerkte, dass unter der dritten ein schmaler Streifen Licht in den fast dunklen Flur fiel. Sie klopfte. Nichts. Sie drückte die Klinke herunter. Die Tür war unverschlossen. Der Raum lag in kaltem künstlichem Licht, und von zwei Wänden hingen dicke Decken herab. Vermutlich verdeckten sie die Kellerfenster, damit das Licht von außen nicht zu sehen war. Abgestandene Luft mischte sich mit dem Geruch von deftigem Mittagessen und Schweiß.

»Herr Hollerbeke?« Lale ging um eine Regalwand herum, die in den Raum ragte. »Ich bin es, Lale Petersen. Ich weiß, dass Sie sich hier unten verstecken.«

Dann entdeckte sie ihn und erschrak. In einem abgewetzten Sessel saß der Ausbilder wie ein Häufchen Elend in der Ecke. Gespenstisch blickte er über tiefen Augenringen aus einem totenbleichen Gesicht.

Zögernd ging Lale auf ihn zu. Der Ausbilder roch penetrant ungewaschen. »Herr Hollerbeke, warum verstecken Sie sich denn?« Sie bemerkte, dass er zitterte. »Vor wem oder was haben Sie Angst?«

»Gehören Sie auch dazu?« In seinem Blick stand nackte Furcht. »Haben die Sie auch schon weichgekocht, mürbe gemacht, unter Druck gesetzt, erpresst, gefoltert?«

»Niemand hat mich weichgekocht.« Lale verstand nicht recht, wovon er sprach, hielt es aber für ratsam, auf seinen Jargon einzugehen. »Wer sollte denn versuchen, mich mürbe zu machen oder zu erpressen?«

»Sie haben keine Chance gegen die. Glauben Sie das ja nicht.« Der Ausbilder schien noch weiter in sich zusammenzusacken. »Sie haben die Fäden in der Hand, sie sind überall, sie haben die Macht.«

»Sprechen Sie von Tzschilpner und seinen Kontakten?«, wagte sich Lale vor. »Wissen Sie mehr, als Sie mir bisher erzählt haben?«

Lutz Hollerbeke schien mit sich zu ringen. »Ich weiß nicht viel. Ich will es auch gar nicht wissen.« Er rieb seine Handflächen aneinander. »Ronny wusste zu viel, und er hat sein Wissen archiviert.«

Lale nickte. Soweit waren sie ja bereits. Trotzdem wurde sie nicht schlau daraus, worum es hier eigentlich ging. »Wer sind denn nun die, von denen Sie immer sprechen?«

»Sie sind gefährlich«, stieß der Ausbilder hervor. »Und sie sind überall. Eine Verschwörung.«

»Sie meinen, dass Tzschilpner mit mehreren Leuten krumme Geschäfte macht und von ganz oben Unterstützung erhält?« Lale dachte an Nataschas fragmentartige Hinweise. »Vielleicht aus der

Politik oder einem Ministerium?« Natürlich fiel ihr auch gleich wieder Jobsts bescheuerter Aussetzer ein. »Hängt die Justiz auch mit drin?« Es wäre schließlich nicht das erste Mal, dass sie es mit Korruption und Organisierter Kriminalität zu tun bekamen. Je mehr sogenannte Saubermänner involviert waren, desto größer waren meist die Verbrechen.

»Es ist eine Verschwörung.« Die Stimme des IT-Fachmanns zitterte. »Sie haben die Kontrolle. Sie morden und zerstören, wir können ihnen nicht entkommen.«

Lale runzelte die Stirn. Der Zustand des Mannes war besorgniserregend. »Herr Hollerbeke, was genau wollen Sie mir sagen? Haben Sie irgendwelche Beweise für das, was Sie da behaupten?«

»Beweise.« Lutz Hollerbeke stöhnte auf. »Beweise? Es gibt keine Beweise. Das ist doch der Beweis!« Er erhob sich aus dem Sessel und begann auf und ab zu gehen, wie unlängst am frühen Morgen beim Treffen auf dem Spielplatz. »Eine Verschwörung. Sie vernichten alles, sie decken sich gegenseitig. Sie sind gefährlich.« Dann fuhr er plötzlich herum und starrte Lale aus glänzenden Augen an. »Nehmen Sie sich in Acht, Frau Petersen. Passen Sie auf sich auf.«

Lale wich einen Schritt zurück. Der Mann schien hier in seinem Versteck endgültig durchzudrehen. Allerdings war nicht auszuschließen, dass er tatsächlich in Gefahr war. Dennoch hielt sie Tzschilpner nicht für das Problem. Den hatten sie erst einmal unter Kontrolle. Kroko hing an ihm dran, und sie hatten den Umschlag mit Geld als Beweismittel. Lale tastete automatisch nach dem Kuvert in der Innentasche ihrer Lederjacke. Der Plastikbeutel knisterte.

Einen Moment lang schienen sie sich gegenseitig zu belauern. Dann fragte Lale: »Wer außer mir und Ihrer Mutter weiß noch, dass Sie hier sind?«

»Niemand.« Hollerbeke deutete auf eine Ecke, in der mehrere Computer und Monitore standen. »Ich bewege mich auch im Netz unter verschiedenen IP-Adressen und ausschließlich über das Ausland.«

»Aha?« Lale runzelte die Stirn. Was immer er damit meinte, es klang paranoid.

»Meine Frau«, krächzte Hollerbeke, als sei er plötzlich heiser. »Sie haben sie sich geholt. Sie gehört auch dazu.«

Lale seufzte. Ein ermordeter Azubi, allerhand Verschwörungen, quälender Liebeskummer, seit Tagen allein in diesem Keller. Es war wirklich kein Wunder, dass der arme Mann durchdrehte. Sie deutete in den Raum. »Das hier ist dauerhaft keine Lösung. Ich werde mir etwas überlegen und melde mich dann bei Ihnen.«

Taktgefühle

Pit hielt die Tür zur Pizzeria auf. Er schaute noch immer entsetzt. Auf dem Weg hatten sie sich die traurigen Überreste der Hummelschen Autowerkstatt angesehen. Lale ging an Pit vorbei, grüßte den Wirt und nahm den erstbesten Zweiertisch am Fenster.

Pit ließ sich auf den Stuhl sinken. »Immerhin steht das Wohnhaus noch.«

»Und es ist niemand verletzt.« Lale nickte. »Wieso nimmt dich das derart mit?« Sie sah ihren Sohn forschend an.

»Puh, ich weiß nicht. Vielleicht wegen Holger. Er ist so eigenartig, und wir haben uns ein bisschen über ihn lustig gemacht. Und dann höre ich, dass sein kleiner Bruder ermordet wurde, und jetzt brennt die Werkstatt ab.« Pit rieb sich die Nase. »Ich würde Holger gern irgendwie helfen.«

Ein Lächeln huschte über Lales Gesicht. »Holger ist etwas speziell, was?«

Pit nickte. »Und genial.«

Er nahm die Karte entgegen, die die Kellnerin ihm reichte. »Buona sera.« Sie grinste Lale an. »Vino rosso?«

»Nein, heute mal Apfelschorle, bitte.« Lale legte die Karte zur Seite. »Und eine Pizza mit doppelt Käse und Sardellen.«

Die Kellnerin rümpfte die Nase. »Ist das Ihr Ernst?«

»Das wissen Sie doch.« Lale lachte. »Wie immer.«

»E il signore?«

»Cola bitte.« Pit fuhr mit dem Finger über die Speisekarte. »Und eine Pizza Diavolo, vegetarisch.«

»Va bene.« Die Kellnerin zwinkerte ihnen zu und entfernte sich.

»Gute Idee, Pizza essen zu gehen?« Lale sah Pit aufmerksam an.

Pit grinste schräg. »Auf jeden Fall besser, als Pizza aufzutauen.«

Aus den Lautsprechern dudelte ein Paolo-Conte-Song und mischte sich mit den Kommandos, die jemand hinten in der Küche gab. An der Theke warteten zwei junge Frauen auf Pizza zum Mitnehmen. Lale mochte die kleine Pizzeria, die nur wenige Straßen entfernt lag. Gutes und günstiges Essen, rustikale Atmosphäre und keine Endlosschleifen italienischer Schnulzen à la Eros Ramazotti.

»Die könnten deine Wunschpizza langsam mal in die Karte aufnehmen, Lale Speziale«, schlug Pit vor, als die Kellnerin die Getränke servierte.

»Wir waren schon länger nicht mehr zusammen essen«, stellte Lale fest und dachte an das Cannabistütchen, das sie auf Pits Schreibtisch hatte liegen sehen. Eigentlich wusste sie nicht viel über das, was Pit zurzeit tat, auch nicht über diese neue Band. Holger Hummel kannte sie aus anderen Zusammenhängen, und er war seltsam. Mischa Sörensen handelte vermutlich mit Drogen und unterstützte damit Psychosen von Leuten wie diesem Fidel, ohne sich der Tragweite seines Tuns bewusst zu sein. Einzig Robert kannte sie schon länger, den netten Studenten. Er war vernünftiger als die Jungs in Pits Alter. Obwohl sie sich über Pit nicht beschweren konnte. Sie musterte ihn. Er war eher der besonnene Typ und gut organisiert. Erstaunlich, bei der Mutter. Lale räusperte sich. »Schön, dass wir so auch mal wieder zum Quatschen kommen.«

»Was ist denn los? Ist heute ›Tag des Sohnes‹ bei Petersens?« Pit nahm einen Schluck Cola. »Heute morgen Papas klägliche Gesprächsversuche, und jetzt du …«

Lale schmunzelte. »Kannst du mir ein bisschen mehr über eure Band erzählen? Warum brauchst du eine neue Band? Die ›Annachronicles‹ sind doch gut.« Sie nippte an ihrem Glas. »Oder hat das mit Anna zu tun? Habt ihr ernste Probleme?«

»Mama!« Pit winkte ab. »Ich will mit dir nicht über meine Beziehung sprechen. Du bist meine Mutter.«

»Uff, da habe ich ja Glück gehabt.« Lale fuhr sich mit der Hand über die Stirn. »Ich dachte schon, jetzt muss ich Lebensweisheit heucheln.«

Pit grinste schräg. »Anna hat weder für die ›Annachronicles‹ Zeit noch für mich. Stress im Studium. Da kann ich nicht mitreden, habe ja noch nicht mal das Abi.«

»Na, ist ja bald soweit«, beruhigte Lale. »Hast du Angst, dass du ihr jetzt doch zu jung bist?« Sie mochte Pits Freundin Anna, obwohl sie sich eher selten über den Weg liefen. Sie war die Nichte von Kowalskis Kollegen Dr. Wurm. Dresden eben – alles und jeder hingen irgendwie miteinander zusammen …

»Ich weiß nicht«, unterbrach Pit ihre Gedanken. »Vielleicht ist sie mir auch bald zu alt.« Er zwinkerte amüsiert. »Männer mögen es doch lieber jung und knackig.«

»Du hast offenbar zu lange mit deinem Vater gesprochen«, stellte Lale fest. »Und die Polka-Truppe? Was hat es denn nun damit auf sich?«

»Echte Musik«, sagte Pit. »Wir wollen echte und ursprüngliche Musik machen. Polka ist die Basis von fast allem: Rock'n'Roll, Ska, Punk, aber eben auch Klassik wie Strawinski und Johann Strauss oder Ernst Mosch.«

Lale runzelte die Stirn. »Interessant. Ich glaube, ich habe noch nie zuvor einen Satz gehört, in dem gleichzeitig Punk und Ernst Mosch vorkam.« Sie nahm einen Schluck Schorle. »Ich dachte, Polka sei dieser Ringelpiez mit Anfassen.«

»Stimmt, als Tanz.« Pits Augen leuchteten auf. »Da gibt es Tanzpaare, aber trotzdem tanzen alle zusammen, verstehst du?«

»Nicht wirklich.« Lale schmunzelte bei der Erinnerung an Pits Abschlussball nach der Tanzschule. Für die Jungs gehörte ein Tanz mit der Mutter zum Programm, und sie hatte Pit mit ihrem Gehopse und einem schaurigen Lachanfall blamiert.

Pit schien das erfolgreich verdrängt zu haben. »Ich finde das klasse: Die Paare drehen sich um sich selbst, und alle wirbeln in einer Richtung über die Tanzfläche. Das funktioniert immer, ob Bierfass-Polka oder Ska.«

»Aha?« Lale freute sich über Pits Begeisterung. »Ich wusste gar nicht, dass du so ein Tanzexperte bist.«

»Wir wollen doch unser Publikum zum Tanzen bringen. Und weißt du, was das Geheimnis ist? Der Kern? Die grundlegende Gemeinsamkeit?«

»Man gibt den Leuten möglichst viel Bier?«

»Quatsch!« Pit trank einen Schluck Cola. »Zwei-Viertel-Takt. Das ist die Basis: schnell, kurz, kraftvoll, auf und ab, alles dreht sich. Ein großes, aber rhythmisches Durcheinander.«

»Das hört sich an, als würdest du meinen aktuellen Fall beschreiben.« Lale seufzte in ihre Apfelschorle. »Aber zwei Viertel sind auch nur eine halbe Sache.«

»Mama, es geht um Takte, nicht um Bruchrechnen.«

»Tja, mit meinem Taktgefühl ist es nicht so weit her.« Lale grinste. »Wann ist denn nun euer erster Auftritt? Oder habt ihr den jetzt abgesagt?«

Pit schüttelte heftig den Kopf. »Nein, natürlich nicht. Am Freitag. Und wir werden alle spielen. Auch Holger.«

Lale dachte an den Probenabend. »So, wie Holger auf der Probe gewirkt hat, ist er beim Spielen geradezu weggetreten.«

»Ja, er versinkt ganz in seiner Musik.« Pit winkte der Kellnerin. »Noch eine Cola, bitte.«

»Und dieser Mischa?« Lale beobachtete ihren Sohn genau. »Hat der was drauf?«

»Na ja.« Pit wedelte mit der Hand. »Es geht schon. Außerdem hat er gute Kontakte. Probenraum, Gigs, sogar zu einem Studio hat er einen Draht.«

»Vermutlich sind das alles gute Kunden von ihm.« Lale sah die Kellnerin mit zwei großen Pizzatellern heraneilen.

»Prego!«, rief sie und servierte die Pizzen. »Cola kommt gleich.«

»Wie meinst du das? Kunden?« Pit reichte Lale das in eine Papierserviette eingewickelte Besteck, das in einem großen Glaskrug auf dem Tisch stand. »Ich kenne Mischa aus der Schule. Er geht in meine Stufe. Er arbeitet nur manchmal am Wochenende im Biergarten.«

»Gib dir keine Mühe.« Lale entwickelte ihr Besteck. Die Pizza duftete herrlich. »Ich habe es gesehen, als ich mir die Kamera geholt habe. Es lag auf deinem Schreibtisch.«

»Was?« Pit legte sich seine Serviette auf den Schoß.

»Eine Cola.« Die Kellnerin stellte Pit ein volles Glas hin und nahm das leere an sich. »Darf es noch etwas sein, Signora? Vino? Aqua?«

»Noch eine Schorle, bitte«, sagte Lale und wartete, bis die Kellnerin verschwunden war. »Eine Tüte Cannabis auf deinem Schreibtisch.«

»Ach so.« Pit winkte ab. »Hast du schon mit Papa gesprochen?«

»Natürlich nicht. Ich bin doch keine Petze. Der würde doch ausflippen.« Ihre Miene verfinsterte sich.

»Meinst du?« Pit grinste breit und biss in ein Achtel Pizza.

Auch Lale biss herzhaft zu, nachdem sie sich eine Ecke aus der Pizza gesäbelt hatte. Etwas stumpfe Messer – das war wirklich das einzige Manko an ihrer Lieblingspizzeria.

In diesem Moment meldete sich Lales Telefon nachdrücklich. Wenn das Jobst war, würde sie ihn einfach wegdrücken. Doch ihr Display meldete »Anabel Gerste«. Lale kaute eilig. »Oh, da muss ich rangehen. Entschuldige.«

»Ich hab mich dran gewöhnt, dass du dich nicht benehmen kannst, Mütterlein.«

»Hallo Anabel.« Lale schluckte. »Klasse, dass du zurückrufst.«

»Ist alles in Ordnung mit dir?« Anabel hatte schon wieder ihren besorgten Unterton. »Auf der Mailbox klingst du so gehetzt, oder doch bedrängt? Jedenfalls nicht gut.«

»Ach, Anabel.« Lale verdrehte die Augen. »Nicht *ich* bin der Notfall. Ich habe heute mit einem Mann gesprochen, der sich seit Tagen versteckt. Er hat Angst, wirkt aber inzwischen schon ziemlich irre.«

»Das heißt nicht irre«, korrigierte die Psychiaterin, »sondern paranoid.«

»Meinetwegen.« Lale schielte auf ihre Pizza. »Jedenfalls müssen wir ihm helfen. Er ist ein wichtiger Zeuge und dreht durch. Außerdem kannst du bestimmt besser einschätzen, was Wahn und was Wahrheit ist.«

»Ich werde sehen, was ich tun kann. Soll ich morgen zu euch ins Büro kommen? Günther kann mich morgens mitnehmen. Ich habe Spätdienst.«

Günther? Lale stutzte. Der Chef hatte plötzlich einen Vornamen. Gerste war für sie immer nur Gerste. Nun wurde Gerste auf einmal zum Günther, eigenartig.

»Sehr gut. Dann besprechen wir alles Weitere morgen.«

»Lale?«

»Ja.« Lale blickte sehnsüchtig auf die abkühlenden Sardellen in dicken Käsewolken. »Was ist denn noch?«

»Bist du etwa in einer Kneipe?« Anabel klang vorwurfsvoll. »Betrinkst du dich etwa?«

»Nein, ähm, ja.« Lale lachte. »Ich sitze mit Pit beim Italiener. Anabel, ich habe Hunger. Wir sehen uns dann morgen früh.« Sie drückte das Gespräch weg, bevor Anabel zu weiteren forschenden Fragen oder telekommunikativen Therapieansätzen ausholen konnte. Endlich konnte sie sich über ihre Pizza hermachen.

Pit schüttelte den Kopf. »Eigentlich bist du noch schlimmer als Papa, wenn es um die Arbeit geht. Du kannst ja gar nicht abschalten.«

»Doch.« Lale hob ihr Handy hoch und fuhr sämtliche Funktionen herunter. »Siehst du?«

»Hey, du bist doch die Kommissarin mit dem geilen Gespür für Codes!« Ein junger Typ stand vor ihrem Tisch und hielt den Lockenkopf schräg. »Lale, oder?«

Lale nickte. Sie kannte den Typen … Na klar, der Computermensch. Martin vom LKA. »Hallo Martin. Den Code habe ich aber nicht geknackt, das war mein Kollege Kroko.«

»Ich habe über euren Fall nachgedacht. Ich will nur eben erst bestellen.« Er wandte sich an Pit. »Deine Pizza sieht gut aus, welche ist das?«

Pit kaute und presste zwischen den Zähnen hervor: »Diavolo, vegetarisch.«

»Hey, die nehme ich auch.« Martin verschwand zur Theke, wo gerade zwei Pärchen Pizzakartons entgegennahmen. »Maestro, machst du mir einen vegetarischen Teufel zum Mitnehmen?«

Lale schmunzelte, und als Pit sie fragend ansah, erklärte sie: »Computerfreak vom LKA.«

»Ach so.« Pit nahm einen Schluck Cola. »Ich dachte schon, Papa hat recht und du reißt tatsächlich Kerle auf.«

Lale verzog das Gesicht. »Wie kommt der Mann zu solchen Behauptungen?« Sie stocherte mit der Gabel im Käse nach einer Sardelle.

Pit kaute. »Behauptung würde ich das nicht nennen. Bei Papa ist das wohl eher eine Befürchtung.«

Lale knurrte angriffslustig, doch ehe sie zu einer vernichtenden Bemerkung ausholen konnte, war Martin wieder da.

»Ich setze mich mal zu euch, solange ich auf die Pizza warte.« Martin zog sich einen Stuhl vom Nebentisch ran.

»Das ist übrigens Pit«, sagte Lale. »Mein Sohn … Pit, das ist Martin vom LKA.«

Martin musterte Pit eingehend. »Sohn?« Dann sah er Lale an. »Ist ja krass, wie früh ihr Mädels mit der Fortpflanzung loslegt.«

Pit lachte, und Lale biss in ein dickes Stück Pizza.

»Weißt du, mir hat die Sache mit euren Geheimdaten keine Ruhe gelassen. Deshalb habe ich mal ein bisschen gestöbert.«

Lale schluckte am Käse. »Wo hast du gestöbert?«

»In den Daten, die ich euch kopiert habe. Nachdem ich schon so kläglich an der Decodierung gescheitert bin und sogar euer Archivhamster schneller war.«

»Archivhamster?«, amüsierte sich Lale. »Du meinst unseren Kroko?«

»Genau.« Martin nickte. »Der war schon immer so.«

»Ach, du kennst ihn?«, wunderte sich Lale. Sonst war es immer Mandy, die Gott und die Welt kannte.

»Wir sind früher mal in eine Klasse gegangen«, berichtete der LKA-Mann. »War geil. Kroko hat immer alles mitgeschrieben und es mir sogar kopiert.«

»Ihr beide seid in eine Klasse gegangen? Aber Kroko ist doch älter als du?«

»Ja, Kroko ist mal sitzen geblieben. Und ich habe zwei Mal eine Klasse übersprungen«, erklärte Martin trocken. »In der Zehnten haben wir uns dann getroffen.«

»Wie jetzt? Echt?« Pit staunte. »Du hast zwei Klassen übersprungen?«

»Offensichtlich die falschen.« Lale grinste breit. »Bestimmt standen für die Schuljahre anstelle von ›rot13‹ andere Ver- und Entschlüsselungssysteme im Lehrplan.«

Martin lachte. »Danke für die Ausrede.«

Plötzlich erschien der Pizzabäcker und Chef der Pizzeria persönlich am Tisch. »Martino, mio amico, hier ist deine Diavolo.« Er hielt Martin den Karton unter die Nase. »Oder soll ich sie doch auf eine Teller serviere?« Er betrachtete Lale eingehend und murmelte: »Perché no?«

»Nicht nötig, Maestro.« Martin zog sein Portemonnaie aus der Hosentasche.

»Ah, nix Rechnung«, wehrte der Pizzameister ab. »Geht aufs Haus, mio amico. Du hast bei mir freie Pizza für deine Hilfe.«

»Grazie.« Martin verstaute die Geldbörse wieder, nahm den Karton und legte ihn vor sich auf den Tisch.

»Buona notte.« Der Pizzeriachef verschwand mit einem Augenzwinkern.

Lale zog die Augenbrauen hoch. Sie dachte an Jobst und seine grenzwertige Geheimnisplauderei. »Du machst nebenbei Geschäfte mit der Pizzeria?« Sie biss sich auf die Lippen. Das ging sie doch gar nichts an.

»Ich helfe nur gelegentlich bei EDV-Problemen«, gab Martin bereitwillig Auskunft. »Ich helfe gern, wenn ich kann. Er will das nicht umsonst, und ich will kein Geld dafür. Also gibt es Naturalien.«

Plötzlich erklang schepperige Blasmusik, und Pit zückte sein Handy. »Ja?«

Lale beobachtete ihren Sohn, der aufstand und erst den Tisch und dann das Lokal verließ. Es musste also ein wichtiger Anruf sein.

»Gut, dann schieß mal los«, wandte sich Lale an Martin. »Was hast du herausgefunden?«

»Noch nicht viel Definitives, aber Hinweise.« Er trommelte auf seinen Pizzakarton. »Diese Namen bezeichnen Medikamente, und zwar vor allem Neuroleptika und Antidepressiva.«

Lale nickte. »Soweit waren wir auch schon.«

»Ich habe mich mal ein bisschen schlau gemacht«, erklärte Martin. »Die meisten davon wurden Ende der 1980er- und Anfang der 1990er-Jahre offiziell zugelassen.«

»Aha.« Lale schob ihr letztes Stück Pizza über den Teller. Es war kalt, und kalter Käse behagte ihr nicht.

»Allerdings gibt es Tabellen mit unterschiedlichen Zeitangaben und gleichem Inhalt. Zum Teil geht es dabei um Zeiträume zwischen 1983 und 1989.« Martin fuhr sich durch die Locken. »Und dabei ist mir etwas eingefallen, was ich vor ein paar Wochen in der Presse gelesen habe.«

Lale nippte an ihrer Apfelschorle. »Was hast du in der Presse gelesen?« Sie machte eine ungeduldige Handbewegung, denn sie musste unwillkürlich an Skandal-Winter und an die halbseidene Natascha denken. Die Pressemenschen zementierten doch immer wieder Lales Vorurteile zu Erfahrungen.

»Medikamententests«, spuckte Martin triumphierend auf den Tisch. »Illegale Tests an Versuchspersonen.«

Lale horchte auf. »Wie bitte?«

»In den Achtzigern sollen westdeutsche Pharmaunternehmen viel Geld dafür bezahlt haben, dass man in der DDR ihre neuen Medikamente getestet hat.« Martin verzog das Gesicht. »Diese Tests sollen in verschiedenen Kliniken stattgefunden haben, allerdings ohne Wissen, geschweige denn Einwilligung der Patienten.«

Lale schluckte. »Das kann doch wohl nicht wahr sein. In was für Schmierblättern hast du das denn gelesen?«

»Nix Schmierblätter.« Martin schüttelte den Kopf. »Das Thema taucht immer mal wieder am Rande in durchaus renommierten investigativen Magazinen auf.«

»Hmmh. Du meinst also, unser Informatiker hat sich für diese illegalen Tests interessiert und brisantes Material gesammelt?«

In diesem Moment erschien Pit wieder. »Sorry, wenn ich unterbreche, aber ich muss dringend noch mal los.« Im Stehen trank er seinen letzten Schluck Cola.

»Wo willst du denn jetzt noch hin?« Lale sah demonstrativ auf die Uhr. »Vergiss morgen früh nicht vor lauter Anna und Polka die Schule.«

Pit stöhnte auf. »Musst du ausgerechnet jetzt deine mütterlichen fünf Minuten ausleben? Das ist gerade unpassend.«

»Dann speichere meine mütterliche Ermahnung und ruf sie morgen früh so gegen sieben Uhr ab.«

»Mache ich. Na dann. Tschüs Martin.«

Weg war er. Lale sah ihm nach. Manchmal war es ihr geradezu unheimlich, einen fast erwachsenen Sohn zu haben.

Martin sah Lale an. »Jedenfalls habe ich mal ein paar Infos zusammengetragen, die darauf hinweisen, dass es vom DDR-Gesundheitsministerium gesteuerte Medikamententests gab.«

»Es ist also etwas dran an der Geschichte?«

»In welchem Ausmaß und mit welchen Verantwortlichkeiten das stattgefunden hat, ist natürlich nicht klar«, fuhr Martin fort. »Und ich denke, hier kommen unsere Daten ins Spiel.«

»So, so, *unsere* Daten.« Lale schmunzelte. Dieser Computerkriminalist legte sich ganz schön ins Zeug.

»Dann sind es eben *eure* Daten. Ich will euch nur helfen.«

»Ich gebe zu, dass deine Ausführungen ziemlich plausibel klingen«, lenkte Lale ein. »Einerseits recht abenteuerlich, andererseits genau deshalb gar nicht so abwegig.«

»Und wenn ich an diesen Geschäftsführer denke, dann denke ich sowieso nur an krumme Geschäfte.« Martin klopfte auf seinen Pizzakarton. »Der Typ ist doch nicht echt.«

»Ja, Tzschilpner habe ich auch gefressen.« Lale lachte. »Und Dreck am Stecken hat er auf jeden Fall. Aber Medikamenten-Mafia?«

»Es wäre doch möglich, dass diese Firma Daten entsprechend aufbereitet«, mutmaßte Martin. »Man kann sie nicht ganz verschwinden lassen, aber durchaus ein bisschen frisieren.«

»Ok, dann spielen wir das mal durch.« Lale überlegte. »Das Thema wird an Journalisten herangetragen. Ein paar von denen klemmen sich dahinter. Und die arbeiten nicht immer offiziell oder mit sauberen Methoden …«

Martin nickte. »Irgendetwas sickert immer durch.«

»Es muss ja nur jemand plaudern. Vielleicht ein Betroffener. Das könnte man natürlich leicht dementieren. Da will sich vielleicht nur jemand wichtig machen …«

»Eben.« Martins Augen blitzten auf. »Keine auffindbaren Beweise. Das ist die Möglichkeit, die Geschichte erstmal abzubügeln. Allerdings dauerhaft nicht wirklich überzeugend …«

»Besser wären Gegenbeweise. Belege, dass es so gar nicht gewesen sein kann. Welche Möglichkeiten gibt es also?«

»Nun ja, Testreihen liegen offenbar vor. Und die Medikamente sind tatsächlich zugelassen«, erklärte Martin. »Da wäre es wohl am besten, vermeintliche Beweise zu liefern, dass es keine heimlichen Tests gewesen sind.«

»Und wie?«

»Man müsste die Einverständniserklärungen der Patienten vorlegen.« Martin runzelte die Stirn. »Wenn es denn welche gibt.«

»Ich werde gleich morgen klären, wie solche Testreihen rechtlich ablaufen. Komisch ist doch aber, dass die Zweifel nicht sofort mittels Belegen ausgeräumt wurden.«

»Ja, das ist komisch«, stimmte Martin zu. »Aber unter dem Deckmantel Datenschutz kann man Zeit gewinnen.«

»Das ist also eine Schwachstelle.«

»Heikel.« Martin sah an die Decke. »Von tatsächlichen Patienten wird man eine solche Erklärung im Nachhinein nicht bekommen. Da weckt man nur schlafende Bestien.« Er sah Lale an. »Und Fälschungen sind ebenfalls zu gefährlich, vor allem bei so alten Unterlagen.«

»Klar, also manipuliert man Datum, Zeiträume, vielleicht auch die Bezeichnungen der Inhaltsstoffe.« Lale nippte an ihrer Schorle.

»Ja, die alten Dateien müssen technisch aktualisiert werden«, sagte Martin. »Da ist vieles nicht mehr zu verfolgen.«

»Und unser Ronny – sozial unbedarft, spitzfindig, intelligent und seltsam – merkt, dass da etwas in großem Stil läuft und sammelt die Infos aus den Originaldateien, die er bearbeiten soll.« Lale fand Martins Vermutungen immer interessanter.

In diesem Moment vernahm Lale hinter sich eine bekannte Stimme. »Sagen Sie, das Lachs-Carpaccio, ist das mit Knoblauch? Oder nein, warten Sie, vielleicht doch besser die Trüffel-Pasta …«

»Scusi, Signore«, warf die Kellnerin ein. »Die Trüffel sind aus.«

»Ach, das ist aber ärgerlich«, säuselte es hinter Lale. »Und die Garnelen, können Sie die empfehlen?«

»Sì, sì, natürlich«, erwiderte die Kellnerin.

»Wenn Sie mir die statt mit Knoblauch mit Safran anrichten könnten …«

Lale verdrehte die Augen, und Martin grinste.

»Oder besser doch das Carpaccio? Ich bin unschlüssig …«

»Das ist auch mit Knoblauch.« Die Kellnerin klang nun leicht gereizt. »Und auch Safran.«

»Ach so. Ähm, welche Meeresfrüchte haben Sie denn heute im Angebot? Vielleicht wäre das eine annehmbare Alternative …«

Lale fuhr herum. »Bringen Sie ihm einfach eine Thunfischpizza!«

»Lale!« Jobst sah sie verwundert an. Dann lächelte er. »Wie schön.« Er wandte sich erneut an die Kellnerin: »Ich nehme die Thunfischpizza, aber bitte ohne Zwiebeln.«

Jobst erhob sich und kam an Lales Tisch. Er blickte irritiert auf Martin, grüßte mit einem knappen Kopfnicken und legte Lale die Hand auf die Schulter. »Wenn ich gewusst hätte, dass du auch hier bist …«

»Was dann?« Lale zog die Augenbrauen hoch. »Dann wärst du woanders hingegangen, oder was?«

»Nicht doch.« Jobst versuchte es mit einem Lachen, was jedoch misslang. Er wirkte verunsichert. »Wir haben doch noch so viel zu besprechen, wegen des Falls.«

»Geht es um den aktuellen Fall?« Martin sah Lale an.

Jobst zwinkerte irritiert, und Lale grinste. »Nein, nein, es geht um einen ganz schwierigen Sonderfall.« Sie sah Jobst an. »Ich möchte mit dir jetzt weder das eine noch das andere diskutieren. Ich melde mich, wenn wir morgen unsere aktuellen Ermittlungsergebnisse ausgewertet haben.«

»Es gibt also Neuigkeiten?«, fragte Jobst.

»Das entscheide ich, wenn wir alles in unserem Team besprochen haben«, erklärte Lale mit Nachdruck. »Sonst noch was?«

Jobst blickte zu Martin und dann zu Lale. »Ich will nicht stören.«

»Das ist gut«, entgegnete Lale. »Dann lass es doch einfach.«

»Noch einen schönen Abend.« Jobst wandte sich abrupt ab und ging zur Theke. »Die Thunfischpizza ohne Zwiebeln bitte zum Mitnehmen.«

Martin sah Jobst nach. »Den kenne ich irgendwoher.«

»Ist bei der Staatsanwaltschaft«, sagte Lale knapp.

»Ach so.« Martin lachte. »Witzig, weißt du, was mir gerade auffällt? Er hat Ähnlichkeit mit deinem Sohn.«

Lale verzog das Gesicht. »Kunststück, er ist sein Vater.«

Martin grinste breit. »Diese Behörden sind ein verdammter Puff.«

»Deine Pizza dürfte inzwischen kalt sein.«

Martin öffnete den Karton und schnupperte. »Stimmt. Macht aber nichts, ich esse oft kalte Pizza.«

Lale machte der Kellnerin ein Zeichen. »Zahlen bitte.«

»Ich habe da übrigens noch eine Frage.«

»Ja?«

Martin grinste verlegen. »Gibst du mir die Telefonnummer von deiner süßen Kollegin?«

»Von Mandy? Nee, natürlich nicht.«

»Nein?«

»Gib mir deine Telefonnummer. Ich reiche sie dann an Mandy weiter.«

Winters Waterloo

Als Lale vom Pirnaischen Platz hinüber in die Schießgasse lief, wunderte sie sich über den fast leeren Parkplatz. Sogar Paul Winters Fahrzeug stand heute in der für ihn reservierten Parklücke.

Auch im Gebäude der Polizeidirektion fehlte die sonst übliche morgendliche Geschäftigkeit. Und das an einem Montag. Lediglich am Reviertresen stand eine Beamtin und leierte immer wieder »Kein Einsatzwagen verfügbar« und »Wir haben keinen Wagen« ins Mikrofon ihres Headsets.

Lale nahm die Treppen und kam etwas atemlos in Gerstes Büro an. »Guten Morgen.«

Nanu? Sie sah sich um. Es war niemand da und das nur eine knappe halbe Stunde vor der heiligen Neun-Uhr-Besprechung. Lale lief zu Krokos Büro, doch die Tür war abgeschlossen. In ihrem Büro fehlten sowohl Mandy als auch Wellensittichdame Gräfin Cosel. Lale ließ sich auf ihren Stuhl fallen und schwang die Beine auf den Schreibtisch. Wenn sowieso noch niemand da war, konnte sie auch ein Nickerchen machen.

Sie schloss die Augen, und während ihr Kopf Bilder vom toten Ronny und von Hollerbeke in seinem Keller produzierte, die sich dann mit solchen von der brennenden Werkstatt und einem Haufen von Cannabistüten mischten, meinte sie beinahe schon Polkamusik zu vernehmen. Doch ihr wirres Kopfkino währte nicht lange.

»Hilfe!«, tönte es durch die Mordkommission. Und kurz darauf wurde die Stimme noch lauter. »Gott sei Dank, Frau Petersen.«

Paul Winter. Lale seufzte und riskierte ein Auge.

Der Presse-Paul hampelte aufgeregt vor ihrem Schreibtisch herum. »Es ist, es ist nicht nur ein Skandal … Es ist ein schrecklicher Superskandal!«

Dem gingen wohl die Steigerungen nie aus. Nun öffnete Lale auch das zweite Auge. »Morgen, Herr Winter.«

»Guten Morgen.« Winter klang jammerig. »Obwohl das alles andere als ein guter Morgen ist.«

»Von gut haben Sie gesprochen, nicht ich.« Lale nahm langsam ein Bein nach dem anderen vom Schreibtisch. »Was ist denn schon wieder los?«

»Staphylokokken«, stammelte Winter. »Staphylokokken sind los. Seit drei Tagen fallen die Kollegen reihenweise aus. Wir haben alle 9,6 Minuten eine Straftat und kaum noch Leute.«

Lale fuhr sich durch den Blondschopf. »Dann hat also tatsächlich unsere Kantine die Staphylokokken verbreitet? Beruhigen Sie sich, das ist nach vierundzwanzig bis achtundvierzig Stunden erledigt.« Sie stemmte sich aus dem Sessel. »Ich weiß, wovon ich rede, ich war selbst betroffen.«

Winter machte sein Gewittergesicht. »Deshalb haben Sie es ja nicht mitbekommen, das Inferno, das seit Freitag über mich hereingebrochen ist.«

»Winter, nun bleiben Sie aber mal auf dem Teppich. Sie werden es überleben, so wie alle bisherigen Feuerchen und Skandälchen.«

»Nein, diesmal nicht.« Der Presse-Paul zog eine Ausgabe der NOAZ hervor, schlug sie auf und hielt Lale die Seite 3 vors Gesicht.

»Dem Verbrechen schutzlos ausgeliefert«, las Lale. »Dresdner Polizei vergiftet.«

»Na, da hat unsere liebe Natascha sich selbst übertroffen, was?« Lale ging um den Schreibtisch herum und ließ sich sogar dazu herab, dem unglücklichen Presse-Paul aufmunternd auf die Schulter zu klopfen. »Wenn ich das nächste Mal davor warne, Journalisten ins Haus zu holen, hören Sie einfach mal auf mich.«

Paul Winter rückte das rote Brillengestell zurecht. »Was soll ich denn nur tun?«

»Aufklären. Und dann überprüfen Sie erstmal, ob es übers Wochenende wirklich mehr Straftaten und Ordnungswidrigkeiten gab. Wenn das heute in der Zeitung steht, hat doch kaum jemand vom Notstand bei uns gewusst.«

»Nein.« Winter schüttelte den Kopf, dass die Föntolle nur so wippte. »Gucken Sie doch mal.« Er deutete auf die Zeitung. »Die Ausgabe ist vom Sonnabend!«

»Oh.« Lale saugte geräuschvoll Luft ein. »Dascha man doof.«

»Was soll ich denn jetzt tun?« Winter sah sich um. »Wo sind die eigentlich alle? Müssen Sie jetzt allein die Mörder jagen?«

Lale grinste. »Mandy kommt bestimmt bald. Sie hat die Staphylokokken übrigens überwunden. Kroko isst nie in der Kantine und war gestern noch topfit. Und wenn es den Chef erwischt hätte, wäre ich durch seine Frau längst im Bilde.« Sie schlenderte hinüber ins Chefbüro, und Winter folgte ihr mit hängendem Kopf.

»Kopf hoch, Herr Winter. Jetzt hilft nur eins: Ran an die Buletten.«

Paul Winter starrte sie an. Dann hellten sich seine Gesichtszüge mit einem Mal auf. »Natürlich, Frau Petersen, das ist es. Sie sind großartig.« Er stürmte hinaus.

»Was ich immer sage.« Lale fühlte sich heute tatsächlich erstaunlich gut, hatte sie doch seit gestern das Gefühl, endlich in dem Fall ein Stück voranzukommen.

»Morgen.« Mandy kam mit dem Vogelkäfig unterm Arm zur Tür herein. »Was hast du mit Paul gemacht? Der kam mir gerade entgegen und faselte etwas wie: ich solle dich von ihm küssen ...«

»Der Idiot. Lass dich ja nicht hinreißen ...«

»Es fällt mir schwer, aber ich beherrsche mich.« Mandy spitzte die Lippen und verschwand nach nebenan, um Gräfin und Käfig in ihrer Dschungelecke zu platzieren.

Lale studierte den Plan vom Großen Garten über Gerstes Schreibtisch. Mit dicken Stecknadeln waren darauf die Orte der Überfälle markiert. Sie seufzte. Diese Geschichte musste auch noch geklärt werden.

»Was ist eigentlich mit deinem Mann los?« Mandy kam wieder herein und ließ sich auf einen Stuhl plumpsen.

»Nichts«, entgegnete Lale scharf. »Ich habe nämlich keinen.«

»Dein Staatsanwalt ...«, hob Mandy erneut an.

Lale fuhr herum. »Ich habe auch keinen eigenen Staatsanwalt.«

»Ich meine Jobst.« Mandy ließ nicht locker. »Er hat mich gestern mehrfach auf dem Handy angerufen.« Sie seufzte. »Leider nur, um nach dir zu fragen.«

Lale knurrte. »Wusstest du, dass wir alle 9,6 Minuten eine Straftat haben?«

»Hä?« Mandy schaute verwirrt. »Nee, wieso?«

»Oder, dass die Wurzeln des Punk in der Polka stecken?« Lale wandte sich erneut dem Plan an der Wand zu.

»Was faselst du denn da?« Mandy kicherte.

»*Das* sind wichtige Themen«, stellte Lale klar. »Nicht Jobst!«

Mandy verzog das das Gesicht. »Ist ja schon gut.«

In diesem Moment öffnete sich die Tür, und Anabel betrat, gefolgt von ihrem Mann, das Chefbüro.

»Anabel.« Mandy fiel der Psychologin um den Hals.

»Wie schön, euch zu sehen«, freute sich Anabel und knuddelte Mandy.

»Lale, meine Liebe.« Die Psychologin umarmte Lale und drückte sie heftig an sich.

Lale japste. »Wenn wir uns dann alle gegenseitig abgeleckt haben, könnten wir vielleicht mal arbeiten …«

Anabel musterte Lale kritisch. »Du wirkst latent aggressiv.«

»Wieso latent? Ich war heute schon freundlich zu Winter. Das reicht für diese Woche.«

Gerste schmunzelte. »Frau Petersen ist schon in Topform, wie ich sehe.«

Lale verschränkte die Arme vor der Brust. »Die Werkstatt ist abgebrannt, Tzschilpner versucht es rundum mit Bestechung. Und Lutz Hollerbeke versteckt sich bei seiner Mutter im Keller. Scheint ziemlich nah am Durchdrehen zu sein.«

»Ach?« Mandy machte große Kulleraugen. »Und wo habt ihr ihn hingebracht?«

»Er sitzt noch immer im Keller.« Lale deutete auf Anabel. »Wir müssen etwas unternehmen. Außerdem muss ich wissen, was von seinem wirren Gefasel Wahn ist und was tatsächlich Hinweise sein könnten.«

Gerste runzelte die Stirn. »Sie gehen also davon aus, dass an seinen Aussagen grundsätzlich etwas dran ist?«

»Jepp. Nicht zuletzt, da Tzschilpner bei der Mutter mit Geld aufgetaucht ist. Sie sind doch sicher auf dem Laufenden?«

»Hey, ich nicht«, warf Mandy ein.

Gerste überging das geflissentlich. »Kroko kommt in einer Stunde mit Tzschilpner.« Er sah Lale an. »Sie möchten ihn doch selbst in die Mangel nehmen, oder?«

Lale grinste und blickte zu Mandy. »Mit Frau Schneider, unserer Kampf-Kommissarin.«

Mandy boxte sich mit der Faust in die Hand. »Da bin ich dabei.«

»Dann kümmere ich mich um Hollerbeke«, sagte der Chef. »Anabel?«

Die Psychiaterin machte ein bekümmertes Gesicht. »Ich werde mir den armen Mann ansehen. Vielleicht kann ich ihm helfen.«

»Vorsicht«, mahnte Gerste. »Wir haben es hier immer mit Verdächtigen zu tun. Nicht jeder Spinner ist ein armes Opfer.«

Anabel zog die Augenbrauen hoch. »Ich habe immer mit verurteilten Tätern zu tun. Und dennoch sind es kranke Menschen, und sie sind meine Patienten.«

Lale verspürte einen leichten Kopfschmerz und rieb sich die Schläfen.

»Was ist mit dem Brand bei Hummels?«, wandte sich Gerste ihr zu. »Gibt es Verbindungen zu unserem Fall?«

»Wir haben noch nichts von den Brandermittlern gehört. Ich halte Verbindungen für wahrscheinlich.«

»Wie, dann hat es bei Hummels gebrannt?«, rief Mandy dazwischen. »Wieso sagt mir denn keiner was?«

»Weil du einfach mit den falschen Leuten telefonierst«, konterte Lale. »Komm mit, Frau Schneider, ich gebe dir ein Wochenend-Update bei einem starken Kaffee.«

»Sie wollen also nicht gewusst haben, mit wem Sie sich treffen?« Mandy stemmte die Hände in die Hüften.

»Schauen Sie doch.« Tzschilpner zeigte auf das Bild vor sich. »Der Mann will doch nicht erkannt werden.«

Mandy sah zu Lale hinüber. »Der meint immer noch, er könnte uns verarschen.«

Lale winkte ab und nahm langsam die Füße vom Schreibtisch. »Hören Sie, Tzschilpner, *wir* wissen, wer das ist. Und wenn Sie nicht bald reden, stecken Sie in Schwierigkeiten, die weit größer sind, als Sie sich das jetzt vorstellen können.«

Tzschilpner rang sichtlich um Beherrschung. »Ich weiß nicht, wovon Sie sprechen. In welchen Schwierigkeiten soll ich denn stecken? Abgesehen davon, dass Sie mir einen Wachhund an die Fersen kleben.« Er deutete auf Kroko, der an Mandys Schreibtisch in Unterlagen kramte.

»So, Freundchen, nu passe mal off!« Mandy baute sich vor dem Geschäftsführer auf. »Da triffste dich mit einem, den de ni kennst, der dir nen Haufen Bargeld in die Hand drückt. Dann gibste der alten Frau Hollerbeke zwanzigtausend Euronen. Isch weeßes ja ni, aber du kannst mir doch ni erzählen, dass das mit rechten Dingen zugeht!«

Lale stemmte sich aus dem Sessel hoch. »An welchem Projekt hat Ronny Hummel mitgewirkt? Warum war sein Ausbilder nicht involviert? Wer ist der Auftraggeber?« Sie schlug mit der flachen Hand auf den Schreibtisch. »Reden Sie, Mann! Wir haben die Daten, die Ronny gesammelt hat. Sollte er sie frisieren? Musste er sterben, weil er zu viel wusste?«

Auf Tzschilpners Stirn perlten Schweißtropfen. »Sie glauben doch nicht wirklich, dass ich …?«

»Wie viel war in dem Umschlag, den Ihnen der große Unbekannte gegeben hat?«, unterbrach Mandy. »Die Zwanzigtausend waren doch sicher nur ein Bruchteil.«

»Und wie kommen Sie darauf, dass Frau Hollerbeke das Geld wirklich von mir bekommen hat?«, höhnte Tzschilpner. »Nur, weil sie eine alte Frau ist, muss sie nicht die Wahrheit sagen.«

»Moment.« Kroko hielt einen seiner vielen Zettel in die Höhe. »Wir müssen die Fingerabdrücke vom Umschlag noch mit seinen vergleichen.«

»Gut, Kroko, dann nehmen Sie doch gleich mal die Abdrücke von Herrn Tzschiplner, da er schon mal hier ist«, sagte Lale.

Der Geschäftsführer sprang auf. »Ich will sofort meinen Anwalt hinzuziehen!«

»Warum denn, wenn Ihre Fingerabdrücke gar nicht auf dem Kuvert sind?«, warf Mandy ein.

»Sie wissen, dass wir sie darauf finden werden, richtig?«, hakte Lale nach. »Hollerbeke hat etwas über Ihre Machenschaften herausgefunden, und Sie wollen ihn nun zum Schweigen bringen.«

»Gut, gut, gut.« Tzschilpner hob abwehrend die Hände. »Ja, meine Fingerabdrücke sind auf dem Kuvert.«

»Also doch.« Mandy verschränkte die Arme vor der Brust.

»Aber nur, weil Frau Hollerbeke mir das Geld aufdrängen wollte«, erklärte er.

Lale schüttelte den Kopf. »Frau Hollerbeke wollte Ihnen zwanzigtausend Euro geben? Und warum, bitteschön?«

»Damit ich ihren Sohn finde«, sagte Tzschilpner zögernd. »Jedenfalls habe ich sie so verstanden.«

»Ende der Vorstellung. Kroko, nehmen Sie ihn mit«, kommandierte Lale. »Fingerabdrücke, DNA-Probe und so weiter. Das ganze Programm!« Sie wandte sich an Mandy. »Jetzt wissen wir wenigstens, dass er lügt.«

»Jetzt reicht es mir aber!«, rief der Geschäftsführer. »Was glauben Sie eigentlich, wen Sie vor sich haben? Ich werde mich bei Ihrem Vorgesetzten über Sie beschweren.«

Nebenan wurde eine Tür geöffnet. Lale deutete hinüber ins Chefbüro. »Nur zu, legen Sie los, da kommt er gerade.«

»Ich finde Ihr Verhalten mir gegenüber unmöglich«, schimpfte der Business-Mann.

Mandy wies ihm wortlos den Weg zur Tür, die Kroko ihm nun öffnete. »Und Sie meinen, dass es Frau Petersen interessiert, wie Sie ihr Verhalten finden?«

»Raus jetzt!«, herrschte Lale Tzschilpner an. »Ich habe genug von Ihnen.«

Tzschilpner ging erhobenen Hauptes an Kroko vorbei ins Chefbüro. Lale folgte ihm und beobachtete, wie sich Gerste bedächtig aus seinem Chefsessel erhob.

»Sie wollen mich sprechen?« Gerstes Stimme klang gleichgültig.

»Sie sind also der Chef«, stellte Tzschilpner fest. »Ich muss mich bei Ihnen beschweren.«

Gerste verzog keine Miene. »Über wen oder was?«

»Über Ihre Mitarbeiter«, sagte Tzschilpner schneidend. »Allen voran Frau Petersen. Sie unterstellt mir Ungeheuerliches.«

»So?«, sagte Gerste. »Ungeheuerliches ist unser Tagesgeschäft.«

»Ach was.« Tzschilpner wischte ungehalten einen imaginären Fussel vom Revers seines Jacketts. »Und sie hat mir wiederholt gedroht. Gedroht, verstehen Sie?«

»Herr Tzschilpner, Kriminalhauptkommissarin Petersen droht nicht damit, ihre Arbeit zu erledigen«, entgegnete Gerste trocken. »Sie tut es auch.« Und mit einem kurzen Blick auf Lale setzte er hinzu: »Ihre Methoden sind dabei oft recht … kreativ.«

Tzschilpner schnaufte sichtlich verärgert.

»Herr Tzschilpner, wenn ich sonst noch etwas für Sie tun kann …« Gerste wies auf die Bürotür. »Sie können gehen, aber halten Sie sich bitte zu unserer Verfügung.«

Grußlos eilte der Geschäftsführer hinaus auf den Gang.

Kroko seufzte. »Muss ich schon wieder hinterher?«

Gerste nickte. »Beim gegenwärtigen Krankenstand haben wir keine Kollegen von der Schutzpolizei.«

»Na toll«, ließ sich Mandy vernehmen. »Und jetzt schuften wir alle durch bis zum Burnout.«

Lale grinste. »Burnout ist ein gutes Stichwort. Ich muss dringend mit den Jungs von der Brandermittlung sprechen.«

Mittags balancierte Lale ein Tablett mit zwei Kaffeetassen und diversen Käsebrötchen durch die menschenleere Kantine.

Mandy lief von einem Tisch zum anderen. »Ich kann mich nicht entscheiden, wo ich sitzen will. Es ist ja überall frei.«

Lale stellte das Tablett auf dem nächstbesten Tisch ab. »Ist doch völlig egal. Sonst sind wir doch froh, wenn wir noch zwei Plätze vor dem Klo bekommen.«

»Eben.« Mandy setzte sich. »In einer guten Kantine gibt es keine guten oder schlechten Plätze.«

Lale setzte sich. »In einer guten Kantine gibt es um diese Zeit gar keine freien Plätze.« Ihr Handy klingelte. »Ja?«

»Schulze Eins, Brand Zwei. Seid ihr schon in der Kantine?«, schepperte es in Lales Ohr.

»Ja, wir sind da.« Lale nippte an ihrer Kaffeetasse. »Mist, heiß.«

»Wo sitzt ihr denn?«, fragte Schulze. »Damit wir euch auch finden.«

»Ihr könnt uns gar nicht verfehlen.« Lale zwinkerte Mandy zu.

Ein untersetzter Endvierziger mit ergrauter Bürstenfrisur erschien im Eingang, nahm sein Handy vom Ohr und winkte knapp herüber. Gemeinsam mit einem jüngeren Kollegen, einer ganz in Schwarz gehüllten blassgesichtigen Bohnenstange, begutachtete er das Kantinenangebot.

»Ach, was ich noch vergessen hatte«, sagte Lale zu Mandy und zog den zerknickten Zettel aus einer Tasche ihrer Lederjacke. »Erinnerst du dich an den netten jungen Kerl vom LKA? An Martin?«

»Natürlich.« Mandys Kulleraugen blitzten auf. »Der Süße mit den niedlichen Locken.«

»Das soll ich dir von ihm geben.« Lale schob den Zettel mit Martins Handynummer über den Tisch. Als Mandy sie verwundert ansah, ergänzte Lale: »Ich habe ihn gestern Abend getroffen. Er hat ein paar ganz interessante Zusammenhänge hergestellt. Nicht nur ein lockiges, sondern auch helles Köpfchen.«

»Und die Telefonnummer?« Mandy lächelte verschmitzt. »Die ist echt für mich?«

»Er wollte deine haben, aber ich dachte mir, andersherum ist es besser. Frau sollte bei Sympathiebekundungen von netten Kerlen doch lieber vorsichtig sein.«

Mandy grinste breit. »Du bist wie eine Mutter zu mir … Danke, Mama.«

»Da nich für, mein Kind. Und denk dran, tu nichts, was ich nicht auch tun würde.«

Mandy schob den Zettel vor sich hin und her. »Och, ein bisschen mehr Spaß hätte ich aber schon ganz gern.«

Lale zog eine Grimasse, da standen auch schon die beiden Brandermittler mit ihrer Thekenausbeute am Tisch. Lale stutzte beim Anblick von Brezeln und Bierflaschen.

»Schulze Eins«, sagte der Untersetzte. »Das ist mein Kollege Schulze Zwei. Wir sind von Brand Zwei.« Sie nahmen Platz.

Lale musterte die ungleichen Kollegen mit den gleichen Namen. »Das ist Schneider, ich bin Petersen.« Sie deutete auf die Tabletts der Brandermittler. »Ihr zischt euch schon zur Mittagspause ein Bier. Ganz harte Jungs, was?«

Schulze Eins, der Ältere, grinste schief. »Ist nicht so, dass dich das was anginge, Petersen. Aber wir haben Feierabend. Haben die ganze Nacht durchgeackert.«

»Und das seit Samstagnacht.« Schulze Zwei gähnte demonstrativ. »Noch mehr Kaffee und mir wachsen Bohnen aus den Ohren.«

Lale griff zur Tasse und nahm einen Schluck ihres heißen Gebräus. »Legt mal los. Dann könnt ihr euch aufs Ohr hauen – mit oder ohne Auswüchse.«

Schulze Eins setzte seine Flasche ab. »Brandstiftung, hundert pro. Brandverzögerer, vermutlich Marke Eigenbau. Die Reste sind noch im Labor zur chemischen Analyse.«

Auch Schulze Zwei setzte seine Flasche ab. »Personen mit Zugang zu den Räumlichkeiten gibt es nur vier. Das Ehepaar Hummel und die beiden Söhne …«

»Stopp!«, ging Lale dazwischen. »Ein Sohn. Der jüngere wurde vor einer Woche ermordet.«

»Was?« Schulze Eins guckte verwundert. »Die Frau sprach von ihren beiden Söhnen.«

»Sie scheint den Tod ihres Sohnes nicht zu realisieren«, sagte Lale. »Wegen des Mordes interessieren wir uns für den Brand. Es könnte durchaus ein Zusammenhang mit dem Tod von Ronny Hummel bestehen.«

»Weiß nicht.« Schulze Eins nahm einen Schluck Bier. »Ich denke, der Alte hat Schulden und selbst die Werkstatt abgefackelt. Man munkelt so was in der Nachbarschaft.«

Lale verdrehte die Augen. »Das nenne ich mal beinharte Ermittlungsergebnisse. Gemunkel aus der Nachbarschaft.« Sie sah Mandy an, die noch immer die Telefonnummer von Martin angrinste.

»Es gibt allerdings weitere Spuren«, ergänzte Schulze Zwei. »Es gibt Einbruchsspuren. Der Brandstifter ist offenbar durchs Wohnhaus gekommen. Neben der Haustür war das Klofenster eingeschlagen. Die Fußspuren deuten darauf hin, dass dort ein Mann eingestiegen ist.«

»So, so.« Lale schmunzelte. »Wie kommt ihr darauf?«

Schulze Zwei wedelte leicht genervt mit der Hand. »Große Abdrücke von Männerschuhen, tiefe Spuren, also entsprechend Gewicht. Erfahrung eben.«

Lale lachte. Sie rückte mit dem Stuhl ein Stück zurück und schwang ein Bein auf die Tischkante. »Eure Spuren sind von diesen Schuhen.«

»Wie jetzt?«, meldete sich Mandy zu Wort und verstaute endlich den Zettel mit Martins Handynummer in der Hosentasche. »Aber du hast doch nicht das Feuer gelegt.«

Schulze Eins und Zwei glotzten auf Lales Schuh, zu Mandy und sahen sich schließlich kopfschüttelnd an.

»Vielleicht ist es doch noch zu früh für ein Bier«, meinte Schulze Eins und setzte erneut die Flasche an.

Lale nahm das Bein vom Tisch. »Nein, ihr habt mich schon richtig verstanden. Als es brannte, bin ich durchs Klofenster eingestiegen.« Sie griff nach einem Käsebrötchen. »Ich wollte sichergehen, dass niemand mehr im Haus ist. Es hat gedauert, bis die Feuerwehr kam.« Sie musste an den rabiaten Feuerwehrer denken, der sie einfach hinausgetragen hatte.

Schulze Eins klopfte auf den Tisch. »Ich sag, es war der alte …«

In diesem Moment wurde er von den lauten Stimmen einer hereinkommenden Gruppe unterbrochen. Allen voran ging Paul Winter und skandalschwadronierte.

»Der nun wieder«, entfuhr es Lale. Nun konnte sie erkennen, wen der Presse-Paul im Schlepptau hatte. Es war ein Fernsehteam, bestehend aus Journalist, Ton-Mensch und Kameramann.

»So, meine Herrschaften.« Paul Winter positionierte sich vor der Kantinentheke. »Dann wollen wir mal.«

»Was macht Paul denn da?« Mandys Kulleraugen wurden noch größer.

»Albernes Gehampel, wie immer«, knurrte Lale.

»Vielleicht will er dich doch noch küssen.« Mandy kicherte. »Vor laufender Kamera.«

»Machen Sie mir doch bitte eine schöne große Bulette«, tönte Winter durch die Kantine. »Ich werde Ihnen zeigen, dass man vor unserem Kantinenessen keine Angst haben muss.«

Mandy schüttelte den Kopf. »Dabei isst er doch nie in der Kantine.«

Lale grinste breit. »Ich habe ihm gesagt, er soll ran an die Buletten.«

Alle vier beobachteten, wie Winter vor der Kamera mit großer Geste zur Frikadelle griff und werbewirksam zubiss.

Schulze Eins und Zwei prosteten sich zu. »Gebt dem Mann noch ein Bier zum Runterspülen«, rief Schulze Eins hinüber zur Theke.

Der Kameramann drehte sich langsam um. Offenbar filmte er die leere Kantine und schwenkte langsam zu ihrem Tisch herüber.

»Also. Genug ist genug.« Lale sprang auf und ging direkt auf die Kamera zu.

»Stopp!« Der Kameramann machte mit der freien Hand ein Zeichen. »Nicht so schnell, das wird unscharf.«

»Warum ist es denn hier so leer?«, wandte sich der Journalist an den noch immer kauenden Winter.

»Sprechen Sie mit mir, Sie sehen doch, dass der Mann fast an seiner Bulette erstickt«, verlangte Lale und baute sich vor dem Kamerateam auf. »Hören Sie, wir haben hier eine wichtige Besprechung, die höchster Geheimhaltung bedarf. Deshalb ist hier sonst niemand.« Sie deutete auf den Presse-Paul, der sich eine Serviette vor den Mund hielt. »Offenbar wurde unser Pressesprecher Herr Winter nicht darüber informiert. Sehen Sie es ihm deshalb bitte nach.« Sie nickte dem Journalisten zu. »Ende der Vorstellung. Und ich will keine Bilder von uns oder der Kantine in den Medien sehen. Sie gefährden hier gerade laufende Ermittlungen.« Und mit Nachdruck setzte sie hinzu: »Ist das klar?«

Der Journalist nickte. »Aber …«

»Herr Winter wird Sie zeitnah mit aktuellen Informationen versorgen.« Lale wies zum Ausgang. »Guten Tag!«

Eierschecken-Gespräche III

Als Lale aus der Bäckerei kam, stand Mandy auf dem Gehweg und starrte auf ihr Handy-Display. »Frau Schneider, möchtest du dein Telefon hypnotisieren?« Lale balancierte ihr Paket mit Eierschecken über die Straße. »Nun komm schon.«

Mandy folgte ihr, noch immer das Handy in der Hand. »Ich finde ihn schon ziemlich … süß.«

Lale lachte. »Kleiner Tipp: Du hast *seine* Telefonnummer. Er wird also nicht *dich* anrufen, sondern auf deinen Anruf warten.«

»Ja, ja, wenn ich dich nicht hätte.« Mandy verzog das Gesicht. »Im Ernst, ich bin noch nicht so weit.«

Lale lief ein Stück weit rückwärts über das Gelände der Uniklinik. »Ich verstehe, es kostet viel Überwindung, diese kleinen Symbole anzutippen.« Sie legte an Tempo zu und erklomm die Stufen zum Gebäude der Rechtsmedizin. »Dein Computerjunge läuft dir ja nicht weg. Der hängt sowieso am Kabel.«

Forsch marschierte Lale über den Gang zur kleinen Küche der Rechtsmediziner. Sie stutzte. Die Tür war angelehnt, und von drinnen waren Stimmen zu hören. Wenn es Jobst war, der hier saß und laberte, würde sie später wiederkommen. Den konnte sie heute wirklich nicht ertragen. Lale schlich näher zur Tür und lauschte. Sie legte den Finger an die Lippen und bedeutete Mandy zu schweigen. Die Kollegin schlich heran und schaute neugierig.

Erst jetzt bemerkte Lale, dass die zweite Stimme eine weibliche war. Sie sprach in einer fremden, höchst unverständlichen Sprache, ebenso wie Dr. Kowalski. Lale sah Mandy fragend an.

»Russisch, glaub ich«, zischte Mandy. »Ich verstehe nüscht.«

»Dann brauch wir auch nicht zu lauschen.« Lale klopfte kräftig und stieß die Tür auf.

»Oh!« Dr. Kowalski zuckte zusammen. Dann lächelte er über sein ganzes großes Gesicht. »Meine beiden Lieblingskommissarinnen, welche Ehre.« Er erhob sich und wollte Lale die Hand reichen.

Doch Lale ließ schwungvoll die verpackte Eierschecke auf den Tisch platschen und musterte Kowalskis Gesprächspartnerin. »Sieh an, die Frau Peschkowa.« Sie verschränkte die Arme vor der Brust. »Ziehst du mal wieder interne und unausgegorene Informationen an die Öffentlichkeit?«

Kowalski guckte kurz irritiert, wandte sich dann aber seiner Nenn-Nichte zu. »Mandy, mein Engel.« Er tätschelte ihre Schulter. »Habe ich recht, wenn ich bei unserer großen Kommissarin eine leichte Verstimmung wittere?« Er bot den Kommissarinnen mit einladender Geste Plätze an.

»Aber nicht doch.« Lale sah Natascha an. »Von ›leicht‹ kann wirklich nicht die Rede sein.«

»Habe ich etwas verpasst?«, mischte sich Mandy ein.

Lale grinste schräg. »Nein, *du* nicht.« Sie wandte sich an den Rechtsmediziner. »Wie war denn Ihre Selbstmörderveranstaltung? Die war doch jetzt am Wochenende, oder?«

»Das Suizid-Symposium.« Dr. Kowalski nickte. »Es war sehr aufschlussreich, besonders hinsichtlich der Erkenntnisse über medikamentöse Eingriffe in verschiedene Stadien der Depression.« Er deutete auf zwei Gläser auf dem Tisch. »Möchten Sie etwas trinken, Frau Petersen? Einen Schluck Wodka?«

»Jetzt?« Mandys Kulleraugen wurden immer größer.

»Du natürlich nicht, mein Engelchen.« Kowalski legte Mandy beschwichtigend die Hand auf den Arm. »Aber unsere große Kommissarin vielleicht?«

Lale verdrehte die Augen. »Doktor Kowalski, ich bitte Sie …«

»Wodka heißt doch nur Wässerchen«, unterbrach Natascha mit unbewegter Miene.

»Also, was ist jetzt mit den Depressionen?« Lale warf einen Blick auf Natascha. Worüber sie wohl mit Kowalski gesprochen hatte?

Der Rechtmediziner kratzte sich den kahlen Schädel. »Sogar seinerzeit im Ostblock gab es große Unterschiede in den Selbstmordraten zwischen den Sowjetstaaten und ihren Bruderländern. Ein Kollege aus Berlin hielt einen hochkarätigen Vortrag über pharmazeutische Studien in der DDR.«

Lale horchte auf. »Meinen Sie etwa illegale Tests mit Medikamenten?« Sie biss sich auf die Unterlippe, als sie Nataschas Reaktion bemerkte. Die Journalistin saß plötzlich aufrecht, und ihre gesamte Haltung drückte höchste Aufmerksamkeit aus.

»Man sprach von Studien zu damals neu entwickelten pharmazeutischen Präparaten.« Dr. Kowalski nickte. »Die DDR hat offenbar einen großen Vorsprung gegenüber den anderen Ostblockstaaten gehabt und in Kooperation mit dem imperialistischen Klassenfeind Medikamente verabreicht.« Er zwinkerte.

»Und das ganz offiziell?« Mandy beugte sich vor und wickelte das Papier von den Eierschecken.

»Das will und kann ich nicht glauben.« Der Rechtsmediziner wiegte seinen großen Kopf und griff nach seinem Lieblingskuchen. »Die Umstände scheinen mir doch etwas dubios gewesen zu sein. Man entbehrt jedoch gegenwärtig noch der vollständigen schriftlichen Dokumentationen dieser Studien.«

»Die sollen illegal Medikamentenversuche gemacht haben?«, fragte Natascha. »Das ist doch gar nicht möglich.«

»Nichts ist unmöglich«, warf Mandy ein.

»Die müssen aber wirklich sehr konspirativ vorgegangen sein.« Natascha rümpfte die journalistische Spürnase. »Sehr unwahrscheinlich, da ich bis heute nicht auf dieses Thema gestoßen bin.«

»Ach, was?« Lale sah sie herausfordernd an. »Und das bei deinem Talent, mit halbseidenen Methoden interne Quellen anzuzapfen.«

Mandy biss in ein Stück Eierschecke und schaute fragend, während sich Dr. Kowalski die Finger ableckte und in sich hinein zu schmunzeln schien.

Natascha räusperte sich. »Es bleibt dennoch höchst unwahrscheinlich.«

Lale sah auf die Uhr. »Du könntest das doch mal recherchieren.« Sie wollte die lästige Journalistin endlich loswerden. Schließlich traute sie ihr weniger denn je über den Weg. »Am besten sofort, damit dir nicht noch jemand das Thema vor der Nase wegschnappt.«

»Möchten die Damen nicht auch zugreifen?«, mischte sich Kowalski ein und bot Lale und Natascha Eierschecken an.

»Nein, danke.«

»Gerne.« Natascha griff zu. »Ich liebe Eierschecke.«

Die Journalistin hatte offensichtlich nicht vor, die Runde zu verlassen. Lale wippte mit dem Fuß. Die Situation zerrte an ihren Nerven. Sollten sie vielleicht einfach wieder gehen? Sie schaute Mandy an, doch die hatte schon wieder ihr Handy in der Hand und starrte aufs Display. Hatte sie nicht erzählt, dass Jobst gestern mehrfach bei ihr angerufen hatte?

Lale überlegte, sprang auf und lief den Gang hinunter. »Ich muss kurz für kleine Kommissarinnen.« Sicherheitshalber bog sie rechts ab und betrat tatsächlich den Vorraum der Toiletten.

Sie zückte ihr Handy und wählte Jobsts Nummer. Ungeduldig lauschte sie dem Freizeichen.

»Lale, ich freue mich«, tönte Jobsts sonores Gesäusel aus dem Apparat. »Ich dachte schon …«

»Nicht denken. Petersen, ich habe was gut bei dir.«

»Wenn du meinst ….«

»Ruf Natascha an. Jetzt gleich, und bestell sie irgendwo hin, und zwar dringend.«

»Und warum soll ich das tun? Warum soll ich mich denn mit ihr treffen? Ich habe gar keine Zeit.«

»Das ist egal. Lock sie einfach nur möglichst weit weg, und mach es geheimnisvoll, ja?« Lale warf einen prüfenden Blick in den Spiegel. Sie trug heute erhebliche Augenringe. »Ich verlasse mich auf dich.« Sie drückte das Gespräch weg, legte das Handy zur Seite, drehte das Wasser auf und schleuderte sich eine gehörige Portion Wasser ins Gesicht. Der markante Trommelrhythmus des Stones-Songs dröhnte in ihrem Kopf: Sympathy for the devil … uh, uuuh!

Als Lale in den Spiegel sah, zuckte sie zusammen. Jemand stand hinter ihr. Sie fuhr herum. Es war nur Mandy, die an ihrem Handy herumspielte.

»Erschreck mich doch nicht so.«

»Was?« Mandy sah sie verwundert an. »Ich wollte dich nicht erschrecken, tut mir leid.«

»Und leg endlich das blöde Handy weg. Mit dem Computerschätzchen kannst du auch nach Feierabend noch quatschen, schreiben … oder was auch immer.«

»Nee. Heute is nüscht mit Feierabend. Kroko hat sich eben gemeldet. Heute Abend startet nun endlich die Lockvogel-Aktion im Großen Garten.«

»Das wurde ja auch Zeit.« Lale zog zwei Papiertücher aus dem Spender und trocknete sich das Gesicht ab. »Braucht Winter jetzt noch dringender eine Erfolgsmeldung? Oder interessiert sich tatsächlich jemand für diese Angelegenheit?«

»Gerste hat das so veranlasst. Mehr weiß ich nicht. Ich bin nur hergekommen, um dir das zu sagen, wenn Natascha nicht zuhört.«

»Besser ist das. Die können wir dabei nun wirklich nicht gebrauchen.« Lale knüllte das benutzte Papier in den Müllkorb. »Oder wir haben einen Undercover-Einsatz mit Blitzlichtgewitter.«

Als sie kurz darauf zurück in die Küche kamen, lief die Journalistin mit dem Handy am Ohr auf und ab.

Kowalski ließ sich das letzte Stück Eierschecke schmecken.

»Ich versuche in einer halben Stunde da zu sein«, versprach Natascha und warf einen zufriedenen Blick in die Runde. »Ich muss los. Wie weit ist es von hier aus nach Radebeul?«

»Ein bisschen länger als eine halbe Stunde wird es wohl dauern.« Mandy deutete in Richtung Fenster. »Wenn du hier vor läufst, bis zur nächsten Kreuzung, kannst du an der Blasewitzer Straße die Zwölf nehmen, bis Fetscherplatz. Dann musst du umsteigen in die Vier, und die fährt durch bis Radebeul, ich glaube sogar bis Weinböhla. Aber Vorsicht, da fängt dann eine neue Tarifzone an, da musst du nachlösen.« Mandy überlegte. »War das auf Höhe Arzneimittelwerk oder erst später? Nee, erst später auf Höhe der Autobahn …«

»Wie dem auch sei«, unterbrach sie Natascha und legte die Stirn in Falten. »Ich hatte nicht vor, mit öffentlichen Verkehrsmitteln zu fahren.« Sie nahm ihr Telefon wieder zur Hand. »Welcher Taxidienst ist der schnellste?«

Lale grinste breit. »Sollen wir dich nicht zu deinem wichtigen Termin fahren?«

»Mit Blaulicht«, schlug Mandy grinsend vor.

Wie Lale vermutet hatte, winkte Natascha eilig ab. »Nicht nötig. Mein Termin ist privat.«

»Na dann«, sagte Lale. Du musst dir aber nicht extra ein Taxi rufen. Die stehen hier rund um das Klinikgelände an den verschiedenen Eingängen.«

Natascha verabschiedete sich eilig und verschwand.

Mandy sah Lale prüfend an. »Du weißt, was für einen Termin sie hat, oder?«

»Ich habe ihn sogar selbst anberaumt. Es ist ein Fake, daher werden wir nicht lange unsere Ruhe haben.«

»Was hat es mit diesen irritierenden Intrigen auf sich?«, fragte Kowalski. »Wären die Damen Kommissarinnen wohl so freundlich, mich armen alten Mann aufzuklären?«

»Nein«, erwiderte Lale trocken und setzte sich. »Gibt es schon Ergebnisse von der toxikologischen Untersuchung? Was hat man unserem gemeuchelten Azubi verabreicht?«

Kowalski lächelte versonnen. »Er hatte einen verhältnismäßig sanften Tod. Man hat ihm Diazepam in hoher Dosis verabreicht.«

»Diazepam?« Mandy sah Kowalski an. »Was ist das?«

»Landläufig spricht man von Valium, weil es das bekannteste Medikament mit diesem Wirkstoff ist«, erklärte der Rechtsmediziner. »Ein starkes Beruhigungsmittel, das wegen seines hohen Suchtpotenzials verschreibungspflichtig ist.«

»Das heißt also, dass es nicht für jedermann zugänglich ist«, folgerte Lale. »Oder zumindest nicht auf legalem Wege.«

»Ganz recht, liebe Frau Petersen. Ich hoffe, Sie können den Täterkreis somit schon einmal eingrenzen.«

»Sicher, auf Menschen, die Beruhigungsmittel kennen und die wissen, dass die Wirkung jeder Substanz eine Frage der Dosis ist.« Lale grinste schief. »Dafür muss man wohl kaum Pharmazie studiert haben. Apropos: Doktor Kowalski, die pharmazeutischen Studien, von denen Sie berichtet haben …«

»Von denen mein Kollege aus der Charité berichtet hat«, korrigierte der Rechtsmediziner.

»Oder so. Wie wird so etwas durchgeführt?«

»Nun ja, diese Studien umfassen eine bestimmte Anzahl von Teilnehmern, die ähnliche Vorgaben erfüllen. Sie nehmen wissentlich und aus freien Stücken nach eingehender Beratung durch medizinische Kompetenzen teil und werden ambulant oder stationär regelmäßig überwacht.« Er nahm seine Brille ab und fuhr sich mit der Hand durchs Gesicht. »Als kritisch erweist sich oft die Handhabung der Placebo-Gruppe, die eine wissenschaftliche Studie erfordert. Bei Herzpatienten führen zum Beispiel weit öfter anhaltende Placebo-Medikationen zu Todesfällen als die Nebenwirkungen neuer Wirkstoff-Präparate. Bei Psychopharmaka denke ich, dass die Wirkung von Stimmungsaufhellern sowie eine mögliche psychische Wirkung der Placebos ein besonders wichtiges Feld ist.«

»Heißt das, dass man schwer Herzkranken in so einer Studie gnadenlos Tabletten ohne jeden Wirkstoff verabreicht?« rief Mandy entsetzt. »Das ist ja grausam.«

»Allerdings«, bestätigte Lale. »Wenn es denn tatsächlich so gehandhabt wird.«

»Natürlich müssen in jeder Studie die einschlägigen ethischen Richtlinien befolgt werden.« Dr. Kowalski setzte seine Brille wieder auf. »Ich hatte Ihnen doch bereits berichtet, dass das sogar so weit geht, dass selbst die Ergebnisse längst vergangener Studien nicht wissenschaftlich verwertet werden dürfen, wenn es Hinweise auf unethische oder gesellschaftlich fragwürdige Zusammenhänge zu Zeiten dieser Studien gibt.« Er seufzte. »So tragisch ich viele politische Umstände der jüngeren Geschichte auch finde, so sehr trauere ich doch um wertvolle und wissenschaftlich einwandfreie Erkenntnisse.«

»Sie halten also solche illegalen Medikamententests in den achtziger Jahren für denkbar?«, warf Lale ein.

Der Rechtsmediziner sah sie prüfend an. »Sie sollten doch wissen, dass ich schon kraft meines Berufsstandes nichts für undenkbar halte.«

»Aber«, mischte Mandy sich ein. »In der DDR wurde doch immer alles genauestens dokumentiert und archiviert. Da muss es doch noch Unterlagen geben.«

»Oder eben Datenbanken«, sagte Lale. »In den Achtzigern hat man doch schon mit elektronischer Datenerfassung gearbeitet.«

»Du meinst, unser toter Azubi ist auf solche unbequemen Daten gestoßen?«

»Möglich wäre es. Allerdings ist das nicht meine Idee, sondern die von Martin.«

Auf Mandys Gesicht breitete sich ein verschmitztes Grinsen aus. »Dann muss ich ihn wohl dringend mal anrufen und mir das genau erklären lassen.« Sie zückte ihr Handy und kramte den Zettel mit Martins Telefonnummer aus der Hosentasche. »Ich gehe mal kurz raus.«

Weg war sie. Lale sah ihr lächelnd nach und wandte sich wieder an Kowalski. »Was haben Sie denn vorher mit Natascha Peschkowa besprochen? Weshalb war die Journalistin hier?«

Der Rechtsmediziner strich sich über seinen kahlen Schädel. »Nein, das werde ich Ihnen nicht sagen. Schließlich wollen Sie mich auch nicht über den Ursprung Ihrer mehr oder weniger leichten Verstimmung aufklären, oder mir den Grund Ihrer Terminintrige nennen.«

Lale dachte an das gestrige Gespräch mit Jobst und an die seltsame Situation mit Natascha, in die er sich aus lauter Eitelkeit gebracht hatte. Er war wirklich ein Idiot. Trotzdem wollte sie Kowalski Jobsts blödes Verhalten nicht auf die Nase binden. »Tut mir leid, Doktor Kowalski, aber ich kann nicht darüber sprechen, ohne jemandem Unannehmlichkeiten zu bereiten. Obwohl er es eigentlich verdient hätte.« Sie seufzte. »Ich sage nichts.«

Kowalski lachte. »Oh ja, unsere große Frau Petersen mit dem vorlauten Mundwerk, den eigenwilligen Ideen und einem erschütternd integren Herzen.«

Lale schmunzelte. »Könnte ich das bitte schriftlich bekommen?«

Lockende Vögel

Lale kauerte im Gebüsch, ihre Knie schmerzten, und die Füße kribbelten verdächtig nah an der Einschlafgrenze.

Nur Mandy schien sich nicht im Geringsten an ihrer Hockstellung zu stören. Unverdrossen hämmerte sie auf ihr Handy ein und grinste über das ganze Gesicht.

»Müsste Martin dir nicht langsam sein ganzes Leben gesimst haben?«, flüsterte Lale. »So alt ist er doch gar nicht.«

Mandy gluckste. »Stimmt, eigentlich ein bisschen zu jung für mich.«

Sie tippte erneut, während Lale zu Kroko hinübersah. Er lief mit offenen Haaren, im Kleid und mit einer albernen Handtasche am Arm langsam den Weg entlang, machte dann kehrt und schlenderte wieder zurück. Er vermittelte eher den Eindruck einer unterbeschäftigten Prostituierten denn den eines wehrlosen Überfallopfers.

Lale gähnte. Diese Lockvogel-Aktion hatte Ähnlichkeit mit einer absurden Komödie. Weit und breit war niemand zu sehen. Lale gähnte erneut.

Da! Zwischen den Büschen auf der anderen Seite des Wegs tat sich etwas. Lale nahm das Nachtsichtgerät. Ein hochgewachsener Mensch, schlanke männliche Statur, trat aus dem Dunkeln. Lale ließ das Gerät sinken. Auf die Entfernung nutzte es wenig.

»Ey, es tut sich etwas.«

»Menno. Jetzt habe ich ›Kotzen‹ statt ›Katzen‹ geschrieben. Jetzt denkt Martin, ich stehe auf Kotzen«, maulte Mandy.

Lale starrte auf den Weg. Kroko war noch gut fünfzig Meter von der fremden Gestalt entfernt. Ob er den Typen bemerkt hatte?

»Da wird der arme Martin heute wohl mit dieser Vorstellung ins Bettchen hüpfen und von einer kotzenden Mandy träumen«, zischte Lale. »Hopp, hopp, es geht los!«

Sie richtete sich auf wackligen Füßen auf und eilte geduckt um das Gebüsch herum. »Looooos jetzt!«

Mandy folgte ihr. »Er antwortet gar nicht mehr.« Sie duckte sich neben Lale hinter den nächsten Busch.

Kroko flanierte mit dem Täschchen am Arm den Weg hinunter. Die fremde Gestalt verharrte.

»Och nee. Soll ich den nicht einfach umhauen, und dann gehen wir nach Hause?«

»Kotze streicheln, oder was?« Lale behielt den großen Fremden im Visier. Kroko musste ihn jetzt bemerken, er kam ihm immer näher.

»Wir müssen weiter rüber.« Lale huschte zum nächsten Gebüsch. »Aua.« Sie war auf irgendwas getreten und umgeknickt. »Mist, ausgerechnet jetzt.«

»Hey, schau mal«, flüsterte Mandy. »Da ist noch einer.«

Nun sah auch Lale die zweite Gestalt aus dem Dunkeln auftauchen; kleiner und schmaler als die erste. Sie standen beide am Wegesrand, direkt zwischen den weit auseinander liegenden Laternen, sodass man sie nur als Schatten wahrnehmen konnte.

»Jetzt wird's ernst.« Lale ging in Startposition, ihr Fuß pochte, und sie biss die Zähne zusammen. Blöd, dass sie auf die Verkabelung mit Kroko hatten verzichten müssen. Die Zeit war zu knapp gewesen, weil Kroko noch so lange Tzschilpner beschatten musste, bis der Chef übernommen hatte. Ein Hohn, dass sie mit vier Personen in zwei bis drei Fällen gleichzeitig ermittelten und dabei auch noch die Presse im Nacken hatten.

Was machte Kroko denn da? Lale und Mandy stupsten sich gleichzeitig in die Seite, denn Kroko ging direkt auf die beiden Schatten zu.

Lale kniff die Augen zusammen. Kroko schüttelte dem größeren der beiden Typen die Hand. Offensichtlich sprachen sie miteinander. Krokos Arm mit der baumelnden Handtasche wies auf das Gebüsch, in dem Lale und Mandy gehockt hatten. Nun reichte Kroko erneut die Hand, machte kehrt und schlenderte seine Flanierstrecke zurück.

»Bleib du an Kroko dran. Ich hänge mich an die beiden Schattenmänner. Ich will wissen, wer das ist.«

»Okay.« Mandy nickte in die Dunkelheit.

Hinkend und leise fluchend folgte Lale den beiden Gestalten, die in die andere Richtung liefen. Etwas weiter entfernt standen die Laternen enger und ein paar Bänke im vagen Schein. Außer den beiden Fremden war niemand zu sehen.

Mist, hier endeten die Büsche. Lale kniff die Augen zusammen. Die beiden Typen setzten sich auf eine der Bänke. Lale musste einen Umweg nehmen, über den Rasen und dann zwischen den Bäumen hindurch. Vorsichtig pirschte sie sich von hinten näher an die Bank heran. Die Laterne gegenüber spendete notdürftig Licht. Lale stutzte. Das Lachen kannte sie doch … Schnell huschte sie weiter vor. Jeder Schritt schmerzte. Sie musste die Gelegenheit nutzen, die beiden waren offenbar beschäftigt.

Jetzt sah sie es deutlich. Da saß Pit! Er reichte dem anderen Typen gerade einen Geldschein. Das war doch einer von diesen Mützen-Heinis … Mischa Sörensen.

Lale knipste ihre Taschenlampe an, trat von hinten an die Bank und rief: »Ha!«

Pit und Mischa zuckten zusammen. Im Lichtkegel der Taschenlampe erschien ein Cannabistütchen, das gleich darauf in Pits Jackentasche verschwand. Er wandte sich um. »Mama!«

»Was treibt ihr da? Ich denke, ihr probt Polka.« Lale ermahnte sich innerlich zur Ruhe, was nicht recht gelang. »Stattdessen sitzt du hier im Park und kaufst Drogen?«

Pit grinste blöde. »In der Neustadt lauert Papa.«

»Das ist natürlich ein Argument, um die Elbseite zu wechseln und sich auf Drogen zu stürzen«, entfuhr es Lale prompt.

Mischa Sörensen schaute verunsichert unter seiner Mütze hervor. »Sie sind aber auch überall, Frau Kommissarin. Aber ich freue mich immer, Sie zu sehen.«

»Bleib cool, Mischa, sie ist nicht bei der Drogenfahndung.«

Lale atmete tief durch. »Vielleicht sollte ich die Abteilung wechseln. Die Ermittlungserfolge fallen mir im Drogenmilieu anscheinend in den Schoß.«

»Lass gut sein, Mama. Ich erkläre dir alles später.« Pit zwinkerte ihr zu. »Übrigens habe ich gerade deinen Kollegen getroffen. Arbeitet ihr jetzt auch für die Sitte? Kroko-Girl ist ja ein echt scharfes Gerät.«

Nun lachte auch Mützen-Mischa, und selbst Lale konnte sich ein Schmunzeln nicht verkneifen. Doch ehe sie etwas erwidern konnte, ertönten in der Ferne plötzlich Schreie.

Pit sprang auf.

»Ihr bleibt hier! Das ist nichts für kleine Kiffer.« Sie wandte sich zum Weg und lief los. Nicht wirklich schnell, denn die Schmerzen im Fuß waren höllisch. Auf Höhe ihres Verstecks, kauerte Kroko am Boden, hielt sich den Kopf und stöhnte.

»Hat er also doch noch zugeschlagen?« Lale betrachtete Krokos Schädel, konnte aber keine äußeren Verletzungen erkennen.

»Und wie. Da rechnet man die ganze Zeit mit einem Angriff und wird doch so eiskalt erwischt.«

In diesem Moment tauchte eine keuchende Mandy aus der Dunkelheit auf. Sie kam langsam auf Lale und Kroko zu und hielt sich die Seite. »Entwischt«, japste sie. »Der … Mistkerl … ist mir … durch die … Lappen … gegangen.«

Lale half Kroko auf die Beine.

»Ich finde es übrigens nicht richtig, Frau Petersen«, moserte Kroko, »dass Sie Ihren Sohn zu solchen gefährlichen Einsätzen bestellen.«

Lale seufzte. »Von Bestellen kann gar keine Rede sein.« Sie sah, dass Mandy nun im Gebüsch verschwand. »Frau Schneider, was machst du da?«

»Ich suche mein Handy«, tönte es aus den Büschen. »Ich hab's einfach fallenlassen, als dieser maskierte Typ auftauchte.« Äste knackten. »Scheiße, ist das finster hier.«

Lale knipste ihre Taschenlampe wieder an und folgte Mandy. »Damit geht's besser.« Sie leuchtete den Busch ab, als das Telefondisplay unmittelbar vor ihren Füßen aufleuchtete. Lale hob das Handy auf und grinste. »Neue Nachricht von Martin.«

Mandy krabbelte heran.

»Soll ich für dich antworten?«

»Wieso? Was schreibt er denn?«

»Moment, ich lese vor.« Lale lachte. »Hi Süße, bist du irgendwie pervers oder so?«

Wahn und Wahrheit

Lale stellte ihre halbvolle Kaffeetasse auf dem Briefkasten ab. Der quoll fast über. Na ja, nach drei, vier Tagen sollte sie vielleicht doch mal einen Blick hinein werfen. Vor dem Haus hupte Mandy zum x-ten Mal.

»Ja, ja«, murmelte Lale und zog neben Werbung, Rechnungen und Postkarten einen offiziellen Brief aus dem Kasten. Mist! Das war der Anhörungsbogen, wegen »unerlaubten Entfernens vom Unfallort«. So leid ihr der gewaltsame Tod des jungen Azubis auch tat, diese Fahrerflucht-Anzeige war eine hinterhältige Handlung gewesen – noch dazu eine seiner letzten. Draußen hupte es jetzt anhaltend. Lale stopfte den ganzen Papierkram zurück in den Briefkasten, nahm einen letzten Schluck Kaffee, stellte die Tasse ab und lief hinaus.

»Mensch, was machst du denn solange, Frau Petersen?« Mandy startete den Wagen, obwohl Lale noch gar nicht einstiegen war. »Das hat ja ewig gedauert!«

Mit quietschenden Reifen fuhr sie los, und Lale hatte Mühe, die Tür zuzuziehen. »Dir auch einen schönen guten Morgen, mein Schatz!« Lale warf Mandy einen Handkuss zu. »Welche Laus ist dir denn über die Leber gelaufen? Lass mich raten, eine mit niedlichen Locken und Computerkompetenz?«

»Pffft.« Mandy lenkte den Wagen zügig durch die Striesener Straßen in Richtung Schillerplatz.

Lale klammerte sich am Türgriff fest. »Was hat er denn falsch gemacht, der arme Martin?«

»Nischt!« Mandy heizte über die Loschwitzer Brücke und drängelte sich am Körnerplatz unter lautem Hupen in die Linksabbiegerspur. »Nischt mehr gesagt hat er. Hat sich einfach gar nicht mehr gezuckt.«

»Kluger Kerl. Da kann er wenigstens nichts Falsches sagen.«

»Dein Ex hat wirklich recht«, maulte Mandy und jagte die Grundstraße hinauf. »Mit dir kann man echt manchmal nicht reden.«

»Ach, jetzt bin ich schuld? Wie schön, dass Jobst endlich eine Seelenverwandte gefunden hat.« Lale schloss kurz die Augen, als Mandy in Bühlau waghalsig Richtung Ullersdorf über die Kreuzung preschte. »Dann brauchst du Martin ja gar nicht mehr.«

»Du nun wieder. Das ist typisch.«

»Ich versuche nur, deinen jobstdurchtränkten Erwartungen gerecht zu werden.« Der Gedanke an Jobst sorgte sogleich für eine gereizte Gemütslage.

»Jobst knabbert an einem Fall herum, der ihn derzeit sehr beansprucht«, erklärte Mandy streng. »Und er könnte deine Hilfe gebrauchen.«

»Klar, der Fall Jobst Petersen.« Lale verdrehte die Augen. »Das ist doch wohl eher ein Fall für Anabel und Lucy als für mich.«

»Hör doch mal auf damit. Das Drogendezernat ist an einer heiklen Sache dran, und dein Ex-Mann leitet die Ermittlungen.«

»Er ist Staatsanwalt. Das ist sein Job.«

»Der Handel mit Marihuana und Haschisch soll in ganz großem Stil laufen«, fuhr Mandy unbeirrt fort. »Die haben V-Leute in der Szene platziert, um an die großen Geschäftemacher ranzukommen.«

Marihuana? Haschisch? Cannabis! Lale schluckte und dachte an Pit, dann an Mischa und diesen Fidel. »Ach, und was heißt das: Der Handel läuft in großem Stil?« Lale sah Mandy an. Die schaute stur auf die Landstraße.

»Bisher hatte man den Markt für vereinzelt und eher nebensächlich gehalten.« Mandy beschleunigte. »Nun hat sich herausgestellt, dass der Markt für die sogenannten leichten Drogen streng durch Kartelle kontrolliert wird.«

Lale schluckte erneut. »Und sie haben eigene Leute eingeschleust?« Ihr wurde mulmig bei der Vorstellung, dass Pit an einen Ermittler der Drogenfahndung geraten könnte.

Mandy fuhr auf den Parkplatz des Arnsdorfer Klinikgeländes. »Sie wollen an die Bosse ran, nicht an die kleinen Dealer. Die Strippenzieher sitzen vor allem in Polen und Holland, meint jedenfalls dein Ex. Außerdem wollen sie schlechtes, also gestrecktes Haschisch ausfindig machen.«

»Davon hat er mir gar nichts erzählt. Komisch.«

»Er hat es versucht.« Mandy sah sie vorwurfsvoll an. »Du hast ihm wohl keine Gelegenheit gegeben.«

»Ach?« Lale stieß die Autotür auf. »Sonst ist er doch nicht zu schüchtern, seine Anliegen vorzubringen.«

»Doch.« Mandy stieg aus und beugte sich ins Wageninnere. »Jobst hat immerzu Angst, dass du ihm wieder über den Mund fährst.«

Lale stieg kopfschüttelnd aus dem Auto. »Und wieso wartest du auf eine SMS von Martin? Wo doch unser toller Herr Staatsanwalt dir seine intimsten Ängste offenbart?«

»Du kannst einfach nicht anders, was? Du musst immerzu auf ihm herumhacken.«

»Stimmt.« Lale versenkte die Hände in den Hosentaschen. Und weißt du auch, warum?«

»Klar. Aber das willst du ja nicht hören.«

Lale ignorierte Mandys Bemerkung. »Weil mir danach ist.«

Schweigend stapften sie nebeneinander her, passierten Pforte und Schleusen und wurden bald darauf von Lucy in Empfang genommen.

»Ein waschechter Psychopath, um den es hier geht«, begrüßte Lucy die beiden Kommissarinnen.

»Hollerbeke?« Lale war erstaunt. »Gut, der hat ganz sicher einen mitbekommen …« Sie tippte sich an die Stirn. »Aber ein Psychopath? Ist er dafür nicht viel zu ängstlich? Psychopathen neigen doch eher zu übertriebenem Selbstbewusstsein, oder?«

»Nein, ich meine nicht Herrn Hollerbeke. Ich meine den, von dem er immer spricht.«

»Tzschilpner?« Mandy machte große Augen. »Ich hab's gewusst.«

»Nein«, widersprach Lale. »Tzschilpner ist ein raffgieriges und verlogenes Arschloch, aber für einen Psychopathen stellt er sich viel zu dämlich an.«

»Von einem Tzschilpner hat er auch gesprochen, unser Gast«, erinnerte sich Lucy.

»Du nennst deine Patienten ›Gäste‹? Das ist ja nett«, freute sich Mandy.

»Nein.« Lucy schüttelte den ergrauten Kopf. »Ich nenne die Patienten durchaus ›Patienten‹. Aber dieser Herr Hollerbeke ist nur unser Gast. Er wurde weder eingewiesen noch stellte man eine Diagnose.« Sie beugte sich vor und flüsterte hinter vorgehaltener Hand: »Anabel hat ihn gestern einfach mitgebracht.«

»Wo ist Hollerbeke denn jetzt?«, fragte Lale. Sie wurde langsam ungeduldig und wollte selbst mit dem Ausbilder sprechen.

»Ich führe euch zu ihm.« Lucy marschierte los, die Treppe hinauf, einen Gang entlang, einen weiteren Gang bis zum Fuß einer Treppe, die Stufen hinauf um eine Ecke, bis sie vor einer Tür standen, auf deren Schild »Privat« prangte.

Lucy zückte einen Schlüssel. »Hier haben wir damals immer … Ach, egal.« Sie steckte den Schlüssel ins Schloss und öffnete leise die Tür.

»Ihr schließt ihn ein?« Mandy guckte bestürzt. »Warum das denn?«

»Weil er das so wollte. Er hat große Angst. Und ein paar innere Konflikte, die er nicht zur Kenntnis nehmen will. Er ist eben ein Mann.«

Lale schmunzelte. Lucy besaß doch eine Menge Erfahrung – so oder so.

»Ich gehe erstmal allein hinein«, sagte Lale.

»Klar, mach du nur wieder dein Ding.« Mandy klang beleidigt.

»Lale hat recht«, warf Lucy ein. »Sie kennt ihn am besten. Und wenn ich ihn richtig verstanden habe, scheint er ihr zu vertrauen.«

Lale zwängte sich zwischen den beiden Frauen hindurch, klopfte laut und betrat das Zimmer. Als sie die Tür hinter sich schloss, bemerkte sie Mandys finstere Miene. Sie seufzte. Sie musste Jobst unbedingt davon abhalten, dass er Mandy weiter vollsülzte.

»Hallo, Herr Hollerbeke.« Lale sah sich in dem kleinen Raum um. Er war vollgestopft mit alten, vermutlich ausrangierten Möbeln. Mit Bett, Tisch und Sessel hatte man diese Rumpelkammer einigermaßen bewohnbar gestaltet.

Der Ausbilder stand am Fenster und wandte sich um. »Hallo, Frau Petersen.«

Sein Anblick machte Mut; geduscht, rasiert und frisch gekleidet. Lale atmete auf. »Wie geht es Ihnen?«

Hollerbeke schnaubte. »Besser.« Dann folgte sein Blick Lales Blick durch das Zimmer. »Sicherer. Danke.«

»Vor wem haben Sie Angst?«, fragte Lale. »Vor Ronny Hummels Mörder?«

Hollerbeke machte eine verlorene Geste.

»Wissen Sie, wer es war?«, hakte Lale nach.

»Nein.« Hollerbeke blickte wieder aus dem Fenster.

»Wissen Sie, warum er sterben musste?« Lale beobachtete den Ausbilder genau.

»Da gibt es viele Gründe.« Hollerbeke kratzte sich am Kinn. »Ronny … Einige meinen sicher, er habe es nicht anders verdient.«

Es klopfte an der Tür, und Mandy trat ein. »Störe ich?«

Hollerbeke sah Lale und dann Mandy an. »Nein, kommen Sie herein.«

»Sie wissen doch mehr, als Sie uns bisher gesagt haben«, hob Lale erneut an. »Als wir uns letzte Woche auf dem Spielplatz getroffen haben …«

»Da haben Sie sich über mich lustig gemacht.«

»Nein. Ich wollte Sie am Reden hindern und schnell loswerden«, erklärte Lale. »Schließlich saß definitiv jemand im Gebüsch und hat uns belauscht. Zu dem Zeitpunkt konnte ich ja nicht ahnen, wer das war.«

»Es war aber nur unser Kollege Kroko«, warf Mandy ein.

Hollerbeke blickte erstaunt von einer zur anderen. »So war das? Dann halten Sie mich gar nicht für einen durchgedrehten Spinner?«

Lale schüttelte den Kopf. »Natürlich nicht. Allerdings habe ich nicht den Eindruck, dass man Ihnen unmittelbar auflauert.«

Hollerbeke zuckte die Achseln. »Ich habe trotzdem Angst. Immerhin haben sie Ronny umgebracht.«

»Sie?«, fragte Mandy. »Wer sind ›sie‹?«

»Eben das wollen wir doch herausfinden.« Lale klang ungehalten. »Herr Hollerbeke, was können Sie uns über Ronny Hummel noch so erzählen? Irgendetwas stimmte doch mit diesem Jungen nicht, oder?«

Der Ausbilder rang sichtlich mit sich. »Dass er etwas speziell war, habe ich schon gesagt.« Er räusperte sich. »Aber es gibt Leute, die hatten regelrecht Angst vor ihm.«

Lale sah den hageren und blassen Ronny in seinen seltsamen Klamotten vor sich. »Nun, ich bin ihm nur einmal kurz begegnet, als er noch lebte. Auf mich wirkte er eigenartig, aber nicht angsteinflößend.«

»Er hat alle schikaniert mit seinem Wissen und Können. Sie glauben gar nicht, wie hässlich Intelligenz sein kann.«

»Schön war er ja nun wirklich nicht«, sagte Mandy. »Wen hat er denn schikaniert? Sie?«

»Bei mir hielten sich seine Spielchen in Grenzen. Er wollte mir nur ständig vorführen, dass er mehr weiß als ich. Das war eher lästig. Ich sagte ja schon, dass ich ihn gern losgeworden wäre.« Hollerbeke seufzte. »Was schlimmer war, Ronny kam mit seinen fiesen Intrigen gegen die anderen Azubis immer durch. Er stiftete immerzu Unfrieden und zog selbst daraus fragwürdige Vorteile.«

»Inwiefern?« Lale kniff die Augen zusammen. »Hat er die Arbeit der anderen torpediert?«

Hollerbeke nickte. »Er hat gern fremde Passwörter geknackt und alles durcheinandergebracht. Nur, um dann hinterher zu zeigen, dass nur er die Fehler wieder beheben kann.« Der Ausbilder fuhr sich mit der Hand durchs Gesicht. »Er hat natürlich nicht zugegeben, dass er selbst hinter den Manipulationen steckte, ließ aber keinen Zweifel daran, dass alle anderen sowieso zu blöde waren, um Derartiges zu leisten. Nicht nur für mich war offensichtlich, dass er derjenige war, der manche Daten-Desaster erst auslöste, um dann als vermeintlicher Held eine Lösung zu präsentieren.«

»Was wollte er damit erreichen?«, überlegte Lale laut. »Aufmerksamkeit? Bewunderung? Einfach mal beachtet werden?«

»Nee, nee.« Mandy strich sich die Haare aus der Stirn. »Das wäre so bei einem aufmüpfigen kleinen Kind. Der war bestimmt einfach ein richtig mieser Charakter, durch und durch schlecht.«

»Ja, und das in jeder Beziehung«, erklärte Hollerbeke voller Inbrunst.

»Was war denn noch?« Lale wurde langsam ungeduldig. Warum erzählte dieser Ausbilder nicht einfach, was abgelaufen war. Sie wollte endlich vorankommen. Das Bild von Ronny war ihr nicht neu. Und dass Tzschilpner ihn protegiert hatte, konnte nur einen finanziellen Hintergrund haben. Reichte das als Mordmotiv? Und war der Geschäftsführer so dämlich, den Azubi in der eigenen Firma zu ermorden? Sie wischte ihre Gedanken mit einer unwirschen Geste zur Seite. »Wer könnte Ronny Hummel denn so gehasst haben, dass er ihn ermordet hat?«

»Nun, da war noch diese gemeine Geschichte mit Susi«, hob Hollerbeke zögernd an. »Unsere Auszubildende für Bürokommunikation.«

»Susi mit der pinken Strähne?«, fragte Mandy. »Die vom Empfang?«

»Genau die«, antwortete Hollerbeke. »Sie ist unsere einzige weibliche Mitarbeiterin, neben der älteren Dame aus der Buchhaltung.«

»Und?« Lale wippte mit dem Fuß. »Hat Ronny Susi angebaggert, oder was?« Ihr ging das alles zu schleppend. »Herr Hollerbeke, lassen Sie sich die Sachen doch nicht immer aus der Nase ziehen. Was war los?«

Hollerbeke sah sie überrascht an. »Ja, nun gut. Ronny hat sich auf einer Betriebsfeier unschön an Susi herangemacht. Aufdringlich und unangenehm. Die Frau vom Chef ist dann dazwischen gegangen.«

»Verständlich.« Mandy boxte sich mit der Faust in die Hand. »Das hätte ich auch nicht durchgehen lassen.«

»Also bitte«, ermahnte Lale und wandte sich wieder an den Ausbilder. »Und?« Sie fuchtelte ungeduldig mit der Hand.

»Danach hat Ronny Susi aufgelauert. Nicht in der Firma, dazu war er zu verschlagen. Er hat ihr nach Feierabend aufgelauert, sie belästigt und immer wieder verfolgt. Natürlich sehr geschickt, nie vor Zeugen. Und niemand hat Susi geglaubt.«

»Es stand also Aussage gegen Aussage?« Lale musste kritisch bleiben, auch wenn alles ins Bild vom hinterfotzigen Ronny Hummel passte. »Dann könnte aber doch auch Susi gelogen haben?«

»Ha, natürlich!«, regte sich Mandy auf. »Frauen denken sich so was aus, oder was?«

»Frau Schneider, bitte. Ich prüfe doch nur die Perspektiven. Also, Herr Hollerbeke, wie glaubwürdig ist Susi? Sie kennen die junge Frau doch.«

»Natürlich hat sich Susi das nicht ausgedacht. Ich habe doch selbst mitbekommen, dass Ronny ihr aufgelauert hat. Sie hat sich mir anvertraut. Deshalb habe ich sie einige Abende nach Feierabend nach Hause begleitet.« Er schnaufte. »Ronny wartete immer an irgendeiner Straßenecke, stand da mit seinem komischen Damenfahrrad.« Hollerbeke sah Lale durchdringend an. »Susi hatte Angst vor Ronny, richtige Angst. Und er hatte für sein Auftauchen immer wieder Ausreden, absurd, aber kaum widerlegbar.«

»Meinen Sie, sie wollte ihn loswerden und hat ihn deshalb …?« Mandy machte in Höhe ihrer Kehle eine zügige Bewegung mit der flachen Hand.

»Nein.« Hollerbeke schüttelte den Kopf. »Die Sache wurde auf typische Art und Weise beigelegt. Ronny hat schließlich den Spieß umgedreht und behauptet, Susi habe ihn sexuell belästigt …«

»Ha! Welche Frau belästigt denn so einen?«, rief Mandy.

»Eben. Aber er war ein mieser Intrigant und hat es tatsächlich geschafft, den Vorwurf loszuwerden und die Geschäftsleitung von seiner angeblichen Opferrolle zu überzeugen. Weiß der Geier, wie er das gemacht hat. Jedenfalls war es schließlich Susi, die eine Abmahnung bekam.«

»So eine Sauerei!« Mandy verschränkte die Arme vor der Brust.

»Allerdings«, sagte Lale. »Aber wohl kaum ein Mordmotiv. Ich nehme an, er hat ihr nicht weiter nachgestellt?«

»Wenigstens das war vorbei«, stimmte Hollerbeke zu.

»Gut. War's das dann?« Lale wandte sich zum Gehen.

»Frau Petersen?« Hollerbeke hielt sie zurück. »Wie geht es denn nun weiter? Haben Sie die Dateien auswerten können? Da ist doch eine größere Verschwörung im Gange, habe ich recht?«

»Vermutlich ist es erstmal ein illegales Vertuschungsmanöver. Wir überprüfen gerade die Zusammenhänge.«

»Und was wird jetzt aus mir?« In Hollerbekes Blick loderte erneut Furcht auf. »Sie haben doch mitbekommen, dass die zu allem fähig sind.«

»Nein, Herr Hollerbeke«, entgegnete Lale. »Im Moment ist noch völlig unklar, wie und ob welche Daten mit Ronnys Tod zusammenhängen.« Der Ausbilder begann zu zittern. Schweißperlen standen auf seiner Stirn. »Ich schlage vor, Sie bleiben erst einmal hier. Wir sprechen gleich mit Frau Doktor Gerste. Die kann Sie ja krankschreiben.«

»Burnout«, sagte Mandy. »Geht immer.«

»Sehen Sie?« Lale warf Mandy einen missbilligenden Blick zu. »Ansonsten erledigt das Frau Doktor Schneider.«

Hollerbeke wirkte irritiert. Er reichte erst Mandy die Hand, dann schüttelte er Lales lange und intensiv. »Danke, meine Damen. Meinen innigsten Dank. Sie machen sich ja keine Vorstellung davon … Es macht einen verrückt, wenn einem niemand glaubt, wenn einen alle für irre halten, wenn man mit niemandem richtig reden kann.«

Mandy nickte. »Das verstehe ich nur zu gut, Herr Hollerbeke.«

Lale nickte ebenfalls und schüttelte seine feuchtwarme Hand ab. »Wir melden uns bei Ihnen. Es wird nicht mehr lange dauern. Unser Experte ist dran.« Sie sah Mandy herausfordernd an. »Ein besonders kompetenter junger Mann aus der Computerkriminalität.«

»Musste das jetzt sein?«, maulte Mandy, als sie auf den Flur hinaustraten.

»Ja.« Lale sah sich um. Lucy war natürlich längst verschwunden, und Lale hatte nicht den blassesten Schimmer, wo sie hier waren, und wie sie von hier aus zu Anabels Sprechzimmer kamen. »Weißt du, wo es langgeht?«

»Phh. Das weißt du doch sonst immer.«

»Hör jetzt auf mit dieser Kindergartennummer«, verlangte Lale und zückte ihr Handy. Sie wählte Anabel an. »Hallo Anabel, wir suchen dich ...«

Keine zehn Minuten später hatten sie Anabels Zimmer erreicht. Mandy keuchte hinter Lale und ihrem Stechschritt her, sagte jedoch nichts. Sie war ernsthaft beleidigt. Lale sollte es recht sein. Das war ihr zumindest lieber als die ständigen pampigen Bemerkungen.

Anabel hatte ihre Schritte offenbar schon gehört, denn die Tür flog auf und die Psychiaterin mit einem »Wie schön euch zu sehen!« in Lales Arme.

»Ja, sehr nett.« Lale schob Anabel von sich.

Die stürzte sich sogleich auf Mandy.

»Oh ja, wunderschön«, flötete Mandy betont gut gelaunt.

Lale legte die Stirn in Falten. Was sollte dieses alberne Getue?

Schließlich ließ Anabel von Mandy ab. »Kommt rein, ich habe frischen Kaffee.«

Lale grinste. »Ich glaube, das ist der erste vernünftige Satz, den ich heute höre.«

Anabel warf ihr einen skeptischen Blick zu. »Ihr wart bei dem armen Herrn Hollerbeke, nicht wahr?«

»Ja.« Lale ließ sich auf den nächstbesten Stuhl sinken. »Es scheint ihm etwas besser zu gehen.«

»Also das sehe ich anders«, widersprach Mandy und setzte sich ebenfalls. »Der arme Mann wirkt total mitgenommen.«

Lale verdrehte die Augen. »Du hast ihn doch am Sonntag gar nicht erlebt. Da war er absolut am Ende.«

Anabel nickte, während sie zwei Tassen mit Kaffee füllte. »Als wir ihn gestern antrafen, hat er nur geweint und gezittert. Ich habe ihm Diazepam verabreichen müssen.«

»Valium?« Lale horchte auf. »Ich dachte, er sei kein Patient, sondern nur Gast?«

»Es ging nicht anders«, erklärte Anabel. »Milch? Zucker?«

»Beides, bitte«, sagte Mandy. »Aber nur für mich.«

»Ich trinke ihn tiefschwarz und bitter«, setzte Lale hinzu und schüttelte sich innerlich bei dem Gedanken an Milch im Kaffee.

Anabel reichte ihr die Tasse. »Das ist ungewöhnlich, aber es passt zu dir. Genau so habe ich dich damals eingeschätzt, liebe Lale.«

Lale ergriff die Tasse. »Was passt wohin?«

»Deine Kaffeetrinkgewohnheiten spiegeln deine Persönlichkeit«, erklärte Anabel. »Obwohl es ungewöhnlich ist, dass du als Frau …«

»Weißt du, was wirklich ungewöhnlich wäre?«, unterbrach Lale die Psychiaterin. »Wirklich ungewöhnlich wäre es, wenn du mal nicht jeden Pups analysieren würdest.«

»Oh.« Anabel wich zurück. Dann reichte sie Mandy eine Tasse Kaffee und stellte Zuckertopf und Milchkännchen auf den Schreibtisch vor ihr.

»Ja, ja, ich weiß schon … latente Aggression mit ziemlich wenig ›latent‹.« Lale nahm einen Schluck Kaffee.

»Sie ist heute mal wieder unausstehlich«, erklärte Mandy missmutig und rührte in ihrer Tasse.

Anabel legte den Kopf schräg. »So? Und warum?«

Lale stöhnte auf. »Weil meine Umwelt nicht aufhört an mir herumzunörgeln, bis es dann tatsächlich Anlass zum Nörgeln gibt.«

»Das ist unfair«, verkündete Mandy.

Lale schnaubte. »Na und? Sind wir hier beim Mannschaftssport?«

Anabel schaute von einer zur anderen. »Lale, meinst du nicht, du solltest Kritik deiner Mitmenschen an dir als Interesse an deiner Person sehen?«

»Nein.« Lale stellte energisch ihre Tasse ab. »Erstens wollen diese Mitmenschen sich nur wichtig machen. Zweitens habe ich überhaupt keine Lust, anderen alles recht zu machen. Und drittens hasse ich ungefragte Ratschläge.« Sie sah Anabel mit hochgezogen Brauen an. »Auch die von Psycho-Profis.«

»Aber …«, hob Anabel an.

»Nichts aber«, gab Lale zurück. »Lasst mir meine gestörte Persönlichkeit. Es ist meine, und wir haben uns aneinander gewöhnt.«

Anabel lächelte milde. »Du bist erstaunlich, Lale.«

»Na, ich weiß nicht«, ließ sich Mandy vernehmen. »Erstaunlich anstrengend vielleicht.«

»Jetzt musst du Mandy aber auch noch schnell checken«, sagte Lale grinsend. »Sonst fühlt sie sich zurückgesetzt.«

Mandy schnitt ihr eine Grimasse.

»Du hast recht.« Anabel stützte den Kopf auf die Hand. »Mandy, du wirkst so … zerrissen. Sonst hast du immer so eine ganzheitliche und stimmige Ausstrahlung.«

»Und heute bröckelt es gewaltig, weil ihr eine Computerlaus über die Leber gelaufen ist. Eine sehr sympathische Laus. Und weißt du, was das Beste daran ist, Anabel? Ich bin schuld.«

Jetzt musste auch Mandy grinsen. »Stimmt. Lale übernimmt gern die Verantwortung.«

»Richtig«, erklärte Lale. »Ich übernehme alles, wenn ihr mich dafür in Ruhe lasst.«

Anabel sah die beiden irritiert an. »Was für eine Form von Humor ist das, die ihr praktiziert?«

»Unsere«, antwortete Mandy prompt.

Lale nickte. »Die ist bestimmt besonders gestört und psychogaga, aber sie gehört uns.«

Mandy kicherte. »Und Lale ist immer schuld.«

»Erstaunlich«, murmelte Anabel. »Und das bei eurem Beruf.«

»Apropos«, klinkte Lale thematisch ein. »Lutz Hollerbeke. Wie schätzt du als Profi seine Verfassung ein?«

Anabel nahm einen Schluck Kaffee und goss etwas zusätzliche Milch in ihre Tasse. »Der Mann hat Angst«, sagte sie langsam.

Lale verdrehte unwillkürlich die Augen. Das war ja mal etwas ganz Neues. Sie versuchte, ihren Fuß vom Wippen abzuhalten.

»Ich würde ihn nicht als akuten psychiatrischen Fall bezeichnen«, ergänzte Anabel. »Aber es bleibt sich gleich, ob die Angst rein neurotischen Ursprungs ist oder nicht. Angst bleibt Angst.«

»Aha? Du meinst also, es ist völlig wurscht, ob man krank ist oder nicht, wenn man sich krank fühlt?« Mandy rutschte auf ihrem Stuhl nach vorn. »Das ist ja interessant.«

»Und warum?« Lale griff wieder zur Kaffeetasse.

»Weil es sich um eine starke Empfindung handelt, oder auch um viele Empfindungen«, erklärte die Psychiaterin. »Ob wir uns eine Bedrohung einbilden, oder ob sie real ist, das Gefühl bleibt das gleiche. Das gilt für alle starken Empfindungen. Das ist mit der Angst genauso wie mit der Liebe.«

»Wie wahr, wie wahr. Die Bedrohung bleibt.« Lale schmunzelte und kassierte einen empörten Blick von Mandy.

»Nur, weil du jedes Gefühl gleich als Bedrohung empfindest, muss das ja nicht jedem so gehen«, sagte Mandy schnippisch.

»Aber Lale liegt gar nicht so falsch«, erläuterte Anabel. »Alle starken Gefühle sind geeignet, zur Bedrohung zu werden. Auch die grundsätzlich positiven. Denkt nur an die Eifersucht. Ob es einen realen Anlass zur Eifersucht gibt oder nicht, allein das Gefühl der Eifersucht ist geeignet, die Liebe von Grund auf zu zerstören. Eine besonders perfide Angst, denn sie lebt von Schuldzuweisungen und Rechtfertigungen und beschädigt das Grundvertrauen. Wenn ich an meinen Mann denke …«

»Stopp!«, rief Lale dazwischen. »Das wollen wir nicht wissen. Dein Mann ist unser Chef.«

»Och, ich will das schon wissen«, sagte Mandy und sah Anabel neugierig an.

»Nein, nein.« Anabel nickte Lale zu. »Du hast natürlich recht, meine Liebe. Nichts aus dem privaten Nähkästchen.«

Mandy streckte Lale die Zunge heraus. »Ihr seid mir viel zu korrekt.«

»Wie dem auch sei.« Anabel räusperte sich. »Wir können unsere Gefühle nicht beiseite schieben. Als Menschen können wir nicht rein rational agieren.«

»Bei Lale bin ich mir da nicht so sicher«, kommentierte Mandy vorlaut.

»Nun ist es gut, Frau Schneider«, sagte Lale streng. »Was heißt das Ganze denn für Lutz Hollerbeke? Bildet er sich seine Angst nur ein, oder ist er tatsächlich bedroht?« Sie schlug die Beine übereinander. »Ich meine das aus psychologischer Sicht. Er selbst weiß es ja auch nicht so genau.«

Anabel wiegte den Kopf hin und her. »Eine schwierige Frage. Sein Gefühl scheint mir echt zu sein. Zittern, Schweißausbrüche, erhöhter Puls. Außerdem ist er sonst offenbar ein rational denkender Mensch, der System und Logik schon rein beruflich in den Vordergrund stellt.« Sie rieb sich die Nasenwurzel. »Für einen Mann seines Alters, der gerade eine Trennung hinter sich hat, wirkt er überraschend selbstkritisch und reflektiert.«

»Er sagte sinngemäß, es mache ihn wahnsinnig, dass ihm keiner glaubt«, warf Lale ein. »Könnte das ein Anhaltspunkt sein?«

»Er glaubt nur, dass ihm keiner glaubt«, erklärte Anabel. »Jedenfalls glaube ich das.«

»Häh?« Mandy sah Lale an. »Glauben wir ihm denn nun, oder glauben wir ihm nicht?«

»Ich glaube ihm«, sagte Lale. »Aber das ist mehr ein Gefühl. Noch haben wir nur Indizien und Vermutungen.«

Anabel verschränkte die Finger. »Und da kommt eure Arbeit ins Spiel.«

»Wahn oder Wahrheit? Das müssen wir herausfinden.« Lale erhob sich und reichte Anabel die Hand. »Kannst du Hollerbeke noch ein Weilchen beherbergen?«

»Natürlich. Vorausgesetzt, er möchte das.«

»Unsere Frau Doktor Schneider …«, Lale zwinkerte Mandy zu, »hat nämlich schon ein klassisches Burnout-Syndrom bei ihm diagnostiziert.«

Kompetenzkrachen

»Das ist ein erbärmliches Ergebnis«, sie hörten Gerstes Stimme bis auf den Flur der Polizeidirektion.

»Wo ist der Rest dieser inkompetenten Abteilung?« Gerste klang geradezu wütend für seine sonst so bedächtige Art. »Kroko, antworten Sie!«

»Och, der Arme«, murmelte Mandy.

»Wir sollten ihn erlösen.« Mit einem Ruck stieß Lale die Tür auf und genoss den Schreck, den sie ihrem Chef damit einjagte.

»Guten Morgen, die Herren.« Lale sah Gerste herausfordernd an. »Gibt es Probleme?«

»Allerdings.« Gerste sah auf die Uhr. »Wo kommen Sie her? Es ist Mittag.«

»Wir waren in Arnsdorf, Chef«, erklärte Mandy schnell. »Ich hatte Ihnen das auf die Mailbox …«

»Schon gut.« Gerste winkte ab. »Sie haben es vermasselt, meine Herrschaften. Drei Mitarbeiter der Mordkommission sind nicht in der Lage, diesen Frauenjäger aus dem Großen Garten zu überführen. Erklären Sie mir, wie das passieren konnte.« Er schüttelte den Kopf. »Sie hatten ihn doch schon auf dem Silbertablett, wie mir Kollege Kroko berichtete.«

»Das ist richtig.« Lale tätschelte dem trübe dreinblickenden Kollegen die Schulter. »Und Kroko hat seine Sache ganz großartig gemacht. So glaubwürdig, so kompetent, dass er doch tatsächlich niedergeschlagen wurde. Aber wir mussten ihn leider ausgerechnet in diesem Moment hängenlassen.« Sie deutete auf Mandy. »Frau Schneider kommunizierte ebenso dringend wie eifrig mit dem LKA. Und ich habe nebenbei ein paar Drogendealer beschatten müssen.«

Kroko nickte bestätigend. »Sehen Sie, Chef, wir sind einfach alle überlastet. Ich habe seit Tagen immerzu Tzschilpner observiert. Ich wäre fast im Gehen eingeschlafen. Der Unhold hat mich quasi kalt erwischt.«

Gerste runzelte die Stirn. »Wir werden das Problem lösen.« Er sah Lale an. »Wo bleibt der Staatsanwalt?«

»Das weiß ich doch nicht«, entgegnete Lale gereizt. »Bin ich sein Kindermädchen? Wenn ja, hätte ich ihn längst ausgesetzt.«

»Herr Doktor Petersen hat eine wichtige Besprechung in einem anderen Fall«, erklärte Mandy. »Er hat mich gebeten, ihn bei Ihnen zu entschuldigen.«

»Ach?«, entfuhr es Lale. Sie hielt sich schnell die Hand vor den Mund.

»Ein wichtiger anderer Fall? Wichtiger als Mord?« Gerste kratzte sich am Kinn. »So geht es wirklich nicht weiter.«

»Auch bei der Staatsanwaltschaft ist man derzeit sicher überlastet«, setzte Kroko hinzu.

»Wir müssen also besonders kompetent, heißt vor allem effektiv arbeiten«, erklärte Gerste. »Gerade deshalb sollte so eine kleine Lockvogelinszenierung ruckzuck funktionieren. Ich nehme das jetzt selbst in die Hand.«

Mandy kicherte, und Lale konnte es sich nicht verkneifen, auszusprechen, was die Kollegin offensichtlich dachte. »Aber Chef, wenn Sie den Lockvogel spielen, könnte das unseren Übeltäter irritieren. Mit Verlaub, aber selbst die tollste Perücke macht aus Ihnen kein niedliches Mädchen.«

Alle schmunzelten – außer Gerste. »Frau Petersen, verschonen Sie mich mit Ihrem Humor.«

»Mich nicht. Ich will mehr davon«, tönte es plötzlich von der Tür. Dort stand der grinsende Computerexperte und fuhr sich durch die Locken.

»Hallo Martin«, sagte Lale und beobachtete, wie Mandys Wangen erglühten. »Schön, dass du es noch geschafft hast.«

»Wenn Frau Kommissarin trommelt, bin ich sofort zur Stelle.« Martin lächelte gewinnend in die Runde. »LKA grüßt

Mordkommission.« Er klopfte Kroko auf die Schulter, dass der nur so zuckte. »Hey, Kroko, alter Archivhamster.«

Gerste blickte Martin fragend an. »Was führt Sie zu uns, Herr …?«

»Sagen Sie einfach Martin zu mir«, schlug der LKA-Mann vor. »Ich habe noch ein paar Rechercheergebnisse für euch.« Er reichte Lale einen USB-Stick.

»Hätten Sie die nicht online übermitteln können?« Gerste war sichtlich irritiert vom fröhlichen Martin.

»Klar.« Der Lockenkopf nickte. »Aber ich wollte eure netten Mädels mal wieder sehen.« Er zwinkerte Mandy zu.

»Ich, ich, ich habe noch zu tun«, stammelte die und verschwand im Büro nebenan.

»Oh, das beruht wohl nicht auf Gegenseitigkeit.« Martin grinste unverdrossen.

Lale musterte den Chef, dessen Miene sich immer mehr verfinsterte. »Herr Gerste, Martin hat sehr interessante Hinweise, was die Datensammlungen unseres ermordeten Azubis angeht«, erklärte sie. »Hast du die kompletten Infos zu den Medikamenten, Martin?«

Der Computermann deutete auf den USB-Stick. »Alles drauf. Alte Medikamente, neue Wirkstoffe. Ich habe auch die Artikel kopiert, die ich dazu gefunden habe.«

»Aber wir haben zwei Datenbanken«, meldete sich Kroko zu Wort. »Die stimmen zwar teilweise überein, sind aber nicht identisch.«

Lale nickte. »Ich vermute stark, dass Ronny die Aufgabe hatte, die Daten zu frisieren und dass er die Originaldaten behalten hat.«

»Aha, und wozu?« Gerste blickte skeptisch.

»Entweder, weil sie noch gebraucht werden«, mutmaßte Martin. »Oder er hat sich einen Spaß daraus gemacht. Wir Freaks haben manchmal ziemlich spezielle Ideen. Es gibt auch Irre, die einfach nur Massen an Daten sammeln, weil sie es irgendwie geil finden.«

»Hmh.« Lale rieb sich mit der freien Hand die Schläfe. »So, wie ich diesen toten Azubi einschätze und wie es sein Ausbilder eben erst wieder bestätigt hat, wollte der sich die Daten anderweitig zunutze machen. Vielleicht hat er jemanden erpresst.«

»Genau.« Krokos Augen leuchteten auf. »Der hat den Tzschilpner erpresst, und der hat ihn ins Jenseits befördert.« Er sah in die Runde. »Ähm, wie ist Ronny jetzt eigentlich ermordet worden?«

»Laut Obduktionsbericht …« Gerste nahm einen Hefter zur Hand. »Hat man ihm eine deutliche Überdosis Diazepam gespritzt.«

»Valium«, ergänzte Lale, als sie Krokos Gesichtsausdruck sah. »Ich glaube nicht, dass es der Geschäftsführer war. Der hätte ihn doch nicht in der eigenen Firma gemeuchelt.«

»Also, wenn ich so einen loswerden wollte, würde ich einen tödlichen Unfall inszenieren. Ihn mit dem Auto umfahren oder so«, erklärte Martin.

Lale schluckte.

Martin fuhr sich wieder durch die Locken. »Tzschilpi, dieser Schnösel, würde außerdem jemanden beauftragen. Der macht sich doch nicht selbst die Finger schmutzig.«

»Aber der Mensch, mit dem er sich getroffen hat, hat ihm Geld gegeben«, warf Kroko ein. »Außerdem war das kein Auftragskiller, sondern tatsächlich der Staatssekretär vom Sozialministerium.« Er kramte zwischen seinen bunten Notizzetteln. »Holm Schwertfeger, geboren 1960 in München, Jurist, seit 1991 in Dresden, Wessi-Karriere als Staatssekretär in mindestens fünf verschiedenen Ministerien.«

»Geht das denn überhaupt?« Martin verzog das Gesicht.

Lale nickte. »Soweit ich weiß, sind die Staatssekretäre unabhängig vom jeweiligen Minister.«

»Genau«, pflichtete Kroko bei. »Das sind reine Beamte. Der aktuelle Monatsverdienst eines Staatssekretärs liegt übrigens bei schlappen zwölftausend Euro.«

»Ha!« Lale grinste. »Kein Wunder, dass der bei so einem Hungerlohn krumme Geschäfte machen muss.«

»Sag mal, Kroko«, hob Martin an. »Kannst du nicht mal die ganzen Namen in diesen Datenbanken checken? Wenn das ehemalige Patienten und Testpersonen sind, sollten wir doch herausfinden können, welche Datenbank die richtige ist.«

Kroko strahlte. »Klar, die echten können wir vielleicht noch persönlich finden. Wenn sie denn noch leben …«

»Gut, das übernimmt Kroko«, entschied Lale. »Und ich treffe jetzt Schulze und Schulze …«

»Was soll das?«, unterbrach Gerste. »Leiten Sie jetzt diese Abteilung? Oder vielleicht auch der Herr Martin vom LKA?«

»Ach, Chef«, bettelte Kroko.

»Kollege Kroko ist wirklich unschlagbar bei solchen Recherchen«, wandte Lale ein. »Wir müssen doch die Kompetenzen effektiv nutzen.«

»Gut, Frau Petersen, dann übernehmen Sie mit Frau Schneider die Observation von Tzschilpner«, ordnete Gerste an.

»Muss das sein?« Lale stöhnt auf.

»Wollen Sie das jetzt etwa diskutieren?« Gerste guckte streng.

»Warum haben Sie eigentlich so miese Laune, Chef?«, fragte Lale. »Hat Anabel heute auch bei Ihnen schon die Kaffeetrinkgewohnheitspersönlichkeitsanalyse durchgeführt?«

»Frau Petersen!« Gerstes Stimme wurde schneidend. »Mir behagt Ihre Respektlosigkeit ganz und gar nicht.«

Lale grinste. »Tut mir leid, aber da müssen Sie wohl durch, Chef. Mir behagt Rumschleimerei ganz und gar nicht.«

»Boah, ich dachte, der geht dir an die Gurgel«, sagte Martin, als sie kurz darauf die Treppe hinuntergingen. »Der Typ geht ja gar nicht.«

»Gerste?« Lale grinste. »Nee, der ist schon in Ordnung. Der hat es mit uns nicht immer leicht. Und er hasst es, wenn ich das letzte Wort habe.« Sie schlug den Weg in Richtung Kantine ein.

»Außerdem haben sich Mandy und ich mit seiner Frau angefreundet. Ich glaube, diese privaten Verbandelungen gefallen ihm nicht.«

»Private Verbandelungen finde ich gut«, sagte Martin prompt. »Wo bleibt Mandy eigentlich?«

Lale schmunzelte. Vermutlich saß Mandy oben zwischen ihren Grünpflanzen und ärgerte sich über sich selbst. »Schreib Mandy doch einfach eine SMS, dass wir in der Kantine auf sie warten.«

»Gute Idee.« Martin zückte sein Smartphone und tippte flink mit einer Hand darauf herum, während er sich mit der anderen Hand das Tablett bis zum Rand vollpackte.

Lale begnügte sich mit Kaffee, Käsebrötchen und einem Apfel. Es war wieder relativ wenig los in der Kantine. Das konnte jedoch auch an der fortgeschrittenen Zeit liegen. Sie hatten die eigentliche Mittagszeit für die Besprechung genutzt.

Schulze Eins und Schulze Zwei erwarteten sie bereits an einem der vielen Tische. Diesmal tranken sie kein Bier, sondern hatten ebenfalls Kaffeetassen vor sich. Unwillkürlich registrierte Lale, dass der jüngere Schulze den Kaffee mit Milch trank und der andere schwarz. Sie konnte sich nicht mehr erinnern, wer Schulze Eins und wer Zwei war.

»Martin, das sind die beiden Schulzes von Brand Zwei«, stellte Lale vor. »Schulze mit Milch und Schulze ohne Milch. Schulzes, das ist Martin vom LKA.«

»ComKri«, ergänzte Martin und ließ sich mit seinem überfüllten Tablett am Tisch nieder.

Schulze ohne Milch zeigte lachend auf das Tablett. »Gibt's bei euch oben in Trachau nischt Anständiges zu essen?«

»Schon.« Martin löffelte Pudding aus einer Schüssel. »Aber ich glaube, ich bin unglücklich verliebt. Da hilft nur essen.«

»Bei mir hilft da am besten Saufen«, erklärte Schulze mit Milch. »Oder eben guter Sex.«

»Schöne Grüße von ganz tief unten, sagte das Niveau.« Lale verdrehte die Augen. »Zur Sache ihr Schulze-Schätzchen, wie ist der Stand der Ermittlungen? Hat der alte Hummel tatsächlich selbst die Werkstatt abgefackelt?«

»Hätte ich ja die Hand für ins Feuer gelegt«, erklärte Schulze ohne Milch. »Aber er war's wohl nicht. Hat ein wasserdichtes Alibi.«

»Hmh.« Lale legte die Stirn in Falten. »Einen Zusammenhang mit Ronnys Tod würde ich ja sehen, wenn man das Wohnhaus abgefackelt hätte. Aber die Werkstatt …«

»Du meinst, jemand wollte Ronnys Geheimdateien endgültig vernichten?« Martin schob sich einen Schokoriegel in den Mund.

»Wäre doch möglich«, sagte Lale. Ein Zimmer im Haus stand voller Rechner und Technik. Das kann nur das von Ronny gewesen sein.« Sie nippte am Kaffee. »Der Bruder ist mehr der musische Typ.«

»Das muss nichts heißen«, entgegnete Martin. »Der musische Typ bin ich auch. Ich spiele leidenschaftlich Saxophon, und trotzdem stehe ich auf den ganzen Rechnerkram. Das schließt sich doch nicht aus.«

»Hast du denn noch einen heißen Tipp für uns, Petersen?«, mischte sich Schulze ohne Milch ein.

»Habt ihr Maria Hummel schon durchleuchtet?«, fragte Lale.

»Du meinst die Hummelmutter, die so weggetreten ist.« Schulze mit Milch nickte. »Aber die ist schon wieder so sehr neben der Spur, dass sie wahrscheinlich nicht mal ein Streichholz anzünden kann.«

»Vielleicht war es ein Versehen?« Lale schüttelte den Kopf. »Was für ein Alibi hat der Alte eigentlich?«

»Er saß in der Kneipe«, erklärte Schulze ohne Milch. »Und zwar schon am Nachmittag, als der Brandverzögerer installiert worden sein muss.«

»In seiner Stammkneipe«, fügte Schulze mit Milch hinzu. »Das ›Hinz & Kunz‹ in Striesen, mitten in der Kleingartensparte.«

Martin kaute an einem Würstchen herum. »Kenne ich, netter Laden. Macht aber erst um siebzehn Uhr auf.«

»Ach?« Lale sah von einem Schulze zum anderen. »Und wann wurde der Brandverzögerer gelegt?«

»Na, so gegen fünf«, erklärte Schulze mit Milch.

»Interessant.« Lale sah Mandy die Kantine betreten. Die Kollegin sah sich um und ging dann aufreizend langsam zwischen den Tischen hindurch. Lale winkte. »Komm zu uns, Frau Schneider.«

Martin ließ sein Würstchen fallen und strahlte, während die beiden Schulzes Mandy von oben bis unten musterten.

»Da ist ja auch die Püppi von den Mördern«, stellte Schulze ohne Milch grinsend fest. »Wir haben dich schon vermisst, Schneider.«

»Nicht nur ihr«, bemerkte Lale.

Mandy trat verlegen grinsend an den Tisch. Offensichtlich wusste sie nicht recht, wohin.

Martin klopfte auf den Stuhl neben sich. »Setz dich zu mir. Und dann musst du mir das mit der Kotze erklären …«

Die Schulzes grölten.

Hinz, Kunz und Hummel ...

Schon im Treppenhaus traute Lale ihren Ohren nicht. Laute Musik dröhnte aus dem zweiten Stock, und zwar nicht aus Brigittes Wohnung. Konnte Pit denn keine Kopfhörer benutzen? Als sie die Wohnungstür öffnete, musste Lale jedoch einsehen, dass diese Forderung sinnlos war. Diese Musik kam nicht von einer Konserve, sondern wurde gerade live in ihrem Wohnzimmer produziert.

Lales Kopf dröhnte. Aber eines musste sie den Jungs lassen. Sie hatten sich in den vergangenen Tagen qualitätsmäßig ungemein gesteigert. Sie hatte tatsächlich vermutet, dass hier eine CD abgespielt wurde. Es war zwar ganz und gar nicht Lales Musikrichtung, aber es war ein Halligalli-Groove, der echte Partystimmung erzeugte. Es blieb allerdings die Frage, ob sich diese rasante Qualitätssteigerung ausgerechnet in ihrem Wohnzimmer ereignen musste ...

Es dauerte sicherlich zwei Minuten, bis die Polka Guerilleros Lale im Türrahmen bemerkt hatten. Robert war der erste, der auf sie aufmerksam wurde und das Zeichen zum Abbruch gab. Langsam verstummten erst Bass, Gitarre und dann Schlagzeug. Nur Holger Hummel bearbeitete entrückt sein Blasinstrument – heute übrigens ein Saxophon und keine Klarinette, wie Lale überrascht feststellte. Ob es irgendein Blasinstrument gab, das dieser seltsame junge Mann nicht beherrschte?

»Ist euer Probenraum vor lauter Krach zusammengebrochen, oder warum erschüttert ihr schon wieder meine Hütte?« Lale warf einen sehnsüchtigen Blick auf ihr Sofa, auf dem sich verschiedene Instrumentenkoffer ausruhten.

»Sorry, Muttertier.« Pit grinste schief. »Wir können heute unseren Probenraum nicht nutzen. Und du weißt doch, der Gig am Freitag. Wir müssen dringend üben.«

Lale seufzte. »Was tut man nicht alles für die Kunst und das Glück der eigenen Brut.« Sie schmunzelte. »Ich will ja nicht schuld sein, wenn ihr die erste goldene Schallplatte vergeigt.«

Jetzt ließ auch Holger Hummel sein Instrument sinken. »Guten Abend, Frau Kommissarin. Sie haben recht, uns fehlt eine Geige.«

»Also weitermachen!« Lale schloss die Wohnzimmertür und trollte sich in die Küche. Ihr Magen knurrte. Doch aus dem Kühlschrank gähnten sie nur kümmerliche Käsereste und eine Flasche Weißwein an. Nichts, wonach ihr gerade der Sinn stand.

Lale öffnete einen der Küchenschränke, an dessen Inhalt sie sich nicht einmal mehr erinnern konnte. Sie stutzte. Übersichtlich stapelten sich in einem Fach Teebeutel und Puddingpulver. Ein kurzer Kontrollblick zeigte ihr, dass diese Pulver sogar noch ein futuristisches Haltbarkeitsdatum hatten. Im nächsten Fach fand sie Nudeln und Reis, fein säuberlich nach Packungsgröße sortiert sowie einige Butterbrotdosen. Sie griff die größte heraus und warf einen Blick hinein. Vielleicht war das die Dose mit den Batterien, die sie schon seit geraumer Zeit suchte.

Ein beißender Geruch stieg ihr in die Nase. Doch das war nicht der Geruch von Batteriesäure oder auch einem mumifizierten Pausenbrot, sondern – schon wieder! – Cannabis. Lale schaute genauer hin. Das waren keinesfalls Reste oder eine kleine Menge für den Hausgebrauch. Das waren mehr als zehn Tütchen voller »Gras«. Was war das denn für ein Drogen-Depot?

Gut, sie war nicht gerade begeistert gewesen, als sie das Portiönchen auf Pits Schreibtisch hatte liegen sehen. Und die Situation gestern Abend im Großen Garten hatte ihr auch nicht gerade gefallen. Sie würde natürlich auch keinen Aufstand machen, wenn Pit hin und wieder mit seinen Kumpels einen Joint rauchte, schließlich war sie nicht Jobst. Außerdem machten Verbote alles nur viel interessanter.

Aber dass Pit das Gras nun tütenweise in der Küche hortete, ging zu weit. Handelte der Junge womöglich selbst mit dem Zeug?

Lale dachte an die Bemerkungen von Mandy über die aktuellen Ermittlungen des Drogendezernats. Sie musste unbedingt mit Pit sprechen, sobald seine Polka-Kumpane gegangen waren. Nicht auszudenken, wenn er an einen dieser Undercover-Ermittler geriet …

In diesem Moment klingelte und klopfte es wild an der Wohnungstür. Klar, das waren vermutlich nicht die ersten Beschwerden aus der Nachbarschaft. Die Jungs bekamen das in ihrem lautstarken Polka-Rausch gar nicht mit.

Lale eilte zur Tür, öffnete und bemerkte plötzlich die offene grasgefüllte Brotdose in ihrer Hand. Mist, flink klappte sie den Deckel zu.

»Lale-Schätzchen.« Brigitte hauchte ihr rechts und links Luftküsse an die Ohrläppchen. Pit Bull war weniger dezent und schlabberte sofort an ihrer freien Hand herum.

»Kommst du rein, Brigitte?« Mit einer nicht wirklich eleganten Bewegung schob Lale dabei die Brotdose auf den Schlüsselschrank.

Brigitte schüttelte die wie immer perfekt gestylte rote Mähne. »Kommst du mit raus? Wir könnten den kleinen Pitti sein Geschäft machen lassen und ein bisschen plaudern.«

»Okay.« Lale grinste. »Dann lassen wir den großen Pitti seinen Krach machen und plaudern draußen.«

»Und? Erzähl schon«, drängelte Brigitte, als sie die Haustür erreichten. »Was gibt's Neues? Stimmt es, was man sich in der Nachbarschaft erzählt?«

Lale runzelte die Stirn. »Was erzählt man sich denn? Ist irgendwo ein Junggeselle eingezogen, oder warum bist du so aufgeregt?«

»Ach was.« Brigitte winkte hastig ab. »Weiß man schon, wer das Feuer gelegt hat? In der Nachbarschaft …«

»Munkelt man, dass es der alte Hummel selbst war? Ich weiß«, ergänzte Lale.

»Ist das nicht entsetzlich?« In Brigittes Augen spiegelte sich weniger Entsetzen als Sensationsgier. »Und einer der Hummel-Söhne soll vor kurzem auch noch ums Leben gekommen sein.«

»Stimmt.« Lale beobachtete den aufgeregt schnüffelnden Pit Bull. »Der jüngere Sohn ist vergangene Woche ermordet worden.«

»Oh, mein Gott!« Brigitte stieß einen spitzen Schrei aus. »Von seinem Vater?«

»Was?« Lale sah ihre Nachbarin entgeistert an. »Wie kommst du denn darauf?«

»Das hört und liest man doch immer wieder. Vater dreht durch und löscht die ganze Familie aus. Vielleicht sollten die anderen beiden ja in den Flammen umkommen.« Brigitte hielt sich eine Hand vors Gesicht. »Oh, mein Gott, wie entsetzlich.«

Lale schüttelte den Kopf. »Entsetzlich ist deine Fantasie, meine liebe Brigitte. Was für Fernsehprogramme ziehst du dir eigentlich so rein? Oder vielleicht irgendwelche Drogen?« Lale dachte an Pits Butterbrotdose und entschied, dieses Thema besser nicht zu vertiefen.

Brigitte schien noch immer überwältigt von ihrer eigenen Horrorvorstellung. »Das ist alles so schrecklich.«

»Bleib auf dem Teppich. Ich arbeite bei der Mordkommission, du verwaltest bei der Zeitung die Todesanzeigen. Leichen sind unser Geschäft.«

»Du hast ja Recht. Was täte ich nur ohne dich?« Brigitte legte ihr einen Arm um die Schulter. »Aber manchmal weiß ich wirklich nicht, was ich von dir halten soll.«

Lale wand sich aus der Umarmung. »Jedenfalls bitte nicht mein Händchen.«

Brigitte lachte. »Du nun wieder.«

»Sag mal, kennst du die Kneipe ›Hinz & Kunz‹?«

Brigitte strich sich eine rote Haarsträhne hinters Ohr. »Ja, aber mehr vom Hörensagen. Ich war da mal vor Jahren drin, und es war mir zu verräuchert.«

»Das sollte mit dem Rauchverbot ja keine Rolle mehr spielen. Wo ist die Kneipe denn? Lass uns doch mal vorbeischauen.«

Eine Viertelstunde später erreichten sie eine Kleingartenkolonie, deren Eingang in einen rustikalen Biergarten mündete.

»Da sind wir.«

Lale schaute sich um. Der Biergarten war nur spärlich bevölkert, da die Abende langsam kühler wurden. Aber im Inneren des »Hinz & Kunz« herrschte etwas mehr Betrieb.

Lale tastete in ihrer Tasche nach dem Portemonnaie. »Komm, ich lad dich ein«, sagte sie und schwang ihren Hintern auf einen der vielen freien Thekenplätze.

»An der Theke?« Brigitte rümpfte die Nase. »Muss das sein?«

Lale klopfte auf den Hocker neben sich. »Mach schön Sitz!«

Prompt setzte sich auch Pit Bull auf seinen breiten Hintern. Brigitte ergab sich und kletterte etwas umständlich auf den Holzhocker.

»Was willst du trinken?« Lale winkte der Thekenbedienung, die sofort reagierte.

»Eine Weinschorle, weiß.«

»Für mich bitte das Gleiche. Ach, und eine Frage …«

»Ja.« Die junge Frau nickte. »Soll ich Ihnen die Karte bringen?«

»Nein, danke. Kennen Sie Hilmar Hummel? Er soll hier Stammgast sein.«

»Sie meinen den Auto-Hummel?« Die junge Frau füllte zwei Gläser zu je drei Vierteln mit Weißwein. »Ja, der ist oft hier. Sind Sie auch von der Kripo?«

Lale grinste bei dem Gedanken daran, wie Schulze und Schulze sich wahrscheinlich die abendliche Recherche hier verdünnt hatten. »Sehe ich so aus?«

Die junge Frau musterte Lale. »Kripo oder Presse.«

»Dann doch lieber Kripo. Kennen Sie Herrn Hummel gut?«

Die Thekenbedienung schraubte eine Wasserflasche auf. »Nee, wirklich nicht. Den kennen zwar alle, aber er spricht mit niemandem.«

»Auch nicht, wenn er ein paar Bier gezischt hat?«, hakte Lale nach.

»Na ja, es gab mal eine Skatrunde, bei der er dabei war. Ist schon länger her. Das hielt aber nicht lange. Hummel spielte total verbissen. Der hat nur gewonnen, und die anderen haben schnell die Lust verloren.«

»Was macht er denn dann überhaupt hier in der Kneipe?«, wollte Brigitte wissen. »Man geht doch raus, um Leute zu treffen.«

»Der sitzt immer nur hier an der Theke, trinkt seine drei bis vier Bierchen und geht wieder.« Die junge Frau hatte die Schorlen aufgefüllt und stellte erst Brigitte und dann Lale ein Glas hin. »Wohl bekomm's.«

»Und er spricht wirklich mit niemandem?«, fragte Lale noch einmal nach.

»Versuchen Sie doch selbst Ihr Glück.« Die junge Frau deutete zum Eingang. »Da kommt er.«

Lale erkannte den hochgewachsenen und hageren Mann sofort an seinem blauen, ölverschmierten Overall. Er steuerte auf die Theke zu, stutzte kurz vor Lale und Brigitte und nahm dann einige Hocker weiter Platz.

»Machen Sie ihm ein Bier«, raunte Lale der Frau hinter der Theke zu, schnappte sich ihr Glas und steuerte direkt auf den Mann zu.

»Hallo, Herr Hummel, haben Sie Ihre Werkstatt schon wieder in Betrieb?«, fragte sie ohne Umschweife und nahm neben ihm Platz. Hummel sah sie verwundert an, und Lale meinte zu erkennen, dass er seit ihrer ersten Begegnung in der vergangenen Woche ungemein gealtert war. »Wir kennen uns. Ich habe Ihnen letzten Mittwoch meinen alten Audi gebracht.«

Hummel nickte. »Den Wagen vergesse ich nicht. Mag diese alten Kutschen. Ihrer ist ungepflegt, aber man konnte was machen. Anlasser, Getriebe. Und natürlich Stoßdämpfer, Dresdner Straßen …«

»Sie sind ein echter Schrauber, was?«, kumpelte Lale herum und schielte auf das halb gezapfte Bier hinter der Theke.

»Mhm.« Er starrte vor sich hin. »Schraube hinten in einer alten Garage. Besser als nischt. Hauptsache arbeiten.«

»Ist denn die Sache mit dem Feuer geklärt?«, mischte sich plötzlich Brigitte ein. »Ich meine, mit Ihrer Versicherung und so? Wer war denn nun der Brandstifter?«

Hilmar Hummel sah auf und schien durch Brigitte hindurchzuschauen.

Lale bedeutete Brigitte unwirsch, die Klappe zu halten.

»Die denken alle, ich war's«, sagte Hummel tonlos, als die Bedienung ihm sein Bier hinstellte.

»Und? Waren Sie's?« Lale prostete ihm zu.

Beide tranken.

»Ich weiß, ich bin kein angenehmer Mensch«, hob Hummel an. »Ich bin nicht scharf auf Kontakt zu anderen Menschen. Maschinen sind mir lieber. Ursache. Wirkung. Alles berechenbar, alles kontrollierbar.« Er trank erneut und wischte sich den Schaum mit dem Ärmel von der Oberlippe.

Aus den Augenwinkeln sah Lale, wie Brigitte das Gesicht verzog.

»Was für Gefühle sollte ich zeigen?« Hummel schien mit seinem Glas zu sprechen. »Die Werkstatt ist alles für mich. Sie war alles für mich.« Er rülpste leise. »Mein Sohn Holger ist ein verdammtes Genie und nicht zu gebrauchen. Egal, ich hab ja die Werkstatt.«

Lale orderte per Handzeichen ein weiteres Bier.

»Mein Sohn Ronny, ein bösartiger Kerl, Menschenfeind und tot. Egal, ich hab ja die Werkstatt.« Hummel trank. »Meine Frau verrückt, nicht zurechnungsfähig und ständig unter Medikamenten. Egal, ich hab ja die Werkstatt.« Er leerte das Glas. Dann sah er Lale an. »Wer immer dieses Scheißfeuer gelegt hat. Er hätte mich auch umbringen können.«

Lale nippte an ihrer Schorle. »Wer sollte so was tun?«

»Ich weiß nicht.« Hilmar Hummel lachte bitter. »Wäre er nicht tot, wüsste ich es: Ronny. Ich traue so etwas nur Ronny zu.«

Die junge Frau hinter der Theke brachte ihm ein zweites Bier. Hummel griff nach dem Glas, setzte an und trank es langsam in einem langen Zug aus. »Zahlen!«

»Lassen Sie«, warf Lale ein. »Das Bier geht auf mich.«

Er stand auf und tippte sich an die Stirn. »Danke, 'n Abend.«

Lale sah ihm nach, wie er mit hängenden Schultern das Lokal verließ.

»Komischer Kauz«, bemerkte Brigitte. »Unheimlich.«

Lale seufzte. »Ich frage mich, wer bei den Hummels eigentlich wen in den Wahnsinn treibt.«

Frühe Fragen

Gähnend stapfte Lale in ihrem T-Shirt mit Alien-Motiv vom Bad in die Küche. Genau genommen war es Pits T-Shirt, das beim Waschen eingelaufen war und ihm nicht mehr passte. Lale konnte es mit etwas Mühe immerhin noch knapp über den Hintern ziehen.

Ein prüfender Blick auf die Kaffeemaschine: Das bisher durchgelaufene Gebräu würde für eine erste starke Tasse reichen. Lale zog die Kanne von der Heizplatte, die tropfende Flüssigkeit verdampfte und hinterließ zischend braune Ränder auf der Platte. Sie schenkte sich eine große Tasse voll ein und schob die Kanne zurück. Als sie durch die Diele in Richtung Sofa schlurfte, klingelte es.

Lale fuhr sich durch den zerzausten Blondschopf. Entweder gab es einen echten Notfall, der keinesfalls ihre erste Tasse Kaffee abwarten konnte, oder hier spielte gerade jemand mit seiner Gesundheit. Sie knurrte, nahm einen Schluck Kaffee und öffnete die Tür.

Vor ihr stand das linkische Riesenbaby Holger Hummel. »Guten Morgen, Frau Kommissarin«, murmelte er verlegen. Sein Blick wanderte an ihr herunter und blieb am Boden haften.

»Moin«, grunzte Lale über ihre Kaffeetasse hinweg. »Pit pennt noch. Freistunden.«

»Ich, ähm, ich, also, ich würde mich gern mit Ihnen unterhalten«, stammelte der Hummel-Spross.

»Ach?« Lale verzog das Gesicht. »Na dann.« Sie ließ das Riesenbaby eintreten. Dieser Holger war zwar etwas eigenartig, schien jedoch noch der Normalste von der Hummelbande zu sein. Vielleicht hatte er ja etwas Interessantes zu ihrem Fall beizutragen. »Nehmen Sie Platz, Holger. Kaffee?«

Lale wartete gar nicht erst eine Antwort ab, sondern lief schnurstracks in die Küche, um eine weitere Tasse zu füllen. So konnte sie noch ein paar Schlucke Vorsprung beim Wachwerden gewinnen. Sie öffnete den Kühlschrank. »Milch kann ich Ihnen leider nicht anbieten. Zucker?«

»Nein, äh, danke.« Holger rutschte auf dem Stuhl hin und her.

»Also, was gibt's?« Lale ließ sich auf einen Stuhl plumpsen und zog die Knie hoch.

»Mutti ist weg«, stieß der Hummel-Sohn hervor.

»Wie? Ihre Mutter ist weg?«

»Sie sagte ›gute Nacht‹, ich sagte ›gute Nacht‹. Und als ich aufwachte, war sie weg. Einfach weg.«

»Moment.« Lale stellte irritiert ihre Tasse zur Seite. »Ist es nicht möglich, dass Ihre Mutter heute Morgen etwas zu erledigen hat? Vielleicht ist sie ganz früh einkaufen gegangen, oder sie muss etwas regeln wegen des Brandes.«

»Nein, so was kann Mutti nicht«, behauptete der junge Mann mit trotzigem Gesichtsausdruck. »So was macht Mutti auch gar nicht. Nicht allein.«

Lale zog die Augenbrauen hoch. »Aha?«

»Ihr Bett war unbenutzt. Und sie geht nie allein weg.«

»Wann haben Sie sich denn gestern Abend …«, Lale suchte nach dem Ausdruck, »ähm, ›gute Nacht‹ gesagt?«

»Um 23:27 Uhr«, kam es prompt.

Lale dachte nach. Sie hatte den alten Hummel sehr viel früher am Abend im ›Hinz & Kunz‹ getroffen. »Wo war denn Ihr Vater um diese Zeit?«

»In der kleinen Garage. Dort arbeitet er jetzt, weil doch die Werkstatt …«

»Hat er Ihre Mutter denn noch gesehen?«, unterbrach Lale. »Haben Sie mit ihm gesprochen?«

»Er war die ganze Nacht dort«, sagte Holger. »In der Garage. Es brannte das Licht.«

Der arme Kerl sah so unglücklich aus, dass Lale sich ernsthaft Sorgen machte. »Glauben Sie, Ihrer Mutter ist etwas zugestoßen?«

Holger nickte. »Sie braucht doch ihre Medizin. Und die liegt noch in der Küche.«

»Welche Medizin? Ihre Mutter nimmt Medikamente?«

Holger Hummel schaute an Lale vorbei. »Valium. Viel Valium. Sie braucht ihr Valium.« Jetzt sah er Lale an. »Ich habe gleich nach der Medizin geschaut. Ich hatte Angst, dass sie vielleicht eine Überdosis nimmt. Aber jetzt hat sie keine.«

»Wo könnte Ihre Mutter denn hingegangen sein?« Lale sprang auf lief hin und her. »Nachbarn? Verwandte? Bekannte? Eine gute Freundin?«

Holger Hummel schüttelte den großen Kopf. »Ich glaube, man hat sie entführt.«

»Entführt?« Lale blieb abrupt stehen und sah den jungen Mann an. War er doch genau so neben der Spur wie seine Eltern? Oder wollte er sich nur wichtig machen wie sein toter Bruder?

Holger Hummel wich Lales Blick aus. »Sie müssen nach Mutti fahnden, bitte!«

Lale schnaufte. »So einfach geht das nicht. Ihre Mutter ist erwachsen, sie kann tun und lassen, was sie will. Wir können erst handeln, wenn Ihre Mutter tatsächlich vierundzwanzig Stunden lang verschwunden bleibt.« Lale rieb sich die Schläfe. Wenn Maria Hummel allerdings tatsächlich medikamentenabhängig war, konnte man vielleicht doch schon vorher etwas unternehmen.

»Und das gilt auch, wenn sie entführt wurde?« Holger klang weinerlich.

»Nein, dann natürlich nicht.« Lale fuhr sich durch den blonden Schopf. Sie wusste nicht, was sie von diesem Riesenbaby halten sollte und wünschte, Anabel wäre da. »Gibt es denn irgendwelche Anzeichen für eine Entführung? Einen Brief? Einen Anruf? Irgendeine Forderung?«

Holgers Blick wanderte unruhig durch den Raum.

Pits Zimmertür ging auf. »Moin«, sagte er gähnend und tapste benommen durch die Diele. »Lasst euch nicht stören.« Pit verschwand im Bad.

»Können Sie denn gar nichts tun?« Holger Hummel flehte sie geradezu an.

»Nicht im Moment, tut mir leid.« Lale war sich nicht sicher, was sie von seinem Entführungsszenario halten sollte. Außerdem wollte sie dem armen Kerl keine falschen Hoffnungen machen. Sie konnte sich sehr gut vorstellen, dass eine Frau in Maria Hummels Lage einfach die Flucht ergriff. Dass ein Riesenbaby wie Holger sich so etwas nicht vorstellen konnte, verwunderte wenig.

Lale warf einen Blick auf die Uhr, als es erneut klingelte. Das musste ihre Kollegin sein. Lale öffnete die Tür. »Moin, Mandy, komm rein.«

»Schönen guten Morgen allerseits.« Mandy stutzte, als sie den jungen Mann am Tisch sitzen sah. »Oh, ihr habt schon Besuch? Oder ging die Probe bis heute früh?« Dann musterte sie Lale. »Sag mal, willst du dir nicht mal was anziehen? Du bist ja halbnackt.«

»Echt?« Lale sah an ihren nackten Beinen herunter. »Habe ich noch gar nicht bemerkt.«

»Sie müssen zur Arbeit?« Holger Hummel erhob sich. »Ich will nicht länger stören.«

»Moment noch. Was ist eigentlich von meinem Auto übrig geblieben?«

»Ihrem schönen Auto ist nichts passiert. Mutti hat darauf aufgepasst, wegen der Geschichte.«

»Wegen welcher Geschichte?« Mandy sah Lale fragend an.

»Das wüsste ich auch gern.« Lale sah Holger Hummel fragend an.

»Sie haben ihr doch erzählt, dass das Auto genauso alt ist wie Pit. Mutti fand das so rührend. Deshalb stand es in der hinteren Garage. Ihm ist nichts passiert.«

»Aha?« Lale legte die Stirn in Falten. Vielleicht war es tatsächlich noch zu früh, um zu denken. Dann bemerkte sie Mandys Gesten. Die Kollegin zeigte auf Lales nackte Beine und tippte auf ihre Armbanduhr. »Ist ja gut, Frau Schneider, ich ziehe mich ja schon an.«

Lale wandte sich an Holger. »Können wir Sie irgendwohin mitnehmen? Sie wollen doch sicher Ihre Mutter suchen.«

»Nein. Ich muss in die Uni. Ich habe Seminar. Numerik partieller Differentialgleichungen.« Der junge Mann verbeugte sich umständlich und eilte zur Tür. Mit einem »Auf Wiedersehen« war er verschwunden.

»Das muss ja ein spannendes Seminar sein.« Lale verzog das Gesicht. »Das ist aber auch eine seltsame Sippe.«

»Nun beeil dich mal«, drängelte Mandy und zückte ihr Handy. »Gerste wartet.« Sie tippte auf dem Display herum.

»Gerste, so, so.« Lale grinste. »Da wartet doch wohl eher Martin, oder?«

Mandy errötete leicht. »Ja, der auch.«

Schuld, wie immer …

Lale und Mandy stürmten ins Chefbüro.

»Schön, dass die Damen uns noch die Ehre geben.« Gerste klang genervt.

»Tut mir echt leid«, stammelte Mandy. »Noch schneller fahren ging nicht.«

»Moin.« Lale hob abwehrend die Hände, während sie sich zwischen Kroko und LKA-Martin hindurch den Weg zum Fenster bahnte. »Einigen wir uns doch gleich auf die schnellste Variante: Ich bin schuld, wie immer.« Sie platzierte schwungvoll ihren Hintern auf der Fensterbank. »Und weitermachen!«

Martin lachte. »Schnelle Lösungen sind mir auch die liebsten.«

»Womit wir beim Thema wären.« Gerste klopfte mit dem Kugelschreiber auf den Schreibtisch. »Kroko, Ihre Ergebnisse. Und zwar kurz und knapp, wenn ich bitten darf.«

Kroko klappte eine Mappe auf, aus der er hellgrüne Papiere entnahm. Lale seufzte. Grüne Kopierzettel, das hieß, dass heute schon Mittwoch war. Sie mussten in der ganzen Sache endlich vorankommen, bevor es den Tätern gelang, weitere Spuren zu verschleiern.

»Also«, hob Kroko an. »Ich habe sämtliche Personennamen aus Datei A aufgelistet; in der Reihenfolge ihres Erscheinens und auch alphabetisch.«

»Da gibt es einen Unterschied«, stellte Martin fest. »Das ist interessant.«

»So? Ist es das?« Gerste sah ihn fragend an.

»Ja, sicher.« Martin nickte. »Weiter, Kroko!«

»Fahren Sie bitte fort.« Gerste bangte offenbar schon wieder um sein Kommando.

»Das Gleiche habe ich mit Datei B gemacht«, erklärte Kroko.

»Und?« Lale wedelte ungeduldig mit der Hand. »Sind es die gleichen Namen? Sogar dieselben Personen? Was stimmt überein?«

Gerste beugte sich vor. »Ja, was ist denn nun Sache?«

»Es stimmen etwa fünfzig Prozent der Vornamen überein.« Kroko las die Informationen ab. »Die Geschlechter sind gleich verteilt …«

»Was?«, ging Mandy dazwischen. »Ist das wichtig?«

»Schscht«, machte Gerste.

»Es sind in Datei A fünfundsiebzig Frauen vertreten und zweiundfünfzig Männer.« Kroko ließ sich nicht beirren. »In Datei B sind es zweiundfünfzig Männer und fünfundsiebzig Frauen.«

»Ha!«, rief Martin.

Lale und Mandy sahen ihn fragend an.

Martin sah von einer zur anderen. »Na, wenn das Medikamententests waren, dann waren sie zumindest teilweise illegal.«

»Wie meinen Sie das, Martin?«, fragte Gerste, ebenfalls sichtlich irritiert.

Martin fuhr sich mit der Hand durch die Locken. »Wenn die Mehrzahl der Testpatienten aus Frauen besteht, ist es unwahrscheinlich, dass sie freiwillig zugestimmt haben. Frauen gehen erwiesenermaßen gesundheitlich weniger Risiken ein als Männer. Sie würden doch nicht so einfach in Medikamententests einwilligen.« Er zwinkerte Mandy zu. »Frauen sind nicht so doof.«

»Gilt das auch für Psychiatriepatientinnen?« Lale sah Gerste an. »Vielleicht sind Frauen auf Psychopillen sogar besonders scharf.« Sie grinste Martin an. »Angeblich fahren Frauen ja auch vorsichtiger Auto als Männer. Und unsere Mandy ist eine rasende Anomalie dieser Theorie.«

»Quatsch«, konterte Mandy. »Frauen bauen weniger Unfälle. So lautet die Statistik. Ich hatte seit Jahren keinen Crash.«

Lale dachte an Ronny Hummel, die Anzeige, den Anhörungsbogen und schwieg.

»Ich werde mal mit Anabel sprechen«, versprach Gerste. »Bestimmt gibt es bei den Medizinern einschlägige Studien. Die versteht meine Frau besser als wir alle.«

»Was ist denn jetzt mit meinen Ergebnissen?« Kroko schaute pikiert in die Runde.

»Bitte.« Gerste nickte ihm zu.

»Gut. Zweiundzwanzig Patienten oder deren Namen erscheinen in beiden Dateien«, berichtete Kroko. »Allerdings konnte ich noch nicht abschließend feststellen, ob sie vielleicht an unterschiedlichen Studien teilgenommen haben, oder ob die Zeiträume doch übereinstimmen. Ihre Position innerhalb der Tabellen ist verändert.«

»Warum rufen Sie die Leute nicht einfach an und fragen sie?« Lale spürte schon wieder ein lästiges Pochen in den Schläfen.

Kroko nickte. »In zwei Fällen war das bisher im Ansatz erfolgreich, im Ergebnis allerdings negativ. Beide Personen sind tot.« Er hielt Lale einen grünen Zettel hin und deutete auf zwei Kreuze hinter den Namenslisten. »Bei den anderen zwanzig habe ich noch nichts ausrichten können. Sie sind entweder nicht auffindbar, oder unter den Angaben der Einwohnermeldeämter nicht erreichbar.«

»Was ist das?« Lale sah auf das grüne Blatt und las »Laura Nebel« und »Lucy Nowak«. »Streichen Sie das mal an, bitte.«

Kroko erfüllte ihre Bitte, und Lales Gedanken drifteten kurz ab zu Lucy.

»Erschwerend kommt hinzu, dass inzwischen nicht mehr nur die Frauen, sondern immer öfter auch die Männer bei Eheschließungen ihre Namen ändern«, verkündete Kroko.

Martin klopfte ihm auf die Schulter. »Du bist echt gut. Du denkst an alles.«

»Weiter«, verlangte Gerste.

»Ich meine, ein Prinzip gefunden zu haben«, erklärte Kroko, »das zu der Verschlüsselungstaktik des toten Fachinformatikers passen würde.«

Lale wurde hellhörig. »Rot13?«

Kroko zeigte ihr erneut die Liste. »Wenn ich sie alphabetisch aufliste und nach dem rotierenden Prinzip modifiziere, komme ich in nahezu siebzig Prozent der Fälle auf die Namenskombinationen von Datei B.« Er deutete auf die zweite Liste.

»Kroko, du bist ja genial«, freute sich Mandy. »Chef, ist er nicht toll?«

Gerste nickte knapp. »Aber warum wird nicht einfach alles durcheinandergeworfen? Warum ein solches Prinzip?«

»Damit er die Originaldatenbank notfalls auch im Kopf aus der frisierten generieren kann«, sagte Martin. »So kann er das Original quasi degenerieren.«

»Wenn ich richtig vermute, hat er das mit allen Datenreihen aus den Tabellen so gemacht«, dozierte Kroko. »Aber für diese Überprüfung brauche ich noch mehr Zeit.«

»Alle Achtung.« Lale stieß sich von der Fensterbank ab. »Ich habe nicht gewusst, wie viel Genie in Ihnen steckt, Herr Kollege.«

Kroko strahlte.

»Da haben Sie ausnahmsweise mal recht, Frau Petersen«, stimmte Gerste zu. »Deshalb werden Sie und Frau Schneider den Kollegen endlich entlasten und ab sofort die Observation des Geschäftsführers übernehmen.«

»Nee, ne?« Mandy verzog das Gesicht.

Lale seufzte. Doch bevor sie eine abfällige Bemerkung loswerden konnte, meldete sich ihr Handy zu Wort. »Sorry, Chef.« Lale lief an Kroko, Martin und Mandy vorbei in ihr Büro. »Ja. Petersen.«

»Guten Tag noch einmal, Frau Kommissarin. Hier spricht Holger. Holger Hummel.«

Lale erkannte ihn sofort an seiner seltsamen Sprechweise. »Hallo Holger. Was gibt's? Ist Ihre Mutter wieder aufgetaucht?«

»Nein, ich habe Ihnen doch bereits mitgeteilt, dass Mutti entführt worden ist«, sagte Hummel Junior. »Wir haben eine E-Mail bekommen. Die Entführer wollen Mutti töten, wenn Vati nicht hunderttausend Euro zahlt.«

»Was?« Lale starrte auf den Vogelkäfig, in dem sich Gräfin Cosel im Spiegel bewunderte. »Von wem ist diese Mail?«

»Von einem Herrn«, sagte Holger. »Er heißt Hans Sommer. So steht es in der Mailadresse.«

»Wo sind Sie jetzt? Zu Hause?« Lale lief zurück ins Chefbüro. »Bleiben Sie, wo Sie sind. Rühren Sie Ihren Computer nicht an. Wir kommen!«

»Wohin?« wollte Mandy wissen.

»Zu den Hummels.« Lale warf einen feurigen Blick in die Runde. »Maria Hummel wurde entführt, und es gab eine erste Forderung per Mail.«

»Dann los!« Martin war schon an der Tür.

»Nichts da«, ging Gerste dazwischen. »Kroko, an die Recherchen. Meine beiden Damen, ab in den Dienstwagen, Tzschilpner beschatten. Und Martin? Wenn es Ihre Zeit erlaubt, würde ich Sie als Experten natürlich gern zu den Hummels mitnehmen.«

Lale stöhnte auf. »Chef, das ist jetzt nicht Ihr Ernst, oder?«

»Mein voller Ernst, Frau Petersen«, sagte Gerste trocken.

In diesem Moment klopfte es, und Martin bekam fast die Tür vor den Kopf, als Jobst schwungvoll eintrat.

»Entschuldigen Sie, dass ich Sie gestern versetzen musste. Aber wir hatten eine Razzia ... Sie?« Der Staatsanwalt musterte Martin. »Was tun Sie denn hier?«

»Ahoi.« Martin tippte sich an die Schläfe. »Der Herr Staatsanwalt.«

»Sie wissen, wer ich bin?« antwortete Jobst perplex.

»Natürlich.« Martin grinste frech. »Lale hat mir alles erzählt.«

»Könnten Sie diese völlig unerhebliche Unterhaltung wohl zu einem anderen Zeitpunkt fortsetzen, meine Herren?« Gerste erhob sich. »Herr Doktor Petersen, was immer Sie wollen, Sie sind zu spät dran und wir alle bereits im Aufbruch.«

Lale schmunzelte.

»Ich kann auch wieder gehen.«

»Mach das«, schlug Lale vor.

Jobst sah sie abschätzig an. »Ich wollte nur sagen, dass gestern die Drogenrazzia natürlich Priorität hatte.«

Lale spitzte die Ohren. »Was für eine Dogenrazzia denn?«

»In ein paar einschlägigen Lokalitäten in der Neustadt«, erklärte Jobst kühl. »Es war natürlich ein voller Erfolg.«

»Natürlich.« Gerste nickte.

»Ich wollte mich nur informieren, wie der Stand der Ermittlungen im Falle des toten Azubis ist.« Jobst sah demonstrativ an Lale vorbei. »Wie weit sind Sie denn nun?«

»Wir ermitteln.« Gerste räusperte sich. »Hinzugekommen sind eine Brandstiftung und eine Entführung.«

»Und warum erfahre ich davon nichts?«

Lale schüttelte den Kopf. »Mann, weil du nicht verfügbar warst. Du hast doch sonst für gewöhnlich gut informierte Kontakte.«

»Du redest ja nicht mehr mit mir!«, schleuderte Jobst ihr entgegen.

»Gut«, sagte Lale. »Ich bin schuld, wie immer. Komm, Frau Schneider, uns erwartet eine besonders aufregende Aufgabe.«

Schatten ohne Lichtblick

»Ob der heute noch fertig wird mit seinem Shoppingtrip?« Lale klemmte genervt die Füße gegen das Handschuhfach.

»Lass da, du machst doch alles drecksch mit deinen dicken Schuhen«, verlangte Mandy und widmete sich wieder ihrem Handy.

»Schuhe, genau. Guck dir das an.« Lale deutete auf Tzschilpner, der gerade mit drei dicken Einkaufstüten aus einem exklusiv wirkenden Schuhgeschäft auf der Königstraße kam. »Seit er sein Angeber-Auto in der Waschstation abgegeben hat, ist der nur am Einkaufen.«

Mandy tippte auf ihrem Display herum.

»Oh Mann!« Lale schnaubte. »Jetzt geht der Lackaffe auch noch zum Friseur. Wetten, das dauert ewig …«

»Mmh«, machte Mandy.

»Was machst du da eigentlich die ganze Zeit?«

»Martin schickt nebenbei ein paar Infos. Natürlich nur, wenn Gerste es nicht mitbekommt.«

»Der Junge ist echt gut«, lobte Lale, nahm die Füße herunter und öffnete die Beifahrertür. »Ich hole uns mal Kaffee.«

»Au ja, für mich bitte Milchkaffee mit Caramelaroma und einem Schuss Vanille, oder nee, weiße Schokolade.«

»Na, bei dir dürfte Anabel ja noch eine Menge Kaffeetrinkgewohnheitspersönlichkeit zu analysieren haben.« Lale wollte gerade aussteigen, als sie Tzschilpner aus dem Friseursalon kommen sah. »Das war ein bisschen zu kurz für ›Waschen, Trocknen, Legen‹.« Sie ließ sich zurück auf den Sitz sinken.

»Wahrscheinlich hat er nur einen Termin gemacht oder Shampoo gekauft.« Mandy deutete auf die Straße. »Er steigt in ein Taxi.« Sie ließ den Wagen an.

Von der Neustadt ging es am Goldenen Reiter und der Staatskanzlei vorbei über die Albertbrücke, immer geradeaus zwischen

Großem Garten und Hygiene-Museum, bis sich das Taxi hinter der Glückgas-Arena links einordnete, dann am Zoo rechts abbog, um bald darauf in der Wiener Straße vor einer gelb getünchten Villa anzuhalten.

Mandy brachte den Wagen hinter dem Taxi zum Stehen. Sie sahen Tzschilpner in dem eindrucksvollen Portal verschwinden.

Lale stöhnte auf. »Geht der jetzt etwa in den Puff?«

»Na klar.« Mandy grinste breit. »Und wir gleich mit.« Sie stieg aus.

Auch Lale stieg grummelnd aus dem Wagen. »Das macht der doch alles nur, um uns vorzuführen. So ein Idiot.«

»Das ist kein Puff«, erklärte Mandy, als sie die Stufen zum Eingang hochstiegen. »Das ist so ein orientalischer Wellnesstempel. Wir haben meiner Mutter mal einen Gutschein für den Laden geschenkt.«

»Wellness?« Lale zog die Augenbrauen hoch.

Mandy nickte. »Hier bekommst du tolle Massagen, Bäder und solche Sachen.«

Lale machte eine Grimasse. »Also ich fühle mich besonders well, wenn mich keiner für Geld begrapscht.«

»Ach Lale, du alter Miesmuffel.« Mandy deutete auf Tzschilpner, der gerade im hinteren Teil der luxuriösen Empfangshalle verschwand. »Der geht ins Bad.« Dann wandte sie sich der Rezeption zu. »Zwei Mal Standard und zwei Mal Bademäntel und Latschen bitte.«

Lale räusperte sich und zückte den Dienstsausweis. »Nicht, dass Sie denken, wir vertrödeln hier unsere Zeit. Wir sind geschäftlich hier und überwachen einen Ihrer Kunden.«

Die Dame am Empfang machte ein bestürztes Gesicht. »Da muss ich aber erst fragen, ob ich Sie reinlassen darf.«

»Falsch«, entgegnete Lale. »Wir sind eine kriminalpolizeiliche Tatsache und ganz sicher nicht freiwillig hier. Sie halten also gepflegt den Mund, Schätzchen.«

»Sie meint, wir müssen den Herrn, der gerade hereingekommen ist, überwachen«, ergänzte Mandy schnell. »Wir machen keine Razzia oder so was, und wir bleiben ganz dezent im Hintergrund. Sie können also ganz beruhigt sein.«

»Genau, heute mal keine Schießerei mit der Massage-Mafia«, warf Lale lakonisch ein. »Los jetzt, womöglich trifft er sich hier mit einem seiner windigen Kumpane.«

Kurz darauf betraten sie in Bademänteln und Frotteelatschen den Indoor-Wellnessbereich, wo Tzschilpner sich hinter dem dezent beleuchteten Pool gerade in eines der Massage-Kabinette zurückzog.

»Und jetzt?«

»Jetzt ist es warm, feucht und stickig. Es duftet zwar verführerisch, aber von dieser Luft bekomme ich Fußpilz.« Lale wischte sich die ersten Schweißtropfen von der Stirn. »Ich checke mal die Lage.« Sie folgte Tzschilpner und kam in einen Raum, der mit esoterischer Musik beschallt wurde, in dem ein Mann und eine Frau gerade damit begannen, den halbnackten Tzschilpner zu bearbeiten. Der Geschäftsführer hielt die Augen geschlossen und wirkte entrückt.

Lale verzog das Gesicht. So viel geballte Wohlfühlatmosphäre verursachte ihr Kopfschmerzen.

»Bitte gedulden Sie sich noch ein wenig, meine Dame«, verlangte der freundliche Masseur. »Wir sind dann als nächstes für Sie da.«

»Hoppla, ich habe mich wohl verlaufen«, antwortete Lale und musterte die beiden Mitarbeiter. Sie wirkten nicht wie Kontaktleute irgendeiner verbrecherischen Organisation, sei es nun eine Klinik, ein Ministerium oder ein Konzern. »Ich warte draußen«, sagte sie und trollte sich zu Mandy, die es sich inzwischen auf einer Liege am Pool gemütlich gemacht hatte. Sie zog gerade das Handy aus der Tasche ihres Bademantels.

»Gibt's Neuigkeiten von Martin?« Lale hockte sich auf die Liege neben Mandy. Als sie die Beine hochnahm, um sich hinzulegen, kippte das Kopfteil des Entspannungsmöbels nach unten, und Lale hing mit den Beinen in der Luft. »Blöder Mist«, schimpfte sie und versuchte, sich mit Schwung wieder in die

Waagerechte zu bringen, was misslang. Mandy kicherte, und auch Lale musste lachen. »Ich bin offenbar zu blöd, mich einfach nur hinzulegen.«

Mandy studierte Martins Nachricht. »Wer ist denn so dämlich, eine Erpressermail mit seinem Namen zu schicken?«

»Frau Schneider«, ermahnte Lale, während sie weiter versuchte, sich mit dem rechten Schwung aus ihrer misslichen Lage zu befreien. »Meinst du, dass der Entführer wirklich Hans Sommer heißt?«

»Stimmt.« Mandy kicherte. »Wohl eher nicht. Martin schreibt, dass Gerste gerade Hilmar Hummel vernimmt. Ist das jetzt der Alte oder der Junge?«

»Der Alte.« Lale ächzte. »Nun hilf mir doch mal hoch.«

»Oh, Entschuldigung.« Mandy legte das Telefon zur Seite und kam Lale zu Hilfe. »Ist es nicht viel zu gefährlich, eine Lösegeldforderung per Mail zu senden?«

»Danke.« Lale lag jetzt in Position. »Frag deinen Martin. Zumindest sind auf einer Mail keine Fingerabdrücke. Und Anrufe sind vermutlich leichter zu lokalisieren.«

Mandy ließ sich wieder auf ihre Liege sinken.

»Oder zumindest schwieriger zu verschleiern«, setzte Lale fort. »Meinst du, die Hummels stecken vielleicht in dieser ganzen Datenvertuschungsgeschichte mit drin?«

Mandy tippte erneut auf ihrem Display herum. »Wie kommst du darauf? Die Mutter wusste doch nicht einmal, was für eine Ausbildung ihr Sohn macht.«

»Gut, die ist laut Holger auch bis obenhin vollgepumpt mit Valium.« Lale legte die Stirn in Falten. »Allerdings könnte jemand Maria Hummel entführt haben, um an die Originaldateien von Ronny zu gelangen, jetzt wo er tot ist.«

»Wie kommst du darauf? Nur, weil eine Forderung per Mail gekommen ist?«

Lale winkte ab. »Ist sowieso Quatsch. Die Forderung bezieht sich schließlich auf Geld und nicht auf Daten oder Dateien.«

In diesem Moment trat Tzschilpner im Bademantel aus dem Massagebereich und lief langsam an ihnen vorbei. Er grinste sie dämlich an, und Lale unterdrückte den Impuls, aufzuspringen und ihn einfach in den Pool zu schubsen.

Mandy wischte sich mit dem Frotteeärmel durchs Gesicht. »Diese Luftfeuchtigkeit ist verdammt anstrengend.«

Lale sah Tzschilpner in den Umkleiden verschwinden und richtete sich vorsichtig seitlich auf ihrer Liege auf, um nicht wieder nach hinten zu kippen. »Was schreibt Martin denn noch?«

»Ich habe so schmierige Finger. Ich kann gar nichts mehr aufrufen.« Mandy trocknete ihre Hand am Bademantel ab. »Warte mal.« Sie wischte und tippte flink über ihr Display. »Er verfolgt noch die Absenderdaten. Irgendwas mit I und P. Computerkauderwelsch.«

»Zeig mal her.« Lale griff nach Mandys Telefon. »Frau Schneider, er sucht den Server, über den die Mail gesendet wurde.« Sie schwang sich von ihrer Liege. »So, nun aber Schluss mit dem Entspannungsmodus. Der Schnösel zieht sich schon wieder an. Hopp, hopp!«

Als sie das Wellness-Etablissement verließen, sahen sie Tzschilpner gerade mit seinen Tüten ins nächste Taxi steigen. »Das war aber höchste Zeit«, meinte Mandy.

Die beiden Kommissarinnen sprangen in ihren Wagen, und bereits an der nächsten Kreuzung hatte Mandy das Taxi eingeholt. Es ging nach links, dann wieder nach rechts und links und durch zahlreiche Seitenstraßen.

»Macht der jetzt auch noch eine Stadtrundfahrt, nur um uns zu ärgern?«, schimpfte Lale.

Das Taxi schien tatsächlich ziemlich planlos durch die Straßen zu kurven.

»Macht nischt. Mich hängt der nicht ab.« Sie konzentrierte sich ganz auf den Wagen vor ihr.

Dann bogen sie auf den Hof der Waschstation ein, und Lale schnallte sich ab. »Ha, ich hab's gewusst. Der hätte doch nur um zwei Ecken biegen müssen, um sein blödes Auto abzuholen.«

Tzschilpner bezahlte den Fahrer und raffte seine zahlreichen Einkaufstüten. Als das Taxi abfuhr, drehte er sich um und winkte blöde grinsend zu Lale und Mandy hinüber.

»So, mir reicht's«, knurrte Lale. Sie stieg aus, knallte mit voller Wucht die Tür, war mit wenigen Schritten bei Tzschilpner und packte ihn an seiner blassblauen Seidenkrawatte. »Freundchen, du spuckst jetzt einfach aus, was es mit diesen Dateien über die illegalen Pharmatests auf sich hat, oder ich vergesse mich. Ich ertrage dich und dein albernes Gehabe nicht mehr.«

Tzschilpner ließ vor Schreck einige Taschen fallen, grinste aber noch immer.

»Gut, dann schnappe ich mir jetzt deinen Kumpel Schwertfeger, der hat mehr zu verlieren«, verkündete Lale grimmig.

»Ich weiß nicht, von wem Sie sprechen, Frau Kommissarin.«

Lale packte noch etwas kräftiger zu. »Ich warne dich, du kleiner Miesling. Du hast meine Geduld reichlich strapaziert.«

Die letzten Tüten gingen zu Boden, und Tzschilpner war sichtlich um Haltung bemüht.

Lale ließ abrupt seine Krawatte los und stieß ihn von sich. »Ich kriege dich dran mit deinen dreckigen Geschäften, Freundchen. Da kannst du dich noch so aufschnöseln«, versprach sie und drehte sich um.

»Sie sind doch nicht ganz richtig im Kopf!«, rief Tzschilpner ihr nach. »Sie gehören doch in die Psychiatrie und zwar in die Geschlossene!«

Lale sah sich um und nickte dem Geschäftsführer zu. »Da sagen Sie etwas. Danke für den Tipp.«

Sie stieg wieder in den Wagen. »Los, wir müssen noch mal in die Mordkommission.«

Mandy sah vom Handy auf. »Jetzt noch? Ist doch längst Feierabend.«

»Deshalb ja.« Lale legte den Gurt an. »Krokos Zettel waren grün, die Mittwochskopien. Dann müssen seine Originaldokumente irgendwo auf seinem Rechner liegen. Und die holen wir uns. Jetzt.«

»Und was willst du damit?«, fragte Mandy und ließ den Wagen an.

»Unsere irre kompetenten Kontakte nutzen«, erklärte Lale schmunzelnd. »Oder auch unsere kompetenten Irren kontaktieren.«

»Ich sehe schon, du hast einen Plan. Übrigens hat Martin gerade noch mal geschrieben.«

»Und?« Lale nahm das Handy von der Konsole. »Ihr könnt dann kommen, die Luft ist rein!« stand auf dem Display.

Viel Ansatz, wenig Lösung

»Welches Passwort war es denn nun?« Mandy saß im Wagen und hatte auf Lale vor der Polizeidirektion gewartet. »So, wie du lächelst, hast du es ja wohl geknackt.«

Lale hielt Mandy einen Fetzen Papier unter die Nase, auf den einige Buchstaben gekritzelt waren.

»Zixsresznhgvi?«, las Mandy. »Solche abgerissenen Notizen habe ich bei Kroko noch nie gesehen.«

»Sind ja auch nicht seine, sind meine.« Lale griff zum Gurt. »Nun mal los. Martin wartet sicher schon sehnsüchtig.«

»Deine Notizen?« Mandy wendete auf der Schießgasse und lenkte fuhr in Richtung Synagoge.

Lale nickte. »Nachdem Martin seinen alten Spitznamen erwähnt hat und Kroko so genial Ronnys Code entschlüsselt hat, war es ziemlich naheliegend, dass er ›Archivhamster‹ in rot13 übertragen hat.«

Sie fuhren über die große Kreuzung auf dem Rabenauplatz in Richtung Osten.

»Ich sage ihm natürlich morgen gleich Bescheid«, versprach Lale eilig. »Das war jetzt schließlich ein Notfall.«

»Und was hast du nun mit den Dateien gemacht?« Mandy hielt an der Ampel am Fetscherplatz.

»Ich habe den ganzen Kladderadatsch an Anabel gemailt. Sie soll mal schauen, ob sie Übereinstimmungen oder Zusammenhänge in den alten Patientenakten findet.«

»Guter Ansatz.« Mandy fuhr über die Borsbergstraße und bog dann nach links in die Tittmannstraße ab.

Lale zuckte mit den Schultern. »Es ist ein Gestocher im Trüben. Aber ich könnte mir vorstellen, dass Lucy vielleicht etwas dazu einfällt. Sie hat ja noch die DDR-Zeiten in Arnsdorf miterlebt.« Lale klammerte sich am Türgriff fest, als Mandy nun mit quietschenden Reifen durch die dicht beparkten Striesener

Seitenstraßen heizte. »Mir geht es irgendwie gegen den Strich, Jahrzehnte später mit dem Finger auf Menschen zu zeigen, weil sie sich mit Bedingungen arrangieren mussten, die wir uns überhaupt nicht vorstellen können.«

Mandy bremste abrupt vor dem Hummelschen Grundstück, wo sich die Überreste der Werkstatt dunkel vom Abendhimmel abhoben. Das gelb-schwarze Firmenschild ragte resigniert aus den Trümmern. »Das sind nachdenkliche Töne, die du da anstimmst.«

Lale sprang aus dem Auto. »Nachdenklich? Ich würde sagen naheliegend.« Sie klopfte aufs Dach des Wagens. »Ich brauche Ergebnisse, sonst werde ich auch noch ganz verrückt.«

Als sie das Wohnhaus der Hummels erreichten, öffnete ihnen Holger.

Er hatte sie offenbar schon erwartet und machte eine linkische Verbeugung. »Guten Abend, Frau Kommissarin, guten Abend, Frau Kommissarin. Bitte treten Sie ein.«

Mandy schaute irritiert. »Ist unser Kollege vom LKA noch da?«

»Ja, der Herr Martin sitzt oben am Computer.« Holger Hummel machte sich an den Treppenaufstieg. »Bitte folgen Sie mir.«

»Gibt es Neuigkeiten von Ihrer Mutter?« Lale nahm immer zwei Stufen auf einmal.

»Nein, nein, nein.« Holger Hummel stand auf der letzten Treppenstufe und schüttelte den großen Kopf.

Wie ein trotziger Junge im Kindergartenalter, dachte Lale und musste an Pit denken, der mit drei Jahren einen »Schatz« vergraben hatte und partout nicht hatte verraten wollen, wo. Dummerweise war der Schatz damals Lales Autoschlüssel gewesen. Ihr Auto …

»Da seid ihr ja.« Martin stand im Türrahmen eines Zimmers, das vollgestopft war mit technischem Equipment. Lale hatte es bereits am Abend des Brandes gesehen und dem toten Ronny zugeschrieben. »Kommt rein.« Er wandte sich wieder dem Computer zu. »War es sehr schlimm?« Martin zwinkerte Mandy zu.

»Wie man's nimmt. Lale war kurz vorm Explodieren …«

»Allerdings.« Lales Blick streifte Holger Hummel. »Erinnert mich einfach nicht an Wellness.« Sie sah über Martins Schulter auf den Monitor. »Hast du den Absender bestimmen können?«

Martin deutete auf einige kleine Fenster, die den Bildschirm bedeckten. »Nein, natürlich nicht. Die Mails werden über verdeckte IP-Adressen geschickt …«

»Ei-pi?« Mandy stutzte.

»Internetprotokoll«, erklärte Martin. »Die IP-Adresse ist die Adresse eines oder mehrerer Computer im Netzwerk, also im Internet.« Er tippte auf den Monitor. »Die Mails kommen über Umwege, damit niemand sie zurückverfolgen kann: vpn.«

»Ach, und was ist vpn?« Mandy schien sich mehr für Martins Augen zu interessieren als für die technischen Details.

»Vpn steht für ›virtual private network‹«, erklärte Martin unverdrossen sachlich. »Es gibt verschiedene Anbieter von Servern, über die sich die wahre Herkunft des Absenders nicht mehr ermitteln lässt. Und wenn man gleich mehrere vpns hintereinanderschaltet, ist man nur mit seiner letzten IP-Adresse erkennbar.« Martin wandte sich an Lale. »Unser ›Hans Sommer‹ hat seine erste Mail über Ungarn geschickt und die zweite über Brasilien …«

»Eine zweite Forderung?« Lale horchte auf. »Will er immer noch nur Geld?«

Holger Hummel schnaufte. »Hunderttausend. Mein Vater soll das Geld morgen Nachmittag hinterlegen. Im Mordgrund, an einem der Höhleneingänge … oder an einem der Höhlenausgänge.«

»Im Mordgrund?«, rief Mandy. »Das ist ein total dämlicher Übergabeort. Ich meine, man kann sich super verstecken, um alles zu beobachten, aber der muss doch damit rechnen, dass auch die Polizei da ist. Da haben wir ihn doch sofort.«

»Allerdings«, stimmte Martin ihr zu. »Und er fordert auch mit keiner Silbe das sonst übliche ›keine Polizei‹.«

»Kann ich die beiden Mails mal sehen?«, fragte Lale.

»Klar.« Martin rief ein Postfach auf. »Sie gingen an die Firmenadresse der Werkstatt. Es wird ausdrücklich der Chef Hilmar Hummel aufgefordert zu zahlen.«

»Hmh.« Mandy knetete ihre Lippen zwischen den Fingerspitzen. »Vielleicht gar nicht soooo ungewöhnlich.«

Lale las die zweite Mail von »Hans Sommer« und legte die Stirn in Falten. »Er will tatsächlich nur Geld.«

Holger machte ein besorgtes Gesicht. »Das wäre sicher eine schwierige Übergabe geworden.«

»Wäre?« Mandy sah ihn forschend an. »Sie meinen, es wird keine Übergabe geben?«

Holger seufzte. »Sie werden Mutti töten. Mein Vater weigert sich, Lösegeld zu zahlen.«

»Das ist korrekt wiedergegeben«, mischte sich Martin ein. »Hier stand er und hat drei Mal klipp und klar gesagt, er würde nie und nimmer Geld an den Entführer seiner Frau bezahlen.«

»Egal, in welcher Währung, ob in Scheinen, Münzen oder Diamanten«, sagte Holger Hummel resigniert. »Es ist ihm gleich, was diese Leute mit Mutti machen.«

»Das hat er allerdings nicht gesagt«, warf Martin ein.

»Helfen Sie uns, bitte. Sie werden Mutti sonst töten. Und Vati ist schuld.«

Lale stutzte, und Martin sagte: »Das ist logisch so nicht nachvollziehbar.«

»Diese ganze Entführung ist logisch nicht nachvollziehbar«, meinte Lale. »Der Brand ging durch die Medien. Der Entführer dürfte doch mitbekommen haben, dass bei Hummels derzeit kein Geld zu holen ist.«

»Oder gerade deshalb.« Mandy riss die Kulleraugen auf. »Es wird doch Geld von der Versicherung kommen. Vielleicht haben die Entführer das Feuer sogar selbst gelegt.«

»Wo ist Ihr Vater jetzt?« Lale wollte selbst mit dem alten Hummel sprechen. Er musste etwas wissen. Es musste irgendwelche Zusammenhänge geben. Feinde, Konkurrenz, Ronnys fragwürdige Kontakte.

»Weg. Und ich muss auch gehen.« Holger Hummel deutete auf seinen Instrumentenkoffer, der neben dem Türrahmen lehnte. »Ich muss zur Probe. Die ›Polka Guerilleros‹ haben übermorgen ihren ersten Auftritt.«

»Du willst jetzt Musik machen?« Martin sah ihn ungläubig an.

Lale dachte an Holgers völlig versunkenes Spiel. »Gehen Sie ruhig zur Probe, Holger. Das wird Ihnen gut tun. Sie können im Augenblick ohnehin nichts tun.« Dann wandte sie sich an Mandy und Martin. »Kommt, ich glaube, ich weiß, wo wir den alten Hummel finden.«

Etwa zehn Minuten später betraten Mandy, Martin und Lale das »Hinz & Kunz«. Diesmal herrschte reger Betrieb, und die Theke war voll besetzt, allerdings nicht von Hilmar Hummel. Suchend ließ Lale den Blick durch das Lokal wandern. Es dauerte einen Moment lang, bis sie den Alten an einem Tisch in der hinteren Ecke entdeckte. Erstaunt musste sie feststellen, dass der Eigenbrötler nicht allein war mit seinem Pils. Ihm gegenüber saß … Natascha Peschkowa.

Nun hatte auch Mandy die Journalistin entdeckt und verzog das Gesicht. »Was will die denn schon wieder?«

Martin folgte ihrem Blick. »Das ist ja ein scharfes Gerät, das Hummel da bei sich hat.« Er grinste. »Vielleicht ist er deshalb ganz froh, wenn er seine Alte los wird.«

Mandy sah ihn böse an.

Lale schmunzelte und machte sich auf den Weg zu Hilmar Hummel und Natascha. »Guten Abend, die Herrschaften.« Sie klopfte auf den Tisch und nahm neben dem Kfz-Meister Platz. »Herr Hummel, Ihre Frau wurde entführt. Und Sie geben hier Interviews?«

Mandy nahm die Kopfseite des Tisches ein, Martin blieb stehen.

Der alte Hummel sah Martin an. »Haben Sie dem Entführer geschrieben, dass er kein Geld von mir bekommt?«

Martin schüttelte den Kopf. »Ich halte das für strategisch unsinnig.«

Hummel nahm einen großen Schluck. »Schreiben Sie ihm am besten gleich mit Ihrer Unterschrift, also der vom LKA.«

Mandy musterte Hummel. »Machen Sie sich denn keine Sorgen um Ihre Frau?«

Lale beobachtete, dass sich Natascha Notizen machte. Martin ließ sich auf dem Stuhl neben ihr nieder und betrachtete ungeniert ihre Aufzeichnungen.

»Meine Frau«, hob Hummel an. »Meine Frau existiert doch gar nicht mehr. Sie ist nur noch ein wandelnder Valium-Behälter.«

»Ist das nicht erst recht ein Grund, sich Sorgen zu machen?« Mandys Augen funkelten böse. »Sie hätten sich früher mal um sie kümmern sollen. Dann bräuchte sie vielleicht gar keine Beruhigungsmittel.«

Der Vorwurf schien an Hummel abzuprallen.

Lale sah Natascha an, doch die wich ihrem Blick aus. »Wie viel fordern die Entführer?«, fragte die Journalistin.

»Das ist vollkommen egal«, entgegnete Hilmar Hummel. »Sie würden keinen Cent von mir bekommen.« Er leerte sein Glas erhob sich und verließ den Tisch. Die vier sahen nach, wie er an der Theke die Rechnung beglich und schnurstracks die Kneipe verließ.

»Was ist das für ein schrecklicher Mensch?« Mandy war empört.

»Echt schräger Typ. Voll der Psycho«, kommentierte Martin

Lale winkte ab und wandte sich an Natascha. »Was wolltest du eigentlich von ihm?«

»Informationen«, antwortete die Journalistin trocken. »Aber er ist ein harter Brocken. Viel habe ich nicht herausbekommen. Die Frau ist also tablettensüchtig?«

»Das tut jetzt nichts zur Sache«, sagte Lale scharf.

»Wer ist das?«, fragte Martin dazwischen und deutete auf Nataschas Notizblock. »Sabine Schwertfeger?«

»Schwertfeger?« Lale sah Natascha aufmerksam an. »Wie der Staatssekretär?«

»Schwertfeger ist der Mädchenname von Sabine Tzschilpner«, erklärte Natascha. »Die Frau von dem Geschäftsführer, den ihr in die Mangel nehmt.« Sie griff nach ihrem Wasserglas und trank. »Sie ist die jüngere Schwester von Holm Schwertfeger.«

»Dann ist Tzschilpner also sein Schwager«, stellte Mandy fest. »Vielleicht ist der Kontakt zwischen den beiden also doch nicht so ungewöhnlich ...«

Lale stützte die Ellenbogen auf die Tischplatte. »Im Gegenteil, es ist noch ungewöhnlicher, dass sie sich heimlich und vermummt am Waldrand treffen.« Sie rieb die Hände aneinander. »Außerdem hat Tzschilpner mir gegenüber vorhin erst behauptet, Schwertfeger nicht zu kennen. Was für ein Schwachsinn! Selbst *ich* würde mich an einen Bruder von Jobst erinnern, wenn er denn einen hätte.«

»Schade, dass er keinen hat«, sagte Mandy spitz und sah Natascha herausfordernd an. »Nicht wahr, Natascha?«

Die Journalistin trug ein Pokerface zur Schau, und Martin sah von einer zur anderen. »Oh, oh, ich spüre seltsame Schwingungen.«

Lale winkte ab und wandte sich wieder Natascha zu. »Du weißt doch mehr über Schwertfeger. Der ist doch nicht ...«

»Was kann ich euch bringen?« Eine Bedienung trat an den Tisch.

»Club Mate«, sagte Martin prompt.

»Ich nehme ein Bier«, ließ Mandy verlauten.

Lale verlangte einen trockenen Weißwein und wandte sich wieder der Journalistin zu. »Also los, Natascha, raus mit der Sprache. Oder muss ich erst die Staatsanwaltschaft einschalten?«

Natascha lächelte säuerlich. »Also gut. Eine Hand wäscht die andere.« Sie blätterte in ihrem Notizblock. »Er war seit 1991 in verschiedenen sächsischen Ministerien Beamter, schnell Staatssekretär, und beim Sozialministerium ist er bereits seit ...«

»Das wissen wir doch alles«, unterbrach Mandy. »Und Spielschulden hat er auch, und illegale Geschäfte werden ihm ebenfalls nachgesagt. Woher hast du das eigentlich alles?«

»Die Pressesprecherin des Ministeriums ist eine Freundin von mir«, erklärte Natascha. »Er kam übrigens schon 1990 in den Osten. Als Rechtsanwalt hatte er eine Kanzlei in Chemnitz. Ob er die aufgegeben hat, weil sie nicht so gut lief, oder ob sie ohnehin mehr Vorwand als Betätigung war, bleibt spekulativ.«

»Ach, ein erfolgloser Rechtsanwalt also«, stellte Lale fest. »Da wäre er ja nicht der Erste, der sich mit windigen Mandanten über Wasser hält und kriminelle Gelder kassiert, vielleicht sogar wäscht. Was hat er denn vorher gemacht, in den achtziger Jahren?«

Natascha blickte beifallheischend in die Runde. »Da habe ich neue Infos, die euch interessieren werden.«

»Her damit.« Lale nahm von der Bedienung ihren Weißwein entgegen.

»Vor der Wende war er ebenfalls als Jurist tätig«, verkündete Natascha. »In einem westdeutschen Pharmakonzern.«

»Das heißt, er könnte von vornherein mit diesen Tests zu tun gehabt oder zumindest davon gewusst haben.« Martin fuhr sich durch die Locken. »Ist ja geil.«

Natascha nickte. »Als Jurist wird er wohl Verträge aufgesetzt und geprüft haben.«

»Und das hast du alles von deiner Freundin?«, fragte Lale. »Wenn die das alles weiß, wieso hält sie dann still?«

»Nein, nicht alles«, erklärte Natascha. »Vieles konnte ich über Kollegen herausfinden. Aber die Pressesprecherin hat mir noch eine Übersicht zusammengestellt, wer von den späteren Mitarbeitern bereits vor der Wende im Gesundheitsministerium der DDR tätig gewesen ist.« Die Journalistin zog eine Grafik aus ihren Unterlagen. »Einige von denen haben noch bis Ende der Neunziger und darüber hinaus für das Sächsische Sozialministerium gearbeitet.«

Lale nahm einen Schluck Wein. »Und da tänzeln die ganzen Gestalten umeinander herum, und keiner bekommt den Mund auf.«

Martin nickte. »Vermutlich, weil keiner wirkliche Beweise hat. Wir sollten mal Bewegung in den Haufen bringen.«

»Wer sind Sie eigentlich?« Natascha musterte Martin sichtlich unbehaglich.

»Ich bin Martin vom LKA«, sagte er. Lale zwinkerte ihm zu und deutete mit dem Kopf zu Mandy, die ihr Bierglas zu hypnotisieren schien. »Und ich bin ein sehr guter Freund von Mandy«, setzte Martin grinsend hinzu.

Mandy sah auf. »Was ist?«

»Man müsste bluffen.« Martin grinste verschmitzt. »Diese verfilzte Mischpoke aus der Reserve locken.«

Lale nickte. »Das ist eine gute Idee. Und zwar öffentlich und mit viel Tamtam.«

»Ich könnte einen Artikel veröffentlichen«, schlug Natascha vor. »Darauf müssen sie reagieren. Allerdings brauche ich dafür vorab interne Infos, um mich abzusichern.«

»Aus für gewöhnlich gut informierten Kreisen ... oder so.« Lale dachte an die Namenslisten, die sie an Anabel geschickt hatte. »Bis wann brauchst du die Interna?«

»Bis gestern.« Natascha kritzelte auf ihrem Block herum. »Für heute ist längst Redaktionsschluss, aber morgen könnte ich die Geschichte ins Blatt hieven.« Sie sah in die Runde. »Der Beitrag wäre dann schon morgen Abend teilweise in der Online-Ausgabe und übermorgen komplett in der Zeitung.«

»Und ihr meint, die reagieren sofort offiziell?« Martin wirkte skeptisch.

»Daran drehen wir«, versprach Natascha. »Die Pressesprecherin bekommt von mir einen Tipp, sodass die Pressekonferenz steht, bevor Schwertfeger den Artikel zu Gesicht bekommt.« Sie rieb sich die Nasenwurzel. »Ihr versteht schon: Das ist unser Vorteil, und gleichzeitig halte ich mir meine Freundin als Informantin warm.«

»Was du so unter Freundschaft verstehst ...«, meldete sich Mandy zu Wort.

»So.« Martin sprang auf. »Dann organisiere ich noch eine Runde Getränke.«

Lade Daten, bitte warten …

Um kurz vor neun Uhr am nächsten Morgen traf Lale im Chefbüro auf Kroko, der wieder mal bunte Kopien sortierte. Sie nahm im Vorbeigehen Mandy eine dampfende Kaffeetasse aus der Hand und platzierte sich auf ihrem Stammplatz auf dem Fensterbrett. »Moin allerseits.«

Kroko sah auf und strahlte sie an. »Mandy hat gesagt, Sie hätten mich gestern Abend noch gebraucht, Frau Petersen.« Seine Miene nahm einen entschuldigenden Ausdruck an. »Wenn ich das geahnt hätte. Ich hätte doch keinesfalls pünktlich Feierabend gemacht. Es tut mir sooo leid.«

Lale nippte am Kaffee. »Kein Problem, Kroko. Grämen Sie sich nicht, bei Ihrem Haufen an Überstunden.«

»Das habe ich ihm auch gesagt.« Mandy stellte eine weitere Tasse Kaffee auf den verwaisten Schreibtisch des Chefs.

»Na dann.« Kroko guckte noch immer bekümmert.

»Ich habe einfach Ihr Passwort geknackt und mir die Informationen selbst besorgt«, erklärte Lale unverblümt.

»Wie bitte?«

»Nicht sauer werden«, sagte Mandy beruhigend und reichte Kroko eine Tasse.

»Wieso denn sauer?« Kroko sah sie irritiert an. »Ich frage mich nur, wie Sie das geschafft haben.«

»Ich habe von Ihnen gelernt, Kollege. Es ging auch nur um diese Namenslisten, die Sie sortiert und gegenübergestellt haben. Sie sollten allerdings Ihr Passwort wieder ändern.«

Kroko schien ein Stück zu wachsen. »Das ändere ich wöchentlich, machen Sie sich keine Gedanken.« Er wühlte erneut zwischen seinen Zetteln. »Allerdings wäre das alles gar nicht nötig gewesen, denn ich habe vor Dienstschluss die aktualisierten Listen an Sie geschickt. Hier ist die Notiz: 16:54 Mail an L.P., 16:56 Mail an M.S.«

»Ich hätte also nur meine Mails abrufen müssen?« Lale lachte. »Eigentlich hätte ich mir so was ja denken können. Jedenfalls bin ich gespannt, was dabei herauskommt, also was Anabel ...«

In diesem Moment betrat der Chef das Büro, und Lale verstummte. Gerste grüßte gemessen, dann runzelte er die Stirn. »Sie haben schon angefangen? Ohne mich?«

»Aber nicht doch«, beeilte sich Kroko. »Es war nur ...«

»Klar haben wir schon angefangen«, unterbrach Lale. »Sie wissen doch, wie sehr wir uns auf die tägliche Besprechung freuen. Ich konnte es einfach nicht abwarten. Manchmal stehe ich morgens in meinem Bad vor dem Spiegel und simuliere Besprechungen vor lauter Sehnsucht.«

»Ihnen hat wohl das Beschatten von Tzschilpner noch nicht gereicht, was?«, fragte Gerste gereizt.

»Doch, völlig. Und wir konnten diesen Schnösel einer ersten belegbaren Lüge überführen.« Sie rieb sich die Hände.

Der Chef ließ sich hinter dem Schreibtisch nieder. »Dieser Schnösel, wie Sie ihn so gern nennen, strebt eine Dienstaufsichtsbeschwerde gegen Sie an, Frau Petersen.« Gerste schüttelte den Kopf. »Musste das denn nun wieder sein? Das ist doch nur überflüssiger Papierkram.«

»Ha, den Papierkram kann der Typ dann aber aus dem Knast heraus erledigen«, verkündete Mandy.

Der Chef ignorierte ihre Bemerkung und klopfte auf den Tisch. »Punkt eins der Tagesordnung: Ich bin mit dem Staatsanwalt so verblieben, dass wir heute Abend die Operation ›Lockvogel‹ durchführen. Und zwar mit durchschlagendem Erfolg, meine Herrschaften.«

»Oh.« Mandys Wangen erglühten. »Ist Doktor Petersen dann auch dabei?«

»Lass das nicht Martin hören«, feixte Lale.

Gerste verzog das Gesicht. »Davon gehe ich doch aus, oder, Frau Petersen?«

»Wovon gehen Sie aus?«

»Davon, dass Ihr Ex-Mann dabei ist.« Gerste nickte ihr zu.

»Keine Ahnung, Chef. Bei den vielen Dates von Jobst habe ich bereits am letzten Wochenende den Überblick verloren.«

»Also, zur Operation ›Lockvogel‹«, hob Gerste erneut an. Lales Handy klingelte, und er verzog unwillig das Gesicht. »Was ist denn nun schon wieder?«

»Das werden wir gleich erfahren.«

»Petersen.«

»Lale, hallo!« Es war Anabel, und sie klang aufgeregt. »Du glaubst gar nicht, was wir alles gefunden haben.«

»So schnell? Ich habe euch doch gestern erst …« Sie warf einen Blick auf den Chef. »Ich meine, wie habt ihr in der Kürze der Zeit …«

»Hollerbeke«, unterbrach Anabel. »Er hat heute Nacht noch angefangen, die Namen und Listen zu vergleichen.«

»Anabel, ihr seid Spitze. Was hat sich denn ergeben?«

»Moment!«, ging Gerste sichtlich verärgert dazwischen. »Wir haben Besprechung und planen einen enorm wichtigen Einsatz, Frau Petersen.«

»Augenblick«, murmelte Lale in den Apparat. »Ja, Chef?«

»Führen Sie Ihre Privatplaudereien außerhalb der Dienstzeit.«

»Aber…«, meldete sich Mandy zu Wort. »Das ist doch …«

Lale bedeutete ihr zu schweigen. »Geht klar, Chef. Anabel, lass uns heute Nachmittag sprechen.« Sie drückte das Gespräch weg.

Gerste warf einen finsteren Blick in die Runde. »Keine Privatgespräche während der Arbeitszeit. Ist das klar?«

»Aber Chef, das war doch *Ihre* Frau!« Mandy sah ihn aus großen Augen an.

»Frau Schneider, Klappe halten«, zischte Lale. »Also, zurück zu unserer Lockvögelei. Kroko ist ja wohl seit unserer peinlichen Pleite verbrannt, was?«

»Ganz richtig.« Gerste nickte. »Wir nehmen Frau Schneider.«

»Mich?« Mandy sah erstaunt auf. »Klar doch.« Sie boxte sich mit der Faust in die Hand. »Und Doktor Jobst ist dabei, ja? Das ist übelst gut.«

Lale stöhnte auf und nahm einen Schluck Kaffee, als plötzlich die Tür aufflog. Sie stöhnte gleich noch einmal, denn hereinspaziert kam ein – wie immer – überdrehter Paul Winter.

»Guten Morgen, liebe Mordkommission«, schmetterte der Pressesprecher durch den Raum. »Obwohl es natürlich kein guter Morgen ist, sondern ein geradezu desaströser …«

»Ein Skandal«, intonierten Lale und Mandy gleichzeitig. Kroko kicherte.

Paul Winter fuhr unbeirrt fort. »Im Vernehmungsraum sitzt schon wieder ein Überfallopfer. Ganz grausam traumatisiert. Wir müssen handeln. Sie müssen handeln. Jetzt.«

»Ich habe keine Zeit für eine Vernehmung«, warf Kroko ein. »Ich habe noch immer nicht alle Namen auf die Existenz der Personen überprüfen können.«

»Das geht vor.« Gerste nickte Kroko zu. »Sie sind raus. Machen Sie, was nötig ist.« Dann wandte er sich an Winter. »Wir planen gerade den Einsatz für heute Abend.«

»Gott sei Dank.« Winter ließ sich auf einen Stuhl sinken, als habe er gerade einen Marathon überstanden. »Wenn Sie wüssten …«

»Ruhe«, herrschte Gerste ihn an. »Und was Sie angeht, Frau Petersen.« Der Chef nahm Lale ins Visier.

»Hummel. Wir müssen unbedingt an den Hummels dranbleiben«, erklärte Lale. »Der tote Ronny, die Brandstiftung, jetzt die Entführung.«

»Oh, mein Gott«, japste Winter.

»Ja, es ist alles so schrecklich«, fügte Mandy hinzu. »Gut, dass wir Unterstützung haben.«

»Unterstützung?« Gerste runzelte die Stirn. »Was denn für Unterstützung?«

»Na, vom LKA.« Lale schmunzelte.

»Ja, der junge Mann vom LKA«, sagte Gerste. »Er ist zwar etwas eigenwillig, aber fachlich offenbar gut.« Er warf Lale einen vielsagenden Blick zu. »Aber das kennen wir ja.«

Mandy lächelte verklärt. »Oh ja.«

»Wie bitte?« Gerste war verwirrt.

»Martin hat viele Qualitäten«, warf Lale ein. Sie schob ihren Hintern vom Fensterbrett. »Können wir dann? Es gibt noch viel zu tun, bevor wir uns heute Abend alle gemeinsam in die Büsche werfen.«

Als Lale und Mandy bei den Hummels eintrafen, lag eine apokalyptische Stimmung über dem halb zerstörten Grundstück. Hilmar Hummel packte verkohlte Überreste in einen Container und schien geradezu verbissen, das Unmögliche zu versuchen. Die Ankunft der Kommissarinnen bemerkte er offenbar gar nicht.

Die Tür zum Wohnhaus stand offen, von oben hörte man die klagenden Laute einer Klarinette. Martin und ein anderer Mann bauten gerade Festplatten aus und zerlegten Rechnergehäuse.

»Moin.« Lale klopfte an den Türrahmen.

»Hey.« Martins Lockenkopf kam hinter allerhand Technik hervor.

»Warum zerlegt ihr denn alles?«, fragte Mandy. »Was ist, wenn der Entführer sich wieder meldet?«

»Der Rechner funktioniert natürlich.« Martin deutete auf den Arbeitsplatz, an dem er schon gestern gesessen hatte, um die Herkunft der E-Mails zu ermitteln.

»Und, gibt es Neuigkeiten?« Lale warf einen Blick auf den Monitor. »Vielleicht ein Lebenszeichen von Maria Hummel? Das schicken Entführer doch gern, wenn sie den Druck erhöhen wollen.«

»Nichts. Und in zwei Stunden ist die Lösegeldübergabe.«

»Ach, zahlt der alte Hummel doch?« Mandy klang hoffnungsvoll.

»Hummel hat nur gesagt, dass es nichts weiter zu sagen gibt.« Martin seufzte. »Und der Sohn spricht auch kein Wort mehr, spielt nur noch abwechselnd Klarinette und Saxophon. Unglaublich gut übrigens. Ich bin schwer beeindruckt.«

»Ich gehe runter und rede noch mal mit dem Alten.« Lale wandte sich zur Treppe. Als Mandy ihr folgen wollte, wehrte sie ab. »Ich gehe besser allein. Du kannst ja Martin helfen.«

Lale ging die Treppe hinunter, aus dem Haus und hinüber zu dem, was einmal Hummels Autowerkstatt gewesen war. Ohne viel Umschweife ging sie auf den alten Hummel zu und fasste bei den Aufräumarbeiten mit an. Schweigend trugen sie verrußte Felgen, zerborstene Schilder und bis zur Unkenntlichkeit zerschmolzene Werkzeuge in den Container.

Dann hoben sie gemeinsam ein größeres Autoteil in den Kipper. Hilmar Hummel sah Lale an. »Danke.«

»Da nich für«, erwiderte Lale. »Was ist mit dem verkohlten Holz da hinten?«

»Kommt in einen anderen Kipper. Der ist nur Metall.« Hummel wischte sich mit dem Unterarm über die Stirn. »Sie machen sich dreckig.« Er deutete mit der Hand auf Lales schmutzige Jeans.

»Egal. Haben Sie noch einmal nachgedacht? In zwei Stunden soll die Lösegeldübergabe stattfinden.«

Hummels Gesicht verdüsterte sich. »Ihr Auto ist fertig. Sie können es mitnehmen.«

Lale zog die Augenbrauen hoch. Der Typ war störrischer als ein Esel, allerdings weit weniger liebenswert. »Und was ist mit der Rechnung?«

Hummel schüttelte den Kopf. »Keine Ahnung, darum kümmert sich meine …« Er zögerte.

»Ihre Frau?«

»Genau.« Er begann mit angestrengter Miene Autoreifen zu stapeln. »Sobald sie wieder da ist.«

»Und wenn sie nicht wiederkommt?« Lale griff ebenfalls nach einem Reifen. »Was machen Sie dann?«

Hummel hievte zwei weitere Reifen auf den Stapel. »Dann muss ich jemanden einstellen.«

Lale sah ihn an, ließ den Autoreifen fallen und ging. Es hatte keinen Sinn, mit diesem Menschen zu reden. Er schien weder

Gefühle noch das geringste Interesse an seinen Mitmenschen zu haben. Sie würden die Sache selbst in die Hand nehmen müssen.

»Mann, wann tut sich hier denn endlich mal was?«, maulte Lale und rutschte bäuchlings ein Stück zur Seite, weil sich eine Wurzel in ihren Oberschenkel bohrte.

»Die Übergabe ist doch erst in einer halben Stunde«, sagte Mandy. »Oder zumindest glauben die Entführer das.«

»Martin hat also nicht mehr offiziell mit ihnen kommuniziert?« Lales Blick wanderte die Felswand hinunter in den menschenleeren Mordgrund.

»Nein, er hat nur Zeit und Ort im Namen vom alten Hummel bestätigt«, berichtete Mandy. »Um Zeit zu gewinnen.«

»Hoffentlich hält Martin dicht.« Lale gähnte. »Nicht, dass hier nachher ein SEK aufkreuzt und alles zunichte macht. Dann haben wir womöglich einen schweigenden Entführer, und Frau Hummel muss in ihrem Versteck verrotten. Wäre nicht das erste Mal, dass so eine Festnahme zu Lasten der Geisel geht.«

»Quatsch. Martin hält dicht. Und wir werden den Entführer schon zum Reden bringen.«

Lale seufzte und sah wieder in den Abgrund. »Mann, ist hier tote Hose.«

»Klar, ist ja auch der Mordgrund.« Mandy grinste. »Weißt du eigentlich, woher der Name kommt?«

»Nö.« Lale legte gähnend den Kopf auf die Unterarme.

»Der Legende nach ereignete sich hier eine tragische Liebesgeschichte.«

»Oh Gott, nee.« Lale stöhnte.

»Die schöne Elsbeth floh nach der Zwangsheirat mit einem ungeliebten Grafen und traf hier auf ihren Geliebten, den Ritter Benno.« Mandys Augen leuchteten auf. »Sie sank in die Arme des Geliebten, doch ihr Gatte tauchte auf, und Ritter Benno musste den schurkenhaften Grafen töten. Auch Elsbeth flehte um den Tod, stürzte sich schließlich in Bennos Schwert ...«

»Haha«, machte Lale. »Das ist vermutlich sprachlich etwas ungenau überliefert.«

Mandy schüttelte den Kopf. »Du nun wieder. Nein, sie stürzte sich in sein Schwert, er richtete sich ebenfalls damit, und gemeinsam starben sie hier in der Felsenschlucht, die daraufhin Mordgrund genannt wurde.« Mandy seufzte. »Ist das nicht romantisch?«

»Na, ich weiß nicht.« Lale ließ Mandy weiterplappern und schloss die Augen. Immer dieser Schmu um unerfüllte Liebe und wahre Leidenschaft. Und dann gab es doch nur Mord und Totschlag ...

Als Lale die Augen wieder öffnete, lag Mandy leise schnarchend neben ihr. Irgendetwas klingelte unaufhörlich. Lale sah sich um. Die Lösegeldübergabe! Schnell zückte sie ihr Handy.

»Hier ist Anabel. Lale, wir müssen uns treffen. Hollerbeke hat ganze Arbeit geleistet. Soll ich zu dir kommen?«

»Jetzt?« Lale war verwirrt. Als sie auf die Uhr sah, stellte sie fest, dass der Übergabetermin längst vorbei war. Der Mordgrund lag ruhig und menschenleer vor ihr.

»Ja, so schnell wie möglich«, drängte Anabel. »Ich bringe Lucy mit, bis gleich.«

»Ok«, sagte Lale, doch Anabel hatte das Gespräch bereits beendet.

Lale rüttelte Mandy wach. »Frau Schneider, wir haben den Entführer verpennt.«

»Wie? Was?«

Lale rappelte sich auf. Ihre Knochen schmerzten. »Hopp, hopp, wir müssen los.«

Als Lale den Schlüssel ins Schloss der Wohnungstür steckte, hörte sie von drinnen Stimmen. »Hoffentlich findet die Polka-Party heute nicht schon wieder in meinem Wohnzimmer statt.«

»Hallo Muttertier, du wirst schon sehnsüchtig erwartet.« Pit kam mit der Kaffeekanne aus der Küche. »Hey, Mandy.«

Am Tisch sahen Anabel und Lucy von einigen Ausdrucken auf. Pit füllte die Tassen.

Als sie sich begrüßten, bemerkte Lale, dass Lucy rot geränderte Augen hatte. »Hast du geweint, oder ist das eine Allergie?« Lale sah sich nach der Katze um, doch Katinka hatte sich verkrochen.

»Charmant wie immer, die gute Frau Petersen«, meinte Mandy und knuddelte Lucy.

Anabel verschränkte die Arme vor der Brust. »Ich denke, bei Lale ist es ein Ausdruck besonderer Wertschätzung, genau zu beobachten und diese Beobachtung dann unumwunden mitzuteilen.«

»Das hätte ich jetzt nicht besser sagen können.« Lale lachte. »Wenn ich meinen Sohn dann mal wertschätzen darf … Pit, uns fehlen noch zwei Kaffeetassen.« Sie setzte sich neben Anabel. »Rein wertmäßig ist Pit natürlich unbezahlbar.«

Pit stellte zwei weitere Tassen auf den Tisch. »So eng würde ich das nicht sehen. Eine Verdopplung des Taschengeldes reicht völlig aus.«

»Sag ich doch, unbezahlbar.« Lale warf Pit einen mütterlich strengen Blick zu. »Nicht, dass der Junge sich von so viel Geld noch Drogen kauft.«

Pit lächelte, offenbar um eine Antwort verlegen. Es bummerte an der Tür. Pit ergriff dankbar die Gelegenheit. »Ich mache schon auf.«

»Hallöchen! Ich suche Testesser für meine neueste Kreation.« Brigitte balancierte auf jeder Hand eine Kuchenplatte.

Pit leckte sich die Lippen. »Ich setze noch mehr Kaffee auf.

»Testesser?« Mandy schielte auf die Kuchen. »Ich opfere mich selbstverständlich für die Backkunst.«

»Dann macht mal Platz für geschätzte zehntausend Kalorien.« Lale schob die Tassen und Papiere zur Seite.

»Was sollen wir denn genau testen?« Lucy betrachtete die beiden Kuchen. »Alles, hoffe ich.«

»Mir geht es darum, welche der beiden Varianten euch besser schmeckt«, erklärte Brigitte. »Das ist zwei Mal Mandel-Kirsch-Kuchen, aber eben mit leichten Variationen.«

»Danke, reicht.« Lale sah, dass Anabel unruhig wurde. »Brigitte, hol dir Kaffee, setz dich zu uns und warte die Testergebnisse ab.« Sie wandte sich an Anabel. »Und nun zu euren Ergebnissen ...«

Als Brigitte gerade Platz nehmen wollte, klingelte es. »Soll ich öffnen?«, fragte sie und war schon an der Tür. »Erwartest du noch jemanden? Vielleicht einen Mann?«

»Das ist Natascha«, sagte Mandy und behielt Recht.

Die elegante Journalistin betrat die Essdiele und sah sich irritiert um. »Ihr habt wohl trotz Arbeit immer Zeit zum Feiern, was?«

»Wir machen uns die Arbeit nur so angenehm wie möglich«, entgegnete Mandy.

»Setz dich«, sagte Lale und winkte Pit, noch eine Tasse und einen Teller zu holen. »Hast du den Artikel fertig?«

»So gut wie.« Natascha klopfte auf ihre Laptop-Tasche.

Anabel schob Lale einen ihrer Computerausdrucke hin. »Hier sind die Namen, die auch auf einer eurer Listen stehen. Das waren alles Patienten in Arnsdorf.«

Pit verteilte die Teller auf dem Tisch, und Lucy schaufelte sich sofort ein Stück Kuchen auf. Mit der Gabel deutete sie auf das Papier in Lales Hand. »Das war Ende der Achtziger. Ich habe die Testreihe als Assistentin zum Teil mit betreut.«

»Du?«, entfuhr es Lale. »Dann weißt du doch genau, was damals abgelaufen ist. Haben die Patienten wissentlich daran teilgenommen? Gibt es schriftliche Erklärungen über das Einverständnis der Testpersonen?«

Lucy sah Lale aus verquollenen Augen an. »Davon bin ich ausgegangen. Das heißt, ich bin vor allem davon ausgegangen, dass man den Patienten mit neuen Medikamenten helfen wollte.«

»Hast du deine Patienten über diese Tests aufgeklärt, oder nicht?«, fragte Natascha kühl.

»Nein.« antwortete Lucy kleinlaut. »Ich wusste selbst nicht so recht, um was es bei den Tests ging.«

»Du hast den armen Menschen irgendwelche Substanzen verabreicht, ohne zu wissen, was das genau war?« Mandy klang empört. »Das ist ja der Hammer!«

»Wir beruhigen uns!« Anabel hob beschwichtigend die Hände. »Ganz so war es natürlich nicht.«

»Wenn ich mal etwas dazu sagen darf«, mischte sich Brigitte ein. »Von Ärzten bekommt man doch ständig Medikamente, ohne zu wissen, was man da genau schluckt. Dafür ist doch der Arzt zuständig.«

»Na klar«, warf Lale ein. »Und wenn es ein attraktiver und lediger Arzt ist, würdest du auch Zyankali futtern.«

»Wenn er mich dann in einer dramatischen Rettung ins Leben zurückholt. Kein Thema!« Brigitte grinste.

»Wie war es denn nun tatsächlich?«, drängelte Natascha.

»Ich möchte, dass wir uns alle erst einmal beruhigen, bevor wir das Thema neu und sachlich besprechen«, verlangte Anabel. »Ohne Schuldzuweisungen.«

Lale verdrehte die Augen. »Und dann fassen wir uns alle an den Patschehändchen und rufen ›piep, piep, piep‹ …«

»Wir haben uns alle lieb«, ergänzte Mandy kichernd.

»Und da heißt es immer, wir Journalisten seien berufsbedingt zynisch.« Natascha deutete auf ihre Armbanduhr. »Ich habe bald Redaktionsschluss.«

Pit zog sich einen Stuhl heran und nahm Platz. »Klingt, als ob das hier nicht nur Kaffeeklatsch wäre.«

Lale beobachtete ihren Filius. Sie musste heute irgendwann noch die Gelegenheit finden, mit ihm unter vier Augen zu sprechen. »Also, Anabel, schieß los.«

»Wie gesagt, in einer deiner Listen tauchen Namen von ehemaligen Arnsdorfer Patienten auf. Auch die Geburtsdaten stimmen überein. Eine Verwechslung ist also ausgeschlossen«, legte die Psychiaterin dar. »Außerdem handelt es sich um einen Zeitraum, in dem Lucy selbst als Assistentin tätig war. Sie hat wohl

Patienten betreut, was aber nicht bedeutet, dass sie Testreihen geleitet hat oder Einblick in alle Unterlagen hatte. Es ist also plausibel, dass sie über Details nicht informiert war.«

Lucy nickte. »Es war so, dass ich mich besonders schlecht informiert fühlte. Ich war enttäuscht, denn ich hatte gehofft, als angehende Ärztin mehr Einblick zu bekommen.« Sie räusperte sich. »Ich war sogar sehr verärgert, dass man mich nicht mehr einbezog, denn ich wollte in kurzer Zeit möglichst viel lernen.«

Lale beobachtete Natascha, die sich Notizen machte. Sogar Mandy schien den Kuchen vorübergehend zu vergessen.

Anabel Gerste tätschelte Lucys Arm. »Erzähle ihnen bitte von deinem Experiment, wenn ich es so nennen darf.«

»Vielen Patienten wurde ein starkes Psychose-Medikament verabreicht: Propaphenin.« Lucy fuhr sich durch die grauen Haare. »Das Problem jedoch war nicht das Medikament selbst …«

»Die Tropfen«, erinnerte sich Lale.

»Genau, in geringer Dosierung recht harmlos«, bestätigte Anabel.

»Das Problem war die Dosierung«, fuhr Lucy fort. »Man gab den Patienten eine hohe Dosis von durchschnittlich dreimal sechs Tabletten am Tag.« Sie schüttelte betrübt den Kopf. »Ich habe einmal selbst sechs Tabletten genommen und war daraufhin tagelang krank.«

»Und das war das Medikament, das dort illegal getestet wurde?«, fragte Natascha. »Buchstabiere mir das mal bitte.«

»Nein, Propaphenin wurde zu jener Zeit generell in den Landeskrankenhäusern der DDR verabreicht«, erklärte Anabel. »Allerdings sind die Wirkstoffe bei Beruhigungsmitteln im weitesten Sinne ähnlich. Sie treten in neuen Medikamenten oft nur in neuer Zusammensetzung auf. Seit man in den fünfziger Jahren Psychopharmaka nutzte, wurden sie vor allem im Hinblick auf die Nebenwirkungen immer weiter optimiert.«

»So ist es«, pflichtete Lucy bei. »Als ich mich dann selbst als Testperson hinzugefügt habe …«

»Du hast was?« Mandy staunte. »Du hast selbst mitgemacht? Hat man dich etwa dazu gezwungen?«

»Nein.« Lucy schüttelte energisch den Kopf. »Aber unter meinen Patienten war eine Frau, der es mit den Pillen sehr schlecht ging.«

Lale dachte an die Listen. Laura Nebel und Lucy Nowak … Sie blickte auf Anabels Ausdruck. Nebel und Nowak hatte Ronny vermutlich vertauscht. »War das Laura Nowak?«

Lucy sah Lale erstaunt an. »Das ist dir aufgefallen?«

Lale rieb sich die Schläfen. »Wenn Kroko recht hat und Ronny die Daten mit System frisiert hat – was ja auch Martin vermutet –, dann ergibt diese Zuordnung Sinn.«

»Laura Nowak ist etwa in meinem Alter«, berichtete Lucy. »Nachdem es ihr mit den neuen Tabletten so schlecht ging, habe ich ihr Placebos gegeben. Um die Testreihe, von deren Seriosität ich natürlich überzeugt war, nicht zu gefährden, habe ich selbst die Medikamente genommen. Es ging schließlich bei Studien meist nur um Nebenwirkungen.«

»Das nenne ich mutig«, ließ sich Brigitte vernehmen.

»Also ich nenne das bescheuert«, konterte Mandy. »Und wie ist es dir ergangen?«

»Schlecht«, antwortete Anabel an Lucys Stelle. »Lucy war daraufhin einige Monate lang Patientin. Da das etwa mit der Wendezeit zusammentraf, fiel es nicht sonderlich auf.«

»Ach? Angehende Mediziner werden zu ihren eigenen Fällen, und das ist nichts Besonderes?« Lale verzog das Gesicht. »Wenn Mandy und ich vorübergehend zu Killern mutieren, ist das vermutlich auch nicht ungewöhnlich.«

»Lale«, ermahnte Anabel. »So nicht.«

Mandy grinste und schob sich Kuchen in den Mund.

»Man spricht in der Psychiatrie von sogenannten Hospitalisierungsschäden«, fuhr Anabel fort. »Die treten sowohl bei Patienten als auch beim Personal auf, und zwar egal, welchen akademischen Ranges. Vom Pfleger bis zum Stationsarzt.«

»Welche Nebenwirkungen rufen solche Psychopharmaka denn eigentlich hervor?«, wollte Natascha wissen. »Zerstören sie Organe? Verändern sie das Gehirn?«

»Alles möglich.« Lucy seufzte. »In erster Linie führen sie zu Abhängigkeiten, und erst der dadurch entstehende übermäßige Gebrauch löst tatsächliche Organschädigungen aus.« Sie stocherte in ihrem Kuchenstück herum. »Die neuen Pillen sollen Abhängigkeiten reduzieren. Valium zum Beispiel war zunächst ein Segen für die Patienten. Später wurde es zum Fluch.«

»Lucy, würdest du mir ein Interview geben?«, fragte Natascha. »Natürlich anonym, wir wollen ja die richtigen Leute provozieren.«

Lucy nickte. »Selbstverständlich, wenn es der Sache dient. Ich fühle mich sowieso schon mitschuldig. Wann denn?«

»Am besten sofort.« Natascha sah auf die Uhr. »In einer Stunde muss ich in die Redaktion. Der Beitrag soll morgen erscheinen.« Sie wandte sich an Lale. »Ich werde dann auf der Redaktion vorliegende Belege hinweisen und darauf, dass die Staatsanwaltschaft die Ermittlungen aufgenommen hat.«

»Hat sie das? Die Staatsanwaltschaft?« Lale schmunzelte. »Sobald der Artikel in den Druck geht, solltest du eine Kopie per Mail an Jobst schicken.«

»Jobst treffe ich sowieso heute Abend noch.« Natascha kramte ein Diktiergerät hervor.

»Das glaube ich kaum.« Mandy sah Natascha kampflustig an. »Heute Abend haben Doktor Petersen und ich einen gemeinsamen Einsatz.«

»Stimmt.« Lale warf einen Blick auf die Uhr. »Und zwar ziemlich genau jetzt.«

»Und was ist mit meinem Kuchentest?«, fragte Brigitte.

Lale und Mandy waren schon an der Tür. »Macht einfach ohne uns weiter«, schlug Lale vor. »Ich finde sowieso beide Varianten gleichermaßen super«, setzte Mandy hinzu.

Lockende Vögel II

»Deine Kollegin sieht wirklich toll aus in diesem Outfit«, raunte Jobst Lale zu.

Sie kauerten im Gebüsch im Großen Garten nahe dem Carolaschlösschen.

»Sie sollte häufiger Kleider tragen und sich die Haare hochstecken. Und diese Schuhe. Sie wirkt viel attraktiver.«

Lale schüttelte den Kopf. Männer … insbesondere Ex-Männer! »Sag ihr das bloß nicht«, gab Lale zurück.

»Warum denn nicht?«, flüsterte Jobst. »Alle Frauen lieben Komplimente.«

»Du musst es ja wissen. Ich richte es ihr aus, und du sparst dir dein Gesülze für Natascha. Ihr habt euch verdient.«

»Pssst!«, kam es aus dem Busch nebenan von Gerste.

»Die Journalistin?«, fragte Jobst leise.

»Tu nicht so scheinheilig. Bei mir zieht das nicht.«

»Da vorn kommt jemand.« Kroko robbte von hinten heran.

»Na endlich«, flüsterte Lale. Ihre Beine schmerzten.

Sie beobachteten angespannt, wie sich ein Mann mit Mantel und Hut näherte. Er ging direkt auf Mandy zu.

Lale wollte schon aufspringen, doch Jobst hielt sie zurück. »Warte«, zischte er.

Der Fremde sprach Mandy an, Lale hielt die Luft an, doch Mandy lachte auf.

»Der hat sie bestimmt nur nach dem Weg zum Biergarten gefragt«, mutmaßte Kroko.

»Ich hätte schwören können, dass sie jeden sofort umhaut«, wunderte sich Lale. Dann beobachtete sie, dass der Fremde seinen Hut abnahm. Locken kamen zum Vorschein. Martin! Das war ja klar. Er ließ es sich nicht nehmen, Mandy persönlich bei ihrem Lockvogel-Einsatz zu unterstützen.

»Das ist ja Martin«, stellte nun auch Kroko fest.

»Ja, der Typ ist echt eine Wucht«, sagte Lale schmunzelnd.

Jobst räusperte sich. »Seit wann triffst du diesen Kerl eigentlich?«

»Ich? Ach Jobst, träum weiter.«

In diesem Moment meldete sich ihr Handy. Shit, sie hatte vergessen, den Ton abzustellen. Lale beeilte sich, das Gespräch entgegenzunehmen.

Nun surrte es auch in Jobsts Tasche. Auch er griff eilig nach dem Telefon.

Lale lauschte derweil der Stimme aus der Zentrale: »Leichenfund in der Dresdner Heide …«

»Wie bitte? Jetzt?« Jobsts Stimme übertönte die Informationen des Diensthabenden. »Wir kommen.« Dann wandte er sich an Kroko. »Ich muss weg. Man hat eine männliche Leiche in irgendeiner Felsenschlucht in der Heide gefunden.«

Plötzlich tauchte Gerste aus dem Dunkel neben ihnen auf. »Selbstmörder im Mordgrund. Ausgerechnet jetzt.«

»Ich übernehme das, Chef«, erklärte Lale. »Machen Sie hier weiter.« Sie rappelte sich auf. »Der Typ in der Heide hat es hinter sich. Hier können noch Opfer verhindert werden.«

»Gut, fahren Sie mit Doktor Petersen«, sagte Gerste. »Hauen Sie ab, aber schnell und unauffällig.«

»Fahr hier rein!« Kaum hatte Jobst den Wagen zum Stehen gebracht, sprang Lale vom Beifahrersitz und rannte los. Am Rande des Mordgrunds, unweit der Stelle, an der sie am Nachmittag gelauert hatten, bestrahlten mobile Scheinwerfer ein mit Lassoband begrenztes Areal.

Inmitten der weiß gewandeten Spurensicherer entdeckte Lale den kahlen Kopf von Rechtsmediziner Kowalski. Der kleine Mann wirkte erstaunlich groß. Hinter ihm hing ein lebloser Körper.

»Ich bitte darum, meine Herren«, sagte Kowalski gerade, als Lale eintraf und bemerkte, dass er auf einer kleinen Trittleiter stand.

Mit einem kräftigen »Zuuuugleich« hoben zwei Spurensicherer den toten Körper an, während Dr. Kowalski den Strick lockerte und den Hals des Toten untersuchte.

Lale sah den Toten an und musste gleich noch mal genauer hinschauen. Das war doch nicht möglich! Dann auf dem zweiten Blick war es klar. Der Tote war Hilmar Hummel, der kauzige Kfz-Hummel, der mehr um seine Werkstatt getrauert hatte als um seinen Sohn und der sich geweigert hatte, Lösegeld für seine entführte Frau zu zahlen. Von Maria Hummel fehlte noch immer jede Spur.

Lale schluckte. Warum sollte sich der alte Hummel ausgerechnet hier im Mordgrund erhängen? Wie war er überhaupt hierher gekommen? Zu Fuß? Als sie sich umsah, entdeckte sie nur Einsatzfahrzeuge und Jobsts Angeberkutsche.

»N'Abend.« Lale schob sich zu Dr. Kowalski durch. »Können Sie schon etwas Genaueres sagen?«

»In der Tat.« Kowalski rückte seine dicke Brille zurecht. »Dieser Mann ist auf jeden Fall tot. Ganz offensichtlich Genickbruch.« Er räusperte sich. »Nun, dass diese Leiche männlich ist, ist bislang eine spekulative, aber sehr wahrscheinlich gültige These.«

Lale verzog das Gesicht. »Sie müssen nicht nachschauen. Das ist ein Mann, und ich kenne ihn. Es ist der Vater des ermordeten Azubis.«

»Der Diazepam-Mord.« Kowalski nickte wissend und gab den Spurensicherern ein Zeichen. »Meine Herren, die Höhe müsste stimmen. Lassen Sie ihn bitte jetzt ins Seil sacken.«

Mit einem Ruck fiel Hilmar Hummel in die Schlinge und baumelte am Baum. Lale sah schnell zur Seite.

»Noch einmal anheben bitte«, verlangte Kowalski. »Etwas höher, bitte. Ja, so … Und sacken lassen.«

Lale schüttelte sich.

»Hmh«, machte Kowalski. »Der Genickbruch ist klar. Aber er müsste sich aus großer Höhe stranguliert haben. Mindestens ein Stuhl, wenn nicht ein tischhoher Baumstamm.« Er sah sich um. »Hier ist aber nichts dergleichen.«

»Nun machen Sie sich mal nicht unseren Kopp, Meister«, sagte einer der Spurensicherer. »Wir nehmen die leckere Leiche jetzt mal ab, und morgen haben Sie sie gleich früh auf dem Tisch.«

Dr. Kowalski krabbelte von seiner Trittleiter. »Nein, nein, meine Herren. Das ist ein Irrtum. Bringen Sie den Toten bitte umgehend in mein Institut.« Er nickte Lale zu. »Ich nehme an, es ist in Ihrem Sinne, Frau Kommissarin, dass ich den Herrn sogleich äußerlich wie innerlich besichtige.«

»Unbedingt«, antwortete Lale. »Wenn wir Sie nicht hätten, Doktor Kowalski …« Sie verabschiedete sich von dem emsigen Rechtsmediziner und steuerte auf Jobst zu, der mit einem jungen Mann sprach. Der Mann hielt einen Schäferhund an der Leine.

»Und Sie sind sich sicher, ein Fahrzeug gesehen zu haben?«, fragte Jobst.

Der junge Mann tätschelte seinen Hund. »Das habe ich Ihnen doch schon gesagt. Ich habe einen Motor gehört. Dann ist ein Auto weggefahren. Aber gesehen habe ich nicht viel, weil der Wagen ohne Licht fuhr. Wir konnten gerade noch zur Seite springen, mein Lucky und ich.« Er strich über den Hundekopf. Lucky hechelte.

»Und das kam Ihnen nicht seltsam vor?«, klinkte sich Lale ein.

»Nicht besonders«, erklärte der Hundehalter. »Ich hatte es schon fast vergessen, bis ich ihn dann da hängen sah.«

Lale runzelte die Stirn. »Wer immer in diesem Auto saß, muss ihn doch auch gesehen haben.«

»Halten Sie sich bitte zu unserer Verfügung«, bat Jobst. »Der Polizist dort wird Ihre Personalien aufnehmen.« Dann wandte er sich an Lale. »Du siehst abgekämpft aus. Soll ich dich nach Hause bringen?«

Lale nickte matt. »Für heute bin ich satt. Dieser Fall wird immer irrer.«

Auf der Fahrt hatte Lale nicht einmal mehr Lust mit Jobst zu streiten. In ihrem Kopf schwirrten die Informationen durcheinander wie die Daten in Ronnys Dateien. Sie seufzte.

»Geht einem doch ganz schön an die Nieren, so ein Selbstmord.« Jobst lenkte den Wagen über den Schillerplatz und fuhr mit etwa sechzig Stundenkilometern durch die Dreißigerzone. »Ich verstehe ja, dass es Situationen gibt, in denen man nicht mehr will. Aber sich aufzuhängen. Ein martialischer Tod.« An der abknickenden Vorfahrt steuerte er geradeaus in die Goethe-Allee.

»Das war kein Selbstmord«, sagte Lale. »Und selbst wenn der alte Hummel sich umgebracht hätte … Der hätte sich am letzten Balken seiner abgefackelten Werkstatt aufgeknüpft.«

»Du kanntest ihn wohl besser?«, fragte Jobst, als sie die kleine Straße durch den Blasewitzer Waldpark passierten.

»Das wüsstest du, wenn du dich nicht in erster Linie für die Presse interessieren würdest, oder für das Drogendezernat.« Lale gähnte. »Ich habe zwei, drei Mal mit ihm gesprochen. Besser kannte ihn wohl sonst auch niemand.« Sie dachte an Pit. Sie musste unbedingt noch unter vier Augen mit ihm sprechen. Hoffentlich war er zu Hause, wenn sie kam.

Jobst bog in die Straße ein, in der Lale wohnte. »Soll ich noch mit raufkommen?«

Lale stutzte. »Warum? Fühlst du dich so einsam?«

»Nein, aber du vielleicht.« Jobst hielt vor ihrem Haus.

Lale sah ihn an. »So einsam kann ich mich gar nicht fühlen. Gute Nacht.«

Sie stieg aus, ging ins Haus und eilig die Treppe hinauf. Was für ein Tag. Jetzt noch kurz bei Pit eine Ansage machen, dann brauchte sie dringend eine Mütze voll Schlaf.

Als sie die Wohnung betrat, hörte sie Gemurmel aus Pits Zimmer. Lale lauschte kurz, klopfte an und trat ein. »Hallo Sohn, ich muss noch dringend mit dir …« Sie stutzte. Auf dem Stuhl vor Pits Schreibtisch saß Holger Hummel.

Er erhob sich sofort, kam auf Lale zu und begrüßte sie mit seiner typischen linkischen Verbeugung. »Gute Nacht, Frau Kommissarin.«

»Ich wusste nicht, dass Pit Besuch hat.« Lale überlegte. »Haben Sie Nachricht von Ihrer Mutter?«

Holger Hummel schüttelte seinen großen Kopf. »Nein, Mutti ist noch immer weg. Und auch Herr Hans Sommer, der Entführer, hat sich nicht mehr gemeldet.«

»Hans Sommer?«, fragte Lale irritiert. »Ach so, der Name im Mailabsender. Holger, Sie glauben doch nicht wirklich, dass der Entführer Hans Sommer heißt, oder?«

»Hans Sommer?«, mischte Pit sich ein. »Das war doch ein Mathematiker, der gleichzeitig ein ziemlich genialer Komponist war.«

»Was? Wer?« Lale sah ihren Sohn verwundert an. »Wie kommst du denn jetzt darauf?«

»Holger und ich haben letztens erst über ihn gesprochen«, erzählte Pit. »Der lebte um die Jahrhundertwende. Aber Holger weiß viel mehr über ihn, sind ja seine Disziplinen, Mathe und Mucke.«

Lale dachte an den toten Ronny und an Hilmar Hummel, der gerade noch am Baum gebaumelt hatte. Sie konnte unter diesen Umständen nicht den offiziellen Weg abwarten. »Holger, ich muss kurz mit Ihnen sprechen. Unter vier Augen.«

»Och Mama«, maulte Pit. »Musst du mitten in der Nacht hier zu Hause ermitteln, oder was?«

»Bitte, Holger. Es ist sehr wichtig.« Lale klang so ernst, dass Pit verstummte.

»Selbstverständlich, Frau Kommissarin.« Holger Hummel folgte Lale ins Wohnzimmer und nahm den angebotenen Platz ein. Wie ein Fremdkörper saß der junge Mann aufrecht auf der Sofakante.

»Holger, ich komme gerade …« Lale rang nach Atem. »Also, wir haben heute Abend einen Toten gefunden.«

»Oh.« Holger sah sie treuherzig an. »Wie traurig.«

Lale nickte. »Ganz recht, denn dieser Tote ist Ihr Vater.«

»Oh«, sagte Holger Hummel tonlos. »Das hätte ich ihm nicht zugetraut.«

»Was hätten Sie Ihrem Vater nicht zugetraut?« Lale musterte ihn aufmerksam.

»Dass er sich erhängt«, erklärte Holger sachlich. »Das hätte ich ihm nicht zugetraut.«

Verlockt und verfilzt

Als Lale am frühen Morgen in der Mordkommission eintraf, wirkte alles ruhig. Nur Kroko war wieder einmal früher als alle anderen da. Die Tür zu seinem Büro war nur angelehnt, und Lale hörte ihn leise vor sich hin brabbeln.

Sie klemmte sich die aktuelle Ausgabe der »Nordostdeutschen Zeitung« unter den Arm und schob Krokos Bürotür auf. »Moin, Kollege. Alles klar?«

»Alles bestens.« Kroko sah kaum von seiner Liste auf. »Danke noch mal für die Informationen von Frau Doktor Gerste.« Er lief auf und ab und malte Haken auf seine Liste. »So, den hätten wir. Der war nicht dabei …«

Lale wandte sich zum Gehen.

»Ach Frau Petersen, wenn sie die Vernehmung übernehmen könnten. Die Dame sitzt schon in Ihrem Büro«, sagte er. »Ich muss das dringend noch fertig auswerten.«

»Geht klar.« Lale ging hinüber in ihr Büro.

»Morgen!«, rief sie der jungen Frau auf dem Besucherstuhl zu und warf die Zeitung auf ihren Schreibtisch. »Ich bin gleich bei Ihnen.«

Die Frau zuckte zusammen.

»Ich mache Kaffee.« Lale zog die Kanne aus dem Regal und lief damit hinaus über den Flur zur Damentoilette. Während das Wasser in die Kanne lief, sah sie in den Spiegel. »Na, du Herrin der Augenringe.« Dann schoss sie zurück ins Büro, um den Wassertank der Maschine zu befüllen. Wohlwollend registrierte Lale, dass die Tassen im Regal gespült waren. Sie löffelte murmelnd Kaffeepulver in den Filter. »Fünf, sechs, sieben, acht …«

»Kann ich wohl mal die Toilette benutzen?«, fragte die fremde Frau.

»Klar, gleich dort über den Flur«, sagte Lale und wies auf die zweite Bürotür. »Mist, wo war ich jetzt? Zwölf? Ach, egal …«

Sie schüttete reichlich Pulver aus der Packung in den Filter und drückte den Startknopf.

Dann ließ sie sich in ihren Schreibtischsessel fallen. Da lag noch dieser Anhörungsborgen wegen der Anzeige. Den sollte sie endlich mal ausfüllen und zurückschicken, um sich nicht noch mehr Ärger einzuhandeln. »Äußerungsbogen« war die korrekte Bezeichnung, wie die Überschrift verriet.

Lale studierte die sechs ankreuzbaren Antwortmöglichkeiten zum Vorwurf des »unerlaubten Entfernens vom Unfallort«.

Die junge Frau erschien wieder in der Tür.

»Setzen Sie sich«, sagte Lale freundlich. »Solange der Kaffee durchläuft, erledige ich erstmal den Formalkram.« Sie schüttelte grinsend den Kopf. »Nun hören Sie sich das an. Erstens: Ich möchte mich äußern, zweitens: Ich gebe die Straftat zu, und drittens: Ich möchte von der Polizei vernommen werden ...« Lale sah auf. Die junge Frau hatte wieder auf dem Besucherstuhl Platz genommen und sah sie aufmerksam an. »Aber das geht noch weiter. Viertens: Mit der Einstellung des Verfahrens gegen eine Geldbuße wäre ich einverstanden. Fünftens: Ich gebe die Straftat nicht zu, sechstens: Ich möchte mich nicht äußern.« Lale warf das Papier auf den Schreibtisch, sprang auf und war mit wenigen Schritten neben der blubbernden Kaffeemaschine.

»Nehmen Sie Milch oder Zucker?« Lale füllte eine Tasse mit Engelsmotiv.

»Gar nichts, danke«, antwortete die Frau leise.

Lale reichte ihr die Tasse. »Wie praktisch. Ich weiß nämlich gar nicht, wo meine Kollegin diese Zutaten versteckt.« Sie schenkte sich ebenfalls eine Tasse ein und latschte schlürfend zurück an den Schreibtisch. »So, welche Antwort nehmen wir denn nun? Was meinen Sie?«

Die junge Frau wirkte ernst. »Ich gebe die Straftat zu?«

»Echt?« Lale verzog das Gesicht. »Ich weiß nicht, ob das so ratsam ist. Ich frage mal lieber beim Staatsanwalt nach.« Sie griff zum Telefonhörer und tippte die Kurzwahl von Jobsts Büro. Er war zwar lästig, aber manchmal eben doch ganz praktisch. »Jobst? Ich bin's. Ich habe eine Frage.«

»Guten Morgen, Lale.« Jobst klang erfreut. »Schön, dass du anrufst.«

»Ja, ja, du mich auch.« Lale verdrehte die Augen. »Ich brauche nur mal kurz Hilfe.«

»Oh, ich helfe dir gern«, säuselte Jobst.

»Vor mir liegt dieser Äußerungsbogen, und ich weiß nicht so recht, was ich antworten soll.«

»Diese Unfall-Geschichte mit der Anzeige«, kombinierte Jobst. »Auf gar keinen Fall irgendetwas zugeben.«

»Meinst du das ernst, oder ist das nur dein persönliches Prinzip?« Lale kritzelte auf dem Rand ihrer Zeitung herum.

»Dialogbereit zeigen und Zeit gewinnen«, riet Jobst. »Das ist bei juristischen Dingen genau so wie im Privaten.« Er lachte sonor. »Nee, im Ernst, da gibt es noch so einen Punkt wie ›Ich möchte eine Aussage machen‹ oder ›Ich möchte vernommen werden‹ oder so ähnlich …«

Lale nickte in den Apparat. »Du meinst sicher ›Ich möchte von der Polizei vernommen werden‹.«

»Genau«, sagte Jobst. »Dann müssen die sich erst wieder melden. Das dauert eine Weile. Es gib ja ohnehin nur einen Zeugen, und vielleicht werden die bei der Verkehrspolizei dann feststellen, dass der inzwischen verstorben ist, und zwar nicht an den Folgen des angeblichen Unfalls.« Jobst lachte. »Dann fragen sie bei euch an, um das Ganze dann an uns weiterzuleiten. Und irgendein Staatsanwalt wird dich in ein paar Wochen oder Monaten schriftlich über die Einstellung des Verfahrens informieren.«

»Deutschland paradox.« Lale seufzte. »Gut, dann nehmen wir Drittens.«

Die junge Frau sah sie aus weit aufgerissenen Augen an.

»Sag mal Lale«, hob Jobst an. »Dieser Zeitungsartikel geht doch auf dein Konto, oder?«

»Nicht direkt. Die Idee stammt von Natascha. Und dann haben alle daran mitgewirkt. Na ja, fast alle.«

Jobst lachte erneut. »Ich habe gerade den Durchsuchungsbeschluss fürs Sozialministerium unterschrieben. Wir werden den Laden heute noch gründlich auf den Kopf stellen. Ich will an die alten Patientenkarteien und alle Testreihen der letzten vierzig Jahre für alle Landeskrankenhäuser in Sachsen. Wenn an der Geschichte etwas dran ist … Eine unglaubliche Sauerei!«

Lale zog die Augenbrauen hoch. »Zweifelst du unsere Ermittlungen an?«

»Aber nein«, erwiderte Jobst schnell. »Ich übe den vorsichtigen Jargon für die diversen Pressekonferenzen.«

»Mit Natascha, was?«, fragte Lale spitz. »Denkt an den Datenschutz. Nicht, dass das Ganze nachher nicht vor Gericht verwendbar ist.«

»Wer ist denn hier der Jurist?« Jobst räusperte sich.

»Oh, das ist der, der niemals über interne Ermittlungen mit irgendwelchen attraktiven Pressetanten sprechen würde«, konterte Lale. »So einer kann vielleicht doch mal einen Tipp gebrauchen.«

»Touché. Allerdings interessieren mich nicht die Wehwehchen der Patienten, sondern nur die Existenz ihrer Akten und gegebenenfalls die vorliegenden schriftlichen Einverständniserklärungen.«

»Bei Letzterem werdet ihr wohl nicht fündig«, prognostizierte Lale. »Ihr müsst sie nur gehörig in die Mangel nehmen.« Sie sah, dass sich ihre Besucherin ängstlich an die Kaffeetasse klammerte. »Jobst, ich muss Schluss machen, habe noch eine Vernehmung.« Sie legte auf und zwinkerte der verängstigten Frau zu.

In diesem Moment klopfte es, und Kroko öffnete einen Spalt breit die Tür. »Frau Petersen, das Drogendezernat hat gerade für Sie angerufen.«

»Drogendezernat?«

»Ja. Ich wollte durchstellen, aber bei Ihnen war besetzt«, erklärte der Kollege. »Es war irgendwas mit Ihrem Sohn …«

Lale wurde heiß. »Mit Pit?«

»Das nehme ich an. Oder haben Sie noch einen Sohn?«

Lale räusperte sich. »Was hat der Kollege denn gewollt?« Ihre Stimme war belegt.

»Fragen Sie am besten selbst nach«, schlug Kroko vor. »Ich muss weitermachen. Ihr, ähm, Ihr Staatsanwalt braucht meine Auswertungen für die Haftbefehle.«

Lale schluckte schwer. »Gut.« Dann wühlte sie hektisch im allgemeinen Telefonverzeichnis nach den Nummern des Drogendezernates und wählte die erstbeste. Als sie aufsah, war Kroko schon wieder verschwunden.

»Entschuldigung.« Lale nickte der fremden Frau zu. »Aber das ist dringend. Bedienen Sie sich, wenn Sie noch Kaffee möchten.« Lale horchte. »Mist, besetzt.« Sie nahm die nächste Durchwahl. Auch hier kam nach einmaligem Klingeln das Besetztzeichen. »Verdammt noch mal!«

Kaum hatte sie aufgelegt, klingelte das Handy in ihrer Jackentasche. »Pit?«

»Guten Morgen. Spreche ich mit Kommissarin Petersen?« Das war die Stimme von Dr. Kowalski.

»Ja, hallo.« Lale schnaufte.

»Ich möchte Ihnen die vorläufigen Ergebnisse der jüngsten Obduzierung mitteilen«, erklärte der Rechtsmediziner. »Der Tote war bereits tot, als man ihn an diesem Baum aufgehängt hat. Er starb zu einem weitaus früheren Zeitpunkt als der Genickbruch stattfand. Und er starb an Herzversagen.«

»Ach«, machte Lale. »So wie sein toter Sohn?«

Kowalski räusperte sich. »Spuren einer Injektion habe ich nicht entdecken können. Allerdings gebe ich zu bedenken, dass es widersinnig wäre, bei einem normalen Herzversagen einen Selbstmord zu inszenieren.«

»Da stimme ich Ihnen zu.« Lale wippte mit dem Fuß. Es war doch klar, dass man Hummel ermordet hatte. Was sie vielmehr interessierte, waren das Warum und wer es getan hatte. Was sie allerdings im Moment am allermeisten interessierte war, warum man Pit im Drogendezernat festhielt; obwohl sie sich darauf durchaus eine Antwort zusammenreimen konnte.

»... und so habe ich einen Schnelltest in der Toxikologie veranlasst«, sagte Kowalski gerade.

»Sehr gute Arbeit«, lobte Lale, obwohl sie einen Großteil seiner Ausführungen gar nicht mitbekommen hatte. »Melden Sie sich, wenn es weitere Ergebnisse gibt. Tschüs.« Sie drückte das Gespräch weg und schielte aufs Display. Der Akkustand war bedenklich niedrig. Lale griff wieder zum Festnetzapparat und drückte die Wahlwiederholung.

»Piiep, piiep, piiep.«

»Gottverdammich!« Lale warf den Hörer mit Schwung zurück auf die Gabel.

Kroko steckte erneut den Kopf zur Tür herein. »Besprechung!«

»Ja, ja.«

Die fremde Frau auf dem Besucherstuhl schaute verschreckt. Die hatte sie ja fast vergessen. Lale fasste sich an die Stirn. Ausgerechnet einem traumatisierten Überfallopfer mutete sie ihre miese Stimmung zu. Sie musste sich wirklich zusammenreißen.

Wieder klingelte Lales Handy. »Pit« prangte auf dem Display. Lale riss das Telefon ans Ohr. »Pit!«

»Hallo Mama!« Er klang fröhlich. »Du, ich bin hier in der Polizeidirektion. Und weil du heute schon ...«

»Warum bist du nicht in der Schule?«, unterbrach ihn Lale barsch.

»Ich bin heute freigestellt«, berichtete Pit. »Ich dachte mir, wir könnten zusammen ...«

»Freigestellt? Von wem?« Lale schnaubte. »Oder meinst du vielleicht ›kaltgestellt‹? Haben sie dich auf dem Schulhof erwischt?«

»Mama! Jetzt hör mir doch mal zu.«

»Besprechung«, dröhnte Gerste von nebenan. »Wird's bald?«

»Piiiep.« Mit einem elektronischen Seufzer verabschiedete sich Lales Handy.

»Scheiße, verdammt!« Hatte sie hier nicht noch irgendwo das Ladekabel?

»Petersen!« Gerste war sauer.

»Ja, ich komm ja schon.« Lale schnappte sich die Zeitung und sprang auf. Dann fiel ihr Blick wieder auf die junge Frau. »Hier.« Sie drückte ihr die »Nordostdeutsche Zeitung« in die Hand. »Ich bin gleich wieder bei Ihnen. Dann geht es endlich los, versprochen.«

Sie huschte hinüber ins Chefbüro und schloss sorgfältig die Tür hinter sich.

Gerste sah sie missbilligend an. »Wir haben keine Zeit.«

»Ich auch nicht«, gab Lale zurück. »Machen wir es also kurz. Die Staatsanwaltschaft durchsucht das Ministerium. Hilmar Hummel ist der Tote von gestern Abend. Er wurde ermordet, vermutlich vergiftet, dann an einen Baum gehängt, um einen Selbstmord vorzutäuschen. Soweit ich weiß, ist Maria Hummel noch immer verschwunden. Und es gibt auch keine Nachricht von ihrem Entführer.« Sie holte tief Luft. »Kroko, wie weit sind die Auswertungen?«

»Mein Text«, warf Gerste ein.

»Egal«, entgegnete Lale. »Hauptsache, er wird gesprochen.«

»Ich habe drei Betroffene gefunden«, sagte Kroko.

»Sprechen Sie am besten mal direkt mit Lucy Nebel«, schlug Lale vor. »Die war damals dabei.«

Gerste schüttelte unwillig den Kopf. »Mit der Kollegin meiner Frau?«

»Ja, genau. Wo ist denn Mandy?«

»Bei Paul Winter«, antwortet Gerste knapp. »Gibt Interviews.«

»Aha?« Lale runzelte die Stirn.

»Wie weit sind Sie mit der Vernehmung?«, fragte Kroko. »Herr Winter braucht die Informationen doch sicher für seine Pressekonferenz.«

»Nein.« Gerste schüttelte energisch den Kopf. »Keine weiteren Interna an die Presse.« Er klopfte auf die aktuelle Ausgabe der »NODZ«, die auf seinem Schreibtisch lag. »Auf wessen Kappe geht das?«

»Im Zweifelsfalle auf meine.« Lale stöhnte auf.

»Und warum werde ich nicht gefragt, oder wenigstens informiert?« Gerste sah Lale durchdringend an. »Der Polizeipräsident hatte heute schon den persönlichen Referenten des Ministers am Apparat.«

»Tja, und das Ministerium hat jetzt die Ermittlungsbehörden am Bein.« Lale verschränkte die Arme vor der Brust. »Sie glauben doch wohl nicht, dass mich Präsidenten, Minister oder Referenten aufhalten würden …«

Gerstes Augen wurden zu Schlitzen. »Ich bin nicht begeistert von diesem Durcheinander, aber wenn es konkrete Beweise gibt, soll es mir recht sein, den Druck öffentlich aufzubauen.« Er deutete auf Kroko. »Sie begleiten mich. Wir fahren ins Ministerium.« Dann wanderte sein Blick zu Lale. »Und Sie übernehmen die Stallwache. Vernehmung, Protokoll, Überführung in die Forensik, Abschluss des leidigen Überfall-Falles.«

»Vom Schreibtisch aus?« Lale verstand nicht, wovon Gerste sprach. Aber die Aussicht, ihn loszuwerden und sich endlich um Pit kümmern zu können, erschien ihr verlockend.

»Frau Schneider kommt dann auch«, kündigte der Chef an. »Und Sie handeln nicht eigenmächtig. Das heißt, Sie warten meine Anweisungen ab.«

»Aye, aye.« Lale tippte sich an die Stirn.

Lale verschwand wieder in ihr Büro.

Nanu. Wo war denn die verschreckte junge Frau? Auf der Toilette vielleicht?

Sie würde später nachsehen. Jetzt brauchte sie dringend das Ladekabel für ihr Handy. Lale wühlte in ihren Schreibtischschubladen. Nichts. Dann schob sie die Papiere auf dem Schreibtisch von einer Seite zur anderen und wieder zurück.

Mist! Lale warf sich in den Sessel und drehte eine Runde um sich selbst. Ha, da war ja das Kabel. Es steckte noch in der Steckdose. Flink drehte sie sich zurück und betrachtete das Chaos auf ihrem Schreibtisch. Und wo war jetzt das Handy? Sie schichtete erneut Papierstapel um. Da! Lale schnappte sich das Telefon und steckte es an das Ladekabel, als sie hinter sich eine vertraute Stimme hörte.

»Hey, Lala-Mama! Na, im Stress?« Pit stand in der Tür. »Ich hatte gehofft, mit dir wenigstens einen Kaffee trinken zu können, nachdem du heute Morgen so früh verschwunden bist.«

Lale musterte ihn argwöhnisch. »Haben sie dich so einfach wieder gehen lassen?«

Pit grinste breit. »Natürlich nicht. Ich habe zwei Geiseln erschießen müssen und mir den Weg hierher frei gesprengt.«

»Ganz die Mutter, was?« Nun musste auch Lale schmunzeln. »Ich höre …« Sie sah ihn auffordernd an.

»Ich habe meinen Auftrag erledigt und meine Ausbeute abgeliefert«, erklärte Pit. »Für die Asservatenkammer.«

»Du siehst mich ratlos, wenn nicht sprachlos«, entgegnete Lale.

»Hat Papa dir denn nichts erzählt?«, fragte Pit.

Lale winkte ab. »Der erzählt viel, wenn der Tag lang ist. Sogar, wenn er nur ganz kurz ist.«

»Die Drogenfahndung? Die Razzia?« Pit sah Lale ungläubig an. »Du musst das doch mitbekommen haben.«

»Es war letztens die Rede von einer Razzia«, erinnerte sich Lale. »Und auch von irgendwelchen Undercover-Ermittlungen in der Drogenszene.«

»Siehst du.« Pit nickte. »Und ich habe mitgemacht.«

»Du?« Lale zog die Augenbrauen hoch. »Und jetzt wird deine Polka-Truppe verhaftet? Ich denke, ihr habt heute Abend euren ersten großen Auftritt.«

»Mischa hat auch mitgemacht«, erklärte Pit. »Und der andere Typ, ein Freund von Mischa, Fidel … Der hat das Angebot der Staatsanwaltschaft angenommen. Informantenarbeit statt Vorstrafe.«

In diesem Moment ertönte von nebenan Geschimpfe von Mandy. Sie schob eine Frau vor sich her, und Pit trat schnell zur Seite. Lale staunte. Das war doch die Frau, die bis eben noch verschreckt hier gesessen hatte.

»So, hinsetzen! Reden!« Mandy schubste sie recht unsanft in Richtung Stuhl. »Spaziert die hier in aller Seelenruhe durchs Gebäude. Ich glaub's ja nicht!«

»Frau Schneider, was soll das?«, fragte Lale streng.

»Hallo, Lale.« Mandy setzte sich an ihren Schreibtisch. »Sag mal, hast du sie einfach laufen lassen, oder was?«

»Warum denn nicht? Wir sind bisher noch nicht zur Vernehmung gekommen.« Sie wandte sich an die ängstlich dreinblickende junge Frau. »Wollen wir lieber unter vier Augen sprechen?«

»Nischt gibt's!«, widersprach Mandy. »Ich bleibe hier, bis sie gestanden hat.«

»Ähm, bevor hier gleich die Schlägerei losgeht, trete ich den geordneten Rückzug an. Und vergesst das Konzert heute Abend nicht. Ich rechne fest mit euch.« Pit winkte. »Ahoi, die Damen.« Weg war er.

Lale schüttelte verständnislos den Kopf. »Also, dann erzählen Sie mal. Wann und wo hat dieser Typ Sie überfallen? Wieder mit Maske und ein Angriff von hinten?«

»Lale!« Mandy sprang auf. »Sie ist kein Opfer. Sie ist der Täter, oder besser die Täterin!«

»Wie lange quatschen die da drüben denn noch?« Lale tigerte vor ihrem Schreibtisch auf und ab.

»Bei dem Schaden, den die Gute hat«, meinte Mandy. »Schleicht nachts durch den Großen Garten und haut Frauen um. Wenn sie Probleme mit ihrer Eifersucht hat, soll sie doch Männer attackieren.«

»Die Vorstellung gefällt dir, was?« Lale grinste. »Ich nehme an, dass sie vor lauter Angst, Opfer zu werden, zum Täter mutierte. Wer weiß, was die Arme erlebt hat. Sie wirkt doch mehr ängstlich als gefährlich.« Lale sah auf die Uhr. »Jeden Moment kann mein spezieller Freund Tzschilpner mit seiner

Frau hier auftauchen, und ich will Anabel bei dem Gespräch dabeihaben.«

»Wir nehmen uns dieses saubere Pärchen getrennt vor«, schlug Mandy vor. »Ist doch interessant, dass Sabine Tzschilpner, geborene Schwertfeger, gelernte Krankenschwester ist.«

Plötzlich flog die hintere Bürotür auf. Lale fuhr herum.

Paul Winter betrat den Raum, als agiere er auf großer Bühne. »Sagenhaft! Sehr, sehr gut!«

Lale verdrehte die Augen. »Jetzt will er wieder, dass wir nachfragen, was los ist«, sagte sie zu Mandy.

Die nickte. »Also Paul, was gibt's?«

»Die Spannung, die Gefahr, das Warten …« Der Presse-Paul machte eine dramatische Pause. »Und dann *diese* Pointe!«

»Ihre Pressekonferenz ist also gut gelaufen«, stellte Lale fest.

Winter lächelte herablassend. »Hervorragend, sozusagen. Ich habe der Journaille genau die Situation geschildert, in all ihren Facetten …«

»Paul, du warst doch gar nicht dabei.« Mandy kicherte.

Winter ließ sich nicht beirren. »Die entzückende junge Kommissarin Mandy Schneider als Lockvogel, die Anspannung, diese nackte Angst, und dann – bamm – der Angreifer, und es ist eine arme verwirrte Frau.« Der Pressesprecher schien aus einer fernen Welt zurückzukehren. »Hach, das sind Geschichten, die die Menschen berühren.« Dann rutschte seine Miene in Verärgerung ab. »Nur Frau Peschkowa hat gefehlt. Von ihr bin ich sehr enttäuscht. Dieser Artikel heute in der Zeitung – und ich werde weder informiert noch zitiert. Das ist nicht die feine journalistische Art.«

Lale grinste. »Irgendwie wird mir unsere Natascha immer sympathischer. Mir wird schon ganz warm ums Herz.«

Mandy kicherte.

»Warum, Frau Petersen, werde ich dieses komische Gefühl nicht los? Aber manchmal wirkt es gerade so, als würden Sie mich nicht ernst nehmen.«

Lale lachte auf. »Ach, Herr Winter, das täuscht.«

»Dann ist es ja gut.«

»Ich meinte das ›Manchmal‹. Das ›Manchmal‹ täuscht.«

Von nebenan waren jetzt Stimmen zu hören. Bevor sich Winter von seinem Schrecken erholen konnte, hatte Lale die Verbindungstür aufgerissen. Sie sah, dass Anabel die traumatisierte Täterin warmherzig verabschiedete, während zwei Uniformierte warteten.

»Können wir dann endlich?«, drängelte einer der beiden und tippte auf seine Uhr.

Lale war zwar ebenfalls ungeduldig, doch sie konnte sich einen Anflug von Mitleid für die junge Frau nicht verkneifen. Wie lange würde sie wohl hinter den Schleusen der Forensik verschwinden?

Auf dem Flur nahmen die Uniformierten die junge Frau in die Mitte und führten sie ab. Just in diesem Augenblick trat Tzschilpner aus dem Aufzug. Sein Blick folgte den Uniformierten. Die Frau, die nach ihm dem Aufzug entstieg, musste seine Frau Sabine sein. Sie war klein, etwas üppig und hatte eine blondgesträhnte Pagenkopffrisur.

Lale wunderte sich. Unter Frau Tzschilpner hatte sie sich ein mondäneres und jüngeres Wesen vorgestellt. Diese Frau wirkte nahezu bieder.

»Sind Sie etwa noch nicht suspendiert?«, begrüßte Tzschilpner Lale unfreundlich.

»Wenn Sie mich provozieren, werde ich vermutlich wegen besonderer Leistungen befördert«, entgegnete Lale. »Nehmen Sie doch bitte die nächste Tür rechts und gehen zu meiner Kollegin.« Sie deutete auf die Tür, die vom Flur aus in ihr Büro führte. »Wir wollen einen unserer besten Verdächtigen schließlich nicht seelisch überfordern.«

Dann wandte sich Lale an Sabine Tzschilpner. »Und Sie kommen bitte mit mir.«

Anabel kam hinter dem Schreibtisch ihres Mannes hervor. »Doktor Gerste. Nehmen Sie doch bitte Platz, Frau Tzschilpner.«

»Ach?« Die Frau schaute Lale an und musterte dann Anabel neugierig. »Mein Mann hat zwar von jemandem namens Gerste gesprochen, aber ich dachte, es handele sich um einen Mann …«

»Tja.« Lale bemühte sich um ein verbindliches Lächeln. »Wir wissen doch, wie Männer sind. Kaum sitzt eine attraktive Frau vor ihnen, noch dazu mit akademischem Titel und Cheffunktion, da fangen sie vorsichtshalber schon mal an zu lügen.«

Anabels Mundwinkel zuckten kurz, doch sie ließ sich nichts anmerken.

»Sie können jedenfalls sicher sein, dass keine der Damen in unserer Abteilung auf die Avancen Ihres Mannes eingegangen ist.« Lale lächelte so vertrauenerweckend wie möglich.

Sabine Tzschilpner sah überrascht von einer zur anderen. »Wollen Sie damit etwa andeuten, dass es anders war, als mein Mann erzählt hat? Nicht Sie sind ihm zu nahe getreten, sondern …?«

»Ich deute nicht an, ich werde konkret«, sagte Lale. »Sagen Sie mal, Sabine … Ich darf Sie doch so nennen?« Es folgte kein Dementi. »Wie gut versteht sich Ihr Mann eigentlich mit Ihrem Bruder Holm?«

»Wie kommen Sie denn jetzt darauf?« Sabine Tzschilpner wirkte noch verwirrter.

»Halten Sie es für möglich, dass Ihr Mann Geschäfte mit Ihrem Bruder macht?«, schaltete sich Anabel ein.

»Geschäfte, die ebenso am Rande der Legalität liegen wie ihre Abwicklung am Rande der Dresdner Heide.« Lale zückte Papierabzüge von den Bildern, die Kroko auf dem Parkplatz von Tzschilpner und dem Staatssekretär geschossen hatte, und deutete auf die festgehaltene Übergabe. »Was meinen Sie wohl, was in diesem Umschlag ist?«

Frau Tzschilpner zuckte mit den Achseln.

»Geld.« Lale beobachtete sie genau.

»Na und?« Sabine Tzschilpner wich Lales Blick aus. »Wer sagt denn überhaupt, dass dieser verkleidete Mensch da mein Bruder ist?«

»Ihre Reaktion sagt uns das.« Anabel verschränkte die Arme vor der Brust.

»Und die Aussagen von Zeugen«, ergänzte Lale. »Wie gut kennen Sie Rita Hollerbeke?«

»Bitte?« Sabine Tzschilpner zwinkerte.

»Die Frau von Lutz Hollerbeke«, half Lale nach. »Ist sie die Geliebte Ihres Bruders?«

»Was spielt das denn für eine Rolle in dem Zusammenhang?« Sabine Tzschilpner schob die Unterlippe vor.

»In welchem Zusammenhang?«, fragte Anabel. »In dem mit den illegalen Geschäften?«

»In dem Zusammenhang, die Beweise für die heimlichen Pharmatests so zu manipulieren, dass niemand den Hintermännern auf die Schliche kommt?«, legte Lale nach. »Wie gut kannten Sie Ronny Hummel?«

»Wen?« Sabine Tzschilpners Augenlid flatterte. »Wer soll das sein?«

»Falsche Antwort.« Lale baute sich vor ihr auf. »Sie haben auf der Betriebsfeier mitbekommen, dass Ronny Hummel die Auszubildende Susi Hinzmeister belästigt hat.«

»Können Sie Spritzen verabreichen?« Anabel kam um den Schreibtisch herum und stellte sich neben Sabine Tzschilpner.

»Spritzen? Wieso? Ich bin Hausfrau«, sagte Sabine Tzschilpner trotzig.

»Jetzt, ja. Aber Sie sind gelernte Krankenschwester«, erklärte Lale. »Meinen Sie etwa, das wüssten wir nicht?«

»Wir wissen sehr viel mehr als Sie ahnen.« Anabel räusperte sich. »Sprechen Sie mit uns. Das hilft auch Ihnen.«

»Hat Ronny Ihren Mann erpresst?« Lales Ton wurde drohend. »Oder hat er Ihren Bruder erpresst? Wem mussten Sie helfen? Ging es Ihnen ums Geld? Oder hatten Sie Angst vor der Schande?«

Sabine Tzschilpner schwieg. An ihrem Hals zeigten sich rote Flecken.

»Machen Sie den Mund auf!«, verlangte Anabel in einem Tonfall, den Lale ihr gar nicht zugetraut hätte.

»Sie waren an jenem Montag in der Firma Ihres Mannes.« Lale bemühte sich um einen sachlichen Tonfall. »Der Tag, an dem der Azubi getötet wurde. Dafür gibt es zwei Zeugen, Susi und Lutz

Hollerbeke.« Sie holte tief Luft. »Ronny starb an einer Überdosis Diazepam, die ihm intravenös verabreicht wurde. Von Ihnen, stimmt's?«

Anabel legte Frau Tzschilpner unvermittelt eine Hand auf die Schulter. »Los, reden Sie es sich von der Seele. Wir wissen doch, dass Sie nur im Auftrag gehandelt haben …«

Sabine Tzschilpner schien in sich zusammenzusacken.

»Wer hat Sie mit dieser Injektion beauftragt?« Lale vermied das Wort »Mord«. »Hat Ronny Sie und Ihren Mann bedroht? Wir wissen, dass er seine Umgebung gern quälte.«

Die Frau schluchzte auf. »Holm hatte, also mein Bruder, der hatte … Angst vor diesem seltsamen Kerl. Holm sagte, der sei richtig gefährlich. Und dann Susi, die arme Susi … Die hatte schreckliche Angst vor ihm.«

Lale dachte an die Situation, in der sie den toten Ronny im Serverraum vorgefunden hatten. »Wie haben Sie es denn geschafft, dem jungen Mann eine Spritze zu verabreichen? Hat er sich denn nicht gewehrt?«

Sabine Tzschilpner schüttelte den Pagenkopf. »Nein. Wir haben …« Sie zögerte. »Susi hat. Also, Susi hatte ihm schon etwas Valium in seinen Tee gemischt.« Sie zog ein Taschentuch aus der Tasche und schnäuzte sich geräuschvoll. »Der Kerl schlief, als ich ihm die Spritze gesetzt habe.«

»Ganz schön kaltschnäuzig«, stellte Lale fest. »Dann hat Ihr Mann mit dem Mord gar nichts zu tun?«

Sabine Tzschilpner schüttelte den Kopf. »Timo weiß gar nicht, dass ich von diesen Geschäften weiß. Ich habe nur mit meinem Bruder gesprochen.«

»Blut ist dicker als Wasser.« Anabel nickte wissend. »Das bestätigt sich in der Praxis immer wieder.«

Lale wandte sich um und betrat ohne anzuklopfen ihr Büro. »Na, Herr Tzschilpner, wussten Sie, dass Ihre Frau im Auftrag Ihres Schwagers Ihren Azubi ermordet hat?« Erst jetzt schloss sie die Tür hinter sich. »Im Übrigen mit Unterstützung Ihrer Empfangs-Susi.«

»Nein!«, entfuhr es Paul Winter. »Schon wieder eine Frau. Eine meuchelnde Mörderin …«

»Beruhigen Sie sich Winter. Frauen sind keine besseren Menschen. Aber trotzdem sind hier die Hintermänner die eigentlichen Drecksäcke.«

Tzschiplner war blass. Sein schniekes Outfit ließ ihn mit einem Mal verkleidet und deplatziert wirken. »Ich habe doch schon alles gestanden. Die Datenbanken, die erst verschwinden sollten, dann manipuliert werden mussten. Aber Mord? Meine Frau?«

»Er hat zugegeben, dass er diesen Datenauftrag ganz offiziell bekommen hat«, erklärte Mandy. »Und dass es sein Schwager ist, der dahinter steckt.«

»Ich schwöre, ich wusste erst gar nicht, um was für Daten es sich handelt.« Timo Tzschilpner hob die rechte Hand. »Ich habe doch mit diesem IT-Kram nicht viel zu tun, und ich habe mich auf Holm verlassen. Die Firma brauchte das Geld, und er ist doch mein Schwager, Jurist und Staatssekretär. Da denkt man doch an nichts Böses.«

»Das ist ja ein Skandal«, ließ sich Winter vernehmen. »Daten, Ministerien, illegale Geschäfte, Mord. Sachsen und Gomorrha, Filz und Kumpanei.« Der Pressesprecher sah auf seine Uhr. »Es ist schon Mittag. Wenn ich nicht sofort die Pressemitteilung schreibe, muss ich womöglich noch Überstunden machen.« Er eilte zur Tür. »Sie müssen wohl oder übel jetzt auf mich verzichten.«

»Wie unfassbar schrecklich.« Lale grinste breit. Dann blickte auch sie auf die Uhr. In wenigen Minuten begann die von Natascha bereits vorab lancierte Pressekonferenz im Sozialministerium. Die sollten sie sich zunutze machen, damit sich der saubere Herr Staatssekretär nicht doch noch irgendwie aus der Affäre zog. »Komm, Frau Schneider, wir müssen los.«

»Und ich?« Tzschilpner hockte wie ein Häufchen Elend auf dem Stuhl.

»Sie sind festgenommen«, sagte Mandy.

»Wir geben ihn unten auf dem Revier ab«, schlug Lale vor. »Gerste kann ihn sich dann holen, wenn er ihn braucht.«

Zwanzig Minuten später jagte Mandy den Wagen über die Carolabrücke. Sabine Tzschilpner zitterte angesichts Mandys Fahrstils, sodass Lale es schon aus diesem Grunde für angebracht hielt, dass sie mit Handschellen an Lales linken Arm gekettet war.

»Hinter der Kreuzung auf der rechten Seite das weiße Gebäude ist es.«

»Geht klar.« Mandy fuhr in der linken Spur über Dunkelgelb, zog auf die rechte Spur und brachte den Wagen mit quietschenden Reifen vor einem sachlichen Neubau auf der Albertstraße zum Stehen.

Als sie das Gebäude betraten, zückte Mandy ein weiteres Paar Handschellen und kettete sich an den linken Arm der geständigen Mörderin.

»Showtime«, knurrte Lale und sah sich in dem großen Raum um, der vor ihnen lag. Fast alle Sitzplätze waren besetzt. An der hinteren Wand stand ein Tisch, an dem der Minister und Staatssekretär Schwertfeger saßen. Neben ihnen bemühte sich eine elegant gekleidete junge Frau mit Hochsteckfrisur um strukturierte Moderation und rief eine Wortmeldung nach der anderen auf.

»Meine Frage richtet sich an den Herrn Staatssekretär.« In einer der vorderen Reihen erhob sich Natasche Peschkowa. »Wie erklären Sie uns denn bitte, dass ausgerechnet Sie von 1985 bis 1989 für den Pharmakonzern tätig waren, dessen Präparate unter anderem hier in Arnsdorf zur Anwendung kamen, obwohl sie erst in den Neunzigern zugelassen wurden?«

Gemurmel ging durch die Reihen.

»Ist es nicht ein sehr großer Zufall«, fuhr Natascha fort, »dass ausgerechnet die Daten ähnlicher Testreihen von der Firma Ihres Schwagers aufbereitet werden? Und mit aufbereitet meine ich:

gefälscht, damit es keine Beweise für die illegalen Medikamentenversuche gibt.«

In diesem Moment tönten empörte Ausrufe wie »Sauerei!« und »Kriminelle Bande!« von der Seite des Raums. Eine ganze Gruppe von Menschen mit weißen Halstüchern hatte sich hier aufgereiht. Erst jetzt bemerkte Lale, dass es Lucy Nebel war, die ganze vorne stand, die geballte Faust hochgestreckt und rief: »Leugnen ist zwecklos! Wir sind die überlebenden Beweise!«

Die Pressesprecherin versuchte zu beschwichtigen. Ihre Stimme ging jedoch im allgemeinen Durcheinander von Fragen und Zwischenrufen unter. Der Minister hielt sich die Hände vors Gesicht und schüttelte den Kopf. Nur Holm Schwertfeger schien ganz Herr der Lage zu sein.

»Meine Herrschaften«, hob der Staatssekretär an. »Ich verstehe, dass bei solchen Enthüllungen die Emotionen hochkochen. Aber ich werde Ihnen den korrekten Sachverhalt selbstverständlich gern darlegen.« Er machte eine Pause. Kameras klickten, einige Blitzlichter zuckten auf. »Es ist korrekt, dass es die Firma meines Schwagers ist, die das Ministerium mit der Datenverwaltung beauftragt hat. Ein sensibler Auftrag, der des besonderen persönlichen Vertrauens bedarf …«

»Buh!«, schrien Lucy und andere Halstuchträger.

»Bitte hören Sie mir zu«, verlangte Schwertfeger und zeigte eine betont joviale Körperhaltung. »Aber es ist keineswegs so, dass wir Originaldaten verfälscht hätten. Das Gegenteil ist der Fall. Uns erreichten Daten, die sichtbar manipuliert worden waren, sodass ein Experte der DISSEL GmbH in mühevoller Kleinarbeit die ursprünglichen Informationen rekonstruierte.«

»Schluss mit dieser Farce!«, rief Lale. Sabine Tzschilpner unweigerlich in ihrer Mitte, liefen Mandy und Lale an den Stuhlreihen vorbei auf Schwertfeger zu.

Der Staatssekretär blickte erschrocken auf seine Schwester. Bemüht, seine Gesichtszüge unter Kontrolle zu halten, brabbelte er irgendwas von »Datenschutz« und »unzulässigen

Vorverurteilungen«. Er war mit seiner kleinen vorbereiteten Ansprache offensichtlich aus dem Konzept gekommen.

»Halten Sie den Mund«, verlangte Lale. »Jetzt rede ich!« Vor ihr, in der ersten Reihe, saßen Gerste und Kroko. Gerste trug eine unbewegte Miene zur Schau und kochte bestimmt innerlich. Krokos Mimik schwankte zwischen Angst und Neugier. Und da saß auch Jobst und schmunzelte.

»Ich bitte um Ihre Aufmerksamkeit, denn ich möchte Ihnen diese Dame vorstellen.« Lale deutete auf die schreckstarre Sabine Tzschilpner. »Sie ist die Schwester des Herrn Staatssekretärs und mit dem Inhaber der DISSEL GmbH verheiratet. Soeben hat sie gestanden, einen Mitarbeiter, nämlich den so gepriesenen Experten, einen jungen Auszubildenden, im Auftrag ihres Bruders getötet zu haben.«

Schwertfegers Gesicht wurde zunächst blass, dann hochrot. »Das, das ist, das ist eine, eine politische Intrige«, stammelte er.

Nun zog ein wahres Blitzlichtgewitter auf. Das Klicken der Kameras und wildes Stühlerücken übertönten alles andere. Amüsiert beobachtete Lale, dass Jobst mit den ersten Blitzen aufsprang, um sich zu ihnen nach vorn zu gesellen. Ja, ja, die Eitelkeit …

Jobst trat auf den Staatssekretär zu. Der Geräuschpegel flaute deutlich ab. »Holm Schwertfeger, in meiner Eigenschaft als Staatsanwalt nehme ich Sie fest wegen Vertuschung von Straftaten, Vernichtung von Beweismitteln, unzulässiger Vorteilnahme sowie Anstiftung zum Mord.«

»Jawoll!«, grölte Lucy, und ihre Halstuchtruppe begann laut und anhaltend zu applaudieren.

Polka für alle

»Musst du dich erst noch umziehen?«, maulte Mandy. »Du bist doch sonst nicht so eitel.«

Lale nickte. »Doch, heute schon. Mein Sohn hat sein erstes Konzert mit den ›Polka-Guerilleros‹. Da muss sich auch die Mutti mal schick machen.«

»Aber wir sind schon so spät dran«, meckerte Mandy.

»Och, meinst du, wenn wir zehn Minuten später auftauchen, sucht sich dein Martin eine andere?« Lale grinste. »Ich beeile mich, versprochen. Hose runter, Fummel an und weiter geht's.«

Mandy lenkte den Wagen durch die dämmrigen Striesener Straßen. Als sie die Straße passierten, in der das Hummelsche Grundstück teilweise in Trümmern lag, seufzte Lale. Die Brandstiftung und auch der Tod des alten Hummel waren noch immer ungeklärt. Und das Schicksal von Maria Hummel blieb weiterhin ungewiss. Die bundesweite Vermisstenmeldung hatte bislang keine Hinweise geliefert.

»Fahr mal langsamer.« Lale deutete auf das Wohnhaus der Hummels. »Guck mal, da brennt Licht. Das ist ja komisch.«

»Warum?« Mandy stoppte das Auto vor der Einfahrt zur Werkstatt. »Es wird doch schon dunkel.«

»Überleg doch mal.« Lale schaute hinüber zu den erleuchteten Fenstern. Dahinter bewegte sich jemand. »Ronny ist tot, der alte Hummel ist tot, die Mutter entführt …, und Holger muss um diese Zeit schon hinter der Bühne sein.«

»Vielleicht hat er vergessen, das Licht auszumachen.« Mandy klang gereizt.

»Nein, schau doch mal, da ist jemand im Haus.« Lale stieg aus. »Das schaue ich mir genauer an.«

»Och nö.« Mandy stellte den Motor ab. »Beeil dich. Ich warte.«

Lale lief zur Haustür. Sie hatte ein ungutes Gefühl. Ob Holger nun doch noch einen Nervenzusammenbruch erlitten hatte? Er verhielt sich von Tag zu Tag seltsamer. Aber angesichts der Ereignisse war das vermutlich kein Wunder.

Lales Finger verharrte über dem Klingelknopf. Sie sah, dass die Haustür nur angelehnt war. Vorsichtig drückte sie die Tür auf und trat ein. Vielleicht gab es ja doch Zusammenhänge zwischen Ronnys Ermordung und den Familientragödien … Womöglich suchte hier jemand etwas? Oder der Entführer wollte sich rächen und lauerte nun dem linkischen Riesenbaby auf? – Nein. Lale wischte ihre Gedanken beiseite. Die Tür war nicht aufgebrochen. Und wenn jemand lauerte, dann wohl kaum bei Festbeleuchtung.

Leise schlich Lale weiter durch die Diele. Durch den Spalt der Küchentür fiel Licht. Sie hörte jemanden mit Geschirr klappern.

»Hallo?«

Keine Antwort.

»Hallo?« Lale war jetzt an der Küchentür. Behutsam stieß sie sie ein Stück weiter auf.

Nein! Lale stutzte. Maria Hummel. Sie stand in der Küche und hantierte mit Geschirr.

»Frau Hummel.« Lale wusste nicht, ob sie erfreut oder entsetzt sein sollte.

Maria Hummel sah sie aus stumpfen Augen an. »Ach, die Dame mit dem alten Audi. Möchten Sie Ihr Fahrzeug abholen?«

»Ähm nein, jetzt nicht. Wie geht es Ihnen? Wir suchen Sie alle.«

Maria Hummel machte ein Gesicht, das man mit viel Fantasie als Lächeln deuten konnte. »Ich war auf Reisen. Sehr schön.«

»Auf Reisen?«

»Ja.« Maria Hummel nickte. »Holger meinte, ich brauche Erholung und hat mir eine wunderschöne Reise gebucht.«

»Ihr Sohn Holger?« Lale runzelte die Stirn. »Sind Sie sicher?«

»Nein, ich war sehr verunsichert«, gab Maria Hummel Auskunft. »Ich mag keine fremde Umgebung. Und wir hatten es hier erst so schön. Endlich mal ganz viel Wärme und Licht.«

Wärme und Licht? Lale war verwirrt. »Erinnern Sie sich an das Feuer? Die Werkstatt ist abgebrannt.«

»Oh ja.« In Maria Hummels trübem Blick flackerte Leben auf. »War das nicht toll? So warm und hell.« Sie öffnete eine Schranktür und zeigte auf eine Sammlung von Spiritusflaschen. »Das machen wir bald wieder. Holger hat es mir versprochen.«

»Sie haben das Feuer gelegt?«

Maria Hummel verzog das Gesicht zu einer Fratze. »Ein guter Junge, ein wirklich guter Junge. Hat immer für alles eine Lösung.«

»Welcher Junge?« Lale zog so unauffällig wie möglich ihr Handy aus der Jackentasche. Sie musste etwas unternehmen. Die Frau war durchgeknallter, als sie angenommen hatte. »Sie wissen, dass Ihr Sohn Ronny tot ist?«

»Ja, das weiß ich.« Maria Hummel nahm eine Spiritusflasche aus dem Schrank und legte sie sich wie ein Baby in den Arm. »Und dabei war er damals so ein nettes Kind.« Sie wiegte die Flasche im Arm und sang leise. »Oh, du lieber Augustin …«

Lale tippte eine SMS an Mandy. Sie sollte Anabel holen. »Auf welcher Reise waren Sie denn, Frau Hummel?«, bemühte sich Lale, das Gespräch in Gang zun halten.

»Im Hotel. Holger hat mich sogar besucht.« Maria Hummel sang jetzt lauter. »Oh, du lieber Augustin, alles ist hin.«

»Man hat Sie also gar nicht entführt?« Erleichtert registrierte Lale Mandys »Okay«.

»Entführt, ja doch, in schöne, schöne Welten.« Maria Hummel sah verträumt an die Decke.

»Ihr Mann ist ebenfalls tot«, wagte sich Lale vor. »Hat Holger Ihnen das gesagt?«

»Oh, mein liebes Hilmarlein, alles ist hin«, sang Maria Hummel, noch immer die Spiritusflasche im Arm.

Lale lief es kalt den Rücken herunter.

»Er hat sich aufgehängt, der dumme alte Mann.« Maria Hummel schüttelte den Kopf.

Lale sah sie verwundert an. »Wer hat Ihnen das gesagt? Holger?«

»Ja, der gute Junge.« Sie wiegte die Flasche.

»Aber nein. Ihr Mann hat sich nicht umgebracht. Es war kein Selbstmord. Ihr Mann wurde ermordet.«

»Nein!« Maria Hummels Augen sprühte Funken. Sie schleuderte die Spiritusflasche von sich. »Niemand würde meinen Hilmar umbringen!« Sie holte eine weitere Flasche aus dem Schrank und öffnete mit einem lauten Knack den gesicherten Drehverschluss.

»Nicht!« Lale versuchte, ihr die Flasche zu entreißen, doch Maria Hummel legte erstaunliche Kräfte an den Tag. Sie schüttelte die Flasche heftig, und ein ganzer Schwall Spiritus ergoss sich über Lales Kleidung.

Lale wich zurück, doch Maria Hummel schien sich wieder zu beruhigen. Sie kramte in einer Schublade. Ob sie ihre Tabletten suchte? Vermutlich war es wirklich besser, wenn sie weitere Beruhigungsmittel nahm.

»Kann ich Ihnen helfen?«

Plötzlich hielt Maria Hummel eine Schachtel Streichhölzer in der Hand. »Ich brauch mehr Wärme, mehr Licht.« Sie öffnete die Schachtel. Ihre Finger zitterten. Ein Teil der Streichhölzer fiel zu Boden.

Lale zögerte. Sollte sie ihr die Schachtel abnehmen? Was, wenn die Frau plötzlich eines der Hölzer anriss? Sie entschied sich, ein Stück zurückzuweichen.

Und richtig; Maria Hummel versuchte tatsächlich, ein Streichholz anzureißen. Doch ihre Bewegungen waren so fahrig und unsicher, dass es misslang. Ein Hölzchen nach dem anderen brach ab.

Langsam ging Lale rückwärts. Sie überlegte fieberhaft, doch in ihren spiritusgetränkten Klamotten konnte sie nicht eingreifen.

Jetzt war es Maria Hummel doch noch gelungen, eine Flamme zu entzünden. Erschrocken ließ sie das Streichholz fallen, eine der Spirituspfütze am Boden ging in Flammen auf.

Lale hatte inzwischen die Diele erreicht und näherte sich rückwärts der Haustür. Wo blieben Mandy und Anabel?

In diesem Moment wurde die Haustür aufgestoßen. Mandy stürmte herein, gefolgt von Anabel und … Lutz Hollerbeke.

»Maria Hummel«, sagte Lale. »Sie zündelt in der Küche.«

»Welche Symptome zeigt sie?«, fragte Anabel.

»Symptome?« Lale schüttelte sich. »Sie ist total durchgeknallt. Ich denke, sie ist auf Entzug.«

Lutz Hollerbeke hatte sich bereits einen Überblick verschafft. Er nahm zwei Mäntel von der Garderobe und rannte in die Küche. Mandy folgte ihm.

Dann ging alles sehr schnell. Hollerbeke warf die Mäntel auf den Boden und erstickte die Flammen, während Mandy zielsicher mit drei geübten Handgriffen Maria Hummel handlungsunfähig machte, in dem sie ihr die Arme auf den Rücken drehte.

»Am besten nehmen wir sie sofort mit.« Anabel war noch immer die Ruhe selbst. »Sie braucht auf jeden Fall eine stationäre Behandlung.«

Maria Hummel ließ sich ohne Widerstand ihr Medikament verabreichen. Sie wirkte fast schon wieder schläfrig.

»Pille rein und Deckel drauf«, schoss es Lale durch den Kopf.

Mandy kam auf Lale zu und rieb sich die Handflächen. »Können wir jetzt endlich?« Sie schnupperte. »Jetzt musst du dich wirklich umziehen. Du stinkst.«

»Nun renn doch nicht so«, rief Lale hinter Mandy her. »Wie soll ich denn in diesen Schuhen hinterher kommen?«

Mandy blieb stehen. »Man könnte meinen, mit Brigitte unterwegs zu sein. Allerdings kann die auf solchen Schuhen laufen.«

»Deshalb ziehe ich nicht gern solche Fummel an.« Lale beeilte sich, über die holprigen Gehwegplatten zu wanken.

Mandy kicherte. »Du siehst aus wie ein Frosch auf Stelzen. Ich habe noch Gummistiefel im Auto. Vielleicht willst du tauschen.«

»So ein Mist aber auch«, schimpfte Lale lachend.

Vor dem bunten Gebäude auf der Görlitzer Straße kündigten Plakate das Konzert an. Unter dem bunten Schriftzug »Polka Guerilleros« waren fünf zerknautschte Cowboy-Hüte abgebildet. Im Vorraum lungerten heute kaum Leute, und von hinten dröhnte die Musik.

Der Probenraum von Pits Polka-Truppe war zu einem wogenden, vom Scheinwerferlicht durchzuckten Saal geworden. Ein Podest bildete die Bühne, auf der die fünf Jungs mit ihren Instrumenten herumzappelten. Jetzt sah Lale auch, wer der Fünfte im Bund war. Kein Geringerer als Fidel Müller bearbeitete das Akkordeon.

Die hohen Schuhe waren zwar noch immer etwas unbequem, aber nun ganz praktisch, denn Lale hatte mit weiteren zehn Zentimetern Länge einen hervorragenden Überblick. Vor ihr tauchte ein wohlbekannter Lockenkopf auf. Martin drückte erst Lale und dann Mandy einen Becher Bier in die Hand und deutete auf die Seite, wo bereits Kroko und Jobst standen. Sogar Natascha war da. Was wollte die denn auf Pits Konzert? Lale runzelte die Stirn.

Jobst allerdings wurde gerade von einer ganz anderen Dame belagert, einem recht extravagant gekleideten Wesen. Schnell wandte Lale den Blick zur Bühne, wo Pit »Spießwürger« ins Mikrofon grölte. Gar nicht mal schlecht … Polka meets Punk.

Lale sah sich wieder im Publikum um. Mandy himmelte Martin an, der jedoch ziemlich in die Musik vertieft zu sein schien und mitwippte. Kroko reichte gerade Natascha ein durchsichtiges Getränk, das sicherlich kein einfaches »Wässerchen« war.

Jobst winkte herüber, und Lale hob ebenfalls kurz die Hand. Jetzt ließ das exotisch wirkende Weib von Jobst ab und kam auf Lale zu. Das war doch … »Brigitte?«

Ihre Nachbarin fiel ihr um den Hals. »Endlich bist du da. Der arme Pit war schon ganz enttäuscht.« Sie klimperte mit den stark getuschten Wimpern. Dann trat sie einen Schritt zurück und musterte Lale eingehend. »Todschick!«

Lale grinste schräg. »Quasi Berufskleidung.«

Brigitte ließ sich nicht beirren. »Du siehst toll aus. Jammerschade, dass du bei deiner Figur immer nur in ausgebeulten Jeans herumläufst. Dies Kleid ist ein Hit.«

»Deine Aufmachung allerdings auch.« Brigitte trug eine Art Dirndl, um das sie sich eine Mischung aus Küchenhandtuch und Gardine geschlungen hatte.

»Nicht wahr?« Sie drehte sich so schnell um sich selbst, dass der Rock wie ein Petticoat schwang. Dann tippte sie sich an die Stirn. »Das Barett ist noch von dem Major, den ich 2005 … oder war es 2006 … Na ja, von meinem Major eben.«

Unter dem Barett lugten ihre zu Zöpfen geflochtenen roten Haare hervor. Was jedoch alles herausriss, waren der von der Schulter über die Hüfte baumelnde Munitionsgürtel und die dicken fellbesetzten Stiefel. »Bist du bewaffnet?«, fragte Lale amüsiert.

»Ich habe mich nur dem Anlass entsprechend gekleidet«, antwortete Brigitte leicht pikiert. »Traditionelle Polka mit Guerilla-Accessoires.« Sie deutete auf ihre Ohrgehänge, die entfernt an ihre Canapés erinnerten. »Schau mal, habe ich selbst gebastelt.«

Die Musik verstummte, und das Publikum johlte und klatschte.

Pit tippte sich an den Cowboy-Hut. »Wir begrüßen auch unsere verspäteten Gäste«, rief er gut gelaunt ins Mikrofon und winkte Lale zu.

Martin schlenderte heran. »Hat Mandy heute irgendetwas? Die ist so komisch.«

Lale warf einen Blick hinüber zu ihrer Kollegin, die sich schmollend an ihren Bierbecher klammerte. »Ich glaube, ich bin ihr vorhin ziemlich auf die Nerven gegangen.«

Plötzlich war auch Jobst zur Stelle.

»Du siehst echt toll aus, Lale«, sagte Martin gerade und deutete anerkennend auf ihr schwarzes Kleid.

Jobst verzog das Gesicht als habe er in eine Zitrone gebissen. Just in diesem Moment ertönte von der Bühne: »Ohne Tequila!«

Lale lachte und beobachtete, wie Robert und Pit zu Konzertgitarren griffen. Holgers Saxophon jaulte auf wie ein Kojote, die Gitarren wurden geschrubbt und ein jammerndes »Eieieieiei« intoniert. Fidel schwang nun große Rasseln.

»Uuuhuuu!«, schrie Brigitte und riss die Puffärmelchen hoch.

»Mandel! Kirsch! Kuchen!«, grölten die Jungs auf der Bühne, und Mischa bearbeitete wie ein Irrer das Schlagzeug.

Lale stutzte. Was war das denn für ein eigenartiger Songtext?

»Quark oder Sauerrahm? Was kommt an den Kuchen dran?« Die Gitarren wurden laut. »Quark oder Sauerrahm? Mich macht diese Mischung an!«

Lale bemerkte irritiert, dass Brigitte lauthals mitsang.

»Meeehl, wirbel den Staub auf! Zuuucker, alles ist so süß! Buuutter, es läuft wie geschmiert!«, ertönte, gefolgt von wildem »Eieieieiei« und einem von Stampfen begleiteten »Ohne Tequlia«.

Jobst beugte sich zu Lale herüber. »Hast du eine Ahnung, was die da singen?«

»Mandel! Kirsch! Kuchen! Wir wollen dich versuchen. Und ein Becher Sahne, damit wird es gehen. Alles, was ich habe, ist nur ein Problem …«

Lale schüttelte lachend den Kopf. »Ich glaube, das ist ein Kuchenrezept von Brigitte.«

Brigitte begann, mit Martin im Kreis herumzuwirbeln. »Vanille oder Schoko? Ich kann mich nicht entscheiden! Vanille oder Schoko? Kann beides so gut leiden!«

»Eieieieiei«, johlte Martin und stampfte mit den Füßen auf. »Ohne Tequila.«

»Dieser Text ist mehr als schwachsinnig«, bemerkte Jobst. »Aber musikalisch finde ich sie recht beeindruckend. Vor allem der große Dicke mit den Blasinstrumenten. Bevor ihr kamt, hat er seine Klarinette gespielt wie Giora Feidman …«

Der Rest seiner Ausführungen ging im Lärm des tobenden Publikums unter, als Mischa Sörensen zu einem packenden Schlagzeugsolo ausholte. Auch Lale wippte und zuckte mit.

»Bier?«, schrie Martin ihr ins Ohr.

Lale nickte nur. An Unterhaltung war bei diesem Geräuschpegel nicht zu denken.

Jetzt kam Jobst von der anderen Seite. »Was will dieser Kerl denn immer von dir?«

Lale winkte ab. Mit Jobst war auch bei anderen Geräuschpegeln nicht an Verständigung zu denken.

Das Publikum applaudierte Mischa, der jetzt wieder leise den Takt schlug, während die Gitarren mit den Rasseln um die Wette plätscherten und das Saxophon den einsamen Kojoten gab.

Lale fühlte sich von Jobst beobachtet. Warum sah er sie denn die ganze Zeit so an? »Willst du die Starjournalistin nicht mal von unserem Archivhamster befreien?«, fragte sie und winkte Mandy zu, die sich widerwillig in Bewegung setzte.

»Nein, warum?« Jobst schüttelte den Kopf. »Möchtest du noch etwas trinken?«

»Danke, Martin holt schon Bier«, entgegnete Lale. Dann wandte sie sich an Mandy. »Was ist los? Martin meint, du wärst so komisch.«

Mandy warf einen verstohlenen Blick auf Jobst. »Ich weiß auch nicht. Ich finde ihn plötzlich doof. Also Martin, meine ich.«

Brigitte klatschte begeistert. »Sind die nicht toll? Ich finde die Jungs einfach großartig!«

»Wieder besser?« Martin legte Mandy von hinten den Arm um die Schultern und reichte Lale einen Becher mit Bier.

»Danke.« Lale lächelte. Dann ertönte Musik, die sie zusammenzucken ließ.

Fidel Müller schwang sein Akkordeon, und Robert sang in der Grundmelodie des alten Kinderlieds vom »Lieben Augustin«: »Oh, du dumme Auguste, Auguste, Auguste … Oh, du dumme Auguste mit Champignons …«

Sofort hatte Lale Maria Hummel mit der Spiritusflasche im Arm vor ihren Augen. Nun flötete Holgers Klarinette auch noch die Melodie in klassischer und jazziger Version. Sie beobachtete den Hummelspross, der mit seinem Instrument auf der Bühne so gar nicht linkisch und deplatziert wirkte. Er ging in der Musik auf. Und plötzlich formten die kruden Erzählungen seiner Mutter ein Bild aus all den finsteren Puzzleteilen. Maria Hummel hatte das Feuer nicht allein gelegt. Dazu war sie gar nicht in der Lage. Und warum hatte Holger sie auf eine »Reise« geschickt? Um die Entführung seiner Mutter vorzutäuschen. »Hans Sommer« – natürlich! Pit hatte doch im Beisein von Holger erwähnt, dass sie über den Mathematiker und Komponisten Hans Sommer gesprochen hatten und dass Holger sich da besser auskenne …

»Oh, du dumme Auguste, alles ist drin«, sang Robert, und Holgers Klarinette tanzte scheinbar ganz allein eine so beschwingte Polka, dass einem schon beim Zuhören ganz schwindlig wurde.

Und der Tod des alten Hummel, überlegte Lale weiter. Niemand außer den Ermittlern hatte Näheres über die Todesumstände mitbekommen. Und sie selbst hatte nichts berichtet. Sie hatte Holger diesen tragischen Vorfall schließlich nicht offiziell mitgeteilt, sondern weil sich zufällig die Gelegenheit ergeben hatte. Allerdings konnte nur der Täter wissen, dass Hilmar Hummel am Baum gehangen hatte …

Lale starrte auf die Bühne. Das Riesenbaby, der einzige Mensch in dieser Familie, der noch halbwegs psychisch intakt wirkte. Brand, Entführung … Mord. Und er hatte sich so dilettantisch angestellt, dass man ihm auf die Schliche kommen musste. Lale hielt Holger Hummel für zu intelligent, um versehentlich so viele Hinweise zu hinterlassen.

»Jobst«, krächzte Lale und zupfte ihn am Arm.

»Witzig oder, was die aus diesem Kinderlied gemacht haben?« Jobst wippte mit.

»Mit meinem Rezept für die ›Dummen Augusten‹«, fügte Brigitte hinzu. »Lale, du weißt doch noch, die gefüllten Champignons … Lale?«

»Was ist?« Jobst sah sie forschend an. »Du guckst so komisch.«

Die letzten Töne versiegten, und Applaus hob an. Brigitte und Martin jubelten, und Mandy schien ihre gute Laune wieder gefunden zu haben. Auch Jobst klatschte. Und Lale schlug mechanisch die Handflächen zusammen. Dann sah sie, dass sich Pit und die anderen Bandmitglieder von der Bühne verabschiedeten.

Kroko kam zu ihnen. »Toll. Ganz toll war das.«

Natascha folgte ihm, lächelte und meinte: »Für eine ganz neue Band, die sich gerade erst gefunden hat, war es recht nett.«

Lale sah sie mit zusammengekniffenen Augen an.

»Gut, es war schon richtig gut«, setzte Natascha hinzu. »Ich hatte jedenfalls weniger erwartet.«

»Deine Begeisterung ist ja geradezu ansteckend«, stellte Martin fest. »Bist du immer so zickig, oder bekommst du deine Tage?«

Lale schmunzelte, als sie Nataschas Gesichtsausdruck sah. Und auch Jobst konnte sich den Anflug eines Lächelns nicht verkneifen.

Im nächsten Moment hatte Pit seine Eltern erreicht. Er hatte die anderen »Polka Guerilleros« im Schlepptau. »Muttertier, du bist ziemlich spät eingelaufen? Wolltest du etwa unser Konzert schwänzen?«

»Sieht sie so aus?« Mandy deutete auf Lale. »Sie musste sich unbedingt noch schick machen und vorher noch jemanden in die Klappse bringen und selbst fast abbrennen.« Mandy knuffte Pit in die Seite. »Du ahnst ja nicht, was man mit deiner Mutter den ganzen Tag über so mitmacht.«

»Ihr seid wirklich gut«, lobte Jobst. »Aber am allerbesten haben Sie mir gefallen.« Er wandte sich an Holger Hummel, der daneben stand und sich offensichtlich unwohl fühlte.

»Holger?« Lale sah ihn an. »Sie wissen, was jetzt kommt, oder?«

Holger nickte, und alle anderen blickten erstaunt zu Lale.

»Frau Kommissarin, ich möchte gestehen«, erklärte Holger auf die ihm eigene Art. »Ich gestehe, dass ich mit Mutti zusammen die Werkstatt in Brand gesetzt habe.«

Mandy nickte, und Brigitte spitzte die Ohren. Selbst Martin war das Grinsen vergangen, und Kroko suchte hektisch in seinen Jackentaschen nach Stift und Zettel.

Jobst sah von einem zum anderen und nickte Lale kurz zu. »Liebe Guerilleros, ihr habt allesamt noch ein Bier bei mir gut. Für den Undercover-Einsatz und natürlich, weil ihr fast schon alte Bühnenhasen seid. Kommt mit.«

Lale beobachtete, wie Jobst die vier »Polka Guerilleros« aus dem großen Raum dirigierte und sah Natascha an. »Möchtest du nicht mitgehen? Das wird hier sicher kein Pressegespräch.«

Natascha zog die Augenbrauen hoch. »Ich gehe ja schon.« Dann warf sie Martin einen höhnischen Blick zu. »Den Tampon wechseln.«

Kroko schaute betroffen hinter ihr her. »Die hat jetzt aber nicht das gesagt, was ich gerade verstanden habe, oder?«

»Klappe halten, Kroko«, sagte Mandy. »Nun sind wir unter uns. Nun wird gearbeitet.«

»Darf ich jetzt?« Holger Hummel ließ die Schultern hängen.

Lale nickte.

»Ich habe nicht nur mit Mutti das Feuer gelegt, sondern auch die Entführung von Mutti vorgetäuscht«, fuhr er fort.

»Oh, da kommt ja was zusammen«, bemerkte Martin.

Kroko machte sich eilig Notizen.

»Und warum?«, fragte Lale.

»Weil wir es nicht mehr ausgehalten haben«, erklärte Holger Hummel. »Meinem Vater war nur eines wichtig: seine Werkstatt. Er hat uns alle nur gequält. Ronnys Tod war ihm total egal. Und Mutti, Mutti hat er kaputt gemacht. Er hat sich gar nicht für sie interessiert, nicht einmal, als sie entführt worden ist.« Er sah Lale treuherzig an. »Und deshalb habe ich dann meinen Vater ermordet, ihn im Auto weggebracht und an einen Baum geknüpft.«

»Ja, um Himmels willen, Schämen Sie sich!«, rief Brigitte dazwischen.

Oje. Brigitte. Lale seufzte. Die hatten sie gar nicht mehr auf dem Zettel gehabt. Aber das war nicht weiter ungewöhnlich, denn die sonst immerzu plappernde Brigitte hatte die Fähigkeit, sich quasi »unsichtbar« zu machen, wenn es ums Ausspähen von Neuigkeiten oder Geheimnissen ging.

»Gut.« Lale nickte Holger Hummel zu. »Beziehungsweise nicht gut. Wie haben Sie Ihren Vater getötet?«

»Ich habe ihm sehr viel von Muttis Medikament gegeben«, erklärte Holger ungerührt. »Dann hat er nicht mehr geatmet, und ich habe ihn weggebracht.« Plötzlich hatte er Tränen in den Augen.

Lale staunte. Dieser seltsame junge Mann hatte also doch Emotionen und konnte sie auch zeigen.

»Es tut mir so leid«, schluchzte er, umarmte Lale und legte seinen großen Kopf auf ihre Schulter.

In diesem Moment erschien plötzlich Jobst, riss Holger Hummel nach hinten und nahm ihn in den Schwitzkasten. »So, nicht Freundchen.«

Lale erschrak. »Jobst!«

Der Staatsanwalt schaute grimmig. »Und ihr schaut alle zu, wie dieses Tier sie angreift.«

»Jobst, er hat mich nicht angegriffen. Lass ihn los.«

»Was für ein Mann«, seufzte Brigitte. »Toll.«

Lale verdrehte die Augen. »Och, Brigitte …«

Holger Hummel schien sich an dem Zwischenfall mit Jobst nicht weiter zu stören. Er reichte Lale die Hand. »Danke, dass ich noch auftreten durfte. Das war mir sehr wichtig.« Dann wandte er sich an Jobst und gab auch ihm die Hand. »Wenn mein Geständnis nicht genug Beweis ist, müssen Sie das Auto von Frau Kommissarin untersuchen, Herr Staatsanwalt. Darin habe ich meinen toten Vater transportiert.«

»Och, nö.« Lale schnaufte. »Dann ist mein Auto jetzt also noch eine Woche bei den SpuSis.« Sie sah den Kollegen an. »Kroko?«

»Ja, ich weiß.« Kroko steckte seinen Notizblock weg. »Abführen.«

Ohne Murren trottete der große Holger Hummel neben dem kleinen Kroko zur Tür, durch die gerade Natascha Peschkowa hereinkam.

»Habe ich was verpasst?« Die Journalistin blickte den beiden nach.

»Das Beste, wie immer«, erwiderte Mandy schnippisch.

Brigitte seufzte erneut. »Diese kriminelle Tragik hat schon etwas Romantisches …«

»Was meinst du?« Jobst sah Lale fragend an. »Gehen wir?«

»Du und ich?«, fragte Lale zurück.

»Ja, wir beide.« Jobst wischte sich eine Strähne aus dem Gesicht. »Jetzt.«

Lale grinste. »Okay.« Sie nickte den anderen zu. »Tschüs, bis Montag.«

Beim Hinausgehen legte Jobst den Arm um Lales Schultern, und sie schüttelte ihn ab. »Lass das, Herr Staatsanwalt.«

Danksagung

Natürlich ist auch dieses Buch nur unter direkter und indirekter Mitwirkung zahlreicher Menschen entstanden. Doch bevor ich hier eine ganze Liste inspirierender »Psychopathen« und »Polka-Tänzer« präsentiere, beschränke ich mich auf den engsten Kreis an konstruktiven Kritikern. Allen voran Thorsten D. Krüger, der sowohl IT-fachliche als auch jede Menge emotionale Unterstützung zu bieten hat. Meine beiden Kinder, die es – manchmal zähneknirschend – akzeptieren, wenn »Mami im Lale-Modus« ist.

Außerdem danke ich den Autorinnen Christine Bendik, Stephanie Fey, Emilia Licht und Katie Schweitzer für stete Motivation, Inspiration und Konspiration.

Nicht nachrangig, aber arbeitstechnisch chronologisch, danke ich Dorothée Engel vom »Hamburger Buchkontor« für ihr kompetentes und schnelles Lektorat und gelobe Besserung!!! Und selbstverständlich danke ich dem gesamten Team vom Sutton Verlag, der ganz mutig meine Lale Petersen mit all ihren Macken ins Programm aufgenommen hat.

Und schließlich danke ich den Lesern, die auch diesen wirklich allerletzten Satz dieses Buches lesen: Danke.

Buchhinweise

Der Verlobte
Vom Heucheln und Meucheln

Christine Sylvester

9,90 €
978-3-86680-757-0

Natürlich waren Lilly und Tillmann etwas nervös, schließlich war es das erste Treffen mit Lillys etwas exzentrischer Großfamilie. Aber der erste Abend lief ganz gut, und als Lillys Cousine tot im Stall aufgefunden wird, scheint noch ein Unfall denkbar. Doch schnell bleiben immer mehr Plätze an der reich gedeckten Familientafel leer. Strom und Telefon fallen aus, an Hilfe von außen ist nicht zu denken. Wer lichtet so erbarmungslos die Reihen von Lillys Familie? Wer spielt falsch und wem kann Tillmann noch trauen? Ein famoser Krimispaß in bester angelsächsischer Tradition.

Mörderische Landschaften
Kriminelles aus dem Osten

Ruth Borcherding-Witzke, Christine Sylvester (Hg.)

12,00 €
978-3-86680-872-0

Katzenkiller in Cottbus, gewaltsame Nachbarschaftshilfe in Marzahn, Verwaltungsquerelen in Magdeburg, Senf-Alarm in Erfurt, gefährliche Ostalgie-Partys im Harz, theatralischer Tod in Chemnitz und Immobilien-Intrigen an der Küste: Im Osten geht's mordsmäßig zur Sache.

Mögen Sie's eher blutig oder eher ironisch? Lakonisch oder quirlig? Streifen Sie gern durch den Großstadtdschungel oder hätten Sie's lieber ländlich-sittlich? Bevorzugen Sie das klassische Täterrätsel oder faszinieren Sie die dunklen Seiten der ostdeutschen Seele? Zwischen Erzgebirge und Ostseestrand werden Sie garantiert fündig.

SUTTON KRIMI

Buchhinweise

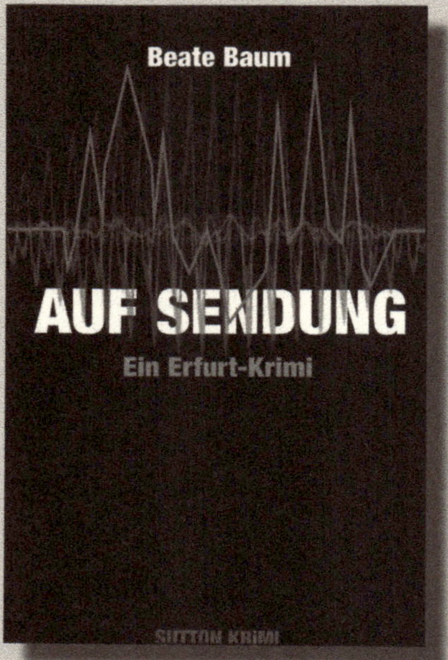

Auf Sendung
Ein Erfurt-Krimi

Beate Baum

12,00 €
978-3-95400-222-1

Erfurt, September 1991. Der Journalist Andreas Rönn recherchiert seit Wochen das Verschwinden von jungen Frauen, die an einer ziemlich freizügigen Sendung des Privatsenders PLT teilgenommen haben. Endlich hat er eine heiße Spur und will den Verantwortlichen stellen – doch als er im Erfurter PLT-Studio eintrifft, ist sein Gesprächspartner tot und Andreas steht als Hauptverdächtiger da. Natürlich will seine Kollegin Kirsten Bertram ihm helfen, aber dazu braucht sie ihren Freund Dale. Und alles wäre viel einfacher, wenn sie nicht gerade wegen Dale mit Andreas Schluss gemacht hätte.

Weitere Krimis und Romane finden Sie unter:
www.sutton-belletristik.de